କେମିତି ବଦଳିଯାଏ ମଣିଷ

କେମିତି ବଦଳିଯାଏ ମଣିଷ

ରବି ପଣ୍ଡା

BLACK EAGLE BOOKS
2020

 BLACK EAGLE BOOKS

USA address:
7464 Wisdom Lane
Dublin, OH 43016

India address:
E/312, Trident Galaxy, Kalinga Nagar,
Bhubaneswar-751003, Odisha, India

E-mail: info@blackeaglebooks.org
Website: www.blackeaglebooks.org

First International Edition Published by
BLACK EAGLE BOOKS, 2020

Kemiti Badalijae Manisha
by **Rabi Panda**

Copyright © **Rabi Panda**

Cover & Interior Design: Ezy's Publication

ISBN- 978-1-64560-154-8 (Paperback)

Printed in United States of America

ଉତ୍ସର୍ଗ

ଆଧୁନିକ ଓଡ଼ିଆ ଗଳ୍ପର ସ୍ରଷ୍ଟିମାନଙ୍କୁ ବିନମ୍ର ଶ୍ରଦ୍ଧା ଓ ସମ୍ମାନ ସହ।

ସୂଚୀପତ୍ର

ପ୍ରକାଶିତ ପୁସ୍ତକ :

୧) ଶୂନ୍ୟାରୋହଣ

୨) ପାଦତଳର ପୃଥିବୀ

୩) ଛାଇଘର (କବିତା)

୪) ଏକାବନ ଛୋଟ ଗପ

୫) ଜହ୍ନ ତଥାପି

୬) କୁଆଡ଼େ ଗଲା ପ୍ରମୋଦ

୭) ଖରାରେ ଠିଆ ହୋଇଥିବା ଲୋକ

୮) ଗଛ ଓ ଅନ୍ୟାନ୍ୟ ଗଛ

୯) ହେନା ଫୁଲର ବାସ୍ନା

ସମ୍ପାଦନା :

ଅଶୀ ଉତ୍ତର ଗଳ୍ପ (ଅଶୀ ଉତ୍ତର ଗାଳ୍ପିକମାନଙ୍କ ଗଳ୍ପକୁ ନେଇ ଏକ ବୃହତ୍ ସଂକଳନ)

ରକ୍ତରାଗିଣୀ (ଉତ୍ତର ଆଧୁନିକ କବିତାର ଏକ ବୃହତ୍ ସଂକଳନ)

କେମିତି ବଦଳିଯାଏ ମଣିଷ

ଝର୍କା ଖୋଲିଦେଲେ ଦମକାଏ ପବନ ସହିତ ଘର ଭିତରକୁ ପଶିଆସେ ଝଲକାଏ ଗଂଗଶିଉଳିର ବାସ୍ନା । ବନ୍ଦ ଘରଟା ମୁହୂର୍ତ୍ତକରେ ଝାଡ଼ିଝୁଡ଼ି ସଫାକରିଦିଏ ତାର ସମସ୍ତ ଅବରୁଦ୍ଧ ନିଃଶ୍ୱାସତା । ସକାଳଠାରୁ ରାତିର ବିଳମ୍ବିତ ପ୍ରହର ପର୍ଯ୍ୟନ୍ତ ନିର୍ଜନତାର ନିରବ ଦୁଃଖରେ ଥିବା କୋଠରୀଟି ଚଳଚଞ୍ଚଳ ହେଉଠେ, ବେଳେବେଳେ ଭୋର ପର୍ଯ୍ୟନ୍ତ ବି ଜାହିର ରହିଥାଏ ତାର ନିଃଶ୍ୱାସ ପ୍ରଶ୍ୱାସ ।

ଗୋଟେ ଅବ୍ୟବସ୍ଥିତ ଜୀବନକୁ କାନ୍ଧରେ ବସେଇ ସ୍ଥାନରୁ ସ୍ଥାନାନ୍ତର ଘୁରିବୁଲିବାର ସଉକ ରଖୁଥିବା ଆଦିତ୍ୟ ଝର୍କା ନ ଖୋଲିବା ପର୍ଯ୍ୟନ୍ତ ହିଁ ନିଷ୍ପତ୍ତି ନେଇ ନଥିଲା କେତେଦିନ ରହିବ ଏ କୋଠରୀରେ । ମନର ନିୟନ୍ତ୍ରଣରେ ନିଜକୁ ସଂପୂର୍ଣ୍ଣ ସମର୍ପି ଦେଇ ସାରିବା ପରେ ଅବଶିଷ୍ଟ କିଛି ହିଁ ନଥିଲା ତାର ନିଜସ୍ୱ ହେଇ । ଏପରିକି ଯେକୌଣସି ଇଚ୍ଛା ବା ନିଷ୍ପତ୍ତି ମନ ଗ୍ରହଣ କରିନେଉଥିଲା, ଆଦିତ୍ୟ ବିନା ବିଚାର ବା ପ୍ରତିବାଦରେ ପରିଚାଳିତ ହେଇ ଯାଉଥିଲା ତା ଇଙ୍ଗିତରେ ।

ମନକୁ ନିୟନ୍ତ୍ରଣ କରିବାର ବିଚାରବୋଧ ତାର ଯେ ନଥିଲା ତା ନୁହେଁ ବରଂ ବିଚାରର ବୌଦ୍ଧିକତା ଯେ ଜୀବନକୁ ନିର୍ଲିପ୍ତ ରଂଗଶୂନ୍ୟ କରିଦିଏ, ଏମିତି ଗୋଟେ ଅବବୋଧ ତାର ହେଇଯାଇଥିଲା । ଜୀବନକୁ ଏତେ ଗୋଟେ ଗତାନୁଗତିକ ଧାରାରେ ଚଳାଇ ରଖିବାର ତାତ୍ପର୍ଯ୍ୟ ବା କ'ଣ ପରି ହାଲକା ମାନସିକତା ତାକୁ ବୋହେମିଆନ ହବାକୁ ମଧ ପ୍ରଲୁବ୍ଧ କରି ପକେଇ ଥିଲା ।

ଆଦିତ୍ୟର ଏଇ ପରିବର୍ତ୍ତିତ ସ୍ୱଭାବ ଓ ଆଚରଣରେ ଖୁବ୍ ଆକ୍ରାନ୍ତ ହେଇପଡ଼ିଥିଲା ପରିବାର । ସଦାଗମ୍ଭୀର ଓ ଆବଶ୍ୟକତାରେ ଅତ୍ୟଧିକ ଗର୍ଜନଶୀଳ ବାପା ହୁଙ୍କାରଟାଏ ଛାଡ଼ି କହିଥିଲେ, ସେଟାକୁ ଛାଡ଼ିଦିଅ ତା' ବାଟରେ ।

ବୋଉ କାନ୍ଦିଥିଲା । ଆଦିତ୍ୟ ଘରର ବଡ଼ପୁଅ, ସେ ଭାବିଥିଲା ତା' ପାଠପଢ଼ା

ସରିଲେ ବୋହୂଟିଏ ଆସିବ, ତା' ଜୀବନର ଅର୍ଦ୍ଧାଧିକ ତପସ୍ୟା ଫଳବତୀ ହେବ; ହେଲେ ଆଦିତ୍ୟ ସବୁ ସମ୍ଭାବନାଠୁଁ ମୁହଁ ଫେରେଇ ନେଉଚି, ଗୋଟେ ବେଖ୍ୟାଲ ଜୀବନଧାରା ଭିତରେ ବଞ୍ଚିବାକୁ ଚାହୁଁଚି ।

ତା'ର ଆଶଙ୍କା ହେଉଥିଲା, ପୁଅ କାହାକୁ ଭଲ ପାଉଟିକି ? ବାବାଜୀ ହେଇ ଯିବାକୁ ବସିଚି କି ବାୟାଟା !

ପ୍ରଥମ ଆଶଙ୍କାଟା ସମସ୍ୟା ନୁହେଁ, ଯଦି ପୁଅ କାହାକୁ ଭଲପାଉଥିବ ତାକୁ ବୋହୂ କରି ଆଣିବାରେ ସେ ସାମାନ୍ୟ ଦ୍ଵିଧା ରଖନ୍ତା ନାଇଁ ବା ଆଉ କୌଣସି ସମସ୍ୟା ଉଠିଲେ ସେ ଟଳେଇ ଦେଇ ପାରନ୍ତା; କିନ୍ତୁ ଦ୍ଵିତୀୟ ଆଶଙ୍କାଟା ଯଦି ସତ ହୁଏ ? କେଜାଣେ, ଆଜିକାଲି ପିଲାମାନେ ତ କେତେ ଜ୍ଞାନ, କେତେ ଦର୍ଶନର ସଂଧାନ ପାଇସାରିଲେଣି । କେତେକେତେ ପଢ଼ାପିଲାମାନେ ବିବାହ କରୁନାହାନ୍ତି, ସନ୍ନ୍ୟାସୀ ନହେଲେ ବି ଧର୍ମମାର୍ଗର ପଥିକ ହେଇଯାଉଛନ୍ତି ।

ଦାଉଁ ଦାଉଁ ହେଇଯାଉଥିବା ଛାତିକୁ କିଞ୍ଚିତା ଆଶ୍ଵାସନା ଦବାକୁ ବୋଉ ତାର ଅନୁସନ୍ଧାନ ଆରମ୍ଭ କରିଦେଲା ଆଦିତ୍ୟର ସାଙ୍ଗ ସାଥୀ ବନ୍ଧୁ ସହଚରଙ୍କ ମାଧ୍ୟମରେ । ଆଦିତ୍ୟର ଜଖମଟି କୋଉଠି ? ପ୍ରେମରେ ନାଁ ସନ୍ନ୍ୟାସରେ ?

କିନ୍ତୁ ଜଖମ କୋଉଠି ହିଁ ନଥିଲା ।

ଅନୁସଂଧାନର ସର୍ବଶେଷ ନିର୍ଯ୍ୟାସ ଥିଲା, ଆଦିତ୍ୟ ପ୍ରେମକୁ କହେ ପାଗଳାମୀ ଓ ସନ୍ନ୍ୟାସକୁ କହେ ଭଣ୍ଡାମି । ସୁତରାଂ ଆଦିତ୍ୟ ପ୍ରେମିକ ନୁହେଁ କି ପରମାର୍ଥୀ ନୁହେଁ ।

ବୋଉ ଆଶ୍ଵସ୍ତ ହେଇଥିଲା । ଏଇ ଦି'ଟି ନଷ୍ଟପଥରେ ପୁଅ ଯାଉ ନାହିଁ ମାନେ ପୁଅ ଫେରିବ । ଏଇ ନିଶ୍ଚିତ ବୋଧ ତାର ଭାରାକ୍ରାନ୍ତ ମନକୁ ହାଲ୍କା କରିଦେଲା ।

ଆଦିତ୍ୟ ସ୍ଥାନକୁସ୍ଥାନ ଘୂରେ । ଉଦ୍ଦେଶ୍ୟହୀନ ଭାବରେ । କୋଉ ସହରରେ ତ କୋଉ ଛୋଟ ବଜାରରେ । କେବେ କେବେ କେଉଁ ଦୂର ଗାଁକୁ ଚାଲିଯାଏ । ବିଲମାଲ ଛାତିକି ଚିରି ଗଡ଼ିଯାଉଥିବା ଟ୍ରେକର ବା ଅଟୋରେ ଉଠିଯାଏ । ସେ ସ୍ଥାନ ଦେଖେ, ବୁଲେ, ଫେରେ । ତାର ବେଶ ପୋଷାକ ହାବଭାବ ଅଜଣାଜାଗାରେ କିଞ୍ଚିତା ସଂଦେହ ସୃଷ୍ଟିକରେ ତା ପାଇଁ । ଧୀରେ ଧୀରେ ବିଶ୍ଵାସ ହ୍ରାସ ପାଇ ଆସୁଥିବା ପୃଥିବୀରେ ପରିଚୟ ସଂକଟ ତାକୁ ବହୁପ୍ରଶ୍ନର ସମ୍ମୁଖୀନ କରାଏ । ସେ' କିଏ ? ସିଆଇଡି ? ଦଲାଲ ? ନକ୍ସଲ ନା ଅନ୍ତଃରାଜ୍ୟ ଚୋର ସଂଗଠନର ଫେରାର ତସ୍କର !!

ଆଦିତ୍ୟ ସଚେତନ ହୁଏ । ସେ ଯେଉଁ ପରିଚୟ ଦେଉଛି ତାହା ଅନ୍ୟକୁ ମୋଟେ ସନ୍ତୁଷ୍ଟ କରି ପାରୁନାହିଁ ସମ୍ଭବତଃ । ମଣିଷର ମଣିଷ ପରିଚୟଟା ବି ଯଥେଷ୍ଟ ନୁହେଁ, ନାଁ ଗାଁ ଠିକଣାର ପରିଚୟ ମଧ୍ୟ ସଂଦେହ ମୁକ୍ତ ନୁହେଁ । ସେ ଯେ ଜଣେ

ଉଚ୍ଚଶିକ୍ଷିତ, ଏକଥା ଅନ୍ୟମାନେ ବି ଗ୍ରହଣ କରୁନାହାଁନ୍ତି ସହଜରେ। ପାଠପଢ଼ା ପିଲା ଚାକିରି କରନ୍ତା, ବେପାର କରନ୍ତା କି କଂଟ୍ରାକ୍ଟରି କି ରାଜନୀତି, କିଛି ନାଇଁ। ଏମିତି ବୁଲାବୁଲିର ଭିତିରି ରହସ୍ୟ କିଛି ଅଛି।

ଆଦିତ୍ୟ ବ୍ୟସ୍ତହୁଏ। କି ପରିଚୟଟେ ସେ ଧରନ୍ତା?

ଯେଉଁ ଯେଉଁ ମିଛ ପରିଚୟ ସେ ଠିକ୍ କଲା, ତା' ପାଇଁ ମିଛ ପ୍ରମାଣ ବି ସେ ଯୋଗାଡ଼ କରିପାରିଲା ନାହିଁ।

ଗୋଟେ ଜାଗାରେ ଅଟକି ଗଲା ଆଦିତ୍ୟ। ଏଇ ପରିଚୟରେ କିଛି ସମସ୍ୟା ନାଇଁ କି ଝମେଲା ମଧ ନାହିଁ। ବଡ଼ ନିରୀହ ପରିଚୟ। ସୁତରାଂ ସେ ଗୋଟେ ଶାନ୍ତିନିକେତନୀ ଝୁଲା କିଣିଲା। ତା ଭିତରେ ଖଣ୍ଡେ ଡାଏରୀ, ଖଣ୍ଡେ ଦି'ଖଣ୍ଡ ବହି। ଟ୍ରାଉଜର ପଞ୍ଜାବୀ ପିନ୍ଧିଲା। ଛାତି ପକେଟରେ କଲମ ମାରିଲା ଓ ଗୋଟେ ଲେଖକର ଖୋଲଭିତରେ ପଶିଗଲା।

ଲେଖାଲେଖ୍ ପାଇଁ ଏ ଅଞ୍ଚଲର କିଛିଟା ଅନୁଭୂତି ସଂଗ୍ରହରେ ଆସିଛି, ଏ ଉତ୍ତର, ପ୍ରଶ୍ନକର୍ତ୍ତାଙ୍କୁ ଆଉ ସଂଦେହାଚ୍ଛନ୍ନ କଲାନାହିଁ ବରଂ କିଛିଟା ଶ୍ରଦ୍ଧା ଓ ସମ୍ଭ୍ରମ ହାସଲ କରିବାରେ ମଧ ସାହାଯ୍ୟ କଲା। ଆଦିତ୍ୟ ଭାବିଲା, ସତରେ ଲେଖକଟିର ଗୋଟେ ସ୍ୱତନ୍ତ୍ର ମର୍ଯ୍ୟାଦା ଥାଏ ସମାଜରେ।

ଏବେ ସେ ଏଇ ପରିଚୟରେ ଏଇଠି। ଝର୍କା ଖୋଲିଦେଲେ ଦମକାଏ ପବନ ସହ ଝଲକାଏ ଗଂଗାଶିଉଳିର ବାସ୍ନା। ଆଦିତ୍ୟକୁ ଲାଗିଲା ଏ ସ୍ଥାନଟାରେ ଗୋଟାଏ ନିଆରା ଅନୁଭବ ଅଛି ନିଶ୍ଚୟ; ନହେଲେ ମନ କାହିଁକି ହାର ମାନୁଚି ଏଠି ହୃଦୟ ପାଖରେ! ହୃଦୟ ଆବେଗପ୍ରବଣ ହୋଇପଡ଼ୁଛି, ଇଚ୍ଛା ହେଉଛି ସେ ସତରେ ଲେଖକଟେ ହେଇଯାଆନ୍ତା କି!

ସକାଳୁ ସକାଳୁ ଘରମାଲିକ୍ କହିଲା, କିଛି ତ କହିଲେ ନାହିଁ କେତେଦିନ ରହିବେ?

ଆଦିତ୍ୟ ବିରକ୍ତ ହେଲା। ମୁଁ'ତ କହିଚି ଯେତେଦିନ ରହିଲେବି ମାସକର ଭଡ଼ାଦେବି, ଏତେ ବ୍ୟସ୍ତ କାହିଁକି? ନେଇଯିବକି ଏବେ ଟଙ୍କା?

ଗଛ ଆଉ ଘର ଥରେ ଠିଆ କରିଦେଲେ ଖାଲି ଦେଇଚାଲନ୍ତି ନିଃସ୍ୱାର୍ଥ ଭାବରେ ଏଇ ତତ୍ତ୍ୱରେ ଖୁବ୍ ବିଶ୍ୱାସ ରଖୁଥିବା ଘର ମାଲିକଟି ଖୁସି ହେଇଗଲା ଆଦିତ୍ୟ କଥାରେ। ସେ ହାତମଲି କହିଲା, ମୁଁ କ'ଣ ଏବେ ଟଙ୍କା ମାଗୁଛି, ତେବେ ଫାଇନାଲ ହେଇଯିବାହିଁ ଭଲ। ଦଉଚନ୍ତି ଯଦି ଦେଇଦିଅନ୍ତୁ କିଛି ଟଙ୍କା।

ଆଦିତ୍ୟ ତା' ମନିପର୍ସ ଖୋଲିଲା।

ଘରମାଲିକ ଗଲାପରେ ଆଦିତ୍ୟ ଘେରାଏ ଘୂରି ଆସିବା ମତଲବରେ ବାହାରିଗଲା ଘରୁ। ଛୋଟ ବଜାରଟି ଏବେ ବିପୁଳ ବିସ୍ତାର ଭିତରକୁ ପଶି ପଶି ଯାଉଚି। ଆଖ ପାଖ ଗାଁରୁ ଲୋକମାନେ ଉଠିଆସୁଛନ୍ତି ଏଠାକୁ। ସହର ଛାଡ଼ି ଗାଁକୁ ଏବେ ଲୋକ ମନେ ପକାଉଥିଲା ବେଲେ ଗାଁ ଲୋକେ ଏବେ ଆଖ ପାଖରେ ସହର ଗଢ଼ିବାରେ ଲାଗିଛନ୍ତି। ରାସ୍ତା ଘାଟର ପରିବର୍ତିତ ରୂପ ଏବେ ସହରର ସମସ୍ତ ସୁବିଧା ପହଞ୍ଚେଇ ଦଉଚି ଗାଁରେ। ଖୋଲୁଛି ବ୍ୟାଙ୍କ, ବସୁଚି ମୋବାଇଲ ଟାୱାର, ପହଞ୍ଚ ଯାଉଚି କେବୁଲ କନେକସନ ବିଭିନ୍ନ ଚ୍ୟାନେଲର ବିପଣି ନେଇ; ଖୋଲିଯାଉଛି ମିଲ, କଂପ୍ୟୁଟର ପଏଣ୍ଟ, କୋଚିଂ ସେଣ୍ଟର। ଉଦ୍‌ଘାଟନ ହେଉଚି ବ୍ରାଣ୍ଡେଡ୍ କଂପାନୀର ଡ୍ରେସ ମ୍ୟାଟେରିଆଲ ସପ୍।

ଏଇ ବିସ୍ତୃତ ବେପାର ପାଇଁ ଘରର ଆବଶ୍ୟକତା। ଲୋକମାନେ ପାଗଲପ୍ରାୟ ତୋଳୁଛନ୍ତି ଘର। ରହିବାକୁ ରହିବା ହବ, ଭଡ଼ାବି ମିଳିବ। ଟୁ ଇନ୍ ୱାନ୍ ପ୍ରୋଜେକ୍‌।

ଆଦିତ୍ୟ ବୁଲୁ ବୁଲୁ ପହଞ୍ଚଗଲାଣି ଅନତି ଦୂରରେ ବହିଯାଉଥିବା କ୍ଷୀଣକାୟା ନଦୀଟି ପାଖରେ। ସେ ସେଠାରେ କିଛି ସମୟ ବସି ନଦୀ ଆରପଟର ବିସ୍ତୃତ ଶ୍ୟାମଳ କ୍ଷେତର ଦିଗନ୍ତ ବ୍ୟାପୀ ବିପୁଳତାକୁ ଦେଖୁଥିଲା ଆଉ ଭାବୁଥିଲା, ଏଇ ନଦୀମାନେ ହିଁ ମାନବ ସଭ୍ୟତାର ଜୀବନ ସ୍ରୋତ; ଅଥଚ ଏବେ ମାନବ ସଭ୍ୟତା ଯେତେଯେତେ ବିପୁଳ ହେଉଛି ସେତେ ସେତେ ନଦୀମାନେ ହେଇପଡ଼ୁଛନ୍ତି ସଂକୀର୍ଣ୍ଣ ଓ ସଂକ୍ଷିପ୍ତ।

ଆଦିତ୍ୟ ବିସ୍ମିତ ହେଉଥିଲା ଯେ ତା' ଭିତରେ ଗୋଟେ ଲେଖକ ହେବାର ପ୍ରବଣତା କୁଆଁମେଲି ଚାଲିଚି, ଅଥଚ ସେ କିଛି ଲେଖା ଜାଣେ ନାଇଁ।

ଦିନସାରା ଏଠି ସେଠି ବୁଲାବୁଲି କରି ହୋଟେଲରେ ଖାଇ ଫେରିଆସିଲା ଆଦିତ୍ୟ। ଘର ସଫାକଲା। ବିଛଣା ସଜାଡ଼ିଲା। ଛୋଟ କୋଠରୀଟି, ତାକୁ ଖୁବ୍ ଭଲ ଲାଗୁଥିଲା। ଏମିତି କେତୋଟି ଘର ଲମ୍ୟ କରି ତୋଳି ଦେଇଚି ଲୋକଟା। ଆଗକୁ ବାଉଣ୍ଡରି, ବାଉଣ୍ଡରି ଧାରେ ଧାରେ ଫୁଲଗଛ। ସାମ୍ନାକୁ ଛୋଟ ଗୋଟେ ଲନ୍। ଆଦିତ୍ୟ ତାରିଫ୍ କଲା, ଯା'ହେଉ ଲୋକଟାର ରୁଚିଜ୍ଞାନ ଅଛି।

ସଂଜ ପାଖେଇ ଆସିଲାଣି। ଆଦିତ୍ୟ ୱର୍କୀ ଖୋଲିଦେଲା। ଘର ଭିତରକୁ ପଶି ଆସିଲା ଦମକାଏ ପବନ ସହିତ ଝଲକାଏ ଗଂଗଶିଉଳିର ବାସ୍ନା। ସେ ୱର୍କୀ ପାଖକୁ ଚେୟାର ଟାଣି ନେଇ ବସିଲା। ବାହାରେ ମ୍ଲାନ ଜହ୍ନ। ଦୂରକୁ ଛାଇଛାଇକା ଦେଖାଯାଉଛି ଗୋଟେ ଏକତାଲା କୋଠଘର। ୱର୍କୀସବୁ ବନ୍ଦ। ଆଲୋକର କ୍ଷୀଣ ଧାର ଯାହା ଛିଟ୍‌କି ଆସୁଚି ବାହାରକୁ। ଘର ଚାରିପଟେ ନାତିଦୀର୍ଘ ଫୁଲଗଛମାନଙ୍କର

ଛାଇ। ସେଇ ଛାଇମାନଙ୍କ ଭିତରେ କୋଉଠି ଠିଆ ହେଇଚି ଗଙ୍ଗଶିଉଲି, ପଠେଇ ଦେଉଚି ପବନ ସହ କିଛି ମିଠା ମିଠା ବାସ୍ନା।

ଆଦିତ୍ୟ ବାସ୍ନା କଥା ଭାବୁଥିଲା। ଆଉ କିଛି ଭାବୁ ନଥିଲା। କ'ଣ ବା କିଛି କାହାକୁ ନେଇ ଭାବନ୍ତା, ହେଲେ ଝର୍କା ବାହାରର ସେଇ ପ୍ରଲମ୍ବିତ ଅସ୍ପଷ୍ଟ ଛାଇ ଭିତରୁ କିଛି ତାକୁ ଦୃଶ୍ୟମାନ ହେଉନଥିଲା।

ଭୋର ଭୋର। ନିଦ ଭାଙ୍ଗିଗଲା ଆଦିତ୍ୟର। ସକାଳର ତାଜା ଶୀତୁଆ ପବନ ପଶି ଆସୁଚି ଝର୍କାଦେଇ। ଫର୍ଚ୍ଚା ହେଇ ଆସୁଛି ବାହାରର ଦୃଶ୍ୟ। ଆଦିତ୍ୟ ତକିଆଟାକୁ ମୁଣ୍ଡ ତଳକୁ ଆହୁରି ଘନିଷ୍ଟ କରି ଟାଣି ଆଣିଲା ଓ ବାହାରକୁ ଚାହିଁ ରହିଲା। ହଠାତ୍ ଝର୍କା ପାଖରେ ଗୋଟେ ମୁହଁ। ଛଅ ସାତ ବର୍ଷର ଟିକି ଝିଅଟିଏ। ସକାଳ ପରି ତାଜା ତା ମୁହଁ। ଗତ ରାତିର ନିରୁପଦ୍ରବ ଗଭୀର ନିଦର ଛାଇ ତା ମୁହଁକୁ ଆହୁରି ତୋଫା କରି ତୋଳୁଛି। ହାତରେ ଧରିଚି ଗୋଟେ ଫୁଲ ଡାଲା। ଝିଅଟି ତା' ଝର୍କା ପାଖରେ କାହିଁକି ? ଆଦିତ୍ୟ ଚଞ୍ଚଳ ହେଲା। ମୁହଁ ଲମ୍ବେଇଲା। ଟିକେ ହସିଲା। ଝିଅଟି ମୁହଁରେ ମଧ୍ୟ ହସ ଉକୁଟି ଉଠିଲା। ଗୋଟେ ନିଚ୍ଛକ କୋମଳ ଆବେଗ ତାକୁ କାବୁ କରିପକାଉଥିଲା। ପଚାରିଲା, ଏ ଝିଅ, ତୋ ନାଁ ?

: କୁନ୍‌ମୁନ୍‌

: ବାଃ ବଢ଼ିଆ ନାଁ, କିଏ ଦେଇଚି ?

: ମମି

: ଠିକ୍ ଠିକ୍, ତୁ କ'ଣ କରୁଛୁ ଏଠି ? ଆଁ ?

: ଫୁଲ ତୋଳୁଚି ଯେ... ତମେ କିଏ ?

: ଆଦିତ୍ୟ ପରିଚୟ ସଂକଟରେ ପଡ଼ିଗଲା। କ'ଣ କହିବ ସେ' କିଏ ?

: କହୁନ ଅଙ୍କଲ, ତମେ କିଏ ?

: ଆଦିତ୍ୟ ହସିଲା, କହୁଚୁ ପରା ଅଙ୍କଲ... ପୁଣି...?

ଝିଅଟି ଟିକେ ଲାଜେଇ ଗଲା। କହିଲା, ହଉ, ହେଲେ ତମେ ଏ ଝର୍କାଖୋଲି କାହିଁକି ବସିଥାଅ ?

: ତମ ବାଡ଼ିରୁ ଭାସି ଆସୁଥିବା ଗଙ୍ଗଶିଉଲିର ବାସ୍ନା ଚୋରି କରିବାକୁ। ଆଦିତ୍ୟ ରସିକତା କରି କହିଲା।

: ଚୋରି ! ତମେ କ'ଣ ଚୋର ? ଝିଅଟି ଆତ୍ମିତ ହେଲା।

ହସିଲା ଆଦିତ୍ୟ। ତମ ବାଡ଼ିଆଡୁ ବଢ଼ିଆ ବାସ୍ନା ଆସେତ ରାତି ସାରା, ସେଇଥି ପାଇଁ ଖୋଲା ରଖେ ଝର୍କା।

: ହଁ, ଆମ ଗଙ୍ଗଶିଉଳି ଗଛ ନା... ବହୁତ ଫୁଲ, ମୋ ମମି ଲଗେଇଥିଲେ ସେ ଗଛ । ହଁ... କହିଲ ନାହିଁତ ତମେ କ'ଣ କର ?

ପୁଣି ଘାଇରେ ପଡ଼ିଲା ଆଦିତ୍ୟ । ସେ କରେ କ'ଣ ? କ'ଣ କହିବ ତାକୁ ଆଦିତ୍ୟ ? ଟିକେ ଭାବି ତା'ର ମିଛ ପରିଚୟଟି ଦେଇଦେଲା,... ମୁଁ ଲେଖାଲେଖି କରେ ।

: ଓ... ତମେ ଜଣେ ଲେଖକ ?... ବଢ଼ିଆ... କ'ଣ ଲେଖ ?

କ'ଣ ଲେଖେ ଆଦିତ୍ୟ ? ବଡ଼ ସରଳ ଅଥଚ ମାରାତ୍ମକ ପ୍ରଶ୍ନ ।

ବାଆଁରେଇଲା ଆଦିତ୍ୟ... ଏମିତି ଗପଫପ କବିତା ଫବିତା ଲେଖେ...

କହିଲ ଗୋଟେ ଗପ... ଗାଇଲ ପଦେ କବିତା... ନିରିମାଖୀ ଜିଜ୍ଞାସାଟିଏ ତୋଳି ଧରିଲା ଝିଅଟି ।

ଆଦିତ୍ୟ ବଡ଼ ଝିନଝଟରେ ପଡ଼ିଗଲା ଭଳି ବୋଧ କରୁଥିଲା. ହେଲେ କୁନିଝିଅଟିର ନୀରିହପ୍ରଶ୍ନ ତାକୁ ବିରକ୍ତ କରୁନଥିଲା ।

କହିଲା, କହିବି... କହିବି... ରହ... । ଆଛା କୁନମୁନ,... ତତେ ଖାଲି ମୁନ୍ ଡାକିଲେ ହୁଅନ୍ତାନି ? ମୁନ୍... ମୁନ୍... ଚାନ୍ଦ...

କୁନିଝିଅଟିର ହସ ଯେମିତି ସେ ବଗିଚାସାରା ଗୁଡ଼ାଏ ଫୁଲ ଫୁଟେଇ ଦେଲା, କହିଲା; ଚାନ୍ଦ... ବଢ଼ିଆ... ହଁ ସେ'ୟା ଡାକିବ...ମୁଁ ଯାଉଚି, ଆଁ !

ଚାନ୍ଦ ଚାଲିଗଲା । ଅଚାନକ । ଯେମିତି ଆସିଥିଲା ସେମିତି ।

ଆଦିତ୍ୟ ଝର୍କା ରେଲିଂ ପାଖରେ ମୁହଁ ଲଗେଇ ଡାକୁ ଥିଲା ଚାନ୍ଦ ଚାନ୍ଦ... ଚାନ୍ଦ ଗୋଟେ ଚିତ୍ରିତ ପ୍ରଜାପତି ପରି ଉଡ଼ି ଉଡ଼ି ଚାଲିଯାଉଥିଲା ଗଙ୍ଗଶିଉଳିର ବାସ୍ନା ଆଡ଼େ ।

ଆଦିତ୍ୟ ମନଟା ଫିକା ପଡ଼ିଗଲା । ସକାଳୁ ସକାଳୁ ଏଇ କୁନିଝିଅଟିର ଆବିର୍ଭାବ ତାକୁ ଏକ ନୂଆ ଅନୁଭବର ସ୍ପର୍ଶ ଯେମିତି ଦେଇଗଲା; ଯାହା ତା' ହୃଦୟକୁ ଆକ୍ରାନ୍ତ କରିପକଉଥିଲା ।

ସେଇ ଅବ୍ୟବସ୍ଥିତ ଦିନ ଚର୍ଯ୍ୟା ପରେ ରାତିରେ ବିଛଣାକୁ ଯିବା ପୂର୍ବରୁ ସେ ଦିନର ବିବରଣୀ ଲେଖିଥିଲା ଆଦିତ୍ୟ । ଚାନ୍ଦ କଥା ଲେଖିଲାବେଳେ କାହିଁକି ସେ ଅଧିକ ଭାବପ୍ରବଣ ହେଇ ପଡ଼ୁଥିଲା । ତାକୁ ଲାଗୁଥିଲା ଜୀବନର ଚଉହଦୀରେ ଘଟିଯାଉଥିବା ଘଟଣା ପ୍ରବାହଗୁଡ଼ିକ ମୋତେ ହାଲକା କିମ୍ବା ଗୁରୁତ୍ୱହୀନ ନୁହେଁ, ଯାହା ସେ ଏ ଯାଏ ଭାବି ଆସିଚି ।

ରାତି ପାହିଲେ ଅବଶ୍ୟ ପୁଣି ଝର୍କା ପାଖରେ ଚାନ୍ଦକୁ ଦେଖିବ, ଏଇ ଆଶା ରଖୁଚି ବୋଲି ତା'ର ଶେଷ ବାକ୍ୟରେ ଲେଖିଥିଲା ଡାଏରୀରେ ।

ତାହାହିଁ ଘଟିଲା। ଭୋଥରୁ, ଭୋଥରୁ ଚାନ୍ଦ। ଆଦିତ୍ୟ ଝର୍କା ପାଖକୁ ମୁହଁ ଲମ୍ବେଇ ଦେଲା। ଚାନ୍ଦ କହିଲା, ଅଙ୍କଲ... କାଲି ରାତିରେ ଗପ ଲେଖିଚ ? କହିବ ?

: ହଁ... ବହଲେଇଲା ଆଦିତ୍ୟ।

: ଆଚ୍ଛା ଅଙ୍କଲ ଗୋଟେ ଗପ ଲେଖିବ ? ଚାନ୍ଦ୍ ଖୁବ୍ ଗମ୍ଭୀର ଭାବରେ ଗୋଟେ ପୋଖତ ପରାମର୍ଶ ଦେଲା ଭଳି ଚାହିଁଲା ଆଦିତ୍ୟ ମୁହଁକୁ।

: ହଁ... ହଁ... କହନୁ...

: ଲେଖିବ ମୋ ମମିକି ନେଇ ଗୋଟେ ଗପ !

ଚମକି ପଡ଼ିଲା ଆଦିତ୍ୟ, କ'ଣ କହୁଚି ଏ ଚାନ୍ଦ... ତା' ମମିକି ନେଇ ଗପ ! ସେ ଗୋଟେ ରହସ୍ୟାଚ୍ଛନ ବଳୟ ଭିତରକୁ ପଶିଗଲା ଭଳି ଅନୁଭବ କଲା।

ଲେଖିବନା... କଟାଳ କରୁଥିଲା ଚାନ୍ଦ।

ଆଦିତ୍ୟ ତୋବା ହେଇ ଯାଇଥିଲା। ସତରେ ତ ସେ ଲେଖକ ନୁହେଁ, ଯଦିବା ଲେଖନ୍ତା... ତା ମମିକି ନେଇ କ'ଣ ?

ଗୋଟେ ଘଡ଼ି ଘଡ଼ି ଅଜାଡ଼ି ହେଇ ପଡ଼ିଲା ପରି ଡାକରେ ଅତର୍କିତା ଅନ୍ତର୍ହିତ ହୋଇଗଲା ଚାନ୍ଦ। ଘଟଣାର ତୀବ୍ରତା ଏତେ ସାନ୍ଦ୍ର ଥିଲା ଯେ ଆଦିତ୍ୟ କିଛି ବୁଝିଲା ବେଳକୁ ଦେଖିଲା ଚାନ୍ଦ୍ ଦଉଡ଼ି ପଳଉଚି।

ସେ ଦିନଟା ସାରା ବଡ଼ ଛଟପଟ ହେଲା ଆଦିତ୍ୟ। ତାକୁ ଲାଗିଲା ବୁଢ଼ିଆଣି ଜାଲର ବହଲ ଅଠା ଭିତରେ ହୁଏତ ସୁନ୍ଦର ପ୍ରଜାପତିଟିଏ ଲଟକି ରହି ଛଟପଟ ହେଉଚି କୋଉଠି... ହେଲେ ତାହାତ ତାର ଖୁବ୍ ଅପହଞ୍ଚ ଦୂରତାରେ...

“ଲେଖିବ ମୋ ମମିକି ନେଇ ଗୋଟେ ଗପ !” ଏଇ ଉତ୍ପୀଡ଼କ ବାକ୍ୟଟି ତାକୁ ଅହରହ ଆନ୍ଦୋଲିତ କରି ରଖିଥିଲା। ଅସରନ୍ତି ପ୍ରଶ୍ନମାନେ ତାକୁ ଛନ୍ଦି ପକଉଥିଲେ କୌଣସି ଯଥାର୍ଥ ଉତ୍ତରର ଅବର୍ତ୍ତମାନରେ।

ହେଇତ ଆସୁଚି ଘର ମାଲିକ। ପଚାରି ଦବ କି ତାକୁ ସେ ଘରର ଅନାଲୋଚିତ ରହସ୍ୟ ସଂପର୍କରେ ? ହେଲେ ଏ ପ୍ରଶ୍ନ ପଚାରିବାକୁ ସେ କିଏ ?

: ଆଉ କ'ଣ ବାବୁ, କୁଆଡ଼େ ବାହାରିଲେ ?

ଘର ମାଲିକ ଅତି ଆପଣା ସ୍ବରରେ ପଚାରିଲା।

ଆଦିତ୍ୟ କହିଲା, ନାଇଁ... ଏମିତି... ଆଚ୍ଛା ମଉସା, ଆପଣଙ୍କ ଝର୍କା ସେପଟ ଚଲାକାରେ କିଏ ରହନ୍ତି କି ? ଖୁବ୍ ଭଲ ଫୁଲ ସବୁ ଲଗେଇଛନ୍ତି... ଖୁବ୍ ବାସ୍ନା... ଆପଣ ଏଇ କ୍ୟାମ୍ପସରେ ଗୋଟେ ଗଙ୍ଗଶିଉଲି ଗଛ ଲାଗାଉ ନାହାଁନ୍ତି, ବାସନ୍ତା...

ହଁ ହଁ ଲଗେଇବା... ଲଗେଇବା... ଏତକ କହି ଘର ମାଲିକ ମୂଳପ୍ରଶ୍ନରୁ ଓହରି ଗଲାପରି ତରତରରେ ପଲେଇଲା ।

ଆଦିତ୍ୟକୁ ଲାଗିଲା ଘରମାଲିକ ବୋଧେ ସେ ଲୋକଟାକୁ ଠିକ୍ ଭାବରେ ଜାଣି ନାହିଁ କିମ୍ବା କିଛି କହିବାକୁ ଚାହେଁ ନାହିଁ ତା’ ସମ୍ପର୍କରେ । ହେଲେ ସେ କାହିଁକି ବିଚଳିତ ହେଉଚି, କାହିଁକି ଖାଲି ମନେପଡ଼ିଯାଉଚି ଚାନ୍ଦର କରୁଣ କଟାଳ, ଲେଖିବ ‘ମୋ ମମି କି ନେଇ ଗୋଟେ ଗପ’ ?

ସେ ଚାନ୍ଦଠାରୁ ଆସ୍ତେ ଆସ୍ତେ ସବୁ ବିବରଣୀ ସଂଗ୍ରହ କରିବ । ଆଦିତ୍ୟର ଦାୟିତ୍ୱହୀନ ସ୍ୱପ୍ନାୟିତ ମନ ଏବେ ଧୀରେଧୀରେ ମାଟିମଗ୍ନ ହେଇପଡ଼ୁଥିଲା ।

ସେଦିନ, ତାପରଦିନ, ତା’ ପର ଦିନ ଭୋର ଗଲା । ଚାନ୍ଦ ଆଉ ଝର୍କା ପାଖରେ ଦେଖାଯାଉ ନଥିଲା । ଏବେ ଝର୍କା ଖୋଲି ଦେଲେ ଝଲକାଏ ପବନ ସହ ଦମକାଏ ଗଙ୍ଗଶିଉଳିର ବାସ୍ନା ନୁହେଁ ଗୁଡ଼ାଏ ଦୀର୍ଘଶ୍ୱାସ ପଶି ଆସୁଥିଲା ଘର ଭିତରକୁ ।

ଆଦିତ୍ୟ ଚାନ୍ଦ ପାଇଁ ଉଚାଟ ହେଉଥିଲା । ଚାନ୍ଦ କିନ୍ତୁ ସେଦିନ ଆସିଲା ନାହିଁ । ତା ପରଦିନ ବି ଗଲା । ଆଦିତ୍ୟ ଭାବୁଥିଲା, ମାଡ଼ି ଯିବକି ସେ ଘର ଆଡ଼େ ? ଉକେଇ ପଠେଇବ କି ଚାନ୍ଦକୁ ? ହେଲେ କିପରି କେଉଁ ବାଟରେ ସେ ଯିବ ? କି ଉତ୍ତର ଦବ ଯେତେବେଳେ ଯାବତୀୟ ପ୍ରଶ୍ନମାନେ ତାକୁ ବାଟ ଓଗାଳିବେ ? ପୁଣି ଭାବିଲା, ସତରେ ତା’ର ବା କ’ଣ ଅଛି କାହାର ବ୍ୟକ୍ତିଗତ କଥାରେ ମୁଣ୍ଡପୂରେଇବା ? ଘଟଣା ବହୁଳ ପୃଥିବୀରେ ପ୍ରତିନିୟତ ବହୁ ଘଟଣା ଦୁର୍ଘଟଣା ଘଟୁଚି ଓ ଘଟିବା ସ୍ୱାଭାବିକ । ସେ ସବୁକୁ ଧରିବସିଲେ ଜୀବନ କାଳ ସରିଯିବ ସିନା ସମାଧାନରେ ପହଞ୍ଚିବା ସମ୍ଭବ ହେବନି ।

ସୁତରାଂ ସେ ଆଉ ସେ କଥାରେ ମୁଣ୍ଡ ନ ଖେଳାଇବାକୁ ନିଷ୍ପତ୍ତି କଲା ଓ ଭାବିଲା ଏଠୁ ଚାଲିଯିବ ।

ରାତି ସମ୍ପୂର୍ଣ୍ଣ ପାହିନାହିଁ । ଝର୍କା ପାଖରେ ଗୋଟେ ଚାପା ଡାକ... ଅଙ୍କଲ... ଅଙ୍କଲ...। ଆଦିତ୍ୟ ନିଦ ଚାଉଁକିନା ଭାଙ୍ଗିଗଲା । ସେ ଆତ୍ମସ୍ଥ ହେବା ପୂର୍ବରୁ ସ୍ୱପ୍ନ ଦେଖୁଚି କି ନା ଭାବିନେଲା । ନା... ଝର୍କା ପାଖରେ ଚାନ୍ଦ । ଆଦିତ୍ୟ ଝପଟି ଆସିଲା । ଅତ୍ୟନ୍ତ ଉଦଗ୍ରୀବ ହୋଇ ପଚାରିଲା, ଚାନ୍ଦ... ତୁ ଗଲୁ କୁଆଡ଼େ ଏତେଦିନ ?

ଚାନ୍ଦ ମୁହଁଟି ଶୁଖି ଯାଇଥିଲା । ଆଖିରେ ଟଲମଲ ହେଉଥିଲା ଲୁହ । ତା’ର ଏ ଅବସ୍ଥା ଦେଖି ଆଦିତ୍ୟର ଛାତିଫାଟି ଯିବାଭଳି ଲାଗୁଥିଲା । ହାତଗଲେଇ ତା ଲୁହ ପୋଛିବାକୁ ଯାଉଚିତ ଚାନ୍ଦ ତା ହାତରେ ପୁଲେ ଗଙ୍ଗଶିଉଳି ଫୁଲ ଧରେଇଦେଇ କହିଲା “ଏତିକି ଆଉ ନାହିଁ ।”

: ମାନେ ?

ଚାନ୍ଦ କାନ୍ଦକାନ୍ଦ ହୋଇ କହିଲା, ସେଦିନ ଡାଡି ମତେ ଏଠି ଦେଖ୍‌ନେଲେ। ଖୁବ୍‌ ପିଟିଲେ... ଦେଖୁଲା... ସେ ବୁଲିପଡ଼ି ତା' ପିଠିରୁ ଫ୍ରକ୍‌ଟାକୁ ଟେକିଦେଲା।

ଆଦିତ୍ୟ ଦେଖୁଲା ଚାନ୍ଦ ପିଠିରେ ମାଡ଼ର ଆରକ୍ତ ଦାଗ। ସେ ଏ ନୃଶଂସତାର ହେତୁ କିଛି ପାଉନଥୁଲା।

ଚାନ୍ଦ କହିଲା, ଡାଡ଼ି ମତେ କୋବଲେଇଲେ। ତୁ ସେଠିକି କାହିଁକି ଯାଇଥୁଲୁ ? ସେ କିଏ ? କାହିଁକି ସେ ବସୁଚି ଝର୍କା ପାଖରେ ? ଆଁ...

ମୁଁ କହିଲି, ଆମ ଗଙ୍ଗାଶିଉଲି ବାସ୍‌ନା ଦଉଚିତ... ସେଇଥୁ ପାଇଁ...

: ଆଁ, ଆମ ଫୁଲ ତାକୁ ବାସୁଚି ? ତୁ ପୁଣି ତାକୁ ବାସିଲୁଣି ଚାଲି ଯାଉଚୁ ସେଇଠିକି, ନୁହଁ ? ତା'ପରେ ତୋ ମମି ବାସିବ... ଆଛା... ହୁଁ। ଏୟା କହି ଡାଡି ମତେ ଖୁବ୍‌ ପିଟିଲେ।

ଆଦିତ୍ୟ ଆଶ୍ଚର୍ଯ୍ୟ ହେଉଥୁଲା। କାହା କଥା କହୁଚି ଚାନ୍ଦ ? ଗୋଟେ ମଣିଷର ନା ପାଗଲର ନା ଅସୁରର ? ତା'ର ତଟସ୍ତତାକୁ କଟେଇ ଚାନ୍ଦ କହିଲା, ଅଙ୍କଲ... ଆଉ ରାତିରେ ବାସ୍‌ନା ଆସୁଚି ?

ଏ କେତେଦିନ ହବ ଆଦିତ୍ୟର ଆଉ ସିଆଡ଼କୁ ନିଘା ନଥୁଲା। ସେ ଠିକ୍‌ ଉତ୍ତର ଦବାରେ ହଡ଼ବଡ଼େଇ ଯାଇ ଅନ୍ୟମନସ୍କ ଉତ୍ତର ଦେଲା, "ହଁ, ହଁ,... ଆସୁଚିତ...

ଚାନ୍ଦ ମଳିନ ହସଟେ ହସି କହିଲା, ଗଛତ ନାଇଁ ବାସନା ଆସିବ କୁଆଡୁ ?

: ମାନେ ? ଚକିତ ହେଲା ଆଦିତ୍ୟ।

: ଡାଡ଼ି ପରା କାଟି ଦେଇଛନ୍ତି ସେ ଗଛ...

ଗୋଟେ ଓଜନଦାର ବୋମାର ବିସ୍ଫୋରଣ ବା ପ୍ରଚଣ୍ଡ ଭୂମିକମ୍ପର ଭଙ୍ଗାରୁଜା ହୁଏତ ଏତେ ଧ୍ୱସ୍ତ ବିଧ୍ୱସ୍ତ କରିପାରନ୍ତା ନାଇଁ ଆଦିତ୍ୟ ମନକୁ, ଯାହା ଚାନ୍ଦର ଏ ପଦକ କଥା କରିଦେଲା।

କହିଲା, ଚାନ୍ଦ ତୋ ଡାଡ଼ି କ'ଣ ପାଗଲ ?

ନା... ମୁଁ କିଛି ଜାଣେନା... ହେଲେ ସେ ମିମି କି ଖାଲି... ସନ୍ଦେହ କରନ୍ତି। କୁଆଡ଼େ ଛାଡ଼ନ୍ତିନି। ଏପରିକି ଝର୍କା, ଦୁଆରେ ଠିଆ ହବାକୁ ମନା। ମମି କହିଲେ ଖୁବ୍‌ ପିଟନ୍ତି... ମମି ଖୁବ କାନ୍ଦେ, କହେ ମରିଯିବ। ମମି ମରିଗଲେ ମୁଁ କ'ଣ କରିବି ଅଙ୍କଲ ? ଡାଡ଼ି ମଦ ଖା'ନ୍ତି। ଯୋଉଦିନ ଅଧୁକ ପିଇଥୁବେ... ସେ ଦିନ ମମି କି ରାତିସାରା ଘର ଭିତରେ କବାଟ ବନ୍ଦ କରି କ'ଣ କରନ୍ତି କେଜାଣି... ମମିର କାନ୍ଦ ଖାଲି ଶୁଭେ... ମୁଁ ବାହାରେ ସାରାରାତି ଥରୁଥାଏ...

ସ୍ତବ୍ଧ ହେଇଯାଉ ଥିଲା ଆଦିତ୍ୟ।

ଚାନ୍ଦ୍ କହିଲା, ମୁଁ ଯାଉଚି ଅଙ୍କଲ... ଡାଡ଼ି ଉଠିପଡ଼ିବେ କାଲେ। ଚାନ୍ଦ୍ ଅଡ଼ଳ୍ଧା ପଲାଉଥିଲା। ଆଦିତ୍ୟ ପଚାରିଲା, ତୋ ମମି ଜାଣନ୍ତି ଏକଥା ?

ହଁ, ହଁ, ମମି ପରା ଲୁଚେଇ ରଖିଥିଲା ଏ ଫୁଲ। ଗଛଟା ସେ ଲଗେଇ ଥିଲାତ, କଟାହବା ଦିନ ଖୁବ୍ କାନ୍ଦିଲା। ଡାଡ଼ି ପରା ଧମକେଇଲେ କ'ଣ ସେଠି ଗୋଟେ କିଏ ଲେଖକ ରହୁଚି, ତାକୁ ତୋ ଗଛ ଫୁଲ ବାସିଲାଣି, ଠିକୁ ପଠେଇଲୁଣି, ନିଜେ ବି ଚାଲିଯିବୁ ମଉକା ଦେଖ, ନୁହଁ ?

: ଓଃ କେଡେ ସାଂଘାତିକ ତୋ ଡାଡ଼ିଟା ? ସେତୁ ମମି କ'ଣ କହିଲେ ?

ମମି ତ ଡରରେ କିଛି କହେ ନାଇଁ; କହିଲେ ତ ସାଙ୍ଗୋ ସାଙ୍ଗୋ ମାଡ଼ ଖାଇବ। ମମିତ କହେ, ସେ ମରିଯାନ୍ତା, ମୋ ପାଇଁ ଖାଲି ବଞ୍ଚିଛି। ସେ ସେଇ ଡରରେ କିଛି କହିଲା ନାହିଁ। ଆଉ ଏବେ ତ ମତେ ପଠେଇଲା, ଏ ଫୁଲ ତମକୁ ଦବାକୁ। କହୁଥିଲା କେହିହେଲେ ତ, ଏ ଫୁଲର ବାସ୍ନାକୁ ଘର ଭିତରକୁ ନବାକୁ ଝର୍କା ଖୋଲୁଚି। ମୋ ଗଛ ଲଗେଇବା ସାର୍ଥକ।

ଚାନ୍ଦ୍ ଚାଲିଗଲା ତାକୁ ପୁଣି ଗୋଟେ ଅସହାୟତାର ଅନ୍ତହୀନ କାରୁଣ୍ୟ ଭିତରକୁ ଠେଲିଦେଇ।

ସେ ସେଇମିତି ଠିଆ ହେଇଥିଲା ଖୁବ ସମୟ। ହାତ ମୁଠା ଭିତରୁ ଛଟପଟ ହେଉଥିବା ଗୋଟେ ସୁଦୀର୍ଘ ଅତୀତର ବିସ୍ତୃତ ଇତିହାସ ଫେରି ଆସୁଥିଲା ତା' ପାଖକୁ। ସେ ହାଇସ୍କୁଲରେ ପଢ଼ିବାବେଲର କଥା। ଦଶମ ଶ୍ରେଣୀରେ ପଢୁଥାଏ। କେମିତି କେଜାଣି କୋଉ ଚଗଲା ସାଙ୍ଗମାନେ ତାକୁ ଯୋଡ଼ି ଦେଇଥାନ୍ତି ତା'ରି ଶ୍ରେଣୀରେ ପଢୁଥିବା ଜୁଖ ସହିତ। ଜୁଖ ତ୍ରିପାଠୀ। ସେ ପାଖ ଗାର୍ଲ୍ସ ସ୍କୁଲରେ ପଢ଼ୁଥାଏ। ତାଙ୍କ ସ୍କୁଲରେ କୋଏଜୁକେସନ ନଥାଏ। ଆଦ୍ୟ କୈଶୋରର ସେଇ ସ୍ୱପ୍ନିଲ ମନ ଭିତରେ ଜୁଖଟି ତାକୁ ଲାଗୁଥିଲା ପରୀଟିଏ ପରି। ସ୍ୱପ୍ନଟିଏ ପରି। କଥା କାନକୁ କାନ ଯାଇ ଜୁଖ କାନରେ ବି ବାଜିଲା। ସୁତରାଂ ସ୍କୁଲ ଛୁଟି ପରେ, ଫେରିବା ବେଳେ ସାମ୍ନାସାମ୍ନି ପରସ୍ପରକୁ ଅତିକ୍ରମ କଲାବେଳେ ଗୋଡ଼ ଛନ୍ଦି ହେବା, ବା ଝୁଣ୍ଟିବା ବା ବହିବସ୍ତାନି ହାତରୁ ଗଲିପଡ଼ିବା ଭଲି ବହୁ ହାସ୍ୟାସ୍ପଦ ଘଟଣାମାନ ଘଟୁଥିଲା ବାରଂବାର। ସାଙ୍ଗମାନେ ଠଟ୍ଟା କରୁଥିଲେ। କହୁଥିଲେ, ଯେ' ପ୍ରେମର ଲକ୍ଷଣ। ହେଲେ ଦଶମ ଶ୍ରେଣୀ ସରି ଏକାଦଶ ଆରମ୍ଭ ବେଲକୁ ଜୁଖ ସ୍କୁଲ ଛାଡ଼ି ଥିଲା ତା' ବାପାଙ୍କ ଅନ୍ୟତ୍ର ବଦଲି କାରଣରୁ।

ସେଦିନ ଅକସ୍ମାତ ତା' ସାମ୍ନାରେ ଠିଆ ହୋଇଥିଲା ଜୁଖ। ଆଦିତ୍ୟକୁ ଲାଗୁଥିଲା

ସେ ସେଠି ମୂର୍ଛା ହେଇଯିବ କି ଛାତି ଫଟେଇଦବ । ତା' ବିକଳ ପଣକୁ ଦେଖ୍ ଜୁଇ
ଚୁପ୍ କରି କହିଲା, ସାଙ୍ଗମାନେ ଯାହା କହୁଛନ୍ତି, ତା' ସତ ହୁଅନ୍ତା... ହେଲେ ଆସନ୍ତା
କାଲି ଚାଲିଯାଉଛୁ ଆମେ ଏ ଯାଗା ଛାଡ଼ି । ଏଇ ନିଅ, ଆମ ବାଡ଼ିରେ ଲଗେଇ ଥିବା
ଗଙ୍ଗଶିଉଳିର ଫୁଲ କିଛି... ଆଉ ଦେଖାହବନି...

ତଥାପି ସେ ନିର୍ବାକ ନିରୁତ୍ତର, ନିଥର ଓ ନିସ୍ତବ୍ଧ ଥିଲା । ତା ହାତରେ ଗଙ୍ଗଶିଉଳି
ଫୁଲ ପୁଲେ ଗୁଁଜିଦେଇ ଜୁଇ ଗୋଟେ ସ୍ୱପ୍ନ ବଳୟ ଭିତରକୁ ପଶିଗଲା ଭଳି ଚାଲି
ଯାଇଥିଲା ।

ଏ ଘଟଣା ତାକୁ ବହୁତଦିନ ଆଚ୍ଛନ୍ନ କରିରଖିଥିଲା । ତାପରେ ଧୂଲି ଧୂଆଁ
ଧୂମାଳ ମାନେ ଗୋଟେ ବହଳ ଆସ୍ତରଣ ଜମାକରି ଦେଇଥିଲେ ସେଦିନ ସେଇ
ସ୍ମୃତିମାନଙ୍କ ଉପରେ ।

ଆଜି ପୁଣି ଚାନ୍ଦ୍ ହାତରେ ଧରେଇ ଦେଇଗଲା ମୁଠାଏ ଗଙ୍ଗଶିଉଳି, କହିଲା
ମମି ଦେଇଛନ୍ତି...। ଯେ' କ'ଣ ଜୁଇ !

ତଳିତଳାନ୍ତ ହେଇଯାଉଥିଲା ଆଦିତ୍ୟ । ପ୍ରାର୍ଥନାଟିଏ ତା ଆଖିରୁ ଲୁହ ହେଇ
ଝରି ଯାଉଥିଲା, "ହେ ଇଶ୍ୱର... ଯେ ଜୁଇହେଇ ନଥାଉ...।"

ଏହାପରେ ଆଦିତ୍ୟର ଅସ୍ଥିରତା ଜାରି ରହିଥିଲା ତା ପର ଦିନ ଭୋର ପର୍ଯ୍ୟନ୍ତ ।
ଚାନ୍ଦ୍ କାଲି ସକାଳେ ନିଶ୍ଚୟ ଆସିବ । ସେ ତା ଠାରୁ ସଂଗ୍ରହ କରିନେବ ସମସ୍ତ
ବିବରଣୀ । ଅନ୍ତତଃ ତା ମମିର ନାଁ ଟା । ଆହା...ଚାନ୍ଦ, କୁନି ଝିଅଟାର ଏ ସମସ୍ତ
କାରୁଣ୍ୟ ପାଇଁ ତା ପାଖରେ ଅଛି କ'ଣ ଦବାକୁ, ଖାଲି ଟିକେ ଆତ୍ମୀୟତା,
ସମ୍ବେଦନତା...।

ଦିନସାରା ସେ ଖୁବ୍ ଅନ୍ୟମନସ୍କ ହେଇ ବୁଲିଲା ଚାରିଆଡ଼େ । ଢେର ରାତି
ଯାଏ ନଈ ସହ କଥା ହେଲା, ଆକାଶକୁ ପ୍ରଶ୍ନ ପଚାରିଲା । ରୁମ୍କୁ ଫେରିବାକୁ ତାକୁ
ଖୁବ୍ ଅସହଜ ଲାଗୁଥିଲା । ସୁତରାଂ ରାତି ଗଭୀର ହେଲେ ସକାଳ ଶୀଘ୍ର ହବାର
ସମ୍ଭାବନା ନେଇ ସେ ଖୁବ୍ ଡେରିରେ ଫେରିଲା । ଝର୍କା ଖୋଲିବାକୁ ଯାଉଥିଲାତ,
ଅଟକିଗଲା, ଖୋଲିଲାନି । ଆଉତ ଦମକାଏ ପବନ ସହିତ ଝଲକାଏ ଗଙ୍ଗଶିଉଳିର
ବାସ୍ନା ଆସିବାର ସମ୍ଭାବନା ନାଇଁ; ବରଂ କିଛି ଲୁହ ଲହୁ କାରୁଣ୍ୟର ଦୀର୍ଘଶ୍ୱାସ ପଶିଆସି
ଖାଲି ଆହୁରି ଭାରାକ୍ରାନ୍ତ କରିଦବ ତାକୁ । ଥାଉ । ବନ୍ଦଥାଉ ଝର୍କା । ଭୋରୁ ଖୋଲାଯିବ,
ଚାନ୍ଦ୍ ଆସିଲେ ।

ଚାନ୍ଦ୍ ଡାକୁଟିକି ? ରାତି ସାରା ଛଟପଟ ଆଦିତ୍ୟର ପାହାନ୍ତା ପାହାନ୍ତା ଟିକେ
ଆଖିବୁଜି ହେଇ ଆସିଲା ବେଲକୁ ଏ ସ୍ୱର ଶୁଭିଲା ଝର୍କା ସେ ପଟରୁ । ସେ ହୁଦୁସ୍

ଉଠିଲା ଓ ୫ର୍କା ଖୋଲିଦେଲା। କାଇଁଚାନ୍ଦ? ଚାନ୍ଦ୍ କାଇଁ?? ବରଂ ତାକୁ ସଂପୂର୍ଣ୍ଣ ନିଷିଦ୍ଧ କଲାପରି ୫ର୍କା ସେପଟରେ ଠିଆ ହେଇଚି ଗୋଟେ ପ୍ରାଚୀର, ସେପଟର ସମସ୍ତ ଅବରୁଦ୍ଧ ଅସହାୟତାକୁ କାବୁ କରିନେଲା ଭଳି।

ଆଦିତ୍ୟ ଆଶ୍ଚର୍ଯ୍ୟ ହେଉଥିଲା। କେତେବେଳେ ଲୋକଟା ତା ୫ର୍କା ବାହାରେ ପାଚେରୀଟେ ଠିଆ କରି ଦେଲା ତାକୁ ତା ଇଲାକାର ଦୃଶ୍ୟପଟରୁ ବାଞ୍ଛନ୍ଦ କରିଦିବା ପାଇଁ !!

ମଣିଷ ଭିତରେ ଅମଣିଷ ପଣିଆ ଥରେ ମୁଣ୍ଡ ଟେକିଲେ ତାକୁ କେଉଁ ସ୍ତରରେ ନେଇ ପହଁଚାଇ ପାରେ ଏଇ ତଥ୍ୟଟି ଉନ୍ମୋଚନ କରୁକରୁ ଆଦିତ୍ୟ କିନ୍ତୁ ତା' ଭିତରୁ ଗୋଟେ ସାମର୍ଥ୍ୟର ସ୍ୱର ଶୁଣି ପାରୁଥିଲା। ତା ଭିତରର ଚୈତ ସଭାଟି ତା'ର ବୋହେମିଆନ ଜୀବନର କବ୍ଜା ଭିତରୁ ମୁକୁଲି ମୁକୁଲି ଆସୁଥିଲା। ତାକୁ ଲାଗିଲା କେହି କେବେ କେଉଁଠି କାହାରି କାରୁଣ୍ୟକୁ ଅବଦମିତ କରି ରଖି ପାରେନାଇଁ। ଆବେଗ ଓ ପ୍ରବଣତାର ଭାବତରଙ୍ଗକୁ କୌଣସି ପାଚେରୀ କେବେ ନିଷିଦ୍ଧ କରି ପାରେ ନାଇଁ, ତା ହେଇଥିଲେ ଏ ପୃଥ୍ବୀ ସେଇମିତି ଜଙ୍ଗଲ ଓ ମଣିଷମାନେ ପଶୁ ହୋଇ ରହିଥାନ୍ତେ।

ଆଦିତ୍ୟ ତା' କଲମଟାକୁ ମୁଠେଇ ଧଲଲା। ସେ ଏବେ ତା ପରିଚୟ ପାଇଯାଇଚି। ଆଉ ତା'ପରେ ଗୋଟେ ଦୁର୍ବିନୀତ ୫ଡ଼ ପରି ସେ ତା' କୋଠରୀରୁ ବାହାରିଗଲା।

ମାଟି ବିଲାପ

ଗାଁ ମୁଣ୍ଡ ଛକରେ ମିନିଟ୍ରକଟି ଗୋଟେ ଦ୍ୱଦ୍ୱରେ ପଡ଼ିଲା। ଭଳି ଛିଡ଼ା ହେଇଗଲା। ଡ୍ରାଇଭର ଚାହିଁଲା ସଦାଶିବ ବାବୁଙ୍କ ମୁହଁକୁ, କେଉଁ ପଟକୁ ଯିବା ? ସଦାଶିବ ବାବୁ ମଧ୍ୟ ଥତମତ ହେଉଥିଲେ। ନିଜ ଘରକୁ ବାଟ ପାଉନଥିବାର ଅସହାୟତା ତାଙ୍କୁ ଖୁବ୍ ଲଜ୍ଜିତ କରି ପକାଉଥିଲା। ଛକର ଦି'ପଟକୁ ଲମ୍ବି ଯାଇଛି ସଦ୍ୟ ନିର୍ମିତ ଶୁଭ୍ରଧବଳ କଂକ୍ରିଟ ରାସ୍ତା। ପୁଣି ଗାଁ ଛାତିକୁ ଚିରିଦେଲାଭଳି ଆଉ ଗୋଟେ ମଝିରେ। ଛକଟି ହେଇ ଉଠିଛି ଦୋକାନମୟ ଏବଂ ସେଠାରେ ସବୁ କ'ଣ କ'ଣ ଉପଲବ୍ଧ ତାହା ଜଣାଇ ଦେଉଛି ଟିଣ ବୋର୍ଡ଼ର ବିଜ୍ଞାପନ। ପୁଣି ଛକଟାକୁ କାବୁ କରିନେଇଛି ଅଡିଓ ସିଷ୍ଟମରୁ ଭାସି ଆସୁଥିବା ବିକୃତ ସଂଗୀତ।

ସଦାଶିବ ବାବୁ ତାଙ୍କର ହଜେଇ ଦେଇଥିବା ତାରୁଣ୍ୟର ସଙ୍ଗାତିକୁ ଖୋଜିବାର ଯେଉଁ ଅଭୀପ୍ସା ନେଇ ଆସିଥିଲେ ତା' ଯେ ଆଉ ମିଳିବାର ସମ୍ଭାବନା ନାଇଁ ଏହା ଭାବିଟିକେ ବିମର୍ଷ ହେଲେ।

ଡ୍ରାଇଭର କଣ୍ଠରେ ଟିକିଏ ବିରକ୍ତି ଫୁଟେଇ କହିଲା, କ'ଣ ଏଇଠି ଅଟକିବା ?

ସଦାଶିବ ବାବୁ ବଡ଼ ସଙ୍କଟରେ ପଡୁଥିଲେ, ପଚାରିବେ କାହାକୁ ନିଜ ଘରକୁ ରାସ୍ତା ? କ'ଣ ପଚାରିବେ ? କହିବେ, ମୋ ଘରକୁ ବାଟ କିଏ ? ବା ସଦାଶିବ ବାବୁଙ୍କ ଘରକୁ ଯିବାକୁ ହେଲେ କୋଉ ପଟରେ ଯିବାକୁ ହବ ?

ଯଦି ପ୍ରତିପ୍ରଶ୍ନ ଆସେ, କୋଉ ସଦାଶିବ ? ସତରେ ତାଙ୍କୁ ବା ଏଠି ଚିହ୍ନନ୍ତା କିଏ ? ନିଜ ଗାଁ ସହିତ ଦୀର୍ଘଦିନ ଧରି ଅସଂପର୍କୀତ ହେଇ ପଡ଼ିଥିବାର ପାପ ପାଇଁ ପ୍ରାୟଶ୍ଚିତ୍ତେ ଯେପରି ଖୋଜୁଥିଲେ ସେ। ଚାକିରିକାଳ ଭିତରେ ବାପା ବୋଉ ଥିଲା ବେଳେ କେତେଥର ଆସିଛନ୍ତି। ହେଲେ ରାତିକୁ ଆସି ସକାଳୁ କେମିତି ଯାଇ ଅଫିସ ଚେୟାର ଧରିବେ ତାଙ୍କୁ ଫୁରୁସତ୍ ନଥାଏ। ଝଟଝଟିଆ ସକାଳୁ ବସ୍ଷ୍ଟାଣ୍ଡକୁ ଧାଉଁଥିଲା

ବେଲେ ତାଙ୍କୁ ଲାଗେ ଯେପରି ଭୁବନେଶ୍ୱରରୁ କିଏ ଜଣେ ତାଙ୍କ ବେକରେ ଜାଂଜିରଟାଏ ପକେଇ ଘୋଷାରି ନେଉଚି। ତାଙ୍କୁ ଆଉ ଗାଁର ସ୍ୱଷ୍ଟ ଚିତ୍ର ଦେଖିବାର କୁ' ମିଳେନାଇଁ। ଆଉ ବାପା ବୋଉ ଯିବା ପରେ ଖୁବ୍ ଦିନ ଧରି ତାଙ୍କର ଆଉ ଗାଁ ସହିତ ସଂପର୍କ ନାଇଁ। ପୁଣି ବଦଳିଯାଉଥିବା ସମୟ ପରି ଯେ ଗାଁରେ ଚିତ୍ର ବଦଳିଯାଇଚି ତାଙ୍କର ସେ ଧାରଣା ଆସନ୍ତା କୁଆଡୁ?

ଡ୍ରାଇଭର ହର୍ଷ ମାଧମରେ ସ୍ୱିଚ୍ ଦେଲା ଯେ ସେ ଖୁବ୍ ବିରକ୍ତ ହେଇଗଲାଣି। ସଦାଶିବ ବାବୁ ଭାବୁଥିଲେ କାହାକୁ କିଛି ନ ପଚାରି ଗାଡ଼ି ମୋଡ଼େଇ ନେବେ ଗୋଟାଏ ଆଡ଼େ। କିଏ ଜାଣେ ସେଇ ଆଡ଼ଟା ତାଙ୍କ ଘରଆଡ଼କୁ ଯଦି ହେଉ ନଥାଏ, ପୁଣି ଫେରିଲେ ଅତ୍ୟନ୍ତ ଲଜ୍ଜାକର କଥା ହବ। ତାଙ୍କ ପିଲାଦିନର ସେଇ ଲଂବି ଯାଇଥିବା ମୁଖ୍ୟରାସ୍ତାଟି ନିଜ ରୂପ ବଦଳେଇ ଠିକ୍ ଅଛି ନିଜ ସ୍ଥାନରେ। ହେଲେ, ତା'ପରେ କୁଆଡ଼େ? ୬୪... ଏତେ ଅସହାୟତା ସେ କେବେ ଅନୁଭବ କରିଥିବାର ମନେ ପକେଇ ପାରୁନଥିଲେ।

: କିଏ ପୋକ ବାବୁ କି?

ଚମକି ପଡ଼ିଲେ ସଦାଶିବ ବାବୁ। ଦୀର୍ଘ ଅର୍ଧ ଶତାବ୍ଦୀରୁ ଅଧିକ ବର୍ଷ ତଳୁ ହଜେଇ ଦେଇଥିବା ସେ ନାଁଟାକୁ କିଏ ଡାକୁଚି ତାଙ୍କୁ!! ଯେଉଁ ନାଁଟା ଦିନେ ତାଙ୍କ ପାଇଁ ଲଜ୍ଜା, ଅପମାନ ଓ ଦୁଃଖର କାରଣ ଥିଲା, ଆଜି ଯେମିତି ସେଇଟା ତାଙ୍କ ପରିଚୟର ପ୍ରମାଣ ପତ୍ର ଧରି ଠିଆ ହେଉଚି ସାମ୍ନାରେ।

ଲଜ୍ଜା କିମ୍ବା ଅପମାନ ନୁହେଁ ପୁଲକିତ ହେଇ ପଡ଼ିଲେ ସଦାଶିବ ବାବୁ। ଏଇ ନାଁଟି ଏବେ ତାଙ୍କୁ ବାଟ କଡ଼େଇ ନବ ତାଙ୍କ ଘର ଆଡ଼କୁ।

ସେ ସାମ୍ନାରେ ଠିଆ ହେଇଥିବା ଲୋକଟିକୁ ଚାହିଁଲେ। ଚିହ୍ନିବାର କୁ' ନାଇଁ। ସହର ତାଙ୍କୁ ଯେତେ ସତେଜ ରଖିଚି, ଗାଁ ସେ ଲୋକଟିକୁ ସେତେ ସିଠୁଆ କରି ଛାଡ଼ି ଦେଇଚି। ସଦାଶିବ ବାବୁ ତାଙ୍କୁ ନିରିଖେଇ ଚାହିଁଲେ। ସେ ପୁଣି କହିଲା, ପୋକବାବୁତ!!

'ହଁ' ଅଜାଣତରେ ବି ପାଟିରୁ ବାହାରିଗଲା ଜବାବଟା।

: ମତେ ଚିହ୍ନାଁ... ମୁଁ ପ୍ରା' ଭର୍ଡ଼... ଭରତ...

ସଦାଶିବ ବାବୁ ତାଙ୍କୁ ଝିଙ୍କି ନେଲେ ଟ୍ରକ୍ ସାଇଡ଼କୁ। କହିଲେ, ଭର୍ଡ଼... ଗାଁଟାକୁ ତ ପୁରା ବଦଳେଇ ସାରିଲଣି, ମୋ ଘରଟା କେଉଁଠି? କେଉଁ ପଟରେ?

ଭର୍ଡ଼ ହସିଦେଲା। ତା ପାଟିରେ ଅବଶିଷ୍ଟ ଥିବା କେତୋଟି ଦାନ୍ତ ଖୁବ୍ ତାସ୍କଲ୍ୟ କଳାପରି ଜଣାପଡ଼ିଲା ସଦାଶିବ ବାବୁଙ୍କୁ।

ଭର୍ତ୍ତି କହିଲା, ସାଙ୍ଗରେ ଯିମି ?

ହାୟରେ ବିଡ଼ମ୍ବନା ! ସଦାଶିବ ବାବୁ ଦୀର୍ଘଶ୍ୱାସଟିଏ ପକେଇ କହିଲେ, ହଁ...
ହଁ... ଆ'...

ଗାଁ ମଝିରେ ତାଙ୍କର ସେଇ ପୁରୁଣା କାଳିଆ ତିସିଣିଆ ଘରଟା ଠିଆ ହେଇଥିଲା
ଗୋଟେ ଭୁଶୁଡ଼ି ପଡ଼ୁଥିବା ବୁନିଆଦକୁ ଜାବୁଡ଼ି ଧରିଲା ପରି । ପାଖାପାଖି ପ୍ରାୟ ନିର୍ମିତ
ହେଇ ସାରିଥିଲେ ସବୁ ଏକ ବା ଏକାଧିକ ମହଲା କୋଠାଘର । ଅସମୟରେ ଗୋଟେ
ମିନିଟ୍ରକ ଆସିବ ଓ ସେ ଘର ପାଖରେ ଠିଆ ହବ ଏଇଟା ସମସ୍ତଙ୍କୁ ଚକିତ କରିଦେବା
ଖୁବ୍ ସମ୍ଭବ ଥିଲା । ପୁଣି ଟ୍ରକରେ ଚିପ୍ସି କି ବାଲି ଇଟା ନଥିଲା, ଥିଲା ସବୁ ବିଭିନ୍ନ
ସାଇଜ୍‌ର ପେଟି ।

କ'ଣ ସବୁ ଅଛି ସେଥିରେ ? ବୁଢ଼ା କ'ଣ କିଛି ଚୋରାମାଲ ଆଣିଚି କି
ଲୁଚେଇ ରଖିବାକୁ ଗାଁ ଘରେ ! ନାଁ କୁଆଡୁ ହଡ଼ପ୍ କରି ଆଣିଚି ସରକାରୀ ମାଲ୍ ! !
ନାଁ ସେଥିରେ ଅଛି ମଦ ! ମଦମୃତ୍ୟୁ ଘଟଣା ପରେ ଧରପଗଡ଼ ହେଲାରୁ ବୋହି
ଆଣିଚି ଏଠାରେ ଗାୟବ କରିଦେବାକୁ ! !

ବହୁପ୍ରଶ୍ନ ଓ ଥଲକୂଲ ନଥିବା ଉତ୍ତରମାନଙ୍କ ଭିତରେ ଖୁବ୍ ବ୍ୟସ୍ତ ହେଉଥିଲେ
ପଡ଼ୋଶୀମାନେ । ସଚରାଚର ପଡ଼ୋଶୀମାନଙ୍କ ଅନୁମାନଟା ଅନ୍ଧକାର ଦିଗ ପକ୍ଷରୁ ହିଁ
ଆରମ୍ଭ ହୋଇଥାଏ ।

ସଦାଶିବ ବାବୁ ଚଢ଼ିଗଲେ ଟ୍ରକ ଉପରକୁ । ପାଖରେ ଠିଆ ହେଇଥିବା
ଯୁବକମାନଙ୍କୁ ଡାକିଦେଲେ, ଧରରେ ପିଲେ – ଧର । ମୁଁ ତମ ଦାଦା, ବଡ଼ବାପା,
ଅଜା, ଜେଜେମାନଙ୍କ ଭିତରୁ ଜଣେ । ମୋତେ ଚିହ୍ନିନା, ଚିହ୍ନିବ... ଚିହ୍ନିବ । ମୁଁ ଏବେ
ରହିବି ଏଇଠି । ତମରି ସାଙ୍ଗରେ । ଆଗେ ଏ କାମ ସବୁ କର, ସବୁ କହିବି ।

ପିଲାଛୁଆ ଟୋକାଏ ସବୁ ଲାଗି ଆସିଲେ ଟ୍ରକ ପାଖକୁ । ସେମାନେ ସେସବୁ
ଜିନିଷ ଓହ୍ଲେଇବାକୁ ପ୍ରସ୍ତୁତ, ହେଲେ ସେଥିରେ ସବୁ ଅଛି କ'ଣ ?

: ବହି...

: ବହି ! ! ଏ ଉତ୍ତରଟା ଯେମିତି ସେମାନଙ୍କର ଦୀର୍ଘ ବିସ୍ତାରିତ କୌତୂହଲକୁ
ମୋତେ ସଂତୁଷ୍ଟ କରିପାରୁନଥିଲା ।

ପୁରୁଣା ଖଣ୍ଡାର ଅଗଣା ଘରଟା ଭରପୂର ହେଇଗଲା ବହି ପେଟିରେ । ଏତେ
ବିପୁଳ ସଂଖ୍ୟାରେ ବହି ଜଣକ ପାଖରେ ଥାଇପାରେ ଏକଥା ସେମାନଙ୍କୁ ଯେତେ
ବିସ୍ମିତ କରୁନଥିଲା, ଏ ବହିସବୁ ସମୁଦାୟ କେତେ ଟଙ୍କାର ହେଇଥିବ ତାହାହିଁ
ସେମାନଙ୍କୁ ତଟସ୍ଥ କରୁଥିଲା ।

: ଏ ବହି ସବୁ ତମେ କିଣିଚ ? ପ୍ରଶ୍ନଟି ଏତେ ବିପୁଳ ଥିଲା ଯେ ତା'ର ଉତ୍ତର ଛୋଟ "ହଁ" ଟିରେ ମୋତେ କୁଲେଇ ପାରୁତା ନାହିଁ ।

: ହଁ ମୁଁ' କିଣିଚି...। ବହି କିଣି ପଢ଼ିବାରେ ଯେଉଁ ଆନନ୍ଦ ଥାଏ, ମାଗିକି ପଢ଼ିବାରେ ନଥାଏ। ବହି ମାଗି ପଢ଼ିବା ମାଗି ଖାଇବା ଭଳି କାର୍ଯ୍ୟଟିଏ ପରା !

ଭର୍ତ୍ତି ବହୁଦିନ ପରେ ତା'ର ପୂର୍ବ ରସିକତା ଫେରିପାଇଲା ଯେମିତି ଆପଣାର ବାଲ୍ୟବଂଧୁଟିକୁ ପାଇ। କହିଲା, ପ୍ରକୃତରେ 'ପୋକ' ନାଁଟି ତମ ପାଇଁ ନାକରା ନଥିଲା ସଦାଶିବ। ପିଲାବେଳେ ଅନବରତ ଯାଉସିଆଡୁ ଯାହା ପତ୍ରପତ୍ରିକା, ବହିପତ୍ର ପାଇଲ ସବୁ ପଢ଼ୁଥିଲ ବୋଲି ସାଙ୍ଗମାନେ ତମକୁ ପୋକ ଡାକୁଥିଲେ ଚିଡ଼େଇବା ପାଇଁ, ପ୍ରକୃତରେ ତମେ 'ପୋକ' ହିଁ ରହିଗଲ।

ସଦାଶିବ ବାବୁ ମନ ଖୋଲା ହସଟିଏ ହସିଦେଲେ। ଅନେକ ଦିନ ପରେ ପୋକର ବ୍ୟଞ୍ଜନାର୍ଥକୁ ସାର୍ଥକ କରିପାରିଥିବାର ଗୌରବ ବୋଧରେ।

ପୁରୁଣା ଆଭିଜାତ୍ୟକୁ ହରେଇ ଦେଇଥିବା ଗାଁଟିର ସକାଳ ଥିଲା ତଥାପି ନିଆରା ସଦାଶିବ ବାବୁଙ୍କ ପାଇଁ। ଗୋଟାଏ ଯୁଗ ପରେ ଯେମିତି ସେ ଭେଟୁଥିଲେ ସକାଳକୁ। ଦୁଆର ମୁହଁରେ ବସି ସେ ପିଲାଦିନର ଉଠଁତା ସୂର୍ଯ୍ୟର ଫର୍ଚ୍ଚା କିରଣକୁ ଖୋଜୁଥିଲେ ଯାହାକୁ ଆଗକୁ ମୋତେ ନଛାଡ଼ିବାର ଜିଦ୍‌ଟିଏ ପରି ଠିଆ ହେଇଥିଲା ସାମ୍ନା ଘରର କୋଠା। କୁଆ କୁକୁଡ଼ାମାନଙ୍କର ହାଉଜାଉ ସ୍ୱର ନଥିଲା, କୋଉ ଦୂରାନ୍ତରୁ ଟିକେ ଆବାଜ ଯାହା ଆସୁଥିଲା। ସଦାଶିବ ବାବୁ ଗାଁ'ର ଏହି ବଦଳ ମାନଚିତ୍ରରେ ସହରର ଦୂରତା ଅଧିକ କଳନା କରିପାରୁ ନଥିଲେ। ଅନ୍ତତଃ ଧୂଳି ଧୂସରିତ ଗାଁ ଦାଣ୍ଡଟି ଥା'ନ୍ତା ! ତାହା ବି ହେଇଯାଇଛି କଂକ୍ରିଟ ଢଲେଇ। ଆଗାମୀ କାଲିର କୁନି କୁନି ଶିଶୁମାନେ କୋଉଠୁ ସଂଗ୍ରହ କରିବେ ଗାଁ ଦାଣ୍ଡ ଧୂଳିଖେଳର ମଧୁର ଅନୁଭୂତି ! ସଦାଶିବ ବାବୁ ଦୀର୍ଘ ନିଃଶ୍ୱାସଟିଏ ଛାଡ଼ିଲେ।

ଯା' ହେଉ ତାଙ୍କର ନିଷ୍ପତ୍ତି ସେ କାର୍ଯ୍ୟକାରୀ କରିବେ ଏଇଠି, ଏଇ ଗାଁରେ। ତାଙ୍କର ସମସ୍ତ ପାର୍ଥିବ ସଂପତ୍ତିର ଏକମାତ୍ର ଉତ୍ତରାଧିକାରୀ ତାଙ୍କର ସନ୍ତାନ ହେଇପାରନ୍ତି, ହେଲେ ଏଇ ଅପାର୍ଥିବ ସଂପତ୍ତିକୁ ସାର୍ବଜନୀନ ନକରି କାହିଁକି ଅପାତ୍ରରେ ଦାନ ଭଳି ଦେଇ ଦିଅନ୍ତେ ସେମାନଙ୍କୁ ? ବରଂ ବହିଗୁଡ଼ିକ ସେମାନଙ୍କ ଧାରଣାରେ ବୋଝ ଓ ଅଯଥାର୍ଥ ଅର୍ଥ ଶ୍ରାଦ୍ଧ। ହେଇତ ସେଦିନ ଭୁବନେଶ୍ୱରରେ ତାଙ୍କର ନୂଆ ଦି' ତାଲା କୋଠା ପ୍ରତିଷ୍ଠା ପରେ ଯେତେବେଳେ ସେ କହିଲେ ତଳର ସେଇ ବଡ଼ ବଖରାଟାରେ ବହିସବୁ ସଜେଇ ଗୋଟେ ବ୍ୟକ୍ତିଗତ ଲାଇବ୍ରେରୀ କରାଯାଉ, ପୁଅମାନେ ପ୍ରତିବାଦ କରି ଉଠିଲେ। ଜୀବନକାଳ ଭିତରେ ତ ଖାଲି ବହି, ପତ୍ର ପତ୍ରିକା କିଣି କିଣି ବହୁ ଅର୍ଥ

ବ୍ୟୟ କରିଚ, ପୁଣି ଏବେ ସେ ଘରଟା ବନ୍ଦ କରିବାକୁ କହୁଚ, ଯାହାକୁ ଭଡ଼ା ଦେଲେ ମାସକୁ ଅତି କମ୍‌ରେ ପାଞ୍ଚଛ’ ଆସିବ। ସିକ୍ୟୁରିଟି ମନି ପୁଣି ଅଛି। ଏପରିକି ସାଙ୍ଗେ ସାଙ୍ଗେ ମୁହେଁ ଗୁଣାଗୁଣି ବି କରିଦେଲେ ବର୍ଷକୁ ଏତିକି ହେଲେ ଦଶବର୍ଷକୁ କେତେ। ତମ ଚାକିରିକାଳ ଭିତରେ ଏତିକି ରୋଜଗାର କରିଚ ତ !

ସଦାଶିବ ବାବୁ ବହିପତ୍ର କିଶାକିଣିକୁ କେବେ ଆର୍ଥିକ ଦୃଷ୍ଟିରୁ ତଉଲି ନାହାନ୍ତି ଜୀବନସାରା। ଏବେ କିନ୍ତୁ ପିଲାମାନେ ମୂଳରୁ କେଡ଼େ ହିସାବୀ ସତରେ ! ବେପାର କରୁଚନ୍ତି ତ...

ହେଲେ ସେ କିଛି କହିଲେ ନାଇଁ, ଖାଲି ପଚାରିଲେ, ତେବେ ଏସବୁ କ’ଣ କରିବା ?

ସମସ୍ତେ ଯେମିତି ତା’ର ଉତ୍ତରଟି ଠିକ୍ କରି ରଖିଥିଲେ। କହିଲେ, ପୁରୁଣା ବହି କାଗଜ ରୁଣ୍ଠେଇ କିଣୁଥିବା ହକରକୁ ଦେଇଦବା।

ସଦାଶିବ ବାବୁଙ୍କ ଛାତିଟିକେ ରୁକ୍ କରି ହେଇଗଲା। ଆହା ସେମାନେ କହିପାରିଥାନ୍ତେ ହେଲେ, କୋଉ ଲାଇବ୍ରେରୀକୁ ଦାନ କରିଦିଅ। ସେ ଗୋଟେ ଲମ୍ବା ନିଃଶ୍ୱାସ ଛାଡ଼ିଲେ ଓ ସ୍ତାଙୁ ପଚାରିଲେ ପିଲାମାନେ ଏୟା କହୁଚନ୍ତି, ତମର ମତ କ’ଣ ? ତାଙ୍କ ବହିପତ୍ର କିଶା କିଣିକୁ ଖୁବ୍ ଗୋଟେ ଭଲ ନଜରରେ ଦେଖୁନଥିବା ଓ ପଢ଼ାପଢ଼ିକୁ ସଂପୂର୍ଣ୍ଣ ସମୟର ଅପଚୟ ବୋଲି ଭାବି ଆସିଥିବା ପତ୍ନୀଙ୍କର ଉତ୍ତର ମଧ ତାଙ୍କ ମାନସିକତା ସପକ୍ଷରେ ନଥିଲା। ସୁତରାଂ ସେ ନିଷ୍ପତ୍ତି ନେଲେ ଗାଁକୁ ଚାଲିଯିବେ।

ଦିନେ ରାତିରେ ପୁଅମାନେ ନିଜ ନିଜ ଧନ୍ଦାରୁ ଫେରିଲା ପରେ ସଦାଶିବ ବାବୁ କହିଲେ, ଦେଖ, ତମମାନଙ୍କ ପାଇଁ ଯାହା କରିବା କଥା କଲି। ତମେମାନେ ତମ ନିଜ ନିଜ କ୍ଷେତ୍ରରେ ପ୍ରତିଷ୍ଠିତ ଅଛ। ମୁଁ ଭାବୁଚି ଗାଁକୁ ଚାଲିଯିବି। ସେଠାରେ ଗାଁ ଘରବାଡ଼ି ସବୁ ଅରକ୍ଷ ହେଇ ପଡ଼ିଚି। ତାର ସୁରକ୍ଷା ମଧ ଜରୁରୀ। ଏ ବହିସବୁକୁ ମୁଁ ନେଇଯାଉଚି, ସେଇଠି ଗାଁରେ ଗୋଟେ ଲାଇବ୍ରେରୀ ଖୋଲିବି। ଗାଁ ପିଲାମାନେ ପଢ଼ାପଢ଼ି କରିବେ। ମୁଁ ମଧ ରହିବି ସେଇଠି।

ପିଲାମାନେ ଅମଙ୍ଗ ହେଲେ। କହିଲେ, ଏ ବହିଗୁଡ଼ାକ ପାଇଁ କ’ଣ ଘର ଛାଡ଼ିଦବ ?

ନାଇଁ, ନାଇଁ ସେମିତି ଭାବନି। ମୁଁ ଭାବୁଚି ମୋର ସବୁ ସମୟ ତ ସହରରେ କଟିଲା। ଶେଷ ସମୟଟା ଗାଁରେ କଟାଏ। ତମେ ମାନେ ତ ପୁଣି ଗାଁକୁ ଯିବ କେବେ କେବେ ?

ବଡ଼ ପୁଅ କହିଲା, ସେ ଦିନରୁ କହୁଚି ସେ ଗାଁରୁ ସବୁ ବିକିବାକି ଦିଅ।

ଆମର ସେଠାକୁ ଆଉ ଯାଉଟି କିଏ ? ହଁ ତମେ ଯଦି ଯିବ, ବୋଉ କ'ଣ ଯିବ ସାଙ୍ଗରେ ?

: ମୁଁ ଜାଣିନି, ତାକୁ ପଚାର । ଜୀବନ ସାରା ତ ସେ ମୋ ସହିତ ବୋର ହେଇ ଆସିଚି । ତା'ର ଆପଭି ସବୁବେଳେ ପଢ଼ାପଢ଼ି ଉପରେ । ବହି ଯେମିତି ତା'ର ସଉତୁଣୀ । ଟିକେ ରସିକତା କରି ସଦାଶିବ ହସିଲେ ।

ବୋଉ କହିଲା, ମୁଁ ମୋର ପୁଅବୋହୂ ନାତିନାତୁଣୀଙ୍କୁ ଛାଡ଼ି କୁଆଡ଼େ ଯିବିନି । ସେ ତାଙ୍କର ଯା'ନ୍ତୁ... । ସଦାଶିବ ବାବୁ ସ୍ୱାଙ୍କ ଠାରୁ ଏ'ୟା ଆଶା କରିଥିବାରୁ ବିଶେଷ କିଛି ଆଘାତ ପାଇଲେ ନାଇଁ । ପେନ୍‌ସନ୍ ପାଇଁ ଆସିବାକୁତ ହବ ମାସରେ ଥରେ, ଏଇ ପ୍ରତିଶ୍ରୁତି ଦେଇ ସେ ସହର ଛାଡ଼ିଲେ । ତାଙ୍କର ଯେ ସେଠାରେ ନିହାତି ରହିବା ଆବଶ୍ୟକ ଆଉ ନାହିଁ ତାହା ମର୍ମେ ମର୍ମେ ଅମଜେଇ ସାରିଥିଲେ ସେ ।

ସେ ଭର୍ଯ୍ୟକୁ କହିଲେ, ଭର୍ଯ୍ୟ, ଗୋଟେ ଆଶ୍ରମ କଲେ କେମିତି ହୁଅନ୍ତା ଗାଁରେ ?

: ଆଶ୍ରମ... ଅ... ଅ !!

: ଚମକୁଚୁ କ'ଣ ? ମୁଁ ସେ ବାବାଜିଆ ଆଶ୍ରମ କଥା କହୁ ନାଇଁ । ଗୋଟେ ସୁନ୍ଦର ଚାଲଘର । ତା ଚାରିପଟେ ଫୁଲ ବଗିଚା । ଅଗଣାରେ କୂଅ । କୂଅ ଚାରିପଟେ ଚାନ୍ଦିନୀ । ଘର ଭିତରେ ଲମ୍ୱା କରି ଗୋଟେ ମେଲାଘର । ବହି ସବୁ ରହିବ ଥାକ ଥାକ । ପିଲାମାନେ ସବୁଯିବେ, ସଂଜସକାଲେ ପଢ଼ିବେ । ଭାଗବତ ଅଧାୟେ ଅଧାୟେ କରିବା, କଣ କହୁଚୁ ?

ଭର୍ଯ୍ୟ ତାଜୁବ ହେଉଥିଲା ଏ ପୋକବାବୁଙ୍କ କଥାରେ । ଗାଁଟା ସହରକୁ ଢୁରି ହେଉଥିଲାବେଳେ ଯେ' ଏବେ ଏଠି ସେଇ ପୁରୁଣା ମଫସଲକୁ ପୁଣି ସ୍ଥାପନ କରିବାକୁ ଚାହୁଁଛନ୍ତି ! କିଏ ସାଥ ଦବ ୟାଙ୍କ ସାଙ୍ଗରେ ? ଏ ଗାଁ ?

: କ'ଣ ଭାବୁଚୁ ଭର୍ଯ୍ୟ ?

: ନାଇଁ, ମୁଁ ଭାବୁଚି ଗାଁର ଏବେ ଅବସ୍ଥା ଯାହା, ଦୋ'ପାର୍ଟ ତିନିପାର୍ଟ ହେଇତ ଅବସ୍ଥା ଖରାପ । କାହାକୁ କହିବା ଏ କଥା ?

: ଆରେ ପାର୍ଟ ଫାର୍ଟ ସାଙ୍ଗରେ ଆମର ସଂପର୍କ କ'ଣ ? ମୋର ଯେଉଁ ସେ ଛକ ମୁଣ୍ଡରେ ବଡ଼ ଚକ ଜମିଟା ଅଛି, ସେଇଟି ତିଆରି କରିବା । ଆମେ ତ କାହାର କିଛି କ୍ଷତି କରୁ ନାହାନ୍ତି । ଦେଖିବୁ ଭଲ କାମ କଲେ ସମସ୍ତେ ସହାୟତା ଦେବେ ।

'ହଉ ଦେଖ' ବୋଲି ଗୋଟେ ତେଢ଼ା ଢଙ୍ଗରେ କହିଦେଲା ଭର୍ଯ୍ୟ । ସଦାଶିବ ବାବୁ କହିଲେ, ତୁ ଭାଙ୍ଗି ପଡ଼ୁଚୁ କାହିଁକି ଭର୍ଯ୍ୟ ? ତୁ ଆମ ସମସାମୟିକମାନଙ୍କୁ ଏଇ ଖବରଟା ଦେ । ମୁଁ ମଧ ଭେଟିବି ସେମାନଙ୍କୁ । ଆମେ ଯଦି ବାଟ ନଦେଖେଇବା

ଦେଖେଇବ କିଏ ? ଗାଁର ରାସ୍ତାଘାଟ କୋଠାବାଡ଼ି ଦୋକାନ ବଜାର ଯେତେ ବୈଷୟିକ ଉନ୍ନତି ହେଉଚି ହେଉ, ହେଲେ ତା'ର ସାଂସ୍କୃତିକ, ଆଧ୍ୟାମ୍ନିକ ଉନ୍ନତି ନହେଲେ ମଣିଷମାନେ ହଜି ଯିବେରେ, ମଣିଷପଣିଆ ଡୁବିଯିବ ।

ଭର୍ତ ବଡ଼ ବିମର୍ଷ ହେଇ କହିଲା, ପୋକବାବୁ, ମୁଁ ଏ ଗାଁର ବଦଳୁଥିବାର ଛବି ଦେଖୁ ଦେଖୁ ଆସି ଏଇଠି ହେଲିଣି । କେତେ ବେଳେ ଚାଲିଯିବି । କିନ୍ତୁ ମୁଁ ଜାଣେ ଗାଁ ଆଉ ଗାଁ ହେଇ ନାହିଁ, ଘର ବି ଘର ହେଇ ନାଇଁ । ସବୁବେଳେ ରାଜନୀତିକୁ ନେଇ, ବ୍ୟକ୍ତିଗତ ସ୍ୱାର୍ଥକୁ ନେଇ ଗାଁରେ, ଘରେ ସବୁଠି ତିକ୍ତତା । ବାପରେ ପୁଅରେ ଭଲ ନାଇଁ, ଆଉ ଭାଇ ତ ସଦାକାଲେ ଭଗାରି ।

ଭର୍ତ ଆଖିରୁ ଲୁହ ବୋହି ଆସିଲା ।

ତୁ' କାନ୍ଦୁଚୁ କାହିଁକି ଭର୍ତ ? ସଦାଶିବ ବାବୁ ଆଣ୍ଚର୍ଯ୍ୟ ହେଲେ । ଭର୍ତ ଆହୁରି ଜୋରରେ କାନ୍ଦି ଉଠି କହିଲା, ମୋ କଥା ତମକୁ କହିନାଇଁ ପୋକବାବୁ । ମୋ ପୁଅମାନେ ଆମ ବୁଢ଼ାବୁଢ଼ୀ ଦି'ଟାକୁ ଅଲଗା କରି ଦେଇଚନ୍ତି । ଏ ବୟସରେ ଆମେ ଦି'ପ୍ରାଣୀ କିମିତି ଚଳୁଥିବୁ ଜାଣ । ଏମିତି ପ୍ରାୟ ପ୍ରତି ଘରର ଅବସ୍ଥା ।

ସଦାଶିବ ବାବୁ ଭର୍ତର ବ୍ୟକ୍ତିଗତ ଜୀବନର ଦୁଃସହ ଦୁଃଖ କଥା ଜାଣି ନଥିଲେ । ସେ ଆଣ୍ଚର୍ଯ୍ୟ ତଥା ଦୁଃଖିତ ହେଲେ । କହିଲେ ବାର୍ଦ୍ଧକ୍ୟ ଭତ୍ତା ଫତ୍ତା କିଛି ମିଳିନି ? ଇନ୍ଦିରାଆବାସ ? ଭର୍ତ କହିଲା ସେ ଆଡ଼କୁ ଯାଆନ୍ତୁନି ବାବୁ, ସେ ବଡ଼ ଗହନ କଥା । ସବୁ ମାରପେଞ୍ଚର ରାଜନୀତି ଖୋଲ କରି ସାରିଲାଣି ସମାଜଟାକୁ ।

ସଦାଶିବ ବାବୁ ସରକାରଙ୍କ ଯୋଜନା ଓ ସମନ୍ୱୟ ବିଭାଗରୁ ରିଟାୟାର୍ଡ କରିଚନ୍ତି । ସେ ଜାଣନ୍ତି କେତେ ପ୍ରକାର, କେନ୍ଦ୍ର ଓ ରାଜ୍ୟ ସରକାରଙ୍କ ଯୋଜନା ସବୁ ଆସେ ଗ୍ରାମାଞ୍ଚଳର ବିକାଶ ପାଇଁ । ସେ ସବୁ ଏଠି ପହଞ୍ଚୁ ନାଇଁ ନାଁ ପହଞ୍ଚିବା ପୂର୍ବରୁ ବାଟରୁ ହଡ଼ପ ହେଉଚି ? କହିଲେ, ହଉ, ସବୁକଥା ଆସ୍ତେ ଆସ୍ତେ ବୁଝିବା । ଆଗେ ଆଶ୍ରମଟା ହେଇଯାଉ । ତାକୁ କେନ୍ଦ୍ର କରି ସବୁ ସମସ୍ୟାର ସମାଧାନ କରିବା ଗାଁର ।

ଖୁବ୍ କମ ଦିନରେ ସଦାଶିବ ବାବୁ ଗାଁର ଆପଣାର ହେଇଗଲେ । ଗୋଟେ ଭଲକାମ ଯେ ସେ କରିବାକୁ ଯାଉଚନ୍ତି, ହୃଦ୍‌ବୋଧ ହେଇଗଲା ସମସ୍ତଙ୍କର । ନବ୍ୟସଭ୍ୟତା ଭିତର ଦେଇ ଗାଁ ଭିତରକୁ ଅପସଂସ୍କୃତି ପଶି ଆସିବା ଘଟଣାକୁ ପ୍ରକାଶ୍ୟରେ ନହେଲେ ବି ଭିତରେ ଭିତରେ ଅସନ୍ତୁଷ୍ଟ ହେଇ ପଡ଼ିଥିବା ଲୋକମାନେ ସହଯୋଗର ହାତ ବଢ଼େଇ ଦେଲେ ।

ସଦାଶିବ ବାବୁ ଜାଣନ୍ତି ବୟସ୍କମାନଙ୍କ ଉଦ୍ୟମ ଓ ଉସ୍ଚାହରେ କାର୍ଯ୍ୟଟି ହେଲେହେଁ ତାକୁ ସମ୍ଭାଲିବେ ଯୁବକମାନେ । ତେଣୁ ଯୁବକମାନଙ୍କୁ ସାମିଲ କରିବା

ଉଦ୍ଦେଶ୍ୟରେ ସେ ସେମାନଙ୍କୁ ଡକାଇଲେ। କହିବା ବାହୁଲ୍ୟ, ଗାଁର ଯାବତୀୟ କୁକାର୍ଯ୍ୟ ଭିତରେ ସାମିଲ ଥିବା ଅର୍ଦ୍ଧଶିକ୍ଷିତ ବା ଯେନତେନ ପ୍ରକାରେ ଶିକ୍ଷା ହାସଲ କରିଥିବା ବାତରାମାନଙ୍କ ଦ୍ୱାରା କବ୍‌ଜା ହେଇଥିଲା ଗାଁଟା। ଗଞ୍ଜେଇ ଟଣା ଠୁଁ ଆରମ୍ଭ କରି ଶିଷ୍ଟ ରାଜନୀତି ବା ଭିଡ଼ିଓ ସୋ ମାଧ୍ୟମରେ ତାଙ୍କର ଦୁର୍ମୂଲ୍ୟ ସମୟ ଗୁଡ଼ିକ ବରବାଦ ହେଉଥିଲା। ପୁନଶ୍ଚ ବିଭିନ୍ନ ନାରୀ ଜନିତ କେଲେଙ୍କାରୀରେ ବି ସେମାନେ ସଂପୃକ୍ତ ଥିଲେ। ସୁତରାଂ ଯେଉଁ ଯୁବକମାନଙ୍କୁ ଏଥିରେ ସକ୍ରିୟ ଭୂମିକା ଗ୍ରହଣ କରନ୍ତେ ବୋଲି ସଦାଶିବ ବାବୁ ଆଶା କରୁଥିଲେ ସେମାନେ ଥିଲେ ଉଦ୍‌ଭ୍ରାନ୍ତ, ଉଦ୍‌ବାସ୍ତୁ।

ଭର୍ଘ ପରାମର୍ଶ ଟିଏ ଦେଲା, ଯିଏ ଏମାନଙ୍କୁ ଦିଗଭ୍ରଷ୍ଟ କରି ନିଜର ଚାମଚା କରି ରଖିଛି, ତାକୁ ନ ଧରିଲେ ସବୁ ଭଣ୍ଡୁର ହେଇଯିବ।

: ସେ କିଏ ? ସଦାଶିବ ବାବୁ ପଚାରିଲେ।

: ସେ ଏ' ପଞ୍ଚାୟତର ମୁଣ୍ଡି।

: ମୁଣ୍ଡି ?

: ହଁ, ଆଗରୁ ପେଟି କଣ୍ଟ୍ରାକ୍ଟରି, ବେପାରପତା ଆଦି କରୁଥିଲା, ଏବେ ଇଲେକ୍‌ସନରେ ଜିତି ପଞ୍ଚାୟତର ମୁଣ୍ଡି ହେଇଛି।

: ସେ' ଜିତିଲା କିପରି ?

: ହାତ୍ୱାରୁ।

: ସଦାଶିବ ବାବୁ ହସିଲେ। କହିଲେ ଭର୍ଘ, ଏ ଗାଁ ଗହଲି ରାଜନୀତି ସହିତ ତମେ ଜଡ଼ିତ। ତା'ମାନେ ନୁହେଁ ଯେ ମୁଁ କିଛି ଜାଣିନାହିଁ। ହେଲେ କ'ଣ କରିବା ? ଜନପ୍ରତିନିଧ୍ ଯେତେବେଳେ, ତାକୁ ତ ଏ କାମରେ ସାମିଲ କରିବାକୁ ହବ, କ'ଣ କହୁଚ ?

ଭର୍ଘ କହିଲା, କାଲି ସକାଳେ ଯିବା।

ତା'ପରଦିନ ସକାଳୁ ସକାଳୁ ଦୁହେଁ ପହଞ୍ଚିଲେ ସରପଞ୍ଚ ଘରେ।

ବହୁ ସମୟ ଅପେକ୍ଷା କଲା ପରେ ମୁଣ୍ଡି ଜାମାଯୋଡ଼ ହେଇ ଘରୁ ବାହାରିଲା।

ଭର୍ଘ କହିଲା, ସେ' ପୋକବାବୁ।

: କୋଉ ପୋକ ?

: ମାନେ ସଦାଶିବ ସାମନ୍ତରାୟ। ଆମ ଗାଁର ପୁରୁଣା ଖାନଦାନୀ ଘରର ପିଲା। ତମ ଜନମ ନାଈଁ ବାବୁ, ସେ ପାଠପଢ଼ି ଭୁବନେଶ୍ୱରରେ ଚାକିରି କରୁଥିଲେ। ତାଙ୍କର ପଢ଼ାପଢ଼ିରେ ଖୁବ୍‌ ଝୁଙ୍କ। ପିଲା ବେଳେ ବହି ସବୁ ନିକୁଟେଇ ପଢ଼ୁଥିବାରୁ ଆମେ ଡାକୁଥିଲୁ ପୋକ ବୋଲି। ସେଇ ନାଁ ତ ରହିଯାଇଛି ଆଖା ଗାଁରେ...

: କାମଟା କ'ଣ କୁହ। ଭର୍ଡ଼କୁ ଆଉ ଆଗକୁ ବଢ଼ିବାକୁ ନଦେଇ ମୁଣ୍ଡି କହିଲା।

: ସେ ଗୋଟେ ଆଶ୍ରମ କରିବେ ଗାଁରେ।

: ଆଶ୍ରମ ! ମୁଁ ଭାବିଲି ଗୋଟେ ଇଣ୍ଡଷ୍ଟ୍ରି ଖୋଲିବେ ବୋଧେ, ବୁଝିଲ ଭର୍ଡ଼, ଏଇ ପୁରୁଣା କାଳିଆ ଶିକ୍ଷିତ ଲୋକମାନଙ୍କର କିଛି ଆଡ଼ଭାନ୍ସ ଆଉଟ୍‌ଲୁକ୍ ନାହିଁ। କେମିତି ଆର୍ଥିକ ପ୍ରଗତି ହବ, ସେ କଥା ଚିନ୍ତା ନାହିଁ, ଖାଲି ଆଶ୍ରମ, ଯୋଗସେବା କେନ୍ଦ୍ର, ମନ୍ଦିର ସ୍ଥାପନ...

ତା' କଥାରୁ ସଦାଶିବ ବାବୁ ଯେ ପ୍ରତ୍ୟାଖ୍ୟାତ ହେଇ ଯାଉଚନ୍ତି ଜାଣିପାରି କହିଲେ, ରୁହ ବାବୁ, ଆଶ୍ରମର ଅର୍ଥ ଯାହା ଭାବୁଚ୍ ତା' ନୁହେଁ। ବାସ୍ତବରେ ମୁଁ ଗୋଟେ ଲାଇବ୍ରେରୀ ସ୍ଥାପନ କରିବାକୁ ଚାହୁଁଚି। ଗୋଟେ ଆଶ୍ରମ ଭଳି ପରିବେଶ ରହିବ ସେଠି। ପିଲାମାନେ ଅବସର ସମୟରେ ବହିପତ୍ର ପଢ଼ାପଢ଼ି କରିବେ। ସେମାନଙ୍କ ଚେତନାର ଉତ୍ତରଣ କରିବା ହିଁ ମୋର ଲକ୍ଷ୍ୟ, ଆଉ ତାହା ବହି ଦ୍ୱାରା ସମ୍ଭବ।

ମୁଣ୍ଡି ମୁଣ୍ଡରେ ଏଗୁଡ଼ା କିଛି ପଶୁନଥିଲା। ପାଠଶାଳରେ ଧାର ନଧରି ସେ ଯେ ପଂଚାୟତର ସରପଞ୍ଚ ହେବା ପର୍ଯ୍ୟନ୍ତ ଆସିପାରିଛି ସେଇଟା ତା ଭାଗ୍ୟର ସର୍ବଶେଷ ଓ ସର୍ବୋତ୍ତମ ଅନୁକମ୍ପା ବୋଲି ସେ ଧରି ନେଇଥିଲା। ସେ କଣ୍ଠରେ ତାଚ୍ଛଲ୍ୟ ଫୁଟେଇ କହିଲା, ଏ ଇଣ୍ଟରନେଟ ଯୁଗରେ ଆଉ ବହିପତ୍ର କିଏ ପଢୁଚି ? ପୁଣି ଟିଭି, ମୋବାଇଲ ତ ଏବେ ହରେକ ମନୋରଞ୍ଜନ ଘରେ ଘରେ ପରଶି ଦଉଚି।

ସଦାଶିବ ବାବୁ ଖୁବ୍ ଅସନ୍ତୁଷ୍ଟ ହେଇ କହିଲେ, ସେଇ ଯନ୍ତ୍ରଟା ତ ସମସ୍ତଙ୍କୁ ଖାଇ ସାରିଲାଣି। ଆମ ସଂସ୍କୃତି ପରମ୍ପରା ଆଦର୍ଶକୁ ଛିନଛତର କରସାରିଲାଣି। ସେ କେତେ କ୍ଷତି କରୁଚି ତାର ଫଳାଫଳ ଭବିଷ୍ୟତ ହିଁ ଭୋଗିବ। ତଥାପି ବାବୁ, ବହି ପଢ଼ିବାରେ ଗୋଟେ ସ୍ୱତନ୍ତ୍ର ଆନନ୍ଦ ଅଛି, ଅଛି ମଧ ଏକ ଅଲଗା ଆଦର୍ଶ। ବହି ମଣିଷକୁ ମଣିଷ ବୋଲି ଚିହ୍ନେଇ ଦିଏ। ବଂଧୁଭଳି ଭୁଲଠିକ୍‌ର ବାଟ ବତେଇ ଦିଏ। ଟିଭି କଣ କରେ ? କହେ ତମେ ଗୁଡ଼ା ମୋର ସବୁ ଗୋଲାମ୍, ଦେଖୁନ କେମିତି... ମୋ ମୁହଁକୁ ଚାହିଁ ଘଣ୍ଟା ଘଣ୍ଟା ଧରି ବସୁଚ ?

ମୁଣ୍ଡି ଏ ବୁଢ଼ା କଥାରୁ କିଛି ବୁଝିପାରୁ ନଥିଲା। ତା' ମସ୍ତିଷ୍କର ପରିସର ହୁଏତ ଏତେ ଗହନ କଥା ବୁଝିବାକୁ ବ୍ୟାପକ ନଥିଲା। ସେ ସେଇଠି କଥା ସାରିବାକୁ କହିଲା, କରୁଚନ୍ତି ଯଦି କରନ୍ତୁ। ମୁଁ ସବୁପ୍ରକାର ସାହାଯ୍ୟ ସହଯୋଗ ଯୋଗେଇ ଦବାର ପ୍ରତିଶ୍ରୁତି ଦଉଚି। ତା ସ୍ୱରରୁ ନେତା ପଟିଆର ଭାବ ବାରିହେଇ ପଡ଼ୁଥିଲା।

ସଦାଶିବ ବାବୁ ଉଠିଲେ। ତାଙ୍କ ମନଟା ଟିକେ ଫିକା ଜଣା ପଡ଼ୁଥିଲା। ବାଟରେ

ଭର୍ଚ କହିଲା, ଜଣେଇ ଦେଲେ କଥାଗଲା, ନହେଲେ ଦୁନିଆ ଟାଉଟରି ପେଣ୍ଠ ବାହାର କରିଥାନ୍ତା । ସେଇଟା ମୋତେ ଭଲ ଲୋକ ନୁହଁ । ଭାରି କୃତ୍ତୁଲିଆ ।

ମାତ୍ର ଦି' ମାସ ଭିତରେ ଗାଁ ଠାରୁ ସ୍ୱଚ୍ଛ ଦୂରରେ ଯେଉଁ ସୁନ୍ଦର ଚିତ୍ର ପରି ଘରଟେ ଠିଆ ହେଲା, କେଜାଣି କାହିଁକି ଗାଁ ଲୋକେ ଭାବିଲେ ଏମିତି ଏକ ଉଦ୍ୟମ କରି ପୋକବାବୁ ଗାଁର ଗୌରବ ବଢ଼େଇ ଦେଲେ ।

ପାଠାଗାର ଉଦ୍ୱାଟନ ହବ । ମୁଣ୍ଟି ପ୍ରସ୍ତାବ ଦେଲା ଆମର ଜନପ୍ରିୟ ବିଧାୟକ ହିଁ ହେବେ ଉଦ୍ୱାଟକ । ପୁଣି ତାଙ୍କର ସ୍ୱର୍ଗୀୟ ପିତା / ମାତାଙ୍କ ନାମରେ କିମ୍ବା ତାଙ୍କ ନାମରେ ଏଇ ଅନୁଷ୍ଠାନକୁ ନାମିତ କରିବା ପ୍ରସ୍ତାବ ମଧ ମୁଁ ରଖୁଚି । ଏପରି କଲେ ସେ ଘୋଷାରି ଆଣିବେ ସରକାରୀ ଅନୁଦାନ ।

ଟ୍ୟାମ୍ଟ୍ୟାଟେ କହିଲା, ତା ଯଦି ନହୁଏ ମୁଣ୍ଟିଙ୍କ ନାମରେ ଏହାର ନାମକରଣ ହେଉ ।

ଏ ସମସ୍ତ ପ୍ରସ୍ତାବକୁ ଅନ୍ୟମାନେ ନାକଚ କରିଦେଇ କହିଲେ, ଏହା କିପରି ହବ ? ପୋକବାବୁଙ୍କର ନିଜସ୍ୱ ଜାଗା ଉପରେ ସେ ନିଜ ଉଦ୍ୟମରେ କରୁଚନ୍ତି ଏ ଅନୁଷ୍ଠାନ । ସେଠି ରାଜନୀତି ପୂରେଇଲେ ଖୁବ୍ ଗଣ୍ଡଗୋଳ ହବ । ପୋକବାବୁ ନିଜେ ସ୍ଥିର କରନ୍ତୁ କ'ଣ କରାଯିବ ।

ସଦାଶିବ ବାବୁ ଦେଖିଲେ ତାଙ୍କର ମହତ ଉଦ୍ଦେଶ୍ୟଟାକୁ ଏମାନେ ପଶାପାଲିର ଗୋଟି କରିନେବାକୁ ଚାହିଁଲେଣି । ସେ କହିଲେ, ଦେଖ ଭାଇମାନେ, ଏ ଅନୁଷ୍ଠାନ ମୋର ବ୍ୟକ୍ତିଗତ ପ୍ରତିଷ୍ଠା ପାଇଁ ମୁଁ କରୁନାଇଁ । ପିଲାବେଲେ ବହି ଖଣ୍ଡେ ପଢ଼ିବି ବୋଲି ଗାଁ ଗାଁ ବୁଲି ଲାଇବ୍ରେରୀ ଦରାଣ୍ଡ ଥିଲି । ସେଇ ଅବସୋସକୁ ପୂରଣ କରିବା ପାଇଁ ମୋ ଗାଁର ପିଲାମାନଙ୍କ ପାଇଁ ମୁଁ ୟା'କୁ ଗଢ଼ିଛି । ଏହା ଆମ ଗାଁର ସଂପତ୍ତି । ତେଣୁ ଆପଣମାନେ ଦୟାକରି ଏଠି ରାଜନୀତି ପୂରାନ୍ତୁ ନାଇଁ । ଏ ଅନୁଷ୍ଠାନକୁ କିଏ ଉଦ୍ୱାଟନ କରିବ ମୁଁ ସ୍ଥିର କରିସାରିଛି । ଉଦ୍ୱାଟନ ଦିନ କହିବି । ସଦାଶିବ ବାବୁଙ୍କ କଥାରେ ଯଥାର୍ଥତା ସମସ୍ତେ ହୃଦୟଙ୍ଗମ କଲେ । ମୁଣ୍ଟି ମଧ ଚୁପ୍ ରହିଲା । କିଛି ଓଲମ ବିଲମ କଲେ ଲୋକମାନେ ତାକୁ ବିରୋଧ କରି ପକେଇବାର ସମ୍ଭାବନା ଥିଲା । ତା'ଛଡ଼ା ତା' ଭିତରେ ଇଚ୍ଛାଟିଏ ଗୁଜୁରି ରହିଲା ଯେ ତା'କୁ ବୋଧହୁଏ ଉଦ୍ୱାଟକର ପଟିଆରାଟା ମିଳିବ ଅନ୍ତତଃ । ଆଉ କାହାକୁ ମିଳନ୍ତା ଯେ !

ସେଦିନ ଆଶ୍ରମ ପରିସର ଲୋକାରଣ୍ୟ । ଗାଁରେ ଯେମିତି ଏକ ମହୋତ୍ସବ । ସମସ୍ତେ ଧନ୍ୟଧନ୍ୟ କହୁଚନ୍ତି ପୋକବାବୁଙ୍କୁ । ଯା' ହେଉ ସାମନ୍ତରାୟ ବଂଶର ଟେକ ରଖିଲେ ସେ । ତାଙ୍କ ବାପା ତିଆରି କରିଥିଲେ ଏ ଗାଁ ସ୍କୁଲ । ଆଜି ସେ ତିଆରି କଲେ

ଆଉ ଗୋଟେ ଅନୁଷ୍ଠାନ। ସମସ୍ତେ ଆଜି ନିଜ ନିଜର ସବୁ ଭେଦଭାବ ଭୁଲି ସେଇଠି ରୁଣ୍ଡ। ସମସ୍ତେ ବି ଲାଗିଚନ୍ତି କାମରେ।

ସଭା ଆରମ୍ଭ ହେବା ପୂର୍ବରୁ ସଦାଶିବ ବାବୁ ସୂଚନା ଦେଲେ ତାଙ୍କ କୈଶୋରର ସ୍ୱପ୍ନଟି କିପରି ଆଜି ରୂପ ନେଉଚି। କହିଲାବେଳେ ସେ ହୁଏତ ଲୁହ ସମ୍ବରଣ କରିପାରୁ ନଥିଲେ। ଶେଷରେ କହିଲେ, ଆଜିଠାରୁ ଏ ଅନୁଷ୍ଠାନକୁ ମୋ ଗାଁର ସର୍ବସାଧାରଣଙ୍କୁ ଉତ୍ସର୍ଗ କରୁଚି। ମୋର ସାମାନ୍ୟ ମାଲିକାନା ରହିବ ନାଇଁ ଏଠି। ମୋ ଗାଁର ଭବିଷ୍ୟତ ଏଇ ଯୁବକମାନେ ହେବେ ତାର ଧାରକ ଓ ରକ୍ଷକ।

ଏବେ ଉଦ୍‍ଘାଟନର ସମୟ। ମୁଣ୍ଡ ଟିକେ ସଜାଡ଼ି ହେଇଗଲା। ସଦାଶିବ ବାବୁ କହିଲେ, ମୁଁ ଦିନେ ଯେଉଁ ନାଁକୁ ଘୃଣା କରୁଥିଲି, ଯେଉଁ ନାଁ ମୋତେ ସେତେବେଳେ ଖୁବ୍ ଲଜ୍ଜିତ ଅପମାନିତ କରୁଥିଲା ସେଇ ନାଁ ମୋର ଆଜି ପରିଚିତି ସୃଷ୍ଟି କରିଛି। ସେଦିନ ମୋତେ 'ପୋକବାବୁ' ବୋଲି କହି ଯେ ଖୁବ୍ ଚାଞ୍ଚଲ୍ୟ କରୁଥିଲା, ମୋତେ ପିଲାମାନଙ୍କ ପାଖରେ ଛୋଟ କରି ଦେବାକୁ ଯେ ଚେଷ୍ଟା କରୁଥିଲା, ସେଇ ଭର୍ଡ ଓରଫ ଭରତଚନ୍ଦ୍ର ଦାସ ହିଁ ଆଜିର ଉଦ୍‍ଘାଟକ।

ଭର୍ଡ ଟିଲି ପଡ଼ିବକି? ଲୋଟିଯିବ କି ଭୂଇଁରେ? ଏ ଆକସ୍ମିକତାରେ ସେ ହତବମ୍ଭ ହେଇ ଯାଉ ଯାଉ ତାକୁ ଶୂନ୍ୟ ଶୂନ୍ୟ ଟେକି ନେଲେ ଟୋକାମାନେ ପେଣ୍ଠାଲ ଉପରକୁ। 'ଭର୍ଡ ଜିନ୍ଦାବାଦ' ଧ୍ୱନିରେ ଯେମିତି ଫାଟି ପଡ଼ିଲା ଜାଗାଟା।

ଆବାକାବା ଭର୍ଡ କାଦି ପକେଇଲା ଭୋ ଭୋ ପେଣ୍ଠାଲ ଉପରେ। ସଦାଶିବ ବାବୁ ତାକୁ କୁଣ୍ଢେଇ ପକେଇଲେ। ଥର୍ଥର ହାତରେ, ଲୁହ ଜୁଡୁବୁଡୁ ଆଖିରେ ଗୋଟେ କମ୍ପିତ ହୃଦୟ ନେଇ ଭର୍ଡ ଫିତା କାଟି ଦେଲା। ଖାଲି ପଦେ କହିଲା, ପୋକ ବାବୁ, ପିଲାଦିନର ସେଇ ମଧୁର ଅପମାନର ପ୍ରତିଶୋଧ ଏମିତି ନେଇଗଲ!

ଏଇ ଘୋ ଘୋ ଆନନ୍ଦ କଲରୋଲ ଭିତରେ ମୁଣ୍ଡ ଓ ତା ଚେଲାଚାମଚା– ଉଭାନ ହେଇ ଯାଇଥିଲେ କୁଆଡ଼େ।

ପାଠାଗାର ଉଦ୍‍ଘାଟନ ପରଠାରୁ ଯଥାରୀତି ଚାଲିଲା କାର୍ଯ୍ୟକ୍ରମ। ଯୁବକମାନେ ଛକରେ ବସି ଗୁଲଖଟି କରିବା ପରିବର୍ତ୍ତେ କିଛି ସମୟ ଦେଉଥିଲେ ସେଠି। ଖବର କାଗଜ, ପତ୍ରପତ୍ରିକା ଓ ବହିମାନଙ୍କ ଭିଡ଼ ଭିତରେ ସେମାନେ ଜୀବନ ପାଇଁ ଏକ ନୂତନ ସ୍ୱାଦର ଅନୁସନ୍ଧାନ କରୁଥିଲେ। ଗାଁରେ ଛକରେ ପୋକ ବାବୁଙ୍କର ଖୁବ୍ ଖାତିର ଓ ତାରିଫ କରାଯାଉଥିଲା। ଗୋଟେ ଲୋକର ତ୍ୟାଗ ଓ ନିଷ୍ଠା କେତେ ଦୃଢ଼ ହେଇପାରେ ତା'ର ପ୍ରମାଣ ପାଇଯାଇଥିଲେ ସେମାନେ। ସ୍ୱତଃ ପ୍ରବୃତ୍ତ ଭାବରେ

ସେମାନେ କିଛି କିଛି ଅର୍ଥ ମଧ୍ୟ ଦେବାକୁ ମନସ୍ଥ କରି ସାରିଥିଲେ ଅନୁଷ୍ଠାନକୁ ବଞ୍ଚେଇ ରଖିବା ପାଇଁ ।

ମୁଣ୍ଡ ମୁଣ୍ଡ କିନ୍ତୁ ଖରାପ ହେଇ ଯାଉଥିଲା ଧୀରେ ଧୀରେ । ସେ' ଲୋକଟାର ଆଉ କିଛି ମତଲବ ନାଇଁ ତ ? ଲୋକଗୁଡ଼ା ଯେମିତି ବାୟା ହେଉଛନ୍ତି ତା' କଥାରେ କିଏ ଜାଣେ ପଞ୍ଚାୟତ ଇଲେକ୍‌ସନରେ ତାକୁ ଠିଆ ନକରେଇ ଦେବେ ବୋଲି ? ତା'ଛଡ଼ା ଏବେ ଏବେ ତ ରିଟାୟାର୍ଡ ଲୋକମାନଙ୍କୁ ରାଜନୀତି କରିବାର ଗୋଟେ ପ୍ରବଣତା ଗ୍ରାସ କରିଚି । ବଡ଼ ବଡ଼ ଅଫିସରମାନେ ରିଟାୟାର୍ଡ ପରେ ଗୋଟେ ଗୋଟେ ରାଜନୀତି ଦଳକୁ ଆବୋରି ପଶି ଯାଉଛନ୍ତି କ୍ଷମତା ଲୋଭରେ । ବୁଢ଼ାଟା ଭୁବନେଶ୍ୱରରେ ନରହି କାହିଁକି ଆସି ଏ କାନ୍ଥ କାରଖାନା ଆରମ୍ଭ କରିଚି ଏଠି ? ତାକୁ କିଛି ଖୋସାମତିଆ ଉସ୍କେଇଦବା ମଧ୍ୟ ଅବାନ୍ତର ନୁହେଁ । ଖାନଦାନୀ ବଂଶର ପଟିଆରାଟା ବି ଅଛି । ଆଉ ଯଦି ବୁଢ଼ା ଠିଆ ହେଇଗଲା, ସେ ଯେ ଚିତପଟାଙ୍ଗ ମାରିଯିବ, ତା'ର କାର୍ଯ୍ୟକଳାପର ଆମ୍ୱ ସମୀକ୍ଷା କରି ଖୁବ୍ ଆତଙ୍କିତ ହେଇ ପଡ଼ିଲା ସେ ।

ସୁତରାଂ ତା' ମୁଣ୍ଡରେ ଥିବା ଦୁଷ୍ଟଅସୁରମାନେ ଡ଼ିଆଁ ଡେଙ୍ଗ ଆରମ୍ଭ କରି ଦେଲେ । ସେ ତା' ଚେଲା ଚାମୁଣ୍ଡାଙ୍କୁ ଲଗେଇ ଦେଲା, ଅସ୍ଥିର କରି ପକାଅ ବୁଢ଼ାକୁ । ଛାଡ଼ି ପଳାଉ ଭୁବନେଶ୍ୱର ।

ଚାମୁଣ୍ଡା ମାନେ ଆଶ୍ରମ ବାଡ଼ ଭାଙ୍ଗିଲେ । ଫୁଲ ଛିଣ୍ଡେଇଲେ । ଗଛ ଉପାଡ଼ିଲେ । ଚାଲ ଓଟାରିଲେ । କାନ୍ଥରେ ଅଶ୍ଳୀଲ ଚିତ୍ର ସହ ଲେଖାଲେଖି ବି କଲେ । ଆଶ୍ରମ ପାଖରେ ଟହଲ ମାରି ପାଠାଗାରକୁ ଆସୁଥିବା ସ୍କୁଲ କଲେଜ ଝିଅମାନଙ୍କୁ କମେଣ୍ଟ ମାରିଲେ । ଅଶ୍ଳୀଲ ଗୀତ ବଜେଇଲେ ମୋବାବାଇଲରୁ । ନାନା ପ୍ରକାର ଉତ୍ପାତ ଆରମ୍ଭ କରିଦେଲେ ।

ପୋକବାବୁ ସବୁ ସହୁଥିଲେ । ଆଶା ତଥାପି ରଖୁଥିଲେ ସବୁ ଦୁଷ୍କର୍ମୀ ସହିଗଲେ ହୁଏତ ସେମାନଙ୍କ ବିବେକ ଫେରିବ । ବିବେକ କିନ୍ତୁ ଫେରୁ ନଥିଲା । ଦୁଃସ୍ଥ ସମୟର କରାଳ ତୋଡ଼ରେ ହୁଏତ ବେକଭାଙ୍ଗି ପଡ଼ିଥିଲା କୋଉଠି ।

ମୁଣ୍ଡ ଦେଖିଲା, ବୁଢ଼ା ହଙ୍କୁନି । ଆଶ୍ରମ ଫାଶ୍ରମ ବନ୍ଦ କରି ପଳାଉ ନାଇଁ ଗାଁ ଛାଡ଼ି । ଆଉ ଅଳ୍ପଦିନ ରହିଲା ଇଲେକ୍‌ସନ୍ । ବୁଢ଼ାର ଦଣ୍ଡାଗିରି ଦେଖି ଯଦି ଲୋକେ ହୁରୁଡ଼ିଗଲେ ତା' ଆଡ଼କୁ, ତେବେ ତା ହୁକୁମତି ସରିଲା । ମୁଣ୍ଡ ବଡ଼ ଚିନ୍ତାରେ ପଡ଼ିଗଲା । କ'ଣ କରିବ !

ଦିନେ ଭର୍ଭ ଦୌଡ଼ି ଦୌଡ଼ି ଆସି ଘରେ କହିଲା, ପୋକବାବୁ, ଚାଲିଲ, ମୁଣ୍ଡ କ'ଣ ଆଶ୍ରମ ପାଖରେ ମପାଚୁପା କରୁଚି ।

: ମପାଟୁପା !! କାହିଁକି ?

: ତମ ଜମି ପାଖକୁ ତା' ଜମି ନୁହେଁ କି ? କ'ଣ କହୁଚି ଗୋଟେ ଭାବା ଖୋଲିବ ସେଠି !

ହାୟ... ଏତେ ପ୍ରତିକୂଲତାକୁ ସାମ୍ନା କରିବ ବୋଲି ଜାଣିଥିଲେ ସେ ମୋତେ ଆସି ନଥାନ୍ତେ ଏଠିକି । ହଉ, ଚାଲିଲୁ... ସଦାଶିବ ବାବୁ ଦୀର୍ଘଶ୍ୱାସ ଛାଡ଼ି ଉଠିଲେ ।

ପୋକବାବୁ ଆଶ୍ରମ ଭିତରେ ପଶୁ ପଶୁ ଦେଖିଲେ ହତା ଭିତରେ – ପୋତାଯାଇଚି ଏକ ଖୁଣ୍ଟି । ଗୁଡ଼ାଏ ଲୋକ ଜମା ହେଇଚନ୍ତି । ଅମୀନ ଟେନମ୍ୟାନ ମପା ଟୁପାରେ ବ୍ୟସ୍ତ । ମୁଣ୍ଡ ସିଗାରେଟ ଟାଣି ମାମଲଟି କରୁଚି ।

: ସେ' ଖୁଣ୍ଟି କ'ଣ ଏଠି ?

: ମୋ ଜମି ସେଠିକି ବାଟ ପର୍ଯ୍ୟନ୍ତ ଅଛି । ରେକର୍ଡ କହୁଚି । ପୋକବାବୁ ହତାଶ ହେଲେ । ହୁଏତ ଥାଇପାରେ । ଦୀର୍ଘଦିନ ଧରି ତାଙ୍କର ତ' ଜମିବାଡ଼ି ସହିତ ସଂପର୍କ ନଥିଲା । ତଥାପି କହିଲେ, ପଟ୍ଟା ପାଉତି ଦେଖେଁ, ତା'ପରେ ଯାହା କରିବ ।

: ନାଇଁ ନାଇଁ... ତମେ ଯାହା ଦେଖିବ ଦେଖ । ସରକାରୀ ଅମୀନ ମାପୁଚି । ଯୋଉଠି ଖିଲ ମାରୁଚି, ସେଇଠୁ ମୋର । ଫଇସଲା ନହେବା ଯାଏ ସେ ଜାଗା ମାଡ଼ିଲେ ଶହେ ଚଉରାଲିଶ ଲଗେଇଦେବି ।

ପୋକବାବୁ ଦେଖିଲେ ଆଶ୍ରମ ଘରର ଅର୍ଦ୍ଧାଧିକ ଅଂଶକୁ ମାଡ଼ିବସିଚି ଖୁଣ୍ଟି । ଜମି ଛାଡ଼ିବାକୁ ହେଲେ ଭାଙ୍ଗିବାକୁ ପଡ଼ିବ ଘର । ଘର ତ ଭାଙ୍ଗିଲେ ଆଶ୍ରମର ପାଠାଗାର ଚାଲିଯିବ ମୁଣ୍ଡ ଦଖଲକୁ । ସେ ଆଉ ଭାବି ପାରିଲେ ନାଇଁ । ତାଙ୍କୁ ଲାଗୁଥିଲା ସେଇ ସୀମା ନିର୍ଦ୍ଧାରଣ କରୁଥିବା ଖୁଣ୍ଟିଟା ଗୋଟାଏ ବର୍ଚ୍ଛା ହେଇ ଭୁସି ହେଇ ଯାଉଚି ତାଙ୍କ ଛାତିରେ । ସେ ସେଇଠି ଟଳିପଡ଼ିଲେ ।

ପୋକବାବୁଙ୍କର ଚେତା ଫେରିଲା ବେଳକୁ ସେ ତାଙ୍କ ଘରେ, ଖଟରେ । ପାଖରେ ଭର୍ତ୍ତ । କହିଲେ, ଭର୍ତ୍ତ, ଆଉ ପାରିବିନି । ଏତେ ଲଢ଼େଇ କରିପାରିବି ନାଇଁ ଏ' ଅପଶକ୍ତିମାନଙ୍କ ବିରୁଦ୍ଧରେ । ଚାଲିଯିବି ଭୁବନେଶ୍ୱର ।

ଫେରିଯିବା କଥା ମନରେ ଆସିଲାରୁ ଲୁହ ଖସି ପଡ଼ିଲା ତାଙ୍କ ଆଖରୁ । କେତେ ଢାକ୍ ରେ ସେ କହି ଆସିଥିଲେ ନୂଆ କିଛି ଗୋଟେ କରିବାକୁ ଗାଁରେ । ହେଲେ ହେଲା କ'ଣ ? ଏବେ ସେ ଫେରିବେ କେଉଁ ମୁହଁରେ !

ପଚାରିଲେ : ଭର୍ତ୍ତ, ଗାଁ ଲୋକେ ସବୁ କ'ଣ କହୁଚ୍ଚନ୍ତି ?

ଭର୍ତ୍ତ କହିଲା, ଗାଁ ଲୋକେ ଏବେ ସେ କଥାରେ ଆଉ ମୁଣ୍ଡ ଖେଲେଇବାକୁ

ଚାହୁଁ ନାହାନ୍ତି। ଜମି ବାଡ଼ି କଥା। ମୁଣ୍ଡ ହାତରେ ସବୁ ସରକାରୀ ଲୋକ ପୁଣି ଥାନା ତହସିଲ କୋର୍ଟ କଚେରୀ। କିଏ ସେ ଝମେଲାରେ ପଶିବ?

ପୋକ ବାବୁ ଜାଣିଲେ, ବୟସ୍କମାନେ ସ୍ଥବିର। ଯୁବମାନେ ସ୍ୱାର୍ଥୀ, ଦିଶାହୀନ। ସମୟ ବଡ଼ି କ୍ରୁର। ଆଉ କାହାକୁ ଭରସା କରନ୍ତେ? ନିଜକୁ? ଆଉ କେତେ? ନାଃ...

ସେଇ ଦିନଠୁଁ ପୋକବାବୁ ଘରେ। ଦୁଆରେ ବସନ୍ତି। ଖଟରେ ଶୁଅନ୍ତି। କହନ୍ତି, ଭର୍ତ୍ତିରେ, ମରିଗଲେ ସେଇ ଆଶ୍ରମ ପାଖାପାଖି ମୋତେ ମାଟି ନବାକୁ ମୋ ଇଚ୍ଛା ବୋଲି ଜଣେଇ ଦବୁ ସମସ୍ତଙ୍କୁ।

ଭର୍ତ୍ତ ଦୀର୍ଘଶ୍ୱାସ ଛାଡ଼େ। ଲୋକଟାର ଛାତି ଭିତରର କୋହଟାକୁ ନିଜ ଭିତରେ ଅମଳାଏ। ସେ ବି କାନ୍ଦି ପକାଏ।

ପୋକବାବୁଙ୍କର ଅସହାୟ ନୀରବତା ଓ ନିଷ୍କ୍ରିୟତା ଦେଖି ମୁଣ୍ଡ କୁରୁଳି ଉଠେ ଓ ତା'ର ଯଥେଚ୍ଛାଚାର ସୀମାଲଂଘିବା ଆରମ୍ଭ କରେ।

ଗାଁ ଲୋକେ ମୁଣ୍ଡହୀନ ଭାବେ ଗାଲେଇ ଯାଆନ୍ତି।

ରାତି କେତେ ହେଲାଣି କି? ମଲିଛିଆ ଜହ୍ନ ପଡ଼ିଚି ଆକାଶରେ। ଗାଁ ଛାତି ଫାଡ଼ି ଲଂବିଯାଇଥିବା କଂକ୍ରିଟ ରାସ୍ତାଟା ଦେଖାଯାଉଛି ଗୋଟେ ଆଦିମ ସରୀସୃପ ପରି। ପୋକବାବୁ ତାଙ୍କ କୈଶୋରର କେଉଁ ଏକ କଉତୁକିଆ ଜହ୍ନରାତିକୁ ମନେ ପକେଇ ହତାଶ ହେଉଥିଲେ ଓ ଚାଲ ଚାଲ ହେଇ ଚାଲିଆସିଲେ ଗାଁ ଛକ ଆଡ଼େ। ଗୋଟାଏ ଦୁର୍ବିନୀତ କ୍ଷୋଭ ତାଙ୍କୁ ଆଉଟୁପାଉଟୁ କରୁଥିଲା ଭିତରେ ଭିତରେ।

ଆଶ୍ରମ ହତାରେ ନିଆଁ ଦେଖାଯାଉଚି। କିଛି ଗୋଟାଏ ଜଳୁଚି ବୋଧେ। ନିଆଁ ଲଗେଇ ଦବାର ମସୁଧା କରିଛନ୍ତି କି ବାଚାଳମାନେ? ତାଙ୍କ ଛାତି ଚାଉଁକିନା ହେଇଗଲା। ସେ ଝପଟି ଚାଲିଲେ ସେଇଆଡ଼େ।

ଆଶ୍ରମ ଭିତରୁ ଶୁଭୁଚି କିଛି ଅସଂଲଗ୍ନ କଥାବାର୍ତ୍ତା ଓ ହସ। ସେ ପରର କଥା, ଆଗ ନିଆଁଟାକୁ ଦେଖାଯାଉ। ସେ ଚାଲିଲେ ଆଶ୍ରମ ଘରର ପଛଆଡ଼େ। ଦେଖିଲେ ଚୁଲି ଜଳୁଚି ହୁତୁହୁତୁ। ଚୁଲି ଉପରେ ଗୋଟେ ହଣ୍ଡାରେ ଫୁଟୁଚି ମାଂସ। ଗୋଟେ କିଏ ଢୁଳାଉଚି ଚୁଲି ମୁଣ୍ଡରେ, ମଦ କି' ଗଂଜେଇ ନିଶାରେ। ମାଂସର ଲାଲାକ୍ତ ବାସ୍ନା ପେଲି ଆସୁଚି ଗୋଟେ ଅଶ୍ଳୀଳ ଗୀତର ଲହର ପରି। ଗୋଟେ ଜାନ୍ତବ କ୍ଷୁଧା କବ୍ଜା କରି ନେଇଚି ପରିବେଶ। ସେଥାରୁ ସେ ଆସ୍ତେ ଖସି ଆସିଲେ ଅସଂଲଗ୍ନ କଥାବାର୍ତ୍ତା ଆଡ଼େ। ଝର୍କା ଫାଙ୍କ ରେ ଦେଖିଲେ ତାଙ୍କ ପ୍ରାଣର ବହିମାନେ ଛିନ୍ଛତର ଯାଡ଼େସ୍ୟାଡ଼େ। ବହିକି ପିଢ଼ା କରି ପଂଖାଏ ମଦ୍ୟପାନ ସହ ଉପଭୋଗ କରୁଚନ୍ତି ଭିଡିଓରୁ ଲଙ୍ଗଳା ଚିତ୍ର। ନିଶାଗ୍ରସ୍ତତା ଭିତରେ ହେଇ ପଡୁଚନ୍ତି ଖୁବ୍ ଖୁଚୁବୁଚୁ ଓ ଉଦ୍ଦଣ୍ଡ।

ପୋକବାବୁ ଆଉ ନିଜକୁ ନିଜ ଭିତରେ ଧରି ରଖିପାରୁ ନଥିଲେ ।

ଆକାଶ ପୃଥିବୀ ଦିଗ୍‌ ବିଦିଗ ଅଗ୍ନିକଣା ଛିଟିକାଇ ଆଶ୍ରମଟା ଯେତେବେଲେ ହୁତ୍‌ହୁତ୍‌ ନିଆଁର କରାଳ ଗ୍ରାସ ଭିତରେ ଭସ୍ମସାତ୍‌ ହେଇ ଯାଉଥିଲା, ତାକୁ ଘେରି ହୋହୋ ଘୋଘୋ ଲୋକମାନଙ୍କ ଭିତରୁ ଜଣେ କିଏ ପଚାରି ଦେଲା ପୋକବାବୁ ? ପୋକବାବୁ ଗଲେ କୁଆଡ଼େ ? ?

ତା'ର ଉତ୍ତର କିନ୍ତୁ କାହା ପାଖରେ ନଥିଲା । ହେଲେ କେହି କେହି କୁହାକୁହି ହେଉଥିଲେ ନିଆଁ ଧାସରେ ସେମାନେ ଦେଖିଥିଲେ ଗୋଟେ ଛାଇ । ସେ ଡ଼େଉଁଥିଲା, ନିଆଁ ଭିତରକୁ କି ନିଆଁ ବାହାରକୁ, ତାହା ସେମାନଙ୍କର ମନେ ପଡ଼ୁନଥିଲା ।

ଅସୁର

ବେଳେବେଳେ ଲାଗେ, ରାତି ପାହି ସକାଳ ହେଲା ବେଳକୁ ଗୋଟେ ଅଲୌକିକତା ବଦଳେଇ ଦିଅନ୍ତା ସ୍ମୃତି । ଉଠି ବସନ୍ତା ଭାର୍ଗବୀ । ଠିଆ ହେଲେ ବି ଠିଆ ହୋଇପାରନ୍ତା ଗୋଟେ କମନୀୟତାର ପ୍ରତିମୂର୍ତ୍ତି ପରି । ହସନ୍ତା ଝର୍କାଦେଇ ଝରି ଆସୁଥିବା କଅଁଳ ସୂର୍ଯ୍ୟର କିରଣ ପରି । ଅଳସ ଭାଙ୍ଗନ୍ତା ଖୁବ୍ ଗୁଡ଼ାଏ ଗଭୀର ନିଦର ବୋଝକୁ ଦେହରୁ ଅଲଗା କରିଦେଇ । ଡାକି ଦିଅନ୍ତା ଗୋଟେ ଅଜଣା ପକ୍ଷୀର ଅଶ୍ରୁଣା କାକଲି ପରି, ସବୁ ମଧୁର ଓ ପରିଚିତ ସ୍ୱରକୁ ଜବତ କରିଦେଇ ।

ହେଲେ ଏମିତି ହୁଏନାହିଁ ।

ହବକି ନାଇଁ ତା'ର ସମ୍ଭାବନା ଫୁଟି ଉଠେନାହିଁ ।

ଦିନ ଦିନ ଧରି ଖୁବ୍ ଦିନ ଏଇ କଳ୍ପନା ଗୁଡ଼ିକ ମନକୁ ଆଶ୍ୱାସନା ଦେଇ ଦେଇ ଏବେ ଯେମିତି କ୍ଲାନ୍ତ ହେଇ ଫେରିଗଲେଣି । ମନ ଆଉ ସେ ସବୁକୁ ଧରି ରଖିପାରୁନାହିଁ ।

ସୁତରାଂ ଭୈରବ ଆଉ ଆଗକୁ ଭାବିପାରେନାହିଁ । ଖାଲି ଗୋଟେ ପରିଣତିକୁ ହିଁ ଅପେକ୍ଷା କରିଥାଏ, ଅଥଚ ପରିଣତି ସେଇମିତି ରହିଥାଏ ଏକ ଅପହଞ୍ଚ ଦୂରତାରେ ।

ଭୈରବ ଟିକେ ଘୁମେଇ ପଡ଼ିଲା । ଉଦାସ ମନ ତା'ର ବିବଶ ଶରୀର ଉପରେ ସବାର ହେଇଗଲେ ସେ ଘୁମେଇପଡ଼େ ଟିକିଏ । ହେଲେ ତାକୁ ଟିକିଏ ବି ତନ୍ଦ୍ରାଚ୍ଛନ୍ନ ନକରେଇ ଦବାକୁ ଶପଥ ନେଲାପରି ଗୋଟେ କରୁଣ କୁହ୍ରାଣ ଭାସି ଆସେ ଖଟ ଉପରୁ ଠିକ୍ ସେଇ ସମୟରେ । ସେ ଉଠିପଡ଼ି ଦେଖେ, ଭାର୍ଗବୀ ଏମିତି କୁହ୍ରୁଥାଏ ଯେମିତି ତାକୁ ଖୁବ୍ ଅସ୍ତବ୍ୟସ୍ତ କରି ପକଉଛି ତା' ଦେହ ଭିତରର କିଛି ବିଚଳନ । ତା' ଶରୀରର ତନ୍ତ୍ରୀରେ ତନ୍ତ୍ରୀରେ ଭରିଯାଉଛି ଗୋଟେ ଅସହନୀୟ ଉଚ୍ଚାଟନ । ଅସ୍ଥିର ଅସହାୟତାରେ ଛଟପଟ ହେଇ ସେ ଫୋପାଡ଼ି

ଦେଉଥାଏ ଦେହରୁ ଅବଶିଷ୍ଟ ପୋଷାକପତ୍ର । ମୁହଁରେ ଫୁଟି ଉଠୁଥାଏ ଜାନ୍ତବ ଯନ୍ତ୍ରଣାର ବୈକଲ୍ୟ ।

ଭୈରବ ଉଠିଯାଏ । ଭାର୍ଗବୀ ଶରୀରଟାକୁ ଅକ୍ତିଆରକୁ ଆଣିବାକୁ ଚେଷ୍ଟାକରେ । ତା' ହାତ ଥରିଉଠେ । ଭାର୍ଗବୀର କିଶୋରୀ ଦେହରୁ ଫୁଟିଉଠୁଥିବା ମାଂସଳ ଅଣ୍ଟାଲତା ତାକୁ ବେକାବୁ କରିପକାଏ କ୍ଷଣିକ ପାଇଁ । ତା' ଭିତରେ ଭିଡ଼ିମୋଡ଼ି ହୁଏ ଏକ ଜାନ୍ତବ କ୍ଷୁଧା । ଖୁବ୍ ଅପ୍ରତିହତ ତା'ର ଲାଲସା । ଯେତେ ଚାହିଁଲେ ବି ଆଖି ଫେରେଇ ପାରେନି ସେ ଉଲଗ୍ନତାର ଦୈହିକ ଦୃଶ୍ୟରୁ, କି ଯେତେ ରୋକିଲେ ବି ହାତ ଅଟକିଯାଏନା ଛୁଇଁଦବାକୁ ଯେତେସବୁ ସେଇ ଦେହର ଗୋପନ ବୈଭବ ।

କିନ୍ତୁ ନିମିଷକରେ ଭୈରବ ସମସ୍ତ ଅଣ୍ଟାଲ ଉଞ୍ଚାଟନରୁ ନିଜକୁ ଓହରେଇ ଆଣେ । ଜବତ କରି ବନ୍ଦ କରିଦିଏ ଆଖିପତା । ତା'ର ସମସ୍ତ ପାପବୋଧର ସାକାର ପ୍ରତିରୂପ ବୋଲି ଭାର୍ଗବୀକୁ ଧରିନେଲା ପରେ ଆଉଥରେ ବି ପାପକାମନା ତା ମନକୁ ଆଚ୍ଛନ୍ନ କରିପାରେ ନାହିଁ । ବରଂ ଗୋଟେ ଅପରାଧବୋଧ ତାକୁ ସଚେତନ କରିଦିଏ । ସେ ଦି'ହାତ ଉପରକୁ ଟେକି ଧରି ବିକଳ ଯାଚ୍ଞାଟିଏ କରିଉଠେ ଲୁହ ଝୁଟୁବୁଟୁ ହେଇ, ମତେ ମୃତ୍ୟୁ କାହିଁକି ଦେଉନା ହେ ଈଶ୍ୱର !

କିଛି ସମୟ ପରେ ଦେଖେ ଭାର୍ଗବୀ ଫେରି ଆସିଥାଏ ତା'ର ସ୍ୱିତାବସ୍ଥାକୁ । ଚୁପଚାପ୍ ଶୋଇଥାଏ । ସେ ଉଠେ ଓ କବାଟ ଆଉଯାଏ । ଚୁପଚାପ୍ ବାହାରି ଆସେ ସେ ବଖରାରୁ ।

ଆରବଖରାରେ ପାଦ ଦେଉ ଦେଉ ଗୋଟେ ସନ୍ଦିଗ୍ଧ ସ୍ୱର ପ୍ରଶ୍ନ କରେ ଅନ୍ଧାରରୁ... ଶୋଇଲା ସେ ?

ଭୈରବ ଠୁଁ ଦୀର୍ଘଶ୍ୱାସ ସମେତ ଗୋଟେ ବିଷଣ୍ଣ ଉତ୍ତର ବାହାରିଯାଏ, ହୁଁ.... ।

ତମେ ଏବେ ଶୋଇପଡ଼... ଅନ୍ଧାର ଭିତରୁ ପୁଣି ସେଇ ମୁମୂର୍ଷୁ ସ୍ୱରଟିର ପରାମର୍ଶକୁ ଗ୍ରହଣ କରିବାରେ ଭୈରବର ଆଉ ଧୈର୍ଯ୍ୟ ନଥାଏ । ସେ ଭୁରୁଡ଼ିଟାଏ ମାରି ଖ୍ଙ୍କାରି ଉଠେ, କାହିଁକି ଏତେ ପ୍ରେମେଇ ହଉଚୁ କହିଲୁ.. ତମେ ଦି'ଟାତ ମୋ ଜୀବନକୁ ଝୁଣି ସାରିଲଣି... ଶୋଇବାକୁ ଆଉ କ'ଣ ଅଛି ଯେ !

ଅନ୍ଧାର ଭିତରୁ ଖାଲି ସୁଁ ସୁଁ ଶୁଭେ । କଇଁ କଇଁରେ ବି ବଦଲି ଯାଏ ଘଡ଼ିକରେ ।

ନାରୀକାନ୍ଦର କାରୁଣ୍ୟ ବୋଧହୁଏ ପୁରୁଷର ସମସ୍ତ କ୍ରୋଧକୁ ହଡ଼ପ କରିନେବାର ସାମର୍ଥ୍ୟ ରଖିଥାଏ । ଭୈରବ ନୀରବିଯାଏ । ସେ ପହଞ୍ଚିଯାଏ ସେ ସ୍ୱର ପାଖରେ । ତା ଆଖିରୁ ବୋହି ଆସୁଥିବା ଲୁହକୁ ପୋଛି ଦେବାବେଲେ ଶିରାଳ ହାତଟିଏ ଅଟକାଏ । କହେ, ଏବେ ତ ଏଇ ଲୁହମାନେ ମୋର ସମ୍ବଳ । ତାକୁ ପୋଛି ଦେଇ

ତା'ର ଗତିରୋଧ କରିଦିଅ ନାହିଁ । ଏଇ ଲୁହ ସହିତ ମୋର ଅବଶିଷ୍ଟ ଆୟୁଷ ସରିଯିବା ମୁଁ ଚାହେଁ ।

ଭୈରବ ପାଟିରୁ କିଛି କଥା ପଉଟୁ ନଥାଏ ।

ନାରୀଟିର ରୁଗ୍ଣ ହାତ ଭୈରବର ହାତକୁ ଚାପି ଧରିବାର ବ୍ୟର୍ଥ ଚେଷ୍ଟା କରୁକରୁ ସେ ଘୋଷାରି ନିଏ ତାକୁ ଛାତି ଉପରକୁ । ଗୋଟେ ଦୀର୍ଘ ଅନାବୃଷ୍ଟି ସନ୍ତପ୍ତ ଫଟା ଦନ୍ତୁଡ଼ା ଭୂମିର ନିଷ୍ୱାସତା ଭୈରବ ଅନୁଭବ କରୁକରୁ ଅନ୍ୟମନସ୍କ ହେଇଯାଏ । କହେ, ଏଠି ଅଛି କ'ଣ ?

ଅନ୍ଧାରୁ ଯେଉଁ ସ୍ୱରଟି ଶୁଭେ, ସେ ଥାଏ ଗୋଟେ ତଳିତଳାନ୍ତ ହେଇ ଯାଉଥିବାର ସ୍ୱର । ଗୋଟେ ଉଜୁଡ଼ିଯାଇଥିବା ଶ୍ୟାମଳ ଭୂଇଁର ଦୀର୍ଘଶ୍ୱାସ ।

ଏମିତି କାହିଁକି ହେଲା ? ଭୈରବ ଏକଥା କାହାକୁ ପଚାରେ ନିଜେ ଜାଣି ପାରେନା, କିନ୍ତୁ ପଚାରେ ଗୋଟେ ଉତ୍ତର ଆଶାରେ । ଉତ୍ତର ଅବଶ୍ୟ ଫେରେ, ଅନ୍ଧାରର ସେଇ ମୁମୂର୍ଷୁ କଣ୍ଠରୁ... ଏସବୁ ତମ ପାପର ଫଳଶ୍ରୁତି.....

ପାପ ? କି ପାପ ?? ଆଁ, ପ୍ରଚଣ୍ଡ ଗର୍ଜନ କରି ଭୈରବ ଯେପରି ହତ୍ତାଳି ବିଦାରି ପକାଏ ପୃଥିବୀକୁ । ଦାରୁଣ ଯନ୍ତ୍ରଣାର ଆଃ, ଉଃ ଶବ୍ଦ ଖାଲି ଶୁଭୁଥାଏ ସେଇ ମୁମୂର୍ଷୁ ନାରୀକଣ୍ଠରୁ, ରାତିର ବହଳତାକୁ ଖଣ୍ଡ ଖଣ୍ଡ କରିଦେଇ ।

ଜନ୍ମ ବେଳକୁ ଭୈରବର ଭୈରବୀ ଚେହେରା ତାକୁ ହୁଏତ ଏମିତି ଏକ ନାମକରଣର ଯୋଗ୍ୟ କରି ପକେଇଥିଲା । ତା'ର ଶାରୀରିକ ଆକୃତି ଥିଲା କିଞ୍ଚିତା ଅସାଧାରଣ । ଆଖିଯୋଡ଼ାକ ଥିଲା ଜ୍ୱଳନ୍ତ ଅଙ୍ଗାର ପରି ଲାଲ । ମୋଟା ଓଠ ମେଲିଦେଲେ ଗୋଟେ ଅନ୍ଧକାର ଗର୍ତ୍ତ ପରି ମନେ ହେଉଥିଲା ପାଟି । ମୁଣ୍ଡ ଥିଲା ଟିକେ ଅପେକ୍ଷାକୃତ ବଡ଼ । ସେଥିରେ ପୁଣି ଗୋଛାଏ ବାବୁରିବାଳ ।

ବୋଉ ଆଶଙ୍କିତ ହୁଏ କ'ଣ ହବ ଯେ' ପୁଅ ! ବାପା ବୋଉର କଥାକୁ ଫୁଟ୍କି ମାରି ଉଡ଼େଇ ଦିଅନ୍ତି । ତାଙ୍କର ବିପୁଳ ଚେହେରାକୁ ଦୋହଲେଇ ଦେଇ କହନ୍ତି, ଯେ ଦେହ ଠାରୁ ତମେ କ'ଣ ମେଣ୍ଢାଛୁଆଟେ ଆଶା କରୁଥିଲ ? ଆଁ...!

ବୋଉ ବୁଝେ, ପୁଅଟା ତା' ବାପର ବପୁସ୍ମାନ୍ ଗୁଣସୂତ୍ର ପ୍ରତିଫଳନ । ହେଲେ ତଥାପି ସେ ଆଶଙ୍କିତ ରହୁଥାଏ, କିଛି ବଦଗୁଣକୁ ଧାରଣ କରିନାଇଁ ତ ଏ ଶରୀର !!

ତା'ପରେ ଭୈରବ ବଢ଼ିଲା ବେପରୱା ଶାଳଗଛ ପରି । ଗୋଟାଏ ଦୁର୍ଦ୍ଧର୍ଷ ଦୁର୍ଦମନୀୟ ଚେହେରାର ଆକୃତି ଫିଟିଫିଟି ଆସୁଥିଲା ତା'ର ଆବାଲ୍ୟରୁ । ହେଲେ କଦାକାର ନଥିଲା ତା'ର ଚେହେରା । କିନ୍ତୁ ଟିକେ ହସି ଦେଲେ କିଞ୍ଚିତା ଭୟଙ୍କର ଲାଗୁଥିଲା ସେ, ଯେହେତୁ ତା'ର ଶ୍ୱାନଦାନ୍ତ ଦି'ଟା ଥିଲା ପ୍ରାୟତଃ ବଡ଼ ।

ଯୌବନ ଛୁଅଁନ୍ତେ କିନ୍ତୁ ଭୈରବ ଭିତରେ ଏକ ଅଭୁତ ବିଚଳନର ସୂତ୍ରପାତ ଘଟିଥିଲା । ତା'ର ବଳିଷ୍ଠ ଦୃଢ଼ ଶରୀର ଭିତରେ ଥିବା ଶିରାପ୍ରଶିରା ଗୁଡ଼ିକରେ ଗୋଟେ ଅପ୍ରତିହତ ଉତ୍ତେଜନାର ରକ୍ତ ପ୍ରବାହିତ ହେବାକୁ ଲାଗିଲା । ବେଲେବେଲେ ସେ ସ୍ରୋତ ଏତେ ଉତ୍ତେଜିତ ହେଇଯାଉଥିଲା ଯେ, ସେଇ ଅବସ୍ଥାରେ ସେ ଗୋଟେ ବନ୍ୟ ଗରିଲା ପରି କୁଦା ମାରୁଥିଲା । ଡିଆଁଡେଇଁ କରୁଥିଲା । ତା'ପରେ ଶାନ୍ତ ହୋଇଯାଉଥିଲା ।

ବୟସ ବଢ଼ିବା ସଂଗେ ସଂଗେ ତା'ର ଅଶ୍ଲୀଳ ବିକୃତି ଅଣାୟତ ଅବସ୍ଥାକୁ ଆସି ଯାଉଥିଲା । ସେ ହୋଇ ଉଠୁଥିଲା ବହୁ ପାପ ପଙ୍କିଳ କାରାନାମାର ଦୁର୍ଦ୍ଧାନ୍ତ ନାୟକ । ପ୍ରତିବାଦ ବା ପ୍ରତିହତ କରିବାକୁ ବାପା ବୋଉଙ୍କର ଜୁ'ନଥିଲା । ବହୁ ଅର୍ଥ ଶ୍ରାଦ୍ଧ କରି ଗାଁ ଦରବାର ଠାରୁ ଥାନା କଚେରିର ସବୁ ଦୁର୍ଗତି ଓ ଦୁଃସ୍ଥିତି ଠାରୁ ବଂଚେଇ ବଂଚେଇ ଚାଲିଥିଲେ ତାକୁ । ତା' ଭିତରେ ଚକାମାଡ଼ି ବସିଥିବା ଆସୁରିକ ପ୍ରବୃତ୍ତିଟି ତାକୁ ଭୁଲ୍ ଠିକ୍, ପାପ ପୁଣ୍ୟର ବାଛବିଚାର କରିବାକୁ ସଚେତନ କରି ଦେଉନଥିଲା, ଫଳରେ ତା'ର ଦୁର୍ବଳତା ସଂପର୍କରେ ଚେତେଇ ଦେଉଥିଲେ ସେ ମାତ୍ରାଧିକ କ୍ରୋଧୀ ହୋଇ ଉଠୁଥିଲା । ତାକୁ ପାପୀ ବୋଲି କହିଲେ ପାହୁଲା କାଟି ଉପାତ ଆରମ୍ଭ କରି ଦେଉଥିଲା ତ ଅସୁର କହିଲେ ଅସହ୍ୟ ଆକ୍ରୋଶରେ ସେ ଉଦ୍‌ଭ୍ରାନ୍ତ ହୋଇ ଉଠୁଥିଲା ।

ପୁଅର ଏ ବିକୃତି ପାଇଁ ବାପାବୋଉ ବହୁ ଉପଚାରର ଆଶ୍ରୟ ନେଉଥିଲେ ହେଁ କେଉଁଠି କିଛି କୂଳକିନାରା ପାଇପାରୁ ନଥିଲେ । ଶେଷରେ ସେ ଜଣେ ସାଇକିୟାଟ୍ରିଷ୍ଟଙ୍କ ପରାମର୍ଶ ଲୋଡ଼ିଲେ ।

ଡାକ୍ତର ଭୈରବଙ୍କୁ ପରୀକ୍ଷା କଲାପରେ ଏଇ ସିଦ୍ଧାନ୍ତରେ ପହଞ୍ଚିଲେ ଯେ ସେ 'ବାଇପୋଲାର ମୁଡ୍ ଡିଜଅର୍ଡର'ରେ ପୀଡ଼ିତ । ଅତ୍ୟଧିକ ହତାଶା ବା ଆନନ୍ଦ ଏହାର କାରଣ । ଭୈରବ ନିଜର ଶାରୀରିକ ବିକୃତିକୁ ନେଇ ହୁଏତ ଅତ୍ୟଧିକ ହତାଶ ହେଇପଡ଼ି ବିପରୀତ ଆଚରଣ କରୁଚି । ତା ଭିତରେ ଯୌନ ବିକୃତିର ଏହା ଏକ କାରଣ । ଗୋଟିଏ 'ରେଗୁଲାର ସାଟିସ୍ଫାଏଡ୍ ଇଜାକୁଲେସନ୍' ଏହାକୁ କଣ୍ଟ୍ରୋଲ କରିପାରିବ ।

ବାପା ବୋଉ କିଛି ବି କିଛି ଟେର ପାଇପାରୁନଥିଲେ ଡାକ୍ତରଙ୍କ କଥାରୁ । ପଚାରିଲେ, ଉପାୟ ?

ତାକୁ ମ୍ୟାରେଜ୍ କରେଇ ଦିଅ, ଡାକ୍ତରଙ୍କର ଥିଲା ସଂକ୍ଷିପ୍ତ ଉତ୍ତର ।

ଭୈରବ ଯେ ବିବାହ ବୟସରେ ପହଞ୍ଚ ଯାଇଥିଲା, ଏକଥା ବାପା ବୋଉ

ଭୁଲିଯାଇ ନଥିଲେ, କିନ୍ତୁ ତା'ର ଅସନ୍ତୁଳିତ ମାନସିକତା କାଲେ କିଛି ଅଘଟଣ ଘଟେଇବ, ସେଇ ଆଶଙ୍କାରେ ସିଆଡ଼କୁ ଧାନ ଦେଉନଥିଲେ । ହେଲେ ଏବେ ଡାକ୍ତରଙ୍କ ସେଇ ପରାମର୍ଶ ।

ଏ ପରାମର୍ଶକୁ ପ୍ରତ୍ୟାଖ୍ୟାନ କରାଯାଇପାରନ୍ତା, ହେଲେ ଭୈରବର ଅବଦମିତ ଯୌନ କ୍ଷୁଧାର ମାତ୍ରା କ୍ରମଶଃ ପ୍ରବଳରୁ ପ୍ରବଳ ହୋଇ ବିକୃତିର ସ୍ତରଚ୍ୟୁତି ଆଡ଼କୁ ଆଗେଇ ଯାଉଥିଲା । ଫଳରେ ପରିଣତି ଯାହା ହେଉନା କାହିଁକି, ସେ କଥା ଚିନ୍ତା ନକରି ସେମାନେ ଭୈରବର ବିବାହ ଆୟୋଜନରେ ଲାଗିଲେ ।

ତା' ପରେ ପଲ୍ଲବୀ ସହ ଭୈରବର ବିବାହ ।

ବିବାହର କିଛିଦିନ ପର୍ଯ୍ୟନ୍ତ କୌଣସି ବିକୃତି ପ୍ରକାଶ ପାଇନଥିଲା ଭୈରବର । ବାପା କିଛିଟା ଆଶ୍ୱସ୍ତ ଥିଲେ ବି ବୋଉ ତଥାପି ଆଶଙ୍କିତ ରହୁଥିଲେ ପଲ୍ଲବୀ ପାଇଁ । କାଲେ କେତେବେଳ ଭୈରବର କେଉଁ ବିକୃତି ବିଚାରୀ ବୋହୂଟିର କ୍ଷତିର କାରଣ ହୋଇଯିବ ।

ଥରେ ସେ ଚୁପି ଚୁପି ପଚାରିଲେ ପଲ୍ଲବୀକୁ, ମାଆ ! ଭୈରବ ବିଛଣାରେ କେମିତି ?

– 'ଖୁବ୍ ଦୁର୍ଦ୍ଧାନ୍ତ ଓ ଦୁର୍ଦମନୀୟ' ସଲ୍ଲଜ ଅଥଚ ବିମର୍ଷ ଉତ୍ତର ଦେଇଥିଲା ପଲ୍ଲବୀ ।

– 'ଟିକେ ସତର୍କ ଥିବୁ ମାଆ, ତା ଭିତରେ ଯୌନ ଅସୁରର ଉତ୍ପାତ ଖୁବ୍ ପ୍ରବଳ ।'

ପଲ୍ଲବୀ ସାଙ୍କୁଡ଼ିଯାଏ ଗୋଟେ ଅନାଗତ ଆଶଙ୍କାରେ । ତା'ର ମନେପଡ଼ିଯାଏ ତା ବିବାହ ପରର ପ୍ରଥମ ରାତି କଥା ।

ଗୋଟେ ଅନାସ୍ୱାଦିତ ଶିହରଣ ଖେଳିଯାଉଥାଏ ତା ଦେହରେ । ପହିଲି ଛୁଆଁର ପୁଲକପ୍ରଦ ପରିକଳ୍ପନାଟେ କରୁ କରୁ ସେ ଭିତରେ ଭିତରେ ତରଳି ଯାଉଥାଏ ମୁହୂର୍ତ ମୁହୂର୍ତ । କେମିତି ତା'ର ସ୍ୱାମୀ ? ସେ ଶୁଣିଛି, ପ୍ରବଳ ପୁରୁଷାକାରର ବିପୁଳ ଛାଞ୍ଚଟିଏ ଭୈରବର । ହେଲେ କୁଆଡ଼େ ଟିକେ ଆଡ଼ବାୟା । ହଉ । ତାଙ୍କର ସବୁ ବାୟାପଣକୁ ସେ ତା ମୋହିନୀ ମାୟାରେ କାବୁ କରି ନେବନି କି ! ସଂଭୋଗ କ୍ଷେତ୍ରରେ ବାୟାପଣ ତ ଉଚ୍ଚାଟନର ଅନ୍ୟ ଏକ ଲକ୍ଷଣ । ଟିକିଏ ହିଂସ୍ରତା ନଥିଲେ ପୁରୁଷପଣିଆର ଗାରିମା ତ ପାଣିଚିଆ ପାଣିଚିଆ । ଫିକ୍ କରି ହସିଦିଏ ପଲ୍ଲବୀ ।

ରାତି ଟିକେ ଉଣ୍ଚୁର ହୋଇ ଯାଇଥିଲା । ଭୈରବ ପ୍ରବେଶ କଲା କୋଠରୀରେ । ତା'ର ପଦପାତର କମ୍ପନ ଯେମିତି ସଂଚରି ଆସିଲା ପଲ୍ଲବୀ ଛାତି ଭିତରକୁ । ସେ

ଓଢ଼ଣା ଟେକି ଦେଖିଲା ଓ ଚମକି ପଡ଼ିଲା । ନାଟକୁ ସଂପୂର୍ଣ୍ଣ ସାର୍ଥକ କରିଥିବା ଚେହେରାଟି, ଆଗେଇ ଆସୁଥିଲା ତା' ଆଡ଼କୁ ଗୋଟେ ଦୁରନ୍ତ ଝଡ଼ ପରି । ପଲ୍ଲବୀ ତ୍ରସ୍ତା ହୋଇପଡ଼ିଲା । ଭୈରବ ତା ପାଖରେ ବସିଲା । ଆସ୍ତେ କରି ହଟେଇଲା ତା'ର ଅବଗୁଣ୍ଠନ । ଭୈରବ ହସୁଥିଲା ଗୋଟେ ଆବେଗାୟୁକ୍ତ ହସ । ତା' ଦି'ହାତର ପାପୁଲିରେ ତୋଲି ଧରିଥିଲା ମୁହଁ । ପଲ୍ଲବୀ ଆସ୍ତେ କରି ଆଖି ଖୋଲିଲା । ଆଖିରେ ଆଖିରେ ଚୋରାଇ ଆଣିବାକୁ ଚାହୁଁଥିଲା ଭୈରବ ଓଠର ହସକୁ । ହେଲେ ତା ନଜରରେ ପଡ଼ିଗଲା ମଧୁର ହସଟିକୁ କଦାକାର କରି ପକଉଥିବା ତା'ର ଶ୍ଵାନ ଦାନ୍ତ ଦି'ଟା ।

ପଲ୍ଲବୀ ଭୟ ଆଉ ଆତଙ୍କରେ ଚିତ୍କାରଟିଏ କରି ଉଠୁଥିଲା ତ ତା' ପାଟିକୁ ବନ୍ଦ କରିଦେଲା ଗୋଟେ ଶକ୍ତ ହାତର ପାପୁଲି । କହିଲା, ଚୁପ୍.... କାହିଁକି ଏ ଚିତ୍କାର !

ପଲ୍ଲବୀ ଗୋଟାପଣ ଥରୁଥିଲା, କହିଲା, 'ଡର ମାଡୁଚି....'

– 'ଡର କାହାକୁ, ? ମତେ ? ମୁଁ କ'ଣ ବାଘ ? ଆଁ....!' ପଲ୍ଲବୀର ଅକାରଣ ଡରକୁ ହୁରୁଡେଇ ଦବାକୁ ଚେଷ୍ଟା କରୁଥିଲା ଭୈରବ ।

ପଲ୍ଲବୀ ଥର ଥର କଣ୍ଠରେ କହିଲା, 'ତମ ଦାନ୍ତ...'

ଭୈରବ କିଛି ସମୟ ଏକଦମ୍ ଚୁପ୍ ରହିଲା । ତା'ପରେ ହଠାତ୍ ତା'ର କ'ଣ ହେଲା କେଜାଣି, ସେ ଗାଉଁ ଗାଉଁ ହେଇ ଦି' ଚାରି ହୁଁପା ମାରିଲା ଆଉ ପଲ୍ଲବୀ କିଛି ବୁଝିବା ପୂର୍ବରୁ ଗୋଟେ ଅପ୍ରତିହତ ଝଡର କବ୍ଜା ଭିତରକୁ ସେ ଖ୍ଵାମ୍ପି ହୋଇଗଲା । ପର ମୁହୂର୍ତ୍ତରେ ଅନୁଭବ କଲା, ତା'ର ସଂପୂର୍ଣ୍ଣ ନିରାଭରଣା ଦେହଟି ଗୋଟେ ଆକଣ୍ଠ ଯନ୍ତ୍ରଣାର ନିର୍ମମ ପୀଡ଼ନ ଭିତରେ ପେଷି ହୋଇଯାଉଚି କ୍ରମଶଃ, ଯେଉଁଠୁ ନିସ୍ତାର ପାଇବାକୁ ସେ ଯେତେ ଆକୁଳବିକଳ ହେଉଥିଲେ ବି ତା'ର ପାଟିକୁ ସଂପୂର୍ଣ୍ଣ ବନ୍ଦ କରି ଦେଉଚି ଗୋଟେ ବିରାଟ ଜିଭର ଜାନ୍ତବ ଲେହନ ।

ସକାଳ ପର୍ଯ୍ୟନ୍ତ ତା'ର ସଂଜ୍ଞା ହିଁ ନଥିଲା ।

ସଂଜ୍ଞା ଫେରିବା ବେଳକୁ ସେ ଅନୁଭବ କଲା, ତାର ସାରା ଶରୀରଟା କୁଆଡ଼େ କୁଆଡ଼େ ସବୁ ଛିନ୍ନଛତର ହେଇ ପଡ଼ିଚି ଆଉ ସେସବୁକୁ ଗୋଟେଇ ଏକାଠି କରି ଠିଆ ହବାର ସାମର୍ଥ୍ୟ ସେ ହରେଇସାରିଚି ।

ହେଲେ ତା'ର ଏ କଟୁତିକ୍ତ ପ୍ରଥମ ଅନୁଭୂତିକୁ ଆତ୍ମସ୍ଥ କରିନେଇ ସେ ଚାହୁଁଥିଲା ଧୀରେ ଧୀରେ ଭୈରବର ସମସ୍ତ ଭୈରବୀକୁ ଅକାମୀ କରିଦେବ ସମୟକ୍ରମେ । ତା' ପରଦିନ ରାତିକୁ ଭୈରବର ଉଗ୍ର ଆବେଗକୁ ସେ ଟାଳିଦେଲା ତା'ର କଥା ଚାତୁରୀରେ । ଭୈରବ କ୍ରୁଦ୍ଧ ଜଣାପଡୁଥିଲା, କାଲେ ଆଜି ବି ପଲ୍ଲବୀ

ତା'ର ଦାନ୍ତକୁ ଡରିବ । କିନ୍ତୁ ଭୈରବ ଆସୁ ଆସୁ ହିଁ ତା'ର ଶାରୀରିକ ସାମର୍ଥ୍ୟକୁ ପ୍ରଶଂସା କରି କହିଲା ପଲ୍ଲବୀ, ତମ ଭଳି ଜଣେ ସୁପୁରୁଷକୁ ପାଇ ମୁଁ ବହୁତ ସନ୍ତୁଷ୍ଟ, ବହୁତ ଖୁସି ।

ଆତ୍ମୟିତ ଭୈରବ ପ୍ରଶ୍ନ କଲା, 'ଆଉ ମୋ ଦାନ୍ତ ?'

– ସେ'ତ ସବୁଠୁ ସୁନ୍ଦର....

– କ'ଣ ଥଟ୍ଟା କରୁଚ ?

ପଲ୍ଲବୀ ତେଲ ମାଖିଲା, 'ଦେଖ ତୁମକୁ ଥଟ୍ଟା କରିବା ମୋର ଅଧର୍ମ । ସ୍ୱାତି ପାଇଁ ସ୍ୱାମୀର ସବୁ ଅଙ୍ଗପ୍ରତ୍ୟଙ୍ଗ ପ୍ରିୟ, ଯେହେତୁ ସେ ତା'ର ପ୍ରିୟ ।'

ପଲ୍ଲବୀ ଜାଣେ ପୁରୁଷର କୌଣସି ଦୁର୍ବଳ ଅଂଶ ପ୍ରତି ସାମାନ୍ୟ କଟାକ୍ଷ ହିଁ ତା ପାଇଁ ଅସହନୀୟ । ତା ପୁରୁଷାକାରକୁ ତାଚ୍ଛଲ୍ୟ । ଯେତେ କୁତ୍ସିତ କଦାକାର ହେଇଥିଲେ ବି ପୁରୁଷ ମାନସିକତା ତାକୁ ଗ୍ରହଣ କରିବାକୁ ନାରାଜ । ଯେତେ ଚାରିତ୍ରିକ ତ୍ରୁଟି ଥିଲେ ବି ତା ପ୍ରତି ଅଙ୍ଗୁଲି ନିର୍ଦ୍ଦେଶ ତା'ର ବିସ୍ଫୋରଣର କାରଣ । ହେଲେ ନାରୀ ତୁଣ୍ଡର ପ୍ରଶଂସା ତା' ପାଇଁ ସବୁକିଛି ଉଜାଡ଼ି ଦେବାକୁ ସମର୍ଥ । ତେଣୁ ପଲ୍ଲବୀ ଭୈରବର ମାନସିକତାକୁ ଆଉ ଆଘାତ ନକରି ତା' ଭିତରର ହୀନମନ୍ୟତାକୁ ଦୂର କରିବାକୁ ଚେଷ୍ଟା କରୁଥିଲା କେତୋଟି ପ୍ରିୟ ବାକ୍ୟ ସାହାଯ୍ୟରେ ।

ଭୈରବ ପ୍ରଥମଥର ପାଇଁ ଅନୁଭବ କଲା ଏ ପୃଥିବୀରେ କେହି ଜଣେ ଅଛି ଯିଏ ତା' ମନର ଗୋପନ ଦୁଃଖଟିକୁ ବୁଝିପାରେ । ସେ ପଲ୍ଲବୀକୁ ଜାବୁଡ଼ି ଧରିଥିଲା ଏକ କୋମଳ ଆବେଗରେ । ପଲ୍ଲବୀ ଆଉ ଗୋଟେ ଯନ୍ତ୍ରଣାଦାୟକ ରତି-ଅନୁଭୂତିରୁ ନିସ୍ତାର ପାଇବା ପାଇଁ ସସ୍ନେହ ବିରୋଧଟିଏ କରି କହିଲା କାଲି ରାତିରେ ତ ମୋ ପ୍ରାଣ ନେଇଯାଇଚ.... ଆଜି ଥାଉ ।

ଭୈରବ ପୋଷା ବିଲେଇଟିଏ ପରି ଶୋଇପଡ଼ିଲା ତା ଛାତିରେ ମୁଣ୍ଡ ଗୁଞ୍ଜିଦେଇ ।

ତା' ପରଦିନ ଗୁଡ଼ିକ ଭୈରବ ଥିଲା ବେଶ୍ ନିରୁପଦ୍ରବ ଓ ସ୍ୱାଭାବିକ । ତା'ର ସେ ଉଦ୍ଧତ ଶାରୀରିକ ବିଚଳନ, ଉଦଗ୍ର ଉତ୍ତେଜନାର ପ୍ରାବଲ୍ୟ କ୍ରମଶଃ ଶାନ୍ତ ସମାହିତ ହୋଇଯାଇଥିଲା ପାରିବାରିକ ଜୀବନଚର୍ଯ୍ୟା ଭିତରେ । ବାପା ବୋଉ ଆଶ୍ୱସ୍ତ ଥିଲେ ବି ନିଶ୍ଚିନ୍ତ ନଥିଲେ । ଜନ୍ମଲଗ୍ନରୁ ବୋହି ଆଣିଥିବା ବିଲକ୍ଷଣଟି ଯେ ସଂପୂର୍ଣ୍ଣ ଅନ୍ତର୍ହିତ ହେବ, ଏ ଦୃଢ଼ତା ସେମାନଙ୍କର ଆସୁନଥିଲା ।

ପଲ୍ଲବୀକୁ ପଚାରିଲେ ସେ କିଛି ମୁହଁ ଖୋଲି କହୁ ନଥିଲେ ବି ମନେ ମନେ ହାହାକାର କରି ଉଠୁଥିଲା, ଯେ ଅସୁରଟାକୁ ସନ୍ତୁଷ୍ଟ କରିବାକୁ ଯାଇ ମୁଁ କେମିତି ନିଃଶେଷ ହେଇ ହେଇ ଆସୁଚି, ମୁଁ ଜାଣେ ।

ତିନିବର୍ଷ ପରେ ଯେତେବେଳେ ପଲ୍ଲବୀ ଝିଅଟିଏ ଜନ୍ମ ଦେଲା, ଆଶା କରିଥିଲା ଏଇ ଅପତ୍ୟ ଆନନ୍ଦ ଭିତରେ ସେ ତା’ର ସମସ୍ତ ନିର୍ଯ୍ୟାତନାକୁ ଭୁଲିଯିବ । ତା’ ଜୀବନର ସବୁ ଅଲୋଡ଼ା ଅବସାଦକୁ ଦୂର କରିଦେବ, ହେଲେ ଝିଅଟି ଥିଲା ଜନ୍ମରୁ ଅନ୍ଧ । ଯୋଉଠି ଥା’ନ୍ତା ଦିଓଟି ଚଳଚଳ କରୁଣ ନୟନ, ସେଠି ଥିଲା ଦିଓଟି ଅଗଭୀର ଲୋହିତ ଗର୍ତ୍ତ ।

ହାହାକାର କରି ଉଠିଥିଲା ପଲ୍ଲବୀ । ଯେ କି ବିଡ଼ମ୍ବନା ଭାଗ୍ୟର ! ତାକୁ ଯେମିତି ତଳିତଳାନ୍ତ କରିଦେବାକୁ ନିୟତିର ଏ କ୍ରୂର ଷଡ଼ଯନ୍ତ୍ର । ସେ କ୍ରମଶଃ ଅସହାୟ ଅବସ୍ଥାରୁ ନିଃସହାୟ ଅବସ୍ଥା ଭିତରକୁ ଠେଲିହେଇ ଯାଉଥିଲା, ଆଉ ଏମିତି ଏକ ସମୟ ଆସିଲା, ଯେତେବେଳେ ସେ ଅନୁଭବ କଲା ତା’ ଅଣ୍ଟା ଠାରୁ ଦି’ଗୋଡ଼ ସମେତେ ସବୁ ନିମ୍ନାଙ୍ଗ ହେଇ ପଡ଼ିଲେଣି ଅଚଳ ।

ସେ ସେଇ ବିଛଣାରେ ହିଁ ପଡ଼ିଚି ଆଜିକୁ ବାରବର୍ଷ ହେଲା ।

ଝିଅକୁ କେତେ ହେଲା ? ପନ୍ଦର । ପନ୍ଦର ବର୍ଷ ହେଲା ଅନ୍ଧୁଣୀ ଝିଅଟା ବଢ଼ୁଛି ଖଟରେ ଶୋଇ ଶୋଇ । କାରଣ ତିନିବର୍ଷ ଠାରୁ କେମିତି କେଜାଣି କୋଉ ରୋଗର ପ୍ରଭାବରୁ ହୋଇ ପଡ଼ିଚି ଚଳତଶକ୍ତିହୀନ ଆଉ ମୂକ । ଆଉ କାହାକୁ ଆଶ୍ରା କରି ଜୀବନ ପାଇଁ ଗୋଡ଼ ଭିଡ଼ିବାର ଅବଶିଷ୍ଟ କିଛି ନାଇଁ, କେବଳ ମୃତ୍ୟୁକୁ ଅପେକ୍ଷା ।

ଏମିତି କାହିଁକି ହେଲା ? ଖୁବ୍ ଅସହାୟ କଣ୍ଠରେ ପଚାରିଥିଲା ଭୈରବ, ଝିଅର ଏ ଆକସ୍ମିକ ଦୁର୍ଦ୍ଦଶା ଆରମ୍ଭ ହେବାବେଳେ । ପଲ୍ଲବୀ କହିଥିଲା, ଯେ’ ସବୁତ ତମରି କର୍ମଫଳ, ତମ ଅତ୍ୟାଚାରକୁ ମୁଁ ଆଖିବୁଜି, ଦାନ୍ତ ବୁଜି ସହି ଯାଇଥିବାରୁ ଝିଅ ଅନ୍ଧୁଣୀ, ସେ ଗର୍ଭରେ ଥିଲାବେଳେ ତମର ମୋ ପ୍ରତି ଧର୍ଷଣୋଚିତ ସଂଭୋଗରୁ ସେ ପଙ୍ଗୁ ଆଉ ତମର ଭୟଙ୍କରତା ମତେ ସ୍ତବ୍ଧ କରିଦେଇଥିବାରୁ ସେ ମୂକ....

ଏକଥା ଶୁଣିବା ପରେ ଭୈରବ କାହିଁକି କେଜାଣି ଆଉ ଭୟଙ୍କର ହୋଇ ନଥିଲା ବରଂ ହେଇ ଯାଇଥିଲା ଏକଦମ୍ ନୀରବ । ଜଡ଼ ।

ପଲ୍ଲବୀ ସେଇ ଖଟରେ ପଡ଼ି ପଡ଼ି ଦେଖୁଥାଏ, ଗୋଟେ ପ୍ରଚଣ୍ଡ ଉଦଗ୍ର ମଣିଷ କେମିତି ସ୍ଥବିର ହେଇଯାଉଛି । ଶାରୀରିକ ସ୍ୱାସ୍ଥ୍ୟ ଓ ସଂଭ୍ରାନ୍ତ୍ୟ ଅତୁଟ ଥିଲେ ବି କେମିତି ଭୁଲୁଣ୍ଠିତ ହେଇଯାଉଚି ତା’ର ଆବେଗ ଓ ଆଗ୍ରହ । ମୁହଁରେ ଅଯତ୍ନ ବର୍ଦ୍ଧିତ ଦାଢ଼ି ଓ ନିଶକୁ ଆହୁରି ବୀଭତ୍ସ ଓ ଭୟଙ୍କର କରି ଗଢ଼ି ତୋଳିଛି । ଗୋଟେ ଆସକ୍ତିହୀନ ନିର୍ବିକାରତା ତାକୁ ଗୋଟେ ଚଳପ୍ରଚଳ ହେଉଥିବା ପ୍ରେତ ବ୍ୟତୀତ ଆଉ କିଛି ଭାବେ ଚିହ୍ନେଇ ପାରୁନି ।

ତା'ର ବେଶୀ ସମୟ କଟୁଛି ଝିଅ ଭାର୍ଗବୀର ଖଟ ପାଖରେ । ସେ ଗୋଟେ ଆକାଂକ୍ଷିତ ମୁହୂର୍ତ୍ତର ଅପେକ୍ଷାରେ ଅଛି, ଭାର୍ଗବୀ ଉଠିବ ।

ହେଲେ ଭାର୍ଗବୀ ଉଠେନା ବରଂ ତା'ର କ୍ରମଶଃ ବୟଃପ୍ରାପ୍ତ ଶରୀର ଭିତରକୁ ଆସିଯାଉଛି ବେଳେ ବେଳେ ଅଦ୍ଭୁତ ଆଲୋଡ଼ନର ଉତ୍ତେଜକ ପ୍ରତିକ୍ରିୟା । ସେ ଦେଖେ, ଭାର୍ଗବୀ କିପରି ଭିଡ଼ି ମୋଡ଼ି ହେଉଚି ଏକ ଉଦଗ୍ର ଶୋଷରେ ! ତା ଦେହର ପୋଷାକ ପତ୍ର କିପରି ଉଡ଼ି ଯାଉଚି ଏକ ଆକସ୍ମିକ ଲୁ'ର ପ୍ରଭାବରେ । ତା'ର ଉଲ୍ଲଂଗତା ଫୁଟି ଉଠୁଚି । ସ୍ପଷ୍ଟ ହେଇ ଉଠୁଚି ତା ଦେହର ଗୋପନ ଭୂଗୋଳ । ଶାରୀରିକ ବିକାଶର ଜୟଯାତ୍ରାକୁ କଦାପି ବ୍ୟାହତ କରିପାରୁନାହିଁ ତା ଦେହର ଅନ୍ତର୍ନିହିତ ରୋଗ ।

ଭୈରବ ବେଲେବେଲେ କାନ୍ଦେ । ପଲ୍ଲବୀ ତା କାନ୍ଦ ଦେଖ୍ ଭାବେ, ପଥର ବି କାନ୍ଦିପାରେ ।

ଭୈରବ କହେ, ଏବେ ଭାର୍ଗବୀକୁ ଜଗିବାକୁ ପଡ଼ୁଚି ।

– 'ଜଗିବାକୁ ?' ପଲ୍ଲବୀ ବିସ୍ମିତ ହୁଏ, କ'ଣ ଉଠି ପଲଉଚି ନାଁ କ'ଣ କୁଆଡ଼େ ?

– 'ନାଇଁ... ନାଇଁ... ତାକୁ ଦେଖ୍ବାକୁ ଆସୁଥିବା ସାଇଭାଇ ପାଖ ପଡ଼ୋଶୀମାନେ ତାକୁ ଆଉଁସିବା ବାହାନାରେ ନିବିଡ଼ ଭାବେ ଛୁଇଁ ଦଉଚନ୍ତି ତା'ର ଥାନ ଅଥାନ... ।'

ପଲ୍ଲବୀ ହାହାକାର କରି ଉଠେ । ମଲାନାରୀଟିର ବି ଥାନଅଥାନ ଆଡ଼େ ଡ଼ାହାଣା ଆଖିଟେ ଘୁରେଇ ଆସେ ଏ ଛତରା ସମାଜ ।

ଭୈରବ କିଛି କହେନାହିଁ ।

ଏମିତି ଗଡ଼ୁଥାଏ ସମୟ ।

ସେଦିନ ହଠାତ୍ ଘନଘୋର ବର୍ଷା । ଘଡ଼ଘଡ଼ି ଚଡ଼ଚଡ଼ିରେ ଆକାଶ ପୃଥିବୀ ଏକାକାର । ରାତି କେତେ ହବ କେଜାଣି । ପଲ୍ଲବୀ ଶୋଇପଡ଼ିଛି । ଅକସ୍ମାତ୍ ତା' ନିଦ ଭାଙ୍ଗିଗଲା । ସେ ଅନୁଭବ କଲା ଗୋଟେ ଲୋମଶ ହାତର କର୍କଶ ପୀଡ଼ନ ତା ଛାତିରେ । ଖୁବ୍ ଅସ୍ତବ୍ୟସ୍ତ ହାତର ଦାରୁଣ ଚାପ ତାକୁ ଯନ୍ତ୍ରଣା ଜର୍ଜରିତ କରିପକଉଚି । ସେ ଆତଙ୍କିତ ଚିତ୍କାରଟେ କଲା, କିଏ ?

ସଁ ସଁ ଗାଉଁ ଗାଉଁ ହେଇ କିଛିଟା ଅଜବ ସ୍ୱର ଶୁଣାଗଲା ଅନ୍ଧାରୁ । ତାକୁ ମାଡ଼ି ବସିଥିବା ଗୋଟେ ପ୍ରଚଣ୍ଡ ହିଂସ୍ରତା ଭିତରୁ । ପଲ୍ଲବୀ ଦୁର୍ବଳ ପ୍ରତିରୋଧ କରୁ କରୁ ଧଅଁସେଇ ହେଇ କହିଲା, ତମ ସବୁ ପାପର ଫଳ ତ ଏବେ ମୁଁ ଭୋଗୁଛି । ଆଉ କ'ଣ ଅଛି ? କ'ଣ ରକ୍ଷିତ ? ହାଡ଼ ଚମ ଢଙ୍କା ଦେହଟାରେ ଯେ ମୋର ଆଉ ଅନୁଭବ ଶକ୍ତି ନାଇଁ ।

ତଥାପି ସେ ଯାତନା ଦୂର ହେଉନଥିଲା ତା' ଦେହ ଉପରୁ । ସେ ଚିତ୍କାର କରି ଉଠିଲା, ଏଇଟା ଗୋଟେ ଅସୁର ନା କ'ଣ ?

ଲୋମଶ ହାତଟି ଅଟକିଗଲା । ତା'ପରେ ପଲ୍ଲବୀ ଜାଣିଲା, ତା' ଉପରେ ନଦି ହେଇ ଯାଇଥିବା ଓଜନ ଓହ୍ଲେଇ ଯାଇଛି । ହେଲେ ଦୁମ୍‌ଦୁମ୍‌ ଭୁସ୍‌ଭୁସ୍‌ ଶୁଭୁଛି ଘର ଭିତରେ । କିଏ ଯେମିତି ଖୁବ୍‌ ଉଦ୍‌ଭ୍ରାନ୍ତ ନାଚ ନାଚୁଛି ।

ବିଜୁଲି ଚକ୍‌ କରି ମାରିଦେଲା । ସେ ଦେଖିଲା ଉଦଣ୍ଡ ହୁଁପା ମାରୁଛି ଗୋଟେ ଜାନ୍ତବ ଶରୀର । ହାଉଁହାଉଁ ଗାଉଁ ଗାଉଁ ହଉଛି । ପଲ୍ଲବୀ ଶିହରି ଉଠିଲା । ମନେପଡ଼ିଗଲା ତା'ର ବିବାହ ପରର ପ୍ରଥମ ବୀଉସ ରାତିଟି କଥା । ଭୈରବର ସେଇ ବିକୃତି ପୁଣି ବାହାରିଲା ନା କ'ଣ !

ହୁଁପା ଶଢଟି କ୍ରମଶଃ ଭାର୍ଗବୀର ଶୋଇବା ଘର ଆଡ଼କୁ ମାଡ଼ି ଯାଉଥିଲା । ପଲ୍ଲବୀ ହାହାକାର କରି ଉଠିଲା । ତା'ର ଅବଶିଷ୍ଟ ସମସ୍ତ ଶକ୍ତି ସାମର୍ଥ୍ୟକୁ ଏକଜୁଟ୍‌ କରି ସେ ଚିତ୍କାରଟିଏ କରି ଉଠିଲା । ହେଲେ ପ୍ରଚଣ୍ଡ ଘଡ଼ଘଡ଼ିର ବିସ୍ଫୋରିତ ଶଢ ତାକୁ ଘୋଡ଼େଇ ପକେଇଲା ।

ଅସୁର ପହଞ୍ଚ ଯାଇଥିଲା ଭାର୍ଗବୀର କୋଠରୀରେ । ତା' ହୁଁପା ଅବ୍ୟାହତ ଥିଲା । ଭାର୍ଗବୀ ଉପରେ ଢଙ୍କା ହେଇଥିବା ସଂକ୍ଷିପ୍ତ ବସ୍ତୁମାନ ଉଡ଼ିଯାଉଥିଲେ ଉଦ୍‌ଗ୍ରତାରେ । ଅସୁର ତା'ର ସମସ୍ତ ପ୍ରଚଣ୍ଡତାକୁ ଜାହିର କରିଚାଲିଥିଲା ଭାର୍ଗବୀ ଉପରେ । କିଛି ଅସ୍ପଷ୍ଟ ଚିତ୍କାର ସମେତ ସେଇ ଅବଦମିତ କୁନ୍ଥାଣ ବାହାରି ପଡ଼ୁଥିଲା ଭାର୍ଗବୀ ପାଟିରୁ ।

ଘରଟା ଗୋଟେ ଜାନ୍ତବ ସ୍ଫୁଧାର ଏକ ଅଶ୍ଲୀଲ ପରିମଣ୍ଡଲରେ ପରିଣତ ହେଇ ଯାଉଥିଲା ।

ନିଜର ସର୍ବଶେଷ ସାମର୍ଥ୍ୟକୁ ଗୋଟେଇ ପୋଟେଇ ଖଟ ଉପରୁ ଗଡ଼ିପଡ଼ି ଘୋଷାରି ହେଇ ପଲ୍ଲବୀ ପହଞ୍ଚ ଯାଇଥିଲା ଭାର୍ଗବୀର ଦୁଆର ମୁହଁରେ । ଅସୁରଟାକୁ ଘଡ଼ଘଡ଼ି ଚଡ଼ଚଡ଼ିମାନେ ପୋଡ଼ିଜାଲି ଛାରଖାର କରିଦେବାକୁ ଆକୁଳ ପ୍ରାର୍ଥନା କରୁଥିଲା ।

ଅସୁର ତେଣେ ତା'ର ପରିଚୟ ଖୋଜୁଥିଲା ଭାର୍ଗବୀର ଦେହର ଦେହଲୀ ଭିତରେ । ଏ ଦେହରୁ ମୁକ୍ତି ପାଇଁ ହିଁ ଦେହର ଅନୁଭବ ଜରୁରୀ । ଅନୁଭବ ନଥିଲେ ଉଚ୍ଚାରଣ ନଥାଏ, ଉଚ୍ଚାରଣ ନଥିଲେ ପରିଚୟର ସଂଜ୍ଞା ନିରୂପିତ ହେଇପାରେନା । ଅସୁର ସହିତ ଭାର୍ଗବୀର ପରିଚୟ କ'ଣ ? ଉଚ୍ଚାରିତ ହେଇଛି କି କେବେ ? ତେଣୁ ଏସବୁ ଅସତ୍ୟ । ସେବୁ ଅସତ୍ୟ ଭିତରୁ ସତ୍ୟ ଗୋଟାଏ, ଏ ଦେହ । ଦେହକୁ ଛାଡ଼ିଦେଲେ ଜୀବନ କାଇଁ !!

ଆହୁରି ଆହୁରି ଉଦ୍‌ଭ୍ରାନ୍ତ ହୋଇ ଉଠୁଥିଲା ଅସୁର ।

– ବାପା ନା !

ଅକସ୍ମାତ୍ ଗୋଟିଏ ପ୍ରଚଣ୍ଡ ବିସ୍ଫୋରଣରେ ଛିନ୍‌ଛତ୍ର ହୋଇଗଲା ବିଶ୍ୱବ୍ରହ୍ମାଣ୍ଡ । କୋଉଠୁ ଆସୁଚି ଏ ଉଚ୍ଚାରଣ ? ଶରୀରରୁ ନା ଶୂନ୍ୟରୁ ? ପାତାଳରୁ ନା ଅନ୍ତରୀକ୍ଷରୁ ? ?

ସେ ଏକା ଝଟ୍‌କାରେ ଉଠି ଆସୁଥିଲା ଭାର୍ଗବୀ ଉପରୁ, ହେଲେ ଦୁଇଟି ହାତର ବଳିଷ୍ଠ ଜାବ ତା’ ବେକକୁ ଚାପି ଧରିଥିଲା ଖୁବ୍ ଜୋରରେ । ତା’ ମେଲା ପାଟିରୁ ଉବୁକି ପଡୁଥିଲା ଝଲକା ଝଲକା ରକ୍ତ । ଆଖି ହୋଇ ଯାଉଥିଲା ବିସ୍ଫାରିତ । ସେ ଆଶ୍ଚର୍ଯ୍ୟ ହୋଇ ପଡୁଥିଲା, କୋଉଠୁ ଆସୁଚି ଏ ଆଲୋକର ତୀବ୍ରତା ! ବାହାରେ ତ ମେଘ ବଜ୍ରର ନିରନ୍ଧ୍ର ପଟୁଆର । କାଳରାତିର କରାଳ କାଳିମା, ହେଲେ ଏ ଘର ଭିତରକୁ କୋଉଠୁ ଝରିଆସୁଚି ଏ ତୋଫା ଆଲୁଅର ଝରଣା !

ସେ କ୍ଷଣଟେକି ଦେଖିଲା ଗୋଟେ ଅଜବ ଦୃଶ୍ୟ । ଭାର୍ଗବୀର ଆଖିରୂପକ ଦୁଇଟି ଅଗଭୀର ଲୋହିତ ଗର୍ତକୁ ଛାଡ଼ିଦେଇ ତା କପାଳରେ ଫିଟି ପଡ଼ିଛି ଗୋଟେ ତୃତୀୟ ଚକ୍ଷୁ, ଯେଉଁଠୁ ପିଟିକି ପଡୁଚି ଏ ଲେଲିହାନ ଶିଖାର ତୀବ୍ର ଆଲୋକ ।

ଭୈରବର ସମସ୍ତ ଶାରୀରିକ ସାମର୍ଥ୍ୟ କ୍ରମଶଃ ନିସ୍ତେଜ ହୋଇ ଆସୁଥିଲା । ନିଜର ଆତ୍ମସଭା ହରେଇବା ପୂର୍ବରୁ ସେ ଖାଲି ଏତିକି ଉଚ୍ଚାରଣ କଲା, ଏ ବାପାଟି ଏ ଜଗତର ସର୍ବଶେଷ ଅସୁର ହୋଇ ରହୁରେ ମାଆ.... ।

ପାହାଡ଼ର ଛାଇ

ଅଂଗଦ ଉପରକୁ ଚାହିଁଲା ।

ଉପରେ ନିର୍ଦ୍ଦୟ ନିର୍ମେଘ ଆକାଶ ।

ସେ ଆକାଶକୁ ଚାହିଁ ହତାଶ ହେଇପଡ଼ିଲା । ଆକାଶର ନିର୍ଲିପ୍ତ ବିଶାଳତା ପାଖରେ ଖୁବ୍ କ୍ଷୁଦ୍ର ଜଣାପଡ଼େ ତାର ଦୁଃଖ ଓ ଅବସୋସ । ଆମ୍ବିଶ୍ୱାସଟିଏ ସଂଚରିଯାଏ ମନରେ । ଆସ୍ଥା ଆସିଯାଏ ନିଜ ଉପରେ । ଗୋଟିଏ ଛୋଟିଆ ଜୀବନ ଭିତରେ ଏଇ କେତୋଟି ଛୋଟ ଛୋଟ ଦୁଃଖ ପାଇଁ କାହିଁକି ସେ ହୋଇପଡ଼ୁଛି ଏତେ ଅଣାୟତ୍ତ ? ଅସ୍ଥିର ? ଜୀବନଅଛି ମାନେ ସଂଘର୍ଷ ଅଛି, ଏହାକୁ ଅତିକ୍ରମ କରିବା ହିଁ ସଫଳତା ।

ହେଲେ ଆଜି କାହିଁକି ହାରିଯାଉଛି ଅଂଗଦ! ଆକାଶ ଦେଖାଯାଉଛି ଗୋଟେ ଜଘନ୍ୟ ପ୍ରତାରକ ପରି । ତା' ସଂବଳକୁ ଉଜାଡ଼ି ଦେବାର ଜିଦ୍ କଲାପରି ଜଳୁଚି ପ୍ରଚଣ୍ଡ ସୂର୍ଯ୍ୟ । ଯେଉ ଆକାଶ ଏବେ ଗହଳ ମେଘର ବହଳ ଭାରରେ ଓହଲି ପଡ଼ିବା କଥା ସେଠି ଧୂଧୁ ଖରାର ରାହୁଆଁ । ତେବେ କାହାକୁ ସମ୍ବଳ କରି ସେ ଭରସା ରଖିବ ଯେ ମରି ମରି ଆସୁଥିବା ତା କ୍ଷେତର ଫସଲ ନୂଆ ଜୀବନ ପାଇଯିବ ବୋଲି !

ଏଇ କେଇଦିନ ତଳେ ଗାଢ଼ ସବୁଜିମାରେ ଭରିଆସୁଥିବା ଧାନକ୍ଷେତକୁ ଦେଖି ସେ ଆଶ୍ୱସ୍ତ ହେଉଥିଲା ଯେ ଏଥରର ଅମଲ ତା ପିଛିଲା ଦି'ବର୍ଷର କ୍ଷତିଭରଣା କରିଦବ । ଦି'ବର୍ଷ ହେଲା ସେ ଖୁବ୍ ନ୍ୟୁନ୍ତ ହେଲାଣି । କରଜ ବଢ଼ି ବଢ଼ି ଚାଲିଛି । ଯାହା ଧାନ ଗଣ୍ଠାକ ପାଇଥିଲା, ସୁଧଭରଣା କରିବାକୁ ବି ଯଥେଷ୍ଟ ହେଲାନାହିଁ । ସାଉକାର ଖ୍ରଂକାରି ହେଲା, ତୋର ଅମଲ ନହେଲା ମୁଁ କଣ କରିବି ? ତା' ବୋଲି ମୋ ସୁଧ ଅମଲକୁ ଛାଡ଼ି ଦେବି ? ତୋର ଯେମିତି ଚାଷବୃତ୍ତି ମୋର ଏ ମହାଜନୀ ସେମିତି ବେଉସା । ବୁଝିଲୁ ? ମୂଳ ଯାହା ଅଛି ଥାଉ, ସୁଧଟା ଯେମିତି ହେଉ ଚୁକ୍ତ କରିଦେ । ଅଂଗଦ ହାଁ ମାରିଗଲା । ସୁଧ ନ ସୁଝିଲେ ଏ ସାଉକାର ଯମ ତାକୁ ମୂଳରେ ମିଶେଇ ମିଶେଇ

ଚାଲିବ । ସେ' ତ ସେୟା ଚାହେଁ । ମୂଳ ଗଡୁଥାଉ, ସୁଧ ଆସୁଥାଉ । ସୁଧ ନ ମିଳିଲେ ମୂଳରେ ମିଶୁଥାଉ । ଅଂଗଦ ଜାଣେ ମୂଳ ପରିମାଣ ବଢ଼ିଗଲେ ସେ ସୁଝି ପାରିବ ନାହିଁ । ଜମି କି ମାଡ଼ି ବସିବ ସାଉକାର । ଏଇ ବାଗରେ ଏବେସେ ବହୁ ଜମିର ମାଲିକ । ନାଥ ସେ ସୁଧଟା ଯେମନ ତେମନ ପ୍ରକାରେ ଶୁଝି ଦବ ।

ଘର ପିଣ୍ଡାରେ ଝାମ ମାରି ବସିପଡ଼ିଲା ସେ ।

ଚିରେଇ ବ୍ୟସ୍ତ ହେଇପଡ଼ିଲା, କଣ ହେଲା ? କଣ କହିଲା କି ସାଉକାର ?

ତା' ପ୍ରଶ୍ନର ଉତ୍ତର ନ ଦେଇ ଅଂଗଦ କହିଲା, ଗାଈଟା ବିକିଦବା ।

: ଗାଈ ବିକିଦବ ? କ୍ଷୀର ଟୋପେ ହେଉଛି ବୋଲି ଛୁଆ ଦି'ଟା ଖାଉଚନ୍ତି । ସେତକ ନହେଲେ ଛୁଆ ଭିଡ଼ିବେ କିମିତି ?

ଅଂଗଦ କାମୁଡ଼ି ହେଲା, ତୁ ତୋର ଛୁଆକୁ ଭିଡ଼ୋଉ ଥା, ଜମି ଭିଡ଼ିବାକୁ କହିଲାଣି ସାଉକାର । ସୁଧ ମୂଳ ମିଶେଇ ଇମିତି ହିସାବ ଲଗେଇ ଦବ ଯେ କହିବ ଜମି ଦେ । ଜମି ଦି'ଖଣ୍ଡ ଚାଲିଗଲେ କଣ ଘାସ ଖାଇବୁ ?

ଚିରେଇ ନାଚାର ଅଂଗଦକୁ ଚାହିଁଲା । ତା' ବିରକ୍ତିକୁ ବୁଝିଲା । ଅସୁର ସାଉକାର ପଞ୍ଜା ଭିତରୁ ଜମି ଦି'ଖଣ୍ଡ ସୁରକ୍ଷିତ ରଖିବାକୁ ଅଙ୍ଗଦ ବିକଳ ହେଉଚି । ଜମି ଚାଲିଗଲେ ତାର ଅସ୍ତିତ୍ୱ ଚାଲିଯିବ । ନିର୍ଭୂମି ହୋଇଯିବ ସେ । କିମିତି ବଞ୍ଚିବେ ଛୁଆ ! କ୍ଷୀର ନ ପାଇଲେ ବଞ୍ଚ ଯିବେ, ଭାତ ଗଣ୍ଡେ ପାଇଲେ ପ୍ରାଣ ରହିବ ତ !

କାନ୍ଦୁଣୁ ମାନ୍ଦୁଣୁ ଚିରେଇ ଗାଈ ପଘାଟା ଖୁଣ୍ଟରୁ ଖୋଲି ଧରେଇ ଦେଲା ଅଙ୍ଗଦ ହାତରେ । ଅଙ୍ଗଦ ଚିରେଇ ମୁହଁକୁ ଚାହିଁଲା । ତା' ଆଖିର ଲୁହ ତା' ଆଖିକୁ ସଂକ୍ରମିତ ହୋଇଗଲା ।

ମହାଜନ (ସାଉକାର) ଟଙ୍କା ପୁଲାକୁ ଅଙ୍ଗଦ ହାତରୁ ଝାମ୍ପି ନେଇ ଫସ୍ ଫାସ୍ ଗଣି ପକେଇ କହିଲା, କାଇଁ ? ସୁଧ ମୂଳ ମିଶି ତୋ ଉପରେ କୋଡ଼ିଏ ହଜାରେ ହେଲାଣି ପରା ! ଯେ, ପାଂଚହଜାର କଣ ? ଆଁ ?

କୋଡ଼ିଏ ହଜାର !! ଅଙ୍ଗଦ ପାଟି ଆଁ ହେଇଗଲା ।

ହବନି ? ଦି' ତିନି ବର୍ଷ ହେଲା ତ ଅମଳ ଭଲହେଲାନି, ଫସଲ ଉଜୁଡ଼ି ଗଲା ବୋଲି କହି ସୁଧ ଗଣ୍ଟାକ ବି ଦଉନୁ, କେତେଥର ତତେ କହିଚି ? ସେ ସୁଧଗୁଡ଼ା ମୂଳରେ ମିଶିବ ନାଁ ନାଇଁ ? ତା' ଛଡ଼ା ଯେତେବେଳେ ତୁ ଟଙ୍କା ପାଇଁ ଆସିଚୁ, କେବେ ଫେରେଇଚି ? ତୋ ବାପ ମୋ ସହ କାରବାର କରୁଥିଲା । ତାର ଦେଣନେଣରେ କେବେ ଗଲଟି ନଥାଏ । ତୁ ତା' ପୁଅ । ସେଇ ଖାତିରରେ ଯେତେବେଳେ ଯାହା ମାଗୁ ଦେଇଦିଏ, ଜାଣେ ଏ ପଇସା ତୁ ବୁଡ଼େଇବୁ ନାଇଁ ।

ଅଙ୍ଗଦ ଅନ୍ୟମନସ୍କ ହେଇଗଲା । ମନେପଡ଼ିଯାଉଥିଲା ବୁଆ କଥା । ଠକୁରା ମଣିଷଟେ । ହେଲେ ଚାଷବାସରେ ଓସ୍ତାଦ୍ । ଭଲ ଚାଷୀଟେ ବୋଲି ଗାଁରେ ନାଁ । ମେହନତକରି ବର୍ଷସାରା ରୁତୁ ଅନୁଯାୟୀ ଫସଲ କରେ । ଧାନ, ବିରି, ମାଣ୍ଡିଆ କପା, କିଛି ଅଭାବ ନଥାଏ ଘରେ । ସେ କେତେଥର ବୁଆ ସାଙ୍ଗରେ ଆସିଚି ଏଇ ସାଉକାର ପାଖକୁ । ଥରେ ଦେଖ଼ ତାକୁ ପଚାରିଲା, ୟେ, ତୋ ପୁଅ କିରେ ?

ବୁଆ ତା’ ମୁଣ୍ଡରେ ହାତ ବୁଲେଇଦେଇ କହିଲା, ହଁ ଆଜ୍ଞା, ଏଇ ଗୋଟିଏ ତ । ସାଉକାର ଠୋ ଠୋ ହସି କହିଲା, ଯା’ହେଉ ଆଉକେଇଟା ଦିନ ଗଲେ ତୋ ପାଖକୁ ଠିଆ ହୋଇଯିବ, ନାଁ କଣ ?

ବୁଆ କହିଲା, ନାହିଁ ଆଜ୍ଞା, ସେ ପଢ଼ିବ । ତାକୁ କାହିଁକି ଏ ପାଣି କାଦୁଅରେ ଘଣ୍ଟେଇବି ?

ପଢ଼େଇବୁ ? ସାଉକାର ତାଚ୍ଛଲ୍ୟ କଲା । କଣ ପଢ଼େଇବୁ ? କି ଅଫିସରଟାଏ କରିପକେଇବୁ କହିଲୁ ? ଆଖ ପାଖରେ ତ ସ୍କୁଲ୍ କଲେଜ ନାଇଁ । ଆଉ କୋଉ ଦୂରଜାଗାରେ ରଖ଼ ପଢ଼େଇବୁ ? ଅଣ୍ଠିରେ ପୁଅ ଧନ ଅଛିତ ? ବରଂ ତାକୁ ଏବେଠାରୁ କାମରେଲଗା, ଅସ୍ତେ ଆସ୍ତେ ବିଲକାମରେ ମଣ ହେଇଯିବ ।

ବୁଆ କିଛି କହିଲା ନାହିଁ । ପୁଅକୁ ନେଇ ସବୁ ବାପ ମାନଙ୍କର ଅସୁମାରି ସ୍ୱପ୍ନ । ବାଟରେ ଅସିଲାବେଲେ ବୁଆ କହିଲା ଏ ଧନୀ ସାଉକାର ମାନେ ଚାହାନ୍ତି ଆମେ ସବୁବେଲେ ମଳି ମୁଣ୍ଡିଆ ହେଇ ଥାଉ, ପାଣିକାଦୁଅରେ ଘାଣ୍ଟି ହେଉଥାଉ, ତାଙ୍କରି ଦୂଆରକୁ ହାତ ପତେଇବାକୁ ଯାଉଥାଉ । ତୁ’ ପଢ଼, ନହେଲେ ଜମି ଦି’ଖଣ୍ଡ ବିକିଦେବି ।

ଅଙ୍ଗଦ ପଢ଼ୁଥିଲା । ପଖାଲ, ଜାଉ ଖାଇ ଗାଁ ଠାରୁ ତିନି ଚାରି କିଲୋମିଟର ଦୂରରେ ଥିବା ସ୍କୁଲକୁ ଯାଉଥିଲା । ମାଇନର ପର୍ଯ୍ୟନ୍ତ ଯାଇଛି ତ ବୁଆ ଚାଲିଗଲା ଚଡ଼କରେ । ବିଲରେ କାମ କରୁଥିଲାବେଲେ ଅଚାନକ ଚଡ଼କ ମାରିଦେଲା । ଚାରିଆଡ଼ ଅନ୍ଧାର ଦିସିଲା ଅଙ୍ଗଦକୁ । ତା’ ପାଠପଢ଼ା ସେଟିକି । ସେ ଫେରିଲା ପୁଣି ବିଲକୁ । ଚାଷୀ ହେଇଗଲା, ମୂଲିଆ ହେଇଗଲା ।

ଅଙ୍ଗଦ ଆଖ଼ରେ ଲୁହ ଜକେଇଆସିଲା । ମୁଁହ ଉପରେ ଗାମୁଛାଟା ବୁଲେଇଦେଇ କହିଲା ହଉ ବାବୁ, ଏ ବର୍ଷ ପାଲକ ଭଲଅଛି । ବର୍ଷା ପାଣିହେଲାଣି । ଭାବୁଛି ଏଥର ଫସଲ ଗଣ୍ଢାକ ଭଲହବ । ଆସ୍ତେ ଆସ୍ତେ ସବୁ ସୁଝିଦେବି ନାଇଁ ? ଅଙ୍ଗଦ ନିଜଭିତରେ ସାହସ ସଞ୍ଚୟ କରୁଥିଲା ।

ସାଉକାର ଥୋପ ପକେଇଲା । ଆରେ ପାଲକ ଅଛିବୋଲି କଣ ଫସଲ ଛାଏଁ ହୋଇଯିବ ? ତାପାଇଁ ପୁଣି ଖର୍ଚ ଲାଗିବ ନାଁ ନାଇଁ ? ପୁଣି କୋଉଠୁ ଆଣିବୁ ?

ଅଙ୍ଗଦର ହୋସ୍ ପସିଲା । ସତରେ ତ ! ଖାଲି ବିଲରେ ବିହନ ବୁଣିଦେଲେ ତ ଫସଲ ହୋଇଯିବ ନାଇଁ । ସାର ମସଲା ଔଷଦ ପାଇଁତ ଟଙ୍କା ଦରକାର । କୋଉଠୁ ଆସିବ ଟଙ୍କା । କହିଲା, ଆଜ୍ଞା ! ଆପଣତ ମୋର ଏକା ଭରସା । ଯାହା ଯେତେବେଲେ ଦରକାର ହେଉଚି ଆପଣ ଚଲଉଚନ୍ତି । ଆଉ କହିବି କାହାକୁ ? ସାଉକାର ଗଧୁଆ ଭଲିଆ ହସିଲା । ତାହେଲେ ଏ ଟଙ୍କା ଥାଉ, ମତେ ଆଉ ଦଉଚୁ କାହିଁକି ? ନେଇଯା....

ଅଙ୍ଗଦ କୃତଜ୍ଞ କୃତଜ୍ଞ ହେଇଗଲା । ସାଉକାର ହାତରୁ ଟଙ୍କା ଧରୁଧରୁ ସାଉକାର କହିଲା, ରହ.. ଆଗେ ଏ ଖାତାରେ ସହିଟେ କରି ଦେ, ନେ' ।

ଅଙ୍ଗଦ ଆଙ୍ଗୁଠିରେ ଅଭ୍ୟସ୍ତ ଟିପଟି ଦେଇଦେଲା କରଜ ଖାତାରେ ।

ସାଉକାର ପଚାରିଲା, ଗାଏମୋଟ କେତେ ହେଲା ? କହିଲୁ...

ଅଙ୍ଗଦ ଥା ଥା ମା ମା ହଉଥିଲା । ସାଉକାର ଭୁରୁଟିଟାଏ ପକେଇ କହିଲା, ହିସାବ ପାଉନୁ ? ପଚିଶ ହଜାର...

ଅଙ୍ଗଦ ଏଥର ଚମକିଲା ନାଇଁ । ତାଭିତରେ ଆଶାଟିଏ କୁଆଁମେଲି ସାରିଥିଲା ସେତେବେଲକୁ । ଏଥର ପାଗ ଅନୂକୂଲ ଅଛି । ଆକାଶରେ ମେଘ ଅଛି । ଧୋଇ କି ମରୁଡିର ସମ୍ଭାବନା ନାଇଁ । ଫସଲ ଗଣ୍ଠାକ ଭଲହେଲେ ଏ କରଜ ଭରଣାଟା କେତେ ମାତ୍ର !

କହିଲା, ହଉ ଆଜ୍ଞା, ସୁଝିଦେବିନି ? ଟଙ୍କା ସବୁକୁ ଗୁଡେଇ ଅଣ୍ଟିରେ ଖୋସିଲା ଆଉ ଚାଲିଲା । ସାଉକାର ଅଙ୍ଗଦକୁ ଚାହିଁ ହସୁଥିଲା ପଛରୁ । ମନେ ମନେ କହୁଥିଲା, ଥୋପ ପୁରା ଗିଲିଲା ପର୍ଯ୍ୟନ୍ତ ମୁଁ ତକେଇଚିରେ ପୁଥ । ଗିଲୁଥା' ଗିଲୁଥା'.. ।

ଚିରେଇ ଅଙ୍ଗଦ ହାତରୁ ଟଙ୍କା ନେଉ ନେଉ କହିଲା, ସାଉକାରକୁ ଦେଲନିକି ?

: ହଁ ଦେଲି, ପୁଣି ଆଣିଲି ।

ଚିରେଇ ଆକଲା ହେଲା । ଦେଲ ପୁଣି ଆଣିଲ କାହିଁକି ?

ଅଙ୍ଗଦ ହସିଲା ଆଶ୍ୱସ୍ତିର ହସ । କହିଲା, ଗରିବ ଲୋକର ରଣ କଣ ସୁଝା ସରେ କେବେ ଚିରୁ ? ଦଉଥାଏ ପୁଣି ଆଣୁଥାଏ । ଏ ଟଙ୍କା ନ ଆଣିଥିଲେ ଏ ବର୍ଷ ଚାଷପାଇଁ ଖର୍ଚ କୋଉଠୁ ତୁଲେଇ ଥା'ନ୍ତେ ?

: ତା'ହେଲେ ଗାଈ ବିକା ଟଙ୍କାଟା ତ ମୂଲରୁ ରଖ୍ଦେଇ ଥା'ନ୍ତ ।

ଅଙ୍ଗଦ ବୁଝେଇଲା । ସାଉକାର ଘଡ଼ି ଘଡ଼ି ଲୋକ ପଠଉଥିଲା । ତାକୁ ଏଇ ଟଙ୍କାକୁ ସୁଧକୁ ଦେଲି, ପୁଣି ରଣକୁ ଆଣିଲି । ସାଉକାର ପୁଣି ଫସଲ ଅମଲ ପର୍ଯ୍ୟନ୍ତ ଚୁପ୍ ରହିବ । ଅଉଫସଲ ହେଲେ ତାକୁ ସୁଝିଦବା ।

এ হিসাব ...

ଏ ହିସାବ ଚିରେଇ ମୁଣ୍ଡକୁ କିଛି ପଶୁନଥିଲା । ପଚାରିଲା, ତେବେ ସାଉକାରର ରୁଣ କେତେହେଲା ଗାଏମୋଟ ?

ପଚିଶ ହଜାର । ଅଙ୍ଗାଦ ହାଲୁକା ଭାବରେ କହିଲା ।

ପଚିଶ ହଜାର ! ଚିରେଇ ଯେମିତି ଆକାଶରୁ ପଡିଲା । ଏତେ ପଇସାର କରଜକୁ ଅଙ୍ଗାଦ ଶୁଝିବ, ଏ ବିଶ୍ୱାସକୁ ସେ ଧରି ରଖିପାରୁନଥିଲା ।

ତା'ସମ୍ବଳ କହିଲେ ଏଇ ଦି'ଏକର ଚାଷଜମି । ଭାଗକୁ ଆଉକିଛି ଆସେ । ପାହାଡ ତଳ ଜମି ପଥୁରିଆ ହେଲେ ବି ସେ ତା ପରିଶ୍ରମରେ ତାକୁ ଉପ୍ଯାଦନ କ୍ଷମକରି ପାରିଚି । ବର୍ଷା ଆଉ ପାହାଡର ଝର ପାଣିରେ ତା'ଚାଷ ଉଢେଇ ଯାଏ । ପାଣିର ଅଭାବ ରହେନାହିଁ । ଅଧିକ ଅମଳ ନ ହେଲେ ବି ମେଣ୍ଠିଯାଏ ଅଭାବ । ଜମି ମାଲିକକୁ ତାର ରଜା ଭାଗ ଦେଇଦେଲା ପରେ ତାର ବର୍ଷକ ଖୋରାକ ଯୋଗାଡ଼ ହେଇଯାଏ ।

କିନ୍ତୁ ଏଥର ତା ହଁସା ଉଡ଼ିଯାଉଚି । ବିଳମ୍ବିତ ଓ ଅନିୟମିତ ବର୍ଷା ଏବେ ଚାରିଆଡ଼େ ଆତଙ୍କ ଖେଳାଇ ଦେଇଚି । ଚାଷୀମାନେ ଏବେ ମୁଣ୍ଡରେ ହାତଦେଇ ବସିଲେଣି । ଆକାଶରେ ଆଉ ମେଘର ଚିହ୍ନବର୍ଷ ନାହିଁ । ଯେଉଁ ମାସରେ ଆକାଶ ମେଘ ପଟୁଆରରେ ଫାଟି ପଡୁଥାନ୍ତା, ଝଡ଼ିରେ କଟୁଥାନ୍ତା ଦିନ, ମେଘ ବିଜୁଳି ଘଡ଼ ଘଡ଼ିରେ କମ୍ପୁଥାନ୍ତା ପୃଥିବୀ ସେତେବେଲେ ମୁଣ୍ଡଫଟା ଖରା ଓ ଗୁଲୁଗୁଲିରେ ଉହ୍ଲ ବିକଳ ଦୁନିଆଁ । ଧାନଗଛର ଜୀବନଟା କେତେ ? ତୃଷିତ ମାଟିର ଆଁ ଭିତରେ ମରି ମରି ଆସୁଚି ତା ଆୟୁଷ । ଏଣେ ଧାନଗଛର ମଧୁର ମଞ୍ଜିକୁ ଖାଇବାକୁ ମାଡିଯାଉଚନ୍ତି ଲେଡ଼ା ପୋକ । ପୋକ ପାଇଁ ବିଷଦେଲେ ଜଳିଯିବ ମୁମୂର୍ଷୁ ଧାନଗଛ । ଅତି ସଙ୍ଗୀନ ଓ ବିପଜ୍ଜନକ ଅବସ୍ଥା । ଏ ବର୍ଷ ବର୍ଷାକୁ ଅନେଇ ଅନେଇ ବିଳମ୍ବରେ ହେଲେବି ଅତି ଯନ୍ତର ସହିତ ଚାଷ ଆରମ୍ଭ କରିଥିଲା ଅଙ୍ଗାଦ । ରକ୍ତ ଝାଲକୁ ମିଶେଇ ଦେଇଥିଲା ମାଟିରେ । ପାହାଡ଼ ମୂଳରୁ ମାଲ ଚିରି ଚିରି ଅଣିଛାଡ଼ିଥିଲା ଜମି ମୁଣ୍ଡରେ । ଝରପାଣି ଉପରେ ଭରସା ରଖିଥିଲା । ଆକାଶ ପାଣି ନଦେଲା ନାହିଁ, ପାହାଡ଼ ପାଣି ଦବ ।

ବୁଆ ଥିଲାବେଲେ କହୁଥିଲା, ଅଙ୍ଗୁ, ଯେତେବେଲେ ଏ ଜମି ପାଖକୁ ଆସିବୁ, ମୁଣ୍ଡିଆଟେ ମାରିବୁ ଏ ପାହାଡ଼କୁ । ଏ ପାହାଡ଼ ଗୋଟିଏ ପଥର ଗଦା ନୁହେଁ, ଯେ ଆମ ପାଇଁ ଦେବତା । ଆଉ ଏ କ୍ଷେତ ଆମର ଦାତା । ନଈ ତ ନାହିଁ ଆଖ ପାଖରେ । ଖରାଦିନେ ଜୀବନ ବଞ୍ଚାଏ ପାହାଡ଼ । କୋଉଠି ତା ମୁଣ୍ଡରେ, ଛାତିରେ ଭରି ରଖିଥାଏ ପାଣି, ବୁହାଇ ଦିଏ ଏ କ୍ଷେତ ମାନଙ୍କରେ । ନହେଲେ ଏଇ ଯୋଡ଼ ଜମିସବୁ ଦେଖୁରୁ ହେଇଥାନ୍ତା ମରୁଭୁଇଁ । କାଇଁ କେତେ ଯୁଗରୁ ଆମର ଆଶ୍ରାଟିଏ ହେଇ ଛିଡ଼ା ହେଇଚି ଇଏ ।

ଅଙ୍ଗଦ ଦେଖେ ଗାଢ଼ ସବୁଜିମାକୁ ଆବୁରି ଗୋଟେ ବିରାଟ ପାହାଡ଼ ବସିଥାଏ ଧ୍ୟାନ କଲାପରି । ବର୍ଷାଦିନେ ଦେଖାଯାଏ ସେ ଆହୁରି ଚମକ୍ରାର । ମେଘମାନେ ଓହ୍ଲେଇ ଆସିଥାନ୍ତି ତା ମୁଣ୍ଡ ଉପରକୁ । କଳା କିଟି କିଟି ଆକାଶ ତଳେ ଧୂଆଁଲିଆ ମେଘମାନଙ୍କୁ କୋଳେଇ ଧରି ଦେଖାଯାଉଥାଏ ଯେପରି ସାରା ଆକାଶଟାକୁ ମୁଣ୍ଡେଇ ଧରିଛି ସେ । ଅନବରତ ବର୍ଷା ତା ମୁଣ୍ଡ ଉପରୁ ଗଡ଼ି ଗଡ଼ି ଆସି ସହସ୍ରଧାରା ହୋଇ ବହିଯାଏ ପାଦ ଦେଶରେ । ଲାଗେ ଯେମିତି ଶିବଲିଙ୍ଗଟି ଦୁଧରେ ଗାଧୋଉଟି । ବୁଆ ଠିକ୍ କହୁଛି, ଯେ ପାହାଡ଼ ଦେବତା ।

ଅଙ୍ଗଦ ପାହାଡ଼ ମନସ୍କ ଥିବା ଭିତରେ ବି ପଚାରିଦିଏ ବୁଆକୁ, ଯଦି ବର୍ଷା ନହବ ତ କିମିତି ହବ ଏଠି ଫସଲ ?

ଦୂରରେ ଗୋଟେ ଅଧାଗଢ଼ା ପକ୍କା ଘରକୁ ଦେଖେଇ ଦେଇ ବୁଆ କହେ, ହେଇ ସେ ଘର ଦେଖନ୍ତୁ, ସେଇଠି ସରକାର ଗୋଟେ ବଡ଼ ପଙ୍କଳ ବସେଇବ । ଏତେବଡ଼ ଜାଗାଟାକୁ କୁଲଉନାଁ ଝରପାଣି । କଳ ବସିଗଲେ ଆଉ ଚିନ୍ତା ରହିବ ନାଁ । ବାରମାସି ଫସଲରେ ଫାଟିପଡ଼ିବ ଏ ଭୁଇଁ ।

କେବେ ବସିବ ପଙ୍ଖ ? ପଚାରେ ଅଙ୍ଗଦ ।

ବୁଆ ହସେ, କହେ, ସରକାରୀ କଥା । ଯେବେ ତାଙ୍କ ମନହବ ତେବେ । ଏକଥା ସତ, ସରକାରୀ କାମ ଭାରି ଧୀମା । ହଉ, ଯେବେ ବସୁଚି ବସୁ, ତୋ ଅମଲକୁ ଚିନ୍ତା ନଥିବ ।

ହେଲେ ଏଇ ବର୍ଷ କେଇଟାରେ ଦେଖାଯାଉଚି ପାହାଡ଼ଟା ଯେମିତି ଭୁଣ୍ଡି ଭୁଣ୍ଡି ଚାଲିଚି । ଆଉ ମେଘ ଆସିଲେ ଛୁଁ ନାଁ ତା ମଥା । ଘଞ୍ଚ ଗଛଲତା ସବୁ ମରି ସୁଖୁଗଲେଣି । ଠାଏ ଠାଏ ଦେଖାଯାଉଚି ତାର ବିସ୍ତୃତ ଟାଙ୍ଗରା ପିଠି । ପାହାଡ଼ ମୂଳସବୁ ତଡ଼ା ଚାଲିଚି । କଟାଯାଉଚି ପଥର । ଚାଲାଣ ହେଇଯାଉଚି ମୋରମ । ଚିରସ୍ରୋତା ଧାର ସବୁ ହଜିଗଲେଣି କୁଆଡ଼େ । ଯେଉଁ କେତୋଟି ଝରରେ ପାଣି ଆସୁଚି ତା କ୍ଷୀଣ ଆଉ ସ୍ୱଚ୍ଛ । ଏହାକୁ ଭରସାକରି କଣ ବଞ୍ଚେଇ ହବ ଫସଲ ।

ପୁଣି ଭାଙ୍ଗିଭୁଙ୍ଗି ଯାଇ ପୁଲେ ଇଟା ଗଦାରେ ପରିଣତ ହେଇଚି ଅଧାଗଢ଼ା ପଙ୍ଖୁଘର । ବୁଆ ଅମଲର ସରକାରୀ ଯୋଜନା ପୁଥ ଦରବୁଢ଼ା ହେଲାଯାଏ ବି କାର୍ଯ୍ୟକାରୀ ହୋଇପାରିନାହିଁ । ତାର ମନହେଉଥିଲା ଚିକ୍କାର କରି ବୁଆକୁ ଡାକନ୍ତା । କହନ୍ତା ଆ' ବୁଆ, ଦେଖିବୁ ଆ' ପାଣିବିନା ତୋ କ୍ଷେତର ଧାନଗଛ ସବୁ କିମିତି ବିକଳହୋଇ ପଡ଼ି ମରୁଚନ୍ତି । ମୁଁ ତାଙ୍କୁ ବଞ୍ଚେଇ ପାରୁନି । ବଞ୍ଚେଇ ପାରୁନି ବି ଈଶ୍ୱର କି ସରକାର ।

ଅଙ୍ଗଦ ମୁମୂର୍ଷୁ ଧାନଗଛ କେଇଟାକୁ ହାତରେ ଆଉଁସି ଦେଉ ଦେଉ କାନ୍ଦି ପକେଇଲା । ସମ୍ଭବ ହୁଅନ୍ତା ଯଦି ତା' ଲୁହରେ ବି ବଞ୍ଚେଇ ରଖି ଦିଅନ୍ତା ଉଜୁଡ଼ି ଯାଉଥିବା ତା' ସ୍ୱପ୍ନର ଫସଲ ।

ତା' ବିସ୍ତୃତ ଧାନ କ୍ଷେତର ଏ ସମ୍ଭାବନାହୀନ ଅବସ୍ଥା ତାକୁ ଆତଙ୍କଗ୍ରସ୍ତ କରିପକେଇଲା । ପାଣି ନହେଲେ ଜଳିଯିବ ସବୁ ଧାନଗଛ । ବରବାଦ୍ ହେଇଯିବ ତାର ଅକ୍ଲାନ୍ତ ପରିଶ୍ରମ ଓ ଅର୍ଥ । ତା' ପରବର୍ତ୍ତୀ ଅବସ୍ଥା ଅତ୍ୟନ୍ତ କରୁଣ ଓ ଦୟନୀୟ । ଘରେ ବଡ଼ ବିକଳହେଇ କହିଲା ଚିରେଇକୁ, ଏଇ ଦି' ଚାରି ଦିନରେ ବର୍ଷା ନହେଲେ ଧାନର ଥୁଣ୍ଟା ବି ରହିବ ନାହିଁ, ଲୋ ଚିରୁ ।

ଚିରେଇ ପାଖରେ ଏ ସଙ୍କଟକୁ ଟାଳିବାକୁ ସାମର୍ଥ୍ୟ କାଇଁ ! ଖାଲି କହିଲା, ସମସ୍ତଙ୍କର ଯାହା ହବ ଆମର ସେୟା ହବ, ଆମର ଆଉ ଚାରା କଣ ?

ନିଜର ଦୁଃଖ ନିଜକୁ ଖୁବ୍ ବଡ଼ଲୋ ଚିରୁ । ଅନ୍ୟର ଦୁଃଖ ଅଛି ବୋଲି ଦେଖିଦେଲ ଆଶ୍ୱସ୍ତ ହେଇଗଲେ ଦୁଃଖ ପଲେଇଯାଏନି ।

ଚିରେଇ କିଛି କୁହେନି । ଦିହେଁଯାକ, ଆକାଶ ସାରା ଦରାଣ୍ଟି ପକାନ୍ତି । ବିକଳ ପ୍ରାର୍ଥନା କରନ୍ତି, ଆ'ରେ ମେଘ ଆ..

ରାତିସାରା ଶୋଇପାରେନା ଅଙ୍ଗଦ । ବିଛଣାରେ ଖାଲି ଉଠପଡ଼ ହୁଏ । ଅସ୍ତବ୍ୟସ୍ତ ହୁଏ । ଚିରେଇ ବୁଝେ ଅଙ୍ଗଦର ଅସହାୟତା । ଜାଣେ ଏଇ ଫସଲ ଗଣ୍ଠାକ ଉପରେ ନିର୍ଭରକରେ ତା' ପରିବାରର ଭବିଷ୍ୟତ । କିନ୍ତୁ କିଛି ବି କିଛି କରିବାକୁ ତା'ର ଯୁ' ନଥାଏ । ଅଁଧାରରେ ଲୁଚେଇ ଲୁଚେଇ କାନ୍ଦେ । ଅଙ୍ଗଦ ଆକୁଳ ହେଇ ପଚାରେ, କଣ କରିବା ? ଧାନ ତ ଗଲା । ଆଉ ବର୍ଷା ହବ ନା ଧାନ ଅମଳ ହବ ! ଯଦି ବା ହୁଏ ଧାନ କି ମିଳିବ ? ମିଳିବ ଯଦି କାଉଠା ଧାନ ଅଗାଡ଼ି ଆଉ ପାଳ । ଛଣ ବିଡ଼େ ବି ମିଳିବ ନାହିଁ ଘର ଛପର ପାଇଁ ।

ଚିରେଇ କହେ, ଏଣେ ଚାଉଳ ସରିଲାଣି ଘରୁ । ଧାନ, ମାଣ୍ଡିଆ ଘରେ ଆଉ ଗୋଟେ ବି ନାଇଁ । ଯ୍ୟା' ପରେ କଣ କରିବା ? ଝିଅଟା ଦିହଟ ପୁରା ଭଲ ହେଲା ନାଇଁ । ପଇସା ଅଭାବରୁ ଅଧା ଔଷଧରେ ଅଟକିଛି । ପେଟ ଫୁଲାଟା କମୁନାଇଁ । ସବୁବେଲେ କୁନ୍ଥୁଉଟି । କଣ ନାଇଁ କଣ ହେଇଗଲାଣି କି ପେଟରେ ?

ଅଙ୍ଗଦ ହାହାକାର କରି ଉଠେ । ତାରି ଆଖ୍ ଆଗରେ ଧାନ ସବୁ ମରିଗଲା ପାଣି ଅଭାବରୁ, ଝିଅଟା କଣ ମରିଯିବ ପଇସା ଅଭାବରୁ ?

ତା' ପରଦିନ ସକାଳୁ ସକାଳୁ ସାଉକାର ଦୁଆର ମୁହଁରେ ଅଙ୍ଗଦ । ତାକୁ ଦେଖ୍ ସାଉକାର ତର୍କିଗଲା । କହିଲା, ସକାଳୁ ସକାଳୁ କୁଆଡେ କିରେ ? ଅଙ୍ଗଦ

ନେହୁରା ହେଲା । କହିଲା, ଆଖ୍ଞା, ଝିଅଟା ପେଟ ଫାଂ୍ପିକି ରହିଚି, ବାଡ଼େଇ ଛାତି ହଉଚି । ଡାକ୍ତର ପାଖକୁ ନେବି, କିଚ୍ଛି ଟଙ୍କା...

ତା' ପାଟିରୁ କଥା ଛଡେଇ ନେଇ ଚିହିଁକି ଉଠିଲା ସାଉକାର, ଟଙ୍କା ! ! କୋଉଠୁ ଆସିବ ? ଆଁ ? ପଚିଶି ହଜାର ଟଙ୍କାର ସୁଧ ମୂଳ ମିଶି କେତେ ହେଲାଣି ଜାଣିଛୁ । ଏଥର ତ ପାଲକ ଗଲା, ଧାନ ପାଇବୁ ନାଁ କଟୁ ପାଇବୁ ? ଏଇ ମାସ ଶେଷ ସୁଧା ମୋ ଗାଏମୋଟ ଟଙ୍କା ଚୁକ୍ତ କରିବୁ ନହେଲେ ତୋ ନାଁରେ ନାଲିସ କରିବି ଥାନାରେ । ଜମିଟକ ଯଦି ଲେଖେଇ ଦବୁ ତ କଥା ସରିଲା । ଆଉ ଏବେ ପୁଣି କଣ ଟଙ୍କା ମାଗୁଚୁ ? ପଲା ପଲା...

ଅଙ୍ଗଦ କାକୁତି ହେଇ କହିଲା, ଆଖ୍ଞା ଝିଅଟା..

: ହଃ... ଝିଅଟା ତ... ତା ପାଇଁ..

ଚମକିଗଲା ଅଙ୍ଗଦ । ଅନେକ ଦିନ ତଳେ ତା ପଢ଼ା କଥା ଶୁଣି ବୁଢ଼ାକୁ ଥଟା କରିଥିଲା ଏ ଲୋକଟା । ଏବେ ସେଇ ଇତିହାସ ଯେମିତି ଫେରି ଆସୁଚି ତା ପାଖକୁ । ଅଙ୍ଗଦର ରକ୍ତ ପ୍ରବାହ ତୀବ୍ର ହେଇ ଉଠୁଥିଲା । ଝାଂପି ପଡ଼ନ୍ତା ଗେଧ ବୁଢ଼ା ଉପରକୁ । ଦନ୍ତ କଣା କରିଦିଅନ୍ତା କାମୁଡ଼ି କାମୁଡ଼ି । ହେଲେ ସଂଜତ ହେଲା ଅଙ୍ଗଦ । ଏ ବେଳ କ୍ରୋଧର ନୁହେଁ । ସେ ଆହୁରି ନିଉନ ହେଇ କହିଲା, ଏଇ ଜିନିଷଟା ରଖ କିଚ୍ଛି ଟଙ୍କା....

ଜିନିଷ ? କି ଜିନିଷ ? ଆଁ ? ତୋ ଘରେ ଜିନିଷ ବି ଅଛି ? ଥଟା କଲା ସାଉକାର । ଓଃ.. ଏଇ ଖଡ଼ୁ ଦି'ପଟ ? ମାଇପର କିରେ ? ହେଲେ ଏଇଟା ଏତେ କଲା ପଡ଼ିଚି ଯେ ରୂପା କି ଲୁହା ଜଣାପଡ଼ୁନି । କଣ ହବ ଯେ ?

ଆହତ ହେଲା ଅଙ୍ଗଦ । ରୂପ ଉପରେ କଲା ଆବରଣଟି ଚଢ଼ିଗଲେ ଯେମିତି ସେ ମୁଲ୍ୟହୀନ ହେଇଯାଏ, ମଣିଷ ଉପରେ ଗରିବୀ ଛାପଟି ଲାଗି ଗଲେ ସେ ସେଇମିତି ଘୃଣ୍ୟ ହେଇଯାଏ ଏ ସମାଜରେ ।

ସାଉକାର ଖଡ଼ୁ ଦି'ପଟକୁ ଏପଟସେପଟକରି ଦେଖ ତା'ଉପରକୁ ନୋଟ ଦି'ଖଣ୍ଡ ଫୋପାଡ଼ି ଦେଲା । କହିଲା, କିଏ ତୋ ସାଙ୍ଗରେ ଭଟ ଭଟ ହବ ସକାଳୁ, ନେଇ ପଲା ଏଟଙ୍କା ଦି'ଶ..

ଅଙ୍ଗଦ କିଚ୍ଛି ବି କିଚ୍ଛି କହିଲା ନାଇଁ । ନୋଟ ଦିଖଣ୍ଡ ଧରି ଧାଇଁଲା ଘର ଆଡ଼େ ।

ଘରେ ପହଞ୍ଚିଲା ବେଳକୁ ଝିଅ ଗାଁ ଗାଁ ହେଉଥିଲା । ତାକୁ କୋଡ଼ରେ ପୁରେଇ ହାଉଲି ଖାଉଥିଲା ଚିରେଇ । ପାଖରେ ଭେଁ ଭେଁ ହେଉଥିଲା ପୁଅ । ଅଙ୍ଗଦ କହିଲା,

ଦେ ଝିଅକୁ ମତେ ଦେ, ମୁଁ ନେଇଯାଉଚି ଡାକ୍ତରଖାନା, ତୁ ନେଇଯା ପୁଅକୁ ତମ ଘରେ ଛାଡ଼ି ଆସିବୁ । ଝିଅ ଅବସ୍ଥା ଯାହା, ହୁଏତ ରହିବାକୁ ପଡ଼ି ପାରେ କିଛି ଦିନ ଡାକ୍ତରଖାନାରେ ।

ଚିରେଇ କଣ କହିଆସୁଥିଲା, ଅଙ୍ଗଦ କହିଲା କିଛି ଆଉ କହନା, ଯା' କହୁଚି ସେୟା କର । ସ୍ଥିତି ଏବେ ଖୁବ୍ ଅସମ୍ଭାଳ ।

ଝିଅକୁ କାନ୍ଧରେ ପକେଇ ଝପଟିଲା ଅଙ୍ଗଦ ।

ରାତି ଘଡ଼ିଏ ହେଲାଣି । କୁଆଡ଼େ ଗଲା ଲୋକଟା ? ଝିଅର ବେଶୀ କିଛି ହେଲାକି ? ପିଣ୍ଡା, ଘର, ଅଗଣା ଖାଲି ଏପଟ ସେପଟ ହେଉଥିଲା ଚିରେଇ । ଖାଁ ଖାଁ ଲାଗୁଚି ଘର । ମାଡ଼ିପଡ଼ୁଚି । ମନରେ କେତେ ନା କେତେ କାଳଚିନ୍ତା ଘୋଟି ଆସୁଚି । ଏକାକୀ ହେଇଗଲେ କାହିଁକି ଏକ ଆସ୍ଥା ହୀନ ସ୍ଥିତିରେ ପହଞ୍ଚିଯାଏ ମଣିଷ । ବିକୃତ ଚିନ୍ତା ସବୁ ଖାଇ ଗୋଡ଼ାଏ ଏକାବେଳେକେ ।

ପହଞ୍ଚିଗଲା ଅଙ୍ଗଦ । ଏକା । ଦେଖାଯାଉଛି ଥଣ୍ଡା ଗଛପରି ଚାଆଁସ ଓ ନିଷ୍ଠୁର ।

ଚିରେଇ ହାଉଳି ଖାଇଲା, ମୋ ଝିଅ ?

: ଭଲଅଛି, ରହିଚି ଡାକ୍ତରଖାନାରେ ।

ଚିରେଇ ଅଭିଯୋଗ କଲା, ତାକୁ ଏକା ଛାଡ଼ି କେମିତି ଆସିଲ ତମେ !

ସେଇଟା ସରକାରୀ ଡାକ୍ତରଖାନା । ରୋଗୀ ଥରେ ଭୂକିଗଲେ ସବୁ ଦାୟିତ୍ୱ ତାଙ୍କର । ମତେ କହିଲେ, ପଳା ପଳେଇ ଆସିଲି । ଅଙ୍ଗଦ ଛେପଢୋକି ଉତ୍ତର ଦେଲା ।

ଆଉ ତମେ ତାଙ୍କ କଥାରେ ପଳେଇ ଆସିଲ ? କାନ୍ଦୁଣ୍ଟ ମାନ୍ଦୁଣ୍ଟ ହେଇଗଲା ଚିରେଇ । ସିଆଡ଼କୁ ଗୁରୁତ୍ୱ ନଦେଇ ଅଙ୍ଗଦ ପଚାରିଲା, ପୁଅ ?

: ପୁଅ ଭଲରେ ଅଛି । ଆମଘରେ ।

ଥାଉ । ଅଙ୍ଗଦ ଯେପରି ଆଶ୍ୱସ୍ତ ହେଲା ।

ତାପରେ କିଛି ସମୟର ଗମ୍ଭୀର ନିରବତା । ଉଭୟେ ଚୂପ ଚାପ୍ ! ଘନ ଘୋର ଅନ୍ଧାର ଭିତରେ ଯା' ଫୁର୍ ଫୁର୍ ହେଇ ଜଳୁଛି ଡିବିରି ବତି ।

ହଠାତ୍ ଅଙ୍ଗଦ ଯେମିତି ଗୋଟେ ସିଦ୍ଧାନ୍ତରେ ପହଞ୍ଚିଲା ପରି ଚିରେଇକୁ କହିଲା,

: ଚାଲ..

କୁଆଡ଼େ ? ଆଶ୍ଚର୍ଯ୍ୟ ହେଲା ଚିରେଇ ।

: ବିଲକୁ ।

: ବିଲକୁ ? ଏତେ ରାତିରେ ? ତମ ମୁଣ୍ଡ ଖରାପ ହେଇଗଲାଣି ନାଁ କଣ ?

ଆରେ ଚାଲ.. ଖୁବ୍ ଦମ୍ଭିଲା ଶୁଭୁଥିଲା ଅଙ୍ଗଦର ସ୍ୱର । ଯିବୁ ନା ନାଇଁ ? ମୁଁ ଚାଲିଲି..

ଅଙ୍ଗଦର ଏ ଆଚରଣ ସହ ମୋତେ ପରିଚିତ ନୁହେଁ ଚିରେଇ । ଅବଶ୍ୟ ବୁଝୁଥିଲା ଅଲଂଘ୍ୟ ସମସ୍ୟାର ଚାପ ତା'ମୁଣ୍ଡ ବିଗାଡ଼ି ଦେଲାଣି । ହେଲେ ଏ ରାତିଟାରେ ବିଲକୁ କାହିଁକି ? ବିଲରେ ଆଉ ଅଛି କଣ ? ତଥାପି ଭାବିଲା, ଲୋକଟାକୁ ଏକୁଟିଆ କେମିତି ଛାଡ଼ିବ ଏତେ ରାତିରେ ?

ସେ ଉଠିଲା ଓ ଚାଲିଲା । ଅଙ୍ଗଦ ଆଗରେ । ପଛରେ ଚିରେଇ । ସେଇ ଘନ ଅନ୍ଧାର ଭିତରେ ଦି'ଟି ଛାଇ । ଆଗ ପଛ । ଗହ୍ଵୀର ବିଲ ଭିତରକୁ ମାଡ଼ି ଚାଲିଥିଲେ । ଚୁପ୍ ଚାପ୍ । ଚୁପ୍ ଚାପ୍ ।

ଢେର କିଛି ସମୟ ଚାଲିଲା ପରେ ଥମ୍ କରି ଠିଆ ହେଇଗଲା ଅଙ୍ଗଦ ।

: ଏଇ ଆମ ଜମି..

: – ଏଇ ଜମି ? କେମିତି ଜାଣିଲ ଏ ଅନ୍ଧାରରେ ? ଆଁ ?

ହସିଲା ବୋଧେ ଅଙ୍ଗଦ । କହିଲା, ଏ ମାଟି ସହିତ କାହିଁ କେତେ ପିଢ଼ିର ସମ୍ପର୍କ । ଏଇ ମାଟିର ଫସଲରୁ ମୋ ରକ୍ତ ମାଂସ ଗଠିତ । ଚିହ୍ନି ପାରିବି ନାଇଁ ?

ଚିରେଇ କିଛି ବୁଝି ପାରୁନଥିଲା । କହିଲା, କଣ କରିବ ଏଠି ? କାହିଁକି ଆସିଲ କୁହତ ? ଚିରେଇ ମନରେ ଏବେ ପୁଅ ଝିଅ ଘର ଦ୍ୱାର ଦୁଃଖ ସମସ୍ୟା କିଛିହିଁ ନ ଥିଲା । ଆଶଙ୍କିତ ଓ ଉତ୍କଣ୍ଠିତ ମନଟି କେବଳ ଲାଖିରହିଥିଲା ଏଇ ରହସ୍ୟ ପାଖରେ ।

ଅଙ୍ଗଦ କହିଲା, ବ' । ଚିରେଇ ବସିଲା ହିଡ଼ ମୁଣ୍ଡରେ । ଅଙ୍ଗଦ ହାତରେ ଧରିଥିବା ପୁଟୁଲାରୁ କଣ ପୁଲେ କାଢ଼ି ଧରେଇ ଦେଲା ତା ହାତରେ । ଖା'...

: ଖାଇବି ? କଣ ଯେ' ?

ଖାଉନୁ ବଲେ ଜାଣି ପାରିବୁନି । ତୋତେ ଯାହା ଭାରି ଭଲଲାଗେ । ଅଙ୍ଗଦ ରସିକତା କରି କହିଲା ।

ଚିରେଇ ହାତ ଭିତରୁ ଅନୁମାନ କଲା ବରା ସିଙ୍ଗଡ଼ା ଆଲୁଚପ୍ । ଶୁଖ୍ୟ ଯାଇଥିଲେ ବି ତାର ହାଲ୍କା ତେଲିଆ ବାସ୍ନା ବାଜୁଥିଲା ନାକରେ । ବଢ଼ଉଥିଲା ଭୋକ । ସକାଳୁ ଧାଁ ଧପଡ଼ ଭିତରେ ସେ ଭୋକକୁ ଭୁଲି ଯାଇଥିଲା । ଏବେ ତା ପ୍ରିୟ ତେଲଭଜା ଜିନିଷ ଗୁଡ଼ିକ ତା ପାଟିକୁ ଟକଲେଇ ଦେଲା । ଅଙ୍ଗଦ ଚାକୁ ଚାକୁ ଖାଇଯାଉଥିଲା । ସେବି ଖାଇ ଲାଗିଲା । ଭୋକ ପାଖରେ ଖାଦ୍ୟ ପହଞ୍ଚିଗଲେ ସଂସାରର ଯାବତୀୟ ଦୁଃଖ ସମସ୍ୟା ହୁରୁଡ଼ି ପଳାଏ । ଏଇଭଳି ଏକ ସନ୍ତୋଷ ଅନୁଭବ କରୁ

କରୁ ବି ଆଚମ୍ବିତ ହେଉଥିଲା ଚିରେଇ । ଝିଅ ଡାକ୍ତରଖାନାରେ, ଘରେ ଖୁଦ କଣାଟେ ନାଇଁ । ଦି'ଶ ଟଙ୍କାରୁ ଝିଅର ଓଷଦପତ୍ର ଓ ଅନ୍ୟାନ୍ୟ ଖର୍ଚ୍ଚ ଯାଇ କେତେ ବଳିଥିବ ଯେ ଅଙ୍ଗଦ ନେଇ ଆସିଚି ଏ ପାଟି ସୁଆଦିଆ ଚିଜ ! କି'ଖୁସିରେ ? ପଚାରିଲେ ଉତ୍ତର ମିଳୁନି । ଅନୁମାନ କଲେ ବି କୂଳ କିନାରା ମିଳୁନି ।

ଅଙ୍ଗଦ ଚାକୁ ଚାକୁ ବନ୍ଦ ହେଇଗଲାଣି । ଖାଇ ସାରିଲାଣି ବୋଧେ । ଗୁମ୍ ହାଇ ବସିଚି । ଅନ୍ଧାରରେ ତା ଛାଇ ଦେଖାଯାଉଚି ଗୋଟେ ପଥର ମୂର୍ତ୍ତି ପରି । ଚିରେଇ କହିଲା, ସାରା ଦୁନିଆରେ ଇମିତି ଘଟଣାଟେ କୋଉଠି ଘଟି ନଥିବ, ତମେ ଯାହା କଲ । ରାତି ଅଧରେ, ଜଳି ଯାଉଥିବା ଷେତ ମୁଣ୍ଡରେ ବସି କୋଉ ରସିକ ତା ମାଇପକୁ ବରା ସିଙ୍ଗଡ଼ା ଖୁଆଉଥିବ ? ଆଁ ? କୁରୁ କୁରୁ ହସି ଉଠିଲା ଚିରେଇ । ସବୁ ବିପର୍ଯ୍ୟୟକୁ ଛି କରିଦେଇ ଯେମିତି ତା ମନ ଶିରି ଶିରେଇ ଉଠୁଚି । ଗୋଟେ ରୋମାଞ୍ଚ ଆବୁରି ପକାଉଚି ତା ଦେହ । ସେ କମ୍ପିତ ହାତରେ ଅଞ୍ଜାଳି ପକେଇଲା ଅଙ୍ଗଦର ଦେହ ମୁହଁ । ଫିସ୍ ଫିସ୍ କରି ପଚାରିଲା, ଏଇ.. ତମର ହେଇଚି କଣ ? କିଚ୍ଛି କହୁନ କାହିଁକି ?

ଗୋଟେ ଗଭୀର ଦୀର୍ଘଶ୍ୱାସ ସହ କହିଲା ଅଙ୍ଗଦ, ଆଉ ଏବେ କିଚ୍ଛି କହିବାର ନାହିଁଲୋ ଚିରୁ.. କିଚ୍ଛି ନାଇଁ .. ଏଇ ନେ... । କ'ଣଟେ ଚିରେଇ ଆଡ଼କୁ ବଢ଼େଇ ଦେଲା ଅଙ୍ଗଦ । କଣ ? କାଇଁ ? ଅନ୍ଧାରରେ ଅଞ୍ଜାଳି ହେଉଥିଲା ଚିରେଇ ।

ବିଷ... ମୁଁ ପିଇସାରିଚି । ଏବେ ତୋ ନିଷ୍ଠୁରୀ । ଚିରୁ... ଝିଅର ଅପରେସନ ଦରକାର । ପଇସାନାଇଁ । ସେ ମରିଯିବ । ମୁଁ ତାକୁ ଛାଡ଼ି ଲୁଚି ପଳେଇ ଆସିଚି ଡାକ୍ତରଖାନାରେ । ଜମିରେ ଫସଲ ନାଇଁ ସାଉକାର ଧମକ ଦେଇଚି, ନାଲିସ କରିବ, ଜମି ଛଡ଼େଇ ନବ । ଘରେ ଖୁଦ କଣାଟେ ନାଇଁ, ଘର ଛପରକୁ ନଡ଼ା ଗୋଛାଏ ବି ନାଇଁ । ଏତେ ନାଇଁ ନାଇଁ ଭିତରେ ମୁ କିମିତି ବଞ୍ଚଣ୍ଟି ଚିରୁ ?

ଏକଥା ଶୁଣୁ ଶୁଣୁ ସେଇ ନିର୍ଜନ ଅନ୍ଧକାରକୁ ବିଦୀର୍ଣ୍ଣ କରି ଚିରେଇ କଣ୍ଠ ଫଟା ଚିତ୍କାରଟେ କରି ଉଠିଲା, ଯାହା କେବଳ ପାହାଡ଼ ଦେହରେ ଧକ୍କାଖାଇ ଫେରି ଆସୁଥିଲା ତା'ରି ପାଖକୁ ।

ଅଙ୍ଗଦ ଗଁ ଗଁ ହେଇ ଗଡ଼ୁଥିଲା । ରାମ୍ପୁଡ଼ି ବିଦାରି ପକଉଥିଲା ମାଟି । ତାର ସମସ୍ତ ଅଙ୍ଗ ପ୍ରତ୍ୟଙ୍ଗ କ୍ରମଶଃ ଅଖଞ୍ଜ ହେଇଆସୁଥିଲା । ଧୀରେ ଧୀରେ ଅଖିରେ ଘୋଟି ଆସୁଥିଲା ବହଳ ଅନ୍ଧାର । ତା'ର ସଞ୍ଜ୍ଞାଶୂନ୍ୟ ଦେହଟା ନିଥର ହେଇଯିବା ଆଗରୁ ତାକୁ ଲାଗୁଥିଲା ଯେମିତି ଖୁବ୍ ଦୂରରୁ କୋଉଠୁ କଅଁଳ କଣ୍ଠର କରୁଣ ସ୍ୱର ଭାସି ଆସୁଚି ବୁଆ...

ହେଲେ ସେ ଓ’ଟି କିନ୍ତୁ ଫେରେଇ ପାରୁନାହିଁ ସେମାନଙ୍କୁ ।

କୋହ ଆଉ ଲୁହରେ ତଳି ତଳାନ୍ତ ଚିରେଇ ଅଙ୍ଗାଦର ନିଶ୍ବାଶ ଦେହଟାକୁ ହଲେଇ ଝୁଲେଇ ଜିଦ୍ କଲାଭଳି କହୁଥିଲା, ରୁହ... ରୁହ... ମୁଁ ବି ଯିବି... ମୁଁ ବି...

ସେ ଉଦ୍ଭ୍ରାନ୍ତ ଭାବରେ ବିଷ ଶିଶିଟାକୁ ଅଣ୍ଡାଳି ଚାଲିଥିଲା ଅନ୍ଧାରରେ । ପାଉ ନଥିଲା ।

ଶେଷପାଦର ଭୂଇଁ

ଆକାଶ ଦେଖାଯାଉଥିଲା ଗୋଟିଏ ଗୈରିକ ଉଦାସୀନତାର ଇସ୍ତାହାର ପରି । ସମୁଦ୍ର ଦେଖାଯାଉଥିଲା ଯେମିତି ଗୋଟେ ଭୀଷଣ ପ୍ରତାରକ । ଆଉ ମାଟି । ମାଟି ଯେପରି ଦୁଃଖ କୋହ ଲୁହ ଜୁଡୁବୁଡୁ ଗୋଟାଏ ଧର୍ଷିତା ପୋଡ଼ାଭୂଇଁ ।

ବିଶୁ ଭୋ ଭୋ କାନ୍ଦି ପକେଇଲା । ତା ବୁକୁଫଟା କାନ୍ଦ ସମୁଦ୍ର ଆଡ଼ୁ ମାଡ଼ି ଆସୁଥିବା ଉତ୍ତାଳ ପବନରେ କୁଆଡ଼େ ସବୁ ଦିଗହରା ହେଇଗଲା । ତାର ଠଯଠଯ ଲୁହସବୁ ବେଲାଭୂମିର ବାଲୁକାରେ ସନ୍ତା ହରେଇ ଦେଲେ । ସେ ବିକଳ ଚିତ୍କାର କରି ଉଠିଲା...। ବୋଉ ତା ଡାକର 'ଓ' ନ ଥିଲା । ତା ଡାକକୁ ଶୁଣୁଥିବା ସମୁଦ୍ର, ପବନ, ବାଲି ଗଛବୃକ୍ଷ, ଲତାଗୁଳ୍ମ, ପକ୍ଷୀ, ଦିଗବିଦିଗ, ଚଉଦିଗ ସମସ୍ତେ ଥିଲେ । ତାର କୋହାହଲ ଅବସ୍ଥାକୁ ଦେଖୁଥିଲେ, କିନ୍ତୁ କେହିବି କେହି ବୁଝେଇ ପାରୁନଥିଲେ, କେହିବି କେହି କୋଳେଇ ନେଉନଥିଲେ ।

କାରଣ ଏମାନଙ୍କ ଭିତରେ ତା ବୋଉ ନଥିଲା ।

ସେ ଚାରିଆଡ଼କୁ ଅନେଇଲା । ସଂଜ ଘନେଇ ଆସିଲାଣି । ସମୁଦ୍ର ପିଠିଦେଇ ଦିଗନ୍ତରୁ ମାଡ଼ି ଆସୁଚି ପରସ୍ତ ପରସ୍ତ ଅନ୍ଧାର । ଦୂର ବିଧ୍ୱସ୍ତ ଝାଉଁ, କାଜୁ ଜଙ୍ଗଲର ଥୁଣ୍ଟା ମୂଳରୁ ଗଜୁରି ଉଠୁଥିବା ନୂଆପତ୍ର ସବୁ ଝାପ୍ସା ହେଇ ଆସୁଚ୍ଚନ୍ତି । ଏଠି ସେ ଖେଳୁଥିଲା । ଚାହାଲି ଛୁଟିହେଲେ ସାଙ୍ଗମାନଙ୍କୁ ନେଇ ଏ ବିସ୍ତୃତ ବାଲୁକା ଭୂଇଁକୁ ଆସିବାକୁ ତାକୁ ତର ସହୁ ନଥିଲା । ବୋଉ ଡାକୁଥିଲା ବିଶୁରେ... ଗଣ୍ଡେ କ'ଣ ଖାଇଦେଇ ଯା...। ଆସେ ଆସେ କହି ସେ ଧାଇଁ ଆସୁଥିଲା ଏଠାକୁ । ଏ ବାଲି, ବାଲିକଙ୍କଡ଼ା, ଶଙ୍ଖା, ଶାମୁକା, ଯେମିତି ତା ପ୍ରିୟ ସହଚର, ଅତି ଆପଣାର । କାହିଁ କୁଆଡ଼େ ସମୁଦ୍ର, କୂଲେ କୂଲେ ଲମ୍ଭି ଯାଇଥିବା ଝାଉଁବଣର ସବୁଜ ପଣତ ଯେମିତି ତା ସବୁ ଆନନ୍ଦର ନିଭୃତ ଅଞ୍ଚଳ । ହରି, ଗୁରିଆ, ସନିଆ, ବାଇନ ଆଦି ଥିଲେ ତାର

ଖେଳସାଥୀ। ସେମାନଙ୍କ ସହିତ ଧୁମ୍ ଖେଳୁଥିଲା, ନିର୍ଘାତ ଦଉଡୁଥିଲା ବାଲିରେ। ଗୋଟେ ଲକ୍ଷ୍ୟହୀନ କୈଶୋରର ଏ ଥିଲା ସୁବିସ୍ତୃତ ଖେଳ ପଡ଼ିଆ। ହାୟ, କୁଆଡ଼େ ଗଲେ ସେମାନେ! କୁଆଡ଼େ ଗଲା ସେଇ କିଶୋର ସାଙ୍ଗମାନଙ୍କ କଲ୍ଲୋଲ ଉଚ୍ଛ୍ୱାସ!

ବିଶୁ ସ୍ତବ୍ଧ ନିର୍ବାକ ହେଇ ଠିଆ ହଇଥିଲା ସ୍ମୃତିର ବାଲିବନ୍ତ ଉପରେ। ଖୁବ୍ ଦୂରରୁ ସେଇ ଝାଉଁବଣର ଝାପ୍‍ସା ଅନ୍ଧାର ଭିତରୁ ତାକୁ କିଏ ହାତଠାରି ଡାକୁଥିଲା, ବିଶୁରେ...। ସେଇ ଶିରିଶିରି ଝାଉଁଗଛର କଅଁଳ ଗହଳରୁ ଦେଖାଯାଉଥିଲା ଗୋଟେ ଛାଇ। ବିଶି ଆନମନା ହେଇଯାଉଥିଲା। ଉଚାଟିତ ହେଇଯାଉଥିଲା। ହାତ ମେଲୁଥିଲା, ଗୋଡ ଉଠଉଥିଲା ତ ତାକୁ ପଛକୁ କିଏ ଝାଂପି ନେଇଗଲା।

ବିଶୁ ଅନେଇଦେଲା, ବାପା। ବାପା ନୁହେଁ ଗୋଟେ ଦୁଃଖର ପାହାଡ଼। ସବୁ ଦୁର୍ଭାଗ୍ୟକୁ ହଜମ କରି ନିର୍ବିକାର ଭାବେ ଠିଆ ହେଇଥିବା ଗୋଟେ ପ୍ରତ୍ୟୟ। ସେ ବାପାକୁ ଜାବୁଡ଼ି ଧଇଲା। ବାପା ତା ମୁଣ୍ଡକୁ ଆଉଁସି ଦେଉ ଦେଉ କହିଲେ, ତୁ ଏତେବେଳଯାଏ ଆସି ଇଆଡ଼େ ବୁଲୁରୁ, ମୁଁ ତତେ ତେଣେ ଖୋଜୁଛି। ମନା କରିଥିଲି ପରା ସଂଜ ହେଲେ ଆସିବୁନି ଇଆଡ଼େ, ଆଁ?

ବାପା ତାକୁ ନାଉକରି ବୋହିନେଲେ ଘରକୁ।

ବିଶୁ ଦେଖିଲା ଆର ପିଣ୍ଡାରେ ଧଡ଼ିଆ ଅଜା ବଇଚି। ଘର ଭିତରେ ଜଲୁଚି ଡିବିରି। ସେଇ ସ୍ୱଚ୍ଛ ଜାଲଜାଲୁଆ ଅନ୍ଧାର ଭିତରେ ତା ଛାଇ ଦେଖାଯାଉଛି ଗୋଟେ ସ୍ଥିତପ୍ରଜ୍ଞ ସନ୍ନ୍ୟାସୀ ପରି। ଏ ବୁଢ଼ା ସହ ତା'ର ଆତ୍ମୀୟତା ପିଲାବେଲୁ। ବୁଢ଼ା ତାକୁ କୋଲରେ ବସେଇ କେତେ ପୁରାଣ କଥା କହେ। ରଜାରାଣୀ କାହାଣୀ କହେ। କୋଣାର୍କ ମନ୍ଦିର କଥା କହୁ କହୁ ପାକୁଆ ହସରେ କହିଦିଏ, ତୋ ନାଁ ପା ବିଶୁ? ତୁ ଗୋଟେ କୋଣାରକ ଗଢ଼ିବୁ ବୁଝିଲୁ। ଆଉ ଯଦି ତୋଲିବୁ ଏଇଠି ତୋଲିବୁ, ଏଇ ଆମ ସମୁଦ୍ର କୂଳରେ। ଆଁ!!

ବିଶୁ ସେ କଥାର କିଛି ଟେର୍ ନପାଇଲେ ବି ଖୁସିହୁଏ। ତା' ଦ୍ୱାରା ଯେ ଗୋଟାଏ କିଛି ତୋଲାତୋଲି ସମ୍ଭବ, ଏଇ ଭରସା ବୁଢ଼ା ରଖୁଚି ବୋଲି ଜାଣି ଖୁସି ହୁଏ।

ସେଇ ଧଡ଼ିଆ ବୁଢ଼ା ଏବେ ବସିଚି ବିଲକୁଲ ମୁଉକୁ ହେଇ। ମୁହଁକୁ ଖାଲି ଚାହୁଁଚି ଜୁଲୁଜୁଲୁକି। ତା ପାକୁଆ ପାଟିର ସେଇ ପାକଲା ହସ ଯେମିତି କିଏ ହରଣ କରିନେଇଚି। ବେଲେବେଲେ ବରବର ହେଉଚି, ହୋହୋ ହସୁଚି। ହସୁ ହସୁ କୋହ ଉଠେଇ କାନ୍ଦୁଚି। ତା କାନ୍ଦ ସଂକ୍ରମିତ ହେଇଯାଉଚି ଘର ଭିତରକୁ। ଘର ଭିତରୁ ଗୁମୁରି ଆସୁଚି ଆଉ ଗୋଟିଏ କରୁଣ ସ୍ୱର। ସେ ସ୍ୱର ଲତାଖଣ୍ଡିଆର। ମହାବାତ୍ୟାରେ ଉଜୁଡ଼ି ଯାଇଥିବା ଗୋଟେ ସର୍ବହରା ନାରୀର। ଧଡ଼ିଆ ଅଜାର ବିଧବା ବୋହୂର।

ବିଶୁ ବୁଢ଼ା ପାଖରେ ଠିଆ ହେଲା । ଆସ୍ତେ ଡାକିଲା, ଅଜା... ।

ବୁଢ଼ା ମାଟି ଉପରେ ହାତ ବାଡ଼େଇଲା, ଏଠି ବ’ । ବିଶୁ ବସି ପଡ଼ିଲା ବୁଢ଼ା ଆଣ୍ଠୁ ଉପରେ ହାତ ପକେଇ ।

ଘର ଭିତରର କାନ୍ଦ ତାକୁ ଆକ୍ରାମାକ୍ରା କରି ପକଉଥିଲା । ସେ କାନ୍ଦ ତାକୁ ଲାଗୁଥିଲା ବୋଉର କାନ୍ଦପରି । ସେ ଭିତରକୁ ଉଠିଗଲା । ଫର୍ଦ୍ଦେ ଧଳା କାଗଜ ପରି ପଡ଼ି ରହିଥିଲା ଲତାଖୁଡ଼ୀ । ଡିବିର ଧାସକୁ ଅନେଇ ପାଟିରେ କାନି ଚାପି ସୁଁ ସୁଁ କାନ୍ଦୁଥିଲା ।

ବିଶୁକୁ ଦେଖି ଚାପି ଧରିଲା ଛାତିରେ । ବିଶୁ କିଛି ବୁଝିପାରୁ ନଥିଲେ ବି ଏତିକି ବୁଝୁଥିଲା, ଶ୍ୟାମ ଦାଦି ମରିଯାଇଚି ବୋଲି ଲତାଖୁଡ଼ୀ ଏମିତି ହୀନସ୍ତା ଭଳି ଦେଖାଯାଉଚି ଓ କାକୁସ୍ତ ହେଇ କାନ୍ଦୁଚି ।

ବୋଉ ନାଇଁ, କାନ୍ଦୁଥିବ ତ ବାପା ! ବିଶୁ ଭାବୁଥିଲା । କିଛି ନା କିଛି ଅଭାବ ବୋଧ, କିଛି ନା କିଛି ସଂତାପ ସବୁ ଲୁହର କାରଣ । ଯେମିତି ତା ଲୁହ, ତା ବୋଉ ପାଇଁ । ସେ ଏତିକି ବୁଝିଲା ଓ ଡିଆଁଟେ ମାରି ବାପା ପାଖରେ ହାଜର ହେଲା । ବାପା କହିଲେ, ଖାଇଦେ ଗଣ୍ଡେ, ଶୋଇବା ।

ବିଶୁ କହିଲା, ବା’ଲତାଖୁଡ଼ୀ କାନ୍ଦୁଚି ।

ବାପା ଦୀର୍ଘଶ୍ୱାସଟିଏ ଛାଡ଼ିଲେ । କହିଲେ, ଶ୍ୟାମଭାଇଟା ମରିଗଲାତ, ସେଇଥିପାଇଁ... ।

ବିଶୁ ଅବୋଧ ପ୍ରଶ୍ନଟେ ପଚାରିଲା, ବୋଉତ ମରିଗଲା, ତମେ କାନ୍ଦୁନା ?

ବାପା କିଛି ସମୟ ନିରବ ହୋଇଗଲା । କହିଲା, ତୁ ପା ଅଛୁ । ତତେ ତୋ ବୋଉ ମତେ ଦେଇ ଯାଇଚି । ଶ୍ୟାମ ଭାଇ କିଛି ଦେଇଯାଇନି ତାକୁ, କାହାକୁ ନେଇ ବଞ୍ଚିବ ? ସେଇଥିପାଇଁ କାନ୍ଦୁଚି ।

ରାତିରେ ବିଶୁକୁ କାଇଁକି ମୋଟେ ନିଦ ହେଲାନାହିଁ । ତା’ର କେମିତି ଗୋଟେ ମନ ହଉଥିଲା, ବା ଲତାଖୁଡ଼ୀ ବାପାବୋଉ ହୋଇଯା’ନ୍ତେ, ସେ ହେଇଯା’ନ୍ତା ଦିହିଙ୍କ ପୁଅ... ଖୁବ୍ ଭଲ ହୁଅନ୍ତା । କେଇ ଆଉ କାନ୍ଦନ୍ତେ ନାଇଁ, ନା ବା ନା ଲତାଖୁଡ଼ୀ ନା ଧଡ଼ିଆ ଅଜା... ।

ସକାଳେ ଧଡ଼ିଆ ଅଜାକୁ ଏମିତିକା କଥାଟା କହିଦେଲା ବିଶୁ । ବୁଢ଼ା ଟିକେ ଚାହିଁଲା, କହିଲା; ଏମିତି ହେଲେ ତ ସତକୁ ସତ ତୁ କୋଣାରକଟେ ଗଢ଼ି ଦିଅନ୍ତୁରେ ବିଶୁ ।

ତା' ପରେ କେମିତି କେଜାଣି କୋଉ ମୋଡ଼ ବାଙ୍କଦେଇ କିଛିଦିନ ପରେ ବିଶୁ

ଭାବୁଥିବା କଥାଟା ସତ ହେଇଗଲା । ତା ପରେ ବଦଳିଗଲା ଘରର ଇତିହାସ । ବଦଳିଗଲା ଘରର ଭୌଗୋଳିକ ନକ୍ସା । ଦି’ଟା ଢିଅ ଗୋଟିଏ ହେଇ ଘରଟେ ଠିଆ ହେଇଗଲା । ଲତାଖୁଡ଼ୀ ତୋଫା ଦିଶୁଥିଲା, ବା ମୁହଁରୁ କୁଆଡ଼େ ଉଡ଼ିଯାଇଥିଲା ଦୁଃଖର ରଙ୍ଗ । ଧଡ଼ିଆ ଅକାର ବିଭ୍ରମତା ଆଉ ନଥିଲା । ଉଜୁଡ଼ା ଅତୀତ ଉପରେ ଠିଆ ହେଇଗଲା ଗୋଟେ ସଜଡ଼ା ବର୍ତ୍ତମାନ ଆଉ ବିଶୁର ଭବିଷ୍ୟତ ପାଇଁ ଏହା ଯେମିତି ଥିଲା ଏକ ଅନିବାର୍ଯ୍ୟ ପୃଷ୍ଠଭୂମି ।

ଧୀରେ ଧୀରେ ସବୁ ଅସ୍ଥିରତା ଅପସରିଗଲା । ଜୀବନ ଫେରି ଆସିଲା ତା’ର ସ୍ୱାଭାବିକ ଗତିପଥକୁ । ଏଇଭଳି ତ ମଣିଷ ସଭ୍ୟତାର ଜୟଯାତ୍ରା । କେତେ କେତେ ପ୍ରତିକୂଳତା ଭିତର ଦେଇ ଆଜି ମଣିଷ ଛିଡ଼ା ହେଇଚି ମଣିଷ ହେଇ । ଧ୍ୱଂସର ସ୍ତୂପ ଭିତରୁ ଉଠିବ୍ରି ଉଠିଚି ସର୍ଜନାର ଦ୍ୱିପତ୍ରୀ ବୀଜ । ଏ ମହାବାତ୍ୟା ସେଇମିତି ଏକ ସାମୟିକ ଅସନ୍ତୁଳନ ପ୍ରକୃତିର । ଯେ କି ନିଷିଦ୍ଧ କରିପାରନ୍ତା ମଣିଷ ଜୀବନର ଅବାରିତ ଜୟଯାତ୍ରାକୁ ।

ବିଶୁ ଯାହା ହରେଇଥିବା ତାକୁ ଖୋଜୁଥିଲା, ଝୁରୁଥିଲା । ଯାହାବି ପାଇଥିଲା ତାକୁ ହରେଇବା ଦୁଃଖରେ ଅଲୋଡ଼ା ଭାବୁନଥିଲା । ସୁତରାଂ ଲତାଖୁଡ଼ୀକୁ ସେ ତା ବୋଉର ବିକଳ୍ପ ବୋଲି ଧରିନେଇ ତା ଟିକି କଅଁଳ ଛାତିର ବେଦନାକୁ ସମାହିତ କରିନେଉଥିଲା ମନରେ । ହେଲେ ବୋଉର ସ୍ମୃତିକୁ ଜୀବନ୍ତ କରି ରଖିବା ମାନସିକତାରୁ ଓହରି ଯାଇନଥିଲା କେବେ ।

ବୋଉ ସହ ତା’ର କଟିଥିବା ସବୁ ସଂକ୍ଷିପ୍ତ ସ୍ମୃତି ଠାରୁ ଯେଉଁଟି ଏଯାଏ ସଜଳ ଓ ଜୀବନ୍ତ ଥିଲା ତାହା ସେଇ ଗଛମୂଳ, ଯେଉଁଠି ସକାଳେ ସଂଜେ ବୋଉ ପାଣିଟିକେ ଦେଇ ସେ ଗଛକୁ ନୁହେଁ ତା ଜୀବନ୍ୟାକ ଯେପରି ଟିକେବି ଜଳକଷ୍ଟ ନଭୋଗେ ସେଇ କାମନା କଲାଭଳି ଲାଗୁଥିଲା । ସେ ବୁଝିପାରୁ ନଥିଲା ବୋଉ ଏ ଗଛ ପ୍ରତି ଏତେ ଆବେଗ କାହିଁକି, କାହିଁକି ଏତେ ଶ୍ରଦ୍ଧା । ପଚାରିଲେ ବୋଉ ତାକୁ କୋଳକୁ ଆଉଜେଇ ନେଉ ନେଉ କହୁଥିଲା, ତୋ ଜନ୍ମଦିନ ହିଁ ଲଗେଇଥିଲି ଏ ଗଛ । ତୁ’ ଆଉ ଏ ଗଛ ମୋର ଦି’ ପୁଅ ।

ବିଶୁର କଅଁଳ ଛାତି ଭିତରେ ଗୋଟେ କରୁଣ ଭାବପ୍ରବଣତା ପ୍ରସରି ଯାଉଥିଲା ।

ଏବେ ବୋଉ ନାଇଁ, ଗଛ ବି ନାଇଁ । ଗଛ ଥିବା ଜାଗାରେ ଗୋଟେ ଗାତ, ଯେଉଁଠି ଡୁବକି ମାରୁଚନ୍ତି କେତୋଟି କୁନି ପାଣିବେଙ୍ଗ ।

ତା ଆଖିରୁ ଟପଟପ କେଇବୁନ୍ଦା ଲୁହ ଝରିପଡ଼ିଲା ।

ତା’ର ଥମଥମ୍ ମୁହଁ ଆଉ ଲୁହ ଚଳ ଚଳ ଆଖିକି ଦେଖ୍ ବାପା ପଦେ

ପଚାରିଥାଡ଼େ ହେଲେ, କ'ଣ ହେଲା ? ଲତାଖୁଡ଼ୀ ପଚାରି ଥାନ୍ତା କି, କ'ଣ ହେଇଚି ମୋ ପୁଅର। ଧଡ଼ିଆ ଅଜା ହେଲେ ହାତପିଟି କହିଥାନ୍ତା, ବ' ଏଇଠି, କ'ଣ ହେଇଚି କହିଲୁ।

କେହି ବି କେହି କିଛି କହିଲେ ନାଇଁ। ବିଶୁ ଲକ୍ଷ୍ୟ କରୁଚି ଗୋଟେ ଅଭାବିତ ପରିବର୍ତ୍ତନ ସମସ୍ତଙ୍କ ଆଚରଣରେ ଏବେ। ଲତାଖୁଡ଼ୀ ବୋଉ ହେଇ ଆସିବା ପରଠାରୁ ସମସ୍ତେ ଯେମିତି ବାଂଚିବା ପାଇଁ ଗୋଟେ ଗୋଟେ ଆଶ୍ରା ପାଇଯାଇଚନ୍ତି ତାକୁ ବାଦ୍‍ଦେଇ। ତା'ର ସର୍ବଶେଷ ଅବଲମ୍ବନ ଥିବା ବାପାଟିକୁ ଲତାଖୁଡ଼ୀ ଆବୋରି ନେଇଚି, ଧଡ଼ିଆ ଅଜା ମୁଣ୍ଡେଇ ଥିବା ବିଧବା ବୋହୂର ବୋଝଟାକୁ ବାପା ମୁଣ୍ଡରେ ଥାପିଦେଇ ନିଶ୍ଚିନ୍ତ ହେଇଯାଇଚି ଆଉ ବାପା ଏମାନଙ୍କୁ କୋଳେଇ ନେଇ ତାକୁ ଅପାଂକ୍ତେୟ ପରି ଫୋପାଡ଼ି ଦେଇଚି ବାହାରକୁ।

ବିଶୁର କଅଁଳ ଛାତିଟା ଏଇ ଏଇ ଅନୁଭବ ନେଇ ପୁଷ୍ଟହେଇ ଆସୁଥିଲା, ଆଉ ଭାବୁଥିଲା, ମାଆଟି ନିଞ୍ଚେ ସର୍ବଶେଷ ନିରାପଦ ଆଶ୍ରୟ। ଯେହେତୁ ତାକୁ ସେ ହରେଇଚି, ଏମାନଙ୍କଠୁ ବେଶୀ କିଛି ଆଶା କରିବା ଠିକ୍ ନୁହେଁ। ସୁତରାଂ ବିଶୁ ଯେମିତି ଯେମିତି ବାଂଚିବା କଥା ବାଂଚୁଥିଲା, ଯେମିତି ଯେମିତି ବଢ଼ିବା କଥା ବଢ଼ୁଥିଲା।

ସେଦିନ ମୁହଁ ସଂଜ। ଧଡ଼ିଆ ଅଜା ବସି ପିକା ଟାଣୁଥିଲା ପିଣ୍ଡାରେ। କୁଆଡୁ ବୁଲି ବୁଲି ଆସି ତା ପାଖରେ ବସିଗଲା ବିଶୁ। ବୁଢ଼ାଟିକେ ଖିଙ୍କାରି ହେଇ କହିଲା, କୁଆଡ଼େ ହେଣ୍ଡାମାରି ବୁଲୁଚୁ, ଆଃ ? ବାପକୁ ସାହାଯ୍ୟ କରୁନୁ ତା ମିସ୍ତ୍ରି କାମରେ। ଏବେ କେତେ ରାଜମିସ୍ତ୍ରି କାମ ସବୁ ହଉଚି, ବାପ ସାଙ୍ଗରେ ଯାଉ ଯାଉ ଗୋଟେ ପକ୍କା ମିସ୍ତ୍ରି ହେଇଯା'ନ୍ତୁ।

ବିଶୁ ତା କଥାକୁ ଭ୍ରୁକ୍ଷେପ କଲା ନାହିଁ। ପଚାରିଲା, ଅଜା, ଆଉ ତ କୋଣାରକ କଥା କହୁନୁ ?

: କୋଣାର୍କ ମନ୍ଦିର ତିଆରି ସରି ମୁଣ୍ଡି ମରିବା ପରେ ଆଉ କି ଗପ ଥାଏ ? ବୁଢ଼ା ଗୋଟେ ଖାମଖିଆଲିଆ ଜବାବ ଦେଲା।

: ମୁଣ୍ଡି ମାରିଥିବା ଲୋକଟିର ଗପ ନଥାଏ ?

ବୁଢ଼ା ଟିକେ ଗୁମ୍ ଖାଇଗଲା। ବଡ଼ ଗହନ କଥାଟାତ ପଚାରିଦେଲା ଏ ଟୋକାଟା।

କହୁନ, ବିଶୁ କଟାଳ କଲା।

: କ'ଣଟା କହିବି ? ଆଁ ? ମୁଣ୍ଡି ମାରିଥିବା ପିଲାଟାତ ଡେଇଁ ପଡ଼ିଲା ସମୁଦ୍ରକୁ। ସବୁ ଶେଷ। ଆଉ ରହିଲା କ'ଣଟା ଯେ ଗପ କହିବି ?

: ଅଛି ଅଛି ଗପ ଅଛି... ସେ'ଯେ ଡେଙ୍ଗିଲା ସମୁଦ୍ରକୁ, କାଇଁକି ?

: ତା ବାପାକୁ ରକ୍ଷା କରିବା ପାଇଁ ମୁଣ୍ଡ କାଟରୁ। ବୁଢ଼ା ଚିଡ଼ିଲା ଭଳି କହିଲା।

: ଏକଥା ତା ମୁଣ୍ଡରେ ପୂରେଇଲା କିଏ ?

: ହାଁ... କିଏ କାହିଁକି ପୂରେଇବ ? ସବୁ କାରିଗରମାନେ ତ ଅକଡ଼ିଲେ, ଏ ମୁଣ୍ଡିମରା ପିଲାଟା ରହିଲେ ଆମ ମୁଣ୍ଡ ସବୁ ରହିବ ନାଇଁ, ତେଣୁ...।

: ଓ... ସେଇ କାରିଗର ପରିକା ତମେ... ନୁହଁ ?

ଚମକି ପଡ଼ିଲା ବୁଢ଼ା। ତାକୁ ଲାଗିଲା ବିଶ୍ୱ ଗୋଟେ ବିରାଟ ପ୍ରଶ୍ନ ହୋଇ ଠିଆ ହୋଇ ଯାଉଛି ତା ଆଗରେ। ସେ ତା ମୁହଁକୁ ହାଁ କରି ଚାହିଁଲା। ବିଶ୍ୱ ହସୁ ହସୁ କହିଲା, ତମେ କହୁନଥିଲ ଗପ ମତେ ଛୁଆବେଳେ, ମୁଁ କୋଣାର୍କ ଗଢ଼ିବା କଥା ? ମୁଁ ଗଢ଼ି ଦେଇଚି... ମୁଣ୍ଡ ବି ମାରି ଦେଇଚି... ସେଠି ଦି' ଜଣ... ବାପ ପୁଅ ଏଠି ମୁଁ ଏକା ଖାଲି ପୁଅ... ନୁହଁ ? ଆଚ୍ଛା ଅଜା କୋଣାର୍କ ଭାଙ୍ଗିଗଲା ପରା... ସେ ଗପ ତ କହିନ...

ବୁଢ଼ାକୁ ଲାଗୁଥିଲା ବିଶ୍ୱ ଯେମିତି ସୂତେଇ ଦଉଚି ଯିଏ ମନ୍ଦିର ଗଢ଼ିପାରେ ସିଏ ବି ଚାହିଁଲେ ଭାଙ୍ଗିଦେଇ ପାରେ...

ବଡ଼ ସମସ୍ୟା କରିବ ଆଗକୁ ଏ ଟୋକାଟା, ଯା' ଜଣାପଡୁଚି।

ସେ ତା'ର ସର୍ବଶେଷ ବୁଦ୍ଧି ଖଞ୍ଜିଦେଲା ବୋହୂ ମୁଣ୍ଡରେ। ବୁଝିଲୁ ମା' ନୂଆ ଘର ସଂସାର ତ କଲୁ, ତାକୁ ଆଗକୁ ଆଗକୁ ନିରାପଦ କିମିତି କରିବୁ ସଜାଗ ଥିବୁ। ଏଇ ବିଶ୍ୱଟା ବାଟ ଓଗାଳିବ ନିଶ୍ଚୟ। ଏବେ ସିନା ପିଲା ଅଛି, ବଢ଼ିଗଲେ ତୋ ପରିବାରକୁ ହିଁ କଣ୍ଟା। ସେଇଟା ତ ବାପକୁ କୁଣ୍ଢେଇଚି, ବାପ ବି କୁଣ୍ଢେଇଚି ତାକୁ। ଏ ବାପପୁଅଙ୍କ କୁଣ୍ଢାକୁଣ୍ଢି ଭିତରେ ତୁ ଯେମିତି ବାଦ୍ ନପଡୁ, ଜାଣିଥା... ଆଗକୁ ପୁଣି ତୋର ପିଲାପିଲି ହବନା...।

ଲତା ଧରିନେଲା କଥାର ମଣ୍ଟ। ସତକଥା। ଆଗକୁ ସେଇ ହିଁ ଲମ୍ବିବ। ଏ ଘରଦ୍ୱାର ଜାଗାବାଡ଼ିରେ କୁଆଁ ମେଲିବେ ତାରି ପିଲାମାନେ। ତା ଭିତରେ ବିଶ୍ୱ ବିଷବୃକ୍ଷ ହୋଇ ରହିଲେ ସ୍ୱାଭାବିକ ହବ ନାଇଁ ତା ପିଲାମାନଙ୍କ ଭବିଷ୍ୟତ। ଶ୍ୱଶୁରଙ୍କ ଅନୁମାନ ଠିକ୍। ବୁଢ଼ା ମଗଜରେ ଢେର ବୁଦ୍ଧି। କହନ୍ତି ନାଇଁ ତିନି ମୁଣ୍ଡିଆ। ସେଇ ଫନ୍ଦିରେ ବିଶ୍ୱ ବାପାକୁ ଫସେଇ ତାକୁ ତ ଲଗେଇଦେଲେ କୂଳରେ। ନହେଲେ ନିଃସଙ୍ଗ ବୈଧବ୍ୟ ତା ଅବଶିଷ୍ଟ ଜୀବନକୁ ତଳିତଲାନ୍ତ କରିଦେଇଥାନ୍ତା। ଠିକ୍ କଥା, ତା ପାଦ ଭୂଇଁରେ ଲାଗିଲାଣି ମାନେ ତାକୁ ସେ ଆହୁରି ମଜଭୂତ୍ କରିବ।

ରାତିରେ ବିଶ୍ୱବାପା ସହ ରଂଗରସ କଲାବେଲେ ତା ମଗଜକୁ ଜାମ୍ କରିଦେଲା

ଭଲି କଥାଟେ ଭୁକେଇ ଦେଲା ସେ । ବୁଝିଲ, ବିଶୁ ତ କ'ଣ ଯାଇ ସେଇ ଖାଲଟା ପାଖରେ ବସୁଚି । କହୁଚି ତା ବୋଉର ଗୋଟେ ସମାଧି ତୋଲିବ ସେଇଠି । କାଲେ ତା ବୋଉ ତା ଜନ୍ମବେଲେ ଲଗେଇଥିଲା ଗୋଟେ ଗଛ । ସେଇଟି ସେ ତା ବୋଉକୁ ବସେଇବ, ସମାଧିଟେ କରି ।

: ସେଇଟା ପରା ଦାଣ୍ଡଟା, ପୁଣି ଘର ଆଗଟା, ସେଇଠି ସମାଧି କ'ଣ କରିବ ହୁଣ୍ଡାଟା ।

: ହୁଣ୍ଡା ! ଭାରି ଗେହ୍ଲାରେ କହୁଚତ । କେଡ଼େ ଭେଣ୍ଟାଟା ହେଲାଣି । କହୁଚ ଛୁଆ । ଛୁଆଟ, ପୁଣି କିମିତି କହୁଚି ତା ବୋଉ ନାଁରେ ଯୋଉ ପଚସ୍ତରି ହଜାର ମିଲିବ, ତାକୁ କାଲେ ତମେ ତା ନାଁରେ ବେଙ୍କରେ ରଖିବ ବୋଲି କହିଚ ତମ ନାଁରେ ଉଠେଇ, ସେ କହୁଚି ।

ବିଶୁ ବାପା ତାତି ଉଠିଲା । ମେଞ୍ଜଡ ଟୋକାଟା– ଏଇୟା କହୁଚି ? ତାକୁ ବୋଧେ କିଏ ବୁଦ୍ଧି ଦଉଚି, ନହେଲେ ତା ମୁଣ୍ଡରେ ଏମିତି କଥାସବୁ ପଶନ୍ତା ନାଇଁ । ଆଚ୍ଛା ହଉ, ତା ବ୍ୟବସ୍ଥା କରିବା ।

ଲତା ଦେଖିଲା ତାର ତୀର ଭେଦୁଚି । ଆଉ ଟିକେ ଗଭୀର କରିବାକୁ କହିଲା, ବୁଝିଲ ବିଶୁ ଆଗରୁ ଯାହାଥିଲା ଥିଲା, ଏବେ ମତେ ବି ତାର ଅସହଣି ଭାବ । ମୁଁ ତାର କ'ଣ ନକରୁଚି ? ଆଁ କହୁଚି କ'ଣ ନା, ମୋ ବୋଉ ପରିକା କ'ଣ ତୁ ?

ତା ବୋଉ କ'ଣ ସ୍ୱର୍ଗରୁ ଆସିଥିଲା ? ବିଶୁ ବାପା ତା'ର ଅତୀତକୁ ଯେମିତି ଧକାଟେ ମାରି ବିଦାକରି ଦେଉଥିଲା ପାଖରୁ । ବୁଝିଲ, ଏ ଗାଁରେ ସାଗଖିଆକୁ ପେଜଖିଆ ଦେଖିପାରେ ନାହିଁ । ତମକୁ ବା' ହବା ଫଲରେ ଗୁଡ଼ାଏ ଜମିବାଡ଼ି ଆମର ହେଇଗଲାତ, ସମସ୍ତଙ୍କର ହିଂସା । ସେଇମାନେ କେହି ପିଲାଟା ମୁଣ୍ଡକୁ ବିଗାଡ଼ି ଚାଲିଚନ୍ତି । ବୁଝିଲ, କାଲି ତାକୁ ଠିକ୍ କରି ଦଉଚି, ଦେଖିବ ।

ଲତା ମନ ଭିତରେ କୁରୁଲି ଉଠୁଥିଲା ।

ସକାଲୁ ବାପା ଡାକିଲା, ବିଶୁ ଚାଲିଲୁ ଚାଲିଲୁ ସେ ଦାଣ୍ଡପଟ୍ଟାରେ ଯୋଉ ଖାଲଖମା ଅଛି ପୋତିପାତି ଦବା । ବିଶୁ ଭାବିଲା ବାପା ବୋଧେ ବୋଉ ସମାଧି କରିବା ମତଲବରେ ଅଛି । ଆଗକୁ ବୋଉ ଶ୍ରାଦ୍ଧ ପଡ଼ିବତ...। ସତରେ ସେ ଯା' ଭାବୁଥିଲା, ଠିକ୍ ନୁହେଁ, ବୋଉକୁ ବା ମନେ ରଖିଚି । କେତେ ଭଲପାଏ ମୋ ବୋଉକୁ । ପଚାରିଲା, ବା' ସେଠି କ'ଣ କରିବ କହିଲ ?

: କ'ଣ କରିବା ? ତୁ କହିଲୁ ? ଲତା ରାତିରେ ଯାହା କହୁଥିଲା ତାହା ସତ କି ମିଛ ପ୍ରମାଣ ପାଇବାକୁ ଚେଷ୍ଟା କରୁଥିଲା ବାପା ।

: ସେଠି ଗୋଟେ ଚଉରା କରିବା । ବଡ଼ ଆଗ୍ରହରେ କହିଲା ବିଶ୍ୱ ।

: ଚଉରା ? କାହିଁକି ?

: ବୋଉ ପାଇଁ...

: ତୋ ବୋଉ କ'ଣ ବୃନ୍ଦାବତୀ ? ଚଉରା କରି ଚାନ୍ଦ ପୂଜିବୁ ? ଆଁ ? ବାପା କଥାରେ ଆହତ ହେଲା ବିଶ୍ୱ । କହିଲା ବୋଉ ଗୋଟେ ଗଛ ଲଗେଇଥିଲା ତ ମୋ ଜନ୍ମ ବେଳେ ସେଇଠି, କହୁଥିଲା । ସେ ଗଛ ତ ବାତ୍ୟାରେ ଗଲା, ବୋଉର ଚିହ୍ନ ପାଇଁ ସେଇଠି ଗୋଟେ ଚଉରା କରନ୍ତେ... ।

: ଓ... ଓ... ବାପା ତା କଥାକୁ ବାଆଁ ବାଆଁ ଉଡ଼େଇ ଦେଲା । କହୁନୁ ସମାଧ୍, ତୋ ବୋଉର ସମାଧ୍ କରିବୁ ଏଠି । ଘର ଆଗରେ ସମାଧ୍ । କହୁଚି କ'ଣ ଚିହ୍ନ ରଖିବ... ଯିଏ ମଲା ସିଏ ଗଲା । ବୁଝିଲୁ, ତାକୁ ଆଉ ଲୋଡ଼ାଲୋଡ଼ି ନାହିଁ... ।

ବିଶ୍ୱ ବାପାର ଏ ଭାବାନ୍ତରକୁ ବୁଝି ପାରୁନଥିଲା । ବାପାତ ଏମିତି ନଥିଲା । ମତେ ତ କେତେଥର ବହଲେଇଚି । ନିଶ୍ଚେ ଏ ଲତାଖୁଡ଼ିର କାମ । ହଁ, ସେ ଖୁଡ଼ୀ, ବୋଉ ହବା ତା ପକ୍ଷେ ଅସମ୍ଭବ । ବିମର୍ଷ ବିଶ୍ୱ ତା ଭାବନାରୁ ଓହରି ଆସୁଥିଲା । ସେ ତ ତା' ବୋଉକୁ ଛାତି ଭିତରେ ଧରି ରଖିଚି, ଏଠି ଚଉରା ହେଲେ କେତେ ନହେଲେ କେତେ ?

ସେ ନିରବ ରହିଲା ।

ବାପା ଦେଖିଲା, ପୁଅଟା କିଛି ଆଉ କହୁନି, ଆଉ କିଛି ଗୁମର ଫିଟଉନାଇଁ । କହିଲା, ତୁ କୁଆଡ଼େ କହୁଚୁ, ତୋ ମଲାବୋଉର ଯୋଉ ଟଙ୍କା ସବୁ ମିଳିଥିଲା, ତୋ ନାଁରେ ରହିବ ?

: ତମେ ତ ସବୁ ନିଜେ କହୁଥିଲ ।

: ମୁଁ କେତେବେଳେ କୋଉକଥା କହୁଥିଲି, ତୁ ତାକୁ ଧରିବସିବୁ ନାଁ କ'ଣ ? ମୁଁ ଏବେ ବଦଲେଇ ଦେଲିଣି ସେ ନିଷ୍ପତି ।

: ତେବେ କ'ଣ କରିବ ସେ ଟଙ୍କା ?

: ଏକଥା ତୁ ପଚାରିବାକୁ କିଏ ? ଆଁ ? ସେ ଟଙ୍କା ସବୁ ଏବେ ଏ ବୋଉ ନାଁ ରେ ରହିବ, ହେଲା ।

ବିଶ୍ୱ ଅସହିଷ୍ଣୁ ସ୍ୱରରେ କହିଲା, ମୋ ବୋଉ ଟଙ୍କା...

: ତୋ ବୋଉ କ'ଣ ? ଯେ କ'ଣ ତୋ ବୋଉ ନୁହଁ ? ଆଁ ?

ବିଶ୍ୱ ଆଉ କହନ୍ତା କ'ଣ ? ତଥାପି ସେ କହିଲା, କହୁଥିଲ ପରା- ସେ ଟଙ୍କାରେ ମୋ ପାଠପଢ଼ା ହବ ।

: ଓଃ ପାଠ ! ପାଠ ପଢ଼ି ଯେମିତି ହେ' ବଡ଼ ଅଫିସରଟେ ହେଇଯିବ ? ସେ ପାଠ ଫାଠ କଥା ଛାଡ଼ । ଏବେ ମୋ ସାଙ୍ଗରେ ଚାଲ୍, ମିସ୍ତ୍ରି କାମ ଶିଖ୍‌ଲୁ, ବୁଝିଲୁ ?

ବିଶ୍ଵ ବିଦ୍ରୋହ କରି ଉଠିଲା, ସେ କଥା ହବନି । ମୁଁ ପାଠ ପଢ଼ିବି । ତା ସ୍ଵର ଟମକେଇ ଦେଲାଭଳି ଥିଲା । ବାପା କୋଦାଳ ଫୋପାଡ଼ି ଦେଇ ଠାଏଠାଏ ଦି' ଚାପଡ଼ କସିଦେଲା ତା ଗାଲରେ । କ'ଣ କହିଲୁ ? ଆଁ ପାଠ ପଢ଼ିବୁ ? ମୋ ମୁହଁରେ ଜବାବ... ଆରେଃ...

ସ୍ତବ୍ଧ ହେଇଗଲା ବିଶ୍ଵ । ବାପାଠୁଁ ଯେ ତାର ପ୍ରଥମ ମାଡ଼ । ଦଶ ଏଗାର ବର୍ଷ ହେଲାଣି ତାକୁ ବାପା କେବେ ମାରି ନଥିଲା । ଆଜି ଏ ମାଡ଼ ତାକୁ ଯେମିତି ଜଣେଇଦେଲା, ଏ ବାପା ଆଉ ସେ ବାପା ହେଇ ନାହାଁ । ସେ ଭେଁ ଭେଁ କାନ୍ଦି ଉଠିଲା ।

ଘରୁ ବାହାରି ଆସିଲା ଲତାଖୁଡ଼ୀ । କାହିଁକି ସେ'ଟା ଭେରଣ୍ଡାଟା ଭଳିଆ ଭେଁ ଭେଁ ହଉଚି, ମରାମରି କଲକି ତାକୁ ? ବୁଢ଼ା ବାହାରି ଆସିଲା ଗଲିରୁ । ଖଁ ଖଁ ହେଇ ଖଙ୍କାର ପୁଲେ ଥୁଃ କରି ଫୋପାଡ଼ି କହିଲା, ସେଇଟା ଆଉ ଭଲପିଲା ହେଇ ନାହାଁ । କଣ ବଦମାସି କରିଥିବ, ମାଡ଼ ଖାଇଲା, ଖାଉ । ଏବେଠୁ ଶାସନ ନକଲେ ସେବା କି ମଣିଷ ହେବ ଆଗକୁ ? ଆଁ ? ଛାଡ଼୍ ତା କଥା । ତୁ ଯା' ତୋ କାମ କର । ଚା' କଲୁଣି ? ଆଣିଲୁ, ମୁଁ ପିଏ... ।

ବିଶ୍ଵ ବଡ଼ ଅସହାୟ ଭାବରେ ଧକେଇ ଧକେଇ କାନ୍ଦୁଥିଲା । ଚାରିଆଡ଼ ଖାଁ ଖାଁ ଶୂନ୍ୟତା ଭିତରେ ତା କରୁଣ କଣ୍ଠସ୍ଵର ଭାସି ପଳଉଥିଲା । କୋଉଠି ନା କୋଉଠି ତା'ର ପ୍ରତିଧ୍ୱନି ନଥିଲା । ବାଧା ପାଇଲେ ସିନା ପ୍ରତିଧ୍ୱନି ଫେରନ୍ତା । ବାଧା ଦବାକୁ ତା'ର ଆଉ କିଏ ଅଛି ଯେ... ।

ବାପା କୋଦାଳ ଫୋପାଡ଼ିଦେଇ ତମତମ ହେଇ ଘର ଭିତରକୁ ପଳେଇଲା । ପଛେ ପଛେ ଲତାକୁଡ଼ୀ । ବୁଢ଼ା ପିଣ୍ଡାରେ ବସି ତାକୁ ଗେଧ ମାଙ୍କଡ଼ ଭଳି ଚାହିଁଥିଲା ।

ବିଶ୍ଵ ଧକେଇ ଧକେଇ ଲୁହ ପୋଛୁ ପୋଛୁ ବାଡ଼ିପଟକୁ ପଳେଇଲା । ବାଡ଼ି ପିଣ୍ଡାରେ କାନ୍ଥକୁ ଆଉଜି ବସି ଆଖ୍ ପାଉଥିବା ଆକାଶ ଆଡ଼େ ଚାହିଁ ତା ଆଖର ସମସ୍ତ ଲୁହକୁ ୫ରେଇଦବାକୁ ଚାହୁଁଥିଲା ।

ଘର ଭିତରୁ ଶୁଭୁଥିଲା ଲତାଖୁଡ଼ୀର କଥା । ପ୍ରମାଣ ପାଇଲ ତ, ମୁଁ ସତ କହୁଥିଲି କି ମିଛ ? ମୁଁ ସବୁ ଶୁଣିଛି ବା, ବୁଝିଲ, ତା ବ୍ୟବସ୍ଥା କ'ଣ କର । ଆଜି ସିନା ଚାପୁଡ଼େ ଦି' ଚାପୁଡ଼ା ପକେଇଲ, କାଲି ବଡ଼ିଗଲେ, ହାତ ଉଠେଇ ପାରିବତ ? ଆଜି ମୁହଁରେ ଜବାବ ଦଉଚି, କାଲି ହାତରେ ଜବାବ ଦବ ।

ବାପା ବିରକ୍ତ ହେଇ ଉଠିଲି । କାଇଁକି ତୁ ସେ ଛୁଆଟୀ ପଛରେ ଲାଗିଲୁ ? ଆଁ... ତାକୁ କେବେ ବି ମାରିନଥିଲି, ଆଜି ତୋରିପାଇଁ ମାରିଲି, ତା ମା’ ଥିଲେ ମତେ ରଖ୍ଥା’ନ୍ତା ?

ଓହୋ... ଲତାଖୁଡ଼ୀ ଗର୍ଜ୍ଜିଉଠିଲା । ଏତେ ଯଦି ଆଗ ମାଇପକୁ ଝୁରୁଚ, ମତେ ବା’ ହଉଥିଲ କାଇଁକି ? ଆଁ ? ମୁଁ ମୋର ପୋଡ଼ା କପାଳ ଘିନି ରହିଥାନ୍ତି । ବା’ ହେଇଥିଲ କ’ଣ ମତେ ଏଇମିତି ଦୋଷଦେଇ ଦହଗଂଜ କରିବାକୁ ? ସେ କାନ୍ଦି ଉଠିଲା ।

: ତତେ କି ଦହଗଂଜ୍ଜ କରୁଚି କହିଲୁ ? ବାପା ନରମି ଗଲା । ଲତାଖୁଡ଼ୀ ସେଇମିତି ସୁଁ ସୁଁ ହେଇ କହିଲା,   କାଲି ମୋର ଛୁଆଟେ ହେଲେ କ’ଣ ହବ ? ତମରି ଭଳି କ’ଣ କୁଲି ମିସ୍ତିରୀଟେ ହବ ?

: କାଇଁକି ? ସେ ପାଠ ପଢ଼ିବ । କୁଲି କାଇଁକି ହବ ? ବାପା ଆହତ ହେଲେ ବି ଏ କଥାରେ ବୁଝିଉଥିଲା ।

: ପାଠ ପଢ଼ିବ ନାଁ ଛେନାଗୁଡ଼ । ଟଙ୍କା ଯିମିତି ପୋତିକି ରଖ୍ଚ ।

: କାଇଁ, ସେ ଯୋଉ ପଚ୍ଚସ୍ତରି ହଜାର ଟଙ୍କା, ସେ କ’ଣ ହବକି ? ବାପା ଆଶା ସଂଚାର କରଉଥିଲା ଲତାଖୁଡ଼ୀ ମନରେ ।

: ଆଁ, ସେ ଟଙ୍କା । ସେ ଟଙ୍କା ପରା ତା ମା’ ଟଙ୍କା, ସେ ଟୋକା କହୁଚି ପଢ଼ିବ ବୋଲି ?

: ସେଟା ଆଉ କି ପାଠ ପଢ଼ିବ ? ଏତୁଟା, ହେଲାଣି । ତାକୁ ନେଇ ମିସ୍ତି କାମ ଫାଁମ ଭିତରେ ପୂରେଇ ଦେଲେ ଯାଏ । ଭବିଷ୍ୟତରେ ସେଇଥରୁ ତା ପେଟ ପୋଷିବ । ଆମର ଆଗକୁ ପିଲାପିଲି ହେଲେ ସେୟାଙ୍କୁ ମୂଲରୁ ପଢ଼େଇବା, ବୁଝିଲ ।

ବାପା ବୋଧେ ଲତାଖୁଡ଼ୀଙ୍କୁ କୁଣ୍ଢେଇ ଧରିଥିଲା । ସେ କହୁଥିଲା, ଛାଡ଼ ଛାଡ଼... ତମର ଖାଲି ମନ ଭୁଲାଣିଆ କଥା । ଯଦି ସତ କହୁଚ, ରଖ୍ ଦଉନା ମୋ ନାଁରେ ସେ ଟଙ୍କା ବେଙ୍କ୍‌ରେ । ନିଜ ନାଁରେ ରଖ୍ଚ । ଦରକାର ପଡ଼ିଲେ ଉଠେଇ ଆଣି ଚୁଟୁରୁ ଭୁଟୁରୁ ଖର୍ଚ୍ଚ କରି ଉଡ଼େଇ ଦବ, ନୁହେଁ ।

: ଓଃ କାହିଁକି ସେ ଟଙ୍କା ! ଟଙ୍କା ହଉଚୁ କହିଲୁ । ହଉ ହେଲା, କାଆଲି ସେ ଟଙ୍କା ତୋ ନାଁରେ ରହିବ ।

ଲତାଖୁଡ଼ୀ କିନ୍ତୁ ତାଇଗଲା । କହିଲା, କ’ଣ ଦୟା କଲାଭଳି ହଉଚ ? ମୁଁ ପଚ୍ଚସ୍ତରି ହଜାର ପାଇ ନଥାନ୍ତିକି ? ତା କାଗଜପତ୍ର ହବା ଆଗରୁ ତ ତମ ସହ ବା’ଘର ହେଲା । ଏଇ ବା’ଘରଟା ମୋ ଟଙ୍କା ସେତକ ବୁଡ଼େଇଲା । ନହେଲେ, ତମେ କାଇଁକି ମତେ ଇମିତି ଧମକଉଥା’ନ୍ତ ?

ବାପା ନିରବ ହେଇଗଲା। ହଠାତ୍ ଚିଡ଼ିଉଠି ତୀବ୍ରସ୍ୱରରେ କହିଲା, ଟଙ୍କାଟା ସିନା ପାଇଥାନ୍ତୁ, ସିନ୍ଦୁର କେଉଠୁ ପାଇଥାନ୍ତୁ? ଯୋଉ ଛୁଆଛୁଆ ହଉଚୁ ତାକୁ କେଉଠୁ ପାଇଥାନ୍ତୁ? ଆଁ? କ'ଣ ସେଇ ପଚ୍ଚଶରି ହଜାର ଟଙ୍କା ତୋ ଘଇତା ହେଇ ଛୁଆ କରିଦେଇଥା'ନ୍ତା? ଶ୍ଲ... ବଡ଼ ସାଂଘାତିକ ମାଇକିନା ତ ଯେ, ଖାଲି ଟଙ୍କା ଟଙ୍କା ମରୁଚି...। ସବୁ ନାଟର ଗୋବର୍ଦ୍ଧନ ସେଇ ବିଶୁଆ...

ବାପାର ଗରମ ଦେଖ୍ ଲତାଖୁଡ଼ୀ ନରମ ପଡ଼ିଗଲା ପରି ଜଣାପଡ଼ିଲା। କହିଲା, ବିଶୁ କ'ଣ ନାଟର ଗୋବର୍ଦ୍ଧନ?

: ଆଉ ନୁହେଁ କ'ଣ? ଦିନରାତି ଖାଲି କହିଲା, ବା' ଲତାଖୁଡ଼ୀ କାନ୍ଦୁଚି, ତା ଦୁଃଖ ମୁଁ ଦେଖ୍ ପାରୁନି। ତାକୁ ନେଇ ଆସୁନା ଆମ ଘରକୁ ବା'। ଏମିତି ସବୁବେଳେ ଠିକ୍ ଠିକ୍ କଲା। ଛୁଆଟା କ'ଣ ଜାଣିଥିଲା, ସମାଜ କ'ଣ? ଚଳଣି କ'ଣ? ପରର ବିଧବାକୁ କିମିତି ସିମିତି ଅଣାଯିବ ଘରକୁ? ଯେତେ ପାଖରେ ଥିଲେ ବି। ତାକୁ ବୁଝାଏ। ଶେଷରେ ଏକଥା ବି କହିଲା, ନହେଲେ ତାକୁ ବୋଉ କରି ଆଣୁନା ବା'। ମୋର ତ ବୋଉ ନାଇଁ। ସେ ମୋ ବୋଉ ହ'ନ୍ତା। ବୁଝିଲୁ, ନହେଲେ, ତୁ କିଏ ମୁଁ କିଏ, ମତେ ଆଉ ଅଭିଆଡ଼ି ମିଳିନଥାନ୍ତେ ଯେ, ତତେ ବା' ହେଇଥା'ନ୍ତି?

ଲତାଖୁଡ଼ୀ ରୁପ୍ ପଡ଼ିଗଲା ପରି ଜଣା ପଡୁଥିଲା। କିନ୍ତୁ ବାପାର ଶେଷ ଦି' ପଦ କଥା ତା ମୁଣ୍ଡରେ ନିଆଁ ଲଗେଇ ଦେଲା। ସେ ଚିରାଚଟେ ଛାଡ଼ିଲା ପରି ଚିଲ୍ଲେଇଲା, କୋଉ ଅଭିଆଡ଼ି ଗଜାଟୋକୀ ଖାଲି ଦଉଡ଼ି ଆସୁଥିଲେ ଦରବୁଢ଼ା ପାଖକୁ? ଆଁ? ମୋ ବୟସର ଝିଅ ବା' ହେଇ ନାହାଁନ୍ତି। ବର୍ଷେ ଘର ସଂସାର କରିନାଇଁ, ମୋ କପାଳ ଫାଟିଲା। ନହେଲେ ତମେ କିଏ ମୁଁ କିଏ? ଆରେ... ପୁଅକୁ ହେଲାଣି ଏଗାର, ବାପ କହୁଚି ମୁଁ ଟୋକାବର?

ଲତାଖୁଡ଼ୀ ଦୁମୁଦୁମୁ ପାଟି କମ୍ପେଇ ଚାଲି ଯାଉଥିଲା। ବାପା ତାକୁ ଓଗାଲି ଭିଡ଼ିଆଣିଲା। କହିଲା, ଆଉ ପାଟିତୁଣ୍ଡ କରି ମୋ ମାନ ମହତ ଖା'ନା। ଲୋକେ ହସିବେ। ଯା'ତ ହେଇଚି ହେଇଚି, ଏବେ ଆମ ସଂସାର ଆମେ ସମ୍ଭାଳିବା ନା, ଏମିତି ହବା?

ବାପାର ଏ ତେଲମରା କଥା କାନ୍ତୁ ଏ ପଟରୁ ବିଶୁକୁ ବଡ଼ ଚକିତ କରି ପକଉଥିଲା।

ବିଶୁ କାନ୍ଦୁଥିଲା। କାନ୍ଦୁକାନ୍ଦୁ ଏମାନଙ୍କ କଥା ଶୁଣୁଥିଲା। ଶୁଣୁଶୁଣୁ କେତେବେଳେ ଶୋଇ ପଡ଼ିଥିଲା ସେଇଠି।

ତା' ଡେଣାକୁ କିଏ ଯେମିତି ଓଟାରି ପକଉଚି। ଚମଚ୍କରି ତା ନିଦ ଭାଙ୍ଗିଗଲା। ଦେଖିଲା ସଞ୍ଜ ହେଇଗଲାଣି। ବାପା ତା ହାତକୁ ଭିଡ଼ିଧରି କମ୍ପୁଚି। କହୁଚି, ତୁ ଏଇଠି

ପଡ଼ିବୁ, ମୁଁ ସାରା ବ୍ରହ୍ମାଣ୍ଡ ଖୋଜି ସାରିଲାଣି। ପ୍ରକୃତରେ ତୁ'ଟା ଗୋଟେ ଏକଦମ୍ ବଜାରି ଛତରା ହେଇଗଲୁଣି। ତତେ ଖାଲି ନିର୍ଘାତ ମାଡ଼ ଦରକାର, ଉଠୁଣ୍ଡ ବସୁଣ୍ଡ ମାଡ଼।

ବିଶୁ ଥରୁଥିଲା, ତା ପାଟିରୁ ଲାଲ ବୋହି, ତା ଗାଲ ସାରା ହେଇ ଯାଇଚି ଓ ଲାଗି ଯାଇଚନ୍ତି କିଛି ପିମ୍ପୁଡ଼ି ସେଇଠି। ତା ଦେହ ଉପରେ ବି କିଛି ପିମ୍ପୁଡ଼ିଙ୍କର ନିର୍ଭୟ ବିଚରଣ। ସେ ଝାଡ଼ିଝୁଡ଼ି ହେଲା ଓ ବିକଳିଆ ଉତ୍ତରଟେ ଦେଲା, ଏଇଠି ବସିଥିଲି, କେତେବେଲେ ଶୋଇପଡ଼ିଚି।

ବାପା ଗାଉଁ ଗାଉଁ ହେଇ ତାକୁ ଘୋଷାରି ନେଇ ଘର ଅଗଣାରେ କଚାଡ଼ି ଦେଲା। କହିଲା, ହେ' ତାକୁ ଖାଇବାକୁ ଦେ।

ଖାଇବା କଥା ଶୁଣି ବିଶୁ ଜାଣିଲା ଯେ ତାକୁ ଭୀଷଣ ଭୋକ ହଉଚି। ସେ କ'ଣ ଦିନଟା ସାରା ସେଇଠି ପଡ଼ିଥିଲା? ସେଇ ବାଡ଼ିପିଣ୍ଡାରେ? କେହି ଖୋଜି ନଥିଲେ ତାକୁ ସଂଜ ପର୍ଯ୍ୟନ୍ତ?

ଲତାଖୁଡ଼ୀ ଭାତ ତରକାରି ଆଣି ଥୋଇଦେଇ ଗଲା। ବିଶୁର ଛାତି ଫଟେଇ ଲୁହଗୁଡ଼ା ଉତୁରି ଆସୁଥିଲା ଆଖରୁ। ସେ ତଳମୁହାଁ ହେଇ ଲୁହ ଜୁଡୁବୁଡୁ ଭାତ ଗୁଡ଼ାକ ଖାଲି ଗିଳି ଚାଲିଥିଲା ଅନ୍ୟମନସ୍କ ଭାବରେ।

ଦି' ତିନି ଦିନ ପରେ ଗୋଟେ ଜିପ୍ ଲାଗିଲା ତାଙ୍କ ଦୁଆରେ। ଏବେ ଘର ପାଖରେ ଗାଡ଼ି ଆଉ କାହାକୁ ବିଚିତ୍ର ଲାଗୁନାହିଁ ଗାଁରେ। ବରଂ ଗାଡ଼ି ହେଇ ଯାଇଚି କିଛି ପ୍ରାପ୍ତିର ପ୍ରତୀକ। ଗାଡ଼ି ଗାଁ ଭିତରକୁ ପଶିଚି ମାନେ ଆସିଚି କିଛି ସହାୟତା ନଗଦ ଆକାରରେ ନହେଲେ ପ୍ରତିଶ୍ରୁତି ଆକାରରେ। ମହାବାତ୍ୟା ପରଠାରୁ ଏହା ହେଇ ଯାଇଚି ଏକ ନିତ୍ୟନୈମିତିକ ଘଟଣା। ସୁତରାଂ ଗାଡ଼ିକି ଦେଖି ବାପା, ଲତାଖୁଡ଼ୀ ବୁଢ଼ା ସମେତ ହାତ ପାତିଲା ପରି ବାହାରି ପଡ଼ିଲେ ବାହାରକୁ। କ'ଣ ଆଣିଚ, ଦିଅ ଦିଅ, ଦେଇ ପକାଅ। ମହାବାତ୍ୟା ତ ସେୟା ଶିଖେଇ ଦେଇ ଯାଇଚି, ଖାଲି ମାଗିଯାଅ, ମାରିଯାଅ, ଯା' ପାଉଚ ବାନ୍ଧିଯାଅ।

ଗାଡ଼ି ଭିତରୁ ଦି' ତିନି ଜଣ ଲୋକ ଓହ୍ଲେଇ ପଡ଼ିଲେ। କହିଲେ, ବିଶ୍ୱନାଥ କିଏ? ବିଶ୍ୱନାଥ ଘଡ଼େଇ। ବୟସ ଏଗାର।

ବାପା କହିଲା, ବିଶ୍ୱନାଥ? ବିଶୁ କି? କ'ଣ ହେଲା? ସେ ମୋ ପୁଅ।

ଚମକି ଗଲେ ଲୋକମାନେ। ତମ ପୁଅ? ସେ କ'ଣ ଅରଫାନ୍ ହୋମ୍‌ରେ ରହିବ ବୋଲି ଦରଖାସ୍ତ କରିଚି।

ଅରଫାନ୍ ହୋମ୍? ସେଇଟା କ'ଣ? ଆତଙ୍କିତ ବାପା ସମସ୍ତଙ୍କ ମୁହଁକୁ ବଲବଲ‌କି ଚାହିଁଲା।

ଅରଫାନ୍ ହୋମ୍ ମାନେ, ନିରାଶ୍ରୟ ଆବାସ। ବିଶେଷକରି ବାପମାଆ ଛେଉଣ୍ଡ ପିଲାମାନେ ସେଠାରେ ରହନ୍ତି। ତମେ ସତରେ କ'ଣ ତା ବାପା ମା'?

କିଛି ଉତ୍ତର ପଉଟୁ ନଥିଲା ବାପା ପାଟିରୁ। ସେ ବିଶୁ ଆଡ଼କୁ ବଡ଼ ବିକଳ ଭାବରେ ଚାହୁଁଥିଲା। ତାକୁ ଲାଗୁଥିଲା କିଏ ଯେମିତି ତାକୁ ସର୍ବହରାଟେ କରି ପକଉଚି।

ବିଶୁ ଉଠିଲା, କହିଲା, ନାଁ ଏମାନେ ମୋ ବାପ ମା' ନୁହନ୍ତି। ମୋ ବାପ ମା' ସମସ୍ତେ ମହାବାତ୍ୟାରେ ମରିଯାଇଚନ୍ତି। ମୁଁ ଏମାନଙ୍କ ପାଖରେ ଖାଲି ଅଛି। କ'ଣ ଏବେ ଯିବି ?

ଜିପ୍ ଲୋକମାନେ ତଟସ୍ଥ ହେଉଥିଲେ। କହିଲେ, ନା ଆଜି ନୁହଁ କାଲି। କାଲି ଗାଡ଼ି ଆସି ସମସ୍ତଙ୍କୁ ନେଇଯିବ। ଆମେ ଚିହ୍ନଟ କରିବାକୁ ଆସିଚୁ। ଏ କାର୍ଡଟା ରଖ। ଏଇଟା ଦେଖେଇଲେ ସେମାନେ ଗାଡ଼ିରେ ଉଠେଇବେ।

ବିଶୁ କାର୍ଡଟା ଧଇଲା ଓ ନମସ୍କାର କଲା ସେମାନଙ୍କୁ।

ସେମାନେ ଚାଲିଗଲେ। ବାପା ସମେତ ଅନ୍ୟମାନେ କିଛି କହିବାକୁ ଚାହୁଁଥିଲେ ବି ମୂକ ହେଇଯାଇଥିଲେ। କହିଲେ ବି କ'ଣ କହନ୍ତେ ସେଇ ସମସ୍ୟାରେ ହୁଏତ ପଡ଼ିଯାଇଥିଲେ।

ତା ପରର ସମସ୍ତ ମୁହୂର୍ତ୍ତଗୁଡ଼ିକ ଥିଲା ନିରବ, ଗମ୍ଭୀର ଓ ଥମ୍ ଥମ୍। ସଂଜ ଘନେଇ ଆସୁଥିଲା। ସୂର୍ଯ୍ୟଙ୍କର ଶେଷ ରଶ୍ମି ସବୁ ସମୁଦ୍ର ଛାତିରେ ହଜି ହଜି ଆସୁଥିଲେ। ଘନ ଅନ୍ଧାର ଭିତରେ ବୁଡ଼ି ବୁଡ଼ି ଯାଉଥିବା ଘଞ୍ଚ ଖାଉଁ ଜଙ୍ଗଲକୁ ସଂଜୁଆ ପବନ ଖୁଜୁବୁଜୁ କରି ଚାଲିଥିଲା। ଯେହେତୁ ଦୂରରୁ ଗୋଟେ ଧୀରେ ସୁ ସୁ ଶବ୍ଦ ଭାସି ଆସୁଥିଲା।

ବିଶୁ ଦୌଡ଼ି ଚାଲିଥିଲା ସମୁଦ୍ର ଆଡ଼େ। ଏ ତା'ର ପ୍ରିୟ ସମୁଦ୍ର। ଏ ତା'ର ଅତି ଅନ୍ତରଙ୍ଗ ଖାଉଁ ଜଙ୍ଗଲକୁ ସେ ଛାଡ଼ି ଚାଲିଯିବ କାଲି। ଗୋଟାଏ ଅନିର୍ଦ୍ଦିଷ୍ଟ ଯାତ୍ରାପଥ ଦେଇ ଜୀବନ ଯାଇ କୋଉଠି ପହଞ୍ଚିବ ତା' କିଏ ଜାଣେ। ସେ ଏବେ ଏ ଭୂଇଁରୁ ପରିତ୍ୟକ୍ତ। ତା ପକେଟ୍‌ରେ ଥିବା ଅରଫାନ୍ ହୋମ୍‌ର କାର୍ଡଟି ହିଁ ତା'ର ଶେଷ ପାଦର ଭୂଇଁ। ସେ ଭୂଇଁ କୋଉଠି କିଏ ଜାଣେ। ହେଲେ ଆଜିର ଏ ପ୍ରିୟ ମାଟି କାଲିଠୁ ହେଇଯିବ ଏକ କରୁଣାକ୍ତ ଅତୀତ। ଏଇଠି ଟିକେ ଶେଷ ବୁଲା ସାରିଦବକୁ ଦୌଡ଼ୁଥିଲା ବିଶୁ।

ସେ ପହଞ୍ଚ ଯାଇଥିଲା ସମୁଦ୍ର କୂଳରେ। ଆଖ ଲମ୍ବଉଥିଲା। ଆକାଶ ଦେଖାଯାଉଥିଲା ଗୈରିକ ଉଦାସୀନତାର ଇସ୍ତାହାର ପରି। ସମୁଦ୍ର ଦେଖାଯାଉଥିଲା ଯେମିତି ଗୋଟେ ଭାଷଣ ପ୍ରତାରକ। ଆଉ ମାଟି! ମାଟି ଯେପରି ଦୁଃଖ କୋହ, ଲୁହରେ ଜୁଡ଼ୁବୁଡ଼ୁ ଗୋଟେ ପୋଡ଼ା ଭୂଇଁ।

ବିଶ୍ୱ ଭୋ ଭୋ କାନ୍ଦି ଉଠିଲା। ଚିତ୍କାରଟିଏ କରି ଉଠିଲା, ବୋଉଲୋ...।
ଝାଉଁ ଜଙ୍ଗଲ ସୁ ସୁ ସ୍ୱରରେ ଜବାବ ଫେରାଉଥିଲା ଓ...।

ଚକିତ ବିଶ୍ୱ ଦେଖିଲା ସେ ଝାପ୍ସା ଝାଉଁ ଜଙ୍ଗଲ ପାଖରୁ ଛାଇଟିଏ ପଣତ ମେଲେଇ ଧାଇଁ ଆସୁଚି ତା ଆଡ଼େ। ତା’ର ଆକୁଳ ସ୍ୱର ଶୁଭୁଚି ବିଶ୍ୱରେ...

ବିଶ୍ୱ କ୍ରମଶଃ ସଭ୍ୟାହୀନ ହେଇ ପଡ଼ୁଥିଲା। ସେ ଆକଣ୍ଠ ଉକ୍ରଣ୍ଠାରେ ବୋଉଲୋ ବୋଲି ଡାକି ଧାଇଁ ଯାଉଥିଲା ତ ଅକସ୍ମାତ୍ ବାପା ତାକୁ କୋଳେଇ ନେଲା। କହିଲା, ବାପାରେ। ସେଇ କାର୍ଡ଼ ଖଣ୍ଡିକ ଯେମିତି ତତେ ପିତୃହୀନ କରିଦେଇଚି, ମତେ ବି କରିଦେଇଚି ପୁତ୍ରହୀନ। ଖଣ୍ଡେ କାଗଜ କ’ଣ କାଟିଦେଇ ପାରିବ ରକ୍ତକୁ ରକ୍ତରୁ? ଧନରେ, ସେ କାଗଜ ଖଣ୍ଡିକ ମତେ ଆଜି ପୃଥିବୀର ସର୍ବଶେଷ କାଙ୍ଗାଳ କରି ଛାଡ଼ିଦେଇଚି। ଦେ, ଚିରି ଉଡ଼େଇଦେ ସେ କାଗଜ, ଆ ମୋ ପୁଅ... ମୋ ଧନ। ଲୁହ ଜୁଡ଼ୁବୁଡ଼ୁ ବାପା ତାକୁ କୁଣ୍ଢେଇ ଧରିବାକୁ ଶତତ ଚେଷ୍ଟିତ ଥିଲା।

ଛାଟିପିଟି ହେଇ ବିଶ୍ୱ କହୁଥିଲା, ଛାଡ଼ ଛାଡ଼ ମୋତେ। ହେଇ ମୋ ବୋଉ ଡାକୁଚି। ଏ କାଗଜ ତମକୁ ମୋତେ ଦେବିନି, ସେଇ ହିଁ ମୋର ପରିଚୟ। ସେଇଥିରେ ଲେଖା ଠିକଣା ହିଁ ମୋ ଶେଷପାଦର ଭୂଇଁ... ତମେ କିଏ? ମତେ ଛାଡ଼...

ବାପା ଅନୁଭବ କରୁଥିଲା ବିଶ୍ୱର ବଳ ଯେମିତି ତାକୁ ବୁକେଇ ଯାଉଚି। ତାକୁ ଧରି ରଖିବାର ସାମର୍ଥ୍ୟ ତା’ର ସରି ସରି ଆସୁଚି। ତା ହାତ ହେଇ ଆସୁଚି ଅବଶ, ଗତିରୋଧ ହୀନ। ବିଶ୍ୱ ଖସି ଚାଲିଗଲା। ଉଦ୍‌ଭ୍ରାନ୍ତ ଭାବରେ ଦଉଡ଼ୁଥିଲା ଝାଉଁ ଜଙ୍ଗଲରେ ଅନ୍ଧାର ଆଡ଼େ। ବୋଉଲୋ ବୋଲି କହି ବିଶ୍ୱ କୁଣ୍ଢେଇ ପକେଇଲା ତାକୁ। ଗୋଟେ କେମଳ ମହନୀୟ ସ୍ପର୍ଶ ତା କପାଳକୁ ଆଉଁସି ଦେଉ ଦେଉ କହୁଥିଲା, ବିଶ୍ୱରେ... ମୋ ଧନ...

ଏ ସ୍ୱର କାହାର!! ବିସ୍ମୟ ବିସ୍ଫାରିତ ବିଶ୍ୱ ଆଖି ଖୋଲି ଚାହିଁଲା, ଲତାଖୁଡ଼ୀ!
: ନାଃ, ଖୁଡ଼ୀ ଫୁଡ଼ୀ ନୁହଁ... ବୋଉ, କେବଳ ବୋଉ...

ବିଶ୍ୱ ପ୍ରଥମ କରି ସେଇ ଅନନ୍ୟ ଅନୁଭବକୁ ଆଉଥରେ ଯେମିତି ଫେରି ପାଉଥିଲା, ଅନେକ ଦିନ ପରେ। ସେ ସେଇ କୋଳ ଭିତରେ ଆହୁରି ନିବିଡ଼ରୁ ନିବିଡ଼ତର ହେଇଯାଉଥିଲା।

ଅରଫାନ୍ ହୋମ୍‌ର କାର୍ଡ଼ଟି ସମୁଦ୍ର ଉତ୍ତାଲ ପବନ ତୋଡ଼ରେ ଉଡ଼ିଯାଉଥିଲା କୁଆଡ଼େ କୁଆଡ଼େ।

ଟ୍ରାପ୍

ପରାଶର ଗୋଟାଏ ଅନିୟନ୍ତ୍ରିତ କୋହରେ ଫାଟି ପଡ଼ୁଥିଲେ। ତାଙ୍କର ଇଚ୍ଛା ହେଉଥିଲା ସେ ଭୋ ଭୋ କାନ୍ଦନ୍ତେ। କାନ୍ଦି ପକେଇଲେ ହୁଏତ ରୁନ୍ଧି ହେଉଥିବା ଛାତିଟା ତାଙ୍କର ହାଲକା ହେଇଯାଆନ୍ତା। ହେଲେ କାନ୍ଦ କାଇଁ ! ତାଙ୍କର ବୟସ ପଦପଦବୀ ପ୍ରତିଷ୍ଠା ଓ ପ୍ରାଚୁର୍ଯ୍ୟ କେଉ ଦିନରୁ ଲୁହ ଭଳି ଏକ କୋମଳ ସାନ୍ତ୍ୱନାକୁ ହଡ଼ପ କରିନେଇଚି। ତଥାପି ସେ ପଳେଇ ଗଲେ ଛାତ ଉପରକୁ। କ୍ରମଶଃ ରାତିର ଆଁ ଭିତରକୁ ପଶି ପଶି ଯାଉଥିବା ଅବଶିଷ୍ଟ ଆଲୋକ ଭିତରେ ସେ ଚାହିଁଲେ ଅସ୍ପଷ୍ଟ ଦିଗବଳୟ ଆଡ଼େ। ଦିଗବଳୟ ତା'ର ସ୍ଥିର ସ୍ଥିତିକୁ ନେଇ ସେଇମିତି ଥିଲା, କିନ୍ତୁ ତା' ଭିତରେ ହଜି ହଜି ନିଜକୁ ଖୋଜିବାର ମାନସିକତା ଆଜି ହରେଇ ସାରିଥିଲେ ପରାଶର। ତାଙ୍କୁ ଲାଗୁଥିଲା ଦିଗନ୍ତ ଭଳି ଦୁରନ୍ତ ଦେଖାଯାଉଥିବା ଅତୀତଠାରୁ ଏ ଯାବତ୍ ତାଙ୍କର ସଫଳ ଜୟଯାତ୍ରା ବୋଲି କୁହାଯାଉଥିବା ଘଟଣାଗୁଡ଼ିକ ଥିଲା କେବଳ ପ୍ରବଞ୍ଚନା, ପ୍ରତାରଣା।

ଅରୁନ୍ଧତୀ ଏ କ'ଣ କହିଲେ।

ସେ ଏକଥା କହୁଥିଲେ ନାଁ ସେ ଭୁଲ୍ ଶୁଣି ପକେଇଲେ।

ଅରୁନ୍ଧତୀ ତାଙ୍କର ମୁଗ୍‌ଧ ଅତୀତ, ସମୃଦ୍ଧ ବର୍ତ୍ତମାନ ଆଉ ସ୍ୱର୍ଣ୍ଣିମ ଭବିଷ୍ୟତ। ଅରୁନ୍ଧତୀ ହିଁ ତାଙ୍କ ଜୀବନ ଆଧାରର ଆଶାବାଡ଼ି, ଅରୁନ୍ଧତୀ ହିଁ ତାଙ୍କ ସାଧନାର ସ୍ୱର୍ଣ୍ଣଲତା, ସିଦ୍ଧିର ଫୁଲକଢ଼ି। ଅଥଚ...

ତାଙ୍କୁ ଏବେ ବିବାକ ବିଶ୍ୱ ନିଃସ୍ୱ ନିଃସ୍ୱ ଲାଗୁଥିଲା। ଏକ୍‌ବାରେ ନିସ୍ୱ। ଜୀବନର ସଫଳତା କହିଲେ ଯାହା ସବୁ ବୁଝାଯାଏ, ଏବେ ସବୁ ତାଙ୍କ ଅକ୍ତିଆରରେ। ଦିନେ ସଫଳତା କହିଲେ ବିଫଳତାର ବିପରୀତ ଶବ୍ଦ ବୋଲି ଭାବୁଥିଲେ ସେ, କାରଣ ଏ ଉଭୟଙ୍କ ସଂଜ୍ଞା ତାଙ୍କୁ ମାଲୁମ୍ ନଥିଲା। ବୋଉ- ବାପାଙ୍କଠାରୁ ଶିକ୍ଷକଙ୍କ ପର୍ଯ୍ୟନ୍ତ

ସମସ୍ତେ ତାକୁ ଦୌଡାଉଥିଲେ ସଫଳତା ଦିଗରେ। ସଫଳତା କ'ଣ ବୋଲି ପଚାରିଲେ ତା'ର ଉତ୍ତର ଥିଲା ଉର୍ଦ୍ଧ୍ୱ ଉଡ଼ାଣ।

ସେ ଦୌଡ଼ୁଥିଲେ। ଦୌଡ଼ିବାବେଳେ ଅନ୍ୟକୁ ଅତିକ୍ରମ କରିବାର ନିଶା ପ୍ରବଳ ହୋଇଉଠେ। ସେ ନିଶାରେ ସେ ଆକ୍ରାନ୍ତ ଥିଲେ। ଜୀବନର କେଉଁ କେଉଁ ବିଭବ ଜୀବନକୁ ପରିପୂର୍ଣ୍ଣ କରେ, ସେ ସଂପର୍କରେ ଧାରଣା ନଥିଲା ତାଙ୍କର ଆଦୌ, ସେ କେବଳ ଏତିକି ଜାଣିଥିଲେ ଦୌଡ଼ିବା ହିଁ ସଫଳତା ପାଖରେ ପହଞ୍ଚିବାର ଏକମାତ୍ର ମାଧ୍ୟମ।

ସୁତରାଂ ସେ ଦୌଡ଼ୁଥିଲେ।

ସେଦିନ ସ୍ୱନାମଧନ୍ୟ ମହାବିଦ୍ୟାଳୟର ସର୍ବଶ୍ରେଷ୍ଠ ସ୍ନାତକର ସମ୍ମାନଜନକ ପ୍ରମାଣପତ୍ର ଓ ଏକ ସଦୃଶ୍ୟ ଟ୍ରଫି ସହିତ ମଞ୍ଚରୁ ଓହ୍ଲାଉଥିଲାବେଳେ ପରାଶର ପାଖକୁ ଲମ୍ବି ଆସିଥିଲା ବିଭିନ୍ନ ସଂଭ୍ରାନ୍ତ ଫୁଲମାନଙ୍କ ସମାହାରରେ ପ୍ରସ୍ତୁତ ଏକ ସୁନ୍ଦର ଫୁଲତୋଡ଼ା। କେତେଜଣ ସାଙ୍ଗ ବି ହାତ ମିଳେଇଲେ ଅଭିନନ୍ଦନରେ। କିନ୍ତୁ ଫୁଲତୋଡ଼ାଟିଏ ଯିଏ ବଢ଼ଉଥିଲା ତାକୁ ଦେଖୁ ଦେଖୁ ତାଙ୍କ ହାତରୁ ସବୁ ଜିନିଷ ଗଳଗାଳ ଗଳିପଡ଼ିଥିଲା, କାନ୍ଧରୁ ଖସି ପଡ଼ିଲା ଉତ୍ତରୀୟ। କଲେଜ ଅଡିଟୋରିୟମରୁ ହୋ ହୋ ଘୋଘୋ ଭିତରୁ ଶୁଭୁଥିଲା କିଛି ଉଦ୍‍ଭ୍ରାନ୍ତ ଛାତ୍ରମାନଙ୍କର କମେଣ୍ଟ ଏଇଟା କିଏ ବେ? ଏଇଟା ଆମ କଲେଜର ଛାତ୍ର? ନାଇଁବେ ଆମେ ତ ଦେଖୁନା କେବେ ଯା'କୁ କ୍ୟାମ୍ପସରେ। ଏଇଟା ପୋକଟିଏ ବେ, ପାଠପୋକ, ବହିପୋକ...।

ସେତେବେଳକୁ ପରାଶର ଫୁଲତୋଡ଼ାଟି ଗ୍ରହଣ କରିସାରିଥିଲା। ସେ କହିଲା, ମୁଁ ଅରୁନ୍ଧତୀ। ପରାଶର ତା ମୁହଁକୁ ଆଁ କରି ହେଇ ଚାହିଁଥିଲା ତ କମେଣ୍ଟ ଶୁଭିଲା ମାରିନେଲାରେ... ଛେନାପୋଡ଼କୁ ମାରି ନେଲାରେ... ଆହାହା...।

କେଉଁ ସାଙ୍ଗ ତା ପାଇଁ ଛେନାପୋଡ଼ ପୁଲାଏ ନେଇ ଆସିଚିକି ଖୁସିରେ ! ସେ ଜଣେ ସାଙ୍ଗକୁ ଚୁପକରି ପଚାରିଲା, କାଇଁ, କୋଉଠି ଛେନାପୋଡ଼?

ସାଙ୍ଗଟି ତାକୁ ମୃଦୁ ଧକ୍କାଟେ ପକେଇ କହିଲା, ଶଳା ମଫ... ଅରୁନ୍ଧତୀ କି ପରା କ୍ୟାମ୍ପସ ସାରା ଛେନାପୋଡ଼ ବୋଲି କମେଣ୍ଟ ମାରନ୍ତି। ଏକଥା ଜାଣିନୁ ଶଳା ଏଠି ପାଠ ପଢ଼ୁଛୁ? ଦେଖୁନୁ କେଡ଼େ ସୁନ୍ଦରୀ...।

ପରାଶର ଅରୁନ୍ଧତୀକୁ ଦେଖିବାକୁ ଖୋଜିଲା। ସେ ସେଠି ନଥିଲା।

ବୋଉ ପାଖରେ ନେଇ ଅଜାଡ଼ି ପକେଇଲା ସବୁ। ବୋଉ ସବୁ ଦେଖିଲା, ହାତରେ ଆଉଁସିଲା। କାନ୍ଦିଲା। କହିଲା ବାପା ଥିଲେ ତୋର କେତେ ଖୁସି

ହେଉଥାଆନ୍ତେ । ନେ, ଏ ଫୁଲ ତୋଡ଼ାଟି ସେଇଠି ଥୋଇ ଦେ, ଯୋଉଠି ତୋ ବାପା ସବୁବେଳେ ବସନ୍ତି । କେଡେ ସୁନ୍ଦର ହେଇଛି ଫୁଲତୋଡ଼ାଟି, ଦେଇଟି କିଏ ?

ପରାଶର ଅରୁନ୍ଧତୀ ନାଁ ମନେପକେଇଲା । ଶୀହରିତ ହେଲା ନାହିଁ । ସେ କୋଉ ଝିଅକୁ ଚିହ୍ନେନା । ତା'ର କେହି ଝିଅ ସାଙ୍ଗ ନାହାନ୍ତି । ପୁଅ ସାଙ୍ଗ ତ ଜଣେ ଅଧେ ଆଉ ଝିଅ ସାଙ୍ଗ କରିବାକୁ ବେଳ କାଇଁ ! ସେ ତ ସଫଳତା ଖୋଜିବାକୁ ଧାଇଁଛି । ଊର୍ଦ୍ଧ୍ୱ ଉଡ଼ାଣରେ, କୋଉଠି ଥାଏ ସଫଳତା ? ଏ ସାର୍ଟିଫିକେଟ, ଏ ଟ୍ରଫି, ଏ ଫୁଲତୋଡ଼ା, ଏସବୁ ସଫଳତା ନା ତାର ଏକ ଅଂଶ । ପରାଶର ଭାବେ. ନା, ଆଗକୁ ଅଛି, ଏ ତା'ର ଏକ ପାହାଚ ହେଲେ ହେଇପାରେ । ତେବେ ଫୁଲତୋଡ଼ାଟି ଛୁଇଁଲେ ଗୋଟେ ନିଆରା ପୁଲକ ଛୁଇଁଛୁଇଁ ଯାଉଛି । ସେ ତାକୁ ଆଉ ଟିକେ ଦେଖିଲା ଆଉ ଥୋଇ ଦେଲା ସେଇଠି । ବାପା ବସିବା ଜାଗାରେ । ବାପା ଖଣ୍ଡେ ଫଟ ବି ଉଠେଇ ନାହାନ୍ତି ତାଙ୍କ ଜୀବନକାଳ ଭିତରେ । ସେ ଟିକେ ବିମର୍ଷ ହୋଇପଡ଼ିଲା ।

ବୋଉ କହିଲା ପାଠ ସରିଲା ନା ଆଉ ଅଛି ?

ପରାଶର କହିଲା, ପାଠ ସରେନା ଜୀବନରେ, ତେବେ ଚାକିରି ବାକିରି ଖଣ୍ଡେ କରିବା ପାଇଁ ଯେତିକି ଦରକାର ହୋଇଗଲାଣି ।

ଏବେ ଚାକିରି କରିବୁ ? ବୋଉ ଖୁସି ଆଉ ବିସ୍ମୟରେ ଝୁଲିକି ରହୁଥିଲା । ତୋ ବାପା କହୁଥିଲେ– ମୋ ପୁଅ ଚାକିରି କରିବ, ମୋ ଭଳି କଚ୍ଛାମାରି ପାଣି କାଦୁଅରେ ଘାଣ୍ଟି ହେବନି । ସତରେ ତୁ ଚାକିରି କଲେ ଏ ବଂଶ ବୁନିଆଦୀର ଗୋଟେ ନୂଆ ପିଢ଼ି ତିଆରି ହେବରେ ମୋ ଧନ ।

ପରାଶର ଜାଣେ ସେ ଯେଉଁ ଦଦରା ଭିଉଭୂମି ଉପରେ ଠିଆ ହେଇଛି, ତା କେବଳ ଏକ ପାରମ୍ପରିକ କୃଷିଜୀବିର ବୁନିଆଦୀ । ଦାରିଦ୍ର୍ୟ, ଦୁର୍ଭାଗ୍ୟ ଓ ଦୁର୍ଦ୍ଦଶା ତା'ର ଚିର ସହଯାତ୍ରୀ । ସେଇଥିପାଇଁ ହୁଏତ ବାପାଙ୍କର ଥିଲା ଗୋଟେ ଦୁର୍ବାର ପିପାସା, ପରାଶର ପାଠ ପଢ଼ିବ, ଚାକିରି କରିବ । ସେଥିପାଇଁ ସେ ଅଜସ୍ର ପରିଶ୍ରମ କରୁଥିଲେ, ଅଭାବକୁ ମେଣ୍ଟେଇବାକୁ କରଜ କରୁଥିଲେ । ଦରକାର ହେଲେ ଖଣ୍ଡେ ଦି ଖଣ୍ଡ ଜମି ବି ବିକି ଦେଉଥିଲେ । କିନ୍ତୁ ହଠାତ୍ ଆକ୍ରାନ୍ତ ହେଲେ ବ୍ୟାଧିରେ, ଅନଟନ ତାଙ୍କୁ ମୁକାବିଲା କରିପାରିଲାନି ବୋଲି ଅକାଳରେ ଚାଲିଗଲେ । ବଂଚିଥିଲେ ବି ବଂଚିଥାନ୍ତେ ଢେରଦିନ । ହେଲେ ପରାଶର ପିତୃହରା ହବା ତ ବିଧି ନିର୍ଦ୍ଦିଷ୍ଟ, ତାକୁ ଅତିକ୍ରମ କରିବ କିଏ ?

ପରାଶର ଆଖିରୁ ଦି ଧାର ଲୁହ ଗଡ଼ିପଡ଼ିଲା ।

ବୋଉ ପଚାରିଲା, ଚାକିରି ସାଙ୍ଗେ ସାଙ୍ଗେ ମିଳିଯିବ ଏବେ ?

ପରାଶର ହସିଲା । ବୋଉଟା କେଡେ ହୁଣ୍ଟ । କହିଲା, ଚାକିରି କ'ଣ କିଏ

ଧରିକି ବଇଟି– ହାତ ବଢେଇଲେ ଦେଇ ଦବ ? ତା' ପାଇଁ ପୁଣି ଆହୁରି ପରୀକ୍ଷା ସବୁ ଅଛି ।

ଚାକିରି ଖଣ୍ଡେ କଲେ ମାସକୁ ମାସ ହାତକୁ ଟଙ୍କା ଆସେ, ଏହା ବ୍ୟତୀତ ଆଉ ସମସ୍ତ କଥା ତା'ର ଧାରଣାର ବାହାରେ । କହିଲା, ହଉ ତୁ ତ ସବୁ ଜାଣିଲୁଣି, ଯାହା ଠିକ୍ କରିବୁ ହେଲେ ଜାଣିଥା, ତୁ ଚାକିରି କଲେ ମା' ବାସୁଲେଇ ପାଖରେ ପ୍ରଥମେ ଚଣ୍ଡି କରିବି, ଯେ ମୋର ବହୁଦିନର ମାନସିକ ।

ପରାଶର ହସିଲା ।

ସେଦିନ ହଠାତ୍ ତା ସାମ୍ନାରେ ଅରୁନ୍ଧତୀ ।

ପରାଶର ଦେହସାରା ଝାଳ କଣ୍ଟିଗଲା । ତଣ୍ଟି ଅଠା ଅଠା । ଏ ପର୍ଯ୍ୟନ୍ତ ସେ କୋଉ ବଢିଲା ଝିଅ ପାଖ ମାଡିନି । ତା' ନିଜ କ୍ଲାସମେଟ ଝିଅମାନେ କେତେବେଳେ କେମିତି ତା ପଢାପଢି ସମ୍ପର୍କରେ କଥାବାର୍ତ୍ତା ଆରମ୍ଭ କଲେ ହଁ ନା କହି କିମିତି ଆସିବ ବାଟ ପାଏନି । ତେଣୁ ତା' ସାଙ୍ଗ କହନ୍ତି ମାଇଟିଆ, ମାହିଆ, ପୋକ । ସେଇ ବହିଧରି ପିଉଥା, ସ୍ୱର୍ଗକୁ ଯିବୁ ।

ପରାଶରକୁ ଏ ଯାବତୀୟ ବ୍ୟଙ୍ଗ କିଛି ପ୍ରଭାବିତ କରିପାରେନା, ଭାବେ ଯା' ବାପାଟି ମାଟି କାଦୁଅରେ ଦିନରାତି ଘାଣ୍ଟି ଚକଟି ହେଉଚି । ତା' ପୁଅ ଫୂର୍ତ୍ତି କରିବା ଅପରାଧ । ସେ ଯୋଉଥୁ ପାଇଁ ଏଠିକି ଆସିଚି ତାକୁ ପାଇବା ହିଁ ସର୍ବଶେଷ ଲକ୍ଷ୍ୟ, ସେଇଠି ହୁଏତ ସଫଳତା । ହେଲେ ଏବେ ଅରୁନ୍ଧତୀ, ସାମ୍ନାରେ ।

ସେ ତଳକୁ ମୁହଁ ପୋତି ବସିଲା ।

ଅରୁନ୍ଧତୀ କହିଲା, ଏତେବଡ଼ କଲେଜଟାର ବେଷ୍ଟ ଗ୍ରାଜୁଏଟ କେବେ ତଳମୁହାଁ ହୋଇପାରେନା, ସମସ୍ତଙ୍କ ମୁହଁକୁ ତଳକୁ କରି ଦେଉଥିବା ପିଲାଟି ନିଜେ କିପରି ତଳମୁହାଁ ହୁଅନ୍ତ !

ଅରୁନ୍ଧତୀର କଥାଗୁଡାକ ତା'ର ରୂପ ପରି ସୁନ୍ଦର । ପରାଶର ନିଜ ଭିତରେ ଟିକେ ସାହସ ସଞ୍ଚୟ କରୁଥିଲା । ତାକୁ ତା' ସାଙ୍ଗମାନେ ଖୁବ୍ ହେୟ ଦୃଷ୍ଟିରେ ଦେଖନ୍ତି । ତା'ର ରୂପଭେକ ଚାଲିଚଲନ ସ୍ୱଭାବ କିଛି ବି ଖାପ ଖାଏନା କ୍ୟାମ୍ପସକୁ । ଖାଲି ପାଠ ପଢିଦେଲେ କ'ଣ ହବ ? ତେଣୁ ଅନ୍ୟମାନଙ୍କ ଦୃଷ୍ଟିରେ ଖୁବ୍ ଅପାଣ୍ଡ୍ରୟଟିକୁ ଅରୁନ୍ଧତୀ କିଏ ଯେ ତାକୁ ସବୁ ସଂକୋଚରୁ ଉଠେଇ ଆଣି ଠିଆ କରିଦେବାକୁ ଚାହୁଁଚି ସର୍ବସମ୍ମୁଖରେ ।

ପରାଶର ଚାହିଁଲା ଅରୁନ୍ଧତୀ ମୁହଁକୁ । ଅରୁନ୍ଧତୀ ହସି ଦେଲା ଗୋଟେ ଆପଣାପଣର ହସ । ପଚାରିଲା, ଯା' ପରେ ? ଓଡିଶାରେ ନା ବାହାରେ ? ମାନେ ପି.ଜି. କୋଉଠି କରିବ ?

ପରାଶର ଭାଙ୍ଗି ପଡ଼ୁଥିଲା। ଏହାର ଉତ୍ତର ଅଞ୍ଚାଲୁ ଥିଲା। ଅରୁନ୍ଧତୀ କେମିତି ଜାଣିବ ତାର ବିପନ୍ନ ସ୍ଥିତି ତାକୁ ଆଗକୁ ନୁହେଁ, ସେଇଠୁ ଅଟକିବାର ଇଶାରା ଦେଇ ସାରିଲାଣି ବୋଲି। କହିଲା, ଆଉ ପଢ଼ାପଢ଼ି ନକରି ଭାବୁଚି ଚାକିରି ପାଇଁ ଚେଷ୍ଟା କରିବି।

ଅରୁନ୍ଧତୀ ପରାଶର କଥାରେ ମୋଟେ ଚମକିଲା ନାହିଁ। କଇଁଚ ଭଲି ଜାକିଜୁକି ହେଇ ରହୁଥିବା ପିଲାଟିର ବ୍ୟାକଗ୍ରାଉଣ୍ଡ ସମ୍ପର୍କରେ ତାର ଅନୁମାନ ଅଭ୍ରାନ୍ତ। ତେଣୁ ସେ କହିଲା, ପରାଶର, ତମକୁ ଏଯ଼ା ଡାକୁଚି। ଆମେ ଏକା କଲେଜର ଓ ଏକା ବ୍ୟାଚର ଡିପାର୍ଟମେଣ୍ଟ ଅଲଗା ହେଇପାରେ, କିଛି ଭାବୁଚ କି ?

ପରାଶର ନରମ ହସଟେ ଆଙ୍କି କହିଲା, ନାଇଁ ନାଇଁ ସେମିତି ଭାବନ୍ତୁ ନାଇଁ। ଅରୁନ୍ଧତୀ ତାଗିଦ୍ କଲାଭଲି କହିଲା ବନ୍ଧୁତା ପାଖରେ ଭାବନ୍ତୁ ଆସନ୍ତୁ, ଆଜ୍ଞା ଆପଣ ଏ ସବୁ ଫର୍ମାଲିଟି ଚଲେନା। ବାସ୍।

ଅରୁନ୍ଧତୀ କହିଲା, ଗୋଟେ ଉଚ୍ଚା ସଫଳତା ଆଡ଼କୁ ବଢ଼ୁଥିବା ପାଦକୁ ତମେ ପଛକୁ ଫେରାଉଚ କାହିଁକି ପରାଶର। ମୁଁ ବୁଝୁଚି, କିଛି ବାଧା, କିଛି ପ୍ରତିବନ୍ଧକ ରହୁଥିବ, ତଥାପି ସମସ୍ତ ପ୍ରତିକୂଳତାକୁ ପ୍ରତିହତ କରିବା ହିଁ ସଫଳତା, ନାଁ କ'ଣ କହୁଚ ?

ପୁଣି ସେଇ ସଫଳତା, ସେଇ ଶବ୍ଦ, ଏବେ ଅରୁନ୍ଧତୀ କଣ୍ଠରେ। ପରାଶର ଭାବୁଥିଲା ସଫଳତା ଯେମିତି ଏକ ମାୟାମୟ ମହକ ଯାହାର ବାସ୍ନା ଟିକେ ପାଇଁ ସମସ୍ତେ ଉଜାଟିତ। କହିଲା, ଜାଣେ ସେ ସଫଳତା ପାଇବା ପର୍ଯ୍ୟନ୍ତ ମୋର ଦୌଡ଼ ଅଛି। କିନ୍ତୁ ସେ ଦୌଡ଼ ପାଇଁ ସାମର୍ଥ୍ୟ ସଂଗ୍ରହ କରିବା ମୋ ଅକ୍ତିଆରରେ ନାହିଁ।

ଅରୁନ୍ଧତୀ କହିଲା, ତମର ଜଣେ ଅନ୍ତରଙ୍ଗ ଶୁଭେଚ୍ଛୁ ଭାବେ ତମେ ଏଠି ଅଟକି ଯାଅ, ମୁଁ ଚାହେଁନି। ତମର ବହୁତ ଟାଲେଣ୍ଟ ଅଛି। ଥରେ ଚିନ୍ତାକର, ଯଦି କିଛି ନିଷ୍ପତ୍ତି ନିଅ, ତେବେ ମୋତେ ପ୍ରଥମେ ଜଣାଇବ, ପ୍ଲିଜ୍। ମୁଁ ଆସୁଚି।

ଅରୁନ୍ଧତୀ ଉଠୁଥିଲା। ପରାଶର କହିଲା, ମୋ ପାଇଁ ଆପଣ...। ଅରୁନ୍ଧତୀ ତାକୁ ଆଉ କିଛି କହିବାକୁ ନଦେଇ ସବୁ ବୁଝିପାରିଲା ପରି କହିଲା, ପୁଣି ଆପଣ ? ତେବେ ତମେ ଯା' କହିବାକୁ ଚାହୁଁଚ ମୁଁ ବୁଝିପାରୁଚି। ଚିହ୍ନା କି ପରିଚୟ ନାହିଁ, ନାଇଁ ବି କିଛି ଘନିଷ୍ଟତାର ପୂର୍ବାପର ପ୍ରସଙ୍ଗ, ତଥାପି ତମ କ୍ୟାରିୟର ପାଇଁ କାହିଁକି ମୁଁ ଚିନ୍ତିତ, ଏଇ କଥା ପଚାରିବାକୁ ଚାହୁଁଚ ତ ?

ପରାଶର ଅପ୍ରସ୍ତୁତ ହେଇଗଲା। ଅରୁନ୍ଧତୀ କେବଳ ପ୍ରଚଣ୍ଡ ସୁନ୍ଦରୀ ନୁହେଁ ପ୍ରବଳ ବୁଦ୍ଧିମତୀ ମଧ୍ୟ।

କହିଲା, ନାଇଁ ନାଇଁ

ଅରୁନ୍ଧତୀ ଫିକ୍ କରି ହସିଦେଲା, କହିଲା, ତମ ଭଳି ଜଣେ ଟ୍ୟାଲେ‍ଣ୍ଟେଡ
ସ୍ଟୁଡେ‍ଣ୍ଟକୁ ବନ୍ଧୁତ୍ୱାପଣରେ ଶୁଭେଚ୍ଛା! ଜଣେଇ ଆଗକୁ ବଢ଼ିବାକୁ ଏନ୍‍କରେଜ ନକରି
କ'ଣ କୋଉ ବାଟରା ଛତରାଙ୍କୁ ଏନ୍‍କରେଜ କରିବା ଯଥାର୍ଥ ହେଇଥା'ନ୍ତା? ବହୁ
ଛାତ୍ର ତ ଅଛନ୍ତି କଲେଜରେ, ତମ ଭଳି କେତେଜଣ ଅଛନ୍ତି? ମୋର ଭୁଲ୍ ହେଲା?

ନାଇଁ ନାଇଁ, ମୁଁ ସେକଥା କେତେବେଳେ କହିଲି? ପରାଶର ଚଟାପଟ କହି
ପକେଇଲା।

ଅରୁନ୍ଧତୀ କହିଲା, ସବୁ ସମ୍ପର୍କର ଅୟମାରମ୍ଭ ଏମିତି ହୋଇଥାଏ। ଅଜଣାରୁ
ଜଣାକୁ ଆରମ୍ଭ ହୁଏ ଯାତ୍ରା। ଆଗରୁ କିଏ କାହାକୁ ଚିହ୍ନିଥାଏ ନା କାହାରି ପାଖରେ
ଥାଏ କାହାର ନାଁ ଗାଁ ଠିକଣା। ମୁଁ ଆସୁଚି।

ଅରୁନ୍ଧତୀ ସ୍କୁଟି ଉଡେଇ ଉଡିଗଲା।

ବିବାକ ନିର୍ବାକ ପରାଶର ଭାବୁଥିଲା, ଏଇ ‍ଯେ ଆସିଥିଲା, ଅରୁନ୍ଧତୀ, ଗୋଟେ
ଅପ୍ସରୀ, ଗୋଟେ କିନ୍ନରୀ। ତା ଯାତ୍ରାପଥରେ ଆଉ ଏକ ନୂତନ ଦିଗବାରେଣୀ।
ପରାଶର ନିଷ୍ପତ୍ତି ବଦଲେଇଲା।

ବେଉ କହିଲା, ଆହୁରି ପଢ଼ିବୁ? ଟଙ୍କା? ପରାଶର କହିଲା, ଦେଖିବା କ'ଣ
କିମିତି ହବ। ତୁ ମୋତେ ବ୍ୟସ୍ତ ହ'ନା। ମୁଁ କିନ୍ତୁ ଏଠି ଆଉ ପଢ଼ିବି ନାଇଁ, ବାହାରକୁ ଯିବି।

ବାହାରକୁ? ବେଉର ହାଲୁକ ଶୁଖିଗଲା। କହିଲା, ମୁଁ କ'ଣ କରିବି? ପରାଶର
ଭାଙ୍ଗିପଡ଼ିଲା, କହିଲା, ତୋରି ପାଇଁ ତ କୁଆଡ଼େ ଯିବି ନାଇଁ ବୋଲି ଭାବୁଥିଲି। ଆଉ
ଦି'ଟା ବର୍ଷ ପଢ଼ି ନଦେଲେ ପୂରା ହବନି ପାଠ କି ଭଲ ଚାକିରି ମିଳିବ ନାଇଁ। ଚାକିରି
କଥା ଶୁଣି ବେଉ କହିଲା, ହଉ ପଢ଼ପଢ଼, କହୁଚୁ ତ ଆଉ ଦି'ଟା ବର୍ଷ, ମୁଁ କ'ଣ
ଚଳିଯିବିନି? ତୁ ମୋ ପାଇଁ କିଛି ଭାବନା।

ଚାକିରି କଲେ ମାସକୁ ମାସ ଟଙ୍କା ହାତକୁ ଆସେ, ଏଇ ପ୍ରଲୁବ୍ଧତା ହିଁ ବେଉକୁ
ଚାକିରି ଶଢଟି ପାଖରେ ଝୁଣ୍ଟେଇ ପକାଏ ବାରମ୍ବାର। ପରାଶର ବୁଝେ। ଲୁହ ଥମ
ଥମ ହୁଏ। ଟଙ୍କା କେଇଟା ପାଇଁ ବାପାର ପାଣି କାଦୁଅ ସହିତ ଦୁର୍ଦ୍ଦମନୀୟ ସଂଘର୍ଷ
ହୁଏତ ବେଉ ଦେଖି ଦେଖି ଏପରି ମାନସିକ ସ୍ଥିତିରେ ଆସି ଅଟକି ଯାଇଚି ବୋଲି
ଭାବେ ଆଉ ଭାରାକ୍ରାନ୍ତ ହୋଇଯାଏ।

ଅରୁନ୍ଧତୀ ଜାଣିଲା ପରାଶରର ନିଷ୍ପତ୍ତି କଥା। ଖୁସି ହେଲା। କହିଲା, ମୁଁ ଜାଣିଥିଲି
ଦୁର୍ଦ୍ଦମନୀୟ ବେଗବାନ ଅଶ୍ୱକୁ ହିଁ ନିଅଣ୍ଟ ପଡେ ଦିଗନ୍ତ ବ୍ୟାପୀ ସୁବିସ୍ତୃତ ଉପତ୍ୟକା।
ତା'ର ଏ କବିତ୍ୱରେ ହସିଲା ପରାଶର। ମ୍ଲାନ ହସ।

ଅରୁନ୍ଧତୀ କହିଲା, ବନ୍ଧୁ ଭାବରେ ଗ୍ରହଣ କରିନେଇଚ ମାନେ ନିଃସଂକୋଚ ହବ ମୋ ପାଖରେ, କଥା ଦିଅ ।

ପରାଶର ମନ୍ତ୍ରମୁଗ୍ଧ, ପ୍ରଲୁବ୍ଧ, ଆଉ ଆବଦ୍ଧ ବି ହୋଇଯାଇଥିଲା ସେଇଠି, ଅରୁନ୍ଧତୀର ନିଃସଂକୋଚ ହସ୍ତ ପ୍ରସାରଣରେ ।

ତା' ପରବର୍ତ୍ତୀ ଘଟଣାଗୁଡ଼ିକ ଧାରାବାହିକ ଭାବେ ପରକୁପର ଖଞ୍ଜା ଯାଇଥିବା ବ୍ୟବସ୍ଥା ପରି ଘଟି ଯାଉଥିଲା ସ୍ୱାଭାବିକ ଭାବରେ । ପରାଶର ଅରୁନ୍ଧତୀକୁ ନେଇ ନାନାଦି ନୂଆ ପ୍ରେମ କାହାଣୀ ସବୁ ଈର୍ଷୁକମାନଙ୍କ ଦ୍ୱାରା ଲେଖାହେବାଠାରୁ ପରାଶର ଜେ.ଏନ୍.ୟୁରେ ପଢ଼ିବା, ସର୍ବଭାରତୀୟ ପ୍ରଶାସନିକ ସେବାରେ ଯୋଗଦେବା, ସାରା ସହରକୁ ହାଲୋଲମୟ କରି, ଯେତେସବୁ ତତ୍କାଳୀନ ଲଫଙ୍ଗା ବାତରା ଈର୍ଷାଲୁମାନଙ୍କୁ ତାବ୍ଦା କରିଦେଇ ଅରୁନ୍ଧତୀକୁ ବିବାହ କରିବା, ପୁଅଝିଅର ବାପା ହବା, ବୋଉର ମାନସିକ ପୂର୍ତ୍ତି ପାଇଁ ଠାକୁରାଣୀ ପାଖରେ ଚଣ୍ଡି କରିବା ପୁଣି ପରେ ପରେ ବହୁ ତୃପ୍ତା ସନ୍ତୁଷ୍ଟା ବୋଉକୁ ହରେଇବା ଆଦି ଘଟଣା କେମିତି ସବୁ ଘଟିଗଲା, ଆଜି ଅବସର ଟିକେ ମିଳିଲେ ବି ଅକୁଲାଣ ହୋଇପଡ଼େ ପୃଷ୍ଠାପରେ ପୃଷ୍ଠା ଓଲଟାଇବା ।

ଏହା ଭିତରେ ପରାଶରଙ୍କ ପଦୋନ୍ନତି ହୋଇଛି । ପ୍ରଭାବ ବଢ଼ିଛି । ପ୍ରତିଷ୍ଠା ମିଳିଚି । ରାଜଧାନୀ ସହରରେ ପ୍ରାସାଦୋପମ ଘରତୋଲା ସରିଚି, ପୁଅ ଓଡ଼ିଶା ବାହାରେ ଏକ ସ୍ୱନାମଧନ୍ୟ କଲେଜରେ ଇଂଜିନିୟରିଂ ପଢ଼ୁଚି । ଲିସା ପଢ଼ୁଚି ଏଇ ସହରର ସବୁଠାରୁ ପ୍ରତିଷ୍ଠିତ କଲେଜରେ ବି.ଏ. ।

ଲିସା ପାଖରେ ଅଟକିଗଲେ ପରାଶର ।

ଲିସା ଆସି ପ୍ରେମ କରିବା ବୟସରେ ପହଞ୍ଚିଲାଣି, ପ୍ରେମ କଲାଣି, ଏ କଥା ବଡ କୁଣ୍ଠିତ ଭାବରେ ଗ୍ରହଣ କରନ୍ତି ପରାଶର । ସେଇ ଘଟଣାକୁ ନେଇ ଏବେ ଗୋଟେ ଲଘୁଚାପ କେନ୍ଦ୍ରୀଭୂତ ହେଇଚି ଘର ଭିତରେ । ତା'ର ପ୍ରଭାବରେ ତୁହାକୁ ତୁହା ବର୍ଷା, ତୋଫାନ, ଘଡ଼ଘଡ଼ି, ଚଡ଼ଚଡ଼ି ସବୁ ଅଜାଡ଼ି ହେଇ ପଡ଼ୁଚି ନିରୁପଦ୍ରବ ସୁଖରେ ଅବସ୍ଥାନ କରୁଥିବା ଘରଟି ଭିତରେ । ଏଥିରେ ବେଶୀ ଆକ୍ରାନ୍ତ ହୋଇ ପଡ଼ିଛନ୍ତି ଅରୁନ୍ଧତୀ । ଅପର୍ଯ୍ୟାପ୍ତ ପ୍ରାଚୁର୍ଯ୍ୟ ଓ ସ୍ୱାଧୀନତା ଲିସାକୁ ଯେ ଏକ ଭୟାନକ ଆବର୍ତ୍ତ ଭିତରକୁ ଘୋଷାରି ନେଉଚି, ତାକୁ ଅଟକାଇବା ଅନିବାର୍ଯ୍ୟ । ଏ ଯୁକ୍ତିରୁ ମୋଟେ ଓହରୁ ନାହାନ୍ତି ଅରୁନ୍ଧତୀ । କହୁଚନ୍ତି, ଜୀବନକୁ ବରବାଦ କରିଦେବା ପରି ବହୁ ଘଟଣା ଜୀବନ ସାମ୍ନାକୁ ଆସେ । ତାକୁ ଅତିକ୍ରମ କରିଯିବା ହିଁ ବାହାଦୁରୀ, ଆଉ ଯଦି ସେଥିରେ ଥରେ ଛନ୍ଦିହୋଇ ପଡ଼ିଲ ଆଗାମୀ ଜୀବନ ଛନ୍ଦହୀନ ହୋଇଯିବା ତା'ର

ଅପରିହାର୍ଯ୍ୟ ପରିଣତି । ତେଣୁ ଜାଣୁ ଜାଣୁ ଏହା ଲିସାକୁ କରେଇ ଦେବି ନାହିଁ ମୁଁ କଦାପି ।

ପରାଶର ବୁଝେଇଛନ୍ତି, ତମେ ଏତେଟା ବିବ୍ରତ ହେଇପଡୁଚ କାହିଁକି ? ଲିସାକୁ ବୁଝେଇଲେ ସେ ବୁଝିବନି ?

ବୁଝୁଚି, ନା ବେଶୀ ବେଶୀ ଜିଦ୍ ତା'ର ବଢୁଛି । ତମେ ତ ସବୁ କଥାକୁ ହାଲ୍‌କା ଭାବରେ ଗ୍ରହଣ କରୁଚ, ଝିଅ ଘର ଛାଡ଼ି ଯାଇ ଦାଣ୍ଡରେ ବସିଲେ ଯାଇ ବୁଝିବ ।

: ପିଲାଟି କରୁଚି କ'ଣ ?

ତମେ ତ ଯୋଉ ସ୍ଵରରେ କହୁଚ ଭାରି ଗୋଖ୍ୟା କରି କହିଲା ଭଲି ଲାଗୁଚି । ଚିହିଙ୍କି ଉଠିଲେ ଅରୁନ୍ଧତୀ । ପିଲାଟା ତା'ରି ସାଙ୍ଗରେ ପଢୁଚି, କଲେଜ ଡ୍ରାମାରେ ହୀରୋ ହେଉଚି, ଗୀତ ଗାଉଚି, ଭାରି ହ୍ୟାଣ୍ଡସମ, ଭାରି ସ୍ମାର୍ଟ ବୋଲି ତ ସେଇ ଅଲାଜୁକି କହୁଚି । କି ବାଜେ ଟ୍ରେଣ୍ଡ ଏବେ ବାହାରିଚି କେଜାଣି, କ'ଣ ନାଁ ବୟଫ୍ରେଣ୍ଡ ।

ତା କଲେଜ ଖୁବ ଭଲ, ପିଲାଟି କଳାପ୍ରାଣ । କଳାକାରଟି ତ ଭଲ ପ୍ରେମ କରି ଜାଣେ । ଲିସାକୁ ଆମର ପ୍ରଚୁର ଭଲ ପାଇବା ଦବ । ପରାଶର ଟିକେ ରସିକତା କରି କହିଲେ ।

ଅରୁନ୍ଧତୀ ଅଗ୍ନିମୁଖୀ ହୋଇଗଲେ । ହଃ ପ୍ରଚୁର ଭଲପାଇବା ଦବ । କଳାକାରଙ୍କର କି କି କେଲେଙ୍କାରୀ ସବୁ ଜାଣୁନା ବୋଧେ । ତମର ବୁଦ୍ଧିବୃଦ୍ଧି ସବୁ କୁଆଡ଼େ ଗଲାଣି । ତମେ କେତେବଡ ଅଫିସର, ତମର ମର୍ଯ୍ୟାଦା କେତେ, ତମ ଝିଅ ଗୋଟେ ଲଫଙ୍ଗା ବାତରା ସାଙ୍ଗରେ ଯାଉ, ଚିନ୍ତା କରୁଚ ତ ୟାର ପରିଣତି ?

ପରାଶର ରସିକତାରୁ ଓହରି ଆସିଲେ । କହିଲେ, ଅରୁନ୍ଧତୀ ସତରେ ମୁଁ କ'ଣ ଚାହୁଁଚି ଲିସା ତା'ର ଭବିଷ୍ୟତକୁ ବିପନ୍ନ କରି ଏମିତି ପଦକ୍ଷେପ ନେଉ ? ପିଲାଟା, ତମେ ଯେମିତି ଆକ୍ରମଣ ତା ଉପରେ ଚଲେଇବ ମୁଁ ତ ଆତଙ୍କିତ ହେଉଚି । ଅପେକ୍ଷା କର, ତା'ର ଫାଇନାଲ ପରୀକ୍ଷା ସରୁ, ତାକୁ ଓଡିଶା ବାହାରକୁ ପଠେଇଦବା, ସେ ସେଇଠି ପଢିବ । ଦୂରରେ ରହିଲେ ସବୁ ଠିକ୍ ହୋଇଯିବନି ?

ଅରୁନ୍ଧତୀ ମୋଟେ ବୁଝୁନଥିଲେ । ଫାଇନାଲ ପରୀକ୍ଷା ତ ଆହୁରି ଗୁଡାଏ ଦିନ ରହିଲାଣି । ଆଜିକାଲି ପିଲାଙ୍କର ଯୋଉ ମାନସିକତା, କେତେବେଲେ କ'ଣ, ମତେ ବଡ ବିବ୍ରତ ଲାଗୁଚି, ତମେ ସେ ପ୍ରିନ୍‌ସିପାଲଙ୍କୁ କହି କ'ଣ ଗୋଟେ ବ୍ୟବସ୍ଥା କର ।

ହଉ ଠିକ୍ ଅଛି । ପ୍ରିନ୍‌ସିପାଲଙ୍କୁ ଫୋନ କରୁଚି, ସେ ତମ ଝିଅର ବଡିଗାର୍ଡ ହେବେ । ହେଲା ? ପରାଶର ହସି ଉଠିଲେ ।

ତାଙ୍କର ବ୍ୟାଙ୍ଗ୍‌ଟାକୁ ଠିକ୍‌ ଧରିନେଇ ଅରୁନ୍ଧତୀ ଦୁମ୍‌ ଦୁମ୍‌ ଚାଲିଯାଉଥିଲେ ତ ପରାଶର ଡାକିଲେ, ଶୁଣ

ଅରୁନ୍ଧତୀ ଅଟକିଗଲେ। ପରାଶର ଧରିପକେଇଲେ ହାତ। କହିଲେ, ତମେ ତ ମତେ ପ୍ରେମ କରୁଥିଲ, ପୁଣି ବିବାହ କଲ...

ଉତ୍ତେଜନାର ଜଳନ୍ତା କୋଠରୀ ଭିତରୁ ତଥାପି ଫେରିନଥିଲେ ଅରୁନ୍ଧତୀ। ପରାଶରଙ୍କ ଆବେଗ ଛଳଛଲ ପ୍ରଶ୍ନଟିର ଉତ୍ତର ତାଙ୍କ ହାତ ପାହାନ୍ତାରେ ନଥିଲା। ସେ ତାଙ୍କ ହାତଟିକୁ ପରାଶରଙ୍କ ହାତରୁ ହୁଦୁସ୍‌ ଖସେଇ ନେଇ ଚାଲି ଯାଉଯାଉ କହିଲେ, ତମ ଟାଲେଣ୍ଟଟାକୁ ମୁଁ ଭଲପାଉଥିଲି, ତମକୁ ନୁହଁ...।

ପରାଶର କଥାଟାକୁ ଭିତରକୁ ନେଲେ ନାହିଁ। ଜାଣନ୍ତି ଅରୁନ୍ଧତୀ ରାଗିଲେ ଓଲମ ବିଲମ ସବୁ କହି ଦିଅନ୍ତି। ଏବେ ଝିଅର ଏ ଇତର ନିଷ୍ପତ୍ତିରେ ସେ ଖୁବ୍‌ ବିବ୍ରତ, ଭାରାକ୍ରାନ୍ତ। ପ୍ରେମିଲ ହେବାକୁ ଏବେ ମୁଡ୍‌ରେ ନାହାନ୍ତି। ବାସ୍ତବରେ ଅରୁନ୍ଧତୀଙ୍କର ଏପରି ପ୍ରତିକ୍ରିୟା ଯଥାର୍ଥ। ଠିକ୍‌ କରୁନାହିଁ ଲିସା। ଲିସାକୁ ଯେମିତି ହେଉ ଏ ପଥରୁ ନିବୃତ କରିବାକୁ ହବ। ତା'ର ନିଷ୍ପତ୍ତି, ତାଙ୍କ ପଦମର୍ଯ୍ୟଦା, ମାନ ସମ୍ମାନର ବହୁ କ୍ଷତି ଘଟେଇବ।

ଏହାର ନିରାକରଣ ପାଇଁ ଗୋଟେ ଯୋଜନାବଦ୍ଧ କାର୍ଯ୍ୟକ୍ରମ ଦରକାର। ଏମିତି ଅରୁନ୍ଧତୀଙ୍କ ପରି ରଗାରଗି ଗାଲିମନ୍ଦ କଲେ ଝିଅ ହୁଏତ ଅଧିକ ଜିଦ୍‌ଖୋର ହୋଇଉଠିବ।

ହେଲେ ଆଜି !

ଅଫିସରୁ ଫେରି ସେ ଉପର ମହଲାକୁ ଆସୁଚନ୍ତି ତ କାନରେ ବାଜିଲା ଅରୁନ୍ଧତୀ ଓ ଲିସାର ଯୁକ୍ତିତର୍କ। ବାସ୍ତବରେ ଲିସା ଖୁବ୍‌ ଉଦ୍ଧତ ହେଇଗଲାଣି। ତାକୁ ସାବାଡ଼ କରିବା ଦରକାର। ଅତ୍ୟଧିକ ଶ୍ରଦ୍ଧା ଓ ସ୍ୱାଧୀନତା ଝିଅଟାକୁ ଉଶୃଙ୍ଖଳତାର ଏପରି ସ୍ତରକୁ ନେଇ ଆସିଲାଣି ସେ ଗୋଟେ ଇତର ଘରର ଝିଅଭଳି ଏଡେ ବଡ ପାଟିରେ ତା ମା' ସହିତ ଯୁକ୍ତିତର୍କ କରୁଚି।

ଉତ୍ୟକ୍ତ ପରାଶର ମାଡି ଯାଉଥିଲେ କୋଠରୀ ଆଡେ।

ଲିସା କହୁଥିଲା, ତମେ ତ ବାପାଙ୍କୁ ପୁଣି ଭଲ ପାଇ ବିବାହ କରିଥିଲ ?

କ୍ରୋଧରେ ନିଆଁଠୁଲ ହୋଇପଡୁଥିଲା ଅରୁନ୍ଧତୀଙ୍କ ସ୍ୱର। ସେଥୁ ଜବାବ ଫେରୁଥିଲା, ତୋ ବାପାଙ୍କୁ ମୁଁ ଭଲ ପାଇନଥିଲି, ଟ୍ରାପ୍‌ କରିଥିଲି, ଟ୍ରାପ୍‌। ଗୋଟେ ସୁଖମୟ ନିରାପଦ ଭବିଷ୍ୟତ ପାଇଁ ଗୋଟେ ଟ୍ୟାଲେଣ୍ଟେଡ କ୍ୟାରିୟର ଦରକୋର, ଯୋଉଟା ତୋ ବାପାର ଥିଲା। କିନ୍ତୁ ସେଇ ସ୍ତରକୁ ଯିବାର ସମ୍ବଲ ନଥିଲା। ଆଉ ମୁଁ

ସହାୟତା କରିନଥିଲେ ତୋ ବାପା ଏବେ କୋଉ ଅଫିସରେ କିରାଣୀ କି ଷ୍ଟେନୋ ହେଇ ଟାଇପ୍‍ ବାଡଉଥାନ୍ତା । ବୁଝିଲୁ? ଆଜି ଯାହା ଯାହା ସବୁ ଦେଖୁଚୁ ସେଥିରେ ମୋର ଭୂମିକା କ'ଣ ଥିଲା ଯା' ତୋ ବାପାକୁ ପଚାରିବୁ ।

ହୁଏତ ନିର୍ବାକ ହୋଇଯାଇଥିଲା ଲିସା ଭିତରେ ।

ଅରୁନ୍ଧତୀ କହୁଥିଲେ, ତୁ ଯଦି ସେଇମିତି ଗୋଟେ ବାଛନ୍ତୁ, ମୁଁ ତା' ପିଛା ଟଙ୍କା ଖର୍ଚ୍ଚ କରି କୋଉଠି ନା କୋଉଠି ପହଞ୍ଚେଇ ଦିଅନ୍ତି ତାକୁ । ଆଉ ତୁ ବାଛୁଚୁ ଲଫଙ୍ଗା ବାଟରା ଗୀତଗାୟକ । ବୁଝିଲୁ, ଜୀବନରେ ସଫଳତା ଖାଲି ପରିଶ୍ରମରେ ଆସେ ନାହିଁ, ବେଳେବେଳେ ତାକୁ ବୁଦ୍ଧି ବିବେକ ଖଟେଇ ହାସଲ କରିବାକୁ ହୁଏ ।

ପରାଶର ସ୍ତବ୍ଧ । ସ୍ତବ୍ଧ ସମଗ୍ର ଜାଗତିକ ସଭା । ବିବାକ ପୃଥିବୀ ନିଷ୍ପନ୍ଦ, ନିଥର, ନିର୍ବାକ । ଏ ସମସ୍ତ ନିର୍ଜନତାକୁ କିନ୍ତୁ ଚହଲେଇ ଦେଇ କୋଉଠୁ ଅତି କରୁଣ କାନ୍ଦଟେ ଉବୁକି ଆସୁଚି, କୋଉଠୁ?

ସଭାଶୂନ୍ୟ ପରାଶର କେତେବେଳୁ ଗୋଟେ ଆତଙ୍କଗ୍ରସ୍ତ ଶରୀସୃପ ପରି ପେଟେଇ ପେଟେଇ ଆସି ପହଞ୍ଚିଗଲେଣି ଛାତ ଉପରେ, ତାଙ୍କୁ ମାଲୁମ ନାହିଁ । ଏବେ ତାଙ୍କୁ ଖାଲି ଆବୋରି ଆସୁଚି ଏକ ଅନିୟନ୍ତ୍ରିତ କୋହ, ଯାହାକୁ...

ଦି' ଦିନ ପରେ ପରାଶର ହଠାତ୍‍ ଘୋଷଣା କଲେ, ଲିସା ସେଇଠି ହିଁ ବାହା ହବ, ଯୋଉଠି ସେ ଚାହୁଁଚି ।

ଗାଂଧୀବାଡ଼ି

ଅପସ୍ବୟମାନ ସମୟ ସ୍ରୋତରେ ବହୁତିକ୍ତ ମଧୁର ଅନୁଭୂତିକୁ ପାଥେୟ କରି ଆଜି ଜୀବନର ଉପାନ୍ତରେ ପହଞ୍ଚିଥିବା ବଦ୍ରୀନାରାୟଣ ତଥାପି ଅନ୍ତଃକରଣରେ ସଂଚିତ କରି ରଖିଥିଲେ ଗୋଟାଏ ଉଦ୍ଦାମତା । ସେ ଉଦ୍ଦାମତାର ହେତୁ ଖଣ୍ଡିଏ ବାଡ଼ି । ବାଡ଼ି ଖଣ୍ଡକର ସେମିତି କିଛି ଅଲୌକିକତା ନଥିଲା । କିନ୍ତୁ ବାଉଁଶ ଖଣ୍ଡିକ ଯେ ଗୋଟିଏ ଶତାବ୍ଦୀର ଅର୍ଦ୍ଧାଧିକ ସମୟ କୀଟଦ୍ରଂଷ୍ଟ କିମ୍ବା ଦୁର୍ବଳ ନହୋଇ ଯଥାପୂର୍ବ ଓଜନିଆ ଓ ନିଦାରହିପାରେ ଏତିକି ଥିଲା ଏହାର ବିଶେଷତ୍ୱ । ତେବେ ମାତ୍ର ପାଞ୍ଚଫୁଟର ସେଇ ବାଡ଼ିଟିର ଯଥେଷ୍ଟ ଗାମ୍ଭୀର୍ଯ୍ୟ ଓ ଗୁରୁତ୍ୱ ରହିଥିଲା ବଦ୍ରୀନାରାୟଣଙ୍କ ପାଖରେ । ବହୁ ନିରୋଲା ମୁହୂର୍ତ୍ତରେ ସେ ବାରଣ୍ଡାର ଚୌକି ଉପରେ ବସି ଦୂର ଦିଗନ୍ତ ଭିତରେ ହଜି ଯାଉଥିବାବେଳେବି ତାଙ୍କ ଡାହାଣ ପାଖରେ ବାଡ଼ିଟି ରହୁଥିଲା । ତାଙ୍କର ଶ୍ରଦ୍ଧା ଓ ସମ୍ମାନର ସନ୍ତକଟିଏ ପରି । କହୁଥିଲେ ଯେ' ଗାଂଧୀବାଡ଼ି ।

ସେ ବାଡ଼ିଟି ଥିଲା ବାପାଙ୍କର ।

ଗୋଟାଏ ମିଥ୍ୟା ଅହେତୁକ ଆଦର୍ଶ ଓ ଫମ୍ପା ମୂଲ୍ୟବୋଧକୁ ଜାବୁଡ଼ି ଧରି ସୁବର୍ଣ୍ଣ ସକାଳ ଆଡୁ ମୁହଁ ଫେରାଇ ଦୁଃଖ ଦୈନ୍ୟ, ଦାରିଦ୍ର୍ୟର ଅପୁହାରାତିର ଅଂଧାର ଭିତରେ ହଂତସଂତ ହେବା ଆଉ ସମ୍ଭବ ନୁହେଁ ବୋଲି କହି ଯେଉଁଦିନ ରୁଦ୍ରନାରାୟଣ ବାପାଙ୍କୁ ଖୁବ୍ ତାଚ୍ଛଲ୍ୟ କରି ଅଲଗା ହୋଇଗଲା, ବାପା ସେଇ ବାଡ଼ିରେ ଦି'ପାହାର ଦେଇ ସେଦିନ ହୁଏତ ତାକୁ ଜବତ କରି ପାରିଥାନ୍ତେ, କିନ୍ତୁ ନିରବ ରହି ସବୁ ସହିଯାଇଥିଲେ । କାରଣ ଯେଉଁ ବାଡ଼ିର କରାମତି ଦିନେ ତାଙ୍କୁ ଏ ଖଣ୍ଡ ମଣ୍ଡଳରେ ଚର୍ଚ୍ଚିତ କରିଥିଲା, ଖୁବ୍ ପଟିଆରା ବଢ଼ାଇଥିଲା, ସେ ପ୍ରାଣର ଉଦ୍ଦାମତା ଓ ହିସ୍ରତା ସେ ଛାଡ଼ି ଦେଇଥିଲେ ଗାନ୍ଧିଜୀଙ୍କ ସଂସ୍ପର୍ଶରେ ଆସିଲା ପରେ ।

ବଦ୍ରୀନାରାୟଣଙ୍କୁ କାହିଁକି ମନେ ହେଉଥିଲା, ଯେପରି ତାଙ୍କ ଆଖି ସାମ୍ନାରେ

ଠିଆ ହେଇ ଯାଉଥିଲା ଗୋଟେ ଦୀର୍ଘଛାଇ। ବେଶ୍ ସଂଭ୍ରାନ୍ତ ଓ ଅନମନୀୟ ଟେହେରାର ସେଇ ପୁଂଗବ ପୁରୁଷ ତାଙ୍କ ସଂଗ୍ରାମୀ ଜୀବନର ଇତିହାସ କହୁଥିଲେ ଏପରି ତାଙ୍କ ଆଗରେ। ସେ ବାପା।

ସେ' ଥିଲା ଦେଶପାଇଁ ଏକ ଚରମ ଦୁଃସମୟ। ଗାଁ ଗାଁରେ ଜମିଦାରମାନଙ୍କ ନିର୍ମମ ଶୋଷଣ ସାଂଗକୁ ଗୋରା ସିପାହୀ ମାନଙ୍କର ଅଦଉତି ଲୋକଙ୍କୁ ତଲି ତଲାନ୍ତ କରି ପକାଉଥିଲା। ଗାଁ ଲୋକମାନଙ୍କୁ ଜବତ କରିବା ପାଇଁ ଜମିଦାରମାନେ ଗୋରା ମାନଙ୍କ ସହ ଅଧୀନତା ମୂଳକ ମିତ୍ରତା ସୂତ୍ରରେ ବନ୍ଧାପଡ଼ି ଯାଇଥିଲେ। ସେଦିନ ସ୍କୁଲରୁ ଫେରିଲା ବେଳକୁ ବାପା ଲହୁ ଲୁହାଣ ହେଇ ଗଡ଼ୁଥାନ୍ତି ମାଟିରେ। ଗରିବ ଘରର ଟୁକୁରା ଆସବାବ କେଇଖଣ୍ଡ ଦାଣ୍ଡରେ ବିଛାଡ଼ି ହେଇ ପଡ଼ିଥାନ୍ତି ବେସାହାରା ପରି। ବୋଉ କାଉଲିବାଉଲି ହୋଇ ବାପାଙ୍କ ପାଖରେ ମୁଣ୍ଡପିଟି କାନ୍ଦୁଥାଏ ତ ଗୋରା ସିପାହୀଙ୍କ ଗୋଡ଼ ଧରୁଥାଏ। ଏ ଦୃଶ୍ୟଥିଲା ମୋ ପାଇଁ ଏକ ଦୁରନ୍ତ ଆହ୍ୱାନ ପରି।

ଅଚାନକ ମୁଁ ଗୋଟାଏ ଡେଣ୍ଡୁଆ ଗୋଟାଇ ନେଲି। ଦୂରରୁ ଦେଖୁଥିବା ଫଣିଦାଦା ମୋର ପରବର୍ତ୍ତୀ କାର୍ଯ୍ୟକ୍ରମ ଓ ତା'ର ଅବଧାରିତ ଫଳାଫଳ ସଂପର୍କରେ ସଚେତ ହୋଇ ତୁରନ୍ତ ମୋତେ ଝାଂପି ନେଇଗଲେ ପଛ ପଟରୁ ଚିଲ ଭଳିଆ। ମୋ ଭିତରର କ୍ରୋଧ ଓ ହିଂସ୍ରତା ପ୍ରକାଶ ପାଇ ସାରିଥିଲା ମୋର ତରୁଣ ଅବୟବ ଭିତରେ। ପାଟି ବି କରୁଥିଲି ଖୁବ୍। ଫଣି ଦାଦା ମୋ ପାଟି ଚାପିଧରି ଏକରକମ ଟେକି ନେଇଗଲେ ଘର ଭିତରକୁ। କହିଲେ ତୁ ଜାଣିରୁ ସେ ଗୋରାଗୁଡ଼ାକୁ? ଚାଣ୍ଡାଲ ଗୁଡ଼ା! ଡେଣ୍ଡୁଆଟା ଫୋପାଡ଼ିଥିଲେ ଜୀବନ ପାଇଥାନ୍ତୁ ତ ଆଜି?

ମୁଁ କହିଲି, ସେଗୁଡ଼ା କୁଆଡ଼ୁ ଆସିଛନ୍ତି? ସେମାନେ କାହିଁକି ପିଟୁଛନ୍ତି ବାପାଙ୍କୁ?

ସେ କଥା ତୁ ବଡ଼ହେଲେ ଜାଣିବୁ। ଏତିକି ଜାଣ ଦୁର୍ବଲ ଲୋକ ସର୍ବଦା ଅତ୍ୟାଚାରିତ। ଜମିଦାରର କରଜ ଶୁଝି ନପାରିବାରୁ ଆଜି ଏ ଅବସ୍ଥା ତୁ କ'ଣ ଜାଣିଛୁ ତିନି ଜାଗାରେ ତିନି ଶହ ଲେଖ ଜମିଦାର ଆମରିମାନଙ୍କ ଧନ ଲୁଣ୍ଠନ କରି ଆମରି ଜମି ହଡ଼ପ କରି ଶେଠ ବୋଲାଉଟି। ଇଂରେଜଙ୍କ ଗୋଲାମି କରି ତାଙ୍କରି ହାତରେ ଆମକୁ ବାଡ଼ିଆ ବାଡ଼ି କରି ସାବାଡ଼ କରୁଟି।

ମୋ ତାରୁଣ୍ୟର ଅବିକଶିତ ମନ ସେତେବେଳେ ଏତେ କଥା ବୁଝି ପାରୁ ନଥିଲା। ଖାଲି ଏତିକି ମୋ ମନ ଭିତରେ ଦୁହୁଡ଼ିଭିଟିଏ ବାଜୁଥିଲା ପ୍ରତିଶୋଧର। ଗୋରା ସିପାହୀର ମୁଣ୍ଡ କଣା କରିଦେବାର ପ୍ରବଲ ପ୍ରତିହିଂସା।

ଫଣିଦାଦା ମୋ ଆଖିରୁ କ'ଣ ପଢ଼ିଲେ କେଜାଣି ମୋ ମୁଣ୍ଡ ଆଉଁସି ଦେଇ କହିଲେ, ତୁ ପାରିବୁ। ତମେମାନେ ଏବେତ ଦେଖୁଚ ଏ ମାଟିର ଅବସ୍ଥା, ଯାର

ଭବିଷ୍ୟତ ତମେହିଁ ଦେଖିବ। ତମେ ଯେମିତି ଗଢ଼ିବ, ତମର ପର ପିଢ଼ି ତା'ର ପ୍ରତିଫଳ ଭୋଗ କରିବ ସେଇମିତି।

ଫଣି ଦାଦାଙ୍କ ଆଖି ଲୁହ ଡବ ଡବ ହେଇ ଯାଉଥିଲା। ମୁଁ ତାଙ୍କ ଚିନ୍ତା ଚେତନାକୁ ଆକଳନ କରି ପାରୁନଥିଲେ ବି ଅନୁଭବ କରୁଥିଲି। ଫଣି ଦାଦା ଗୋଟେ କିଛି ସମ୍ଭାବନା ଭିତରେ ବୁଡ଼ିଯାଇଛନ୍ତି।

ମୁଁ କହିଲି – ଦାଦା ତମେ କାନ୍ଦୁଛ ? ପୁଣି ବାବା ମୋତେ ପାଖକୁ ଘୁଞ୍ଚାଇନେଇ କହିଲେ, ନାଇଁରେ କାନ୍ଦୁନାଇଁ ବରଂ ଦୁଃଖ କରୁଚି ଆଜି ତୋ ଭିତରେ ଯେଉଁ ରଦ୍ଦନିଆଁ ଖଣ୍ଡକ ଦେଖୁଚି ତାକୁ ଚିଆଁଇବାର ସାମର୍ଥ୍ୟ ହରେଇଚି ବୋଲି।

ମୁଁ ଆଁ କରି ରୁହିଁ ରହିଥାଏ ତାଙ୍କ ମୁହଁକୁ। ସେ ତାଙ୍କ ଡାହାଣ ଗୋଡ଼ ଟେକିଦେଲେ। ଆଣ୍ଠୁଠାରୁ ତଳକୁ କିଛି ନଥିଲା।

ମୁଁ ପଚାରିଲି – ଏମିତି କେମିତି ହେଲା ?

: ପୁଲିସ୍ ଗୁଲିରେ।

: ଗୁଲିରେ ! କାହିଁକି ? ତମେ କ'ଣ କରୁଥିଲ କି ?

: ବିପ୍ଲବ।

: ସେଇଟା କ'ଣ ?

: ଦେଶର ମୁକ୍ତି ପାଇଁ ସଂଗ୍ରାମ। ରାଜନୈତିକ ଅଧିକାର ହାସଲ ପାଇଁ ସଶସ୍ତ୍ର ବିପ୍ଲବ।

: କୋଉଠି କରୁଥିଲ ?

: ଚଟ୍ଗ୍ରାମରେ।

ମୋର ମନେ ପଡ଼ିଗଲା କିଛି ଦିନ ତଳର କଥା। ଆଗରୁ ଫଣି ଦାଦା କଲିକତାରୁ ଆସିଲେ ଆମକୁ ବାଣ୍ଟୁଥିଲେ କମଲା, ଖଜୁରୀ କୋଲି, କଲିକଟି ମିଠା। ସେଦିନ କିନ୍ତୁ ଆସିବା ଅବସରରେ ଗାଁଟା ସାରା ଥିଲେ ଚୁପ୍‌ଚାପ୍‌। ଛୁଆମାନଙ୍କୁ ଛାଡୁନଥିଲେ କେହି ତାଙ୍କ ପାଖକୁ। ସମସ୍ତେ ଚୁପ୍ ଚାପ୍ କଥା ହେଉଥିଲେ, ଫଣିଦାଦା କେଉଁଠି ଚୋରି କରି ଗୋଡ଼ ହଣେଇ ଆସିଚି କଲିକତାରେ।

ବାପା ବୋଉ ବିଶ୍ୱାସ କରୁ ନଥିଲେ ସେ କଥା। ରାତିରେ ଚୁପ୍‌ଚାପ୍ କଥା ହେଉଥିଲାବେଳେ ମୁଁ ଶୁଣିଥିଲି। 'ଫଣିଆ ଓ ତା' ସାଂଗମାନେ କ'ଣ ପାରିବେ ଫିରିଙ୍ଗି ଗୁଡ଼ାଙ୍କୁ। ତର୍ଦି ପାରିବେ ଦେଶରୁ ବୋମା ବନ୍ଧୁକ ଫୁଟେଇ ? ସେଗୁଡ଼ାଙ୍କୁ ରାଜା ମହାରାଜା ସବୁତ ଡାକି ଶରଣାଗତ ହେଇଛନ୍ତି। ନିଜ ଦେଶକୁ ତ ଏମାନେ ପରକୁ ଟେକିଦେଲେ, ଫଣିଆ କ'ଣ କରିବ ?'

ବୋଉ କହିଲା; କିଞ୍ଚିତ କରୁଛନ୍ତି ସେମାନେ।

ବାପା କହିଲେ, ହଁ ଠିକ ଯେ, ଦେଶ ପାଇଁ କରିବେନିତ କା ପାଇଁ କରିବେ? ହେଲେ ତୁ ଚୁପ୍ ରହିବୁ। ଏ ଗାଁରେ ଗୋରା ସିପେହୀ ଗୁଡ଼ା ପଇଁତରା ମାରୁଛନ୍ତି। କିଛି ଶୁଣିଲେ ଆମର ଦଫାରଫା କରିଦେବେ। ସେମାନଙ୍କ ନଜର ଫଣିଆ ଉପରେ। ବାହାରକୁ ସିନା ଚୋର ବୋଲି ପ୍ରଚାର କରୁଛନ୍ତି। ସେମାନେ ଠିକ୍ ଜାଣିଛନ୍ତି ଫଣିଆ ଗୋଟେ ବିପ୍ଲବୀ, ଖଣ୍ଡେ ନିଆଁ।

ଆଜି ଫଣି ଦାଦା ମୋତେ କହିଲେ, ନିଆଁ।

ମୋ ଭିତରେ ଗୋଟେ ହୁତୁ ହୁତୁ ଭାବ। ଗୋରା ସିପାହିଙ୍କ ଅତ୍ୟାଚାରକୁ ବିରୋଧ କରିବା, ବିପ୍ଲବ ଓ ସଂଗ୍ରାମକୁ ଚଲେଇ ରଖିବା ଗୋଟାଏ ଗୋଟାଏ ନିଆଁ, ଆଉ ସେ ନିଆଁ କ'ଣ ତିଆରି ହୁଏ ବଂଗଳାରେ? ନହେଲେ ଫଣିଦାଦା ସେଠି ବିପ୍ଲବ କରି ଗୁଲି ଖାଇଲେ କେମିତି?

ମୁଁ ପଚାରିଲି- ଦାଦା ଇଂରେଜମାନେ ତ ବିଦେଶୀ ଜାତି। ସେମାନେ ଆମ ଉପରେ ଆମ ଦେଶ ଉପରେ ଏତେ ଅତ୍ୟାଚାର କରୁଛନ୍ତି, ତାଙ୍କୁ ନିକାଲା ଯାଇ ପାରିବ ନାହିଁ ଆମ ଦେଶରୁ?

"ନିଶ୍ଚୟ ହେଇ ପାରିବ", ଫଣି ଦାଦା କହିଲେ।

"କ'ଣ କଲେ?" ମୁଁ ପଚାରିଦେଲି। "ସଂଗଠନ କରିବାକୁ ହେବ, ସେମାନଙ୍କୁ ସଶସ୍ତ୍ର ସାମନା କରିବାକୁ ହେବ, ସେଥିପାଇଁ ଦରକାର ମନୋବଳ, ନିଷ୍ଠା ଓ ବାହୁବଳ।"

ମୁଁ ମୋର ଖୁଂଦା ଖୁଂଦା ସତର ଅଠର ବର୍ଷର ଦେହକୁ ଚାହିଁ ଆକଳନ କରୁଥିଲି ମୋର ସାମର୍ଥ୍ୟ। ଦାଦା ହସି ହସି କହିଲେ, "ଖାଲି ବାହୁରେ ବଳଥିଲେ ହବ ନାଇଁ, ତାକୁ ବ୍ୟବହାର କରିବାକୁ ଦରକାର ଅସ୍ତ୍ରଶସ୍ତ୍ର, ପ୍ରଶିକ୍ଷଣ ଓ ସାହସ।"

ମୁଁ ଉସ୍ସାହିତ ହେଇ କହିଲି- ମୁଁ ପାରିବି।

ଠିକ୍ ଅଛି। ମୁଁ ତୋତେ ସବୁ ବତେଇ ଦେବି, ଅପେକ୍ଷା କର। ପଲେ ମେଣ୍ଢା ଛୁଆଙ୍କ ଜରୁରତ ନାଇଁ,ତୋ ଭଳି ଗୋଟେ ବାଘଛୁଆ ଦରକାର।

ମୋତେ ସେଦିନ କଣ କହିଥିଲେ ଫଣିଦାଦା। ମୁଁ ରାତି ସାରା ଶୋଇ ପାରି ନଥିଲି। ବାପାଙ୍କର ଚିକ୍ରାର ଓ ବୋଉର ବୈକଲ୍ୟ ମୋ ଆଖିରୁ ନିଦ ହଜେଇ ଦେଇଥିଲା।

ଦିନେ କିନ୍ତୁ ଏକ ସଂଝୁଆ ଅଂଧାରରେ ଯୁଟିଗଲା ଏକ ଚମକାର ସୁଯୋଗ। କବାଟ କଣରୁ ମୂଲିଆ ଠେଙ୍ଗାଟା ନେଇ ପଛଆଡ଼ୁ ଚଢ଼େଇ ଦେଲି ଏକ ନିର୍ଘାତ

ପାହାର । ପିଚିକ୍ ପଡ଼ିଲା ରକ୍ତ । ଛିଟିକ୍ ପଡ଼ିଲା ଗୋରା ସିପାହୀଟା, ମୁଁ ସେଇ ଅନ୍ଧାରେ ଅନ୍ଧାରେ ଧାଇଁଲି ଫଣିଦାଦାଙ୍କ ଘର ଆଡ଼େ । ଫଣିଦାଦା ପଚାରିଲେ, କେହି ଦେଖି ନାହାନ୍ତି ତ ? ମୁଁ କହିଲା-ନାଁ । ଫଣି ଦାଦା କହିଲେ ଠିକ୍ ଅଛି, ତୁ ଚଢ଼ିଯା ମାଟୁ ଉପରକୁ, ଲୁଚିଯା, ସେମାନେ ଏବେ ସିଧା ଏଠାକୁ ଆସିବେ ।

ମୁଁ ଆଶ୍ଚର୍ଯ୍ୟ ହେଇ ପଚାରିଲି, କାହିଁକି ? ଫଣିଦାଦା କହିଲେ, ଏଠି ଗୋରାମାନଙ୍କର ସନ୍ଦେହ ମୋ ଉପରେ । ତାଙ୍କ ଦୃଷ୍ଟିରେ ମୁଁ ସନ୍ତ୍ରାସବାଦୀ । ଗୋଡ଼ଟା କଟିଗଲା ବୋଲି ସିନା ମତେ ଛାଡ଼ିଚନ୍ତି ସେମାନେ, ନହେଲେ ତ ଗୁଲି କରି ଦେଇଥାନ୍ତେ । ହଁ ତୁ ଚଢ଼ିଯା, ଚୁପ୍ ଚାପ୍ ରହିବୁ । ମୋ ହାତରେ ଖଣ୍ଡେ ଡାଇରି ଧରେଇ ଦେଇ ସେ ଉପରକୁ ଚଢ଼େଇ ଦେଲେ ଓ କମ୍ବଳଟିଏ ଘୋଡ଼େଇ ହେଇ ପଡ଼ି ଜରର ନାଟକ ଆରମ୍ଭ କରିଦେଲେ ଖଟ ଉପରେ ଶୋଇପଡ଼ି ।

ମାଟୁ ଉପରେ ମୁଁ ଥରୁଥାଏ, ତଥାପି ଗୋଟେ ଅଦମ୍ୟ ସାହସର ସୁରୁଆତ୍ ହେଇ ସାରିଥାଏ ମୋ ଭିତରେ ।

ସତକୁ ସତ କିଛି ସମୟପରେ ପହଞ୍ଚ ଗଲେ ପଞ୍ଚାଏ ଲୋକ, ଦୁଇ ଚାରି ଜଣ ଗୋରା ସିପେହୀ, ଧରିଥାନ୍ତି ବନ୍ଦୁକ । ଜମିଦାରଙ୍କ ଚାକର ମାନେ ଧରିଥାନ୍ତି ବନ୍ଦିଆ ।

କବାଟରେ ବନ୍ଦୁକ ଢିଅ ମାରି ସେମାନେ ଡାକି ଉଠିଲେ... ଫଣିଆ... ।

ଫଣି ଦାଦା କଂପ କଂପ ହେଇ କମ୍ବଳ ଘୋଡ଼େଇ ହେଇ ବାହାରକୁ ଗଲେ । ଗର୍ଜି ଉଠିଲେ ଗୋରା ସିପେହୀମାନେ । ସେ ଯେ ଜଣେ ବିପ୍ଳବୀ ଏକଥା ବି କହି ଦେଲେ ରାଗ ତମରେ । ଗାଁ ଲୋକମାନଙ୍କ ଆଗରେ ତାଙ୍କର ମୁଖା ଖୋଲିଗଲା । ସେ ଚୋରି କରି ନୁହେଁ ଏଇ ଗୋରାମାନଙ୍କ ବିରୁଦ୍ଧରେ ଲଢ଼ି ଗୋଡ଼ ହରେଇଛନ୍ତି ବୋଲି ।

ଗାଁ ଲୋକଙ୍କ ଘୃଣା ଶ୍ରଦ୍ଧାରେ ରୂପାନ୍ତରିତ ହେଇଗଲା । ସେମାନଙ୍କ ଭିତରେ ଥିବା ଇଂରେଜଙ୍କ ପ୍ରତି ଅବଦମିତ କ୍ରୋଧର ପ୍ରତୀକ ଭାବେ ଧରିନେଲେ ଫଣିଦାଦାଙ୍କୁ । ସମସ୍ତେ ଏକ ସ୍ୱରରେ ବିରୋଧ କଲେ, ଜରରେ କଂପୁଥିବା ଲେଙ୍ଗୋଡ଼ା ଲୋକଟା କ'ଣ କାହାକୁ ମାରିପାରେ ?

ତାକୁ ଧମକ ଚମକ ଦେଇ ସମସ୍ତେ ଫେରିଗଲେ ।

ଗାଁର ପ୍ରଥମ ବିପ୍ଳବୀର ସ୍ୱୀକୃତି ମିଲିଗଲା ଫଣିଦାଦାଙ୍କୁ ।

ଫଣି ଦାଦା ମୋର ହେଇଗଲେ ଆଦର୍ଶ ।

ମୁଁ କଲିକତାରେ ପହଞ୍ଚିଲା ବେଲକୁ ବିଦ୍ରୋହର ଘନଘଟା । ଇଂରେଜମାନଙ୍କୁ ହଟେଇବାର ଚରମ କୌଶଳ ଅବଲମ୍ବନ କରୁଥାନ୍ତି ବିପ୍ଳବୀମାନେ ବଙ୍ଗଲାରେ,

ମହାରାଷ୍ଟ୍ରରେ, ପଂଜାବରେ। ଆକ୍ରମଣ ହେଉଥାଏ ପୋଲିସ କର୍ମଚାରୀଙ୍କ ଉପରେ, ଖଜଣା ଖାନା ହେଉଥାଏ ଲୁଣ୍ଠନ। ଅନ୍ତରଗ୍ରାଉଣ୍ଡରେ ଚାଲିଥାଏ ଷଡ଼୍ୟନ୍ତ୍ର। ବୋମା, ଗୁଳି ଆଘାତରେ ଚଳି ପଡୁଥାନ୍ତି ଇଂରେଜ କର୍ମଚାରୀ, ଅଫିସର, ମାଜିଷ୍ଟ୍ରେଟ ଓ ତାଙ୍କର ଭାରତୀୟ ସ୍ତାବକମାନେ। ଭାରତକୁ ଚୋରାରେ ଆସୁଥାଏ ଅସ୍ତ୍ରଶସ୍ତ୍ର, ଭାରତ ବାହାରେ ସଂତ୍ରାସବାଦୀ ବିପ୍ଳବୀ ସଂଗଠନମାନ ଗଢ଼ି ଉଠିଥାଏ। ବ୍ରହ୍ମପୁର, ସିଙ୍ଗାପୁର ବାଟ ଦେଇ ଚୋରା ଚାଲାଣ ହେଉଥାଏ ବୋମା, ପିସ୍ତଲ, ରାଇଫଲ। ଇଂରେଜ ଓ ବିପ୍ଳବୀମାନଙ୍କର ଲୁଚକାଲି ଖେଳ ଚାଲିଥାଏ। କେତେ ବିପ୍ଳବୀ ସମ୍ମୁଖ ଯୁଦ୍ଧରେ ମରୁଥାନ୍ତି। କେତେକଙ୍କର ବିଚାରର ଫାର୍ସ କରାଯାଇ ଲଟକାଇ ଦିଆ ଯାଉଥାଏ ଫାଶୀ ଖୁଣ୍ଟରେ ତ କିଏ ପାଉଥାଏ କଳା ପାଣି। ବଙ୍ଗଳାରେ ସୂର୍ଯ୍ୟସେନ ଓରଫ ମାଷ୍ଟରଦା ଥାନ୍ତି ବିପ୍ଳବର ଅଗ୍ରଦୂତ ଓ ପରିଚାଳକ।

ସେଦିନ ରାତ୍ରିର ଗଭୀର ଅଂଧକାରରେ ଅନ୍ତର ଗ୍ରାଉଣ୍ଡ ଷଡ଼ଯନ୍ତରେ ଏକ ଗମ୍ୟୀର ନିଷ୍ପତି ନିଆଗଲା। ତତ୍କାଳୀନ ବଂଗଳାର ମହାନ ବିପ୍ଳବୀ ସୂର୍ଯ୍ୟସେନ ମାଷ୍ଟରଦାଙ୍କ ନେତୃତ୍ଵରେ ଚଟଗ୍ରାମ ଦଖଲ ପାଇଁ ନିଷ୍ପତି ହେଲା। ମାଷ୍ଟରଦା'ଙ୍କ ନେତୃତ୍ଵରେ ସୈନ୍ୟ ପୋଷାକ ପିନ୍ଧି ଅନୂନ ଶହେ ଯୁବକଙ୍କ ଦ୍ୱାରା ଅଳ୍ପ କିଛି ଅସ୍ତ୍ର ଶସ୍ତ୍ର ଧରି ପୋଲିସ ଆର୍ମରୀ (ଅସ୍ତ୍ରଭଣ୍ଡାର), ସୈନ୍ୟ ବାହିନୀର ମାଗାଜିନ ଓ ଟେଲିଫୋନ୍ ଏକ୍ସଚେଞ୍ଜ ଉପରେ ଚଢ଼ାଉ ହେଲା। ଅସ୍ତ୍ର ଭଣ୍ଡାର ଲୁଟ୍ ହେଲା। ବ୍ରିଟିଶ ସୈନ୍ୟ ଓ ମାଜିଷ୍ଟ୍ରେଟ୍ ନିହତ ହେଲେ। ଚଟ ଗ୍ରାମରୁ ଇଂରେଜ ଶାସନ ଲୋପ ପାଇଲା। ସ୍ୱାଧୀନ ସରକାର ଗଠନ ହେଲା। ସର୍ବତ୍ର ୟୁନିୟନ ଜାକ୍ ବଦଲରେ ତ୍ରିରଙ୍ଗା ଉଡ଼ିଲା ଫର ଫର ହୋଇ। ତିନି ଦିନ ଚଟଗ୍ରାମ ସ୍ୱାଧୀନ ହେଇ ରହିଲା। ଚତୁର୍ଥ ଦିନ କଳିକତାରୁ ବହୁ ସୈନ୍ୟ ଆସିଲେ। ଜାଲାଲବାଦ ପାହାଡ଼ରେ ଦୀର୍ଘ ପାଞ୍ଚ ଘଣ୍ଟା ପ୍ରଚଣ୍ଡ ଯୁଦ୍ଧ ହେଲା। ଇଂରେଜମାନଙ୍କର ବହୁ ଗୁର୍ଖା ଓ ଗୋରା ସୈନ୍ୟ ନିହତ ହେଲେ। ଇଂରେଜମାନେ ପଲାୟନ କଲେ। ବିପ୍ଳବୀ ଓ ଇଂରେଜ ସୈନ୍ୟଙ୍କ ଭିତରେ ଦୀର୍ଘ ଚାରି ବର୍ଷ ଯୁଦ୍ଧର ଲୁଚକାଲି ଚାଲିଲା। ବହୁ ଉଚ୍ଚ ସରକାରୀ କର୍ମଚାରୀଙ୍କୁ ଖତମ୍ କରାଗଲା। ବହୁ ବିପ୍ଳବୀଙ୍କୁ ଫାଶୀ, କେତେକଙ୍କୁ ଆଦାମାନ ପଠାଗଲା ତ କେତେକଙ୍କୁ ଯାବତ୍‌ଜୀବନ କାରାଦଣ୍ଡ ଦିଆଗଲା। ଗଣେଶ ଘୋଷ ଓ ଓଡ଼ିଶାର ଲୋକନାଥ ବଲଙ୍କୁ ପ୍ରଥମ ଦଫାରେ ଆଦାମାନ ପଠାଯାଇଥିଲା।

ଓଡ଼ିଶାର କିଛି ବିପ୍ଳବୀ ଏଇ ମହାନ୍ ସଂଗ୍ରାମରେ ମଧ ଅଂଶ ଗ୍ରହଣ କରି ପ୍ରାଣ ବଲି ଦେଇଥିଲେ।

ମୁଁ ଫେରି ଆସୁଥିଲି ଓଡ଼ିଶା। ଫଣିଦା'ଙ୍କ କଥା ମନେ ପଡୁଥିଲା। ଯା' ନିଜ

ମାଟିରେ ଆରମ୍ଭ କର ବିପ୍ଲବ। ସେଇଠି ନେତୃତ୍ବ ନେ। ଶୋଇ ପଡ଼ିଥିବା ସେଇ ସ୍ଥାଣୁ ଜାତିଟା ଭିତରେ ସଂଚାର କର ଜୀବନ। ନହେଲେ ସେମାନେ ପଡ଼ିଯିବେ। ଯିଏ ଲଢ଼େଇ କରି ନଶିଖିଛି, ସବୁଦିନ ସିଏ ହାତ ପତାଉଥାଏ। ଭବିଷ୍ୟତରେ ମଧ ସେୟା ହବ। ଏବେ ଠାରୁ ଯେଉଁ ବିପ୍ଲବର ପ୍ରଶିକ୍ଷଣ ଏଠୁ ନେଲୁ ନିଜ ମାଟିରେ ପ୍ରୟୋଗ କର, ଯା–

କିନ୍ତୁ ଅକସ୍ମାତ ମୋତେ ବନ୍ଦୀ କରି ନିଆଗଲା। ସଂତ୍ରାସବାଦ ସହ ମୋର ପ୍ରତ୍ୟକ୍ଷ ସଂପର୍କ ଥିଲେ ହେଁ ମୋର ଭୂମିକା ଅପ୍ରମାଣିତ ହେଇ ଯିବାରୁ ମୋତେ ଦିଆଗଲା। ପାଞ୍ଚବର୍ଷ ସଶ୍ରମ କାରାଦଣ୍ଡ।

ଜେଲରୁ ଖଲାସ ହେଲା ପରର ସମୟ ଥିଲା ଖୁବ୍ ଭିନ୍ନ। ସମଗ୍ର ଭାରତୀୟ ଜନଜୀବନରେ ସଂଚରିତ ହୋଇଯାଇଥାଏ ଆଉ ଏକ ଭିନ୍ନ ଜାଗରଣ। ଭାରତୀୟ ଜନଜୀବନରେ ସଂଚରିତ ହୋଇଯାଇଥାଏ ଆଉ ଏକ ଭିନ୍ନ ଜାଗରଣ। ଭାରତୀୟ ଜାତୀୟ ସଂଗ୍ରାମରେ ଆବିର୍ଭାବ ଘଟି ସାରିଥାଏ ମହାମ୍ମା ଗାନ୍ଧିଙ୍କର। ଓଡ଼ିଶାରେ ଗାନ୍ଧିଙ୍କର ପଦଯାତ୍ରା ପରେ ପରେ ରଚନାମ୍କ କାର୍ଯ୍ୟକ୍ରମ ମାଧମରେ ଭାରତକୁ ପୁନର୍ଗଠନ କରିବାର ମନ୍ତ୍ରଟିଏ ମନ୍ଦ୍ରିତ ହେଉଥାଏ ସବୁଆଡ଼େ। ଗଣ ସଚେତନତା ହିଁ ସ୍ବରାଜ୍ୟର ମୂଳାଧାର ବୋଲି ଗାନ୍ଧିଜୀ ଡାକରା ଦେଇଥାନ୍ତି ଗାଁକୁ ଚାଲ। ଗାଁକୁ ଗଢ଼। ଗାଁ ମାଟିରୁ ଆବର୍ଜନା ସଫାକରି ସେଇଠି ପୋତ ସଂଗ୍ରାମର ବୀଜମନ୍ତ।

ମୁଁ ଗାଁକୁ ଫେରିଲି। ଗାଁର ଚିତ୍ର ପୂର୍ବଠାରୁ ଥିଲା ଢେର ଭିନ୍ନ। ଶୋଷଣର ମୂଳଦୁଆ ହୁଗୁଳି ଯାଇଥିଲା। ପ୍ରତାପୀ ଅତ୍ୟାଚାରୀ ଜମିଦାରର ସଂଭ୍ରାନ୍ତ ଥିଲା ଅବକ୍ଷୟମୁଖୀ। ଫଣିଦା ହେଇଯାଇଥିଲେ ଗୋଟେ କିମ୍ବଦନ୍ତୀ ଓ ମୁଁ ହେଇ ସାରିଥିଲି ଭୂମିପୁତ୍ର। ମୋର ଆକସ୍ମିକ ଅନ୍ତର୍ଦ୍ଧାନ ସ୍ପଷ୍ଟ କରିଦେଇଥିଲା ସେ ଗୋରା ସିପାହୀର ଆକ୍ରମଣକାରୀ କିଏ ଓ ସମଗ୍ର ଗ୍ରାମ ଚେତନାରେ ତାହା ଯଥାର୍ଥ ପଦକ୍ଷେପ ବୋଲି ଅବଧାରିତ ହୋଇ ଯାଇଥିଲା, ସୁତରାଂ ମୁଁ ସେମାନଙ୍କ ପାଇଁ ହେଇଯାଇଥିଲି, ଏକ ଦୁଃସାହସ, ଏକ ଗୌରବ।

ବାପା ବୋଉ ଯାଇ ସାରିଥିଲେ ଓ ମୋ ପାଇଁ ସେମାନଙ୍କର ଅନ୍ତିମ ବାର୍ତ୍ତା ଓ ସଂତକ ଗ୍ରାମବାସୀମାନେ ସାଇତି ରଖିଥିଲେ। ତା ଥିଲା ବାପାଙ୍କ ବାଡ଼ି,ଯେଉଁ ବାଡ଼ିରେ ମୁଁ ସେଦିନ ସେଇ ଦୁର୍ଦ୍ଧର୍ଷ କାର୍ଯ୍ୟଟି ସାଧନ କରିଥିଲି।

ଛାଇ କିଛି ସମୟ ନୀରବ ରହିଲା। ହୁଏତ ମନେ ପକଉଥିଲା ବାପା ବୋଉଙ୍କ ମୁହଁ।

ବଦ୍ରୀନାରାୟଣ ହେଇ ସାରିଥିଲେ ସଂମୋହିତ, ମନ୍ତ୍ରମୁଗ୍ଧ।

ଛାଇ ପୁଣି କହିଲା, ଗାଁ ଲୋକଙ୍କ ସହଯୋଗରେ ଆରମ୍ଭ କଲି ଏଠି ଜନକଲ୍ୟାଣ କେନ୍ଦ୍ର । ଲୋକମାନଙ୍କର କି ଉସ୍ସାହ କି ଉଦ୍ଦୀପନା ! ଏଇ ଯେଉଁ ବିରାଟ ଅଂଚଳର ଏ ଘର, ଶିକ୍ଷାନିକେତନ, କୁଟୀର ଶିଳ୍ପ, ତାଲିମକେନ୍ଦ୍ର, ବଗିଚା ସବୁ ଦେଖୁଚୁ ସେ ଯାଗା ସବୁ ପାଇଥିଲି ଦାନ ସୂତ୍ରରୁ । ସତ କହିବାକୁ ଗଲେ ଯୌତୁକ ସୂତ୍ରରୁ ।

ଛାଇ ଜୋର୍‌ରେ ହସି ଉଠିଲା ।

ମୁଁ ଆଁ କରି ଚାହିଁ ଥାଏ, ଯୌତୁକ !

ହଁ, ସେ ସମୟର ଜମିଦାର ଏତେ ନିନ୍ଦିତ ହେଇ ଯାଇଥିଲେ ତାଙ୍କୁ ଗ୍ରାମବାସୀମାନେ କରିଥିଲେ ତେଜ୍ୟ । ପୁନଶ୍ଚ ତାଙ୍କ କୁକର୍ମର ଫଳ ସ୍ୱରୂପ ହୁଏତ ସେ ପାଇଥିଲେ ତାଙ୍କର କନିଷ୍ଠା କନ୍ୟାଙ୍କୁ ଏକ ଜନ୍ମାନ୍ଧ ରୂପେ । ସୁତରାଂ ସେ ଥିଲେ ବିବାହ ପାଇଁ ଅଗ୍ରହଣୀୟା ।

ଏଠି ଗଢ଼ି ଉଠିଥିବା ଅରଟଘର, ତନ୍ତଘର, ଶିକ୍ଷାକେନ୍ଦ୍ର, ସିଲେଇ କେନ୍ଦ୍ର, ବଗିଚା, ଆଦର୍ଶ କୃଷି ଫାର୍ମ ପାଇଁ ଥିଲା ବହୁତ ଜମିର ଆବଶ୍ୟକତା । ଜଣେ ସ୍ୱାଧୀନତା ସଂଗ୍ରାମୀ ଭାବେ ମୁଁ ଯେତେବେଳେ ଜମିଦାରଙ୍କ ଦ୍ୱାରସ୍ଥ ହେଲି ଖୁବ୍ ପ୍ରିୟମାଣ ବୃଦ୍ଧ ଜଣକ ମୋ ପାଖରେ ଏକ ବିନମ୍ର ପ୍ରସ୍ତାବ ରଖିଲେ, ଶହେ ଏକର ଜମି ବଦଲରେ ମୁଁ ହେବି ତାଙ୍କର ଜାମାତା । ତାଙ୍କର ସଂକୀର୍ଣ୍ଣ ସ୍ୱାର୍ଥ କିନ୍ତୁ ମୋର ମହାନ ଉଦ୍ଦେଶ୍ୟ ପାଇଁ ଥିଲା ବରଦାନ ସ୍ୱରୂପ । ପୁନଶ୍ଚ ଜଣେ ଅସହାୟ ନାରୀକୁ ଆଶ୍ରୟ ଦେବା ମଧ ଥିଲା ମୋର କର୍ତ୍ତବ୍ୟ ଓ ଆଦର୍ଶ । ସେ ସର୍ତ୍ତ ଗ୍ରହଣ କରିଥିଲି ଓ ସେଇ ନାରୀ ହେଉଛନ୍ତି ତମର ମାଆ...

ଭାରତ ସ୍ୱାଧୀନ ହେଲାପରେ ଏଇଠି ଉଡ଼େଇଥିଲି ତ୍ରିରଙ୍ଗା ପତାକା । ଏ ଅଂଚଳର ହଜାର ହଜାର ଲୋକ ରୁଣ୍ଡହେଇ ଏ ଜାଗାର ନାଁ ଦେଇଥିଲେ 'ମୁକ୍ତ ତୀର୍ଥ' । ସେଇମାନଙ୍କ ଅଯାଚିତ ଦାନ, ସହଯୋଗରେ ଏହା ହୋଇ ଉଠିଚି ଆଜି ଏକ ବହୁ ପ୍ରସୂତ ଭୂମି ଓ ଆଦର୍ଶ ଅନୁଷ୍ଠାନ । ବହୁ ରାଜନୈତିକ ନେତା ଆସିଛନ୍ତି ଏଠାକୁ । ଆସିଛନ୍ତି ମଧ ବହୁ ଜ୍ଞାନୀ, ଗୁଣୀ, ମହାମନୀଷୀ, ସମାଜସେବୀ । ଏହାର ରଚନାତ୍ମକ କାର୍ଯ୍ୟରେ କରିଛନ୍ତି ଭୂୟସୀ ପ୍ରଶଂସା । ଫଣୀଦା'ଙ୍କ ସ୍ମୃତି ସ୍ତମ୍ଭରେ ଫୁଲ ଚଢ଼େଇ ସେଇ ମହାନ ବିପ୍ଲବୀଙ୍କୁ ଜଣାଇଛନ୍ତି ଶ୍ରଦ୍ଧାଞ୍ଜଳି । ଏଇଟା ହେଉ ଉଠିଚି ମଣିଷ ଗଢ଼ା କାରଖାନା । ଏବେ ଏହାର ସୁରକ୍ଷା ଦାୟିତ୍ୱ ତୋ ମୁଣ୍ଡରେ । ମନେରଖିବୁ, ଏଇଟା ଗୋଟେ ଭାରତବର୍ଷ ।

ସେଇ ଛାଇଟି ଅନ୍ତର୍ହିତ ହୋଇ ଯାଇଥିଲା । ବେଳ ରତରତ । ମୁହଁ ସଂଝ । ଜନକଲ୍ୟାଣ କେନ୍ଦ୍ରରୁ ଶୁଭୁଥିଲା ବେଶ ବନ୍ଦନାର ଶବ୍ଦ ଝଙ୍କାର । ବିଗଳିତ ହେଇ ଯାଉଥିଲା ସେଇ ପରିବେଶର କୋଣ ଅନୁକୋଣ ।

ବଦ୍ରୀନାରାୟଣ ବାଡ଼ିଟିକୁ ଧରି ଅନ୍ୟ ମନସ୍କ ହୋଇ ଖୋଜୁଥିଲେ ଘଟଣାର ସମାଧାନ । ସେ ଭାବୁଥିଲେ ବିଗତ କିଛିଦିନ ଧରି ଏଇ ମୁକ୍ତ ତୀର୍ଥ ଓ ତାର ଭୂସଂପତ୍ତିକୁ ନେଇ ଆରମ୍ଭ ହେଇ ଯାଇଛି ଛକାପଂଝା । ଷାଠିଏ ଦଶକ ପରବର୍ତ୍ତୀ ଭାରତୀୟ ରାଜନୀତିର ଆଦର୍ଶ ହୀନ, ସ୍ୱାର୍ଥକୈନ୍ଦ୍ରିକ ପଶାପାଲିରେ ଭାରତୀୟ ଜନତାଙ୍କୁ ବନେଇ ଦିଆଯାଇଛି ଗୋଟି । କ୍ଷମତାକୁ ପୁରୁଷାନୁକ୍ରମିକ ଉତ୍ତରାଧିକାରର ସୂତ୍ର ଭାବରେ ଗ୍ରହଣ କରାଯିବାର ମାନସିକତାରେ ସୃଷ୍ଟି କରି ଦିଆଯାଇଛି ବିଭିନ୍ନ ସାମାଜିକ ବିଭାଜନ । ଜାତି ଧର୍ମ ସଂପ୍ରଦାୟ ଆଞ୍ଚଳିକତା ଭିତ୍ତିରେ ଭାରତ ବର୍ଷର ଆମ୍ଭାକୁ ଛିନ୍ନ ଭିନ୍ନ କରି ଭୋଟ ବ୍ୟାଙ୍କମାନ ସୃଷ୍ଟି କରାଯାଇଛି । ବହୁଧା ବିଭକ୍ତ ରାଜନୈତିକ ଆଦର୍ଶ ଭିତରେ ଆଜି ସମସ୍ତେ ଆକ୍ରାନ୍ତ, ସଂତ୍ରସ୍ତ ।

ତାର ପ୍ରଭାବକୁ ଅନ୍ତତଃ ଖୁବ୍ ଦିନ ପର୍ଯ୍ୟନ୍ତ ପ୍ରତିହତ କରି ରଖିଥିଲେ ବଦ୍ରୀନାରାୟଣ ଏ ଗାଁରେ । ଜନ କଲ୍ୟାଣ କେନ୍ଦ୍ରକୁ କେନ୍ଦ୍ର କରି ଏ ଅଂଚଳର ସମସ୍ତେ ଥିଲେ ଏକ ଓ ଅଭିନ୍ନ । କିନ୍ତୁ କେତେଦିନ ଅଟକେଇ ପାରିଥାନ୍ତେ ଧ୍ୱଂସକାମୀ ଉଚ୍ଛୁଳା ଲାଭା ସ୍ରୋତକୁ । ନିଃସ୍ୱାର୍ଥପରତାର ବାଣୀ କେତେଦିନ ଶୁଣେଇ ଧରି ରଖି ପାରିଥାନ୍ତେ ସେମାନଙ୍କୁ ଯେଉଁମାନଙ୍କ କାନରେ ଭର୍ତ୍ତି କରି ଦିଆଯାଉଥିଲା ଲୁଟିପିଟି ଖାଇବାର କପଟ ମନ୍ତ୍ର ? ସଦ୍ଭାବ ସଂପ୍ରୀତି ଭାଇଚାରାର ସେ ଆଦର୍ଶର ଗଣ୍ଠିଟିକୁ କେତେଦିନ ଯାବୁଡ଼ି ଧରିଥାନ୍ତେ ସେ, ଯେତେବେଳେ ବିଦ୍ୱେଷର ବିଷ ବଲୟ ଭିତରେ ସେମାନଙ୍କ ମନକୁ ବାରଂବାର କରାଯାଉଥିଲା ଆକ୍ରାନ୍ତ । ଏ ସବୁର ମୂଳ ଥିଲା ନ୍ୟସ୍ତସ୍ୱାର୍ଥ ରାଜନୀତି । ସେଥିରେ ସାମିଲ ଥିଲେ ବହୁଦଳ । ପୁଣି ରାଜନୀତିକୁ ପଶି ଆସିଥିଲେ ବହୁ ଅବାଞ୍ଛିତ ଅପରାଧୀମାନେ । ଅର୍ଥ ଓ ବାହୁବଳରେ କ୍ଷମତା ଦଖଲରେ ଏକ ଅନନ୍ୟ କୌଶଳ ସେମାନେ ହାସଲ କରି ସାରିଥିଲେ ରୀତିମତ । ଲୋକଟିର ମତଟି ନେଇସାରି ତାକୁ ନାତ ମାରିବାର ଚମକ୍କାର ଫର୍ମୁଲା ସେମାନେ ମୁଖସ୍ଥ କରି ସାରିଥିଲେ । ଯୁବ ସଂପ୍ରଦାୟକୁ ମିଥ୍ୟା ପ୍ରଲୋଭନ ଓ ପ୍ରତିଷ୍ଠିତିର ଦ୍ୱାହି ଦେଇ ପରିଣତ କରି ସାରିଥିଲେ ଅପରାଧୀରେ, ଅସାମାଜିକରେ । ଅତ୍ୟନ୍ତ କ୍ଷୋଭ ଓ ପରିତାପ ବିଷୟ, ସେଥିରେ ସାମିଲ ଥିଲେ ତାଙ୍କର ଭାଇ ରୁଦ୍ର ନାରାୟଣ ।

ମନେ ପଡ଼ି ଯାଉଥିଲା ରୁଦ୍ରନାରାୟଣର ସେଦିନର ବକ୍ତବ୍ୟ । ସାଂପ୍ରତିକ ସମୟରେ ବାପାଙ୍କ ପଦାଙ୍କ ଅନୁସରଣ କଲେ ଆମ୍ଭ ଲୁଟୁନଥିବା ଲୁଗାଭଳି ଜୀବନ ରହିଯିବ ନିଅଣ୍ଟ, ଅପୂର୍ଣ୍ଣ । ଗୋଟେ ଗତାୟୁ ଆଦର୍ଶର ଅବଧାରଣାକୁ ବଜାୟ ରଖିଲେ ତାହା କେବଳ ଏକ ନିଷ୍ଫଳ ଅବଶୋଷ ହେଇ ରହିଯିବ ସିନା ! ତା'ପରେ ଗାଁ ଘର, ଆଦର୍ଶ, ମୂଲ୍ୟବୋଧକୁ ପଛରେ ପକେଇ ସକ୍ରିୟ ରାଜନୀତିରେ ଯୋଗ ଦେଇଥିଲେ

ସେ। ଏବେ ସେ ଜଣେ ରାଜ୍ୟ ରାଜନୀତିର ପୁରୁଣା ଖେଳୁଆଡ଼। ବ୍ୟଭିଚାର ଭ୍ରଷ୍ଟାଚାର ଆଦି ବହୁ କଳଙ୍କର ସୂତ୍ରଧର। କ୍ଷମତା ଦଖଲ ପାଇଁ ବହୁ କଳ କୌଶଳର ସେ ଧୁରୀଣ କାରିଗର। ସେ ଜଣେ ବିପ୍ଲବୀର ପୁଅ, ଜଣେ ଆଦର୍ଶ ବ୍ୟକ୍ତିତ୍ୱର ଅନୁଜ, ଆଜି ତାହା ଏକ ବିସ୍ତୃତ ଅତୀତ। ତାଙ୍କ ଭିତରେ ବ୍ୟବଧାନ ଏବେ ଯୋଜନା ଯୋଜନ। ଜଣେ ଆକାଶର କ୍ଷୁଧିତ ଇଗଲ ତ ଆଉ ଜଣେ ମାଟିର କୃଷ୍ଣସାର। ଆଜି ସେଇ ଇଗଲର ଜ୍ୱଳନ୍ତ ଆଖି ପଡ଼ିଛି ଏଇ ଜନ କଲ୍ୟାଣ କେନ୍ଦ୍ର ଓ ତାର ଭୂସଂପତ୍ତି ଉପରେ। ସେ ଜାଣେ ଯେପର୍ଯ୍ୟନ୍ତ ସେବାଶ୍ରମରେ ଆଦର୍ଶ ଟିକକ ଉଜ୍ଜୀବିତ ଥିବ ସେ ପର୍ଯ୍ୟନ୍ତ ସେଥିବ ସେ ଅଂଚଳ ପାଇଁ ଅବାଞ୍ଛିତ। ଯେପର୍ଯ୍ୟନ୍ତ ସେବାଶ୍ରମରେ ଅସ୍ତିତ୍ୱ ଥିବ ସେ ଖେଳି ପାରିବ ନାହିଁ ଭାଗୁଆଲି ଖେଳ ଆଉ ଯେପର୍ଯ୍ୟନ୍ତ ଭାଇ ବଦ୍ରୀନାରାୟଣ ଜୀବିତ ଥିବେ ଓ ତାଙ୍କ ହାତରେ ଥିବ ବାପାଙ୍କ ବାଡ଼ି ତାଙ୍କର ସମସ୍ତ କ୍ଷମତା କଳବଳ କୌଶଳ ସେଠି ହେଇଯାଉଥିବ ଭୁଲୁଣ୍ଠିତ ବିପର୍ଯ୍ୟସ୍ତ।

ସୁତରାଂ ଭାଇଙ୍କ ହାତରୁ ବାଡ଼ି ଖସିବା ଦରକାର।

ଦରକାର ମୋର ଅଖଣ୍ଡ ସାମ୍ରାଜ୍ୟ ପାଇଁ ଭାଇଙ୍କର କଟାମୁଣ୍ଡ।

ସେଇଟା ସମ୍ଭବ ଯେବେ ଆଶ୍ରମ ହେବ ଛିନଛତ୍ର। ଜାତିଧର୍ମ ବର୍ଣ୍ଣ ସଂପ୍ରଦାୟର ମାଂଜି ଗଜା ହେଇ ଉଠିବ ସେ ଇଲାକାରେ। ନାରିକେଳ ଗଛରୁ ଝୁଲିବ ବୋମା, ଆମ୍ର କୁଂଜରୁ ଶୁଭିବ ଖଣ୍ଡା, ଭୁଜାଲି, ତେଣ୍ଟା, ବଲମର ସନସନ ଆୱାଜ, ଧାନ ମକାକ୍ଷେତର ସୀମା ସରହଦକୁ ଡେଇଁ ନାଚୁଥିବ ହଂଗାମା। ଉପବନର ସୌନ୍ଦର୍ଯ୍ୟ ଭିତରୁ ଛିଟିକି ଆସୁଥିବ ରାଇଫଲର ଗୁଲି। ଅନ୍ତେବାସୀଙ୍କ ମୁହଁରୁ ଉଠୁଥିବ ବିଛିନ୍ନତାର କ୍ରୁଦ୍ଧ ସ୍ଲୋଗାନ।

ବିଷ ମାଂଜି ବୁଣି ଦେଇଚି ରୁଦ୍ରନାରାୟଣ।

ହିନ୍ଦୁଙ୍କୁ କହିଛି ସେଠି ତିଆରି ହବ ମନ୍ଦିର।

ମୁସଲମାନଙ୍କୁ ଉସୁକେଇଚି ସେଠି ଗଢ଼ି ଉଠିବ ମସ୍‌ଜିଦ।

ଖ୍ରୀଷ୍ଟିଆନମାନଙ୍କୁ ଚିହାଇ କହିଛି ଗଢ଼ିଦେବ ଗୋଟେ ଚର୍ଚ୍।

ବିଶେଷତଃ ବହୁ ଜାତିବାଦ ଉପରେ ଠିଆ ହେଇଥିବା ହିନ୍ଦୁମାନଙ୍କୁ ସେ ପିଆଇ ଦେଇଛି ପରସ୍ପର ବିରୁଦ୍ଧରେ ଜାତିଆଶର ଗୋଖର ଗରଳ। ସମସ୍ତ ଅଂଚଳ ଏବେ ଉତ୍ତେଜନାରେ ଉତ୍‌ଟୁଟୁ।

ଯେକୌଣସି ମୁହୂର୍ତ୍ତରେ ଆରମ୍ଭ ହେଇଯାଇ ପାରେ ରକ୍ତାକ୍ତ ସଂଘର୍ଷ। ସଂଘର୍ଷର କ୍ଷେତ୍ର ହେବ ଜନକଲ୍ୟାଣ କେନ୍ଦ୍ର। ରକ୍ତର ଭୂଁଇ ପାଲଟିବ ଆଶ୍ରମର ବିସ୍ତୃତ ପରିସର।

ଆଗକୁ ଆସୁଚି ନିର୍ବାଚନ। ସୁତରାଂ ରାଜନୀତିରେ ଉସ୍ମତା ଦରକାର।

ଅଂଚଳରେ ଉତ୍ତେଜନା ଦରକାର। ଜନମାନସରେ ଦରକାର ଲଢ଼େଇର ପ୍ରବଣତା, ଦରକାର ପୁଣି ବିଜୟର ମତୁଆଲା ନିଶା। ରୁଦ୍ରନାରାୟଣ ଡାକରା ଦେଇଚି। ନିର୍ଦ୍ଦିଷ୍ଟ ବାର, ତାରିଖ ଘୋଷଣା କରି ସାରିଛି, ଅକ୍ତିଆର ହବ ଆଶ୍ରମ। କବ୍ଜା କରାଯିବ ଜନକଲ୍ୟାଣ କେନ୍ଦ୍ର। ଭାଙ୍ଗି ଦିଆଯିବ ସମାଧି ମନ୍ଦିର। ସମତୁଲ କରାଯିବ ଆଶ୍ରମର ସମସ୍ତ ଅଂଚଳ। ତା'ପରେ ଭାଗବଣ୍ଟରା, ସମସ୍ତଙ୍କ ପାଇଁ ଉନ୍ମୁକ୍ତ ହୋଇଯିବ ସେ ନିଷିଦ୍ଧ ଭୂଇଁ।

ସେଠି ସ୍ଥାପିତ ହେବ ମନ୍ଦିର, ମସଜିଦ, ଗୀର୍ଜା।

ସେଠି ଗଢ଼ି ଉଠିବ ସିନେମା ହଲ, ବଜାର ଓ ବାର୍।

ସେଠି ତିଆରି ହବ ପାନ୍ଥଶାଳା, ତିଆରି ହବ ପାର୍କ, ଷ୍ଟାଡ଼ିୟମ, ହୋଟେଲ।

ବଦ୍ରିନାରାୟଣ ଭାଙ୍ଗି ପଡୁଥିଲେ। ଆକ୍ରମଣର ଦିନ ପାଖେଇ ଆସୁଚି। ରୁଦ୍ରନାରାୟଣ ଏବେ ମନ୍ତ୍ରୀମଣ୍ଡଳର ଜଣେ ପ୍ରଭାବଶାଳୀ ମନ୍ତ୍ରୀ। ପୋଲିସ୍ ଓ ପ୍ରଶାସନର ଦୁରୁପଯୋଗ କରିବାରେ ସେ ମାହିର। ଅଂଚଳର ଲୋକେବି ଏବ ତା' କବ୍ଜାରେ। ପ୍ରଚାର ପତ୍ର ବଣ୍ଟାଯାଇଚି। ଖୁବ୍ ବଡ଼ ବଡ଼ ପ୍ରାଚୀର ପତ୍ର ଝୁଲିଲେଣି କାନ୍ଥରେ ବାଡ଼ରେ। ମାଇକ୍ ପ୍ରଚାର ଚାଲିଚି ଅନବରତ। ସରକାରୀ ଗାଡ଼ି ଘୁରୁଚି ଗଲି ଉପଗଲି।

ରୁଦ୍ରର ଏହା ତାଙ୍କ ବିରୁଦ୍ଧରେ ଯୁଦ୍ଧ ଘୋଷଣା।

ଜନକଲ୍ୟାଣ କେନ୍ଦ୍ର ଅକ୍ତିଆର ଗୋଟେ ବାହାନା ମାତ୍ର।

ବଦ୍ରିନାରାୟଣ ଆକାଶକୁ ଚାହିଁ ଯେମିତି କିଚ୍ଛି ସମାଧାନ ଖୋଜୁଥିଲେ। ସମସ୍ତଙ୍କୁ କହିଛି। ଆଲୋଚନା କରିଛି। ଅନୁରୋଧ କରିଛି। ସମସ୍ତଙ୍କର ସେଇ ଏକା ଯୁକ୍ତି।

ସମୟ ବଦଲେନା। ସମୟ ଗତି କରୁଥାଏ ତାର ନିର୍ଦ୍ଦିଷ୍ଟ ଗତିରେ। ମଣିଷ ବଦଲେ, ବଦଲେ ତାର ଚରିତ୍ର। ଆଉ ସେଇ ଚାରିତ୍ରିକ ପରିବର୍ତ୍ତନର ସ୍ଖଳନ ଠାରୁ ନିଜର ଆତ୍ମରକ୍ଷା ପାଇଁ ସମୟର ଦୋଷ ଦେଇ ତାକୁ କରୁଥାଏ କ୍ରୁଶବିଦ୍ଧ। ହେଲେ ଏକଥା ଶୁଣୁଚି କିଏ ? ସମସ୍ତଙ୍କୁ ମୂକ କରିଦେଇଛି ସ୍ୱାର୍ଥ, ଭୟ ଆଉ ପ୍ରଲୋଭନ।

ସମ ବୟସ୍କମାନେ ଆଜି ସ୍ଥବିର।

ମଧ୍ୟ ବୟସ୍କମାନେ ଦ୍ୱିଧାଗ୍ରସ୍ତ।

ଯୁବକମାନେ ଦିଗଭ୍ରଷ୍ଟ। ଉଦ୍ଭ୍ରାନ୍ତ।

ତାଙ୍କ ପାଖରେ କିଏ ଅଛି ? ଯିଏ ଯୁଆଡ଼େ ପଲାଉଛନ୍ତି ନିଜ ନିଜ ରାସ୍ତାରେ। ଅଛି ଖାଲି ଫଣିଦାଦାଙ୍କ ସ୍ମୃତି ଆଉ ବାପାଙ୍କ ବାଡ଼ି।

ଫଣିଦାଦା... ବଦ୍ରୀନାରାୟଣଙ୍କର ମନେ ପଡ଼ି ଯାଉଥିଲା ତାଙ୍କ ପୁରୁଣା ସ୍ମୃତି। ଫଣିଦାଦା କହୁଥିଲେ ତୁ ଖଣ୍ଡେ ନିଆଁ... ରଡ଼ ନିଆଁ...।

ସେ ଜନ କଲ୍ୟାଣ କେନ୍ଦ୍ର ଶିକ୍ଷା ନିକେତନ ଆଡ଼େ ଗୋଡ଼ ବଢ଼େଇଲେ।

ଗହଗହ ଗହଳିରେ ଫାଟି ପଡ଼ୁଥିଲା ଗାଁ। ସଜା ହେଇଥିଲା ବିରାଟ ବିରାଟ ତୋରଣ। ସୁଦୃଶ୍ୟ ପେଣ୍ଠାଲ ଉପରୁ ମାଇକ୍ ଘନ ଘନ ପ୍ରଚାର କରୁଥିଲା ମନ୍ତ୍ରୀ ମହୋଦୟଙ୍କ ଆଗମନୀ ବାର୍ତ୍ତା। ବିଭିନ୍ନ କାର୍ଯ୍ୟସୂଚୀ ଘୋଷଣା କରାଯାଉଥିଲା ବାରଂବାର। "ଏକ ନୂତନ ଯୁଗର ଆରମ୍ଭ ହେବାକୁ ଯାଉଚି ଆମ ଅଂଚଳରେ। ଆଜି ବିଭିନ୍ନ ଅନୁଷ୍ଠାନର ଶିଳାନ୍ୟାସ କରିବେ ଖୋଦ୍ ମାନ୍ୟବର ମନ୍ତ୍ରୀ ମହୋଦୟ। ଦୀର୍ଘଦିନ ଧରି ଅକଳନ୍ତି ଭୂସଂପତ୍ତିକୁ ଆୟତ୍ତସାତ କରି ଚାଲିଥିବ ଜନ କଲ୍ୟାଣ କେନ୍ଦ୍ର ପୁରୋଧାଙ୍କ ମୁଖା ଆଜି ଖୋଲି ଦିଆଯିବ। ସେ ସ୍ଥାନ ଆଜି ଉଦ୍ଧାର କରାଯିବ। ଲୋକାର୍ପଣ କରାଯିବ, ସେଠାରେ ଗଢ଼ାଯିବ ବିଭିନ୍ନ ଅତ୍ୟାଧୁନିକ ଅନୁଷ୍ଠାନ। ଗାଁକୁ ସହର ପରିଣତ କରାଯିବ।"

ପ୍ରସ୍ତୁତ ପୋଲିସ୍। ପ୍ରସ୍ତୁତ ବଂଧୁକ ବାହିନୀ। ପ୍ରସ୍ତୁତ ବୁଲଡୋଜର। ତିଆର୍ ପେଲୋଡ଼ର। ଜାଗ୍ରତ ଜନ ସାଧାରଣ।

ମନ୍ତ୍ରୀ ଆସିଲେ। ଫୁଟିଲା ତୋପ। ଉଚ୍ଛନ୍ନ ହେଲା ଗଡ଼ମା, ଫୁଲଝରି, ବାଣ ବାଜା ତୁରୀ ମହୁରୀ। ଜୟ ଜୟକାର ନାଦରେ ଉଦ୍ଦଣ୍ଡ ନୃତ୍ୟରେ ସଭାସ୍ଥଳ ହେଲା ହୁଳୁସ୍ଥୁଲ। ଫୁଲ ବିଛାଗଲା ରାସ୍ତାରେ। ମନ୍ତ୍ରୀ ଉଠିଲେ ମଣ୍ଠପକୁ। ଭାଷଣରେ ବଖାଣିଲେ ଦେଶପାଇଁ ତାଙ୍କର ତ୍ୟାଗର କାହାଣୀ। ସ୍ୱାଧୀନତା ସଂଗ୍ରାମରେ ଧ୍ୱାସଦେଇ ସେ କିପରି ସହିଚନ୍ତି ନିର୍ଯ୍ୟାତନା। ଦେଶର ପ୍ରଗତିପାଇଁ କିପରି ତାଙ୍କର ପ୍ରାଣ ବ୍ୟାକୁଳିତ, ଦେଶର ସୁରକ୍ଷା ତଥା ସଂହତି ପାଇ ସେ କିପରି ପ୍ରାଣବଲି ଦେବାକୁ ପ୍ରସ୍ତୁତ। ତାଙ୍କର ଆଦର୍ଶ ଦେଶ ସେବାରେ ଲଜ୍ଜିତ, ତାଙ୍କ ଜନପ୍ରିୟତାରେ କ୍ରୋଧିତ ବିରୋଧ ଦଲ ବାଲାଏ କିପରି ବିଭିନ୍ନ କୁସ୍ତା ମାଧ୍ୟମରେ ତାଙ୍କୁ ବଦନାମ କରିବାକୁ ଚେଷ୍ଟିତ। ସେ କେମିତିକା ସ୍ୱପ୍ନ ଦେଖୁଚନ୍ତି ଏ ମାଟିପାଇଁ, କିପରି ଏ ଅପଣ୍ଡରା ମାଟି ହେଇ ଉଠିବ ସମସ୍ତଙ୍କ ପାଇଁ ଆକର୍ଷଣର କେନ୍ଦ୍ର। କିପରି ଏକ ଦୂରନ୍ତ ଇଚ୍ଛାକୁ ସାକାର କରିବା ପାଇଁ ସେ କରି ଆସିଛନ୍ତି ଅଦମ୍ୟ ପ୍ରଚେଷ୍ଟା, ସବୁ ଅନର୍ଗଲ କହି ଚାଲିଛନ୍ତି ମନ୍ତ୍ରୀ। ଭାଷଣ ଦେବାରେ ପଟୁତା ତାଙ୍କର ବହୁ ପ୍ରମାଣିତ, ତାଲି ହୁଲହୁଲି, ହୁଇସିଲ୍, କିଲିକିଲା ନାଦରେ ଉଚ୍ଛସିତ ମନ୍ତ୍ରୀ ଭାଷଣ ସମାପ୍ତ କରି ଆରମ୍ଭ କଲେ ତାଙ୍କର ଜନ କଲ୍ୟାଣ କେନ୍ଦ୍ର ଦଖଲ ଅଭିଯାନ।

ଜିନ୍ଦାବାଦ, ଅମର ରହେ, ସ୍ଲୋଗାନ ଭିତରେ ଆଗେଇ ଆସୁଥିଲେ ମନ୍ତ୍ରୀ, କ୍ଷେପି ଆସୁଥିଲେ ସଶସ୍ତ୍ର ବାହିନୀ, ଷ୍ଟାର୍ଟ ହୋଇ ଯାଇଥିଲା ବୁଲ୍‌ଡୋଜର, ପେଲୋଡ଼ର ପେଲି ଆସୁଥିଲା ଭାଙ୍ଗିଦେବାକୁ ପାଚେରୀ, ଜନ ସମୁଦ୍ର ମାଡ଼ି ଆସୁଥିଲା ଉତ୍ତାଲ ସମୁଦ୍ର ଲହରୀ ପରି ତ ହଠାତ୍ ଶୁଭିଲା —

ବନ୍ଦେ ମାତରଂ

ଆମର ମାତା – ଭାରତ ମାତା

ଆମର ଜାତି – ମଣିଷ ଜାତି

ଆମର ଧର୍ମ – ମାନବ ଧର୍ମ

ଆମର କର୍ମ – ସେବା ଓ ଧର୍ମ

ଆମେ ସମସ୍ତେ – ଭାଇ ଭାଇ

ଆମ ଭିତରେ – ଫରକ ନାହିଁ

ବନ୍ଦେ... ମାତରଂ... ବନ୍ଦେ...

ଗେଟ୍ ପାଖରେ ଠିଆ ହୋଇଥିଲା ତରୁଣଟିଏ। ହାତରେ ଖଣ୍ଡିଏ ବାଡ଼ି, ତା ପଛରେ ଶହ ଶହ ତରୁଣ କିଶୋରଙ୍କ ଲମ୍ବାଧାଡ଼ି। ଚଉଦିଗ ଘେରି ରହିଛନ୍ତି ଜନକଲ୍ୟାଣ କେନ୍ଦ୍ରକୁ। ସ୍ଲୋଗାନରେ ଆକାଶ ପାତାଳ କରୁଛନ୍ତି ପ୍ରକମ୍ପିତ। ସ୍ତବ୍ଧ ହୋଇଗଲେ ମନ୍ତ୍ରୀ, ନିର୍ବାକ ହୋଇଗଲେ ସମସ୍ତ ବାହିନୀ, ହତବମ୍ୟ ହୋଇଗଲେ ବିସ୍ମୟ୍ୟ ଜନତା। ତାଙ୍କ ଆଡ଼କୁ ବାଡ଼ି ଉଠେଇ ଠିଆ ହେଇଛନ୍ତି ତାଙ୍କରି ଉତ୍ତର ପୁରୁଷ ମାନେ।

ମନ୍ତ୍ରୀ ଦେଖୁଥିଲେ ଗେଟ୍ ପାଖରେ ଠିଆ ହୋଇଥିବା ତରୁଣଟିକୁ, ବାପା! ଦୀର୍ଘ, ସୁଠାମ, ସଂଗ୍ରାମୀ, ସାଲିସହୀନ। ତାଙ୍କ ହାତର ଉଦ୍ୟତ ବାଡ଼ିଟି ଉହୁଙ୍କି ଆସୁଥିଲା ତାଙ୍କ ଆଡ଼କୁ ତ ତାଙ୍କ ପାଟିରୁ ବିସ୍ମୟ ବିସ୍ତାରିତ ସ୍ୱରଟିଏ ବାହାରିଲା... ବାପା...।

ବାପା!! କାହିଁ ବାପା... ଏ ତ ଏକ ଉଦ୍ଧତ ତରୁଣ। ସୁରକ୍ଷା କର୍ମୀ ବଂଧୁକ ସଜେଇ ମାଡ଼ି ଆସୁଥିଲେ ତ ମନ୍ତ୍ରୀ ଚିତ୍କାର କରି ଉଠିଲେ, ରୁହ... ସେ ମୋ ପୁଅ...

ସମସ୍ତ ବାହିନୀର ବଂଧୁକ ଥମକି ଯାଉଥିଲା। ତରୁଣ କିଶୋରଙ୍କ ଦୃପ୍ତ ସ୍ଲୋଗାନର ବଜ୍ର ମାଡ଼ ଭଙ୍ଗା ପକାଇ ଦେଇଥିଲା ସମସ୍ତ ଉତ୍ତେଜନାର, ଉଚ୍ଛୃଙ୍ଖଳତାର। ସେମାନେ ପଶ୍ଚାତ୍‌ମୁଖୀ ହୋଇ ସାରିଥିଲେ। ଫଣୀଦାଦାଙ୍କ ସ୍ମୃତିସ୍ତମ୍ଭ ପାଖରେ ଠିଆ ହୋଇ ବଦ୍ରୀନାରାୟଣ ଦେଖୁଥିଲେ ବୁଡ଼ନ୍ତ ସୂର୍ଯ୍ୟର ଲୋହିତ ଆଭାସରେ ଝଲମଲ ହୋଇ ଉଠୁଥିଲା ତାରୁଣ୍ୟ। ସେମାନଙ୍କ ଆଖିରେ ଝଲସି ଯାଉଥିଲା ବିଦ୍ୟୁତର ଔଜଲ୍ୟ।

ମୁକ୍ତିତୀର୍ଥ ଜନକଲ୍ୟାଣ କେନ୍ଦ୍ରର ଶିକ୍ଷାନିକେତନରୁ ଭାସିଆସୁଥିଲା ଦେଶ ବନ୍ଦନାର ଅନ୍ତର୍ଭେଦୀ ମୂର୍ଚ୍ଛନା।

ସୀମାର ଆରପାରି

ମୁଁ ଏବେଠାରୁ ଆପଣଙ୍କୁ କେ କେ ଡାକିଲେ କିପରି ହୁଅନ୍ତା ?

କେତନ କପୁର ଦ୍ରାକ୍ଷା କଥାରେ ବିଲକୁଲ ବିଗଳିତ ହୋଇଗଲେ । ମନେ ମନେ ଭାବିଲେ, ଆଃ.... ଆଉ ଦିନେ ଦି'ଦିନ ନୁହେଁ, ଦି' ଘଣ୍ଟା ବି ତାଙ୍କ ପାଇଁ ଯଥେଷ୍ଟ ଯେ କୌଣସି ନାରୀକୁ ପ୍ରଭାବିତ କରିବା ପାଇଁ । ସପ୍ତାହ ବ୍ୟାପୀ ଫାଇନାନ୍‌ସିଆଲ ସେମିନାରରେ ଯୋଗଦେବା ଭିତରେ ସେ ଯେ ଦ୍ରାକ୍ଷା ସଂପର୍କରେ ଭାବିନାହାନ୍ତି ସେପରି ନୁହେଁ କିନ୍ତୁ ସେମିନାର ଆୟୋଜନ କରିଥିବା କମ୍ପାନୀର ପି.ଆର.ଓ. ଦାୟିତ୍ୱ ତୁଲାଉଥିବା ଦ୍ରାକ୍ଷାଙ୍କର ବ୍ୟସ୍ତତା ଭିତରୁ ଓହ୍ଲେଇ ଆଣିବାର ସୁଯୋଗ ସେ ପାଇନାହାନ୍ତି । ଏବେ ଏୟାରପୋର୍ଟ ଲାଉଞ୍ଜରେ ଉଡ଼ାଣ ପାଇଁ ଆଉ ଅଳ୍ପ ସମୟ ଥିଲାବେଳେ ଦ୍ରାକ୍ଷାଙ୍କର ଏଇ ଅନ୍ତରଙ୍ଗ ସମ୍ବୋଧନ ତାଙ୍କୁ ବିସ୍ମିତ କରିବା ସଙ୍ଗେ ସଙ୍ଗେ କିଛିଟା ଭାବପ୍ରବଣ କରିଦେଲା ।

ସେ ଗୋଟେ ଚମକ୍କାର ହସ ହସିଲେ । ବନ୍ଧୁମାନେ କୁଆଡ଼େ କହନ୍ତି ତା ହସଟା ଦିବାନା କରିଦେଲା ଭଲି ହସ । ସେ ସେଇ ହସକୁ ପୁଞ୍ଜି କରି ଆସିଛନ୍ତି ତାଙ୍କ କ୍ୟାରିଅର ବିଲଡ଼ିଂରେ । କହିଲେ, ଆପଣଙ୍କର ଏଇ ସମ୍ବୋଧନଟା ବାସ୍ତବରେ ଖୁବ୍ ଭଲ ଲାଗୁଛି, ଭାବୁଚି ଏ ନାଁଟା ଆଗରୁ ତ କିଏ ଡାକି ପାରିଥାନ୍ତା । କାହା ମଗଜକୁ ଏକଥା ଆସିନାହିଁ ବୋଧହୁଏ । ଏବେ ସବୁକିଛି ସର୍ଟକଟ୍‌ରେ ଚାଲୁଥିଲା ଭିତରେ ମୁଁ ମୋ ନାଁଟାକୁ ସର୍ଟ କରିବା କଥା ଭାବିନାଇଁ କେବେ । କେତନ କପୁର କୋଉ ଲମ୍ବା ନାଁଟା ଯେ ! ସମସ୍ତେ ସେୟା ଡାକନ୍ତି, କିଏ ମି. କେତନ, କିଏ ମି. କପୁର । କିନ୍ତୁ ଆପଣ ମୋ ନାଁକୁ ଗୋଟେ ନୂଆ ରୂପଦେଲେ, ତେଣୁ ଧନ୍ୟବାଦ ।

ଦ୍ରାକ୍ଷା ଆଖି ନଚେଇ ଜବାବ ଦେଲା, ସମସ୍ତଙ୍କ ମଗଜକୁ କ'ଣ ସବୁକଥା ଆସେ ମି. କେ କେ ?

ଇଟ୍‌ସ ରାଇଟ, ଆଉଥରେ ହସି ଉଠିଲେ କେତନ କପୁର କହିଲେ, ରିୟଲି ୟୁ' ଆର ବ୍ରିଲିଆଣ୍ଟ ।

ରୋମାଞ୍ଚିତ ହେଇଗଲା ଦ୍ରାକ୍ଷା । ବ୍ରିଲିଆଣ୍ଟ ଶବ୍ଦଟି ଶୁଣିଲେ ତା ଭିତରେ ଗୌରବ ବୋଧର ଗୋଟେ ଚମକ ଖେଳିଯାଏ । ତା'ର ମନେ ପଡ଼ିଯାଏ ମାଟ୍ରିକ ପରୀକ୍ଷାରେ ସର୍ବୋଚ୍ଚ ନମ୍ବର ରଖି ଉତ୍ତୀର୍ଣ୍ଣ ହୋଇଥିଲାବେଲେ ତାକୁ ତା'ର ପ୍ରଧାନଶିକ୍ଷକ କହିଥିଲେ, ଦ୍ରାକ୍ଷା.... ଗୋ ଆହେଡ୍ । ପ୍ରଭ୍ ଇୟୋର ଆଇଡେଣ୍ଟିଟି, ରିୟଲି ୟୁ ଆର ବ୍ରିଲିଆଣ୍ଟ ।

ଆଜି ଦ୍ରାକ୍ଷା ଏକ ଆଇଡେଣ୍ଟିଫାଏଡ ପର୍ସନାଲିଟି । ଗୋଟେ ମଲ୍‌ଟିନ୍ୟାସନାଲ କମ୍ପାନୀର ପବ୍ଲିକ୍ ରିଲେସନ ଅଫିସର । ଆଗକୁ ଆହୁରି ସମ୍ଭାବନା । କେକେ ବି ସେଇକଥା କହୁଚନ୍ତି ।

କେତନ କପୁର କହିଲେ, ହାଲୋ... କ'ଣ ଭାବୁଚ ମିସ୍ ଦ୍ରାକ୍ଷା । ହିନ୍ଦୀ କୁହନ୍ତୁ ବା ଇଂରାଜୀ ତାଙ୍କ ଉଚ୍ଚାରଣରେ ଏକ ସ୍ୱତନ୍ତ୍ର ଶୈଳୀକୁ ଠାବ କରିଚି ଦ୍ରାକ୍ଷା । ଚମତ୍କାର କଥନଭଙ୍ଗୀ । ସବୁ ଦୃଷ୍ଟିରୁ କେତନ କପୁର ଏକ ସ୍ୱୟଂସଂପୂର୍ଣ୍ଣ ବ୍ୟକ୍ତିତ୍ୱ । ନହେଲେ ସେ ଆଜି ଏତେବଡ଼ କମ୍ପାନୀର ଏକଜିକ୍ୟୁଟିଭ୍ ର୍ୟାଙ୍କ ପାଇଥାନ୍ତେ କିପରି ଏତେ କମ୍ ବୟସରୁ ?

ଦ୍ରାକ୍ଷା ଯେପରି ଟିକେ ଦୁର୍ବଲ ହେଇ ପଡ଼ୁଥିଲା । ନିଜକୁ ସଜାଡ଼ି ନେଇ କହିଲା, ନାଇଁ ମୁ ଭାବୁଚି ।

– କ'ଣ ଭାବୁଚନ୍ତି କୁହନ୍ତୁ ନା.....

ଏଇ ସମୟରେ ଏୟାରପୋର୍ଟ ଭିତରକୁ ଯାତ୍ରୀମାନଙ୍କୁ ପ୍ରବେଶ କରିବାକୁ ଘୋଷଣା ଶୁଣାଗଲା । ଉଠିପଡ଼ିଲେ କେତନ କପୁର ଠିକ୍ ଅଛି ମିସ୍ ଦ୍ରାକ୍ଷା, ଟାଇମ୍ ଇଜ୍ ଲିମିଟେଡ୍ । ଆମେ ଯୋଗାଯୋଗରେ ରହିବା, ଇ-ମେଲ୍‌ରେ କି ମୋବାଇଲରେ, ଏଇ ମୋର ଭିଜିଟିଂ କାର୍ଡ଼ ।

ଦ୍ରାକ୍ଷା କାର୍ଡ଼ଟି ଗ୍ରହଣ କରୁକରୁ ହାଣ୍ଡସେକ୍ କଲା । ଅନୁଭବ କଲା କେକେଙ୍କ ହାତ ପାପୁଲି ଟିକେ ଅଧିକ ଚାପଗ୍ରସ୍ତ ହେଇପଡ଼ୁଚି । ତାକୁ ଭଲ ଲାଗିଲା ।

ବିମାନ ଉଡ଼ିଗଲା ପର୍ଯ୍ୟନ୍ତ ବି ସେଇଠି ଠିଆ ହୋଇଥିଲା ଦ୍ରାକ୍ଷା । ଡ୍ରାଇଭର ଡାକିଲା, ମାଡ଼ାମ୍.... ଦ୍ରାକ୍ଷା ନିଜ ଭିତରକୁ ଫେରିଆସି ଗାଡ଼ିରେ ବସିଲା । ଆହୁରି କିଛି ଗେଷ୍ଟ ଅଛନ୍ତି, ସେମାନଙ୍କୁ ସି ଅଫ୍ କରିବାକୁ ହେବ । କମ୍ପାନୀ ଚାକିରି ଭିତରେ ଭାବପ୍ରବଣତା ନିଷିଦ୍ଧ । ତାକୁ କମ୍ପାନୀର ହିତପାଇଁ ଯାହା କିଛି କରିବାକୁ ହେବ । ଏହା ହିଁ ଶୃଙ୍ଖଳା ଓ ଅନୁବନ୍ଧ ।

ଏଇ ସେମିନାର ଆୟୋଜନ ଦୁଇମାସ ତଳୁ । ବର୍ଷରେ ଥରେ ଏମିତି କମ୍ପାନୀ ମାନଙ୍କ ଭିତରେ ସେମିନାରର ଆୟୋଜନ ହୁଏ । ଲାଭକ୍ଷତି, ପାରସ୍ପରିକ ସହଯୋଗ, ନ୍ୟାସନାଲ, ଇଣ୍ଟରନେସନାଲ ଫାଇନାନ୍ସିଆଲ ପଲିସି, ସରକାରୀ ଦୃଷ୍ଟିଭଙ୍ଗୀ, ମାର୍କେଟ ଆଦି ସଂପର୍କରେ ଚର୍ଚ୍ଚା । ଆଲରେ ଏହା ଯେମିତି କମ୍ପାନୀ ମାନଙ୍କର ବଡ଼ ବଡ଼ ପଦସ୍ଥ ଅଧିକାରୀ ମାନଙ୍କର ଏକ ମହାସମ୍ମେଳନ । ଖାନାପିନା ମଉଜ ମଜ୍‌ଲିସ୍‌ର କୌଣସି କୂଳ କିନାରା ରହେନା । ଏହାର ସଫଳତା ଉପରେ ଆୟୋଜକ କମ୍ପାନୀର ପଟିଆରା ଓ ପ୍ରଗତି ନିର୍ଭର କରିଥାଏ ।

ସେଦିନ କମ୍ପାନୀର ସି.ଇ.ଓ. ପ୍ରସ୍ତୁତି କମିଟି ମିଟିଂରେ ଏକଥା ତାଗିଦ କରି ଦେଇଥିଲେ ଆଉ ବିଶେଷତଃ ଦ୍ରାକ୍ଷା ଉପରେ ଅଧିକ ଦାୟିତ୍ବ ଦେଇ କହିଥିଲେ, ମିସ୍ ଦ୍ରାକ୍ଷା, ଆଇ ହୋପ୍ ୟୁ ଆର କ୍ବାଇଟ୍ କାପାବଲ ଟୁ ମ୍ୟାନେଜ୍ ଇଟ୍ ପ୍ରପର୍ଲି । ତା'ପରେ ସେ ଯାହା କହିଲେ ଦ୍ରାକ୍ଷା ଟିକେ ଲଜ୍ଜିତ ହେଇପଡ଼ିଲା । କମ୍ପାନୀ ବିନା ମୂଲ୍ୟରେ କିଛି କାହାଠାରୁ ନେବାକୁ ଚାହେଁନା କି ବିନା କାମରେ ବି କାହାକୁ କିଛି ଦେବାକୁ ଚାହେଁନା । ଏହା କମ୍ପାନୀ ପଲିସି । ସଂପୂର୍ଣ୍ଣ ଅର୍ଥନୈତିକ ମାନସିକତା ଓ ବେପାରୀ ତରିକା । ଏଥିରେ କୌଣସି ଲଜ୍ଜା, ସଂକୋଚ ନରଖିବା ହିଁ ଭଲ । ଦ୍ରାକ୍ଷା ଆଗରେ ସି.ଇ.ଓ.ଙ୍କ ରିୱାର୍ଡ ପ୍ରସ୍ତାବଟି ପ୍ରମୋସନ ଜନିତ କି ଆର୍ଥିକ କିଛି ବୁଝା ନପଡ଼ିଲେ ବି ଏଟିକି ସ୍ପଷ୍ଟ ହେଲା ଯେ ସେମିନାର ସଫଳତା ଉପରେ ତା'ର କ୍ୟାରିୟର ନିର୍ଭର କରୁଛି । ତା'ପରେ ଦ୍ରାକ୍ଷା ଶତପ୍ରତିଶତ ସଫଳତା ପାଇଁ ଯୋଜନା ପ୍ରସ୍ତୁତ କରିଥିଲା ଓ ତାକୁ ଏବେ ଲାଗୁଥିଲା ସେ ଏଥିରେ ଉତ୍ତୀର୍ଣ୍ଣ ହେଇଚି ।

ରାଜଧାନୀର ଏକ ସମ୍ଭ୍ରାନ୍ତ ଅଂଚଳରେ ଥିବା ତା ବିଶାଳ କମ୍ପାନୀ ବିଲ୍‌ଡିଂ ଆଡ଼କୁ ମୁହଁକରି ଶୀତତାପ ନିୟନ୍ତ୍ରିତ କାର୍‌ଟି ରାଜରାସ୍ତାରେ ଗଡ଼ି ଚାଲୁଥିଲା ଏୟାରପୋର୍ଟରୁ । ରାଜଧାନୀ ରାଜରାସ୍ତାରେ ଦାମୀ କାର୍ ଚଢ଼ିଯିବାରେ ଗୋଟେ ସ୍ବତନ୍ତ୍ର ଗାମ୍ଭୀର୍ଯ୍ୟ ଅଛି । ଏହା ସମସ୍ତଙ୍କ ଭାଗ୍ୟରେ ପ୍ରାପ୍ୟ ହୁଏନାହିଁ, ଛାତିରେ ହାତଛନ୍ଦି ବସି ଦ୍ରାକ୍ଷା ଏୟା ଭାବୁଥିଲା ।

ସେ ଯେତେବେଳେ ତା ଉତ୍ତୀର୍ଣ୍ଣ ଜୀବନର ଉଲ୍ଲାସ ଭିତରେ ନିଜକୁ ପହଁରଉଥିଲା, ସେତେବେଳେ ସାମ୍ନାକୁ ଆସି ଯାଉଥିଲେ ନକୁଲ । ସେ ତା'ଠାରୁ ସିନିୟର ହେଲେ ବି ତାଙ୍କୁ ବନ୍ଧୁ ଭାବରେ ଗ୍ରହଣ କରି ନେଇଥିଲା । ନୂଆନୂଆ ଜ୍ଵେନ କରିଥାଏ ଦ୍ରାକ୍ଷା । କମ୍ପାନୀ ପ୍ରଫେସନ ସଂପର୍କରେ ତା'ର ପୋଥିଗତ ଜ୍ଞାନ କାର୍ଯ୍ୟକ୍ଷେତ୍ରରେ ଏତେଟା ସହଜ ମନେହେଉ ନଥାଏ । ବେଲେବେଲେ ଅସହାୟ ହେଇପଡ଼େ ସେ । ଭୁଲଭଟ୍‌କା ହେଇଗଲେ ସିନିୟର ଅଥରିଟିଙ୍କ ମଧୁର ଭର୍ତ୍ସନା

ତାକୁ ତଳିତଳାନ୍ତ କରିଦିଏ । ଭାବିନିଏ ଛାଡ଼ିଦିବ ଏ ଚାକିରି । କିଏ ଏ କଂପାନୀର କ୍ୟାପିଟାଲ ବଢ଼େଇବାକୁ କୁଚ୍ଛ ସାଧାନା କରିବ ତା'ର ଶାରୀରିକ ମାନସିକ ଚାପ ବଢ଼େଇ ।

ସେତେବେଳେ ପାଖରେ ଠିଆ ହୁଅନ୍ତି ନକୁଳ । ତାକୁ ସାହସ ଦିଅନ୍ତି । କହନ୍ତି, ଦ୍ରାକ୍ଷା କମ୍ପାନୀର ଏମ୍ପ୍ଲଇମାନେ ଖାଲି ଦରମାଖିଆ କର୍ମଚାରୀ ବୋଲି ଭାବିଲେ କମ୍ପାନୀର ଉନ୍ନତି ହୁଅନା । ବରଂ ନିଜକୁ ଜଣେ ସଦସ୍ୟ ବୋଲି ଭାବିନେଲେ ନିଷ୍ଠା ଓ ଆନ୍ତରିକତା ଆସେ । କମ୍ପାନୀ ଆମର ଯାବତୀୟ ସୁଖ ସ୍ୱାଚ୍ଛନ୍ଦ୍ୟ କଥା ବୁଝୁଥିଲାବେଲେ ଆମକୁ ତା' ପାଇଁ କିଛି କରିବାକୁ ପଡ଼ିବନା ! ତମେ ଟିକେ ସିନ୍ସିୟର ହୁଅନା, ଦେଖିବ ଏ ତମକୁ ନେଇ କୋଉଠି ନା କୋଉଠି ପହଞ୍ଚେଇଦବ, ଖୁବ୍ ଶୀଘ୍ର ।

ଦ୍ରାକ୍ଷା ପ୍ରଭାବିତ ହେଇଯାଏ । ଅନୁଭୂତି ଓ ଅଭିଜ୍ଞତା ହାସଲ କରିବାରେ ସେ କର୍ମଠ ହେଇପଡ଼େ । ତାକୁ ଲାଗେ ଯେ କୌଣସି କାର୍ଯ୍ୟରେ ନିମଜ୍ଜିତ ଭାବଟିକୁ ଆପଣେଇ ନେଲେ ସଫଳତା ଆଉ ଅକୁଲାଣ ହୋଇ ରହେନାହିଁ ।

ତାହା ହିଁ ଘଟିଛି । ଜୟେନ କରିବାର ମାତ୍ର ପାଞ୍ଚ ଛଅଟା ବର୍ଷ ଭିତରେ ସେ ଆଜି ଏକ ସମ୍ମାନଜନକ ସ୍ଥିତିରେ ପହଞ୍ଚ ପାରିଛି । ବର୍ଷକୁ ବର୍ଷ ତା'ର ସାଲାରୀ ପ୍ୟାକେଜ ବଢ଼ି ବଢ଼ି ଚାଲିଛି । ଏମିତି ହେଲେ ହୁଏତ ଆଉ କେଇଟା ଦିନରେ ଏକ୍ଜିକ୍ୟୁଟିଭ ର୍ୟାଙ୍କ ତା ପାଇଁ ଅପହଞ୍ଚ ହୋଇ ରହିବନାହିଁ । ଦ୍ରାକ୍ଷା ବିଭୋର ହୋଇଯାଏ ଆଉ ନକୁଳ ପ୍ରତି କୃତଜ୍ଞ ହୋଇପଡ଼େ ।

ଗାଡ଼ି ପାର୍କିଂ କରୁକରୁ ଦ୍ରାକ୍ଷା ଓହ୍ଲେଇପଡ଼ି ଅଫିସ ଭିତରକୁ ପଶୁଚି ତ ସାମ୍ନାରେ ନକୁଳ । ଗୋଟେ ମନଖୋଲା ହସ ହସି କହି ଉଠିଲା, କଂଗ୍ରାଟ ଦ୍ରାକ୍ଷା, ଏଥର ସେମିନାର ସଫଳତାର ଶ୍ରେୟଃ ତମକୁ ଦିଆଯାଇଛି । ଏକଥା ମୁଁ କହୁନାହିଁ, କମ୍ପାନୀର ଆଚିଭମେଣ୍ଟ ଡାଟା ରେକର୍ଡରେ ଏହା ସ୍ଟୋର କରି ନିଆଯାଇଛି ସ୍ୱୟଂ ସି.ଇ.ଓ.ଙ୍କ ସାର୍ଟିଫିକେଟରେ । ବୁଝିଲ ! ଜଣାପଡ଼ୁଥିଲା ଦ୍ରାକ୍ଷାର ଏ ସଫଳତାରେ ସେ ତା'ଠାରୁ ଅଧିକ ଖୁସି ।

ଦ୍ରାକ୍ଷା ହାତ ମିଲେଇଲା । ଆଉ ଚୁପ୍କରି କହିଲା, ଇଟ୍ସ ଇୟୋର ଡିସ୍କଭରି । ନକୁଳ ଆଉଥରେ ହସି ଉଠିଲା ।

ଦି'ଦିନ ପରେ ହଠାତ୍ ଏମ୍.ଡି.ଙ୍କ କଲ ପାଇ ଦ୍ରାକ୍ଷା ତାଙ୍କ ଚେମ୍ବରରେ ପହଞ୍ଚ ପହଞ୍ଚ ମିଃ ମାଥୁର କହିଲେ, ମିସ ଦ୍ରାକ୍ଷା, ଆଇ ଆମ ପ୍ରାଉଡ ଅଫ୍ ଇୟୁ । ଦୀର୍ଘ ସାତଦିନର ସେମିନାରଟାକୁ ତମେ ଯେମିତି ମ୍ୟାନେଜ କଲ, ଏକ୍ସେଲେଣ୍ଟ । ସେଥିପାଇଁ କମ୍ପାନୀ ତରଫରୁ କିଛି କ୍ୟାସ୍ ଗିଫ୍ଟ ତମ ଏକାଉଣ୍ଟକୁ ଚାଲିଯାଇଛି ଆଉ

ଇୟୁ କ୍ୟାନ ଟେକ୍ ଟୁ ଡେଜ୍ ଲିଭ୍ ଅପ୍‌ସନାଲି । ଏମ୍.ଡି.ଙ୍କ ଗୋରା ତକ୍‌ତକ୍ ମୁହଁରେ ହସ ସହ ଗୋଟେ ଶ୍ରଦ୍ଧାଭାବ ତା ପାଇଁ ଫୁଟି ଉଠୁଥିଲା ।

ଦ୍ରାକ୍ଷା କୃତଜ୍ଞତା ଜଣାଇଲା ଓ ଚାମ୍ବରରୁ ବାହାରି ଆସିଲା ।

ନକୁଲ ପଚାରିଲେ, ଏନି ଗୁଡ୍ ନିୟୁଜ୍ !

: ଟୁ ଡେଜ୍ ଲିଭ୍ ଏଣ୍ଡ ସମ ହ୍ୟାଣ୍ଡସମ୍ କ୍ୟାସ୍ ଗିଫ୍ ।

କେମିତି ଖର୍ଚ୍ଚ କରିବ ? ନକୁଲ ରସିକତା କରି ପଚାରିଲେ ।

ପରେ କହିବି । ଦ୍ରାକ୍ଷା ନକୁଲ ହାତକୁ ଟିକେ ଚିମୁଟି ଦେଇ ନିଜ ଚାମ୍ବରକୁ ଚାଲି ଆସିଲା । ଲାପ୍‌ଟପ୍ ଅନ କରି ଇ–ମେଲ୍ ଚେକ୍ କଲାତ କେକେଙ୍କ ଚିଠି । ଧନ୍ୟବାଦ ସହ ତାକୁ ନେଇ ତାଙ୍କର କିଛି ପର୍ସନାଲ ଭିଉଜ୍ । ଦ୍ରାକ୍ଷା ବିହ୍ୱଳ ହେଇଗଲା । ଲୋକଟା ପହଞ୍ଚୁ ପହଞ୍ଚୁ ଇ–ମେଲ୍ ଛାଡ଼ିଚି ! କେତେ କେୟାରିଂ ସତରେ କେକେ !

ଅଫିସ ସାରି ନକୁଲ ଗାଡ଼ିରେ ଫ୍ଲାଟ୍‌କୁ ଫେରିଲାବେଳେ ନକୁଲ ପଚାରିଲା, କ'ହିଲନି ତ ଛୁଟିଟାକୁ କେମିତି କଟେଇବ ?

ଆଗ ଗୋଟେ ଦିନ ଧୁମ୍ ଶୋଇବି । ଆର ଦିନଟା ବୁଲାବୁଲି, ସପିଙ୍ ? ଲଙ୍ଝ ଦିନର ସବୁ ଫାଇଭଷ୍ଟାରରେ , ସେୟାର କରିବ ?

ଦି'ଦିନ ସାରା ନାଁ ଶେଷ ଦିନଟା ? ନକୁଲ ମୁଚୁମୁଚୁ ହସିଲା ।

ନକୁଲ କଥାର ଅର୍ଥ ଠଉରେଇ ନେଇ ଦ୍ରାକ୍ଷା କୃତ୍ରିମ ରାଗ କରି କହିଲା, ଦୁଷ୍ଟ...

ଦିହେଁ ହସି ଉଠିଲେ ।

ସପ୍ତାହର ଶେଷଦିନରେ ଦ୍ରାକ୍ଷା ଫୋନ୍‌ରେ ଘଣ୍ଟା ଘଣ୍ଟା ଧରି ଘର ସହ କଥାହୁଏ । ସପ୍ତାହ ସାରା କାମର ଧାରାବିବରଣୀ ଶୁଣାଏ ବାପାଙ୍କୁ । ଟିକିନିଖି ସବୁକିଛି । ବୋଉ ସହ କଥାହେଲେ ସବୁଥର ଶେଷ ହୁଏ କାନ୍ଦରେ । ଭାଇର ଶେଷ କଥା ଥାଏ ବିଭିନ୍ନ ଅର୍ଡର ଦେବାରେ ଆଉ ଭଉଣୀର ତା'ରି ପରି କ୍ୟାରିୟର କରିବା ଜିଜ୍ଞାସାରେ । ଦ୍ରାକ୍ଷା କାମର ଚାପ ଭିତରେ ସବୁଦିନ ଫୋନ୍ ନକରି ଛୁଟିଦିନକୁ ରଖିଥାଏ ଆଉ ଦୀର୍ଘ ଦିନ ବାହାରେ ରହିଲେ ବି ଘରଠାରୁ ଏତେ ଦୂରରେ ନଥିବାର ଅନୁଭବ ଭିତରେ ରହୁଥାଏ ।

ଅନେକ ଦିନ ହବ ଘରକୁ ଯାଇନାହିଁ ଦ୍ରାକ୍ଷା । ବୋଉ ସବୁଥର ତା' ଯିବା କଥା ଉଠେଇ କାନ୍ଦେ । ବାଆଁରେଇ ଦିଏ ଦ୍ରାକ୍ଷା । ସମୟର ଅଭାବ, କାମର ଚାପ, ଟୁର୍ କଥା କହି ଖସିଯାଏ । ଆଜି ମଧ ସେଇ କଥା କହିଲା ବୋଉ । ଦ୍ରାକ୍ଷା ତାକୁ

ଉତ୍ତର ଫେରଉ ଫେରଉ ବୋଉ କହିଲା ଦାରୁ, ଗାଁକୁ ଆସନ୍ତୁ, ଆଉ ବାହାଘର କଥା କିଛି କହନ୍ତୁ । ଆଉ କ'ଣ ଚାକିରି କରି ସବୁଦିନ ସେମିତି ରହିଥିବୁ ?

ଦ୍ରାକ୍ଷା ବାଆଁରେଇ ଦେଲା । କମ୍ପାନୀର ଛୁଟି ବେଶୀ ନାହିଁ । ଛୁଟି ନେଇଯିବି, ତୁ ବ୍ୟସ୍ତ ହ'ନା ।

: ଆଉ ବାହାଘର କଥା ?

: ଗଲେ କହିବି ।

ଫୋନ୍ କାଟିଦେଲା । ଗାଁକୁ ଯିବାକଥା ପଡ଼ିଲେ ତା ଦେହରେ ଝାଳ କଣ୍ଢିଯାଏ । ମାଡ଼ି ମାଡ଼ି ପଡ଼େ । ତା'ର ମନେ ପଡ଼ିଯାଏ ଚାକିରିରେ ଜଏନ କରିବା ପୂର୍ବରୁ ସେ ଯାଇଥିଲା ଗାଁକୁ । ଗ୍ରାଜୁଏସନ ପରେ ପଫେସନାଲ କୋର୍ସରେ ନାମ ଲେଖାଇ ସେ ଓଡ଼ିଶା ବାହାରେ ଏକ ନାମୀ ବିଜିନେସ୍ ସ୍କୁଲରେ ପଢ଼ିଲା ପରେ ତା'ର ପୋଷାକ ପତ୍ର ଠାରୁ ଚାଲି ଚଳଣିର ଟିକେ ପରିବର୍ତ୍ତନ ହେବା ସ୍ଵାଭାବିକ । ସେ ଚୂଡ଼ିଦାରର ଖୋଲ ଛାଡ଼ି ଏବେ ଜିନ୍ସ ଓ ଟି-ସାର୍ଟ ପିନ୍ଧେ । କଲେଜରେ ପିନ୍ଧେ ୟୁନିଫର୍ମ ସହିତ ବ୍ଲେଜର । ରାତିରେ ନାଇଟି । ଏଇଟା ସ୍ଵାଭବିକ ଚଳଣି । କିନ୍ତୁ ସେଦିନ ସେ ଗାଁରେ ଯାଇ ପହଞ୍ଚିଲା ପରେ ତାକୁ ଦେଖି ସମସ୍ତେ ଫୁସ୍ଫାସ୍, ଠରାଠରି ଓ ହସାହସି ହେଲେ । ସେ ପିନ୍ଧିଥିଲା ଫେଡ଼େଡ଼୍ ଜିନ୍ସ ଉପରେ ଗୋଟେ ସର୍ଟ ଟି-ସାର୍ଟ, ହାଇହିଲ୍ ସାଙ୍ଗକୁ ସନ୍ଗ୍ଲାସ୍ । ବିଲକୁଲ ଓଭର ସ୍ମାର୍ଟ । ସମସ୍ତେ ତାକୁ ଗୋଟେ ଭିନ୍ନ ନଜରରେ ଚାହୁଁଥିଲେ ଯେମିତି ବିଚିତ୍ର ଜୀବଟେ ପଶିଆସିଟି ଗାଁ ଭିତରକୁ । ଏପରିକି ଖୁଡ଼ିଙ୍କ କଥା ବି ତା କାନରେ ପଡ଼ିଲା । ଖୁଡ଼ୀ କହୁଥିଲେ, ଦେଖ ହେ ଝିଅଟା କି ପୋଷାକ ପିନ୍ଧିଚି ? ଆମବେଳେ ଆମେ ଛାତି ଘୋଡ଼େଇବାକୁ ମୋଟା ମୋଟା ଟାଓ୍ୱେଲ ପକେଇ ବୁଲୁଥିଲୁ । ଏବେକାର ଝିଅମାନେ ଛାତି ଦେଖେଇବାକୁ ଟାଇଟ୍ ଗଞ୍ଜି ପିନ୍ଧୁଛନ୍ତି ! କି ଯୁଗ ହେଲା !

ଖୁବ୍ ଲଜ୍ଜିତ ଅପମାନିତ ହେଇଥିଲା ଦ୍ରାକ୍ଷା । କୋଉଦିନ ବି ଏମାନଙ୍କ ମାନସିକତା ବଦଳିବ ନାଁ । ସବୁଦିନ ବାହାର ଦୁନିଆ ଠାରୁ ଦୂରରେ ଥିବେ, ଅନ୍ଧାରରେ । ସେଇଦିନ ଠାରୁ ଆଉ ସେ ଗାଁକୁ ଯିବାକୁ ସ୍ଵଚ୍ଛନ୍ଦ ମନେକରେ ନାହିଁ ।

ଛୁଟିର ଦ୍ଵିତୀୟ ଦିନରେ ନକୁଲର ଫୋନ୍ । ମୁଁ ଲଞ୍ଚବେଲକୁ ପହଞ୍ଚିବି । ହୋଟେଲରେ ଟେବୁଲ୍ ବୁକ୍ କରିଦେଇଚି । ରେଡ଼ି ହେଇଥିବ ।

ଦ୍ରାକ୍ଷା ରାଗିଲା, ଆପଣ କାହିଁକି ବୁକ୍ କଲେ ? ମୁଁ କ'ଣ କହିଥିଲି ?

ଆରେ ବାବା.... ଏକା କଥା...

ଏକା କଥା ମାନେ ? ଆର ଉଇ କପଲ୍ ?

ସେପଟରୁ ଉଚ୍ଛ୍ୱସିତ ହସ ଶୁଭିଲା ନକୁଲର ।

ଦ୍ରାକ୍ଷା କହିଲା, ଆଉ ହେଁ ହେଁ ହୁଅନି । ଠିକ୍ ସମୟରେ ଆସି ପହଞ୍ଚିବ । ମୁଁ ଅପେକ୍ଷାରେ ଥିବି ।

ଫୋନ୍ ରଖିଦେଲା ପରେ ସଚେତନ ହୋଇଗଲା ଦ୍ରାକ୍ଷା । କ'ଣ କହିଦେଲା ସେ ନକୁଲକୁ ? କେମିତି ବାହାରିଗଲା ଏକଥା ପଦକ ? ଏ କ'ଣ ତା ଅବଚେତନର ଗୁମର କଥା ? ଖୁବ୍ ଲଜ୍ଜିତ ଓ ରୋମାଞ୍ଚିତ ହେଇପଡ଼ିଲା ସେ । ଅନେକ ଦିନ ପରେ ଯେମିତି ତା ଦେହ ଭିତରେ ଗୋଟେ ଶିହରଣ ଖେଳିଗଲା । କଲେଜରେ ପଢ଼ିଲାବେଳେ କିଛି କିଛି ରୋମାଞ୍ଚକର ଆବେଗ ତା ମାନସିକତା ଭିତରେ ଟହଲ ମାରୁଥିଲା । ତା'ପରେ ସେ ପ୍ରଫେସନାଲ କୋର୍ସ ଭିତରେ ପଶିଲା ପରେ କଲେଜରେ କ୍ଲାସ୍, ସେମିଷ୍ଟାର, ସେମିନାର, ପ୍ରୋଜେକ୍ଟ, କନ୍ଫରେନ୍ସ ଆଦିର ଭିଡ଼ ଭିତରେ ପ୍ରେମ ପ୍ରେମର ଆବେଗ କୁଆଡ଼େ ଫେରାର ହୋଇଗଲା । ତା'ପରେ ଚାକିରି । କମ୍ପାନୀ ଚାକିରିରେ କାମର ଚାପ ତ ସବୁବେଳେ ମୁଣ୍ଡକୁ ଜାମ୍ କରିରଖେ, ଦେହକୁ କରେ କ୍ଲାନ୍ତ ଅବଶ, ହୃଦୟକୁ କରେ ଆବେଗ ଶୂନ୍ୟ, ମନକୁ କରେ ନିୟନ୍ତ୍ରଣ ରହିତ । ବାସ୍ତବତାର ନିର୍ଘାତ ମାଡ଼ରେ ନିଖୋଜ ହୋଇଯାଏ ଭାବପ୍ରବଣତା । ତାକୁ ଆଉ ଖୋଜିଲେ ମିଳେନାଇଁ । ଅଥଚ ଆଜି କିଏ ଚିଆଁ ଦେଲା ତାକୁ ? କିଏ ତା ଅଜାଣତରେ ବି ତା ପାଟିରେ କୁହାଇଦେଲା, ନାରୀ ଯେଉଁଠି ଯେଉଁ ସ୍ତରରେ ରହିଲେ ବି ଏମିତି ସଂପର୍କଟିଏ ତା ପାଇଁ ଅପରିହାର୍ଯ୍ୟ ବୋଲି ? ସେ ଏକଥା ନକୁଲକୁ କାହିଁକି କହିଲା ? ନକୁଲ ପାଇଁ ତା ଅଜ୍ଞାତରେ ସମର୍ପିତ ଇଚ୍ଛାଟିଏ କ'ଣ କେତେବେଳେ ସଂଚରିତ ହୋଇଯାଇଚି ତା ଭିତରେ ?

ଦ୍ରାକ୍ଷାର ମନେପଡ଼ୁଥିଲା, ବୋଉ ଥରେ କହୁଥିଲା, ଦାରୁ ବାପା କହୁଛନ୍ତି ଆଜି କାଲିତ ଏକା ଚାକିରିରେ ଥିବା ପୁଅ ଝିଅ ପରସ୍ପରକୁ ପସନ୍ଦ କରି ନେଉଚନ୍ତି । ସେଥିରେ ବରଂ ସୁବିଧା । ଏକାଠି ଚାକିରି କରିବେ । ଏକାଠି ରହିବେ । ଅନ୍ୟ ଚାକିରି ପରି ଅଲଗା ଅଲଗା ସ୍ଥାନର ଝଂଝଟ ନାଇଁ । ସେମିତି ଯଦି ତୋର ମନୋଭାବ ଥାଏ, ଜଣାଇବୁ ।

ଏକଥା ଶୁଣୁଶୁଣୁ ତା ଆଖି ଆଗରେ ନକୁଲଙ୍କ ଚେହେରା ସାମ୍ନାକୁ ଆସିଥିଲା । ନକୁଲଙ୍କର ଅନ୍ତରଙ୍ଗ ବ୍ୟବହାର ଓ ସହାୟତା ତାକୁ ସେମିତି ଭାବିବାକୁ ଦେଉଥିଲା । ହେଲେ ଏତେଟା ଘନିଷ୍ଟ ହୋଇ ନଥିଲା ସଂପର୍କ । ତେଣୁ ସେ ବୋଉକୁ କହିଥିଲା, ପରେ କହିବି ।

ଏହା ଭିତରେ ଅନେକ ଦିନ ବିତିଗଲାଣି । ବନ୍ଧୁତା ଓ ଅନ୍ତରଙ୍ଗତା ପ୍ରଗାଢ଼

ହେଲାଣି । ଅଥଚ କେହି କାହା ପାଖରେ ମୁକ୍ତ ହୋଇ ପାରିନାହାନ୍ତି । ବନ୍ଧୁତାକୁ ବିବାହର ସ୍ତର ପର୍ଯ୍ୟନ୍ତ ନେଇଯିବାକୁ କେହି କେବେ ମୁହଁ ଖୋଲି କହି ନାହାନ୍ତି । ଦ୍ରାକ୍ଷା ଟିକେ ଅଡୁଆରେ ପଡ଼ିଯାଉଥିଲା । ମୁଁ ଯାହା ଭାବୁଚି ସେମିତି ଭାବୁଛନ୍ତି କି ନକୁଲ ? ଆଜି ସେ ଦିନର ଟେବୁଲରେ ନକୁଲଙ୍କ ମାନସିକତାକୁ ପରୀକ୍ଷା କରିବ, ଯଦି ଅସ୍ତିବାଚକତାର ସୂଚନା ମିଲେ ତେବେ ସେ ବୋଉକୁ ଜଣାଇଦବ । ନକୁଲଙ୍କ ସହିତ ତା'ର ଦାମ୍ପତ୍ୟ ବିଲକୁଲ ପରଫେକ୍ଟ ଓ ମ୍ୟାଚେବଲ । ନୋ ହେଜିଟେସନ ।

ଦ୍ରାକ୍ଷାକୁ ଲାଗିଲା ସେ ଆଶ୍ୱସ୍ତ ହେଇପଡ଼ୁଚି । ତା'ର କ୍ରମବର୍ଦ୍ଧିଷ୍ଣୁ ବୟସର ପ୍ରଭାବ ତାକୁ କିଛିଟା ଭାବପ୍ରବଣ କରି ପକାଉଚି । ସେ ହିସାବ କଲା ତାକୁ ଅଠେଇଶି ପୁରି ଅଣତିରିଶ ଚାଲିଲାଣି ।

ଅଣତିରିଶ ! ଗୋଟେ ଝଟକା ଯେମିତି ଲାଗିଲା ଦ୍ରାକ୍ଷାକୁ । ଜଣେ ଭାରତୀୟ ନାରୀ ପକ୍ଷେ ଅଣତିରିଶୀ ବର୍ଷ ଯାଏ ଅବିବାହିତ ରହିବା ବିସ୍ମୟ । ଅବଶ୍ୟ ଏବେ ପରିବର୍ତ୍ତିତ ପରିସ୍ଥିତିରେ ଗ୍ରହଣୀୟ ହେଉଚି ସିନା । ବୟସକୁ ଖର୍ଚ୍ଚ କରି ସେ ତା'ର ବୃତ୍ତିଗତ ଜୀବନର ଉତ୍ଥାନ କରୁଚି, ହେଲେ ନାରୀତ୍ଵର ପତନ ଘଟେଇ ଚାଲିଚି । ଏବେ ଖୁବ୍ ଶୀଘ୍ର ନିଷ୍ପତି ନିଆଯାଇପାରେ । ତେବେ ସେ କ'ଣ ନିଜ ଆଡୁ ପ୍ରସ୍ତାବ ଦବ ନକୁଲକୁ ? ଏହା କିପରି ସମ୍ଭବ ? ଏତେ ଦିନର ବନ୍ଧୁତା ଭିତରେ ନକୁଲଙ୍କର ସେମିତି କିଛି ଦୁର୍ବଲତା ଦେଖନାହିଁ ଦ୍ରାକ୍ଷା । ବନ୍ଧୁତା ଦ୍ଵାହିରେ ଠାରାମଜା ଯାହା ହୁଏ ସିନା ତାହା ପ୍ରେମର ଅର୍ଗଲି ପାର ହେଲାପରି ଜଣାପଡ଼େନାହିଁ । ନକୁଲଙ୍କର ଯଦି ଆଉ କୋଉଠି ଆଫେୟାରସ ଥାଏ କିମ୍ବା ତା ପ୍ରତି ସେମିତି ମାନସିକତା ନଥାଇ ଯଦି ତା ପ୍ରସ୍ତାବକୁ ନାକଚ କରି ଦିଅନ୍ତି, ତା'ପରେ ବନ୍ଧୁତା ରହିବା ମୁସ୍କିଲ୍ ହେଇଯିବ । ଏଇ ଏଇ ଚାକିରି ମାନଙ୍କ ଭିତରେ ଜୀବନର ବହୁ ମହତ୍ଵପୂର୍ଣ୍ଣ ଘଟଣା ଗୁଡ଼ିକ ଚାପା ପଡ଼ିଯାଏ, ଏଡ଼େଇ ହେଇଯାଏ ବେଲେବେଲେ । ପଦ ପଦବୀ ପତିଆରା ଅର୍ଥ ସବୁ ଆବେଗଗତ ପ୍ରସଙ୍ଗ ଗୁଡ଼ିକୁ ଅଣଦେଖା କରିଦିଏ । ସେଇଥିପାଇଁ ଦେଖାଯାଏ ବହୁ ଉଚ୍ଚବୃତ୍ତିଧାରୀ ପୁରୁଷ ଗୁଡ଼ିକ ଅବିବାହିତ ବା ଦାମ୍ପତ୍ୟ ଜୀବନରୁ ନିର୍ବାସିତ । ତା ଜୀବନରେ ସେମିତି କିଛି ବିଡ଼ମ୍ବନା ଅଛି ନା କ'ଣ ?

ଦ୍ରାକ୍ଷା ଏବେ ବିଲକୁଲ ନାରୀଟିଏ ହୋଇ ଯାଉଥିଲା ଯିଏ ଗୋଟେ ମଧୁର ଦାମ୍ପତ୍ୟ ଜୀବନ ସହିତ ପିଲାଛୁଆଙ୍କ ସଂସାର ଭିତରେ ଜୀବନର ସାର୍ଥକତା ଖୋଜୁଥାଏ । ତା' ପାଖରେ ଉଚ୍ଚଶିକ୍ଷା କି ଉଚ୍ଚବେତନର ପଦବୀ ଖୁବ୍ ଗୌଣ ହେଇଯାଏ । ତା'ର ଏଇ ନାରୀତ୍ଵର କାମନାକୁ କ'ଣ ଗ୍ରହଣ କରିବେ ନକୁଲ ?

ସେ ଜାଣେ ହସଖୁସି ଥଟ୍ଟମଜା କରୁଥିଲେ ବି ନକୁଲ ଏକଦମ୍ ପ୍ରଫେସନାଲ ଆଉ ପ୍ରଫେସନାଲ ଲୋକଗୁଡ଼ାଙ୍କୁ ଇମୋସନାଲ କ୍ଷେତ୍ରକୁ ଆଣିବା ଖୁବ୍ ମୁସ୍କିଲ୍ ।

ବାହାରେ ଗାଡ଼ିର ହର୍ଷ୍ ‌। ନକୁଲ ପହଞ୍ଚ ଗଲେଣି । ଦ୍ରାକ୍ଷା ଓହ୍ଲେଇ ଗଲା ତଳକୁ ।

ଗାଡ଼ିରେ ଦ୍ରାକ୍ଷାର ଗୁମ୍‌ସୁମ୍ ଭାବ ଦେଖି ଠଟ୍ଟାଳିଆ ସ୍ବରରେ ପଚାରିଲେ ନକୁଲ, କ’ଣ ମାଡ଼ାମ୍‌ଙ୍କ ମୁଡ୍ ଅଫ୍ ଅଛି କି ?

ଦ୍ରାକ୍ଷା ଏଇ ମଉକାରେ ନକୁଲଙ୍କ ମନୋଭାବ ଜାଣିନେବା ପାଇଁ ମିଛ କଥାଟିଏ କହିଦେଲା । ମତେ ଛୁଟି ନେଇ କିଛିଦିନ ଗାଁକୁ ଯିବାକୁ ହେବ । ବାପାଙ୍କ ତାଗିଦ୍ । ମୋର ମ୍ୟାରେଜ୍ ଆରେଞ୍ଜମେଣ୍ଟ ଚାଲିଚି ।

ନକୁଲ ଟିକେ ଗମ୍ଭୀର ହେଇଗଲେ ।

ଦ୍ରାକ୍ଷା ଲକ୍ଷ୍ୟ କରୁଥିଲା ନକୁଲଙ୍କ ମୁହଁକୁ । ବୁଝି ପାରୁଥିଲା ନକୁଲ ଆହତ ହେଉଛନ୍ତି କିନ୍ତୁ ଖୁବ୍ ରୋକ୍‌ଟୋକ୍ ସିଧା କହୁଥିବା ନକୁଲ ତ ପ୍ରପୋଜ୍ କରିପାରନ୍ତେ । ତା’ହେଲେ ତା ଧାରଣା ଭୁଲ୍ । ତାଙ୍କର ସଂପର୍କକୁ ବନ୍ଧୁତ୍ବ ଠାରୁ ଉର୍ଦ୍ଧ୍ବକୁ ହୁଏତ କେବେ ନେଇପାରି ନାହାନ୍ତି ନକୁଲ କିମ୍ବା ମୁଁ ହୁଏତ ତାଙ୍କର ପସନ୍ଦ ନୁହେଁ ।

ପଚାରିଲା ଦ୍ରାକ୍ଷା, କ’ଣ କିଛି କହିଲେ ନାହିଁ ?

ନକୁଲ ହଠାତ୍ ଗାଡ଼ି ବନ୍ଦ କରିଦେଲେ । ଦ୍ରାକ୍ଷାର ହାତଟିକୁ ଚାପିଧରି କହିଲେ, ଆଇ ଡୋଣ୍ଟ ୱାଣ୍ଟ ଟୁ ମିସ୍ ୟୁ ଦ୍ରାକ୍ଷା.....

ଉଚ୍ଛୁଲି ଉଠିଲା ଦ୍ରାକ୍ଷା, ଆଇ ଅଲ୍‌ସୋ ୱାଣ୍ଟ ସୋ.....

ଦୁହେଁ ହସି ଉଠିଲେ । ଦୀର୍ଘ ଦିନର ପରସ୍ପରର ଗୋପନ ମାନସିକତା ଆଜି ଫିଟିଯାଇଛି । ଦ୍ରାକ୍ଷା ଖୁବ୍ ଆଶ୍ବସ୍ତ ଅନୁଭବ କରୁଥିଲା । ନକୁଲ ଟିକେ ଅନ୍ୟମନସ୍କ ହୋଇ କହିଲେ, କିନ୍ତୁ ଦ୍ରାକ୍ଷା, ମୋର ଗୋଟେ କଣ୍ଡିସନ୍ ।

: କଣ୍ଡିସନ୍ ?

: ତମକୁ ଚାକିରି ଛାଡ଼ିବାକୁ ହେବ ।

ହ୍ବାଟ୍ !! ଚାକିରି ଛାଡ଼ିବି ? ପ୍ରାସ୍ତବଟିକୁ ବିଲକୁଲ ନାପସନ୍ଦ କଳାପରି କହିଲା ଦ୍ରାକ୍ଷା । ନକୁଲ ଖୁବ୍ ସ୍ବାଭାବିକ ଢ଼ଙ୍ଗରେ କହିଲେ, ଦେଖ ଦ୍ରାକ୍ଷା, ଏଇ ଆଶଙ୍କାରେ ମୁଁ ବହୁତ ଦିନରୁ ଚାହୁଁଥିଲେ ବି କହିପାରୁ ନଥିଲି । ମୁଁ ଜାଣେ ତମେ କୌଣସି ପରିସ୍ଥିତିରେ ହୁଏତ ଚାକିରି ଛାଡ଼ିବାକୁ ଚାହିଁବ ନାହିଁ । କିନ୍ତୁ ମୁଁ ଜଣେ ବିଭାଜିତ ପତ୍ନୀ ଚାହେଁନାହିଁ ।

ବିଭାଜିତ ପତ୍ନୀ !!

ନୁହେଁ ଆଉ କ'ଣ ? ନକୁଳ ବୁଝାଇଲା ଭଳି କହିଲେ। ଚାକିରି କରୁଥିବା ପତ୍ନୀ ସହିତ ଦାମ୍ପତ୍ୟ ଜୀବନ ବିଭାଜିତ ନା ନୁହେଁ ? ଗୋଟେ କ୍ଲାନ୍ତ ଶରୀର, ଅବସନ୍ନ ମନନେଇ ଅପିସରୁ ଫେରୁଥିବା ପତ୍ନୀଟି ଠାରୁ ଗୋଟେ ସତେଜ ଆବେଗ ମିଳିବା ସମ୍ଭବ କି ? ଅନ୍ୟ ପ୍ରଫେସନ ମାନଙ୍କରେ ହୁଏତ ଟିକେ ରିଲାକ୍ସ ଅଛି, ହେଲେ କମ୍ପାନୀ ଚାକିରି ମାନଙ୍କରେ ଅର୍ଥ ଅଧିକ ସ୍ୱାଧୀନତା କମ୍ । ସୁତରାଂ ଏ କ୍ଷେତ୍ରରେ ନିରୁପଦ୍ରବ ସୁଖକର ପାରିବାରିକ ଜୀବନ ଦୁଷ୍ପ୍ରାପ୍ୟ । ତମେ କ'ଣ କହୁଚ ?

ଦ୍ରାକ୍ଷାର ମନ ଭାଙ୍ଗି ଯାଇଥିଲା । କହିଲା, ଆର୍ଥିକ ଦିଗଟିକୁ ତ ପୁଣି ନଜର ଦେବା ଜରୁରୀ ନା ନୁହେଁ ?

ଅର୍ଥ କ'ଣ ଜୀବନକୁ ନିୟନ୍ତ୍ରଣ କରେ ? ମାନୁଚି ଅର୍ଥ ଆବଶ୍ୟକ କିନ୍ତୁ ମୁଁ ଯେତିକି ଅର୍ଥ ରୋଜଗାର କରୁଚି ଆଉ ଆଗକୁ ଯେଉଁ ଲମ୍ବା ଭବିଷ୍ୟତ ଅଛି, ଭାବୁଚି ଆମ ଜୀବନକୁ ଯଥେଷ୍ଟ ପ୍ରାଚୁର୍ଯ୍ୟମୟ କରିବାକୁ ସମର୍ଥ । ଆଉ ଅଧିକ ଅର୍ଥ ଲାଭ ପାଇଁ ପତ୍ନୀକୁ ନିୟୋଜିତ କରି ଗୋଟେ ସୁଖକର ଜୀବନକୁ ହାତଛଡ଼ା କରିବା ସପକ୍ଷରେ ମୁଁ ନୁହେଁ ।

ତାହେଲେ ମୋ ଶିକ୍ଷା, ମୋ କ୍ୟାରିଅରର ଆଉ ମୂଲ୍ୟ ରହିଲା କ'ଣ ? ଦ୍ରାକ୍ଷା ଖୁବ୍ ବିବ୍ରତ ହେଲାଭଳି କହିଲା ।

ନକୁଳ ଦ୍ରାକ୍ଷାର ଏ ଅବୋଧ ପ୍ରଶ୍ନରେ ଗୋଟେ ମ୍ଲାନହସ ହସି କହିଲେ, ଶିକ୍ଷାଟାକୁ ଖାଲି ଧନ ଅର୍ଜନରେ ନିୟୋଜିତ କଲେ ତାହା ସାର୍ଥକ ହୁଏ, ଏମିତି ନିର୍ବୋଧ ଚିନ୍ତା ମୁଁ ତମଠାରୁ ଆଶା କରେନାହିଁ । ତମେ ଏହାକୁ ଅନ୍ୟ ଶୁଭ ଅର୍ଥରେ ବି ବିନିଯୋଗ କରିପାରନ୍ତ, ଯାହା ସମାଜ କଲ୍ୟାଣ ପାଇଁ ଉପଯୋଗୀ ହେଇପାରନ୍ତା ।

ନକୁଳର କଥା ଦ୍ରାକ୍ଷାକୁ ଖୁବ୍ ଅବାନ୍ତର ଓ ଅବାସ୍ତବ ଲାଗିଲା । ଠଟ୍ଟାକରି କହିଲା, ତମକୁ କ'ଣ ଡାକିବି ? ଗାନ୍ଧୀ, ଗୋପବନ୍ଧୁ ନା ଶ୍ରୀଅରବିନ୍ଦ ?

ନକୁଳ ଏହାପରେ ଦ୍ରାକ୍ଷାକୁ ଆଉକିଛି କହିବା ଉଚିତ ମନେକଲେ ନାହିଁ । ଖାଲି କହିଲେ, ଏ ବାବଦରେ ଅଧିକ ଯୁକ୍ତି ମୁଁ ଚାହେଁ ନାହିଁ ଦ୍ରାକ୍ଷା । ମୁଁ ମୋ ମତ ରଖିଲି । ଏଣିକି ତମ ନିଷ୍ପତି । ଅବଶ୍ୟ ତମର ଯେକୌଣସି ନିଷ୍ପତିକୁ ମୁଁ ସମ୍ମାନ କରିବି ।

ଦ୍ରାକ୍ଷାର ମନ ସଂପୂର୍ଣ୍ଣ ଭାଙ୍ଗି ଯାଇଥିଲା ଓ ସେ ଅନ୍ୟମନସ୍କ ହୋଇ ପଡୁଥିଲା ତା'ର ଭବିଷ୍ୟତକୁ ନେଇ ।

ଦ୍ରାକ୍ଷା ଯେତେବେଳେ ଖୁବ୍ ଗୋଟେ ମାନସିକ ସଂଘର୍ଷ ଦେଇ ଗତି କରୁଥିଲା ସେତେବେଳେ କେକେଙ୍କ ପ୍ରସ୍ତାବ । ସେମିନାର ଦିନ ଠାରୁ କେକେ ନିୟମିତ

ଯୋଗାଯୋଗରେ ରହୁଥିଲେ ଓ ସମୟ କ୍ରମେ ଦ୍ରାକ୍ଷା ବି କେମିତି ପ୍ରଲୁବ୍‌ଧ ହୋଇ ପଡୁଥିଲା ତାଙ୍କ ପ୍ରତି । ବେଳେବେଳେ କେକେଙ୍କୁ ନକୁଲ ସହିତ ବି ତୁଲନା କରି ଦେଉଥିଲା ଆଉ ତାକୁ ଲାଗୁଥିଲା କେକେଙ୍କ ପର୍ସନାଲିଟି ଓ ପୋଜିସନ ନକୁଲ ଠାରୁ ଢେର ଓଜନଦାର । ନକୁଲର ପ୍ରସ୍ତାବକୁ ସହଜରେ ଗ୍ରହଣ କରିପାରୁ ନଥିଲା ଦ୍ରାକ୍ଷା ଯଦିଓ ତାକୁ ହାତଛଡ଼ା କରିବାକୁ ବି ଚାହୁଁନଥିଲା । ବ୍ୟବସାୟିକ ବ୍ୟବସ୍ଥା ଭିତରେ ଆତଯାତ ଦ୍ରାକ୍ଷାର ମାନସିକତା ବେଶୀ ବେଶୀ ଲାଭକ୍ଷତିର ଅଙ୍କ କଷୁଥିଲା ଓ ବିବାହ ପାଇଁ ନିଜର ଆର୍ଥିକ ନିରାପଭା ଓ ସ୍ୱାଧୀନତାକୁ ବିପନ୍ନ କରିବାକୁ ଚାହୁଁ ନଥିଲା ।

କେକେଙ୍କ ପ୍ରସ୍ତାବ ଥିଲା ତାଙ୍କ କମ୍ପାନୀରେ ଜଏନ କଲେ ଏ କମ୍ପାନୀ ଠାରୁ ପାଇବ ଦେଢ଼ଗୁଣା ଆନୁଆଲ ପ୍ୟାକେଜ୍ । ଖୁବ୍‌ ଶୀଘ୍ର ହୁଏତ କୌଣସି ଏରିଆ ମ୍ୟାନେଜରର ପୋଷ୍ଟ । ତାଛଡ଼ା କେକେଙ୍କ ଭଳି ଜଣେ ଉର୍ଦ୍ଧ୍ୱ ଉଡ଼ାଣଖୋର ବ୍ୟକ୍ତି ହେପାଜତରେ ତା'ର ଭବିଷ୍ୟତ ସମୃଦ୍ଧିର ସମ୍ଭାବନା ଢେର ଅଧିକ । ଏପରି ବି ହେଇପାରେ କେକେ ଯେଉଁଭଳି ଭାବରେ ତା ପ୍ରତି ଆକୃଷ୍ଟ ହେଇପଡୁଛନ୍ତି, ସେଟାକୁ ମ୍ୟାରେଜ୍‌ ସେଟଲମେଣ୍ଟରେ ବି ପରିଣତ କରାଯାଇପାରେ ।

ଦ୍ରାକ୍ଷା ନିଜର ବ୍ୟବସାୟିକ ବୁଦ୍ଧିକୁ ନିଜେ ତାରିଫ୍‌ କରୁଥିଲା ଓ ତା'ର ମ୍ୟାନେଜମେଣ୍ଟ କ୍ୟାରିଅରଟା କେବଳ ବିଜିନେସକୁ ନୁହେଁ ଜୀବନକୁ ବି ମ୍ୟାନେଜ କରିବାର ସାମର୍ଥ୍ୟ ତାକୁ ଦେଇଚି ବୋଲି ଭାବୁଥିଲା ।

ଶେଷରେ ଦ୍ରାକ୍ଷା କେକେଙ୍କୁ ଜଣେଇଦେଲା ଖୁବ୍‌ ଶୀଘ୍ର ସେ କମ୍ପାନୀରେ ଜଏନ କରୁଚି । କେକେ ଏ ନିଷ୍ପତ୍ତି ଶୁଣି ଖୁବ୍‌ ଚମକୃତ ହେଲାପରି କହିଲେ, ମୁଁ ଜାଣିଥିଲି ମିସ୍‌ ଦ୍ରାକ୍ଷା, ଇଉ ଆର ଭେରି ଇଣ୍ଟେଲିଜେଣ୍ଟ ଟୁ ଟେକ୍‌ ଏ ରାଇଟ୍‌ ଡିସିସନ, ମୁମ୍ବାଇ ୱେଲକମ୍ସ ଇୟୁ.....

ଦ୍ରାକ୍ଷା ଆଖ୍ ଆଗରେ ବିପଣୀ ନଗରୀର ବିପୁଳ ପ୍ରାଚୁର୍ଯ୍ୟ ଝଲସି ଉଠିଲା ।

ତା'ର ଏ କମ୍ପାନୀ ଛାଡ଼ି ମୁମ୍ବାଇ କମ୍ପାନୀରେ ଜଏନ କରିବା ସମ୍ବାଦ ଶୁଣି ନକୁଲ ବିଶେଷ କିଛି ପ୍ରତିକ୍ରିୟା ପ୍ରକାଶ କଲେନାହିଁ । ଦ୍ରାକ୍ଷା କିନ୍ତୁ ଭାବୁଥିଲା ନକୁଲ ତା'ର ଏ ନିଷ୍ପତ୍ତିକୁ ବିରୋଧ କରିବେ କିମ୍ବା ପ୍ରତ୍ୟାହାର କରିବାକୁ ବାଧ୍ୟ କରିବେ । ତା ସହିତ ଗଢ଼ି ଉଠିଥିବା ସମ୍ପର୍କର ଦାହିରେ ଜାହିର କରିବେ କିଛି ଅଧିକାର ପଣ କିମ୍ବା ସର୍ଚ୍ଚ୍ୟୁତ ହେଇ କହିବେ ତମେ ଚାକିରି ନଛାଡ଼ିଲେବି ତମ ସହ ବିବାହକୁ ମୁଁ ରାଜି ଅଛି । କିନ୍ତୁ ସେମିତି କିଛି ଘଟିଲା ନାହିଁ । ଦ୍ରାକ୍ଷା ଆହତ ହେଲା ମନେମନେ । ନକୁଲ ଆଘାତ ପାଉ ସେ ଚାହୁଁଥିଲା, କିନ୍ତୁ ନକୁଲ ଏଥିପ୍ରତି ଗୁରୁତ୍ୱ ନଦେବାରୁ ଦ୍ରାକ୍ଷା

ଭାବିଲା କମ୍ପାନୀର ମାର୍କେଟିଂ ମ୍ୟାନେଜର ହେଇ ଏ ଲୋକଟି ନିଜ ହୃଦୟଟାକୁ ବି ବିକ୍ରି କରିସାରିଚି । ଯା' ଠାରୁ ଆଉ କ'ଣ ଆଶା କରାଯାଇପାରେ ?

ବିଦାୟ ଦିନ ନକୁଳ ଖାଲି ତା'ର ଦି' ହାତକୁ ତୋଳିଧରି କହିଲେ, ଉଇସିଂ ଏ ହାପି ଲାଇଫ୍ ଦେୟାର । ତାଙ୍କ ଆଖିରେ ଲୁହ ଟଳଟଳ କରୁଥିଲା, ଦ୍ରାକ୍ଷା ଅନୁଭବ କଲା ସେ ଲୁହ ତା' ଆଖିକୁ ମଧ୍ୟ ସଂକ୍ରମିତ ହେଇଯାଉଛି ।

ନୂଆ ଜାଗା ନୂଆ କମ୍ପାନୀ ହେଲେ ବି ଦ୍ରାକ୍ଷାର ଦକ୍ଷତା ଥିଲା ସବୁକୁ ଚଳେଇ ନେବା । ବିଶେଷ କିଛି ଅସୁବିଧା ହେଲାନାହିଁ । କେକେଙ୍କ ପ୍ରଭାବ ଓ ହେପାଜତରେ ସେ ତା'ର କାମ ସବୁ ଠିକ୍ ଠିକ୍ ଚଳେଇ ନେଉଥିଲା ।

ଛୁଟିଦିନ ମାନଙ୍କରେ କେକେ ତାକୁ ଲଙ୍ଗ ଡ୍ରାଇଭରେ ନେଇଯାଉଥିଲେ । ମୁମ୍ବାଇର ବିଭିନ୍ନ ସ୍ଥାନ ବୁଲାଉଥିଲେ । ମେରାଇନ୍ ଡ୍ରାଇଭରେ ବସି ଆରବସାଗରର ସୂର୍ଯ୍ୟାସ୍ତ ଦେଖୁଥିଲେ । ସହରର ନାମୀଦାମୀ ହୋଟେଲରେ ଲଞ୍ଚ ଡିନର୍ କରୁଥିଲେ । ମାନଭରି ସପିଂ କରୁଥିଲେ । ସବୁ ଖର୍ଚ ତୁଲାଉଥିଲେ କେକେ ।

ଦ୍ରାକ୍ଷା ଦେଖୁଥିଲା, କେକେ ଖୁବ୍ ରୋମାଣ୍ଟିକ । ଅପଟୁଡେଟ୍ ହେୟାର ଷ୍ଟାଇଲ୍, ସର୍ଟ ସାର୍ଟକୁ ମ୍ୟାଚିଂ ଜିନ୍ସ, ହିଲ୍‌ଡବୁଟ୍, ଗୋଲେଡେନ୍ ବ୍ୟାଣ୍ଡ ୱାଚ, ଡାହାଣ ହାତରେ ସୁନାପାତିଆ ବଲା, ଆଖିରେ ଫ୍ରେମ୍‌ଲେସ୍ ଷ୍ଟାଇଲିସ୍ ଗ୍ଲାସ୍, କ୍ଲିନ୍‌ସେଭଡ୍, ସ୍ମାର୍ଟ । ଚାଲିରେ ଗୋଟାଏ ବିପୁଲ ପୁଞ୍ଜି ବଜାରକୁ ଅକ୍ତିଆର କରି ନେଇଥିବାର ଧାକ୍ । ୟେ ସମୁଦାୟ କେକେ । ଦ୍ରାକ୍ଷା କ୍ରମେ କ୍ରମେ ଦୁର୍ବଲ ଓ ସମର୍ପିତ ହେଇ ପଡୁଥିଲା କେକେ ପ୍ରତି । ତାକୁ ଲାଗୁଥିଲା କେକେ ହିଁ ତା ପାଇଁ ପରଫେକ୍ଟ ମିଃ. ରାଇଟ୍ ।

ଦିନେ କେକେଙ୍କ ନିମନ୍ତ୍ରଣ ଦ୍ରାକ୍ଷାକୁ । ନିଜ ଫ୍ଲାଟ୍‌କୁ । ଦ୍ରାକ୍ଷା ମଧ୍ୟ ସମ୍ମତି ଜଣାଇଲା । କେକେ କହିଲେ ଗାଡ଼ି ପଠାଇବି । ଦ୍ରାକ୍ଷା ମନକଲା । କହିଲା, ମୋର ପହଞ୍ଚିବା ଅସୁବିଧା ହେବନାହିଁ । ଖାଲି ଠିକଣାଟା ଦିଅନ୍ତୁ । କେକେ ହସି ଉଠିଲେ । କହିଲେ ମିସ୍ ଦ୍ରାକ୍ଷା ରିୟଲି ୟୁ ଆର ଭେରି କନ୍‌ଫିଡେଣ୍ଟ ଆଣ୍ଡ ଡେୟାରିଂ ।

ଦ୍ରାକ୍ଷା ନିଜର ସମ୍ମତି ହସରେ ଫେରାଇଲା । ମନେ ମନେ ଭାବିଲା, ସେତକ ନଥିଲେ ତମଭଲି ଜନ୍ତୁମାନଙ୍କୁ ଜବତ୍ କରିପାରନ୍ତି କି ? ମ୍ୟାନେଜମେଣ୍ଟ ପଢ଼ିଲା ଠାରୁ ହିଁ ମୁଁ ଜାଣିଛି ଏହାର ୱାଇଡ୍ ସ୍ଫିୟରରେ ମତେ ବହୁଲୋକ, ବହୁ ସ୍ଥାନକୁ ଭେଟିବାକୁ ପଡ଼ିବ, ତାକୁ ମ୍ୟାନେଜ କରିବା ତରିକା ବି ହାସଲ କରିସାରିଛି । ନହେଲେ ଏୟାଏ ମୁଁ ଭର୍ଜିନ ନଥାନ୍ତି ।

ଭିଆଇପି ଏରିଆରେ କେକେଙ୍କ ଫ୍ଲାଟ୍ । ଘରର ସାଜସଜ୍ଜା ଦେଖି ଚମକୁତ

ହେଲା ଦ୍ରାକ୍ଷା । କେକେ ନିଜପରି ବି ଖୁବ୍ ଟିପ୍‌ଟପ୍ ରଖ୍ଛନ୍ତି ଘରଟିକୁ । ଦ୍ରାକ୍ଷା ତାରିଫ୍ କଲା କେକେଙ୍କ ଚଏସ୍‌କୁ ।

କେକେ କହିଲେ, ହେଲେ କ’ଣ ହେବ ? ମୋ ପରି ହିଁ ମୋର ଘର ଏକା । ନିରବତା ହିଁ ତା’ର ଭାଷା ।

ସେ ନୀରବତାକୁ ଚଲଚଞ୍ଚଳ କରିବାକୁ କ’ଣ ଚାହାନ୍ତି ନାହିଁ ଆପଣ ?

ଚାହେଁ.... ବଟ୍... ହୁ ଉଇଲ ହେଲ୍‌ପ ମି ?

ଅଚାନକ ଦ୍ରାକ୍ଷା ପାଟିରୁ ବାହାରିଗଲା, ଆଇ କ୍ୟାନ୍ ହେଲ୍‌ପ....

ଭାବୁଥିଲା କେକେ ତା କଥାର ମର୍ମାର୍ଥ ବୁଝିବେ ।

କେକେ ସ୍ତବ୍ଧ ହୋଇଗଲା ଭଳି ତାଙ୍କୁ ଚାହିଁଲେ । ଦ୍ରାକ୍ଷା ଠାରୁ ଏମିତି ଏକ ପ୍ରତିଶ୍ରୁତି ତୁରନ୍ତ ମିଳିବ ସେ ଆଶା କରିନଥିଲେ । ସେ ଉଠି ଆସିଲେ ଦ୍ରାକ୍ଷା ନିକଟକୁ, ତା ହାତ ଦୁଇଟିକୁ ତୋଳିଧରି କହିଲେ, ରିୟଲି ଗଡ଼ ହାଜ୍ ସେଣ୍ଡ ଏ ରିୟଲ ପାର୍ଟନର ଫର ମି... ଥାଙ୍କ୍ସ । ସେ ଖୁବ୍ କୃତଜ୍ଞ ଓ ଅସ୍ଥିର ଜଣାପଡ଼ିଲେ ।

ଦ୍ରାକ୍ଷା ତାଙ୍କୁ ଅନ୍ୟମନସ୍କ କରିଦବାକୁ କହିଲା, ଦିନର ଥଣ୍ଡା ହେଉଛି । କେକେ ସଚେତନ ହେଲାପରି ଉଠିଗଲେ ।

ଖାଇବା ଭିତରେ ହିଁ ସବୁ କଥା । ନିଜ ନିଜକୁ ଖୋଲିବାରେ କିଛି ତଥ୍ୟ, କିଛି ମିଥ୍ୟା, କିଛି ସତ୍ୟ, କିଛି ତୁଳନା, କିଛି ସ୍ୱପ୍ନ ଓ ସମ୍ଭାବନା ।

ରାତି ଅନେକ ହେଲାଣି । ମୁମ୍ବାଇ ମହାନଗରୀରେ ଅବଶ୍ୟ ରାତି ନଥାଏ । ତେଣୁ ବିଳମ୍ବ ଆଶଙ୍କାଗ୍ରସ୍ତ ନୁହେଁ କିନ୍ତୁ ବାହାର ଠାରୁ ଏବେ ଘର ଭିତରଟା ବେଶୀ ଉପଦ୍ରବ ପ୍ରବଣ ଜଣା ପଡ଼ିଲାଣି ଦ୍ରାକ୍ଷାକୁ । ସେ ବିଦାୟ ଚାହିଁଲା ।

କେକେ ଦିନର ସହିତ ଡ୍ରିଙ୍କସ ନେଇଛନ୍ତି । ଏଇଟା ଖୁବ୍ ଧର୍ତ୍ତବ୍ୟ ନୁହେଁ ଦ୍ରାକ୍ଷା ବୁଝେ । ମାସକୁ ତିନି ଲକ୍ଷରୁ ଉର୍ଦ୍ଧ୍ୱ ଟଙ୍କା କମାଉଥିବା ଜଣେ କମ୍ପାନୀ ଏକ୍‌ଜିକ୍ୟୁଟିଭ୍‌କୁ ମଦୁଆ କୁହାଯାଇ ନପାରେ । ସେ ବରଂ ଶୋଇପଡ଼ିବା ଉଚିତ, ତେଣୁ ଦ୍ରାକ୍ଷା ଉଠିଲା ।

ତା ପାଖକୁ ଚାଲି ଆସିଲେ କେକେ । ତା’ର କଟୀବେଷ୍ଟନ କରି ତା ମୁହଁ ପାଖକୁ ମୁହଁ ନେଇ କହିଲେ, ଲେଟ୍‌ଅସ ଲିଭ୍ ଟୁଗେଦର ଦ୍ରାକ୍ଷା, ଆଇ କ୍ୟାନ୍‌ଟ ଲିଭ୍ ଉଇଦାଉଟ୍ ଇୟୁ...

: ଆଇ ଅଲ୍‌ସୋ ୱାଣ୍ଟ ସୋ, ମିଃ କେକେ ।

ଇଂରାଜୀ ଭାଷାରେ କେତେ ସହଜରେ ନିଜକୁ ପ୍ରକାଶ କରାଯାଇପାରେ ସତରେ ! ଏତକ କହିଦେଇ ଦ୍ରାକ୍ଷା ଟିକେ ଲଜ୍ଜିତ ହେଇପଡ଼ିଲା ।

କେକେ ଯେପରି ଉଚ୍ଛନ୍ନ ହୋଇ ଉଠିଲେ । ଦ୍ରାକ୍ଷାକୁ ଭିଡ଼ିଧରି କହିଲେ, ଦ୍ୟାଟ୍ସ
ଏ ଗୁଢ଼ ପାର୍ଟନର.... ଲେଟ ଅସ ଗୋ ଟୁ ବେଡ ।

ବେଡ... ସର୍ପାହତ ହେଲାପରି କେକେକୁ ଗୋଟେ ଝଟକାରେ ନିଜଠୁ ଅଲଗା
କରିନେଲା ଦ୍ରାକ୍ଷା । କହିଲା, ଏସବୁ ଆଫ୍ଟର ମ୍ୟାରେଜ୍....

ମ୍ୟାରେଜ୍ !! ଠୋ ଠୋ ହସି ଉଠିଲେ କେକେ.... ଦ୍ୟାଟ୍ସ ଏ ଟ୍ରାଡିସନାଲ
ଡ଼ାର୍ଟି ସିଷ୍ଟମ.... ଆଇ ଡୋଣ୍ଟ ବିଲିଭ୍ ଇଟ୍ । ମୁଁ ଆଷ୍ଚର୍ଯ୍ୟ ମିସ୍ ଦ୍ରାକ୍ଷା... ଏତେ ମଡ଼ର୍ଣ
ହୋଇ... ହାଇ କ୍ୱାଲିଫାଏଡ୍ ହୋଇ... ସେଇଠି ଅଟକିଛ ? ହାଓ ସ୍ୟାଡ଼... ଆସ...
ଲେଟ୍ ଅସ ଏନ୍ଜୟ ଦି ଲାଇଫ୍.... କମ୍ । କେକେ ମାଡ଼ି ଆସୁଥିଲେ ।

ଦ୍ରାକ୍ଷା କହିଲା, ରୁହନ୍ତୁ ମିଃ କେକେ, ଏଭଳି ଏନ୍ଜୟମେଣ୍ଟ ଇଲିଗାଲ...
ଅବୈଧ.... ଏଥିରେ ରିସ୍କ ଅଛି ।

: ରିସ୍କ.... ହ୍ୱାଟ ରିସ୍କ..... !

ଦ୍ରାକ୍ଷା କେକେ ଭଳି ଗୋଟେ ବିଉଶାଳୀ ସୁପୁରୁଷକୁ ହରେଇବାକୁ ଚାହୁଁ
ନଥିଲା । ତେଣୁ ତା କଥାରେ ଉତ୍ୟକ୍ତ ନହୋଇ ବୁଝାଇବାକୁ ଚେଷ୍ଟାକଲା... ଦେଖନ୍ତୁ
ମିଃ କେକେ, ଲିଭ୍ ଇନ୍ ରିଲେସନସିପ ଗୋଟେ ଜଘନ୍ୟ ମାନସିକତା, ଦାୟିତ୍ୱହୀନ
ବ୍ୟବସ୍ଥା । ଆମ ସମାଜ, ପରିବାର ଗଢ଼ିବାକୁ ଗୋଟେ ଦାୟିତ୍ୱ ଭାବରେ ନିଏ ।
ଯେଉଁଠି ପିଲାଟିଏ ହେଲେ ତାକୁ ଅବୈଧ ବୋଲି ଧରାଯାଏ ନାହିଁ.... ହେଲେ....

ଚିହିଁକି ଉଠିଲେ କେକେ । ମିସ୍ ଦ୍ରାକ୍ଷା... ଇୟୁ ଆର ଷ୍ଟିଲ ଇନ୍ ବ୍ଲାକ୍ ଆଣ୍ଡ
ହ୍ୱାଇଟ୍ ଏଜ୍... ବଟ୍ ଆଇ ଆମ ଲିଭିଂ ଇନ୍ ଏ କଲରଫୁଲ ଏରା... ଆଇ ୱାଣ୍ଟ ଓନ୍ଲି
ଏନ୍ଜୟମେଣ୍ଟ.... ନୋ ରିସ୍କ... ନୋ ଟେନ୍ସନ୍ । ଆଉ ଯେଉଁ ପିଲାଛୁଆ କଥା
କହୁଚ, ଦେୟାର ଆର ସୋ ମେନି କଂଟ୍ରାସେପ୍ଟିଭ୍ସ.... ତା ସତ୍ତ୍ୱେ ଯଦି ବା
ହେଇଗଲା.... ଉଇ କ୍ୟାନ ଥ୍ରୋ ଇଟ୍ ଇନ୍ ଆନ ଅର୍ଫାନ ହାଉସ... ସୋ ହ୍ୱାଟ !!

ଆଷ୍ଚର୍ଯ୍ୟ ହେଉଥିଲା ଦ୍ରାକ୍ଷା । ବିଶ୍ୱାସ କରିପାରୁ ନଥିଲା ଖୁବ୍ ସମ୍ଭ୍ରାନ୍ତ ଓ ମାର୍ଜିତ
ଭାବୁଥିବା ମଣିଷଟି ଏତେ ଇତର ହେଇପାରେ ବୋଲି ।

କେକେ ପୁଣି କହିଲେ, ମିସ୍ ଦ୍ରାକ୍ଷା ଇୟୁ ନୋ ଆଇ ଡୋଣ୍ଟ ନୋ ମାଇଁ
ପାରେଣ୍ଟସ.... ଆଇ ଆମ ଫ୍ରମ ଆନ୍ ଅର୍ଫାନ୍ ହାଉସ... କ'ଣ ହେଇଛି ? ମଣିଷ
ହେଇନି ? ଟଙ୍କା ରୋଜଗାର କରୁନି ? ଆଇ ହାଭ୍ ଏଭିଥଂ... ଆଇ ୱାଣ୍ଟ ଓନ୍ଲି
ମନି ଆଣ୍ଡ ସେକ୍... ଆସ... କମ୍...

ସ୍ତବ୍ଧ ହେଇଯାଉଥିଲା ଦ୍ରାକ୍ଷା, ଲୋକଟାର ଇତିହାସ ଏତେ କୁତ୍ସିତ ! ଇସ୍.....

ଦ୍ରାକ୍ଷା ସଚେତନ ହେବାବେଳକୁ କେକେ ତାକୁ କବ୍ଜା କରି ନେଇ

ସାରିଥିଲେ । ଉତ୍ତାଟ ହୋଇ କହୁଥିଲେ... ପ୍ଲିଜ୍... ମିସ୍ ଦ୍ରାକ୍ଷା, ଡୋଣ୍ଟ ହାରାସ୍ ମି...
ଅଦର ୱ୍ଲାଇଜ୍ ଆଇ ଇଉଲ ରେପ୍ ଇୟୁ... ଦେନ ? ତାଙ୍କ କଣ୍ଠର ଦୃଢ଼ତା ପରି ହାତ
ଦୁଇଟା ମଧ୍ୟ ସକ୍ରିୟ ହେଇ ଉଠୁଥିଲା ଦ୍ରାକ୍ଷାର ଦେହ ଉପରେ ।

ପରକ୍ଷଣରେ ଦ୍ରାକ୍ଷାର ହାତ ଗୋଟେ ଜୋରଦାର ଥାପଡ଼ ବସେଇଲା କେକେ
ଗାଲରେ, ବାଷ୍ଟାର୍ଡ.... ହତବାକ୍ କେକେ ଏ ଆକସ୍ମିକତାକୁ ହଜମ କରିବା ପୂର୍ବରୁ ହିଁ
ସେ ବାହାରକୁ ବାହାରି ଆସିଲା ।

ବାହାରେ ସହର ଜଳୁଚି । ଉଦଗ୍ର ନିଆଁ ଭଳି । ତାକୁ ଫେରିବାକୁ ହବ ।
ଏବେ ହିଁ କେବଳ ନକୁଲ । ସେ ମୋବାଇଲ କାଢ଼ି ଟ୍ରାଏ ପରେ ଟ୍ରାଏ କରିଚାଲିଲା ।
ସବୁଥର ନଟ ରିଚେବଲର ଭଏସ ଆସୁଥିଲା ।

ବୋଉ

ଲୁହଥାଏ କୋଉଠି ? ଆଖିରେ ନାଁ ଛାତିରେ ? ଛାତିକି ଅଞ୍ଜଳି ପକେଇଲା ବେଳକୁ ଆଖି ଉବୁକି ପଡ଼ିଲା । ହାତ ଦି'ଟା ପାଦକୁ ଛୁଇଁବ ନାଁ ଗୋଟାସାରା ଦେହଟାକୁ ଜାବୁଡ଼ି ଧରିବ ଏକଥା ନିଷ୍ପତ୍ତି କରିବା ପୂର୍ବରୁ ଶିରାଳ ହାତ ଦି'ଟା ତା ମୁଣ୍ଡ ସମେତ ମୁହଁକୁ ଆଉଁସି ଆଉଁସି କୁଞ୍ଜେଇ ସାରିଥିଲା ସେତେବେଳକୁ, କୋଉଦିନରୁ ହଜିଯାଇଥିବା ବା ହଜେଇ ଦେଇଥିବା ଅନୁଭବ ପୁଣିଥରେ ଯେମିତି ଲୋଟିଯାଉଥିଲା ତଳେ । ସ୍ମୃତି ଆଉ ଅନୁଭବର ସେଇ ଅନନ୍ୟ ପୁଲକ ତା ସାମଗ୍ରିକ ସତ୍ତାକୁ ଆକ୍ରାନ୍ତ କରିସାରିଥିଲା ସମ୍ପୂର୍ଣ୍ଣ ଭାବରେ । ଏଭଳି ମହାର୍ଘ ଅନୁଭବକୁ ପ୍ରକାଶ କରିବାକୁ ସ୍ୱରମାନେ ସମର୍ଥ ହୁଅନ୍ତିକି କେବେ ? କୋଉ ଶବ୍ଦ କେତେ ନିୟତ କଲେ ଖୋଲି ଦେଇ ପାରନ୍ତା ତା ଛାତିତଳର ଲହରେଇ ଯାଉଥିବା ପୁଲକିତ ଭାବତରଙ୍ଗଙ୍କୁ ! ସବୁ ଯେମିତି ନିଥର ନିର୍ବାକ । ଖାଲି ଗୋଟେ ଲୁହକୋହ କାରୁଣ୍ୟର ମିଳିତ ଶବ୍ଦଟିଏ ତା ପାଟିରୁ ବାହାରିଗଲା, ବୋଉ...

ଖୁବ୍ ଦିନହବ ଏ ଡାକ କୋଉଠି ହଜିଥିଲା ? ହଜି ନଥିଲା ତ, ଏଇଠି କୋଉଠି ଥିଲା ସବୁବେଳେ ଶୁଭୁଥିଲା । ଖାଇଲାବେଳେ ତଣ୍ଡିରେ ଲାଗୁଥିଲା ଶୋଇଲାବେଳେ ନିଦ ଭଙ୍ଗେଇ ଦେଉଥିଲା, ଚାଲିଲାବେଳେ ଝୁଣ୍ଟେଇ ଦଉଥିଲା । ଦୁଆର ସେପଟର ଡାକ କବାଟ ଖୋଲି ଦେଲା ବେଳକୁ ପଳେଇ ଯାଉଥିଲା, ବନ୍ଦ କଲେ ପୁଣି ଫେରୁଥିଲା । ସେ ସ୍ୱର ହଜି ନଥିଲା । ଥିଲା । ଶୁଭୁଥିଲା କିନ୍ତୁ ଓ ଫେରେଇବାକୁ କେହି ନଥିଲା । ଏବେ ସେ ଓ ଫେରୁଛି କାନ୍ଦରେ, କାରୁଣ୍ୟରେ ଭାଙ୍ଗିରୁଜି ଭୁସ୍ତ୍ତି ପଡ଼ିଥିବା ଦେହଟା ଭିତରେ । ସେ ଦେହଟିକୁ ସମ୍ପୂର୍ଣ୍ଣ କାଖେଇ ନବାକୁ ଯେମିତି ସାମର୍ଥ୍ୟ ଖୋଜୁଥିଲା ନିସ୍ତେଜ ହେଇ ଆସୁଥିବା ଶିରାଳହାତ ଦୁଇଟି ।

ଏ ନିବିଡତାର ପୂର୍ଣ୍ଣଚ୍ଛେଦ ନଥାନ୍ତା କି ।

ହେଲେ ଜର୍ଜର ଡାକ ହିଁ ବଦଲେଇ ଦେଲା ସେ ମହାଭାବର ମହାନୁଭବ । ଡାଡ୍...

କୁନାଲ ଜର୍ଜର ସ୍ଥିତିକୁ ଭୁଲିଯାଇଥିଲା । ବୋଉ ହାତ ଦି'ଟାକୁ ଧରି କହିଲା, ବୋଉ, ଏ ଜର୍ଜ, ତୋ ନାତି ।

ବୋଉର ଉଚ୍ଛ୍ୱାସ ସରିନଥିଲା । ସରୁନଥିଲା । ସେ ଆବୋରି ନେଲା ପୁଅକୁ ଛାଡ଼ି ନାତିକି ।

ବୁଢ଼ୀଟିର ଅତର୍କିତ ଆକ୍ରମଣରେ ଆକ୍ରାମାକ୍ରା ଜର୍ଜ ଛାଟିପିଟି ହେଲା । ତାକୁ ଏ ସମସ୍ତ ଆଚରଣ ବଡ଼ ବିଚିତ୍ର ଲାଗୁଥିଲା । ଡାଡ଼୍ଙ୍କ ଗାଁ ସମ୍ପର୍କରେ ତା ମୁଣ୍ଡରେ ଥିବା ସମସ୍ତ କଳ୍ପନା ଯେମିତି ସୀମାତିକ୍ରମ କରି କରି ଚାଲିଥିଲା । ଖୁବ୍ ଅଡୁଆ ଓ ଅସଂପୃକ୍ତ ଥିଲା ଏ ପରିବେଶ ତା' ପାଇଁ । ପୁଣି ତାକୁ ସବୁଠୁ ବେଶୀ ଅସମଞ୍ଜସରେ ପକେଇ ଦେଉଥିଲା ଡାଡ଼୍ଙ୍କ କାର୍ଯ୍ୟକଳାପ । ଡାଡ୍ କଣ କାନ୍ଦନ୍ତି ! କାନ୍ଦି ଜାଣନ୍ତି ! ଯା'ଙ୍କର କଡ଼ା ଚାହାଣୀ ଟିକେ ଦେଖ୍‌ଲେ ଚାକର ବାକରଠାରୁ ଅଫିସର କର୍ମଚାରୀମାନଙ୍କ ମୁହଁ ଶଙ୍କାକୁଳ ଦେଖାଯାଏ, ସେ ପୁଣି କାଇଁ କାଇଁ କାନ୍ଦି ଜାଣନ୍ତି ! ଜର୍ଜ ମୁଣ୍ଡରେ କିଛି ପଶୁ ନଥିଲା । ଏ ଗାଁ ମାନଙ୍କରେ କ'ଣ କାନ୍ଦଥାଏ ? ଏଠି କ'ଣ ଖୁବ୍ କଡ଼ା ଆଖ୍ରୁ ବି ଲୁହ ନିଗିଡ଼ିପାରେ ? ଡାଙ୍କ କାନ୍ଦ ଛାଡ଼, ସେ ପୁଣି ଏ ବୁଢ଼ୀକି କ'ଣ ଡାକୁଚନ୍ତି ତ... ବୋଉ ! !

ବୁଢ଼ୀ ତାକୁ ଗୋଟାସାରା ଆଉଁସି ଚାଲିଥାଏ । ତା ଗାଲସାରା ଚୁମାଖାଉଥାଏ, ଯେମିତି ବାୟାଣୀ ହୋଇଯାଇଛି ସେ । ତାକୁ ବଡ଼ ବିରକ୍ତ ଲାଗିଲାଣି । ଛାଟିପିଟି ହଉଚି, ମୁହଁ ହାତ ଅସନା ଲାଗୁଚି । ଡାଡ୍ ତ ଏବେ ଚମକିବା କଥା, ଗର୍ଜିବା କଥା । ମମ୍ କହନ୍ତି ଡାଡ୍ କୁଆଡ଼େ ତାକୁ କା'ଠାରୁ ଚୁମା ଖୁଆଇ ଦେଇନାହାନ୍ତି ଛୁଆବେଳେ । କଡ଼ା ତାଗିଦ୍ କରନ୍ତି ପୁଅକୁ ଧରିବ ତ ଧର, କୋଲେଇବ ତ କୋଲା, ଓଠ ଫୋଟ ଲଗେଇ ତାକୁ ଗେଲ କରିବ ନାହିଁ କେହି । ଅଥଚ ଏ ବୁଢ଼ୀଟା ତାକୁ ଗୋଟାସାରା ଚାଟି ଚାଲିଚି, ତା ମୁହଁ ଗାଲସାରା ବୁଢ଼ୀ ପାଟିର ଲାଳ... ଡାଡ୍ ତ କାହିଁ କିଛି କହୁନାହାନ୍ତି । ଚିଡୁ ନାହାନ୍ତି, ଛଡେଇ ନେଉ ନାହାନ୍ତି... ବରଂ ହସୁଚନ୍ତି । ସେ ହସରେ ଯେମିତି ଗୋଟେ ପରମ ତୃପ୍ତି ଓ ଗୌରବର ଝଲକ... ଡାଡ଼୍ଙ୍କର ହେଇଟି କ'ଣ ? ଡାଡ୍ ମୁମ୍ବାଇ ଫେରିବେ ତ !

ବୋଉ ତାକୁ ନେଇଯା, ବୁଲେଇ ଆଣେ ଘରବାଡ଼ି । ତା'ର କିଛି ବି କିଛି ଧାରଣା ନାହିଁ ଏ ବାବଦରେ । ମାଟି ଘର ତ ସେ ଦେଖିନାହିଁ କେବେ, ପୁଣି ସହରୀ ପରିବେଶ ଛଡ଼ା କୁଆଡ଼େ ବି ଯାଇନି ବାହାରକୁ ।

ବୁଢ଼ୀଟା ଲୁହ କୋହକୁ ଗୋଟେଇ ପୋଟେଇ ଫୋପାଡ଼ି ଦେଇ ହସିଉଠିଲା ଗୋଟେ ବିଜୟିନୀର ହସ। କହିଲା, ମୋ ନାତି ସବୁ ଦେଖିବ ସବୁ, ସବୁ ତ ତା'ର, ଆଉ କା'ର କି ?

ବୁଢ଼ୀ ଜର୍ଜକୁ କୋଳେଇ ନେଇଯିବାକୁ ଯାଉଥିଲା ତ ଜର୍ଜ ଛିଟିକି ଆସି କୁନାଲ ହାତକୁ ଜାବୁଡ଼ି ଧରି ପଚାରିଲା, ଡାଡ୍... ତମେ ମା'ଙ୍କୁ କ'ଣ ଡାକୁଚ ? ବୋଉ... ହ୍ୱାଟ୍ ବୋଉ ?

କୁନାଲ ତରଳିଯାଉଥିଲେ। କହିଲେ ବୋଉ ଅମୃତ... ବୁଝିଲୁ ତୁ ଯ଼ାଙ୍କୁ ତାଙ୍କୁ କ'ଣ କହୁରୁ ? ସେ ତୋର ବୁଢ଼ୀମା– ଗ୍ରାଣ୍ଡମଦର। ତୋର ଯେମିତି ମମ୍, ଯେ' ମୋର ସେମିତି, ବୁଝିଲୁ।

ତା ହେଲେ ମମ୍ ଯାହା... କ'ଣ ତ.. ବୋଉ ସେୟା ? ହେଲେ ତମ ଡାଡ୍ ? ମାନେ... ସେ କାହାନ୍ତି ?

କୁନାଲ ଅନ୍ୟମନସ୍କ ହେଇଗଲା। ତା ଛାତି ଭିତରୁ ଖୁବ୍ ଓଜନିଆ ଗୋଟେ ଦୀର୍ଘଶ୍ୱାସ ବାହାରିଗଲା। କହିଲା, ବାପା, ବାବା, ବା.. ଯା' କହିପାରୁ। ଆମେ ଆମ ଡାଡ଼ଙ୍କୁ ଏହିପରି ଡାକୁ। ତମେ ତ ସେଇ ଗୋଟିଏ ନାଁରେ ଡାକ... ଡାଡ୍। କୁନାଲ ହାଲକା କରିନେଉଥିଲେ ନିଜକୁ।

: ଉହୁଁ... ଖାଲି ଡାଡ୍ ନୁହେଁ... ଡାଡି ବି ଡାକୁ।

ବାପପୁଅଙ୍କର ଏ ବାର୍ତ୍ତାଳାପର ହେତୁ କିଛି ଠଉରାଇ ପାରୁନଥିଲା ବୋଉ। କହିଲା, କୁନା, ତୋ ପୁଅ ତ କ'ଣ ଖାଲି ଇଂରାଜୀ କହୁଚି... ମୋ ସହିତ କଥା ହେବ କ'ଣ ?

କୁନାଲକୁ ଏମିତି ଏକ ପ୍ରଶ୍ନର ସାମ୍ନା କରିବାକୁ ପଡ଼ିବ, କେବେ ଚିନ୍ତା କରିନଥିଲା। ଏବେ ସଚେତନ ହେଲାବେଳକୁ ତା ପାଖରେ ଉତ୍ତର ନାହିଁ। ସେ ଠତମତ ହେଲା। ସତରେ ଏଇ ଭାଷାର ଅଭାବ କେତେବଡ ମହାର୍ଘ ଅନୁଭବରୁ ବଞ୍ଚିତ କରିନଦେବ ସତରେ ପୁଅଟାକୁ। ପୁରୁଷାନୁକ୍ରମିକ ବଂଶଧାରାକୁ ଗଡ଼େଇନବାକୁ ଉତ୍ତରାଧିକାରୀ ଜନ୍ମ କରାଯାଏ, ଉତ୍ତରାଧିକାରୀ ଯଦି ଭିତାମାଟିର ଭାଷା ନବୁଝେ, ରକ୍ତ ଭିତରେ ନିରବଚ୍ଛିନ୍ନ ଭାବେ ବହିଆସୁଥିବା ବୁନିୟାଦୀ ଅନୁରାଗର ସ୍ରୋତକୁ ଅନୁଭବ କରିନପାରେ, ତେବେ ଏଇଠି ହେବ କ'ଣ ତା'ର ସର୍ବଶେଷ ପୂର୍ଣ୍ଣଚ୍ଛେଦ ? ଆଉ ଆରମ୍ଭ ହେବ ଅନ୍ୟ ଏକ ପ୍ରଜନ୍ମର ଗୁଣସୂତ୍ର ଯାହାର ମାଟି ସହିତ ନଥିବ କିଛି ସଂସ୍କାରଗତ, ଆବେଗପୂତ ସଂପର୍କ ?

କୁନାଲ ପ୍ରଥମ କରି ନିଜ ଭିତରେ ଏକ ଝଡ଼ର ସମ୍ଭାବନାକୁ ଅନୁଭବ କରୁଥିଲା,

ଯୋଉ ଝଡ଼ି ମାଡ଼ି ଆସୁଥିଲା ଉପାଡ଼ି ଦବାକୁ ଚେର ସମେତ ଗୋଟେ ବହୁ ପୁରୁଷର ହୃଷ୍ଟପୃଷ୍ଟ ପାଦପ ।

ତା ଅନ୍ୟମନସ୍କତାକୁ ପଛରେ ପକେଇ ବୋଉ ପୁଅକୁ କୋଳେଇ ନେଇ ଯାଉ ଯାଉ ପଚାରୁଥିଲା, ତୋ ନାଁ କ'ଣରେ ନାତି... ମୋ ଧନ...।

ଛାଟିପିଟି ଭିଡ଼ିଓଚାରି ହେଉଥିବା ନାତି ବିରକ୍ତିକର ଜବାବଟେ ଦେଲା, ଜର୍ଜ ମୋ ନାଁ...।

ଜରଜ? ୟେ କି ନାଁ? ଆଁ? ପାକୁଆପାଟି ଭିତରୁ ବେକାଏ ହସ ଉଚୁକି ପଡ଼ୁଥିଲା ବୋଉର।

ଜାରଜ...? ଏ'ୟା ଡାକୁଚି କି ବୋଉ ଜର୍ଜକୁ? ଏୟା ଶୁଭିଲା ତ... କୁନାଲ ଅନ୍ୟମନସ୍କ ହେଇଗଲା ପୁଣିଥରେ।

ଏତେ କୋଲାହଲ। ଏତେ ଗହଲଚହଲ। ୦୪ ଡାଡ୍ ତାଙ୍କ ଗାଁକୁ ଆସିଛନ୍ତି ବୋଲି ଲୋକଗୁଡ଼ା ସବୁ କ'ଣ ଧାଡ଼ିବାନ୍ଧିଛନ୍ତି ଫାଷ୍ଟ ରିଲିଜ୍ ପିକଚର ପରି ତାଙ୍କ ଘରକୁ। ପୁଣି ତାକୁ ସମସ୍ତେ ଘେରୁଚନ୍ତି, ଏଡେ ଏଡେ ଆଖିରେ ଦେଖୁଛନ୍ତି। ଛୁଆଗୁଡ଼ା ସେମିତି ଜଳକା ହେଲାପରି ଚାହୁଁଛନ୍ତି, ଯେମିତି ସେ ଡାଇନୋସାର କି ଆନାକୋଣ୍ଡା। କୌତୁହଲପୂର୍ଣ୍ଣ ଅଥଚ ସଂତ୍ରସ୍ତ ସେ ଚାହାଣୀ। ଏ ସମସ୍ତ କାଣ୍ଡକାରଖାନା ଜର୍ଜକୁ ବିଲକୁଲ ନୀରବ କରିଦେଇଚି। ଚୁପଚାପ ଗମ୍ଭୀର। ଡାଡ୍ଙ୍କ ଆଚରଣ ବି କ'ମ ବିବ୍ରତ କରୁନାହିଁ ତାକୁ। ଠୋ ଠୋ ହସୁଛନ୍ତି। ହୋ ହୋ କଥା ହେଉଛନ୍ତି। ମୁମ୍ବାଇର ଡାଡ୍ ଓ ଏଠାକାର ଡାଡ୍ଙ୍କ ଭିତରେ ତ ଆକାଶ ପାତାଳ ପ୍ରଭେଦ। ଏମିତି ରୂପଟେ ଡାଡ୍ଙ୍କର ଥିଲା, ତାର ସାମାନ୍ୟ ଚେର ବି ପାଇନଥିଲା ସେ ଏ ଯାବତ୍।

ସେ ମୋବାଇଲରେ ଚୁପ୍‍ଚାପ ଟ୍ରାଏ କରିଚାଲି ମମ୍ଙ୍କୁ କିନ୍ତୁ ମୋଟେ ସଫଲ ହୋଇ ପାରୁନାହିଁ। ଡାଡ୍ କହିଲେ ଏଠି ନେଟ୍‍ୱର୍କ ନାହିଁ, ରଖିଦେ। ଦି' ଦିନ ତ ରହିବା କ'ଣ ମମ ନହେଲେ ହେଉନି? ଦଶବର୍ଷର ଜର୍ଜର ମମ୍ଙ୍କ ପ୍ରତି ବ୍ୟାକୁଲତା ନଥିଲା। ସେଇ ବ୍ୟାକୁଲପଣଟି ହୁଏତ ସେ ହାସଲ କରିପାରିନଥିଲା ଆୟାମାନଙ୍କ ଗହଣରେ ବଢ଼ି ଆସିଥିବା ହେତୁ। କିନ୍ତୁ ଏଠି ତାର ବିଚିତ୍ର ଅନୁଭୂତି ସବୁକୁ ବାଣ୍ଟିବାକୁ ଚାହୁଁଥିଲା ମମ୍କୁ। ମମ୍ କିନ୍ତୁ ମୋବାଇଲେ ମିଲୁନଥିଲେ।

ଏପର୍ଯ୍ୟନ୍ତ ଏ ବୁଢ଼ୀଟି ସହିତ ତାର ବାର୍ତ୍ତାଲାପ ଖାଲି ହୁଁ ହାଁ ଠରାଠରିରେ ଚଲୁଥିଲା। ସେ ହୁଏତ ଯାହା କହିବାକୁ ଚାହୁଁଥିଲା ଠିକ୍ ଭାବରେ କହିପାରୁନଥିଲା ବା ବୁଢ଼ୀଟା କିଛି ବୁଝିବା ଅବସ୍ଥାରେ ନଥାଇ ଖାଲି ତାକୁ ଆଉଁସି ଘସି ଟେକି କୁଣ୍ଠେଇ ଗେଲ ଆଦର ଭିତରେ ସବୁ ବୁଝିଯାଉଥିଲା। ତାକୁ ବୁଢ଼ୀଟା ଏତେ କାହିଁକି ଭଲପାଉଥିଲା

ସେକଥା ତା ମଗଜକୁ ଭୁକୁ ନଥିଲା। ଯଦିଓ ସେ ଭାବୁଥିଲା ଯେ ଏତେ ମାତ୍ରାରେ ସ୍ନେହ ସରାଗ ଥାଏ, କୋଉଠି ନା କୋଉଠି, ଯାହା ସେ ମୋଟେ ପାଇନାହିଁ।

ସେ କୁନାଲକୁ ପଚାରିଲା, ଡାଡ୍‌, ତମ ମମ୍‌କୁ କ'ଣ ଡାକିବି? କୁନାଲ ହସିଲେ। କହିଲେ, ଠିକ୍‌ ଅଛି ତୋତେ କେତୋଟି ଡାକ କହୁଛି, ଯେଉଁଟା ଭଲ ଲାଗିବ ଡାକିବୁ ହେଲା? ମା, ବୁଢ଼ୀମା, ଠାକୁମା, ଆଇମା, ଗ୍ରାଣ୍ଟମା, ଦାଦିମା, ଗ୍ରାଣ୍ଟମମ ଏମିତି ସବୁ ଡାକ। କହ ତୋତେ କେଉଁଟା ସୁଇଟ୍‌ ଲାଗୁଛି?

ଜର୍ଜ ନାଁ ଗୁଡ଼ା ବରବର ହୋଇ କେତେଥର ଉଚ୍ଚାରଣ କଲା। କହିଲା, ଡାଡ୍‌... ମତେ ଠାକୁମା ଡାକ ଭଲ ଲାଗୁଛି। ହେଲେ ବଡ଼ ଅଦ୍‌ଭୂତ ଲାଗୁଚି ସେ ଶବ୍ଦ।

ରାଇଟ୍‌... ଅଦଭୁତ ଲାଗିବାର କାରଣ ଅଛି। ବର୍ତ୍ତମାନଙ୍କୁ ଠାକୁର ଅର୍ଥାତ ଗଡଙ୍କ ଆସନ ଦିଆଯାଏ, ଆଉ ମା'ଟି ତ ସବୁଠୁ ବଡ଼। ତେଣୁ ଠାକୁମା ଡାକଟା ଏକଦମ୍‌ ଠିକ୍‌– ତୋ ଚଏସ ରାଇଟ୍‌। ସେଇ ନାଁରେ ଡାକ୍‌, ଡାକିଲୁ–

ଜର୍ଜ ତାର ଅନଭ୍ୟସ୍ତ ସ୍ୱରରେ ଡାକି ଉଠିଲା– ଠାକୁମା...

ତଳିତଳାନ୍ତ ହେଇଯିବକି ବୁଢ଼ୀ? ଏଇ ଡାକଟା ଶୁଣୁଶୁଣୁ ଛାଡ଼ି ଯିବକି ତା ପ୍ରାଣ। ସାର୍ଥକ ହୋଇଗଲା କି ତାର ଏଇ ଇହଲୋକର ତମାମ ଜୀବନ ଧାରଣ। ବୁଢ଼ୀ ଜର୍ଜକୁ ଏମିତି କୋଳାଗ୍ରତ କରିନେଲା ଯେ ତଥାପି ନିଅଣ୍ଟ ପଡୁଥିଲା ତାର ସମସ୍ତ ଆବେଗର ବେହରଣ।

କୁନାଲଙ୍କ ଆଖି ଛଳଛଳ ହୋଇଗଲା।

ରାତିକି, କୁନାଲ ପଚାରିଲେ, ଜର୍ଜ, ଶୋଇବୁ କୋଉଠି? ସେ ଜାଣନ୍ତି କ'ଣ କହୁଥା ଜର୍ଜ। ବେଲେବେଲେ ତା ବେଡ଼ରୁମ୍‌ରୁ ପଲେଇ ଆସି କହେ ଆଜି ମୋ ଡାଡ଼ଙ୍କ ପାଖରେ ଶୋଇବି। ତା ମମ୍‌ର ସମସ୍ତ ବିରକ୍ତି ସତ୍ତ୍ୱେ। ଏବେ ଯଦି କହେ ମୁଁ ତମ ପାଖରେ ଶୋଇବି ଡାଡ୍‌, କୁନାଲ କହିବ, ନାଁ ଠାକୁମା ପାଖରେ ଶୋଇବୁ ଯା। ହେଲେ ଜର୍ଜ ତାକୁ ବିସ୍ମିତ କରିଦେଇ କହିଲା, ଶୋଇବି? ଠାକୁମା ପାଖରେ।

କୁନାଲ ଚୁପ ହୋଇଗଲେ। ଭାବିଲେ, ଜର୍ଜର ଅବଚେତନରେ ହୁଏତ ଗୋଟେ ବ୍ୟାକୁଳତା ଥିଲା, ଏବେ ପୀଡ଼ାମୁକ୍ତ ହେଉଚି। ସେ ମଧ ଖୁସି ହୋଇଗଲେ ଜର୍ଜର ଏ ନିଷ୍ପତ୍ତିରେ।

ଠାକୁମା ହେଁସ ପାରି ଦେଲା। ତା ଉପରେ କନ୍ଥା। ରଙ୍ଗୀନ ବିଛଣା ଚାଦରଟାଏ ପକାଇ କହିଲା, ଶୋ ମୋ ରଜା... ରାଜପଲଙ୍କରେ ଶୋଉଥିବା ମୋ ନାତି... ଆଜି ଏ କନ୍ଥା ଉପରେ ଶୋଇ ପାରିବ ତ।

ଜର୍ଜ ବୁଢ଼ୀକଥା ଠିକ୍‌ ଭାବେ ବୁଝିପାରୁନଥିଲା। ସେ ଯେଉଁ ବିଚିତ୍ର ଶବ୍ଦ ସବୁ

କହୁଥିଲା, ତାହା ତାକୁ ଅବୋଧ ଜଣାଯାଉଥିଲେ ବି ସାମଗ୍ରିକ ଭାବେ ବୁଢ଼ୀର ଜୁଡୁବୁଡୁ ଗେହ୍ଲାପଣକୁ ଅନୁଭବ କରିପାରୁଥିଲା। ସେ ଶୋଇବାକୁ ଯାଉଥିଲା ତ ବୁଢ଼ୀ କହିଲା, ର...ରଥ...। ବୁଢ଼ୀ ତା କାନି ବିଛେଇ ଦେଲା। କହିଲା ଏବେ ଶୋ...।

ଜର୍ଜ ଶୋଇଲା। ହେଲେ ତା ଆଖିରୁ କାହିଁକି ଦି ଧାର ଲୁହ ଗଡ଼ି ଆସୁଥିଲା। ମୁମ୍ବାଇ ଫ୍ଲାଟରେ ତାର ସେଇ ଛୋଟ ପଢ଼ା ଶୋଇବା ଘର ଭିତରେ ହନ୍ତାଳି ହେଇଯାଉଥିବା ନିଃସଙ୍ଗ ମନଟା ଏଠି କାହିଁକି ଗୋଟେ ଆନୁଭୂତ ଅନ୍ତରଙ୍ଗତାରେ ଭରି ଉଠୁଥିଲା। ସେ ଠାକୁମା ଆଡ଼କୁ କଡ଼େଇ ପଡ଼ିଲା। ଦେଖିଲା, ଠାକୁମା ତାକୁ ଚାହିଁଛି। ସେ ଚାହାଁଣିରୁ କ'ଣ ବୁଝିଲା କେଜାଣି ଜର୍ଜ ତା ଛାତିରେ ମୁଣ୍ଡଗୁଞ୍ଜି ଧରିଲା। ଠାକୁମା ତାକୁ କୋଲେଇ ନେଲା ପରମ ଆହ୍ଲାଦରେ। କିଛି ସମୟ ପରେ ଜର୍ଜ ଅନୁଭବ କଲା ତ ଆଖିର ଲୁହ ସହିତ ଠାକୁମା ଆଖିର ଲୁହ ବି ମିଶିଯାଉଚି।

ସକାଳ ହେଇ ନଥିଲା ଅଥଚ ଜର୍ଜର ନିଦ ଭାଙ୍ଗିଗଲା। ବାହାର ବାଡ଼ିରେ କୋଉ ପଶୁପକ୍ଷୀଙ୍କ ରାବ ତାକୁ ଡରେଇ ଦଉଥିଲା। ଦେଖିଲା ଠାକୁମା ତାକୁ ଖୁବ୍ ଯତ୍ନରେ ଘୋଡ଼େଇ ଦେଇ ଉଠୁଚି। ଜର୍ଜ ପଚାରିଲା, ଯାଉଚୁ କୁଆଡ଼େ ? ଏମିତି ସବୁ ଶୁଭୁଚି କ'ଣ ? ଠାକୁମା ହସିଦେଲା। କହିଲା, ରାତି ପାହାପାହା ହେଲେ କାଉ, କୁମ୍ଭାଟୁଆମାନେ ଉଠେଇ ଦିଅନ୍ତି। ତତେ କିଏ ଉଠାଏ ବୋମ୍ବେରେ ?

: ଆଲାର୍ମ...

ଠାକୁମା ବୁଝିଲା କି ନାଇଁ କେଜାଣି ହସିଦେଲା। କହିଲା, ତୁ ଉଠ୍‍ନା, ଭଲକରି ରାତି ପାହୁ। ମୁଁ ଗାଧୁଆ ପାଧୁଆ ସାରିଦିଏ।

ଜର୍ଜ ମନେ ମନେ ଚିଡ଼ୁଥିଲା। ଯେ ତ ବଡ଼ ବଦମାସ ବୁଢ଼ୀ। ରାତି ପାହିନାହିଁ ଗାଧେଇଲାଣି। ମୋ ମମ୍ତ, ଦାଢ୍ ବେଡ୍‍ଟି ନେଇ ଡାକିଲା ପରେ ଉଠନ୍ତି, ଆଠଟାରେ। ସେ ପୁଣି ଟିକେ ଘୁମେଇ ପଡ଼ୁଥିଲା ତ କାନ୍ଥରେ ଗୋଟେ ବିଚିତ୍ର ଚିତ୍ର ତା ନିଦ ଫେରେଇ ନେଲା। ସେ ସେଠିକି ହାତ ବଢ଼େଇଲା, ଆଉଁସିଲା। ରୋମାଞ୍ଚିତ ହେଲା। ଏଇଟା ଚିତ୍ରତ ନୁହେଁ, କ'ଣ ଗୁଡ଼ାଏ ମଞ୍ଜି ଖଞ୍ଜି ତିଆରି କରାଯାଇଚି ଘରର ଆକୃତିଟିଏ। ସେ ମଞ୍ଜିଗୁଡ଼ିକ ଉପରେ ଆଙ୍ଗୁଳି ଚଲେଇଲା ଓ ଗୋଟେ ଗୋଟେ ତାଡ଼ି ଚାଲିଲା। ମାଟି କାନ୍ଥରେ ଜବରହେଇ ପୋତା ହେଇଥିବା ମଞ୍ଜିତାଡ଼ିବାକୁ ତାକୁ ଖୁବ୍ ମଜା ଲାଗୁଥିଲା। ଟିକେ ନଖେଇ ଦେଲେ ଗଲିପଡ଼ୁଚି ଗୁଲଗାନ। ଜର୍ଜ ସେ ଗାତରେ ଆଙ୍ଗୁଳି ଗେଂଜୁଚି ତ ପୁଣି ଗୋଟେ ଗୋଟେ ନେଇ ଖଂଜୁଚି। ଠାକୁମା ପଶି ଆସିଲା। ଜର୍ଜର ଏ ମାଙ୍କଡ଼ାମି ଦେଖି କହିଉଠିଲା, ଆରେ ଆରେ ଯେ କ'ଣ କରୁଚୁ ? ଷଟିଘରଟା ଭାଙ୍ଗିଦେଲୁ।

ଷଟିଘର। କ'ଣ କହୁଚି ଏ ବୁଢ଼ୀ।

ବୁଢ଼ୀର ସର୍ବସ୍ୱ ଲୁଣ୍ଠିତ ହେଇଗଲାଭଳି ବିବ୍ରତ ବୋଧରେ ପୁଣି ଖଞ୍ଜି ଚାଲିଥିଲା ଘର । ଜର୍ଜ ଉଠି କହିଲା ଯେ କ'ଣ ? ବୁଢ଼ୀ ବୁଝେଇ ଦେଲା, ଏ ତୋ ବାପାର ଷଠିଘର । ତୋ ବାପା ଏଇଠି ଜନ୍ମ ହୋଇଥିଲା, ଏଇ ଘରେ । ଷଠିଦୁର୍ଗୀ ଠାକୁରାଣୀଙ୍କୁ ସେଇଥିପାଇଁ ଏଇଠି ମୁଁ ଥାପନା କରିଚି, ଯେ ପୂଜା ହୁଅନ୍ତି ।

ବିସ୍ମୟରେ ଜର୍ଜ ପଚାରିଲା, ମୋର ?

ବୁଢ଼ୀ ଚମକିଲା । ଲୁହ ଥମଥମ ହୋଇ । ଢ଼େପ ଢୋକିଲା । ତୋ ଜନମ ତ ମୁଁ ଦେଖିନାଇଁରେ ରଜା… ଶୁଣିଥିଲି ତୁ ଡାକ୍ତରଖାନାରେ ଜନ୍ମ ହେଇଥିଲୁ ।

ତା ହେଲେ ଡାକ୍ତରଖାନା କାନ୍ଥରେ ତ ଏମିତି ମଞ୍ଜି ଘର ଥିବ ।

ବୁଢ଼ୀ ପାଖରେ ଏ ପ୍ରଶ୍ନର ଉତ୍ତର ଲୁହ ଛଡ଼ା କିଛି ନଥିଲା । କଥା ବାଆଁରେଇ ସେ କହିଲା, ଏସବୁ ମଞ୍ଜି ନୁହେଁରେ ହୁଣ୍ଟା, ଯେ କଉଡ଼ି… ।

: କଉଡ଼ି ! ହ୍ୟାତ୍ ଏ ବୁଢ଼ୀଟା କି କି ଶଢ଼ ସବୁ କହୁଚି ଯେ…

ଜର୍ଜ ଉଠିପଡ଼ି ଚାଲିଲା ଆରଘରକୁ । ଡାଡ୍ଙ୍କ ପାଖକୁ ।

ଡାଡ୍ କହିଲେ, ରାଇମ୍ ଗା, ଗାଇଲା ।

ଏ ତୁ ଜେଡ୍ ଓ୍ୱାର୍ଡ ସବୁ କହ, କହିଲା

ଟେଲ ଏ ସ୍ଟୋରୀ, ଜର୍ଜ ଶୁଆପାଲଟି ଗଲା ।

ଡାଡ୍ କହିଲେ ଗୁଡବୟ

ଜର୍ଜ କହିଲା, ଥ୍ୟାଙ୍କସ ।

ତା ପରେ କୁନାଲର ହାତଧରି ଜର୍ଜ ଭିଡ଼ିଆଣିଲା । ପଚାରିଲା, ଡାଡ୍, ଠାକୁମା, କ'ଣ କହୁଚି । ଏମିତି ବିଡ଼ି ବିଡ଼ି ହେଇ କହୁଚି କ'ଣ ସେ ଫଟୋ ଗୁଡ଼ାକ ପାଖରେ ? କୁନାଲ ଦେଖିଲେ, ବୋଉ ଠାକୁର ପୂଜା କରୁଚି । ଠାକୁର ପୂଜାବେଳେ ବୋଉ କେତେ ନା କେତେ ମନ୍ତ୍ର ସବୁ ପଢ଼େ, ଗୁଣୁଗୁଣୁ ହେଇ ଭଜନ ବୋଲେ । ଏଇଟା ତାର ପୁରୁଣା ଅଭ୍ୟାସ ।

କୁନାଲ କାହିଁ କେଉଁ ଦିନରୁ ଛାଡ଼ି ଆସିଥିବା ପିଲାଦିନରେ ପହଞ୍ଚିଗଲେ । ଛୁଆବେଳୁ ସେ ଦେଖି ଆସିଛି ବୋଉର ଏ ନିୟମିତ ପୂଜାପାଠ । ଏ ବୟସରେ ବି ଜାରି ରହିଛି ସେ ଅଭ୍ୟାସ । ବୋଉର ଏ ପୂଜା ଆରାଧନା ତାକୁ ଏଯାଏ ରଖିଚି କି ସୁରକ୍ଷିତ ! ଅପ୍ରତିହତ । ତାକୁ ଲାଗିଲା ବୋଉର ଏ ଅସ୍ପଷ୍ଟ ଉଚ୍ଚାରଣ ଯେମିତି ଅନବରତ ତରଙ୍ଗ ଖେଳେଇ ଚାଲିଛି ଇଥରରେ ଆଉ ସେଇ ତରଙ୍ଗ ଅନତିକ୍ରମ ବଲୟଟିଏ ସୃଷ୍ଟି କରିଚି ତା ଚାରିପାଖରେ ।

ସେ ଆତ୍ମଲୀନ ହେଇ ପଡୁଥିଲେ ।

ଜର୍ଜ ହଲେଇ ଦେଲା, ଡାଡ୍… ।

କୁନାଲ ସମ୍ୱିତ ଫେରି ପାଇଲା ପରି କହିଲେ, ଠାକୁମା ପୂଜା କରୁଚି, ହାତଯାଡ଼। ଜର୍ଜ ହାତକୁ କିଏ ଯେମିତି ଯୋଡ଼ି ପକେଇଲା।

ଆସିବା ଦିନ ଦୂରେଇ ଦୂରେଇ ଯାଉଥିଲା ତ ଫେରିବା ଦିନ ପାଖେଇ ଆସୁଥିଲା। କୁନାଲ ଯେଉଁ କଥାଟି କରିବା ପାଇଁ ଆସିଥିଲେ, କହିପାରୁନଥିଲେ। କହିପାରୁନଥିଲେ ବୋଉକୁ।

ଯୋଜନା ଥିଲା ଗାଁର ସମସ୍ତ ସ୍ଥାବର ଅସ୍ଥାବର ସମ୍ପତ୍ତି ବିକ୍ରି କରି ଦେଇ କୁନାଲ ସେଟ୍ଲ ହେଇଯିବ ମୁମ୍ବାଇର। ସେଠାରେ ତ ଫ୍ଲାଟ କିଣା ସରିଚି, ଆଉ ଗୋଟେ କିଣାଯାଇ ପାରନ୍ତା ବାଙ୍ଗାଲୋରରେ ତ ଆଉ ଗୋଟେ ଦିଲ୍ଲୀରେ। ଜର୍ଜର ଗୋଟେ ସୁରକ୍ଷିତ ଭବିଷ୍ୟତ ପାଇଁ ଏ ପରିକଳ୍ପନା ତା ମମ୍‌ର। ଅନେକ ସ୍ୱପ୍ନ ତାକୁ ନେଇ। ପୃଥିବୀରେ ଏବେ ସବୁଠୁ ଦୁର୍ମୂଲ୍ୟ ହେଇ ଉଠିଚି ମାଟି। ବିଭିନ୍ନ ସ୍ଥାନରେ ଏବେ ମାଟି କିଛି କିଛି ଅକ୍ତିଆର କରି ରଖିଲେ ଆଗକୁ ସମସ୍ୟା ରହିବ ନାହିଁ ପୁଅର। ଜର୍ଜକୁ ଯେଉଁ ଭଲି ଗଢ଼ା ଯାଉଚି ସେ ଯେ ଗାଁକୁ ଫେରନ୍ତା, ଏ ସମ୍ଭାବନା ନାହିଁ। ଏପରିକି ଏ ଦେଶର ସୀମା ପାରେ କେଉଁ ଦୂରନ୍ତ ଦିଗବଳୟ ଗହୀରରେ ଥିବା ଦେଶଟିକୁ ସେ ଯାଉ, ଏହା ବି ଗୋଟେ ସଂଚିତ ସ୍ୱପ୍ନ ଥିଲା ଦୁହିଁଙ୍କ ମନରେ।

କିନ୍ତୁ ସବୁ ଯୋଜନାକୁ ହୁଗୁଲା କରି ଦେଉଥିଲା ବୋଉ। ସେ ଜିଦ୍‌ ଧରୁଥିଲା ମୋ ଜୀବଦ୍ଦଶାରେ ଗୋଟେ ବି ଇଞ୍ଚ ଭୂମି ହରେଇବାକୁ ଦେବି ନାହିଁ ମୁଁ। ଏ ଦାୟିତ୍ୱ ମୋତେ ମୋ ଶ୍ୱଶୁର ଦେଇଥିଲେ ଏ ଘରକୁ ବୋହୂ ହେଇ ଆସିଥିଲାବେଲେ ଆଉ ତୋ ବାପା ଦେଇଯାଇଛନ୍ତି ମୋତେ ବିଧବା କରି ଦେଇ ଚାଲିଗଲା ବେଲେ। କହିଥିଲେ, କୁନାଲ ବାହା ହେଇ ମୋ ବୋହୂକୁ ଆଣିଲେ ତାକୁ ଧରେଇଦବ ଏ ପାରମ୍ପରିକ ଦାୟିତ୍ୱ। ମାଟି କି ଖାଲି ଶୋଷିକି ନୁହଁ ତାକୁ ସୁରକ୍ଷିତ କରି ରଖିବା ମଧ ଉତ୍ତର ପୁରୁଷଙ୍କର ଗୋଟେ ଗୁରୁଦାୟିତ୍ୱ। ଏହା ଯେମିତି ହାତଛଡ଼ା ନହୁଏ।

ହେଲେ ବାପାଙ୍କ ପରେ ବୋଉ ରହିଥିଲା ଗାଁରେ। କୁନାଲ ପାଠ ପଢ଼ାସାରି ଖୁବ୍‌ ବଡ଼ ଚାକିରି କଲା ବାହାରେ। ବାହା ହେଲା ବାହାରେ। ତାକୁ ଗଢ଼ିଗାଢ଼ି ଠିଆ କରେଇ ଦେଇ ଯେ ଜଣେ ତଥାପି ଅପେକ୍ଷା କରିଛି ଗାଁରେ ଏକଥା ଅନେକ ଦିନଯାଏ ଭୁଲିଯାଇଥିଲା କୁନାଲ। ଥରେ ଅଧେ କିଛି ଟଙ୍କା ପଠେଇ ଦେଇ ସେ କର୍ତ୍ତବ୍ୟ ସମ୍ପାଦନ କରୁଥିଲା ପୁଅ ହବାର ଦାୟରେ ଆଉ କ୍ରମଶଃ ସମସ୍ତ ଅନାବଶ୍ୟକ ସମ୍ପର୍କକୁ ଦୂରେଇ ଚାଲିଥିଲା ସ୍ୱାମୀ ହବାର ଦାୟରେ। ସ୍ତ୍ରୀର ପରାମର୍ଶ ଥିଲା, ଗାଁରେ ତ ଅଛି ପ୍ରଚୁର ସମ୍ପତ୍ତି ଗୋଟେ ଲୋକ ଚଳିପାରିବ ନାହିଁ ଯେ ଅଯଥାରେ ଟଙ୍କା ପଠାଯାଉଚି। ଟଙ୍କାର ଭାଲୁ୍ୟ କମିଯାଉଥାଇପାରେ ଆବଶ୍ୟକତା କେତେ ବଢୁଚି କ'ଣ ଜାଣିପାରୁନ?

ପୁଅର ତଥା ଆମର ଭବିଷ୍ୟତ ପାଇଁ ଯେତେ ସଞ୍ଚିଲେ ବି ଅକୁଲାଣ। ତେଣୁ ସେଣ୍ଟିମେଣ୍ଟାଲ ହବା ଛାଡ।

ପତ୍ନୀର ସମସ୍ତ ଯୁକ୍ତିତର୍କ ଓ ବିରୋଧକୁ ବେଖାତିର କରି ଥରେ ଅବଶ୍ୟ ନେଇଯାଇଥିଲା ବୋଉକୁ କୁନାଲ ମୁମ୍ବାଇ। ହେଲେ କଂକ୍ରିଟ ଗୁମ୍ଫାର ସେଇ ନିର୍ଜୀବ ଅବସ୍ଥାନ ବୋଉକୁ ଖୁବ୍ ଅସହଜ ଲାଗିଥିଲା। କେଡ଼େ ସରାଗରେ ପେଡ଼ି ପୁଟୁଲା ଭିତରେ ଧରି ନେଇଥିବା ତାର ସମସ୍ତ ପୂଜା ସଂରଜାମ ଶେଷ ପର୍ଯ୍ୟନ୍ତ ବି ଖୋଲାହୋଇ ପାରିନଥିଲା। ଗୋଟେ ବିଚିତ୍ର ଜୀବନର ଚଲଣି ତାକୁ ଅଣନିଃଶ୍ୱାସୀ କରି ପକଉଥିଲା। ସେ ଛାତିପିଟି ହେଉଥିଲା ମନେ ମନେ। ବୁଢ଼ଟିଏ ମାରିବାକୁ ପୋଖରୀଟିଏ ନଥିଲା କି ମୁଣ୍ଠିଆଟିଏ ମାରିବାକୁ ତୁଲସୀ ଚଉରାଟିଏ ନଥିଲା ଦୁଆରେ। ଠାକୁର ମୂର୍ତ୍ତି କି ଫଟୋଟିଏ ଥୋଇ ଭଜନ ଟିକେ ସକାଳେ ସଞ୍ଜେ କରିବାର ଜାଗା ନଥିଲା କୋଉଠି। ରୋସେଇ ଘରଠୁଁ ଶୋଇବାଘର ବିଛଣା ଯାଏଁ କେତୋଟି ବିଚିତ୍ର ଲୋମଶ କୁକୁର ଓ କୁକୁରଛୁଆମାନଙ୍କର ଅବାଧ ଚଲପ୍ରଚଲ ତାକୁ ଲାଗୁଥିଲା ଏଇ ସହରୀ ଚଲଣୀଟି ବୋଧେ ମଣିଷଠାରୁ କୁକୁର ସହିତ ରହିବାକୁ ବେଶୀ ପସନ୍ଦ କରେ।

ଖାଇବା ପିଇବା ତାକୁ କିଛି ରୁଚୁନଥିଲା। ପୁଅ ବୋହୂ ବହୁତ ସମୟରେ ହୋଟେଲରେ ଖାଉଥିଲେ। ଉଭୟଙ୍କ ଚାକିରି, ଟୁର, ହୋଟେଲ ପାର୍ଟି ଇତ୍ୟାଦିରେ ଘର ଏକଦମ ଏକଲା ରହୁଥିଲା। ପୁଅ ଏତେ ବ୍ୟସ୍ତ ରହୁଥିଲା ଯେ ତାକୁ କିଛି କହିବାକୁ ଉଚିତ ମଣୁ ନଥିଲା। ବୋହୂକୁ କୁହନ୍ତା, ବୋହୂ ତା କଥା ଶୁଣିବା ମତଲବରେ ନଥିଲା। ଗୋଟେ ଶୂନ୍ୟ ଓ ନିଃସଙ୍ଗ ଜୀବନର ଖାଁ ଖାଁ ଖରାବେଲ ତାକୁ ଘଉଡ଼ାଇ ଚାଲିଥିଲା ଗାଁକୁ। ଥରେ କହିଲା, କୁନା, ମତେ ଗାଁରେ ଛାଡ଼ି ଦେଇଆ'। ଗାଁ ଘର ଜମି ବାଡ଼ି ସବୁ ଛିନଛତର ହବଣି। ପୁଅ ହଁ କହୁଥିଲା, କିନ୍ତୁ ସମୟ ବାହାର କରିପାରୁନଥିଲା। ଦିନେ ବାଧ କରିବାରୁ କିଏ ଜଣେ ଗାଁ ପାଖଲୋକ ସହିତ ପଠେଇ ଦେଲା ଗାଁକୁ। ଆସିଲାବେଲେ ସେ ଖୋଜୁଥିଲା ମୋତେ ଖୋଲା ହେଇ ନଥିବା ତା' ପେଟରା। ମିଲୁ ନଥିଲା। ବହୁ ଖୋଜାଖୋଜି ପରେ ବୋହୂ ମନେପକେଇ ଥିଲା ସେଗୁଡ଼ା ସେ ଡ଼ଷ୍ଟବିନକୁ ପଠେଇ ସାରିଥିଲା କୋଉଦିନରୁ। ଛାତିଫାଟି ଯାଉଥିଲେ ବି ବୁଢ଼ୀ ଲୁହ ଦି'ଧାରରେ ମାତ୍ର ତାହା ପ୍ରକାଶ କରି ମୁମ୍ବାଇ ଛାଡ଼ିଥିଲା।

ସେଇଦିନୁ ସେ ଗାଁରେ। ପୁଅ ବୋହୂ ବାହାରେ। ଖୁବ୍ ଦିନ ହେଲାଣି। ଏବେ ଆସିଛି ସେ, ସାଙ୍ଗରେ ଆଣିଛି ପୁଅକୁ। ଯାହାକୁ ଅନ୍ତତଃ ଶେଷଥର ପାଇଁ ଛୁଆଁ ଦେବାକୁ ଆସିଛି ତାର ଇତିହାସକୁ। ଶେଷଥର ପାଇଁ ଦେଖାଇ ଦେବାକୁ ଆସିଛି ତା ଇତିହାସର ଭୌଗୋଲିକ ଅବସ୍ଥିତିକୁ।

କିନ୍ତୁ ଏଠି ପହଞ୍ଚିଲା ପରେ କୁଆଡ଼େ କାହିଁକି ଉଭେଇ ଯାଉଚି ତାର ସବୁ ଯୋଜନା ! ଏ ମାଟିରେ ପାଦ ଦେଲାପର ଠାରୁ କାହିଁକି ଗୋଟେ ଅଦୃଶ୍ୟ ଆକର୍ଷଣରେ ସେ ଏମିତି ଛନ୍ଦି ହୋଇ ପଡ଼ୁଚି ଯେ ଉଠେଇ ପାରୁନି ପାଦ ! ଏ ଘରର ସୀମା ଚଉହଦୀରେ କୋଉଠୁ ଗୋଟେ ଆତ୍ମୀୟତାର ଆକୁଳ ଉଚ୍ଚାରଣ ତାକୁ ନିର୍ବାକ କରିପକଉଚି ବାରମ୍ବାର। ସେ ଯାହା କହିବାକୁ ଚାହୁଁଚି କହିପାରୁନି, ହୋଇପଡ଼ୁଚି ସ୍ୱରହୀନ।

କିନ୍ତୁ ବୋଉ ସେମିତି ବୋଉ ପରି ଠିକ ତା ଜାଗାରେ ଠିଆ ହୋଇଚି; କିଛି ବି କିଛି ହଜିଯାଇନି ତା ଛାତି ଭିତରୁ ଯଦିଓ ସେ ନିଜେ ନିଜ ଛାତି ଭିତରୁ ହଜେଇ ଦେଇଚି ବୋଉକୁ କୋଉ ଦିନରୁ।

ତଥାପି କିହିଲା, ବୋଉ ମୁଁ ଭାବୁଚି...। ବୋଉ ତାକୁ ଆଉ କିଛି କହିବାକୁ ନଦେଇ କହିଲା, ମୁଁ ଜାଣେ, ହେଲେ ମୋ ମଲାପରେ...।

କୁନାଲ ଏ କଥା ଶୁଣୁ ଶୁଣୁ ତା ଭିତରେ ଭୁଷୁଡ଼ି ପଡ଼ିବାକୁ ଲାଗିଲା। ଲାଗିଲା, ବୋଉକୁ ଛାଡ଼ିଦେଲେ ଏ ପୃଥ୍ବୀରେ ଯେମିତି କିଛି ଆଉ ଅବଶିଷ୍ଟ ଆକର୍ଷଣ ନାଇଁ, ନାଇଁ ବି କିଛି ଅଟକେଇ ଦବାର ପ୍ରଲୋଭନ। ସେ’ତ ବହୁତଥର କେମିତି ଭାବିଚି, ଭାବିନାଇଁ, ତା ଭାବନାର ଭିତରକୁ ପଶିଆସିଚି ବୋଉଟା ମରିଯାଆନ୍ତା କି! ସବୁ ଟେନସନ୍ ଯା’ନ୍ତା, ଗାଁଟାରେ ପଡ଼ିଚି, ଯା’ବି ହେଲେ ଗୋଟେ ଅଦୃଶ୍ୟ ଛଟପଟ ଭାବ ତାକୁ କାବୁ କରିପକଉଚି। ମୁକ୍ତ ହୋଇଯିବାର ସମସ୍ତ ସମ୍ଭାବନା ଅସହଜ ହୋଇପଡ଼ୁଚି ତା ପାଇଁ।

ହେଲେ ଏବେ ସେ କଥାଟା ବୋଉ ମୁହଁରୁ ଶୁଣିଲା ବେଳେ କାହିଁକି ତଳିତଳାନ୍ତ ହେଇଯାଉଚି ! ବୋଉ ନଥିବାର ପରବର୍ତ୍ତୀ ଅବସ୍ଥାଟା ଭାବି ସେ କାହିଁକି ଏକୁଟିଆ ହୋଇ ପଡ଼ୁଚି ଏ ବିରାଟ ପୃଥ୍ବୀରେ ?

ସେ ବୋଉ ମୁହଁରୁ ଏକଥା ଶୁଣି ସମ୍ଭାଳି ପାରିଲାନାଇଁ। କାନ୍ଦି ପକେଇଲା। କହିଲା, ବୋଉ... ତୁ ସେ କଥା କହିବୁନି, ତୁ ଅଛୁ ବୋଲି... ତା କଥା ଅଟକି ଗଲା ତଣ୍ଟିରେ। ମିଛ ଶବ୍ଦଗୁଡ଼ିଏ ବାହାରିବା ପୂର୍ବରୁ ଅଟକି ଗଲେ ଛାଏଁ ଛାଏଁ। ଭଲ ହେଇଚି। ନହେଲେ ଯଦି ବୋଉ କହିଦିଅନ୍ତା, ସେ କଥା ମୁଁ ଜାଣେ, ମୋ ପ୍ରତି ତୋର ଦାୟର ଗଭୀରତା ମୋତେ ମୋତେ ଅଛପା ନୁହେଁ। ଏ କଥାଗୁଡ଼ା ତାକୁ ଆହୁରି ଅପରାଧ କରିଦିଅନ୍ତା ସତରେ।

ବୋଉ କହିଲା, ମୋର ମରିଯିବା ହୁଏତ ଆଉ ଖବ୍ ଦୂର ନୁହେଁ। ବଞ୍ଚିବାର ଦାୟିତ୍ବଟି ମଧ ମୋର ସରିଯାଇଚି ଏବେ। ଯେଉଁ ଦାୟିତ୍ବଟି ତୋ ବାପା ମୋତେ ଦେଇଥିଲେ, ସେ ଦାୟିତ୍ବ ତତେ ସଅଁପି ଦବାର ଭରସା ଗୋଟେଇ ପାରୁନିରେ କୁନା,

ହେଲେ ନାତିକି ମୋର ଦେଇଯାଉଛି । ସେ ସଂଚି ନ ରଖିପାରିଲେ ତୋର ଅସାମର୍ଥ୍ୟତା ହୁଅନ୍ତା କିନ୍ତୁ ମୁଁ ସେ ଦାୟିତ୍ୱଟିକି ଅଣହେଳା କରି ମରିପାରନ୍ତି ନାହିଁ କେବେ । କିପରି ଯାଇ ମୁହଁ ଦେଖାନ୍ତି ପରଲୋକରେ ତୋ ବାପାଙ୍କୁ ଜେଜେଙ୍କୁ, ମୋ ଶାଶୁଙ୍କୁ ?

କୁନାଲ ବୁଝିପାରୁନଥିଲା, ଏଇ ପତଳା ହାଡ଼ଗୋଡ଼ ଦିଖଣ୍ଡ ଯୋଡ଼ାଯୋଡ଼ି ହେଇଥିବା ଶରୀରଟି ଭିତରେ କୋଉଠି ସଂଚିତ ଅଛି ଏତେ ସାମର୍ଥ୍ୟ । ଏତେ ଔଜଲ୍ୟ ? ସେ ଚିରାଚରିତ ଭାବେ ବୋଉ ବୋଲି ଯାହାକୁ ଏଯାଏ ଭାବି ଆସୁଥିଲା, ତା ଯେମିତି ଭୁଲ ହେଇ ଯାଉଥିଲା କ୍ଷଣକୁ କ୍ଷଣ ।

ତା'ର ହତବମ୍ୟ ଅବସ୍ଥାକୁ ଆହୁରି ଦୟନୀୟ କରିଦେଇ ବୋଉ ଜର୍ଜଙ୍କୁ ଭିଡ଼ି ନେଇଗଲା ଘର ଭିତରକୁ । ସ୍ଥବିର ହେଇ ପଡ଼ୁଥିବା ପାଦ ଦିଟାକୁ ଘୋଷାରି ନେଇ କୁନାଲ ଯାଇ ଦେଖିଲା, ବୋଉ ଜର୍ଜଙ୍କୁ ଦେଖେଇ ଦଉଟି କାନ୍ଥରେ କଉଡ଼ି ସଜେଇ ସୁନ୍ଦର ଭାବେ ଗଢ଼ିଦେଇଥିବା ଗୋଟେ ନୂଆ କଠାଘର । କହୁଚି, ଏ ତୋ ବ୍ୟପର, ଏଇଟା ତୋର । ତୋ ବାପା ପାଖରେ ହିଁ ଗଢ଼ିଦେଇଚି ତୋ ଘର । ଏ ଘରେ ତୁ ଜନ୍ମ ହେଇନୁ ସତ ହେଲେ ଏ ଘରର ମାଟିରେ ହିଁ ଗଢ଼ା ହେଇଚି ତୋ ଶରୀର । ତେଣୁ ଏଇ କାନ୍ଥରେ ଗଢ଼ିଦେଲି ତୋ ଜନ୍ମ ସନ୍ତକ, ଭାଙ୍ଗିବା ରଖିବା ତୋ ଉପରେ ନିର୍ଭର ।

ବୋଉ କାନ୍ଦିସାରିଥିଲା ସେତେବେଲକୁ । କୁନାଲ ଦେଖିଲେ । ତାଠାରୁ ଆହୁରି ଭାବାବେଗରେ ଜୁଡ଼ୁବୁଡ଼ୁ ହେଇ ପଡ଼ୁଚି ଜର୍ଜ ଯାହାକୁ ସେ ତଥାପି ଅବୋଧ ବା ନିର୍ବୋଧ ବୋଲି ଭାବି ଆସିଥିଲା ଏଯାବତ ।

ଜର୍ଜ ଠାକୁମା କହି କାନ୍ଦରେ ଫିଟିପଡ଼ି କୁଣ୍ଢେଇ ପକେଇଲା ବୋଉକୁ । ବୋଉ ଜର୍ଜଙ୍କୁ କୋଲେଇ ନେଉଥିଲା ଏପରି ନିବିଡ଼ତାରେ ଯେ କୁନାଲ ଭାବୁଥିଲା ଏ ଅନୁଭବଟି ଦିନେ ତାର ହୁଏତ ଥିଲା, ଏବେ କୁଆଡ଼େ ହଜିଯାଇଚି ଯେ ଜର୍ଜ ଭିତରୁ ବି ଗୋଟେଇବାକୁ ସେ ସମର୍ଥ ହେଉନି । ଏତେ ଅସହାୟତା ତା ଭିତରେ ଥିଲା କି କେବେ !

କୁନାଲ ଦେଖିଲା, ସମ୍ମୋହିତ ଜର୍ଜ ବୋଉ ଆଖିରୁ ଲୁହ ପୋଛୁ ପୋଛୁ କହୁଚି, ମୁଁ ଏକଠାଘର ଜମା ଭାଙ୍ଗିବିନିଲୋ ଠାକୁମା, ଜମା ଭାଙ୍ଗିବିନି... ।

ଗୋଟେ ଅସମ୍ଭବତାକୁ ହାସଲ କରିପାରିଥିବାର ସ୍ଥାୟୀତ୍ୱ କେତେ ତା' ଅନୁଭବ କରୁ କରୁ ବୋଉ ଆଖିବୁଜି ଆତ୍ମସ୍ଥ ହେଇ ଯାଉଥିଲା ଜର୍ଜଙ୍କୁ ଭିଡ଼ିଧରି ।

କୁନାଲ ସଭାଚ୍ୟୁତ୍ ହେଲାଭଲି ବିବାକ ବୈକଲ୍ୟରେ ଡାକି ଉଠିଲା, ବୋଉ...

'ଓ' ବୋଲି ବୋଉର ଜବାବ ଫେରୁନଥିଲା ।

ସେଇ ଆଖି ଦୁଇଟି

ଯୋଉଠି ଆକଟ ସେଇଠି ଆକର୍ଷଣ ।

ଯେଉଠି ଗୋପନ ସେଇଠି ଉଚ୍ଚାଟନ ।

ବୁର୍ଖାତଳର ସେଇ ଆଖି ଯୋଡ଼ିକ ମତେ ଚହଲେଇ ଦେଲା । ଗୋଟେ ମୃଦୁ କମ୍ପନ ମୋ ଛାତିରେ । ଶିରାପ୍ରଶିରାରେ ଏକ ଅନନୁଭୂତ ଶିହରଣ । ଅଥଚ ମୁଁ ନିରୂପାୟ ।

ଚଂଚଳ ଦୁଇ ଆଖିର ଥରକ ମାତ୍ର ଚାହାଣି ତମକୁ ତମଠୁଁ ଛଡ଼େଇ ନେବାକୁ ଯଥେଷ୍ଟ । ଆନମନା କରି ଦେବାକୁ ସକ୍ଷମ । ମୋର ସ୍ଥିତି ଏବେ ସେୟା ।

ମୁଁ ୟାକୁବ୍‍କୁ ପଚାରିଲି, ତମେ ଏ ବୁର୍ଖାଫୁର୍ଖା କୋଉଦିନ ଛାଡ଼ିବ ?

ସେ ହସିଲା । କହିଲା, କୋଉ ହାସିନାକୁ ଦେଖ୍‍ଲୁ କି ?

ଦେଖ୍‍ବି କ'ଣ ବେ ? ମୁଣ୍ଡ ଠୁଁ ଗୋଡ଼ଯାଏ ତ ସବୁ ଢାଙ୍କି ଚାଲିଛନ୍ତି । ଖାଲି ଆଖି ତ ।

ସେଇ ଆଖି ତ ବହୁତ କଥା କହିଦେଇପାରେ । ୟାକୁବ୍ କହିଲା ଆଉ ମୃଦୁ ମୃଦୁ ହସିଲା । ପୁଣି ମୁଚୁମୁଚୁ ହସିଲା ମୋ ମୁହଁକୁ ଚାହିଁ ।

ମୁଁ ଯେ ସେଇମିତି ଦୁଇଟି କଥାକୁହା ଆଖିର ମାୟାରେ ପଡ଼ିଯାଇଚି, ସେକଥା ଖୋଲିଲି ନାଇଁ । ଖାଲି କହିଲି, ତମେଗୁଡ଼ା ଖାଲି ଆମ ଝିଅଙ୍କୁ ଦେଖ୍‍ବ, ମଜାଉଠେଇବ ଆଉ ତମ ଝିଅଙ୍କୁ ସବୁ ଘୋଡେଇଘାଡେଇ ଲୁଚେଇ ରଖ୍‍ବ ।

ୟାକୁବ୍ ହସିବାରେ କାର୍ପଣ୍ୟ କରେ ନାହିଁ । ଭାରି ଉଦାର ସେ ।

ମୁଁ କହିଲି, ଉତ୍ତର ଦେ, ହସୁଚୁ କ'ଣ ?

ୟାକୁବ୍ ସେଇମିତି ହସୁହସୁ କହିଲି, ସେ ମାୟାରେ କାହିଁକି ପଡ଼ୁଚୁରେ ବାୟା, ତୋ ପାଇଁ ସେ ସବୁ ଆସମାନ କା ଚାନ୍ଦ ।

ଚାନ୍ଦ୍ କୋଉଠି ମୁହଁକୁ ଢାଙ୍କିଥାଏ! ଏମାନେ କ'ଣ ତା'ଠାରୁ ସୁନ୍ଦରୀ? ଘୋଡେଇ ହେଇ ବୁଲିବେ, ଟିକେ ବି ଦେଖେଇବେ ନାଇଁ।

ୟାକୁବ୍ କହିଲା, ଏହା ଆମ ଧର୍ମର ନୀତି। ଇସଲାମୀୟ ଚିନ୍ତକ ଘଜ୍ଜାଲି ଏ ନିୟମ କରିଛନ୍ତି। ତେଣୁ ଯେ ବ୍ୟବସ୍ଥା।

ଯୁଗ ଆସି କୋଉଠି ହେଲାଣି, ତମେ ସେଇ ପୁରୁଣାକୁ ଧରି ବସିଛ? ମୁଁ ଠଠା କଲି।

: ହଉ। ଜୁବେଦା ବେଗମ କିଏ କହିଲୁ? ପରଇଲି ତାକୁ।

ୟାକୁବ୍ ଧନ୍ଦିହେଲା ମୋ ପ୍ରଶ୍ନରେ। କୋଉ ବୁର୍ଖାତଳର ହସିନା କଥା କହୁ କହୁ ଏଟା କୁଆଡ଼େ ପଶିଗଲାଣି ଜୁବେଦା ଫୁବେଦା ଆଡ଼େ।

ମୁଁ କହିଲି, ପ୍ରଥମ ହିନ୍ଦୀ ସିନେମାର ହୀରୋଇନ୍ ଜୁବେଦାବେଗମ। 'ଆଲମ ଆରା' ସେ ସିନେମାର ନାଁ। ଉଣେଇଶଶହ ଏକତ୍ରିଶ। ସେବେଠାରୁ ତମ ଧର୍ମର ମହିଲାମାନେ ବୁର୍ଖା ଛାଡ଼ି ସିନେମା କଲେଣି, ତମେ ଏୟାଏ ବି ସେଇ ବୁର୍ଖା ଭିତରେ ଅଛ।

ୟାକୁବ୍ କହିଲା, ତୁ ସେକଥା କହନା। ସମସ୍ତେ ସବୁ ଚଳଣିକୁ ଚଳେଇପାରିବେ ନାହିଁ। ଗାଁ ଗହଳରେ ଅଛୁ। ଆମ ପାଇଁ ଏଇଟା ଠିକ୍। ପୁଣି ହସିହସି କହିଲା, ମୁଁ ଜାଣେ ତୁ ଏତେ କଥା କାହିଁକି କହୁଚୁ... ତୁ' ଦେଖିବାକୁ ଚାହୁଁଚୁ ତ ସେ' କିଏ?

ମୋ ମନକଥାଟା ୟାକୁବ୍ ଧରିନେଲାଣି ଜାଣି ମୁଁ ଟିକେ ଲଜ୍ଜିତ ହେଇଗଲି। ୟାକୁବ୍ କହିଲା, ରହ, ତତେ ଆମ ସାହିକୁ ନେଇଯିବି, ଦେଖିବୁ।

ମୋ ମନରେ ଫୁଲଫୁଟିଗଲା। ଯା ହେଉ ୟାକୁବ୍‌ର ମନଟା ଧରବନ୍ଧା ନିୟମ ଠୁଁ ବାହାର।

ଗାଁ ମୁଣ୍ଡରେ କାହିଁ କେଉଁଦିନରୁ ଗୋଟେ ବିରାଟ ନିମ୍ବଗଛକୁ ଆବୋରି ମାଟିରେ ଗୋଟେ ବିରାଟ ପିଣ୍ଡି। ଚାରିପଟରେ ଆଣ୍ଠୁଏ ଉଚ୍ଚା ପାଚେରି। ସେ ପିଣ୍ଡି ଚୂନ ଲେପ ଦିଆଯାଇ ଧୋବ ଫରଫର। ପଡ଼ିଥାଏ ଗୋଟେ ଚିତ୍ରିତ ଚାଦର। ସେଠାରେ ପୀରବାବାଙ୍କୁ ପୂଜା କରାଯାଏ। ପୂଜା କରନ୍ତି ଜଣେ ଫକୀରବାବା। ଛାତି ପର୍ଯ୍ୟନ୍ତ ପାଚିଲା ଦାଢ଼ି। ବେକରେ ଦୁଇତିନି ସରି ରଙ୍ଗବେରଙ୍ଗର କାଚମାଲି। ପିନ୍ଧିଥାନ୍ତି ନୀଳରଙ୍ଗର ଗୋଟେ ଲମ୍ବା ଢିଲା ଜାମା। ମୁଣ୍ଡରେ ଧଳା ଟୋପି। ମୁହଁଟି ସବୁବେଳେ ହସହସ। ଆଖିରେ ଶ୍ରଦ୍ଧା ଓ ଅନୁକମ୍ପାର ନମ୍ର ଚାହାଣି। ପିଲାବେଳୁ ଦେଖୁ ଆସିଚି। ଗୋଟେ ଲମ୍ବାପାତ ଚିମୁଟାକୁ ମୁଣ୍ଡରେ ଲଗେଇ ଦି'ଥର ଠୁକେଇ ପଟ୍‌ପଟ୍ କରିଦିଅନ୍ତି। କ'ଣସବୁ ଉର୍ଦ୍ଦୁରେ

ମାନ୍ଦ ବୋଲିଲା ଭଳି ବୋଲି ନଡ଼ିଆ ଚଢ଼ାନ୍ତି ସେ ପିଣ୍ଡ ଉପରେ। ସେଠାରେ ଖାଲି ନଡ଼ିଆ କଦଳୀ ଭୋଗ। ଠାକୁର ନାଁ ପୀରଠାକୁର। ସ୍ଥାନର ନାଁ ପୀରବନ୍ଧ।

ବୟସ ବଢ଼ିବା ସଂଗେସଂଗେ ବିଭିନ୍ନ କଥା ଜାଣିଲାପରି ଧର୍ମ ସଂପର୍କରେ ମଧ ମୋର ଧାରଣା ହେଲାପରେ ଜାଣିଲି, ତାହା ମୁସଲମାନ ମାନଙ୍କ ପୂଜାସ୍ଥଲ। ପୀରହେଲେ ମୁସଲମାନ ଠାକୁର। କିନ୍ତୁ ହିନ୍ଦୁମାନେ ବି ପୂଜା କରନ୍ତି। ମୁସଲମାନ ସ୍ଥଲକୁ ହିନ୍ଦୁ ପୂଜାକଲାବେଲେ ମୁସଲମାନ ମାନଙ୍କ ପ୍ରତି ଗୋଟେ ଅଲଗାଭାବ। ଏ ଜ୍ଞାନ ବୟସପ୍ରାପ୍ତି ଜନିତ। କିନ୍ତୁ ଅବୋଧ ଶୈଶବରେ ଏ ସଂପର୍କରେ ସାମାନ୍ୟ ଧାରଣା ନଥିଲା। ମାନସିକ ବିକାଶ ମଧ ମାନସିକ ସଂକୀର୍ଣ୍ଣତାକୁ ଆବୋରି ଆଣେ। ବାଧା ଆଣେ, ବଂଧନ ଆଣେ।

ଇତିହାସ ଖୋଜିଲେ ହୁଏତ ଜଣାପଡ଼ିବ, କିନ୍ତୁ ଇତିହାସ ନାଇଁ ଯେ ଏ ଗାଁଟିରେ। ହିନ୍ଦୁ ଆଉ ମୁସଲମାନ କେବେଠାରୁ ବସବାସ କରିଆସୁଛନ୍ତି। ବଡ଼ଗାଁ। ଦୁଇପଟରେ ଦୁଇଟି ସାହି। ହିନ୍ଦୁପଟର କିଛି ନାଁ ନାହିଁ କିନ୍ତୁ ଆରପଟର ନାଁ ଖାନ୍ ସାହି ବା ଖାନ୍ ପଡ଼ା। ବୋଲି ବଡ଼ିଗଲାପରେ ଜାଣିଲି। କିନ୍ତୁ ପରସ୍ପର ମିଲିମିଶି ଚଲିବା। ଛଡ଼ା। ଆଉ ଫରକ କିଛି ନଥିବାର ବହୁତ ନଜିର ଥିଲା ବହୁଦିନ ପର୍ଯ୍ୟନ୍ତ।

ବହୁତ ଦିନ ପୂର୍ବରୁ ହୁଏତ ଗୋଟିଏ ଗୋଟିଏ ପରିବାର ଏଠାରେ ବସବାସ ଆରମ୍ଭ କରିଥିବେ। ସୁବିଧା ଅସୁବିଧାରେ ପରସ୍ପର ନିର୍ଭରଶୀଲ ଥିବେ। ପାରସ୍ପରିକ ସଂପର୍କ ସଦ୍‌ଭାବ ଥିବ। ଧାର୍ମିକ ଆଚରଣ ବ୍ୟକ୍ତିଗତ ସଂପର୍କକୁ ପ୍ରଭାବିତ କରିନଥିବ। ଆସ୍ତେ ଆସ୍ତେ ଉଭୟ ପରିବାରର ବଂଶବୃଦ୍ଧି ହେଇହେଇ ଗୋଟିଏ ଗାଁରେ ପରିଣତ ହୋଇଥିବ। ଏ ମୁଣ୍ଡରେ ସ୍ଥାପିତ ହେଇଥିବ ମନ୍ଦିର ତ ଆରପଟରେ ମସ୍‌ଜିଦ୍। ଏ ପଟରେ ଭଜନକୀର୍ତ୍ତନ, ସେପଟରେ ଅଜାନ୍। କିନ୍ତୁ ଉଭୟଙ୍କୁ ଏକାଠି କରିଆସୁଥିବ ଏ ନିମ୍ବଗଛ ମଣ୍ଡପର ପୀରବାବା। ଆଉ ପୀରବନ୍ଧଟି ଗୋଟିଏ ଗାଁର ଦିଗ ନିର୍ଦ୍ଦେଶ କରୁଥିବ। ଧାର୍ମିକ ପ୍ରତିବନ୍ଧକ ନଥିବ।

ସେଇ ପୀରବାବାଙ୍କ ଆସ୍ଥାନରେ ମୋର ସେଇ ଆଖିଦୁଇଟି ସହ ଭେଟ।

ୟାକୁବ୍ କହିଲା, କ'ଣ ଭାବୁଚୁ ହଁଟା କରି? ଆଁ?

ମୁଁ ଫେରିଆସିଲି ମୋ ଭାବନାରୁ। ୟାକୁବ୍ କୁ ଚାହିଁଲି। ୟାକୁବ୍ ସେହି ଖାନ୍‌ସାହିର। ମୋର ସାଙ୍ଗ। ତାଙ୍କ ସାହିର କେତେଜଣ ବୁର୍‌ଖାବାଲୀଙ୍କ ଭିତରୁ କାହାର ଆଖି ମୋତେ ବୁର୍‌ଖାଭିତରୁ ବିଚଲିତ କରିଦେଇଚି, ଚିହ୍ନେଇ ଦବ ସେ କହୁଚି।

ୟାକୁବ୍ ପୁଣି ପଚାରିଲା, କହୁନୁ କୋଉଦିନ କେତେବେଲେ ଯିବୁ?

ମୁଁ ନୁହେଁ, ଯେମିତି ମୋର ଉଦ୍ଧତ ମନ ଚଟାପଟ ଉତ୍ତର ଦେଇଦେଲା, କାଲି ଦଶଟାବେଳେ ।

ହଉ ମୁଁ ଚାଲିଲି । ୟାକୁବ୍ ମୋର ଆଉ କୌଣସି କଥାକୁ ଅପେକ୍ଷା ନକରି ସାଇକେଲ୍ ଉଡ଼େଇଦେଲା ତାଙ୍କ ସାହିଆଡ଼େ ।

ୟାକୁବ୍ ମୁଁ ଏକା ସ୍କୁଲରେ ସାଂଗହୋଇ ପଢ଼ୁ । ଏଥର ମାଟ୍ରିକ୍ ପରୀକ୍ଷା ଦେବୁ । ୟାକୁବ୍ ଭଲ ପଢ଼େ । ମୁଁ' ବି । ୟାକୁବ୍ ବାପାର ସ୍କୁଲ ପାଖରେ ଗୋଟେ ସାଇକେଲ୍ ମରାମତି ଦୋକାନ ବହୁଦିନରୁ । ବଜାର ବଢ଼ିବା ସହିତ ଆଉ ଦୁଇ ତିନୋଟି ଦୋକାନ ଖୋଲିଥିଲେ ବି ୟାକୁବ୍ଙ୍କ ଦୋକାନଟିରେ ଭିଡ଼ ବେଶୀ । ପୁରୁଣା ମେକାନିକ୍ ତା' ବାପା । ମୋର ଯାବତୀୟ ସାଇକେଲ୍ କାମ ସେଇଠି କରେ । ୟାକୁବ୍ ସାଂଗ ବୋଲି ଚାଚା ପଇସା ନିଅନ୍ତି ନାହିଁ । ବରଂ ଚକୋଲେଟ୍ କି ଟଫି ମଗାଇ ଦିଅନ୍ତି । ତାଙ୍କ ବ୍ୟବହାରରୁ ଫରକ କିଛି ଜାଣିପାରେନା । ୟାକୁବ୍ ଘରକୁ ବି ମୁଁ ଯାଏ । ବହିପତ୍ର ଦିଆନିଆ ହୁଏ । ତାଙ୍କ ବାଡ଼ିରୁ ଫଳଖାଏ । ବେଳେବେଳେ ତା' ଅମ୍ମା ଆମ ଘରକୁ ମୋ ହାତରେ ଓଡ କି କଦଳୀ ଫେଣାଏ ପଠାନ୍ତି ତାଙ୍କ ବାଡ଼ିରୁ । ତା' ଅମ୍ମା କେବେବି ତାଙ୍କ ଘରେ ଖାଇବାକୁ ମୋତେ ଡାକନ୍ତି ନାହିଁ । ଫଳଫୁଲୁରି ଦିଅନ୍ତି । ଦୋକାନରୁ ବରାପିଆଜି ମଗେଇ ଦିଅନ୍ତି । ଘରେ କେବେ ଯାଚନ୍ତି ନାହିଁ । ପାଣି ପିଇବାକୁ ମାଗିଲେ ବି ଟ୍ୟୁବ୍ୱେଲରୁ ଆଣି ଦିଅନ୍ତି । ମୁଁ ବେଳେବେଳେ ମାନେ ନାହିଁ । ତାଙ୍କ କଳସୀରୁ ଗଡେଇ ପିଇଦିଏ ।

ମୋ ବୋଉ ବି କହେ, ତୁ ସେ ୟାକୁବ୍ ଘରକୁ ଯାଉଚୁ କିରେ ? ଯାଉଚୁ ଯଦି ଯା, ତାଙ୍କ ଘରୁ କିଛି ଖାଇବୁ ନାହିଁ ।

ମୁଁ ପରୟରେ, କାହିଁକି ?

ବୋଉ କହେ, ତାଙ୍କର ଆମର ଧର୍ମ ଅଲଗା ।

ମୁଁ ପୁଣି ପଚାରେ, ଧର୍ମ କ'ଣ ? ବୋଉ କିଛି ବୁଝାଇପାରେନା । କହେ – ସେ ଅଲଗା ଜାତିର । ତୁ ବଡ଼ିଲେ ଜାଣିବୁ ।

ଜାତି ଆଉ ଧର୍ମ ସଂପର୍କରେ ମୋର କିଛି ଧାରଣା ନଥାଏ । କିନ୍ତୁ ଭାବୁଥାଏ, ବୋଉ ମୋତେ ମନାକରୁଚି ବୋଲି ୟାକୁବ୍ ଅମ୍ମା କିମିତି ଜାଣନ୍ତି ଯେ ମୋତେ ତାଙ୍କ ଘରୁ ପାଣିବି ପିଆଇ ଦିଅନ୍ତି ନାହିଁ ?

ମୁଁ କାଲିଯିବି, ଅଲଗା ଉଦ୍ଦେଶ୍ୟରେ । ଚିହ୍ନିବି ସେ ବୁଢ଼ାବାଲିକୁ । ଚିହ୍ନିବି କିମିତି ? ମୁଣ୍ଡରେ ଗୋଟେ ଆଇଡ଼ିଆ ପଶିଲା । ମୁଁ ସିନା ତାକୁ ଦେଖ୍ ପାରୁନାହିଁ, ସେ'ତ ମୋତେ ଦେଖ୍‌ଥିବ ।

ଆଃ, ଏଥର ଜାଣିବାର ଅସୁବିଧା ହବ ନାହିଁ । ମୁଁ ମନେ ମନେ ଆଇଡିଆଟା ସେଟ୍ କରିନେଲି । ଅନ୍ତତଃ ଏତକ ଧରିପାରିବାର ଜ୍ଞାନ ମୋର ହେଇଗଲାଣି ।

ତା' ପରଦିନ ମୁଁ ଯାକୁବ୍ ଘରେ ହାଜର । ସାଇକେଲ୍‌ଟି ତାଙ୍କ ପିଣ୍ଡାରେ ଡେରିଦେଇ ପଶିଗଲି ଘରକୁ । ଆଜି ରବିବାର । ଯାକୁବ୍ ଘରେ ଥିବ । ତା ଅମ୍ମା କହିଲେ, ଯା ସେଇଘରେ ଯାକୁବ୍ ପଢୁଚି । ସାଙ୍ଗହେଇ ପଢ଼ । ପରୀକ୍ଷା ଆସିଲାଣି ।

: ପଢ଼ିବି ? ମୁଁ ତାଙ୍କ କଥାକୁ ୟସ୍ କରିଦେଲି ।

ଯାକୁବ୍ ମୋତେ ଦେଖୁଦେଖୁ କହିଲ, ଆସିଗଲୁ ? ପିଲା ମାଟିଚି ଆଉ....

ମୁଁ କହିଲି, ଆ'ବେ...

ଯାକୁବ୍ ତା ବହିପତ୍ର ସଜାଡ଼ିରଖିଲା । ବାହାରୁ ବାହାରୁ କହିଲା, ବୁର୍ଖାତକୁ ଖାଲି ଆଖିସିନା ଦେଖୁଚୁ ? ଚିହ୍ନିବୁ କେମିତି ?

ମୁଁ କହିଲି, ତୁ ଆ'ନା... ସେ କାମ ମୋର...

ଖାନ୍‌ସାହିରେ ବୁଲିଲାବେଳେ ମୋ ସନ୍ଧାନୀ ଆଖି ଖୋଜୁଥିଲା ସେଇ ଦୁଇଟି ଆଖିକୁ । କ୍ଷଣିକ ମାତ୍ର ସେ ଆଖିର ଚମକ କ'ଣ ମୋତେ ଚିହ୍ନେଇ ଦେଇପାରିବ ?

ବିନା ବୁର୍ଖାରେ ତାଙ୍କ ସାହିରେ ବେଧଡ଼କ ବୁଲୁଥିବା କେତୋଟି ଝିଅଙ୍କ ଉଦାଶ ଆଖି ଆମ ଉପରେ ପହଁରି ଯାଉଥାଏ । ଯାକୁବ୍ ତାଙ୍କ ସାହିର ପିଲା । ଭଲ ପଢୁଚି ବୋଲି ବି ନାଁ ଅଛି । ତା' ସାଙ୍ଗରେ ମୋତେ ପ୍ରଥମେ ଦେଖି କିଛିକିଛି ବିସ୍ମୟ ବି ନେଶି ହେଇଯାଉଥାଏ ସେମାନଙ୍କ ଆଖିରେ ।

ସାହି ମୋଡ଼ପାଖରେ ଗୋଟେ ଏକ ମହଲା କୋଠାଘର । ଆଗରେ କ୍ରୋଟେନ୍ ଗଛର ହତା । କାନ୍ତୁକୁ ମାଡ଼ିଚି ହଲଦିଆ ରଙ୍ଗର କାଗଜଫୁଲ ଗଛ । ଦି'ଜଣ ଝିଅ ଗେଟ୍ ପାଖରେ । ଆମେ ପାଖେଇ ଗଲୁ । ଦି'ଜଣୟାକ ବୁଲି ଚାହିଁଲେ ଆମ ଆଡ଼େ । ଦେହରେ ଗୋଟେ ମୃଦୁ ଶିହରଣ ଖେଲିଗଲା । ମୁଁ ଯାକୁବ୍ ହାତକୁ ମୁଠେଇଧରି ଚିମୁଟିଦେଲି । ଯାକୁବ୍ ମୋ ମୁହଁକୁ ଚାହିଁଲା । ମୁଁ ଫିସ୍‌ଫିସ୍‌କରି କହିଲି ସେଇ ଯୋଉ ଧଲା ରୁଢ଼ିଦାର ପିନ୍ଧି ନୀଲ ଚୁନରୀ ପକେଇଚି, ଆଖି ତା'ର ଶର୍ମିଲାଟାଗୋର ଆଖିପରି ସେ କିଏ ? ସେତେବେଳେ ଆମେ ସିନେମା ହୀରୋ ହୀରୋଇନ୍‌କୁ ଚିହ୍ନିସାରିଥାଉ । କେବେକେବେ ସିନେମା ପୋଷ୍ଟର କି ଗ୍ରିଟିଂସ୍‌କାର୍ଡ଼ରୁ ।

ଯାକୁବ୍ ତାଙ୍କ ଆଡ଼େ ଚାହିଁଲା । ଚୁପ୍‌କରି କହିଲା, ସେ ନୂର୍...

ମୁଁ ସେ ନାଁକୁ ଦି'ଥର ମନେମନେ ଉଚ୍ଚାରଣ କଲି ।

ଆମେ ସେ ଝିଅଙ୍କୁ ଅତିକ୍ରମ କରିଗଲୁ । ତାଙ୍କ ଘର ପାର୍‌ହେଇ ମୋଡ଼ ପାଖରେ ଅଟକିଗଲି । କହିଲି, ସେଇ ହିଁ କାଲି....

ଯାକୁବ୍ ଠୋଠୋ ହସିଲା, କହିଲା, ତୋର କି ଚିଲ ଆଖ୍କ ବେ? ଚିହ୍ନିଲୁ କିମିତି ?

ମୁଁ କହିଲି, ହାବଭାବରୁ, ବୁଝିଲୁ ମୋତେ ଦେଖି ତା' ଓଠରେ ଧାରେ ହସ ଉକୁଟି ଉଠିଲା। ଯାହା ଅନ୍ୟମାନଙ୍କ ମୁହଁରେ ନଥିଲା। ସତରେ ତା' ଆଖ୍ ଦୁଇଟି ଚମକ୍ରାର।

: ଆହା, ମୋ ପ୍ରେମିକ! ଏଥ୍‌ରେ ଫାଇଦା ?

ଏଠି ଫାଇଦା ବେଫାଇଦାର କିଛି ହିସାବ ହୁଏନା। ତା' ଚାହାଣୀ ଓ ଧାରେ ହସ ହିଁ ଯଥେଷ୍ଟ।

ଆମେ ପୁଣି ସେଇବାଟେ ଫେରିଲୁ। ନୂର୍ ଠିଆହେଇଥିଲା, ଏକା। ଅପେକ୍ଷା କଲାଭଳି। ଯାକୁବ୍‌କୁ ଅଟ୍‌କେଇଲା। ପଦେ ଦି'ପଦ କଥାହେଲା। ନଜର କିନ୍ତୁ ମୋ ଉପରେ ଥିଲା। ସେଇ ଚାହାଣୀ। ଏବେ ସ୍ମିତହାସ୍ୟ। ମୁଁ ପାଖରେ ଠିଆହୋଇ ତାକୁ ଦେଖୁଥିଲି। ସେତେବେଳେ ମୋ ମନରେ ଅବସ୍ଥାକୁ ପ୍ରକାଶ କରିବାକୁ ଭାଷା ପାଉନାହିଁ।

ଯାକୁବ୍ ଫେରୁଫେରୁ କହିଲା, ସତରେ ବେ... ସେ ତତେ ଲଭ୍ କଲାଭଳି ଜଣାପଡୁଛି। ସେଇ ହେଇଥବ, କଥା ହେଉଚି ମୋ ସାଙ୍ଗରେ, ଚାହୁଁଚି ତୋ ଆଢ଼େ, ମୁଁ ଧରିନେଲି।

ମୁଁ ଉଦ୍‌ଗ୍ରୀବ ହେଇ ପଡ଼ୁଥିଲି। କହିଲି, ନୂର୍‌ମାନେ କ'ଣ ବେ ତମ ଭାଷାରେ ?

ଯାକୁବ୍ କହିଲା, ନୂର୍‌ମାନେ ଜ୍ୟୋତି, ସୌନ୍ଦର୍ଯ୍ୟ, ଦିବ୍ୟାଲୋକ... ତୁ ଯୋଉଟାକୁ ଥୋଇବୁ ତୋ ପାଖରେ।

ତା' ପାଖରେ ସବୁ ଥୋଇଦେଲେ ବି ନଥଣ୍ତି, ମୁଁ ଭାବମଗ୍ନହେଇ କହିଲି।

ଉଁ... ଯାକୁବ୍ ଠଙ୍ଗା କଲା।

ସ୍ୟା'ପରଠାରୁ ମୁଁ କେତେଥର ଯାଇଚି ସେଇବାଟେ। କେବେ ଭେଟ, କେବେ ଅଭେଟ। ସେଇ ଚମକ ଚାହାଣୀ ଓ ଧାରେ ହସ ବ୍ୟତୀତ କିଛି ଆଗଉ ନଥିଲା। ସୁଯୋଗ କି ସମ୍ଭାବନା ନଥିଲା। ଖାଲି ଯାକୁବ୍‌କୁ ସେ ମୋ ସଂପର୍କରେ କେତେଥର ପଚାରିଥିଲା, ଏତକ ତା'ଠାରୁ ଶୁଣିଥିଲି।

ପରୀକ୍ଷା ସରିଗଲା। ପରୀକ୍ଷା ସରି ରେଜେଲ୍ଟ ବାହାରିବା ସମୟ ଭିତରେ, କେତେଥର ଭେଟ ହେଇଚି ନୂର ସହିତ। ସେଇ ନିରବ ଚାହାଣୀ ବିନିମୟରେ ଖାଲି ଆବେଗର ବିନିମୟ। ଆଖ୍ ଯାହା କହେ ଓଠ ବି କହିପାରେନା।

ରେଜଲ୍ଟ ବାହାରିବା ପରେ ଯାକୁବ୍ ଚାଲିଗଲା କୋଲକୋତା। ତା'ର କିଏ ସଂପର୍କୀୟ ପାଖରେ ରହି ପଢ଼ିବାକୁ। ମୁଁ ପଳେଇ ଆସିଲି ଭୁବନେଶ୍ୱର।

ୟାକୁବ୍ ସହିତ ଆଉ ପ୍ରାୟ ସଂପର୍କ ନଥାଏ ।

ମୋର ପାଠପଢ଼ା ସରୁସରୁ ଚାକିରି । ବେଙ୍ଗାଲୁରୁରେ ପୋଷ୍ଟିଂ । ଚାକିରିରେ ଜଏନ୍ କରିବା ପୂର୍ବରୁ ଗାଁକୁ ଯାଇଥାଏ, ଶୁଣିଲି, ୟାକୁବ୍ ମଧ ଚାକିରି କରିଗଲାଣି କୋଲକତାରେ । ତା'ଘରେ ମୋ କଥା କହି ଗାଁକୁ ଆସିଲେ ମୋ ସହ ଯୋଗାଯୋଗ କରିବ ବୋଲି ଫୋନ୍ ନମ୍ବର ଟି ଦେଇ ଆସିଲି । ତତକ୍ଷଣାତ୍ ତା' ସହ ଯୋଗାଯୋଗ ସମ୍ଭବ ହେଲା ନାହିଁ ।

ବେଙ୍ଗାଲୁରୁ ଆସିବାର ପ୍ରାୟ ଆଠମାସ ପରେ ହଠାତ୍ ୟାକୁବ୍‌ର ଫୋନ୍ ।

: ବୁଝିଲୁ, ନୂର ଫେରାର ।

ମୁଁ ଚମକିଲି । ପଚାରିଲି, ଫେରାର ? କା' ସହିତ ?

: ମୁଁ ଜାଣିନି କି କେହି ବି ଜାଣିପାରୁ ନାହାନ୍ତି ଘଟଣା କ'ଣ ?

: ତା'ର କା ସହିତ ତମ ସାହିର ଚକ୍କର ଥିବ

ନାଇଁ, ନାଇଁ, ସେ ସେମିତି ଛୋକ୍ରି ନୁହଁ । ତା' ସହିତ ମୋର ନିକାହ କରିବାକୁ କଥା ପଡ଼ିଥିଲା । ୟାକୁବ୍ କଣ୍ଠରେ ହତାଶା ଫୁଟିଉଠୁଥିଲା ।

: ସେଇଠୁ ?

: ସେଇଠୁ କ'ଣ ? କିଛି ସୁରାକ ବି ମିଳୁନି । ୟା ଆଲ୍ଲା...

: କେବେକାର ଘଟଣା ଯେ ?

: ଛ' ମାସ ପ୍ରାୟ ହେଇଗଲାଣି । ଲୁଚାଇ ରଖ଼ଥିଲେ । ମୁର୍ସିଦାବାଦରେ କୋଉ ବ°ଧୁଘରକୁ ଯାଇଚି ବୋଲି କହୁଥିଲେ । ତୁ କ'ଣ କଭି ଗାଁକୁ ଆସିନୁ ? ଜାଣିନୁ ଏକଥା ?

: ଏତେଦୂରରୁ କ'ଣ ବେଶୀ ଗାଁକୁ ଯାଇହେଉଚି ? ତା'ଛଡ଼ା ତମ ସାହି କଥା ଆଉ ଆମ ସାହି ଲୋକ ମୋତେ କାହିଁକି ଜଣାନ୍ତେ ?

: ହଁ, ସେ ତ ସତକଥା । ଏବେ ଆଉ ତମ ସାହି ଆମ ସାହି ଭିତରେ ଆଗଭଳି ନାହିଁ । ଗୋରୁ ଚାଲାଣ ଘଟଣାକୁ ନେଇ ଏବେ ଘୋର ସଂଗୀନ ଅବସ୍ଥା । ଛାଡ । ସେଥିରୁ ମୋତେ କ'ଣ ମିଳିବ, ମୁଁ କୋଉ ଗାଁରେ ରହୁଚି ? ମୋ ନୂର ତ କୁଆଡ଼େ ପଲେଇଲା..ୟା'... ଆଲ୍ଲା...

'ତୋର ନୂର ? ମୁଁ ପଚାରିଲି ।'

ଆଉ ? ନୁହେଁ ଆଉ କ'ଣ ? ନିକାହ ହବାର ସବୁ ଠିକ୍ ସରିଥିଲା । କୁଆଡ଼େ ଶୂନ୍ୟ ଦେଇଗଲା ? କିଛି ପତା ମିଳୁନି... ଯେତେ ଖୋଜିଲେବି !

ତା'ପରେ ୟାକୁବ୍ ସହିତ ମୋର ଆଉ ଯୋଗାଯୋଗ ସମ୍ଭବ ହେଲାନାହିଁ । ଲ୍ୟାଣ୍ଡଫୋନ୍‌ର ଅବସ୍ଥା ସେୟା । ଏଇ ଅଛି ଏଇ ନାଇଁ । ଖାଲି ଟୁଁ ଟୁଁ ।

ମୁଁ ଗୋଟେ ଦୀର୍ଘଶ୍ୱାସ ଛାଡ଼ିଲି ।

ଏ କଥା ହେବାର ପ୍ରାୟ ଦୁଇମାସ ପରେ ୟାକୁବ୍‌ର ଫୋନ୍ । ହଠାତ୍ । ବାଙ୍ଗାଲୋର ଆସୁଚି । ଆମ ଘରୁ ସଂଗ୍ରହ କରିଛି ଠିକଣା । ତା' ଫୋନ୍ ପାଇଲା ପରେ ଇତିହାସ ଫେରିଚି । ଭାବୁଚି ବସି ଅତୀତର ସେଇକଥା । ସେ ଷ୍ଟେସନ୍‌ରେ ପହଂଚି ମୋତେ ଫୋନ୍ କରିବ । ମୁଁ ଯାଇ ଆଣିବି । ସେ ଜାଣେ ଷ୍ଟେସନ୍ ପାଖାପାଖି ମୋ ଭଡ଼ାଘର ।

ତା' ଫୋନ୍ ପାଇଲାପରେ ପଚାରିଥିଲି, ତୁ ରହିବୁ ମୋ ଘରେ ? ସେ ସର୍ପାହତ ପରି ଚମକିପଡ଼ି କହିଥିଲା, ତୋ ଘରେ ? ମୁଁ ହୋଟେଲ୍ ବ୍ୟବସ୍ଥା କରିସାରିଚି । ଖାଲି ତୋତେ ଦେଖାକରି ପଳାଇବି ।

ମୋ ଘରେ ତୋର ଅସୁବିଧା କ'ଣ ? ମୁଁ ପଚାରିଲି ।

: ହେଃ, ସାଂଗହେଲେ ବୋଲି କ'ଣ ଧର୍ମ ଭୁଲିଯିବା ?

ମୁଁ ଜାଣିଲି, ୟାକୁବ୍ ଆଉ ଏବେ ସେ ପିଲାବେଳର ୟାକୁବ୍ ହେଇ ନାଇଁ । ଏବେ ସେ ଧର୍ମକୁ ବୁଝିସାରିଥିବା ୟାକୁବ୍ ଖାଁ ।

ମୁଁ ଷ୍ଟେସନ୍‌ରେ ପହଂଚିଲାବେଳକୁ ୟାକୁବ୍ ବାହାରକୁ ଆସିସାରିଥାଏ । ମୋ ମନରେ ଦ୍ୱନ୍ଦ୍ୱ ଥିଲା, ଏତେ ବର୍ଷ ପରେ ମୁଁ ୟାକୁବ୍‌କୁ ଚିହ୍ନି ପାରିବି ତ !

ମୁଁ ଚିହ୍ନିବା ପୂର୍ବରୁ ସେ ଆସି ମୋତେ କୁଣ୍ଢେଇ ପକେଇଲା । ମୁଁ ଚମକିପଡ଼ି ଦେଖିଲି, ସେ' କଣ ସେଇ ୟାକୁବ୍ !

ମୁଁ ପଚାରିଲି, ୟାକୁବ୍ ?

: ହଁ ୟାର, ଚିହ୍ନିପାରୁନୁ ?

ୟାକୁବ୍ ଏବେ ଗୋଟେ ପକ୍କା ମୁସଲମାନ ଭଳି ଦେଖାଯାଉଥିଲା । ଦାଢ଼ି ରଖିଥିଲା । ପୋଷାକରେ ବିଶେଷ ଭିନ୍ନତା ନଥିଲେ ବି ଭାଷାର ଢ଼ାଂଚା ବଦଲିଯାଇଥିଲା । ପୁଲେ ଅତର ବି ଗୁଂଜିଥିଲା କାନରେ ।

ସବୁ ସତ୍ତ୍ୱେ ତା' ମୁହଁରେ ଗୋଟେ ବିଷର୍ଷ ଭାବ ବାରିହେଇପଡ଼ୁଥିଲା । ଆମେ ପରସ୍ପର ସଂପର୍କରେ କିଛି କଥା ହେଇ ହେଇ ଆସିଲୁ ।

ଗେଟ୍ ପାଖରେ ଗାଡ଼ିରୁ ଓହ୍ଲେଇ ଓହ୍ଲେଇ ୟାକୁବ୍ ପଚାରିଲା, ତୋ ଶାଦୀଫାଦୀ କଥା ଉଠିନି ଏଯାଏ ? କୋଉ ଦିନ ହବ ?

: ଶାଦୀ ସରିଯାଇଚି...

ସରିଯାଇଚି ? ୟାକୁବ୍ ନିଆଁରେ ଚଢ଼ିଗଲା ପରି ଚମକିଲା । ପଚାରିଲା, ମତେ ଟିକେ ଜଣାଇଲୁ ନାହିଁ ? ଶାଲା, ସେ' କ୍ୟା ଦୋସ୍ତି

: ବେଳ ପାଇ ନାହିଁ, ୟାର, ସବୁ ହଠାତ୍ ହଠାତ୍...

ଓ... ମୋ ମଁଗେତର କୁଆଡ଼େ ଭାଗିଗଲା, ତତେ ଚଟାପଟ ଜଣାଇଲି, ତୁ ଶାଲା ସୁରାକ୍ଟିଏ ବି ଦେଲୁନି ? ଛୋଡ଼ୋ...

: ଭାବୀ କୈସା ? ନୂର ଯେଇସା ନା ? ହୋ ହୋ ହସିଲା ସେ।

ମୁଁ କହିଲି, ମୁଁ କେମିତି କହିବି ? ତୁ ଦେଖ୍ଲେ କହିବୁନା ?

କ୍ୟା ? ଭାବୀ ୟାହାଁ ହୈ ? ଆଉଥରେ ଚମକିଲା ୟାକୁବ୍।

: ମୋତେ ଆଗରୁ କହିଲୁ ନାଇଁ। ମୁଁ ଅନ୍ତତଃ ଗୋଟେ କ'ଣ ଗିଫ୍ଟିଫ୍ଟ ଆଣିଥାନ୍ତି। କ୍ୟା ସୋଚେଗୀ ଓହ...

ମୁଁ ହସିଲି, କହିଲି, ଚଲିବ ଆ'....

ୟା'ପରେ ୟାକୁବ୍ ଟିକେ ଆଗ ଅପେକ୍ଷା ସଂତର୍ପିତ ହେଇଗଲା।

ଡ୍ରଇଁ ରୁମ୍‍ରେ ପଶିଲା ପରେ କହିଲି, ତୁ ଟିକେ ରେଷ୍ଟ ନେ। ମୁଁ ଫ୍ୟାନ୍ ଚଲେଇଦେଲି। ୟାକୁବ୍ ଉପ୍ଯାତ କରିବା ପିଲା। ଚୁପ୍‍ଚାପ୍ ବସିଲା। ଘର ଭିତରେ ଗୋଟେ ସ୍ତ୍ରୀଲୋକ ଅଛି ଯେ...

ମୁଁ ଭିତର ଆଡ଼କୁ ମୁହଁ ବଢ଼େଇ ଡାକିଲା ଭଳି କହିଲି, ନିରମା, ସର୍ବତ ଦି' ଗ୍ଲାସ ଆଣ ତ... ଦେଖ କିଏ ଆସିଚି, ବଚପନ କା ୟା'ର।

ୟାକୁବ୍ ଖୁଁ ଖୁଁ ହସିଲା, ନିରମା ? କ'ଣ ଓ୍ୱାସିଂ ପାଉଡର୍ ? ଆଁ ? ଶାଲା, ନୂରକୁ ଭୁଲିପାରିଲୁ ନାଇଁ ବୋଲି ସେଇ ନାଁକୁ ନେଇ ନାଁ ଦେଇଚୁ ? ନିରମା ! ୟାକୁବ୍ ଆଖି ମିଟିକା ମାରି ଚୁପୁଚୁପି କହିଲା।

ମୁଁ କିଛି କହିଲି ନାଇଁ, ଖାଲି ଟିକେ ହସିବା ଛଡ଼ା।

ନିରମା ଯେମିତି ଛନ୍ଦିଦେଇ ପଡ଼ୁଚି, ସେଇମିତି କଂପିତ ହାତରେ ସର୍ବତ ଟ୍ରେ'ଟି ନେଇ ଆସିଲା। ଓଢ଼ଣି କପାଳ ଢାଙ୍କି ଥିଲା। ତଥାପି ଉଜ୍ଜ୍ୱଲ ଦିଶୁଥିଲା ସିନ୍ଦୂରଟୋପା। ଆଖିଥିଲା ଅବନତ।

ତାକୁ ଦେଖୁଦେଖୁ ୟାକୁବ୍ ଗୋଟେ ପ୍ରଚଣ୍ଡ ବିସ୍ଫୋରଣରେ ଛିଟିକ୍ ପଡ଼ିଲା ପରି ଚିକ୍‍ୟାର କରିଉଠିଲା, ସେ' ତ ନୂର...

ନୂର ହତରୁ ଭୟରେ ସର୍ବତ ଟ୍ରେଟି ଗଲିପଡ଼ିଲା।

ମୁଁ ଦେଖୁଥିଲି ୟାକୁବ୍ ରୂପାନ୍ତରିତ ହେଉଚି। ତା' ଶରୀର ଫୁଲିଉଠୁଚି ଉତ୍ତେଜନାରେ। ମୁହଁ ଧରୁଚି କଠିନ, ରକ୍ତବର୍ଷ। ବିସ୍ମୟ ବିସ୍ତାରିତ ଆଖିରେ ଭରିଆସୁଚି କ୍ରୋଧର ନିଆଁ। ସେ ଥରୁଚି ଜର୍ଜର ହେଇ। ହଠାତ୍ ସେ ମୋ କଲରଟାକୁ ଭିଡ଼ିଧରି କହିଲା – ଶାଲା, ଶୁଅର କା ବଚ୍ଚା...

ମୁଁ କିଛି ପ୍ରତିକ୍ରିୟା କଲିନାହିଁ। ସ୍ଥିର ରହିଲି। ସେ ଦି'ଚାରି ଥର ମୋତେ ହଲେଇ, ଝୁଙ୍କେଇ ଅଶ୍ରାବ୍ୟ ଗାଳିରେ ହାତ ଉଠେଇ ମାରିବାକୁ ଯାଉଚି ତ ଗୋଟେ ଶାଣିତ ସ୍ୱର ତାକୁ ଅଟକେଇଦେଲା, ଏ କ'ଣ କରୁଚୁ ୟାକୁବ୍?

ଦେଖିଲି, ନୂର ଏମିତି ମୁଦ୍ରାରେ ଠିଆହେଇଚି ଯେମିତି ଝାଂପିପଡ଼ିବ ସେ ୟାକୁବ୍ ଉପରେ।

ୟାକୁବ୍ ଛାଡ଼ିଦେଲା ମୋତେ, କିନ୍ତୁ ଗାଳିଫଜିତରୁ ବିରତ ହେଉନଥିଲା। ବିଭିନ୍ନ ପ୍ରକାର ଧମକ ବି ଦେଉଥିଲା। ଲାଗୁଥିଲା, ଡ୍ରଇଂରୁମ୍‌ରେ ସେ ଯେମିତି ଯୁଦ୍ଧାଭ୍ୟାସ କରୁଚି। ମୁଁ ବିଲକୁଲ ନୀରବ ଥିଲି। ନୂରକୁ ମଧ ଚୁପ୍ ରହିବାକୁ ଠାରିଲି। ଶେଷ ପର୍ଯ୍ୟନ୍ତ କ'ଣ କରୁଚି ୟାକୁବ୍ ଦେଖାଯାଉ।

ୟାକୁବ୍ ବେଳକୁବେଳ ଅସଂଯତ ହେଇପଡ଼ୁଥିଲା। ଏବେ ଆଉ ଓଡ଼ିଆ ନୁହେଁ, ନିରୋଳା ଉର୍ଦ୍ଧୁଭାଷାରେ ଯେତେ ସବୁ ଅଶ୍ରାବ୍ୟ ଓ ଧମକପୂର୍ଣ୍ଣ ହିନ୍ଦୁ ବିରୋଧୀ ଭାଷାସବୁ ଉଦ୍‌ଗାରୁଥିଲା।

ହଠାତ୍ ସେ ତା'ର ବ୍ୟାଗ୍ ଧରିଲା ଆଉ କବାଟଟାକୁ ଗୋଟେ ଗୋଇଠା ମାରି ଆଡ଼େଇଦେଇ ଯାଉ ଯାଉ ଧମକ ଦେଲା, ଏବେ ଶାଲା ସମ୍ଭଳିବୁ, ଏବେ ସବୁ କାମ ଛାଡ଼ି ଗାଁକୁ ଯାଉଚି... ଶାଲା... ଆଗ୍ ଲଗାଦିଆ... ଲଗେଗା... ଜଳେଗା... ସବ୍‌କୋ କତଲ୍ କରେଁଗେ... କୋଇ ଭି ନାହିଁ ବଚେଗା ତେରା ରିସ୍ତେଦାର... ଶାଲୋଁ କୋ ହଲାଲ୍ କରେଁଗେ... ମତ ଆନା ଗାଉଁ କୋ... ଲାଶ୍ ବନା ଦେଁଗେ... ଉହାଁ ଭି ତୁମ ଦୋନୋଁ କୋ ଦଫନ କରେଁଗେ... ଗାଉଁସେ ଲୋଗ ଲାକର... ଆନେତକ ଇନ୍ତେଜାର କରନା... ଶାଲା କାଫେର... ହମାରୀ ଲଡ଼କୀ କେ ଭଗାକେ ବଡ଼ା ପୈଦା କରାଓଗେ... ଦେଖ୍‌ନା...

ଖଣ୍ଡମଣ୍ଡଳକୁ କ୍ଷଣିକରେ ବିପର୍ଯ୍ୟସ୍ତ କରିଦେଇଥିବା ଘୂର୍ଣ୍ଣିଝଡ଼ଟେ ପରି ୟାକୁବ୍ ନିଷ୍କ୍ରାନ୍ତ ହେଇଗଲା ଷ୍ଟେସନ୍ ଆଡ଼େ।

ନୂର ବଡ଼ ବିକଳ ଆଖିରେ ଚାହିଁଥିଲା ମୋ ଆଡ଼େ। ତା' ଆଖିରୁ ଧାରଧାର ଲୁହ ବୋହିଯାଉଥିଲା। ସମ୍ଭାବ୍ୟ ଆତଙ୍କର ପରିଣତି ତା'ର ସୁନ୍ଦର ଆଖିଯୋଡ଼ିକୁ ଖୁବ୍ ତ୍ରସ୍ତ କରି ପକେଇଥିଲା।

ମୁଁ ତାକୁ ଛାତିକୁ ଆଉଜେଇ ଆଣିଲି। ସେ ଆଉ ସମ୍ଭାଳିପାରିଲା ନାହିଁ। କୋହ ଉଠେଇ କାନ୍ଦିଉଠିଲା।

ରାତିକୁ ନୂର ବିଚଳିତ ସ୍ୱରରେ ପଚାରିଲା, କ'ଣ କରିବା?

: ଏକଥା ସେଦିନ ରାତିରେ ମୋ ସହିତ ଲୁଚି ପଳେଇ ଆସିଲା ବେଳେ ପଚାରିଲ ନାହିଁଟ?

ଏତେ କଥା କ'ଣ ମୋ ମୁଣ୍ଡରେ ପଶିଥିଲା ? ନୂର ସ୍ଵରରେ ଉଭ୍ଯ ନଥିଲା ।

ମୁଁ କହିଲି, ପ୍ରେମ ପରି ଧର୍ମ ବି ଗୋଟେ ନିଶା । ଅଫିମ ପରି ଉଗ୍ର । ଏହାର ସେବନ ଓ ପରିଣାମ ଉଭ୍ଯ ଭୟଙ୍କର । ଆମେ ତ ସେବନ କରିସାରିଛେ । ପରିଣାମ ଯା ହେବ, ଦେଖାଯିବ । ଆଉ କ'ଣ ?

ନୂର ମୋତେ କୁଣ୍ଢେଇ ପକେଇଲା ।

ଗାଁରେ ଦଙ୍ଗା ହେଇଯିବ । ଯଦି ଆମକୁ ଉଠେଇନିଅନ୍ତି କି ଆକ୍ରମଣ କରନ୍ତି ଆସି ଏଠି ? କ'ଣ କରିବା ?

ଏଠାରେ ଏତେଟା ସମ୍ଭବ ନୁହେଁ । ଆମେ ଆଇନ୍‌ର ଆଶ୍ରୟ ନେଇପାରିବା । କିନ୍ତୁ ମୋର ଚିନ୍ତା ବାପାବୋଉଙ୍କ ଉପରେ ଯଦି ଆକ୍ରମଣ ହୁଏ କି ମୁଣ୍ଡ ଜାମିନ ରଖିଲା ଭଳି ରଖ୍ ଆମକୁ ଡକାନ୍ତି, ଆମେ କେମିତି ସାମ୍ନା କରିବା, ସେୟା ଭାବୁଚି । ଯାକୁବ୍‌ ଏତେ ଜଘନ୍ଯ ବୋଲି ଜାଣିନଥିଲି ।

ସେ ପରା ମୁଲ୍ଲା ଘର ପିଲା । ଭାରି କଟ୍ଟର । ତା' ଅବାଜାନ ଆମ ମସ୍‌ଜିଦ୍‌ରେ ନମାଜ ପଢ଼େ । ଦିନକୁ ପାଂଚଥର ।

ମୁଁ ବି' ଏକଥା ଜାଣି ନଥିଲି । ପିଲାବେଳେ ଏମିତି ନଥିଲା । ବୟସ ବଢ଼ିଲେ ଭୂତ ଚଢ଼େ ।

ତାକୁ ତ ମୂଳରୁ ଘରକୁ ଆଣିବାକୁ ମୁଁ ମନାକରୁଥିଲି । ସିଆଡ଼େ ସିଆଡ଼େ ବିଦାକରି ଦେଇଥାଆନ୍ତ । କହିଲ, କ'ଣ ନାଁ ବଚପନ୍‌ କା ଦୋସ୍ତ, ଗଦ୍ଦାରି କରିବ ନାଇଁ ଏବେ ଭୋଗ...

ତମ ସହିତ ପରା ତା'ର ଶାଦୀ ହେଇଥାଆନ୍ତା ? ବଢ଼ିଆ ହେଇ ଥାଆନ୍ତା । ମୁଁ ନୂରକୁ ଚିଡ଼େଇବାକୁ କହିଲି ।

ମିଛକଥା, ପୁରା ଝୁଟ୍‌ । ତାକୁ ମୋ ଅମ୍ମା, ଆବା ନାପସନ୍ଦ କରନ୍ତି । ସେଇଟା ତା ତରଫରୁ ତାଙ୍କ ଘରେ ଲଗେଇ ଏମିତି କରୁଥିଲା । ମୁଁ ତାକୁ କଦାପି ଶାଦୀ କରନଥାନ୍ତି ।

ଆଉ କାହାକୁ ? ମୁଁ ଆଖ୍ନଟେଇ ପଚାରିଲି ।

ଏତେ ବିଷାଦ ଭିତରେ ବି ନୂର ଓଠରେ ଧାରେ ହସ ଉକୁଟି ଉଠିଲା । ଆଖ୍ ଦେଉଥିଲା ଉଭ୍ତର ।

ମୁଁ ତାକୁ କୋଳେଇ ନେଲି । ନୂର ହାତଝାଡ଼ି କହିଲା, ଯାକୁବ୍‌ ଗାଁରେ ପହଁଚିଲେ ନିଆଁ ଜଳିବ, ଏଠି ପ୍ରେମ ହେଉଚି... ଛାଡ଼...

ମୁଁ ବି ଟିକେ ଚିନ୍ତିତ ଓ ଅନ୍ୟମନସ୍କ ହେଇପଡ଼ିଲି ।

ଆମେ ବସିଥିଲୁ ଖଟ ଉପରେ। ଆମ ଛାଇ ପଡ଼ିଥିଲା କାନ୍ଥରେ।

ମୁଁ ଉଠିପଡ଼ିଲି। ହଠାତ୍ ନୂରକୁ ସାମ୍ନାସାମ୍ନି ଠିଆକଲି।

ପଚାରିଲି, କହିଲ, ତମେ କିଏ ?

ନୂର ଆଶ୍ଚର୍ଯ୍ୟ ହେଲା, କହିଲା, ନୂର।

: ମୁଁ କିଏ ?

ନୂର ଲାଜେଇ ଗଲା, ମୁଁ କହିଲି, କୁହ...

: ଭାର୍ଗବ

: ପିନ୍ଧିଚି କ'ଣ ?

: ନୂର ତା' ଦେହକୁ ଚାହିଁଲା। କ'ଣ ଯାଦୁସ୍ୟାଦୁ ପଚାରୁଚ ?

: ଶାଢ଼ୀ ପିନ୍ଧିଚି।

: ନାଇଁ, ତମ ଅରିଜିନାଲ୍ ପୋଷାକ କ'ଣ ?

: ବୁର୍ଖା।

ମୋର ?

: ଲୁଗା

: ତମର ଧର୍ମ।

: ଇସଲାମ୍

: ମୋର

: ହିନ୍ଦୁ

: ଏଇ ଛାଇ ଦେଖୁଚ ? କାନ୍ଥରେ। ନୂର ବୁଲି ଚାହିଁଲା।

: ହଁ

: କ'ଣ ଦେଖାଯାଉଚି ?

: ସ୍ତ୍ରୀଟିଏ, ପୁରୁଷଟିଏ।

: ସେମାନେ କିଏ ?

: ମିଆଁ ବିବି। ନୂର ଖିଲିଖିଲି ହସିଲା।

: ତମେ ତମ ଶାଢ଼ୀ ଖୋଲିଲ।

: ଆଁ, ନୂର ଚକିତହେଲା, ନାଇଁ ନାଇଁ, କୁମ୍ଭୀର ନେଇ ମଠ ନଇରେ...

: ନେଉ, ଖାଇବତ ? ସେତିକି ବାଟ ଯିବାଯାଏ ଜିଇବା ନାଇଁ କାହିଁକି ?

: ଖୋଲ, ସିରିଅସଲି କହୁଚି।

ନୂର ତା'ର ଶାଢ଼ୀ ଖୋଲିଦେଲା। ତା'ର ଲମ୍ବା, ସୁନ୍ଦର ଓ ପରିମିତ ଭୌଗୋଳିକ

ରେଖାର ଚମକ୍କାର ସୁଗଠିତ ଦେହଟିକୁ ଯେତେ ଦେଖିଲେ ବି ମନଭରେନା। ଏବେ କିନ୍ତୁ ସିଆଡ଼କୁ ଧ୍ୟାନ ନଦେଇ ମୁଁ ମୋ ପୋଷାକ ଉତାରିଦେଲି।

ନୂର ହାଁ ହାଁ କରୁଥିଲା। ମୁଁ କହିଲି, ରୁହ ଦେଖ ମୁଁ କ'ଣ ପଚାରୁଛି।

ଆମେ ପରସ୍ପର ସାମ୍ନାରେ। ଉଭୟେ ଉଲଗ୍ନ।

: ଛାଇକି ଦେଖ, କ'ଣ ଦେଖୁଚ ?

: ଆମ ଛାଇ।

: 'ଆମ' ଛାଡ଼ିଦେଲେ ?

: ଗୋଟେ ପୁରୁଷର, ଗୋଟେ ନାରୀର...

: ସେ ନାରୀପୁରୁଷଙ୍କ ନାଁ ?

: କିଛି ନାଇଁ

: ଜାତି

: କିଛି ନାଇଁ

: ଧର୍ମ

: ତାହାବି ଜଣାପଡ଼ୁ ନାହିଁ।

ତା'ହେଲେ ପାର୍ଥିବତା ହିଁ ଆମକୁ ଯେତେସବୁ ଭେଦାଭେଦରେ ବାନ୍ଧିରଖିଛି। ନହେଲେ ମଣିଷ ବ୍ୟତୀତ କିଛି ହିଁ ପରିଚୟ ନାହିଁ। ହୁଏତ ପୁଣି ମୁହଁ ପରିଚୟ ସୃଷ୍ଟି କରିପାରେ। ମୁହଁ ଲୁଚେଇଦେଲେ ଖାଲି ଯୋଡ଼ିଏ ମଣିଷ ବ୍ୟତୀତ ଆମର ପରିଚୟ କ'ଣ ?

ନୂର ଚଟାପଟ ତା' ଶାଢ଼ୀ ପିନ୍ଧୁପିନ୍ଧୁ କହିଲା – ଆହା ଭାରି ଗବେଷକ ? ଆଖି ନଚେଇ ହସିଲା ସେ। ତା'ର ଆଖି ଆଉ ହସ ତ ମୋତେ ଆଣି ଏଠି ଠିଆକରିଛି। ମୁଁ ବି' ହସିଦେଲି।

ମୁଁ ତା' ଅଧାଖୋଲା ଶାଢ଼ୀଟାକୁ ଭିଡ଼ିଧରି ଲାଇଟ୍ ନିଭେଇ ଦେଲି।

ୟା ଭିତରେ ମାସେ, ଦି'ମାସ ଯାଇ ତିନିମାସ ଗଲାଣି।

କୋଉଠୁ କିଛି ଖବର ନାହିଁ। ଆମେ କିନ୍ତୁ ଅପେକ୍ଷା କରିଛୁ।

କାଳସନ୍ଧି

ପ୍ରଫେସର ପୁହାଙ୍କ ଅନୁଭବକୁ ଏକ ନୂଆ ବିକୃତିର ଆବିର୍ଭାବ ବୋଲି ଯେଉଁଦିନ ସମସ୍ତେ କହିଲେ, ସେହିଦିନଠୁଁ ସେ ଅଲଗା ।

ଭୋର ହେଇନାହିଁ ଅଥଚ ତାଙ୍କୁ ଠେଲୁଚି କିଏ ଉଠେଇବାକୁ! ବହଳ ନିଦର ଆସ୍ତରଣକୁ ଆଢ଼େଇ ଯେତେବେଳେ ସେ ଆଖି ଖୋଲିଲେ ଦେଖିଲେ, ପ୍ର.ପୁହାଣ ଗୋଟେ ବିଚିତ୍ର ଭଙ୍ଗୀରେ ଠିଆ ହୋଇଛନ୍ତି ତାଙ୍କ ଆଗରେ। ଦେହସାରା ଝାଲ କଣ୍ଟି ଦେଖାଯାଉଛି ଆହୁରି ବିରୂପ। ତାଙ୍କ ଆଖରୁ ନିଦ ହଜି ଆତଙ୍କର ଝଲକ ଫୁଟି ଉଠିଲା। ସେ ଚିକ୍ଲାରଟିଏ କରି ହୁଦୁସ୍ ଉଠିପଡୁଚନ୍ତି ତ ପ୍ର.ପୁହାଣ ତାଙ୍କ ପାଟିରେ ହାତ ଦେଇ କହିଲେ, ଚିଲ୍ଲାନା, ଅନ୍ୟମାନେ ଉଠି ପଡ଼ିବେ। ପାଖ ପଡ଼ିଶା। ରାତି ତଥାପି ଅଛି।

ବସୁମତୀ ସଞ୍ଜିତ ହେଲେ। ଗାମୁଛା ପଲଙ୍କ ବାଡ଼ାରୁ ଓଟାରି ଆଣି ତାଙ୍କ ଆଢ଼କୁ ବଢ଼ାଇ ଦେଉ ଦେଉ କହିଲେ, ସିଧା ଛିଡ଼ା ହେଉନ, ଏମିତି କ'ଣ ଅଧା ନୁଆଁ ହୋଇ ଛିଡ଼ା ହେଇଛ? ବସ, କ'ଣ ହେଲା?

ପ୍ର.ପୁହାଣ ସାୟମ ହେଲାପରି ଠିଆହେଇ ପଡ଼ିଲେ। ଦେହକୁ ପୋଛୁ ପୋଛୁ କହିଲେ, ଓଃ କି ଭୟଙ୍କର ସ୍ୱପ୍ନ!

ବସୁମତୀ ଆଶ୍ୱସ୍ତ ହେଲେ। ଯା'ହେଉ ଏହା କୌଣସି ରୋଗର ଲକ୍ଷଣ ନୁହେଁ। ଏବେକାର ଯୋଉ ସମୟ, ଇମିତି ଇମିତି ନୂଆ ରୋଗ ସବୁ ଆସୁଚି ଯେ, ଡାକ୍ତର, ବୈଜ୍ଞାନିକଙ୍କ ମୁଣ୍ଡ ଝାଁ ମାରିଯାଉଚି। ତା'ପୁଣି ନିମିଷକରେ ବ୍ୟାପି ଯାଉଚି ଦେଶକୁ ଦେଶ। ମଣିଷ ପାଖରେ ମଣିଷ ଆଉ ଠିଆ ହେଇପାରିବ ନାହିଁ। ପ୍ରଶ୍ୱାସ ବି ନେଇ ପାରିବ ନାହିଁ। ବାଁଚିବ କେମିତି? ପବନରେ ତ ଖେଳୁଚି ଭୂତାଣୁ।

ପଚାରିଲେ, କ'ଣ ସ୍ୱପ୍ନ ଦେଖିଲ? ବାଘ? ହସିଲେ ବି। ଏ ବୟସରେ ବି ଡର ସ୍ୱପ୍ନ?

ପ୍ର.ପୁହାଣ ପୋଛି ହୋଇ ସାରିଥିଲେ । ପାଣି ବି ପିଇ ସାରିଥିଲେ ଦି'ଢୋକ ସେତେବେଳକୁ । ସେ ବସୁମତୀଙ୍କ ପ୍ରଶ୍ନର ଉତ୍ତର ନ ଦେଇ କହିଲେ, ହାୟ ପୃଥିବୀ ।

ବସୁମତୀ ଆଉ ଟିକେ ବିସ୍ମିତ ହେଲେ । ଦେଖିଲେ ସେ ତାଙ୍କ ମୁଣ୍ଡଟିକି ଟେକିଧରିବା ଭଳି ଧରିଛନ୍ତି । ପ୍ର.ପୁହାଣଙ୍କ ମୁଣ୍ଡଟି ଅପେକ୍ଷାକୃତ ବଡ଼ ଓ ସଂପୂର୍ଣ୍ଣ ଚନ୍ଦା ହୋଇଯାଇଥିବାରୁ ଗୋଟେ ବଡ଼ ପେଣ୍ଡୁ ଭଳି ଦେଖାଯାଏ । ସେ ପୁଣି ଥରେ ହସିଲେ । କହିଲେ, କ'ଣ ପୃଥିବୀକି ସ୍ୱପ୍ନ ଦେଖିଲ ? ଟେକି ଧରିଚ ବି ମୁଣ୍ଡକୁ ବସୁଧା ଭଳି ।

ସେଇମିତି ମୁଣ୍ଡକୁ ଧରିଥିବା ଅବସ୍ଥାରେ ସେ ବସୁମତୀ ଆଡ଼କୁ ବୁଲି ଚାହିଁଲେ । ତାଙ୍କ ଆଖିରେ ତଥାପି ବି ଭୟ ମହଜୁଦ୍ ଥିଲା । କହିଲେ, ପ୍ରକୃତରେ ଭୟଙ୍କର ସ୍ୱପ୍ନ ! କିଛି ନାଇଁ ଏ ପୃଥିବୀରେ, କେବଳ ଶୂନ୍ୟତା ଛଡ଼ା ।

ସେଇଟା ସ୍ୱପ୍ନରେ ନଥାଏ, ବାସ୍ତବରେ ଥାଏ । ଦେଖନ୍ତୁ, ଏ ଘର ଭିତରର ଜିନିଷପତ୍ର । ଘର ବାହାରେ ବି ଅଛି ଯାହା ସବୁଦିନେ ଥାଏ । ମୁଁ ବି ବସିଚି ନା ତମ ସାମ୍ନାରେ ! ଏହା କହି ସେ ପୁହାଣଙ୍କ ହାତକୁ ଟିକେ ଚିମୁଟି ଦେଲେ ।

ଏସବୁ ଢଙ୍ଗ ଯାହାହେଲେ ବି ଟିକେ ପୁଲକ ଆଣିବା କଥା । କିନ୍ତୁ ପ୍ର.ପୁହାଣ ଯେ ସେ ଅନୁଭବରୁ ମୁକ୍ତ ଜଣାପଡ଼ିଲା । ଯେତେବେଳେ ସେ ତାଙ୍କ ହାତକୁ ଛାତି ଦେଇ କହିଲେ, ମୁଁ ତ ଦେଖିଲି ପୃଥିବୀ ଆଉ ନାହିଁ ।

ବସୁମତୀ ଟିକେ କ୍ଷୁର୍ଣ୍ଣ ହେଲେ ବି ବିରକ୍ତ ହେଲେ ନାହିଁ । ଯଥା ସମ୍ଭବ ସେ ତାଙ୍କୁ ଶାନ୍ତ ରଖିବାକୁ ଚେଷ୍ଟା କରନ୍ତି । ଥଟ୍ଟାମଜା ଆଲରେ ତାଙ୍କ ବିକୃତିକୁ ଟିକେ ଲାଘବ କରିବା ଲକ୍ଷ୍ୟରେ ଥାଆନ୍ତି । ଜାଣନ୍ତି, ଯେତେ ଯେତେ ଘଟଣାରେ ସେ ଦୁହେଁ ଆକ୍ରାନ୍ତ, ତାହା ମାମୁଲି ବୋଲି ଆଦୌ କୁହାଯାଇପାରନ୍ତା ନାହିଁ । କିନ୍ତୁ ସେ ତାକୁ ବଡ଼ ସଞ୍ଚିତ ଭାବରେ ମାମୁଲି ବୋଲି ଧରିନେଇ ସ୍ଥିର ଅଛନ୍ତି ଏଇ ଲୋକଟି ପାଇଁ । ନହେଲେ ସେ ଟିକେ ଦୁର୍ବଲ ହେଇଯାଇଥିଲେ ପ୍ର.ପୁହାଣ ବିଲକୁଲ୍ ପାଗଲ ହେଇ ସାରନ୍ତେଣି କେଉଁ ଦିନୁ । ସଙ୍କଟ ବେଳେ ସ୍ୱାମୀ ସ୍ତ୍ରୀଙ୍କ ଭିତରୁ କାହାକୁ ନା' କାହାକୁ ପଟେ ଧୈର୍ଯ୍ୟର ଦୃଢ଼କାନ୍ତୁ ହେବାକୁ ପଡ଼େ । ନହେଲେ ଉଚ୍ଛନ୍ନ ହେଇଯାଏ ଜୀବନ, ବିପନ୍ନ ହେଇଯାଏ ସହାବସ୍ଥାନ । ବିଶେଷ କରି ପାରିବାରିକ ସଙ୍କଟ କାଳରେ ପତ୍ନିଟି ସମ୍ଭାଲି ରଖେ ସବୁ । ପୁରୁଷ ଏ କ୍ଷେତ୍ରରେ ଅଧିକ ଦୁର୍ବଲ ଓ ଭାବପ୍ରବଣ । ନାରୀ ଦୃଢ଼ତାର କିନ୍ତୁ ବହୁ ନଜିର ଅଛି ।

ସୁତରାଂ ବସୁମତୀ ଯଥା ସମ୍ଭବ ଜଗନ୍ତି ଯେପରି ଅଧିକ ମାନସିକ ଚାପରେ ଆକ୍ରାନ୍ତ ନ ହେଇ ପଡ଼ନ୍ତୁ ପ୍ର.ପୁହାଣ । ସେ ଉଠିଲେ ଓ ୫ର୍କୀ ଖୋଲିଲେ, ଦୁଆର

ଫିଟେଇ ଦେଲେ। କହିଲେ, କ'ଣ ଇଆଡୁ ସିଆଡୁ ସ୍ୱପ୍ନ ସବୁ ଦେଖୁଛ। ଯାଅ, କାମ ସାର, ରାତି ପାହିଲାଣି, ଚା' ପିଇବ।

ପ୍ର.ପୁହାଣ ଉଠୁ ଉଠୁ ଭାବିଲେ, ସବୁ ସ୍ତ୍ରୀ ନିଜକୁ ସ୍ୱାମୀଙ୍କର ଅଭିଭାବକ ବୋଲି ଭାବନ୍ତି। ହାୟ... ଏ ନାରୀମାନେ।

ପ୍ର.ପୁହାଣ ଜୀବନସାରା ଅସରନ୍ତି ଦୁଃଖ ଭିତରେ ରହିଲେ। ଅବସୋସ ବି କୁହାଯାଇପାରେ। ସେଥିରେ ପ୍ରତାରଣା ଅପମାନ ବି କମ୍ ନୁହେଁ। ତାଙ୍କୁ କେହି ବୁଝିଲେ ନାହିଁ। କ'ଣ ବୁଝିଲେ ନାଇଁ କହିଲେ ବି ସେ ସଠିକ୍ ଭାବେ ବୁଝାଇ ପାରନ୍ତି ନାହିଁ। ଅନୁଭବଟାକୁ ପ୍ରକାଶ କରିବା ବି ଗୋଟେ କଳା। ଯୋଉଟା ତାଙ୍କର ଅଭାବ ବୋଲି ବୁଝନ୍ତି। ତଥାପି ସବୁକଥାକୁ ପ୍ରକାଶ କରାଯାଇପାରେନା। ଅନ୍ତରଙ୍ଗତା ଥିଲେ ବି ବୁଝିହୁଏ। କେହି ତାଙ୍କର ଅନ୍ତରଙ୍ଗ ହେଇପାରିଲେ ନାହିଁ ଜୀବନକାଳ ଭିତରେ? ଯାହା ଖାଲି ଦାୟବୋଧତାର ସଂପର୍କ! ସେ ବିମର୍ଷ ହେଇପଡ଼ନ୍ତି।

କଲେଜରେ ପଢ଼ିଲା ବେଳେ ଜଣେ ସହପାଠିନୀକୁ ସେ ଅନ୍ତରଙ୍ଗ ବୋଲି ବିବେଚନା କରି ରୋମାଞ୍ଚିତ ହୋଇଥିଲେ। ଜୀବନର ଯୋଉ ଯୋଉ ଘାଟିରେ ସେ ଏହିଭଳି ଘଟଣାର ସମ୍ମୁଖୀନ ହେଇଛନ୍ତି ତାହା କାଲି ପରି ଲାଗେ। ଅପମାନ ଅବହେଳା ଏମିତି ଏକ କ୍ଷତ ଚିହ୍ନ ଯାହା ଲିଭିଲେ ବି ଲିଭେନା, ଭୁଲିଲେ ବି ଭୁଲି ହୁଏନା।

ଦମୟନ୍ତୀ! ଯାହା କଥା ମନେ ପଡ଼ିଲେ ତାଙ୍କୁ ଗୋଟେ ନିର୍ଜନ ଓ ଅନ୍ଧକାର ଭୁଇଁରେ ଠିଆ ହେଲାଭଳି ଲାଗେ। ପରିଚୟରୁ ପ୍ରେମ ନୁହେଁ, ବନ୍ଧୁତା ଦମୟନ୍ତୀ ସହିତ। ଆଜିର ପ୍ରେମିକ ପ୍ରେମିକା ଶବ୍ଦ ମଧ୍ୟଯୁଗୀୟ ଉଚ୍ଚାରଣ ଭଳି ଶୁଭୁଚି ବୋଲି ବୟଫ୍ରେଣ୍ଡ ଗାର୍ଲଫ୍ରେଣ୍ଡ ଶବ୍ଦ ବ୍ୟବହାରର ଉପୃତ୍ତି। ହେଲେ ଭାବ ଓ ଭାବନା ଏକା। ଦମୟନ୍ତୀ କିନ୍ତୁ ବନ୍ଧୁଟେ ଭଳି ଥିଲା। କାହିଁକି କେଜାଣି ତା'ର ଅନ୍ତରଙ୍ଗ ଭାବଟି ତାଙ୍କୁ ଯେତିକି ବିସ୍ମିତ କରିଥିଲା ସେତିକି ବି ପ୍ରଭାବିତ। ସୁବିଧା ଅସୁବିଧା ବେଳେ ଆପଣାର ପରି ସାହାଯ୍ୟ କରୁଥିଲା। ବେଶୀଥିଲା ଆର୍ଥିକ ସାହାଯ୍ୟ। ଅନ୍ୟ ସାଙ୍ଗମାନଙ୍କ ନଜରରେ ଏ ବନ୍ଧୁତା ସେତେ ଗୁରୁତ୍ୱପୂର୍ଣ୍ଣ ନଥିଲା। କାରଣ, କଲେଜରେ ସବୁ ସୁନ୍ଦରୀ ଝିଅଙ୍କ ଚର୍ଚ୍ଚା ଚାଲେ ଆଉ କୋଉ ସୁନ୍ଦରୀ ସହିତ କୋଉ ଯୁବକର ଯଦି ବନ୍ଧୁତା ହେଇଗଲା, ତା'ହେଲେ କଲେଜ କାନ୍ତୁ ବାଢ଼ ବି' କଥା କହେ। ଯେହେତୁ ଦମୟନ୍ତୀ ସୁନ୍ଦରୀ ତାଲିକାରେ ନଥିଲା କି ପୁହାଣର ସେମିତି କିଛି ଚର୍ଚ୍ଚିତ ପରିଚିତି ନଥିଲା। ଜଣେ ମେଧାବୀ, ଶାନ୍ତ ତଥା ନିୟମିତ ଶ୍ରେଣୀରେ ଉପସ୍ଥିତ ରହୁଥିବା ଛାତ୍ର ସେ ଥିଲା। କଲେଜରେ କୌଣସି ଗଣ୍ଡଗୋଳ, ରାଜନୀତିକ ସଂପୃକ୍ତି ନଥିବାରୁ ତାକୁ ନିରୁପଦ୍ରବ ପ୍ରାଣୀ ବୋଲି ଠଙ୍ଗା କରାଯାଉଥିଲା। ସେ ଏଥିରେ ଆହତ କି ବ୍ୟଥିତ ହେଉନଥିଲା।

ବରଂ ତା'ର ଶାରୀରିକ ଆକୃତିଜନିତ ହୀନମନ୍ୟତାକୁ ଘୋଡ଼େଇ ପକଉଥିଲା କେତେକାଂଶରେ।

ଏମିତି ଏମିତି ପରୀକ୍ଷା ସରିଯାଇଥିଲା। କଲେଜ ଓ କଲେଜ କ୍ୟାମ୍ପସ୍ ଅତୀତର ଇତିହାସ ହେବାକୁ ବସୁଥିଲା। ଏବେ ଫେରିବା ବେଳ। ଏ ବେଳାଟି ସତରେ ଭାରି କରୁଣ। ଦମୟନ୍ତୀଠାରୁ ଦୂରେଇବାକୁ ପଡ଼ିବ ଏହା ସବୁଠୁ ମର୍ମନ୍ତୁଦ ପୁହାଣ ପାଇଁ। କହିଲା, ଦମୟନ୍ତୀ, ଆମର ଏ ବଂଧୁତାର ମୁହୂର୍ତ ଗୁଡ଼ିକୁ ଜୀବନ ବଂଧନର ମୂଳଦୁଆଭାବେ ଗ୍ରହଣ କରିପାରନ୍ତେନି? ଖିଲି ଖିଲି ହସିଥିଲା ଦମୟନ୍ତୀ। ଉଦ୍‌ଗତ ହେଉପଡ଼ିଲେ ସେ ଏମିତି ହସେ। କହିଲା, ହୁଅନ୍ତାନି କାହିଁକି? ହୁଅନ୍ତା, ହେଲେ ତମ ମୁଣ୍ଡ....

: ମୁଣ୍ଡ !

ତମର ଏ ମୁଣ୍ଡର ଭାରା ଜୀବନସାରା ବୋହିବା ମୋ ପକ୍ଷେ ସମ୍ଭବ ନୁହେଁ। ପୁହାଣ ବୁଝିଲା, ଦମୟନ୍ତୀ କେବଳ ତା' ମୁଣ୍ଡକୁ ନୁହେଁ ସାମଗ୍ରିକ ଭାବେ ତାକୁ ବ୍ୟଙ୍ଗ କରୁଚି। ସେ ଆତ୍ମ ସଚେତନ ହେଇପଡ଼ିଲା। କିନ୍ତୁ ଦମୟନ୍ତୀ ଏପରି କହିପାରିବ, ତା' କଳ୍ପନାର ବାହାରେ ଥିଲା। ସେ ଆଉଥରେ ଚେଷ୍ଟା କଲା ନ ବୁଝିବା ଭଙ୍ଗୀରେ। ହସିଲା ବି। କହିଲା, ଏ ମୁଣ୍ଡତ ମୋର ମୂଳରୁ ଅଛି। ଏ ମୁଣ୍ଡକୁ ବି ତମେ ବହୁତ ଥର ତମ କୋଳରେ ଥାପିଚ।

ପୁଣି ଥରେ ହସିଲା ସେ। କହିଲା, ମୋ ବାପା ଏ ଅଂଚଳର ଧନୀ ବ୍ୟବସାୟୀ। ମୋ ପାଇଁ ଗୋଟିଏ ସୁନ୍ଦର ମୁଣ୍ଡ କିଣିବାରେ ସେ ଆଦୌ କୃପଣ ହେବେ ନାହିଁ। ସାଙ୍ଗ ହେଇ ପଢ଼ୁଥିଲେ, ତମେ ମତେ ପଢ଼ାରେ ସାହାଯ୍ୟ କରୁଥିଲ, ଏମିତି ସଂପର୍କଟାକୁ ତମେ ଏତେବାଟ ଭାବି ନେଇଚ !

ମଣିଷର ମୁଣ୍ଡ ଓ ମଣିଷର ଚରିତ୍ର ସଂପର୍କରେ ଅଧିକ ଅନୁଧ୍ୟାନ କରିବାକୁ ଗୋଟିଏ ଜିଦ୍ ଭରିଦେଇଥିଲା ସେଦିନ ଦମୟନ୍ତୀର ଉପହାସ। ତା'ପରେ ସ୍ନାତୋକଉତ୍ତର ଓ ଗବେଷଣା ପୁଣି ସେଇଥରେ ବୃତ୍ତି ଜୀବନକାଳ ଭିତରେ ବହୁ ଲାଞ୍ଛନା, ଉପହାସ ଓ ବୃତ୍ତିଗତ ଷଡ଼ଯନ୍ତ୍ର ଶୀକାର ହେଇ ହେଇ ରିଟାୟାର୍ଡ କଲାପରେ ମଧ ନିସ୍ତାର ମିଳିନାହିଁ। ସେଥିରେ ପରିବାରର ଭୂମିକା ମଧ କମ୍ ନୁହେଁ। ବଦଳି ବଦଳି ଯାଉଥିବା ସମୟ ଓ ସମାଜ ପରିପ୍ରେକ୍ଷୀରେ ତାଙ୍କର ଏତିକି ହୃଦ୍‌ବୋଧ ହେଇଚି ଯେ, ମଣିଷର ଶାରୀରିକ ରୂପାନ୍ତର ଅପେକ୍ଷା ମାନସିକ ରୂପାନ୍ତରର ତୀବ୍ରତା ତାକୁ ଆଦିମ ଯୁଗ ଆଡ଼କୁ ଅଧିକ ଟାଣି ନେଉଚି।

ସେ ସଚେତନ ହେଲେ ଯେ, ଏକଥା ସେ ସ୍ପଷ୍ଟ ଭାବେ ଭାବିପାରୁଚନ୍ତି।

ବସୁମତୀ ଚା' ନେଇ ଆସିଲେ। କପଟା ଚଟାପଟ୍ ଉଠେଇ ନେଇ ସେ ଜୋର୍‌ରେ ସୁଡୁରୁ ସୁଡୁରୁ କରି ପିଇବାକୁ ଲାଗିଲେ ଅନ୍ୟମନସ୍କ ଭାବେ।

ଦାନ୍ତ ତ ଘଷିଲ ନାଇଁ, ମୁହଁ ନଧୋଇ ବି ଚା' ପିଇଚାଲିଲ ? ବସୁମତୀ ଅସନ୍ତୁଷ୍ଟ ସ୍ୱରରେ କହିଲେ।

ପ୍ର.ପୁହାଣ ହସିଲେ, ବାଘ ଦାନ୍ତ ଘଷେ ?

ତମେ କ'ଣ ବାଘ ? ବସୁମତୀ ଛିଗୁଲେଇଲେ।

: ଓଃ ମୁଁ ବାଘଟାକୁ ପଶୁଅର୍ଥରେ କହିଲି, ପଶୁମାନେ କ'ଣ ଏସବୁ କରନ୍ତି।

: ତମେ ତ ଆଉ ପଶୁ ନୁହଁ ? ମଣିଷ।

ପ୍ର.ପୁହାଣ ଠୋ ଠୋ ହସିଲେ, କହିଲେ ମଣିଷମାନେ ବହୁମାତ୍ରାରେ ପଶୁ। ଏ ସମୟକୁ ବେଶୀ ବେଶୀ।

ହଉ ହଉ ଥାଉ, ଜୀବନସାରା ଏ ତତ୍ତ୍ୱ ବହୁତ ପଢ଼େଇଲ। ବସୁମତୀ ତେରଛା ମାଇଲେ।

: ଆଂଥ୍ରୋପୋଲୋଜି ବି ପଢ଼ିଛି.... ହାଃ ହାଃ ତମ ଖପୁରୀ ସାଇଜ କେତେ ମୁଁ କହିଦେବି।

ବସୁମତୀ କପ୍ ପ୍ଲେଟ୍ ଉଠଉ ଉଠଉ କହିଲେ, ସେଇ ପାଠଗୁଡ଼ାକ ତୁମ ମୁଣ୍ଡକୁ ଖାଇଚି। କିଛି ଜାଣିନଥିବା ଲୋକଟା ବରଂ ଭଲ। ସୁଖରେ ଥାଏ। ତମଭଳିଆ କିଏ ଏତେ ମଣିଷକୁ ପଢ଼େ। କଷ୍ଟ ପାଏ, ପାଗଲା ହୁଏ।

ମଣିଷ ଖୁବ୍ ଶୀଘ୍ର ମାଙ୍କଡ଼ ହେଉଚି....। ଇଏଥିଲା ଗତରାତ୍ରିର ସ୍ୱପ୍ନ। ମୁଁ ଦେଖିଲି....ପ୍ର.ପୁହାଣ ସ୍ୱପ୍ନର ଧାରାବିବରଣୀ ଆରମ୍ଭ କରୁଥିଲେ। ବସୁମତୀ ପଳେଇ ଯାଉ ଯାଉ କହିଲେ, ସେଇ ପର୍ବଟା ତମଠୁ ଆରମ୍ଭ ହେଲାଣି.... ଅଣ୍ଟାଳ ଲାଞ୍ଜ ଗଜୁରିଲାଣି କି ନାଇଁ।

ପ୍ର.ପୁହାଣ ଟେବୁଲ ଉପରୁ ଖଣ୍ଡେ ବହି ଉଠେଇ ଆଣୁ ଆଣୁ କହିଲେ, ତୁ ହବୁନିକି ? ରହ, ଇରେ .. ୟା'କୁ ମାଲୁମ୍ ନାଇଁ, ସବୁ ଶେଷଟା ଆରମ୍ଭରେ ପହଁଚେ ବୋଲି !

ବସୁମତୀ ସିନା ମୁହଁ ଉପରେ ଏମିତି ଚାଲି ଆସନ୍ତି, ରୋଷେଇ ଘରେ କିନ୍ତୁ କାନ୍ଦନ୍ତି। ପୁହାଣଙ୍କ ମାନସିକ ଅବସ୍ଥା ନେଇ ତାଙ୍କ ମନ ହାହାକାର କରି ଉଠେ। ବୟସ ହେଲାକୁ ବେଢ଼ଙ୍ଗ ମୁଣ୍ଡଟା ଭିତରେ ବିଭିନ୍ନ ବ୍ୟତିକ୍ରମ ହେବା ସାଙ୍ଗକୁ ବାହ୍ୟଚାପ ତାଙ୍କୁ ଆହୁରି ଅଧିକ ବିଭ୍ରାଟ କରିଦେଉଚି। ସହରରେ ଥିଲେ, ଡାକ୍ତର ନିଦାନ ସୁବିଧା ଥିଲା। ଏ ପିଲାମାନଙ୍କ ଦାଉରେ ରହିପାରିଲେ ନାହିଁ। ପିଲାଗୁଡ଼ା ଏମିତି କେମିତି

ହେଇଗଲେ ହେ ଜଗନ୍ନାଥ! ବଡ଼ ପୁଅଟା କି କଣ୍ଟାକୁ ଫଣ୍ଟାକୁ କରି ମଦ ନାରୀରେ ବରବାଦ ହେଉଚି। ଯାହାକୁ ବାହାଦେଲି ତାକୁ ବାଡ଼ିଆପିଟା କରି ଦିନେ ମରଣାନ୍ତକ ଆକ୍ରମଣ କଲାଯେ, ସେ ଜୀବନ ବିକଳରେ ବାପଘରକୁ ପଳେଇଯାଇ ଥାନାରେ କେଶ୍ ଦେଇଚି। ଏ ଟୋକା ଥାନାରେ ପଇସାପତ୍ର ହାତଗୁଞ୍ଜା ଦେଇ ବୁଲୁଚି। କେବେବି ଆରେଷ୍ଟ ହେବ।

ସାନ ପୁଅଟା ବିଜିନେସ୍ କରୁଚି। ତା' ଦୋକାନ ଉପରେ ଥରେ କାଲେ ପୁଲିସ୍ ଚଢ଼ଉ କରିଥିଲା। ନିଶା କାରବାର ସହିତ ତା'ର ସଂପର୍କ ରଖିଚି। ସେ ଗୋଟେ କଲଙ୍କ। ତାକୁ ବି ପୁଲିସ୍ ବାନ୍ଧିପାରେ। ବାହାରେ କୋଉଠି ଗୋଟେ ଝିଅ ରଖିଚି, କହୁଚି ବାହା ହେଇଚି ବୋଲି। ଲୋକେ କୁଆଡ଼େ କହୁଚନ୍ତି ସେଟା ଝିଅ ଧନ୍ଦାରେ ଅଛି। ରାକେଟ ଚଲାଉଚି। ଝିଅଟା ଭରସା ଥିଲା, ଇଂଜିନିୟରିଙ୍ଗରେ ଗୁଡ଼ାଏ ଟଙ୍କା ଡୋନେସନ୍ ଦେଇ ନାଁ ଲେଖାଇଲା, ପାଠ ଅଧାରୁ ହୀରୋଇନ୍ ହବା ଚକ୍କରରେ କୁଆଡ଼େ କୁଆଡ଼େ ବୁଲି ଏବେ କା' ସହିତ ଗୋଟେ ବା' ନହେଇ ଏକାଟି ରହୁଚି। କହିଲେ କହୁଚି, ଆଜିକାଲି ଏମିତି ହେଲାଣି। ଇଏତ ତାଙ୍କ ପାଠ ଗବେଷଣା ପାଗଲାମିରେ ରହିଲେ। ମୁଁ ତ ଏକା ସେ ଅସୁର ଅସୁରୁଣୀଗୁଡ଼ାକୁ କିମିତି ସମ୍ଭାଲି ଥାଆନ୍ତି! ଯାଙ୍କ କାନକୁ ତ ବହୁତ କଥା ଯାଏନାହିଁ। ସହଜେ ତ ମୁଣ୍ଡ ଦୋଷ ଅଛି, ଏତେ ଚାପ ସହନ୍ତେ କିପରି। ତଥାପି କୋଉଠୁ କୋଉଠୁ ପୁଅଝିଅଙ୍କ କାରନାମା ତାଙ୍କ କାନରେ ପଡ଼େ। ଥରେ ତ ମୁଣ୍ଡକୁ ପିଟି ଭୋ ଭୋ କାନ୍ଦିଲେ। ପୁଅମାନଙ୍କୁ କେତେ ବୁଝେଇଲେ। ଝିଅ ଡାକି ଡାକି ଆସିଲା ନାହିଁ କି କୋଉଠି କାହା ସାଙ୍ଗରେ ରହୁଚି ଜଣାଇଲା ନାଇଁ।

କହିଲେ ବଡ଼ ପୁଅକୁ। ମୁଁ ଯାଉଚି ବୋହୁକୁ ବୁଝେଇ ସୁଝେଇ ଆଣିବି। ଥାନାରୁ କେଶ୍ ଉଠାଇବି। ତୁ ଯାହା ବିଜିନେସ୍ କରୁଚୁ ସଢ଼ୋଟ ଭାବରେ କରରେ ବାପା। ମୋର ମାନ ମର୍ଯ୍ୟାଦାକୁ ଦେଖ।

ଫିଡ଼ିକି ଉଠିଥିଲା ପୁଅ। ମତେ ସେ ଉପଦେଶଗୁଡ଼ା ଦିଅନା। କୋଉ ଲୋକଟା ସଢ଼ୋଟ? ବିଜିନେସ. ଠିକାଦାରି କୋଉଠି ସଢ଼ୋଟରେ ହୁଏ? ଆଉ ଥାନା ଫାଣ୍ଡି ମୋର ବାୟାଁ ହାତ୍‌କା ଖେଲ। ସ୍ୱାକୁ ଯଦି ଆଣିବ ଏଥର ମର୍ଡର କରିଦେବି। ଯଦି ରଖିବ ତମେ ରଖ....। ପୁଅ ବୁଲେଟ୍ ସ୍ଟାର୍ଟ କରି ଚାଲିଗଲା ସମଗ୍ର ଧରାକୁ ଜବତ କରିଦେଲା ପରି।

ପ୍ର.ପୁହୋଣ ପାଟି ଆଫୁ ଆଫୁ କରି ଠିଆହେଇଥିଲେ।ସାନ ପୁଅବି ବହେ ଶୋଧୁ ଦେଇଗଲା କୁଚ୍ଛତ୍ର ଭାବରେ। ଶେଷକୁ ବି କହିଲା, ତମଭଲି ବଡ଼ମୁଣ୍ଡିଆ ଠାରୁ

ଭଲଗୁଣର ଛୁଆ କୋଉଠୁ ଜନ୍ମ ହୁଅନ୍ତା ? ଆମେ କ'ଣ ପାଠ ପଢ଼ୁ ନଥିଲୁ କି ? ତମବେଳେ ସିନା କେହି ବେଶୀ ପାଠ ପଢ଼ୁଆ ନଥିଲେ ବୋଲି ମାଇନରାଟା ବି ମାଜିଷ୍ଟ୍ରେଟ୍ ହେଇଯାଉଥିଲା, ଏବେ ଗଲ ତମକୁ କିଏ ପଚାରିବ ? ମୋ ଧନ୍ଦାରେ ମୁଁ ଠିକ୍‌ଅଛି । ପଇସା ରୋଜଗାର କରିବାର ଅଛି... ପ୍ରଚୁର ପଇସା । ପଇସା ପାଖରେ ଥିଲେ ପରମେଶ୍ୱର ବି ହାଜିରା ପକେଇବେ । ମୋ ସାଙ୍ଗରେ କିଏ ଲାଗିବ ? ଚାକୁ ନହେଲେ ବନ୍ଧୁକ ବି ଚଲେଇଦେବି...। ଆଉ ତମ ମାନ ମର୍ଯ୍ୟାଦା ଯଦି ଚାଲିଯାଉଚି ପଳେଇ ଯାଅ ଏ ଘରୁ । ଯା.... ଯା.... କୋଉ ବୃଦ୍ଧାଶ୍ରମରେ ରହିବ । ଯାଆ । ସିଏ ବି ଦୁମୁଦୁମୁ ଚାଲିଗଲା ତା' ଗାଡ଼ିଚଢ଼ି ଗୋଟେ ଅନ୍ତରଧ୍ୱାନ୍‌ ଉନ୍‌ପରି ।

ଦେଖିଲା ବେଳକୁ ଚେତା ବୁଡ଼ିଯାଇଥିଲା ପ୍ର.ପୁହାଣଙ୍କର । ସେଦିନ ଏକୁଟିଆ ବସୁମତୀ ଗାଡ଼ି ଡ଼ାକି ଡ଼ାକ୍ତରଖାନା ନେଇ ବଂଚେଇ ଘରକୁ ଆଣିଥିଲା କେମିତି ସେ ଜାଣେ । ଡ଼ାକ୍ତର କହିଥିଲେ, ମେ଼ଣ୍ଡାଲ ଡ଼ିଜ୍‌ଅର୍ଡର ଅଛି । ଅଧିକ ଚାପ ପଡ଼ିଲେ ସ୍ଟ୍ରୋକ୍ ହେଇଯିବ । ତାଙ୍କୁ ଟର୍ କଲାଭଳି କିଛି କହିବେ ନାଙ୍‌ । ରେଗୁଲାର ଔଷଧ ଦେଉଥିବେ । ବି କେୟାରଫୁଲ ।

ତଳିତଳାନ୍ତ ହେଇଯାଉଥିଲେ ବସୁମତୀ । ଚତୁର୍ଦ୍ଦିଗ ଅନ୍ଧାର । ତାଙ୍କ ଆଖି ଆଗରେ ବିକଳ୍ପ କିଛି ନଥିଲା । କୁଆଡ଼େ ଯିବେ କ'ଣ କରିବେ କିଛି ସ୍ଥିର କରିପାରୁନଥିଲେ । ପ୍ର.ପୁହାଣ କହିଲେ, ଗାଁକୁ ପଳାଇବା ।

: ଗାଁକୁ ?

ତମେ ଯିବ ଯେ ଚାଲ, ନହେଲେ ମୁଁ ପଳାଇବି । ଏଠି ରହିଲେ ମୋ ଶ୍ୱାସରୁଦ୍ଧ ହେଇଯିବ । ମୁଁ ମରିଯିବି । ମୁଣ୍ଡକୁ ଚାପିଧରି ହାଉଲି ଖାଇ କାନ୍ଦିଲେ ପ୍ର. ପୁହାଣ ।

ବସୁମତୀ ପୁଅମାନଙ୍କୁ ବହୁ ନେହୁରା ହେଲେ । ବହୁ କାକୁତିମିନତି କଲେ, ପୁଅମାନେ କିନ୍ତୁ ରହିଲେ ନିର୍ବିକାର । ବସୁମତୀ ଦେଖିଲେ ଘର ଛାଡ଼ିଲେ ସଂସାର ବରବାଦ ହେଇଯିବ, ସ୍ୱାମୀକୁ ଛାଡ଼ିଲେ ସିନ୍ଦୁର ସଂକଟରେ । ସଂସାର ଠାରୁ ସିନ୍ଦୁର ସବୁବେଳେ ଭାରିପଡ଼େ ନାରୀପାଇଁ ।

ଏବେ ମାସେ ହେଲା ଏଠି ଗାଁରେ । କ୍ରମଶଃ ସୁସ୍ଥ ହେଉଛନ୍ତି ପ୍ର.ପୁହାଣ । କିନ୍ତୁ ଏବେ କ'ଣ ସ୍ୱପ୍ନ ଦେଖିବା ଆରମ୍ଭ କଲେଣି । ପାଗଲ ହେଉଯିବେ କି ଆଉ ? ବସୁମତୀ ଶୂନ୍ୟକୁ ଚାହିଁ ଦୀର୍ଘ ଶ୍ୱାସ ଛାଡ଼ିଲେ । ପୁଅମାନଙ୍କ ପାଖକୁ ଯେତେ ଖବର ଦେଲେବି କେହି ଶୁଣୁନାହାନ୍ତି । ଝିଅ କେତେଥର ଫୋନ୍ କଲାଣି, ଆସିବ ବୋଲି କହୁଚି, ଯାହା କରୁଚି କରୁ, ସେମାନେ ବଢ଼ିଲା ପିଲା, ଶିକ୍ଷିତା । ବିପଦ ଆପଦକୁ ପାଖରେ ଛିଡ଼ା ହେବେତ । ମନକୁ ପ୍ରବୋଧନା ଦେଉଥିଲେ ବସୁମତୀ ।

କ'ଣ ଦୁମ୍ ଦୁମ୍ ଶୁଭୁଚି ଘର ଭିତରେ । ପଡ଼ିଗଲେକି ଆଉ ! ପରିବା କାଟୁ କାଟୁ ହଠାତ୍ ଉଠି ଦଉଡ଼ିଲା ବସୁମତୀ । ପନିକି ବାଜି କଟିଯାଇଟି ଆଙ୍ଗୁଳି । ଥପ ଥପ ଝରିଯାଉଟି ଲହୁ । ସିଆଡ଼କୁ ନିଆ ନାଇଁ । ପହଁଚି ଦେଖିଲେ ବହିଟେ ଖେଲାହୋଇ ପଡ଼ିଟି ଟେବୁଲ ଉପରେ । ବିଭିନ୍ନ ଆକୃତିର, ବିଭିନ୍ନ ଭଙ୍ଗୀରେ ଆଦିମାନବମାନଙ୍କର ଚିତ୍ର । ସେଇ ଚିତ୍ରଗୁଡ଼ିକୁ ଦେଖି ଘରସାରା ଖାଲି ହୁମ୍ମା ମାରୁଚନ୍ତି ସେ । ଗାଉଁ ଗାଉଁ ହାଉଁ ହାଉଁ ହଉଚନ୍ତି । ତାଟକା ହେଲେ ବସୁମତୀ । ଦଉଡ଼ି ଯାଇ ପାଣି କଂସେ ନେଇ ଆସିଲେ ମୁଣ୍ଡରେ ଢ଼ାଲିଦେବା ପାଇଁ । ମନେ ପଡ଼ିଲା, ଗ୍ଲାସ ପାଇଁ ଚାଲିଗଲେ ଆଣିବେ ପିଇବା ପାଣି । କିନ୍ତୁ ଆସି ଦେଖିଲା ବେଲକୁ ପ୍ର.ପୁହାଣ ଆଣ୍ଠେଇ ପଡ଼ି ଚାକୁ ଚାକୁ ପିଇଯାଉଚନ୍ତି ପାଣି । ବସୁମତୀ ଆକାଶରୁ ପଡ଼ିଲେ । ଇଏ କି ଢ଼ଙ୍ଗ ! ହେ ଭଗବାନ ! ପାଣି ଗ୍ଲାସଟା ଅତର୍ଲ୍ଲା ଢ଼ାଲିଦେଲେ ମୁଣ୍ଡ ଉପରେ । ସେ ମୁଣ୍ଡଟାକୁ ଝିଡ଼ିଦେଇ ଚାପି ଧରିଲେ କିଛି ସମୟ । ତା'ପରେ କହିଲେ, ଦେଖତ ମତେ କିମିତି ଓଦା କରିଦେଲ । ଓହୋଃ.... ଦିଅ ଦିଅ ସେ ଗାମୁଛା ।

ବସୁମତୀ କାନ୍ଦୁଣୁ ମାନୁଣୁ ହେଇ କହିଲେ, ତମେ ଇମିତି କାହିଁକି ହେଉଥିଲ । କ'ଣ ହେଉଥିଲି ? ଆଁ । ମୁଁ ତ ବସିକି ଏଇ ବହି ପଢ଼ୁଥିଲି । ଦେଖ ଦେଖ । ବହିଟାକୁ କିମିତି ଭିଜାଇଦେଲ । ନଷ୍ଟ ହେଇଗଲା ।

ଥାଉ ସେ ପୋଡ଼ା ବହି । ତମ ମୁଣ୍ଡକୁ ଖାଇ ସାରିଲାଣି । ବହିଟାକୁ ଝାମ୍ପି ନେଇ ପଲେଇଲେ ବସୁମତୀ । କହିଲେ, ଟିକେ ଶୋଇପଡ଼ ।

ପ୍ର.ପୁହାଣ ଲମ୍ବହୋଇ ଶୋଇଗଲେ ଖଟ ଉପରେ ।

ତା'ପର ସାତ ଆଠ ଦିନ ଆଉ କିଛି ଉପଦ୍ରବ ନାଇଁ ।

ସ୍ୱାଭାବିକ ଆଚରଣ । ବସୁମତୀ ଗୋଡ଼େ ଗୋଡ଼େ ଜଗିଚନ୍ତି । ସକାଳେ ସଞ୍ଜେ ଛାତ ଉପରକୁ ନହେଲେ ବାଡ଼ିତଲ ଆଡ଼କୁ ବୁଲେଇ ନଉଚନ୍ତି । ବେଲେ ବେଲେ ଗାଁ ପାଖ ନଈକୂଲକୁ ବି ।

ବସୁମତୀ ସବୁବେଲେ ଭୁଲେଇ ରଖିଚନ୍ତି ତାଙ୍କୁ । ତାଙ୍କ ପିଲାଦିନ, ତାଙ୍କ ବାପା ମା', ଚାକିରି କଥା, ପୁଅ ଝିଅ କଥା କିଛି ବି କିଛି ଉଠାନ୍ତି ନାଇଁ କେବେ । ତାଙ୍କୁ ଅନ୍ତତଃ ଚାପମୁକ୍ତ ରଖିବାକୁ ଚେଷ୍ଟା କରନ୍ତି ସବୁବେଲେ । କିନ୍ତୁ ବେଲେବେଲେ ସେ କଥା ପଶିଆସେ । ପରିବାରକୁ ଛାଡ଼ିଦେଲେ ଆଉ ଅଧିକ ଅନ୍ୟ ପ୍ରସଙ୍ଗ କ'ଣ ହେଇପାରେ ? ପ୍ର.ପୁହାଣ କାନ୍ଦନ୍ତି । ବସୁମତୀଙ୍କ କୋଲରେ ମୁହଁଗୁଞ୍ଜି ଛୁଆଙ୍କ ଭଲି ପଚାରନ୍ତି ମୋର ଅପରାଧ କ'ଣ ବସୁ.... । କୋଉଠି ମୋର ଭୁଲ ରହିଲା । ଜୀବନରେ ମୁଁ କମ୍ ଗଞ୍ଜଣା ସହିନାଇଁ.... ତମେ ବି' ତ.... । ବସୁମତୀ ତାଙ୍କ ପାଟିରେ ହାତ ଚାପି କହନ୍ତି, ମତେ କ୍ଷମା କର... କ୍ଷମା କର ।

ପ୍ର.ପୁହାଣ ତାଙ୍କୁ ଆହୁରି ଜୋରରେ ଭିଡ଼ି ଧରନ୍ତି। ବସୁମତୀ ତାଙ୍କ ମୁଣ୍ଡ ଆଉଁସୁ ଆଉଁସୁ ତାଙ୍କୁ ସାନ୍ତ୍ୱନା ଦିଅନ୍ତି ତମେ ମୋତେ ସେମିତି ହୁଅନା, ଆମେ ତ ଜନ୍ମ ଦେଇଚନ୍ତି, ସଂସ୍କାର ଦେଇଚନ୍ତି, କର୍ମ ତ ଦେଇନାହାନ୍ତି। ସେମାନେ ସେମାନଙ୍କ କର୍ମ ଅନୁସାରେ ଯିବେ। ଆମେ କାହିଁକି ଚିନ୍ତିତ ହେବା? ଆମେ ଦି'ଜଣ, ଦି'ଜଣଙ୍କ ପାଇଁ ବଂଚିଚନ୍ତି ତ।

ଘର ଛାତକୁ ଲାଗି ଝୁଙ୍କାଲିଆ ଆମ୍ବଗଛ ସନ୍ଧିରୁ ଝଲକାଏ ଶୀତଳ ପବନ ତାଙ୍କ ଉପର ଦେଇ ବହିଯାଏ।

ସେଦିନ ଗାଁ ଭିତରୁ ମାଇକ୍‌ରୁ ଭାସି ଆସୁଚି କାନଫଟା କର୍କଶ ସଙ୍ଗୀତ। ବିରକ୍ତିରେ କହିଲେ ପ୍ର.ପୁହାଣ, ଏତେ ଜୋରରେ ଶବ୍ଦକରି କାହିଁକି ମାଇକି ବଜାନ୍ତି ଏମାନେ! ଖାଲି ଶବ୍ଦ ପ୍ରଦୂଷଣ। ଏତେ ଏତେ କୋଲାହଲ ଭିତରେ ମଣିଷ ନ୍ୟାନ୍ତ, ତା' ଉପରେ....

ଯୁବକ ସଂଘର ବାର୍ଷିକ ଉତ୍ସବ। ଅପରାହ୍ନରେ ସଭା। କହିଲେ ବସୁମତୀ।

ଯିବି? ଅନୁମତି ପ୍ରାର୍ଥନା କଲାଭଳି ସ୍ୱର ପ୍ର.ପୁହାଣଙ୍କର।

ଫିକ୍‌କରି ହସିଦେଲେ ବସୁମତୀ। ତମ ଗାଁ, ତମେ ଯିବନି? ତୁମକୁ କିଏ ଅଟକେଇବ? ଆଉ ଗାଁ କ'ଣ ଆଗଭଳି ଅଛି! ଭାଇଚାରା ସଦ୍‌ଭାବ, ସମ୍ମାନ।

ଦୀର୍ଘଶ୍ୱାସ ଛାଡ଼ିଲେ ପ୍ର.ପୁହାଣ। ମୁଁ ସ୍ୱପ୍ନ ଦେଖୁନାଇଁ, ମଣିଷ ଓଲଟା ଚାଲିବା ଆରମ୍ଭ କଲାଣି।

ପଦେ ଆଉ କହିଲେ ମାଡ଼ିଯିବେ ସିଆଡ଼େ। ଆରମ୍ଭ ହେଇଯିବ ବିକୃତି। ସେ ବାରେଇ ଦେଲେ ସେ କଥା। ଛାଡ଼। ଯିବ ଯଦି ଯାଅ। ବୁଲିକି ପଲେଇଆସିବ ଶୀଘ୍ର। କାହାକୁ କହିବ ନାଇଁ କିଛି। ଛୁଆଙ୍କୁ ବୁଝେଇଲା ପରି କହିଲେ ବସୁମତୀ।

ପ୍ର.ପୁହାଣ ସେଠାରେ ପହଁଚିଲା ବେଳକୁ ସଭା ଆରମ୍ଭ ହେବାର ପ୍ରସ୍ତୁତି। ସେ ଚୁପ୍‌ଚାପ୍ ଠିଆହେଲେ। କେହି କେହି ଚାହିଁଲେ। ମୁରୁକି ହସିଲେ। କେହି କେହି ଚାହିଁଦେଇ ମୁହଁ ବୁଲାଇଦେଲେ। ଏବେତ ଏହିଭଳି ସ୍ଥିତି ସବୁ ଗାଁର। ଖୋଲପା ମୁକ୍ତ ହେବାକୁ କୁଣ୍ଠା। କେହିଜଣେ ଉଦ୍‌ୟୋକ୍ତାଙ୍କ ନଜର ପଡ଼ିଗଲା ତାଙ୍କ ଉପରେ। ସଙ୍ଗେ ସଙ୍ଗେ ସେ ମାଇକ୍‌ରେ ଘୋଷଣା କଲେ, ଆମ ଗାଁର ଗୌରବ, ପ୍ରଫେସର ପୁହାଣ ଆମ ଗହଣରେ ଅଛନ୍ତି। ସେ ଅସୁସ୍ଥ ଅଛନ୍ତି ବୋଲି ଖବର ପାଇ ତାଙ୍କ ପାଖକୁ ଯାଇ ନଥିଲି। ଆମର ପରମ ସୌଭାଗ୍ୟ ସେ ନିଜେ ଆସଛନ୍ତି। ମୁଁ ତାଙ୍କୁ ଅନୁରୋଧ କରିବି, ସେ କିଛି ବକ୍ତବ୍ୟ ରଖିବେ। ସେ ଯୁବକ ମାଇକ୍ ସ୍ଟାଣ୍ଡଛାଡ଼ି ଚାଲିଆସିଲା ତଳକୁ। ନମସ୍କାର କଲା ଓ ସସମ୍ମାନେ ନେଇଗଲା ମଂଚ ଉପରକୁ। ପ୍ର.ପୁହାଣ ଉଲ୍ଲସିତ

ହେଉଥିଲେ। ତାଙ୍କ ନାସ୍ତିକ ମାନସିକତାରେ ପରିବର୍ତ୍ତନ ଆସୁଥିଲା। ଜୀବନରେ ନିଜ ମାଟିରେ ଥରେ ଆଦୃତ ହେବାର ସ୍ୱାଦ ନିଆରା। ସେ ମାଇକ ଧରିଲେ। ସଭାସ୍ଥଳରେ କରତାଳି ସହିତ କିଏରେ ଏ ଠୁଣ୍ଟକା ବୁଢ଼ା, ଗୋଟିଏ ବିଚିତ୍ର ଜୀବଭଳି ଦେଖାଯାଉଚି ଆଦି ମନ୍ତବ୍ୟ ଛିଟିକି ଆସୁଥିଲା। ପ୍ର.ପୁହାଣ ବକ୍ତବ୍ୟ ଆରମ୍ଭ କଲେ। ରୂପ ଅନୁରୂପ ସ୍ୱର ଆଦୌ ନୁହେଁ। ବେଶ୍‍ ସ୍ପଷ୍ଟ ଆଉ ଗମ୍ଭୀର। ସମାଜତତ୍ତ୍ୱ ବାଖ୍ୟାନ, ଯୁବକର ଭୂମିକା ସଂପର୍କରେ ଅନର୍ଗଳ ବକ୍ତବ୍ୟ ରଖିଲେ।

ବସୁମତୀକୁ ଶୁଭୁଚି ମାଇକରୁ ଭାସି ଆସୁଥିବା ସ୍ୱର। ଆରେ, ଏ ସ୍ୱରତ ପୁହାଣଙ୍କର! କାନ ପାରିଲେ। ତଲ୍ଲୀନ ହେଉଥିଲେ, ବିସ୍ମିତ ହେଉଥିଲେ। ତାଙ୍କର ଏ ଜ୍ଞାନଦୀପ୍ତ ବକ୍ତବ୍ୟ ସେ ବା' କିମିତି ଶୁଣିଥାନ୍ତେ ପୂର୍ବରୁ! ତାଙ୍କ ଆଖିରୁ ଧାର ଧାର ଲୁହ ଗଡ଼ି ଆସୁଥିଲା। ପାଟିରେ କାନି ଚାପି ସେ ଠିଆ ହେଇଥିଲେ ପିଣ୍ଡାଖୁଣ୍ଟକୁ ଆଉଜି।

ପ୍ର.ପୁହାଣଙ୍କର ବକ୍ତବ୍ୟ ଭିତରକୁ ପଶିଆସୁଚି ଏବେକାର ସମାଜର ଚିତ୍ର, ଯୁବ ଚରିତ୍ର। ସେ ଉତ୍କ୍ଷିପ୍ତ ହେଇ ପଡ଼ୁଚନ୍ତି କ୍ରମଶଃ। ସମାଜରେ ଘଟୁଥିବା ନାରକୀୟ ଘଟଣା ସବୁ ତାଙ୍କ ଆଖିଆଗରେ ପଟୁଆର କରୁଚନ୍ତି। ଦୁଷ୍ଟ ସମୟର ନକ୍ସା ଆଙ୍କି ହେଉଯାଉଚି ଆଗରେ। କ୍ରୋଧ ଉବୁକି ପଡ଼ୁଚି। ସମ୍ୱରଣ କରିପାରୁନାହାନ୍ତି। ଭୁଶୁଡ଼ି ପଡ଼ୁଥିବା ମାନବିକତା ଓ ମୂଲ୍ୟବୋଧ ତାଙ୍କୁ ବିବ୍ରତ କରି ପକାଉଚି। ପ୍ର.ପୁହାଣଙ୍କ ଆକ୍ରୋଶ ବାରିହେଇ ପଡ଼ୁଚି। ସେ କହି ଚାଲିଛନ୍ତି,ତମେ ସବୁ ନଦୀକି ଖାଇଲ, ଭୂମିକୁ ଖାଇଲ, ଆକାଶକୁ ଗ୍ରାସିଲ, ନଦୀ ମରୁଚି, ଭୂମୀ ଟାଙ୍ଗରା ହେଉଚି, ତମେ ଯୁବକମାନେ କର୍ମକୋଢ଼ି, ଅମେରୁଦଣ୍ଟୀ ପ୍ରାଣୀଭଳି ବଂଚିଚ, ମାଗଣା ଖାଇବାରେ ମାତିଚ, କର୍ମ ସଂସ୍କୃତିକୁ ଭୁଲିଲଣି, ଖଟି ନୁହେଁ ଲୁଟି ଖାଇଲଣି। ମଣିଷ ହେବା ନାଁରେ ତମେ ସବୁ ଅମଣିଷ ହେଉଚ, ପଶୁ ହେଉଚ, ମାଙ୍କଡ଼ ହେଉଚ, ଗୀବନ ହେଉଚ, ଗରିଲା ହେଉଚ, ହେଉଚ ଓରାଂଓଟାଂ, ତମେ ଶେଷ ପ୍ରାଣୀ ମାନବ ସଭ୍ୟତାର।

ହୋ ହୋ ଘୋ ଘୋ ଦଳେ ମାତିଲେଣି ଏ ବୁଢ଼ା ଆମକୁ ମାଙ୍କଡ଼ କହିଲା, ଗରିଲା କହିଲା, ଭିକାରୀ କହିଲାଣି, ଧର ଯ୍ଆ'କୁ, କିଏ ଏଇଟା? ଉଦ୍ଧତ ଉନ୍ମତ୍ତ ଯୁବକମାନେ ହୋ ହୋ ହେଇ ଖେଦି ଆସୁଚନ୍ତି ମଣ୍ଡପ ଆଡକୁ। ପ୍ର.ପୁହାଣ ହୁମ୍ମାରି ତଳକୁ ଡ଼େଇଁ ପଡ଼ିଲେ। ଦୌଡ଼ିଲେ। ତାଙ୍କ ପଛରେ ଅପମାନିତ, ଉଦ୍‍ଭ୍ରାନ୍ତ ଯୁବ ସମାଜ।

ପ୍ର.ପୁହାଣଙ୍କରେ ଭାଷଣରେ ଚମକୃତ ହେଉଥିବା ସ୍ଥିତିରୁ ଫେରିଆସି ବସୁମତୀ ହୋ ହୋ ଘୋ ଘୋ ଶୁଣିଲେ। କିଛି ଅଘଟଣ ଘଟିଲାକି! ସେ ବିବ୍ରତ ହୋଇ ଦଉଡ଼ି

ଆସିଲେ ମୁଖ୍ୟ ରାସ୍ତା ଉପରକୁ। ପ୍ର.ପୁହାଣ ଦଉଡୁଚନ୍ତି ବିଚିତ୍ର ଢଙ୍ଗରେ। ପଛରେ ହୋ ହଲ୍ଲାକରି ଅସଂଯତ ଭୀଡ଼ତନ୍ତ। ହଠାତ୍ କୋଉ ଗଲି ଭିତରେ ପଶିଗଲେ ପ୍ର.ପୁହାଣ ହୁମ୍ମାଟେ ମାରିଦେଇ। ତାଙ୍କ ପଛେ ପଛେ ସେମାନେ। କିନ୍ତୁ ବେଶ୍ କିଛି ସମୟ ଖୋଜା ଲୋଡ଼ା କରି ସେମାନେ ସେଇ ଗଲିରୁ ବାହାରି ଫେରିଗଲେ।

ପ୍ର.ପୁହାଣ ଗଲେ କୁଆଡ଼େ ? ବସୁମତୀ ଏଗଲି ସେଗଲି ଦରାଣ୍ଡୁଥିଲେ। ସେ' ବା ଏ ଗାଁର ସାଇ ଗଲି ଜାଣନ୍ତେ କିପରି ? ଗୋଟେ ଗଲି ଭିତରେ ପଶି ନ୍ୟାନ୍ତ ହେଇ ଧାଉଁ ଧାଉଁ ଦେଖିଲେ ସେ ଆସି ପହଁଚି ଯାଇଚନ୍ତି ନିଜ ଘର ଦାଣ୍ଡରେ। ଆଶ୍ୱସ୍ତ ହେଲେ। ପୁହାଣ ଏଇ ଗାଁର ପିଲା। ଏ ମାଟି ସହିତ ତାଙ୍କର ଆତ୍ମା ଜଡ଼ିତ। ଯେତେ ବଦଳିଲେ ବି, ମାଟିର ବାସ୍ନା ବାଟ କଡ଼େଇ ନେବ। ସେ ଦଣ୍ଡେ ଅଟକି ଗଲେ। ଜୀବନ ବିକଳରେ ଦଉଡ଼ି ଦଉଡ଼ି ସେ ବି ନ୍ୟାନ୍ତ। ସେ ତ ପହଁଚି ଯାଇଥିବେ। ଆଉ ଚିନ୍ତା କ'ଣ। ଏଇଠି କୋଉଠି ବସିଥିବେ। ଦେଖିଲେ, ଗଲାବେଳେ ହାଉଲିଆରେ କବାଟ ବନ୍ଦ କରିନଥିଲେ ବସୁମତୀ। ଅଛି ଠିଆ ମୁକୁଲା। ସେ ଘରେ ପଶି ଶୋଇ ଯିବେଣି ବୋଧେ। ଓଃ ଓଃ।

ବସୁମତୀ ରୋଷେଇ ଘର ଖୋଲି ପାଣି ଗ୍ଲାସେ ଧରି ଚାଲିଲେ ଘର ଭିତରକୁ। ଥକି ପଡ଼ିଥିବେ। କାହାଁନ୍ତି ? ଘରେ ତ ନାହାଁନ୍ତି ! ସେ କୁଆଡ଼େ ଗଲ, କୁଆଡ଼େ ଗଲ ହେଇ ଏ ଘର ସେଘର ଦାଣ୍ଡ ବାଡ଼ି ଅଣ୍ଡାଳୁଥିଲେ।

ଗୋଟେ ଖେକ୍ ଖେକ୍ ଭଳି ବିଚିତ୍ର ଶବ୍ଦ ଶୁଭୁଥିଲା କୋଉଠୁ। ବସୁମତୀ ଚମକିଲା ଭଳି ଉପରକୁ ଉଠିଁଲେ।

ଆମ୍ବଗଛର ଗହଳ ଶାଖାପତ୍ର ଦେଇ ଅନ୍ଧାର ଘନେଇ ଆସୁଥିଲା।

ନିଜ ନିଜ ନିର୍ଜନତା

କୋଉଠି କେମିତି ସବୁ ଭାଙ୍ଗିଯାଏ।

ସେ ଭାଙ୍ଗିବାରେ ଶବ୍ଦ ନଥାଏ, ଯନ୍ତ୍ରଣା ଥାଏ। ଲହୁ ନଥାଏ, ଥାଏ ଲୁହ। ସ୍ୱର ଥାଏ କିନ୍ତୁ ବେସୁରା ହୋଇଯାଏ ଜୀବନ। ଅବଶ ହେଇଯାଏ ଅବଶିଷ୍ଟ ଆୟୁଷ। କେମିତି ଏ ଆକସ୍ମିକତା !

ବାଲକୋନି ଧାରରେ ଠିଆହେଇ ଗୋଟାଏ ଶୂନ୍ୟ ଦୃଷ୍ଟିରେ ଆକାଶକୁ ଚାହିଁଥିଲା ବଶିଷ୍ଟ। ସଞ୍ଜ ନଈଁ ଆସୁଥିବା ଏକ ନିର୍ମେଘ ଆକାଶର ରୂପ ଯେମିତି ଦେଖାଯାଏ, ସେମିତି ଏବେ ଆକାଶ ଆଉ ଦିଶେନା। ସୁତରାଂ ନୀଳ ଆକାଶର ଗଭୀର ବିସ୍ତୃତି ଓ ଗମ୍ଭୀର ଭାବଟି ମନ ଓ ଚେତନାକୁ ଯେଉଁ ସ୍ତରକୁ ନେଇଯାଇଥାନ୍ତା ତାହା ଆଉ ମିଳେନା। ବରଂ ଜୀବନ କେମିତି ଏବେ ଆସ୍ତେ ଆସ୍ତେ ଅସହନୀୟ ହେଇପଡ଼ୁଚି, ହେଇ ପଡ଼ୁଚି ଭାରାକ୍ରାନ୍ତ। ଶ୍ୱାସପ୍ରଶ୍ୱାସକୁ କେମିତି ଅଲଣ୍ଡୁଲଗା ବଳୟ ଭିତରକୁ ଠେଲି ଦେଉଚି, ସେମିତି ଅନୁଭବଟି ହୁଏ। ଏବେ।

ଏଇ ଛୋଟିଆ ସମୁଦ୍ରକୂଳିଆ ସହରଟିକୁ ତିନିପଟରୁ ଘେରିଥାଏ ଶିଳ୍ପ। ଶିଳ୍ପ ନିର୍ଗତ ଧୂଆଁର ଆସ୍ତରଣ ଆଉ ଆକାଶକୁ ତା’ର ସ୍ୱାଭାବିକ ରୂପ ଦେଉନାହିଁ, ବରଂ ଚମତ୍କାର ସକାଳଟି କୁହୁଡ଼ିଆ କୁହୁଡ଼ିଆ, ଆଉ ଅପରାହ୍ନର ଆକାଶ ହେଇଉଠୁଚି ଧୂସର ବର୍ଣ୍ଣର ଧୂଆଁଳିଆ।

ସେଠି ଜୀବନକୁ ନେଇ କିଛି ନୂଆ ଭାବନା ଆସେନା କେବଳ ଆସେ କେମିତି ନିଜେ ବଞ୍ଚିବାର ସ୍ୱାର୍ଥ ମନସ୍କ ଦୁର୍ଭାବନା।

ବଶିଷ୍ଟ ଗୋଟେ ଲମ୍ବା ଦୀର୍ଘଶ୍ୱାସ ଛାଡ଼େ। ଅନୁଭବ କରେ, ତଥାପି କିଛି ଅଟକି ରହୁଚି ଅବସୋସ ତା ଭିତରେ। ସେ ଛନ୍ଦିହେଇ ପଡ଼େ।

ଏସବୁକୁ ବୋହି କେମିତି ସେ ଚାଲିବ ଏଡ଼େ ଲମ୍ବା ଜୀବନଟେ, ଏକା ଏକା ।!

ସେ ଏକା ନଥିଲା । ତା' ସହିତ ଥିଲା ପଲ୍ଲବୀ । ତା' ସ୍ତ୍ରୀ । ଛୋଟିଆ ଚାକିରି, ଛୋଟିଆ କ୍ୱାର୍ଟର ଆଉ ଛୋଟ ଛୋଟ ଖୁସି ତାଙ୍କ ଜୀବନର ସବୁ ଛୋଟ ପଣକୁ ହରୁଡ଼େଇ ଦେଉଥିଲା । ଜୀବନର ଆନନ୍ଦକୁ ବଡ଼ କରି ଦେଖିଲେ ଯେତେ ସବୁ ଛୋଟ ଭାବନା ଆଉ ମନକୁ ଆସେନା । ସାବଲୀଳ ହେଇଯାଏ ଜୀବନ । ଏ ପ୍ରତିଶ୍ରୁତି ସେ ପାଇଥିଲା ପଲ୍ଲବୀଠାରୁ । ବାହାଘରର କିଛିଦିନ ପରେ ଏଠାକୁ ଆସିବା ପରେ ବଶିଷ୍ଟ ତାକୁ ସବୁକଥା କହିଥିଲା । ତା' ଚାକିରି, ତା ଦରମା, ତାକୁ ମିଳିଥିବା ଏଇ ଘର ଆଉ ତା'ର ନିଅଣ୍ଟିଆ ଭାଗ୍ୟକଥା ।

ଏଥିରେ ସନ୍ତୁଷ୍ଟ ତ ପଲ୍ଲବୀ ?

ପଲ୍ଲବୀ ଆଶ୍ୱାସନା ଦେଇଥିଲା, ଯାହାର ଯାହା ପ୍ରାପ୍ୟ ତାହା ପୂର୍ବନିର୍ଦ୍ଧାରିତ ବୋଲି ମୁଁ ଭାବେ । କେହି ଚାହିଁଲେ ବଦଲେଇ ପାରେନା ସବୁକିଛି । ପରିସ୍ଥିତି ଓ ସୁଯୋଗ ବି ବେଳେବେଳେ ସପକ୍ଷରେ ଆସିଥାଏ । ସେମିତି ଆମର ଆସିବନି ବୋଲି ଆମେ ଭାବିବା କାହିଁକି ? ଆମଠାରୁ ମଧ ଆହୁରି ଦୁଃସ୍ଥିତି ଭିତରେ ଲୋକ ତ ପୁଣି ରହୁଥିବେ ।

ତଲ୍ଲୀନ ହେଇଯାଇଥିଲା ବଶିଷ୍ଟ । ପଲ୍ଲବୀର କଥା ତାକୁ ଆଶ୍ୱସ୍ତ କରିଥିଲା ଢେର୍ । ଆଜିକାଲିର ଝିଅମାନେ ବେଜାୟ ଅବାସ୍ତବ ସ୍ୱପ୍ନ ଭିତରେ ଥାଆନ୍ତି । ଆଉ ସେଇ ସ୍ୱପ୍ନ ସବୁକୁ ପୁଞ୍ଜି କରି ଜିଉଥାଆନ୍ତି । ବିବାହ ପରେ ସ୍ୱାମୀଟି ଯେ ସେ ସବୁ ସ୍ୱପ୍ନକୁ ସାର୍ଥକ କରିବାର ଏକମାତ୍ର ଅବଲମ୍ବନ, ଏକଥା ଭାବି ବହୁ ଜୁଲମ ଆରମ୍ଭ କରିଥାଆନ୍ତି । ଫଳରେ ନା ପୂରଣ ହୁଏ ସ୍ୱପ୍ନ ନା ମିଳେ ଶାନ୍ତି । ଜୀବନ ବରଂ ହେଇଉଠେ ଦୁର୍ବିସହ । ପଲ୍ଲବୀ ସେମିତି ନୁହେଁ । ଜୀବନର ଅନେକ ବିଫଳତା ପରେ ଏହା ଯେମିତି ତା' ପାଇଁ ଏକ ସଫଳତା, ଏଇଆ ଭାବି ଖୁସି ହେଇଯାଏ ବଶିଷ୍ଟ ।

ଅଫିସରୁ ଫେରିଲା ପରେ ଚା'ଟିକେ ପିଇଦେଇ ବାହାରି ପଡ଼ନ୍ତି ଦି'ଜଣ । ଚାଲି ଚାଲି ଯାଆନ୍ତି ସମୁଦ୍ର କୂଳ କି ସ୍ମୃତି ଉଦ୍ୟାନ । ସମୁଦ୍ର କୂଳେ ଦି'ଜଣ ବସିଯାଆନ୍ତି । ହାତରେ ଧରିଥାନ୍ତି ଭଜା ବାଦାମ୍ କି ଝାଲମୁଢ଼ି ଠୁଙ୍ଗା ଗୋଟାଏ । ବଶିଷ୍ଟ କିନ୍ତୁ ମାଡ଼ିବସି ଧରୁଥାଏ ସେ ସବୁକୁ । କାହିଁକି କେଜାଣି ସମୁଦ୍ରକୁ ଦେଖିଲେ ତାକୁ ଲାଗେ, ସମୁଦ୍ର ଲହରୀ ସବୁ ତା'ର ଯାବତୀୟ ଦୁଃଖ ଓ ଅବସୋସକୁ ଆଜାଡ଼ି ପକାନ୍ତି ତା' ଉପରେ । ତା' ମୁହଁରେ ଭାବନାର ରେଖା ସବୁ ଫୁଟିଉଠେ । ଜୀବନ କହିଲେ ସେ ଗୋଟେ ଖୋଳପା ଭାବେ । ସେଇ ଖୋଳପା ଯେତେ ସୁଦୃଢ଼ ହେବ ସେ ସେତେ ହେବ

ନିରାପଦ, ସେ ଦୃଢ଼ତାକୁ ହାସଲ କରିବା ତା' ଅକ୍ତିଆରର ବାହାରେ ଥାଏ ବୋଲି ସେ ସବୁବେଳେ ଗୋଟେ ଅବ୍ୟକ୍ତ ହାହାକାର ଭିତରେ ଥାଏ ।

ତା' ମୁହଁକୁ ଦେଖି ପଲ୍ଲବୀ ହସିଉଠେ । କହେ, ସମୁଦ୍ର କୂଳକୁ ମନଖୁସି କରିବାକୁ ଆସିଛ ନା ମୁହଁକୁ ପାଣ୍ଡରା କରି ବସିବାକୁ ଆସିଚ ? ଦେଖିଲ, ସମୁଦ୍ର କୂଳେ ଯେତେସବୁ ଅଛନ୍ତି, କିଏ ତମ ଭଳି ପଥର ପାଲଟିଛନ୍ତି ।

ବିଶିଷ୍ଟ ଚାରିଆଡ଼େ ଟିକେ ନଜର ବୁଲେଇଆଣି ମୁହଁରେ ଧାରେ ଶୁଖିଲା ହସ ଫୁଟେଇ ଦେଲା । ପଲ୍ଲବୀ କହିଲା, ଚାଲ ସମୁଦ୍ର ଲହରୀ ସହିତ ଖେଳିବା, ସମୁଦ୍ର ଭିତରକୁ ଟିକେ ପଶିବା । ଚମକି ପଡ଼ିଲା ଭଳି ଅଧା ଉଠିଆସିଲା ବିଶିଷ୍ଟ । ସମୁଦ୍ର ଭିତରେ ପଶିବା ? ପାଗଳ ନା' କ'ଣ ? ଏଠି ଭାରି କରେଂଟ । କେତେ ଦୁର୍ଘଟଣା ଘଟିଛି ଏଠି । ମୁଁ ଏଠି ରହିବା ଭିତରେ କେତେଥର ଆସିଚି, ଦୂରରୁ ଦେଖି ଫେରିଯାଇଛି । ଏ ବାଲିକୁଦ ତଳକୁ ଓହ୍ଲେଇ ନାହିଁ କେବେ । ବାପ୍‌ରେ କି ଲହଡ଼ି !

ଖିଲି ଖିଲି ହସିଉଠିଲା ପଲ୍ଲବୀ । ଦେଖିଲ, କେଡ଼େ ଟିକିଟିକି ପିଲାମାନେ କେତେ ପାଣି ଭିତରକୁ ପଶି ଯାଉଛନ୍ତି, ଲହଡ଼ି ମାଡ଼ି ଆସିଲେ ତାଳ ଦେଇ ପଛେଇ ପଛେଇ ଫେରୁଛନ୍ତି, ତାକୁ ଚାଲେଞ୍ଜ କଲାପରି । ଆଉ ତମେ... ଡରୁଆ...

ଆକଟ କରେ ବିଶିଷ୍ଟ । ଟିକି ପିଲାମାନେ କ'ଣ ଭାବନ୍ତି ଜୀବନ କ'ଣ? କ'ଣ ବୁଝନ୍ତି ଜୀବନର ଅର୍ଥ ? ଜୀବନ କେତେ ମୂଲ୍ୟବାନ ଜାଣିପାରନ୍ତି ନାହିଁ ବୋଲି ତ' ବହୁ ଅପରିଣାମଦର୍ଶୀ କାର୍ଯ୍ୟ କରିବସନ୍ତି ସେମାନେ । ତା'ଛଡ଼ା, ଦେଖ ସେମାନଙ୍କ ପାଖରେ ତାଙ୍କ ବାପା ମା'ମାନେ ଅଛନ୍ତି । କିଛି ଅଘଟଣ ଘଟିଲେ ଡେଇଁ ପଡ଼ିବେ ସେମାନେ ପାଣିକୁ । ଆଉ ଆମକୁ ଉଦ୍ଧାର କରିବ କିଏ ? ତମେ କ'ଣ ଜାଣନା ଦେଖାଶାହାରୀମାନେ ଠିଆହେଇ ଦେଖୁଥିବେ ଏଇଠୁ ?

ଆଉ କିଛି କହିଲା ନାହିଁ ବିଶିଷ୍ଟ । ଖାଲି ଭାବୁଥିଲା, ଅନ୍ୟପାଇଁ ଜୀବନକୁ ପାଣି ଛଡ଼ାଇବା କି ଭୟଙ୍କର ବ୍ୟାପାର, କାହୁଁ ବୁଝିବ ଏଇ ସରଳା ନାରୀ ।

ପଲ୍ଲବୀ ବିଶିଷ୍ଟର ନୀରବତା ଦେଖି ମୁର୍କି ହସିଲା । କହିଲା, ମୁଁ ଜାଣେ ତମେ ତାହା କରିପାରିବ ନାଇଁ ।

ପଲ୍ଲବୀର ଏକଥା ବିଶିଷ୍ଟର ପୁରୁଷତ୍ୱ ଓ ସ୍ୱାମୀତ୍ୱ ଉଭୟକୁ ଯେମିତି ଚ୍ୟାଲେଞ୍ଜ କରୁଥିଲା ।

ସେ ନିଜର ଭାବମୂର୍ତ୍ତି ବଜାୟ ରଖିବା ସଙ୍ଗେ ସଙ୍ଗେ କଥାଟାକୁ ହାଲକା କରିଦେବାକୁ କହିଲା, ତମକୁ ସୁରକ୍ଷିତ ରଖିବାର ଶପଥ କରି ପରା ତମକୁ ବାହା

ହେଇଚି ବେଦୀରେ, ତମେ ଏମିତି ଫାଲତୁ କଥା ସବୁ ଭାବୁଚ କିପରି ? ଆସ ଯିବା, ସଞ୍ଜ ହେଇଗଲାଣି ।

ପଲ୍ଲବୀ ହସିଦେଲା । ସମୁଦ୍ର ଆଡ଼ୁ ଆଉଟିକେ ଆଖ୍ ବୁଲେଇଆଣି କହିଲା, ଚାଲ ।

ମାର୍କେଟରେ ପହଁଚୁ ପହଁଚୁ ବଶିଷ୍ଟ କହିଲା, ଆଜି ଗାଙ୍ଗୁରାମରୁ ମିଠା ଖାଇବା । ଏଇକଥା କହିବାରେ ତା'ର ରହସ୍ୟ ଥିଲା । ଜାଣିଥିଲା ପଲ୍ଲବୀ କ'ଣ କହିବ । ତାହା ହିଁ ହେଲା । ପଲ୍ଲବୀ କହିଲା, ମିଠା ! ସଞ୍ଜବେଳେ କିଏ ମିଠା ଖାଏ ?

ମିଠା ଖାଇବାର କ'ଣ ଗୋଟେ ଟାଇମ୍ ଥାଏ ନା' କ'ଣ ? ବଶିଷ୍ଟ ମୁର୍କି ହସି ପଚାରିଲା ।

ଗୋଟେ ପୋଖତ ବିଶେଷଜ୍ଞ ପରି ପଲ୍ଲବୀ କହିଲା, ଆଉ ତମେ ଭୋରରୁ ଉଠି ଯଦି କହିବ ମୁଁ ଗରମ ଭାତ ଖାଇବି, ତାହା ବିଚିତ୍ର ନାଁ ନୁହେଁ ? ସେ ସମୟ ତ ଚା'ର ସମୟ ।

ଓହୋ..., ହଉ କହିଲା, ଆଉ କ'ଣ କ'ଣ ସବୁ କୋଉ ସମୟରେ ଖିଆଯାଏ ? କଥାର ମଞ୍ଜି ଧରିନେଲା ପଲ୍ଲବୀ । ତାକୁ ଟିକେ ଚିମୁଟି ଦେଇ କହିଲା, ସେକଥା କ୍ୱାର୍ଟରେ କହିବି । ଠୋ ଠୋ ହସି ଉଠିଲା ବଶିଷ୍ଟ । କହିଲା, ଠିକ୍ ଅଛି ଏବେ କ'ଣ ଖାଇବ କୁହ ।

ଗରମ ଗରମ ବରା, ଦୋସା କି ସଙ୍ଗଡ଼ା ତା ପରେ ମିଠା ହେଲେ ଚଲିବ ନ ହେଲେ ନାଇଁ ।

ହସିଲା ବଶିଷ୍ଟ । ସେ ଜାଣିଥିଲା ସବୁ ନାରୀଙ୍କର ତେଲଭଜା ପ୍ରତି ସ୍ୱାଭାବିକ ଆକର୍ଷଣ ପରି ପଲ୍ଲବୀର ବି ଅଛି । ସେ ମିଠା କଥା ଉଠାଇ ମନା କରିବାକୁ ଚାହୁଁଥିଲା । ଦାମ୍ପତ୍ୟକୁ ମଧୁର ରସାଲ କରିବାକୁ ଏମିତି କେତେ ଛୋଟ ଛୋଟ କଥାବି ଗରୁତ୍ୱ ରଖେ । ବଶିଷ୍ଟ କହିଲା ମୁଁ କ'ଣ ଜାଣିନାହିଁ ତମ ମନକଥା... ମୁଁ ସବୁ ଜାଣେ ।

ପଲ୍ଲବୀ କହିଲା ଆଗେ ଚାଲିଲ, ମୋ ପାଟି ଲାଲେଇଲାଣି ।

କ୍ୱାର୍ଟର କହିଲେ, ୱାନ୍ ଆର ଟାଇପ୍ କ୍ୱାର୍ଟର । ଦୁଇମହଲା ବିଶିଷ୍ଟ । ଏଭଳି କ୍ୱାର୍ଟରଗୁଡ଼ିକ ତଳିଆ କର୍ମଚାରୀମାନଙ୍କ ପାଇଁ ଉଦ୍ଦିଷ୍ଟ । ଉପରମହଲାରେ ଥିବା ବଶିଷ୍ଟର ଏଇ କ୍ୱାର୍ଟରଟି ତାଙ୍କ ଦୁଇଜଣଙ୍କ ପାଇଁ କିଛି ମନ୍ଦ ନୁହେଁ । ନୂଆବଜାର, ଛଅହଜାରିଆ, ମଧୁବନରୁ ଖୋଜି ଖୋଜି ସେ ଏଇଟାକୁ ଠାବକଲା ଜି.ଜେ.ଏ.ଆଇ କଲୋନୀରେ । ଉତ୍ତର ଦକ୍ଷିଣ ହେଇଥିବା କ୍ୱାର୍ଟରଟି ଖୋଲିଦେଲେ ପଶିଆସେ ସମୁଦ୍ରରୁ ବୋହି ଆସୁଥିବା ଉଡ଼ାଲ ପବନ । ଏଇ ପବନ ଟିକକ ପାଇଁ ତ ଲୋକ ସ୍ଥାନ ନିରୂପଣ କରନ୍ତି । ପାଖରେ

ବି ବେଶୀ ଦୋକାନ ବଜାର ନଥିବାରୁ ଗହଳିଚହଳି ନାହିଁ, ନିରୋଳା ନିରାପଦ। କ୍ୱାର୍ଟର ଖୋଜିବା ବେଳେ ବି ଏ ସବୁ ଦିଗ ପ୍ରତି ଧ୍ୟାନ ଦେଇଥିଲା ବଶିଷ୍ଟ। କ୍ୱାର୍ଟର ପାଇଲେ ପଲ୍ଲବୀ ଆସିବ। ସହରିଆ ଟୋକାଗୁଡ଼ାକୁ ତ କଟାସଠାରୁ ଆହୁରି ଦାହାଲ, ସେ ଏକା ଛାଡ଼ି ଯିବ ଦ୍ୟୁତିକୁ। କେତେବେଳେ କୋଉ କଥା। ପଲ୍ଲବୀ ଆସିଲା ପରେ ବି ସେ କହିଦେଇଚି, ଘରଭିତରେ ତ ସବୁ ସୁବିଧା, ବାଡ଼ି ପଟକୁ ବାଲ୍‌କୋନୀ ଅଛି। ଦୁଆର ଖୋଲା ରଖ୍‌ବୁ ନାହିଁ କି ବାହାରକୁ ଯିବୁ ନାହିଁ, ସତର୍କ ଥିବୁ। ମୁଁ ତ ସକାଳେ ଯାଇ ସଞ୍ଜେ ଆସୁଚି। ବାହାରକୁ ଯିବା କ'ଣ ଦରକାର ?

ପଲ୍ଲବୀ ଟିକେ ମୃଦୁ ପ୍ରତିବାଦ କରିଥିଲା।

ବଶିଷ୍ଟ ବୁଝେଇ ଦେଇଥିଲା, କିଛି ଦିନ ରହିଲା ପରେ ତୋର ସାହସ ହୋଇଯିବ। ଏବେ ଯେମିତି କହୁଚି ସେମିତି ଚଳ। ଘର ଭିତରେ ସକାଳୁ ସଞ୍ଜ୍ୟାଏ ରହିଲେ ସାହସ କେମିତି ବଢ଼ିବ ଏକଥା ସେ ପଚାରି ନଥିଲା ବଶିଷ୍ଟକୁ। ତା'ର ନିଷ୍ପତ୍ତି ଉପରେ ଦି'ପଦ ମାଡ଼ିକରି କହିଲେ ସେ ଖୁବ୍ ଚିଡ଼ିଉଠେ। ଏକଥା ଜାଣେ ପଲ୍ଲବୀ। ତା' ଛଡ଼ା ତା'ର ଅସୁବିଧା କ'ଣ ସେମିତି ରହିବାରେ !

ବଶିଷ୍ଟ ବାହାରି ଯାଉ ଯାଉ କହିଲା, ମୁଁ ଚାଲିଲି କବାଟ ଦିଅ। କ'ଣ ମାର୍କେଟରୁ ଆସିବ କି ? ଆସିବା ବେଳେ ନେଇ ଆସିବି କୁହ।

ପଲ୍ଲବୀ ଗୋଟିଏ ଦି'ଟା ଜିନିଷ କ'ଣ ବରାଦ କଲା।

ବଶିଷ୍ଟ ଚାଲିଗଲା। ପଲ୍ଲବୀ କବାଟ ବନ୍ଦ କଲା ଭିତରୁ।

ପ୍ରଥମେ ପ୍ରଥମେ ଏକାକୀପଣ ଖାଇ ଗୋଡ଼ଉଥିଲା ତାକୁ। ଟୁଂ ଟାଂ ଛୋଟମୋଟ କାମ କି ସିଲେଇସାଲେଇ, ଶୋଇବା ଏସବୁ ଭିତରେ ତା'ର ସମୟ ସରି ଯାଉଥିଲା। କିଛି କିଛି ଭାବନା ଦୁର୍ଭାବନା ସହିତ ଅତୀତ ଧସେଇ ପଶି ଆସୁଥିଲା ଭିତରକୁ। ବାପଘର ସାଙ୍ଗସାଥୀ, ଶାଶୁଘର ଆଉ କେତେକଥା କେତେ ଦୋହରେଇ ଚାଲିବ ଏ ଅସରା ସମୟ ଭିତରେ ! ବଶିଷ୍ଟ ଫେରିଲେ ଯେମିତି ଜୀବନ୍ତ ହେଇ ଉଠୁଥିଲା କୋଠରୀ। ସେ ବା' କେତେ ସମୟ। ରାତି ଗଡ଼ୁ ଗଡ଼ୁ ଶୋଇବା ବେଳ। କିଛି ସମୟପରେ ଗହନ ନିଦ। ସକାଳୁ ବଶିଷ୍ଟ ଅଫିସ୍ ଯିବାଯାଏ ଯାହା କାମ; ତା' ପରେ ଲମ୍ୱ ନିରବତା, ଶେଷହୀନ ନିର୍ଜନତା।

ଟି.ଭି.ଟେ ଆଣିବା, ଏ ପ୍ରସ୍ତାବ ଦେଇଥିଲା ନିଜଆଡ଼ୁ ବଶିଷ୍ଟ। କିନ୍ତୁ ଦରମା ପାଇଲେ ଘରକୁ ଟଙ୍କା ପଠେଇବା, ସାନ ଭାଇର ପଢ଼ାଖର୍ଚ୍ଚ ତୁଲାଇବା, ଏଠାକାର ଖର୍ଚ୍ଚ ଏ ସବୁକୁ କୁଲାଏ ନାହିଁ ତା' ପଇସା। ସେ ପ୍ରସ୍ତାବ ସେମିତି ଝୁଲିକି ରହିଛି। ପଲ୍ଲବୀ ବି ଉଠାଏ ନାହିଁ। ଜାଣେ ବଶିଷ୍ଟକୁ ଏକଥା ବାଧିବ।

ବେଲେବେଲେ କିଛି ପତ୍ରପତ୍ରିକା କି ସାପ୍ତାହିକୀ ନେଇଆସେ ବଶିଷ୍ଟ। କହେ, ଦିନସରା ବୋର୍ ହେଉଥିବ, ଏ ସବୁ ପଢ଼। ପଢ଼ିବାଠାରୁ ଆନନ୍ଦ ଆଉ କିଛି ନାହିଁ। ପଲ୍ଲବୀଙ୍କୁ ବଶିଷ୍ଟ କଥା ଲଙ୍କାରେ ହରିନାମ ଭଳି ଶୁଭେ। ବଶିଷ୍ଟ କୋଉଦିନ ଖବର କାଗଜ ଖଣ୍ଡେ ଧରି ବସି ପଢ଼ିବାର ସେ ଦେଖ୍ନାହିଁ। ଅଥଚ ପଠନାନନ୍ଦର କଥା କହୁଛନ୍ତି। ତେବେ ଏହା ଯେ ତାଙ୍କର ଅସହାୟତା ଲୁଚାଇବାର ଗୋଟେ ପ୍ରୟାସ, ବୁଝିପାରେ ପଲ୍ଲବୀ। କହେ, ଠିକ୍ କଥା, ମତେ ଗପ, କବିତା ପଢ଼ିବାକୁ ବହୁତ ଭଲ ଲାଗେ, ପାଠ ସିନା ବେଶୀ ପଢ଼ିଲି ନାହିଁ। ପ୍ଲସ୍ ଟୁ ପଢ଼ିବା ବେଳେ ମୁଁ କେତେଖଣ୍ଡ ଉପନ୍ୟାସ କି ଗପବହି ପଢ଼ିଛି।

ବଶିଷ୍ଟ ହସେ, କହେ ଆରେ ବାଃ... ମତେ କହୁନ ମୁଁ ତ ବହୁତ ବହି ଆଣି ଦେଇଥିଲି।

ପଲ୍ଲବୀ କହେ, ନାଇଁ ନାଇଁ ବହି, ପତ୍ରପତ୍ରିକା କିଣିବା କୋଟେ ନିଶା। ଏବେ ଥାଉ। ଆମର ବଜେଟ୍ ସର୍ଟ୍।

ବଶିଷ୍ଟ ଟିକେ ବିମର୍ଷ ହେଇଯାଏ।

ତଥାପି ପ୍ରତିମାସ କିଛି ନା କିଛି ପତ୍ରିକା ଅଣେ ବଶିଷ୍ଟ। ପଲ୍ଲବୀ ସେ ସବୁ ପଢ଼ିବା ଭିତରେ ତା'ର ନିସ୍ତବ୍ଧ ନିର୍ଜନତା କଟିଯାଏ ବେଶ୍ ଆନନ୍ଦରେ।

ଦିନେ ପଲ୍ଲବୀ କହିଲା, ଆସିଲାବେଲେ ଖଣ୍ଡେ ଭଲ ଖାତା ଆଣିବ ତ।

: ଖାତା! ଖାତା କ'ଣ ହବ ?

: ମୁଁ କିଛି ଲେଖିବି।

: ଲେଖିବ ? ଆକାଶରୁ ପଡ଼ିଲା ବଶିଷ୍ଟ। ପଲ୍ଲବୀ ଲେଖିବ ? କ'ଣ ଲେଖିବ ?

: ଗପ କି କବିତା ଯାହା ତାହା ଲେଖିବି।

ବଶିଷ୍ଟ ଠଙ୍ଗା କଲା। ହଁ ଲେଖ ଲେଖ। ଏବେ ନାରୀ ଲେଖିକାଙ୍କର ଖୁବ୍ ଡିମାଣ୍ଡ। ସୁନ୍ଦରୀ ହେଲେ ଆହୁରି ଅଧିକ। ତମ ପାଖରେ ତ ତାହା ଅଛି।

ପଲ୍ଲବୀ ପ୍ରତିବାଦ କଲା। ଲେଖାର ସୌନ୍ଦର୍ଯ୍ୟ ବଡ଼କଥା, ଲେଖିକାର ନୁହେଁ ବୁଝିଲା। ତା' ଛଡ଼ା ମୁଁ ଲେଖିକା ହେବାକୁ ଚାହୁଁ ନାହିଁ। ଖାଲି ମୋ ଭିତରେ ଏଣୁତେଣୁ ଭାବନାକୁ ଲେଖିବାକୁ ଚାହେଁ।

ଖୁସି ହେଇଗଲା ବଶିଷ୍ଟ। କହିଲା, ତମେ ଖାଲି ସୁନ୍ଦରୀ ନୁହେଁ ପଲ୍ଲବୀ ସୃଜନଶୀଲା ବି। ମତେ ଧନ୍ୟ ହେଇଗଲା ପରି ଲାଗୁଛି। ପଲ୍ଲବୀ ନାକ ଫୁଲେଇ କହିଲା, ମତେ ଆଉ ଠଟ୍ଟା କରନି। ପଢ଼ାପଢ଼ି ଭିତରେ ମୋର କାହିଁକି ଲେଖିବାକୁ ମନହେଲା। ଦେଖେ, ଲେଖିପାରୁଛି କି ନାହିଁ। ଲେଖକ ହବା କ'ଣ ଏତେ ସହଜ ?

ହଁ ଲେଖ ଲେଖ, ତମେ ପାରିବ। ହେଲେ ଯା' ତା' ଲେଖାରୁ ଉଭାରିବ ନାଇଁ। ଥଟ୍ଟା କଲା ବଶିଷ୍ଟ।

: ମୋ ଭାବନାକୁ ତ ମୁଁ ଲେଖିବି, ଉଭାରିବି କାହିଁକି ?

ବଶିଷ୍ଟ ହସି ପକାଇଲା।

ପଲ୍ଲବୀ ଅନୁଭବ କରେ, ତା' ଭିତରେ ଲେଖିବାର ସମ୍ଭାବନାଟି ଉକୁଟି ଉଠୁଟି। ପଦ ପକେଇ କେଇଧାଡ଼ି ଲେଖିଦେଲେ ଗୋଟେ ଉଚ୍ଛ୍ୱାସ ଖେଳି ଯାଉଛି ଛାତିରେ। ଏଇଟା ଗୋଟାଏ ନିଆରା ଅନୁଭବ। ନିଜ ଭାବନାକୁ ଶବ୍ଦରେ ସଜେଇବା କ'ଣ ସହଜ ? ବେଲେବେଲେ ରାତିରେ ବଶିଷ୍ଟକୁ ଶୁଣାଏ ତା' ଲେଖା। ବଶିଷ୍ଟ ମୁଣ୍ଡରେ ସେ ସବୁ କିଛି ପଶେନା। ତଥାପି ତାକୁ ଖୁସି କରିବାକୁ କହେ, ଖୁବ୍ ବଢ଼ିଆ ଲେଖୁଚ ରାଣୀ...

ତାକୁ ଲାଗେ, ପଲ୍ଲବୀ ଲେଖାଲେଖି ଭିତରେ ରହିଲେ ସେ ଯେମିତି ଚାପମୁକ୍ତ ହେଇପଡୁଚି। ପଲ୍ଲବୀର ନିଚ୍ଛାଟିଆ ଭାବ ତା'ଠାରୁ ତାକୁ ବେଶୀ ଆକ୍ରାନ୍ତ କରିପକାଏ। ଯାହାବି ଲେଖୁ ଏକାକୀପଣ ଆଉ ଦୁଃଖକୁ ହରୁଡ଼େଇ ଦବାର ଯେ ଗୋଟାଏ ବାଟ ତ। ବେଲେବେଲେ ମଜ୍ଜା କରିବାକୁ କହେ ବଶିଷ୍ଟ। ଲେଖାଲେଖି ଭିତରେ ରହୁଥିବା ମଣିଷ ସଂସାର ଭିତରେ ଥାଇ ବି ନଥିଲା ଭଲି, ତୁ ଯଦି ତା' ଭିତରେ ପୁରା ପଶିଗଲୁ ନା ମୋ ଭେକାଲ ବୁଡ଼ିଲା ଜାଣ।

ପଲ୍ଲବୀ ହସେ। ଆଜିକାଲି କୋଉ ଲେଖକ ସଂସାର ଛଡ଼ା କହିଲ ? ତା' ଛଡ଼ା ମୁଁ କୋଉ ଲେଖକ ଯେ। ଖାଲି ଟାଇମ୍‌ପାସ୍ ପାଇଁ ଏଣୁତେଣୁ ପଢ଼ିବା, ଗାରେଇବା କଥା। ଜଞ୍ଜାଳ ବଢ଼ିଲେ ଏ ସବୁକୁ କିଏ ପଚାରେ। ପଲ୍ଲବୀର ଇଙ୍ଗିତ ବୁଝୁଥିଲା ବଶିଷ୍ଟ। ପଲ୍ଲବୀ ପୁଣି କହିଲା, ତମକୁ ଆଉ ତମ ପରିବାରକୁ ଟଲେଇବାଠାରୁ ବଡ଼ ସାହିତ୍ୟ ମୋର ଆଉ ବା କ'ଣ ?

ବଶିଷ୍ଟ କହିଲା, ହଉ ଆସ, ରାତି ହେଲାଣି। ସେଟିକି ସାହିତ୍ୟ ଥାଉ। କାଲି କ'ଣ ମାର୍କେଟିଂ ହବ ସେ ସାହିତ୍ୟଟା। ପାରୁଚ ଯଦି ଆଜି ଲେଖିଦିଅ। ପଲ୍ଲବୀ ହସି ଉଠିଲା ଜୋର୍‌ରେ।

ଅଫିସରୁ ଫେରି ମାର୍କେଟ ଭିତରକୁ ପଶୁଚି ତ ଗୋଟାଏ କୋଲାହଲ ମାଡ଼ି ଆସିଲା ଭିତରୁ। ଲୋକ ସବୁ ଦୌଡୁଥିଲେ ବାହାରକୁ। ଯେମିତି ଖୁବ୍ ଗୋଟିଏ ଭୟଙ୍କର ଦୁର୍ଘଟଣା ଘଟି ଯାଇଚି ଭିତରେ। ଦୋକାନୀମାନେ ଧଡ଼ା ଧଡ଼ ଦୋକାନ ବନ୍ଦ କରୁଚନ୍ତି ତ ଗରାଖମାନେ ଦୌଡ଼ିବା ଆରମ୍ଭ କରି ଦେଇଛନ୍ତି। କା' ହାତରୁ ବ୍ୟାଗ୍ ଗଲି ପଡୁଚି ତ, ଖସି ଯାଉଚି ପାଦ ଯୋତାରୁ। ସେସବୁକୁ ଆଉ ଉଠେଇବାକୁ ଫୁର୍‌ସତ ନାହିଁ କାହାକୁ। ସମସ୍ତଙ୍କ ମୁହଁରେ ଆତଙ୍କରେ ବୈକଲ୍ୟ।

କ'ଣ ହେଇଚି ? କଥା କ'ଣ ? ସ୍ତମ୍ଭୀଭୂତ ହେଇ ପଡ଼ୁଥିବା ବଶିଷ୍ଟ ପଚାରିଲା ।

କ'ଣ ହେଇଚି ଜାଣିନ !! ପିପିଏଲ୍‌ର ଗ୍ୟାସ ଟାଙ୍କି ପରା ଫାଟି ଯାଇଚି ।

ପିପିଏ ଗ୍ୟାସ ଟାଙ୍କି ଫାଟିଲା, ଏମାନଙ୍କର ହେଲା କ'ଣ ? ଏକଥା ବୁଝିବା ଆଗରୁ କିଛି ଲୋକ ମୁହଁକୁ ଗାମୁଛା, ରୁମାଲରେ ବାନ୍ଧି ଦୌଡ଼ୁଥିବା ଲକ୍ଷ୍ୟକଲା ବଶିଷ୍ଟ । ଏ ଦୃଶ୍ୟ ଦେଖିଲା କ୍ଷଣିସେ ସଚେତନ ଭାବରେ ଜାଣିଲା, କିଛି ଗୋଟାଏ ରସାୟନିକ ଗନ୍ଧ ଖେଳୁଚି ପବନରେ । ସେ ବାରିଲା ଆଉ ହଠାତ୍ ଅନୁମାନ କରିନେଲା, ଏହାର ପରବର୍ତ୍ତୀ ପରିଣତି କ'ଣ ?

ତା' ପରେ ବଶିଷ୍ଟର ସାଇକେଲ୍ ଆଉ ଚାଲୁ ନଥିଲା । ଉଡ଼ୁଥିଲା ।

ସାଇକେଲଟାକୁ ଦୁଆର ମୁହଁରେ ଫୋପାଡ଼ି ଦେଇ ସେ ଦି' ଖେପାରେ ଚଢ଼ିଗଲା ଦି'ତାଲାକୁ । କବାଟ ବନ୍ଦ ଥିଲା । ପଲ୍ଲବୀ... ପଲ୍ଲୀ... ବିକଳ ଡାକ ଛାଡ଼ିଲା ବଶିଷ୍ଟ କବାଟ ବାଡ଼େଇ । ତା' ବାରଣ୍ଡାରେ ଅନୁଭବ କଲା ସେ ବିଷାକ୍ତ ଗ୍ୟାସ୍‌ର ତୀବ୍ରତା ।

ଆହୁରି ଜୋରରେ କବାଟ ବାଡ଼େଇଲା । ପଲ୍ଲବୀ କ'ଣ... ତା' କଣ୍ଠରୁ କୋହ ଆଉ ରଡ଼ି ଉଚ୍ଛୁଳି ଉଠିଲା, ପଲ୍ଲୀ...

କବାଟ ଖୋଲିଗଲା । କ'ଣ ହେଲା ? ତମର ଏ ଅବସ୍ଥା ? ମୁଁ ତ ବାଥ୍ ରୁମ୍‌ରେ ଥିଲି ।

ବଶିଷ୍ଟ ତା' ହାତକୁ ଧରି ଟାଣିଲା ଆ... ପଳେଇଆ... ପିପିଏଲ୍‌ର ଗ୍ୟାସ ଟାଙ୍କି ଫାଟିଚି । ଅଳ୍ପ ସମୟରେ ଚରିଯିବ ଏ ବାୟୁମଣ୍ଡଳରେ, ବଂଚିବା ମୁସ୍କିଲ । ପଲ୍ଲବୀ ଜାଣେ ମଝିରେ ମଝିରେ ପିପିଏଲ୍ ଗ୍ୟାସ ଛାଡ଼େ । ଖୁବ୍ ଉଗ୍ରଟ ସେ ଆମୋନିଆ ଗ୍ୟାସର ତୀବ୍ରତା । ଆଖି ପୋଡ଼େ, ଦମ୍ ରୁନ୍ଧି ହେଲାଭଳି ଲାଗେ... ଆଜି ସେମିତି ବୋଧେ, ଫାଟିଲା କେତେବେଳେ ? ଫାଟିଥିଲେ ତ କେହି ନଥାନ୍ତେ କୋଉଠି ?

ରୁହ, ମୁଁ ଘରର କବାଟଟା ଦେଇଦିଏଁ ।

ଖୋଲା ଆଉ କବାଟ... ଆଗେ ଜୀବନ । ବଶିଷ୍ଟ ଆତଙ୍କିତ ସ୍ୱରରେ କହିଲା ।

ପଲ୍ଲବୀ ଦେଖିଲା, ସେ ବାଥ୍ ରୁମ୍‌ରୁ ବାହାରି ଓଦା ଲୁଗାଟା ପିନ୍ଧିଚି । ଆଉ କିଛି ନାହିଁ ଦେହରେ । କେମିତି ଯିବ ସେ ଏ ଅବସ୍ଥାରେ ।

ରୁହ, ସେ ବଶିଷ୍ଟ ହାତରୁ ହାତ ଛଡ଼େଇ ଆସିଲା । ଘର ଭିତରକୁ ଯାଇ ଚଟାପଟ ଶାଢ଼ୀ, ସାୟା, ବ୍ଲାଉଜ୍ ପିନ୍ଧି ପକାଇଲା । ମୁଣ୍ଡରେ ସିନ୍ଦୂର ନ ହେଲା ନାଇଁ, ସେ ବିନ୍ଦିଟା ଲଗେଇବ ତ ! ସେ ଆଇନା ପାଖକୁ ଚାଲିଗଲା ।

ଉଦ୍‌ଭ୍ରାନ୍ତ ବିକଳ ବଶିଷ୍ଟ ପଶିଆସିଲା ଘର ଭିତରକୁ । ଆଇନା ଆଗରେ ପଲ୍ଲବୀକୁ ଦେଖି ଦାନ୍ତ କାମୁଡ଼ି କହିଲା, ଏ ଶଳା ମାଇକିନା ଜାତିଟା ମରିବାକୁ ଗଲାବେଲେ ବି ଟିକେ ଆରିସିରେ ମୁହଁ ଦେଖିନେଇ ଯିବେ ।

ସେ ତା ହାତକୁ ଝିଙ୍କିଲା । ଜାଣିପାରୁନ ଗ୍ୟାସ କେମିତି ମାଡ଼ୁଛି ।

ରୁହ ଭ୍ୟାନିଟ୍‍ଟା ନେଇଥାଏ । ଅନ୍ତତଃ ଟଙ୍କା, ଗହଣା ଯାହା ଦି'ଖଣ୍ଡ ଅଛି ନେଇଯିବାତ...

ହଉ ଆଶ ଆଶ ଶିଘ୍ର । ବଶିଷ୍ଟ ସେ ସବୁ ନେବାର ଜରୁରତ୍‍କୁ ବୁଝି ପାରିଲା ।

ସବୁ କାଢ଼ି ଭ୍ୟାନିଟ୍ ସମେତ ଗୋଟେ ବ୍ୟାଗ୍‍ରେ ପୁରେଇଲା ପଲ୍ଲବୀ । ଦେ ଦେ ମତେ ସେ ବ୍ୟାଗ୍ ଦେ, କହିଲା ବଶିଷ୍ଟ । ଆ' ଚାବି ପକା ଘର । ସାଇକଲରେ ପଳାଇବା ସବ୍‍ଷ୍ଟେସନ, ଦେଖିବା ଗାଡ଼ିଫାଡ଼ି ନ ହେଲେ ସାଇକଲରେ ପଳେଇବା । ଅନ୍ୟ କିଛି ଉପାୟ ବି ନାହିଁ... ବାଟରେ ପୁଣି ଜଗିଛି ସେ ରାକ୍ଷସ, ସେଇ ପି.ପି.ଏଲ୍ ଆଗଦେଇ ଯିବାକୁ ହିଁ ହେବ । ସେଇଟା ପାର ହେଇଗଲେ ଯାଏ । ଯେତେଦୂର ପଳେଇବା ପବନରେ ବିଷ ପତଳା ପତଳା ହେଇଯିବ ।

ପଲ୍ଲବୀକୁ ଏକପ୍ରକାର ସିଡ଼ିରେ ଘୋଷାରି ଘୋଷାରି ତଳେ ପହଞ୍ଚିଲା ବଶିଷ୍ଟ । ସାଇକଲ କାଇଁ ? ହାହାକାର କରି ଉଠିଲା ବଶିଷ୍ଟ । ତରତରରେ ସେ ଚାବି ପକେଇ ନଥିଲା । କିଏ ହୁଏତ ନେଇ ପଳେଇଚି ଜୀବନ ବିକଲେ ।

ଗଲିରୁ ବାହାରି ଛକକୁ ଆସି ସେମାନେ ଦେଖିଲେ, ଗୋଟେ ବିଭ୍ରାନ୍ତ ଜନସ୍ରୋତ ମାଡ଼ିଚାଲିଚି ମୁଖ୍ୟ ରାସ୍ତା ଆଡ଼େ । ସେଇଟି ଧରିବେ ଗାଡ଼ି । ତା'ରି ଭିତରେ କିଏ ମୋଟରସାଇକଲ, ସ୍କୁଟର, ସାଇକଲରେ ତିନିଚାରିଜଣ ଲେଖାଏଁ ନଦିନେଇ ଧାଇଁଛନ୍ତି ସବ୍‍ଷ୍ଟେସନ ଆଡ଼େ । କିଛି ଅଟୋ, କାର୍ ବି ଯାଉଚି... ସବୁଟି ଓହ୍ଲିଛନ୍ତି ଲୋକେ ।

ଧାଉଁଥିଲା ବଶିଷ୍ଟ । ହାତ ଧରି ଦଉଡ଼ୁଥିଲା ପଲ୍ଲବୀ । ଧାଇଁ ପାରୁ ନଥିଲା ସେ । ଛନ୍ଦିହେଇ ଯାଉଥିଲା ଶାଢ଼ୀ । ଗୋଡ଼ରୁ ଖସି ଯାଉଥିଲା ଚପଲ । ପଡ଼ିଉଠି ଧାଉଁଥିଲା ସେ । ବଶିଷ୍ଟ ହାତ କିନ୍ତୁ ଛାଡ଼ୁ ନଥିଲା ।

ସବ୍‍ଷ୍ଟେସନ ଛକରୁ ଗୋଟେ ବିରାଟ ଜନସ୍ରୋତ ଧାଇଥିଲା ଅଠରବାଙ୍କୀ ଆଡ଼େ । ଗାଡ଼ି ସବୁ ଏତେ ମାତ୍ରାରେ ଲୋକଙ୍କୁ ଧରି ମାଡ଼ି ଯାଇଥିଲା ଯେ ସୋରିଷ ପକେଇବାକୁ ଜାଗା ନଥିଲା । ବହୁ ଗାଡ଼ିକୁ ଅଟକାଇବାକୁ ଚେଷ୍ଟା କଲା ବଶିଷ୍ଟ । କେହି ଟିକେ ରହୁ ନଥିଲେ । ଅପରନ୍ତୁ ଟିକେ ଅସତର୍କ ହେଲେ ତା' ଉପରେ ବି ଚଢ଼ି ଚାଲିଯିବେ, ଏ ସମ୍ଭାବନା ବି ଥିଲା ସେଠି ।

ପଲ୍ଲବୀ ବିକଲ ହେଇ ଧଇଁସଇଁ ହେଉଥିଲା । ଆମୋନିଆ ଗ୍ୟାସର ତୀବ୍ରତା ବଢ଼ୁଥିଲା । ଲୋକମାନେ ନାକ, ପାଟି ସବୁ ଭିଡ଼ି ଦେଇଥିଲେ ଗାମୁଛାରେ କି ଶାଢ଼ୀରେ । ସମସ୍ତେ ବିକଲ ହେଇ ଧାଉଁଥିଲେ । ଗାଡ଼ିଟି ଆସିଲେ ତା' ପଛରେ ଜନସମୁଦ୍ର

ଦଉଡ଼ୁଥିଲା । କିଏ ଚଢ଼ି ଯାଉଥିଲା ତ କିଏ ପଡ଼ି ଖଣ୍ଡିଆଖାବରା ହଉଥିଲା । ତାକୁ ଦେଖିବାକୁ ବି କେହି ନଥିଲେ ।

ଯା' ହେଉ ପବନ ଟିକେ ସ୍ଥିର ଅଛି । ଖେଳେଇପାରୁନି ବିଷ । ନହେଲେ କେତେଲୋକ ମରିସାରନ୍ତେଣି ଏଠି ।

ଆସୁଛି ଗୋଟେ ଟ୍ରକ୍ । ବଶିଷ୍ଟ କହିଲା, ଯେମିତି ହେଉ ଯା' ଉପରକୁ ଚଢ଼ିବାକୁ ହେବ । ମୁଁ ଚଢ଼ିଗଲେ ତୋ ହାତ ଧରି ଉଠେଇ ନେବି । ସଜାଡ଼ି ହେଇ ରହ । ପଲ୍ଲବୀକୁ ଗୋଟେ ବୋଝ ଭଳି ଭାବୁଥିବା ଦୃଷ୍ଟି ନେଇ ଚାହିଁଲା ବଶିଷ୍ଟ ।

ପଲ୍ଲବୀ କାନ୍ଦି ପକାଇଲା ।

ଟ୍ରକ୍ ପହଞ୍ଚିବା କ୍ଷଣି ଶହ ଶହ ଲୋକ ଦଉଡ଼ିଲେ ତା' ପଛରେ । ଆ' ବୋଲି କହି ବଶିଷ୍ଟ ପଲ୍ଲବୀକୁ ଭିଡ଼ିନେଲା ସେ ଭିତରକୁ । ଟ୍ରକ୍ ଯାଇପାରୁ ନାହିଁ ତାକୁ ଚାରିଆଡ଼ୁ ଘେରିଛନ୍ତି ଲୋକେ । ବହୁତ ଚେଷ୍ଟାକଲା ବଶିଷ୍ଟ । ପାଦ ଥୋଇବାକୁ ରାହା ନାହିଁ । ସେ ସିନା ଉଠିଲେ ଉଠେଇବ ପଲ୍ଲବୀକୁ । ଉଠେଇବ ବା କୋଉଠିକି । ଲୋକ ଉପରେ ଲୋକ ମଡ଼ାମଡ଼ି । ପଲ୍ଲବୀ ଉଠିପାରିବ ତ !

କିଏ ଜଣେ ଧକ୍କାଟେ ପକୋଇଲା ଉପରୁ । ଛିଟିକି ପଡ଼ିଲା ବଶିଷ୍ଟ ରାସ୍ତା ଉପରେ । ଭାଗ୍ୟକୁ ତା' ତଳେ ରହି ଯାଇଥିବା ପଲ୍ଲବୀ । ତା' ମୁଣ୍ଡଟା ଖୁବ୍ ଜୋରରେ ବାଡ଼େଇ ହେଇଗଲା ତା' ଛାତିରେ । ଆଃ ବୋଲି ଚିତ୍କାର କରି ଉଠିଲା ପଲ୍ଲବୀ । ବଶିଷ୍ଟ ଚଟାପଟ ଉଠି ତାକୁ ତଳୁ ଉଠେଇଲା । ପଲ୍ଲବୀ ଛାତି ଆଉଁସୁଥିଲା । ତମର କିଛି ହେଇନାହିଁ ତ ?

ମୋର ଯାହା ହେଉ ତମେ ଗାଡ଼ିରୁ ଗଡ଼ି ପଡ଼ିଲ ମୁଣ୍ଡ ପିଟି ହେଇଥିଲେ ଏଇ କଂକ୍ରିଟ୍ ରାସ୍ତାରେ କ'ଣ ହୋଇଥାନ୍ତା ଅବସ୍ଥା । ହେ ଭଗବାନ... ମୁଁ ତୁମକୁ କୁଣ୍ଢେଇ ନେଲି । ତମକୁ ସମ୍ଭାଳି ପାରିଥାନ୍ତି କି ସ୍ତ୍ରୀ ଲୋକଟା !

ବଶିଷ୍ଟକୁ ତା'ର ଭାବପ୍ରବଣତା ବୁଝିବାକୁ ସମୟ ନଥିଲା । ଲୋକ ଗହଳି ବଢ଼ୁଥିଲା । ସମସ୍ତେ ଯେଉଁ ବାଟରେ ଯିଏ ଧାଉଁଥିଲେ । ଯେମିତି ଏ ବିଷବଳୟରୁ ପାରି ହେଇଗଲେ ଯାଏ ।

ମାଡ଼ି ଆସୁଛି ଆଉଗୋଟେ ଟ୍ରକ୍ । ବଡ଼ପଡ଼ିଆ ଆଡ଼ୁ ।

କିଏ ଜଣେ କହିଲା ଏଇଟା ଶେଷ ଗାଡ଼ି । ଏହାପରେ ଆଉ ଗାଡ଼ି ନାଇଁ ।

ଶେଷ ଗାଡ଼ି !! ବଶିଷ୍ଟକୁ ଯେମିତି ଚାରିଆଡ଼ ଅନ୍ଧାର ଦେଖାଗଲା । ସେ ଚାହିଁଲା ପଲ୍ଲବୀ ମୁହଁକୁ । ପଲ୍ଲବୀ ମୁହଁରୁ ତଥାପି ଯନ୍ତ୍ରଣା ଉକୁଟି ଉଠୁଥିଲା ।

ବଶିଷ୍ଟ ମୁହଁ ବୁଲେଇ ନେଇ ଟ୍ରକ୍‌କୁ ଚାହିଁଲା ନିଶ୍ଚିତ ମୃତ୍ୟୁର ଆଁ ଭିତରୁ ମୁକୁଳିବାର ଏଇଟା ତା' ପାଇଁ ଶେଷ ସୁଯୋଗ । ତାକୁ ଯିବାକୁ ହେବ ।

ବଶିଷ୍ଟ ଦୌଡ଼ିଲା... ଦୌଡ଼ିଲା। ଆଉ ଏକା ଖେପାକେ ଟ୍ରକ୍ ବାଡ଼କୁ ଧରି ଓହ୍ଲି ପଡ଼ିଲା। ସେ ସତରେ ଟ୍ରକ୍‌ରେ ଅଛି ଆଉ ମୃତ୍ୟୁର ଗହ୍ୱର ଭିତରୁ ମୁକ୍ତିର ମାର୍ଗ ପାଇଟି, ଏ କଥା ବିଶ୍ୱାସକୁ ନେବା ପୂର୍ବରୁ ଥରେ ପଛକୁ ଚାହିଁଦେଲା ସେ। ଭିଡ଼ ଭିତରୁ ଦେଖିଲା ପଲ୍ଲବୀ ଠିଆ ହେଇଛି ଗୋଟେ ସର୍ବସ୍ୱାନ୍ତ ନାରୀପରି। ସେଇଠି ତାକୁ ଚାହିଁ।

ଭରପୂର ଆତଙ୍କ ଆଶଙ୍କା ଆଉ ଉତ୍ତେଜନା ନେଇ ଗାଡ଼ି ଦଉଡୁଥିଲା। ଓହଲିଥିଲା ବଶିଷ୍ଟ। ଉପରକୁ ଉଠିବାକୁ ନାହିଁ। ଯେତେ ହାତ ଓ ଗୋଡ଼କୁ କଷ୍ଟ ହେଲେ ବି ଟ୍ରକ୍ ପଛରେ ଝୁଲି ରହିବା ବ୍ୟତୀତ ଅନ୍ୟ କିଛି ଉପାୟ ନାହିଁ। ନିଶ୍ଚିତ ଶ୍ୱାସରୋଧକାରୀ ମୃତ୍ୟୁଠାରୁ ଏ ଯନ୍ତ୍ରଣା ନିହାତି ନଗଣ୍ୟ। ବଂଚି ରହିବା ପାଇଁ ତ ସବୁ କଷ୍ଟ ସହିବାକୁ ହୁଏ।

ହଠାତ୍ ଗାଡ଼ି ରହିଗଲା। ଝଟ୍‌କା ଖାଇଲା ପରି ଦୋହଲିଗଲେ ସମସ୍ତେ। ମିଳିତ କୋଳାହଳ ଶୁଭିଲା, କାହିଁକି ଅଟକିଲା ଗାଡ଼ି। ଆମେ ଏବେ କୋଉଠି ହେଲେଣି ?

ସତରେ ଗାଡ଼ି କୁଆଡ଼େ ଯାଉଥିଲା, କେତେବାଟ ଗଲାଣି ଏକଥା ଜାଣିବାକୁ କେହି କେବେ ଭାବି ନଥିଲେ ଏଯାବତ୍। ଗାଡ଼ି ଚାଲୁଥାଉ ପୃଥିବୀର ଶେଷ ସୀମାନ୍ତ ପର୍ୟ୍ୟନ୍ତ। ଯେଉଁଠି ଅନ୍ତତଃ ମିଳିବ ନିର୍ମଳ ଅମ୍ଳଜାନ। ବୁଝିବା କି ଦରକାର ?

କିଏ ଜଣେ କହିଲା, ଗାଡ଼ି କଟକ ପାଖାପାଖ ହେଲାଣି। ଆଉ ସମସ୍ୟା ନାଇଁ। ପିପିଏଲ୍‌ର କାର୍ବନ–ମନୋକ୍ସାଇଡ୍ ଆଉ ଏତେବାଟ ଉଡ଼ିଆସିପାରିବ ନାହିଁ। ହାୟ... କାଲି ସକାଳକୁ ଖବରକାଗଜରେ ବାହାରିବ ‘ଆଉ ଏକ ଭୋପାଲ ଗ୍ୟାସ ଟ୍ରାଜେଡ଼ି – ପାରାଦୀପ’।

କିଏ ଜାଣେ କେତେ ଲୋକ ମଲେଣି।

ଜଣେ କିଏ ଦୂରଦର୍ଶୀ ଏତକ ମନ୍ତବ୍ୟ ଦେଇ ମତାମତ ଅପେକ୍ଷାରେ ରହିଲା। ମତାମତ କିଛି ଆସିଲା ନାହିଁ। ସମସ୍ତେ ହୁଏତ ଗୋଟାଏ ମୃତ୍ୟୁର ଭୟଙ୍କର ବିଭୀଷିକା କଳ୍ପନାରେ ବୁଡ଼ି ଯାଇଥିଲେ।

ଡ୍ରାଇଭର ମତ କିନ୍ତୁ ତଳୁ ଶୁଣାଗଲା। ସେ ଓହ୍ଲେଇ ପଡ଼ିଥିଲା ତଳକୁ। ଏତେ ଲୋକଙ୍କୁ ନିରାପଦରେ ସେ ଉଡ଼େଇ ଆଣିପାରିଛି ମୃତ୍ୟୁର କବଳରୁ, ଏକଥା ତା ଢଙ୍ଗରୁ ବାରି ହେଇପଡ଼ୁଥିଲା। କହିଲା ଆଉ କିଛି ବିପଦ ନାହିଁ।

କୋଉଠି ? ଏଠି ନାଁ ପାରାଦୀପରେ ? କିଏ ଜଣେ ଉତ୍ସୁକ ସ୍ୱରରେ କହିଲା ଟ୍ରକ୍ ଉପରୁ ଅନ୍ଧାରରୁ।

ପାରାଦୀପରେ ସେ କଥା ଗୁଜବ ହୋ, ଏଠିକାର ଲୋକ କହୁଛନ୍ତି। ଟି.ଭି. ରେଡ଼ିଓରେ ପ୍ରଚାର ଚାଲିଛି ଜିଲ୍ଲାପାଲ, ଏସ୍.ପି ସାରା ପ୍ରଶାସନ ଏବେ ପାରାଦୀପରେ। ମାଇକ୍ ଦ୍ୱାରା ପ୍ରଚାର ଚାଲିଛି ଗୁଜବରେ ବିଶ୍ୱାସ ନକରି ନିଜ ନିଜ ଘରକୁ ଫେରିଯାଅ / ଫେରିଆସ କୌଣସି ବିପଦ ନାହିଁ।

ବଶିଷ୍ଠ ଗଲି ପଡ଼ିଲା ତଳକୁ। ପଡ଼ିଗଲା ନାହିଁ। ସଚେତନ ଥିଲା। କିଛି ଲୋକ ବି ଓହ୍ଲେଇ ପଡ଼ିଲେ। ସ୍ଥାନୀୟ ଲୋକେ ବି ଠୁଳଥିଲେ ସେଠାରେ। ଅନ୍ତତଃ ବିଶ୍ୱାସ ହେଉଥିଲା ଗୁଜବ ହେଇପାରେ। ପୁଣି କେତେକ କହିଲେ, ରାତି ପାହୁ। ରାତିରେ ଫେରିବା କେମିତି। ସକାଲ ହେଲେ ସବୁ ଜଣାପଡ଼ିବ। ଆଉ ଏତେ ରାତିରେ କ'ଣ ଡ୍ରାଇଭର ଭାଇ ପୁଣି ଆମକୁ ନେଇ ଫେରିବ ? ଡ୍ରାଇଭର ଫେରିବାକୁ ରାଜି ନହେଉ, ଏକଥା ଚାହୁଁଥିଲା ବଶିଷ୍ଠ।

ଡ୍ରାଇଭର ତାଉ ଖାଇଲା ପରି କହିଲା, ଆଉ ଫେରିବି ? ମୋର ଇଆଡ଼େ କଟକ... ମାଲଗୋଦାମରେ ଯାଇ ମାଲ ଲୋଡ କରିବି। ସମସ୍ତେ ଏଇଠି ଓହ୍ଲେଇ ପଡ଼, ପଇସା ପତ୍ର ଯାହା ଦେବାକଥା ଦେଇଦିଅ।

ଯେ' ଭାଇ, ଏ ବିପଦରୁ ଉଦ୍ଧାର କରି କେତେ ମହତ କାମ କଲ... ପଇସା ମାଗୁଚ ? ମତେ ତ ଲାଜ ଲାଗୁଛି। ସେଇ ଅନ୍ଧାର ଭିତରୁ କିଏ ଜଣେ କୁଁ କୁଁ ହେଇ କହିଲା।

ଡ୍ରାଇଭର କ'ଣ କହୁଥିଲା, ବଶିଷ୍ଠର ନଜର ନଥିଲା। ପଇସା ପତ୍ର କଥା ଶୁଣି ସେ ତା ପକେଟ୍ ଅଣ୍ଡାଳୁଥିଲା। କିଛି ପାଉ ନଥିଲା। ତା' ପକେଟରୁ ମନିପର୍ସ ଖୁଚୁରା ପଇସା ସମେତ ରୁମାଲ ଗଲି ପଡ଼ିଥିଲା କୋଉଠି। ତା'ର ଠିକ୍ ସେ ମନେ ପଡ଼ୁନଥିଲା।

ପଲ୍ଲବୀ କିଛି ଟଙ୍କା। ସୁନା ଭ୍ୟାନିଟ୍‌ରେ ପୂରେଇ ଗୋଟେ ବ୍ୟାଗରେ ଧରିଥିଲା ସେଇଟା। ତା' ପାଖରେ ରହିଗଲା କି ? ସେ ଧରିଥିଲା କିଛି ଖିଆଲ ପଡ଼ୁନଥିଲା ତା'ର। ତା' ଛାତି ଦାଉଁଦାଉଁ ହଉଥିଲା। ବ୍ୟାଗ୍‌ଟା କ'ଣ ହଜିଗଲା ! ହଁ, ପଲ୍ଲବୀ ଧରିଥିଲା ନା କ'ଣ। ତା' ପାଖରେ ଥିବ। ହେଲେ ପଲ୍ଲବୀ କ'ଣ କରୁଥିବ ? କୋଉଠି ଥିବ ଏବେ ? ଏଯାଏ ସେ ପଲ୍ଲବୀମନସ୍କ ହେଇପାରି ନଥିଲା। ଭାବୁଥିଲା ହେଲେ ସେ ଯେମିତି ଭାବରେ ଓହଲିଥିଲା ଟିକିଏ ଅନ୍ୟମନସ୍କ ହେଲେ ଗଲିପଡ଼ି ମରିଯିବାର ସମ୍ଭାବନା ଥିଲା। ସୁତରାଂ ସେ ପଲ୍ଲବୀ ବାବଦରେ ଭାବିବାଟାକୁ ସ୍ଥଗିତ ରଖିଥିଲା ନିରାପଦ ହେବାଯାଏ। ଏବେ ପଲ୍ଲବୀର ଚିନ୍ତା ପୁଣି ତାକୁ ମାଡ଼ି ଆସୁଛି। ସବୁ ଦୁର୍ଭାବନା ଭିତରୁ ଗୋଟାଏ ଶାନ୍ତନାର କଳ୍ପନା ପଶିଆସେ, ପଲ୍ଲବୀ ନିଶ୍ଚେ ଗୁଜବ ବୋଲି ଜାଣି

ସାରିଥିବ। ଫେରି ସାରିଥିବ କ୍ୱାର୍ଟରକୁ। ବ୍ୟାଗ୍‌ଟାକୁ ସେ କେବେ ହାତଛଡ଼ା କରିନଥିବ। ଯା' ହେଉ। ଭଲରେ ଥାଉ ପଲ୍ଲବୀ। ରାତି ପାହୁ ପାହୁ ତ ପହଁଞ୍ଜିବି ତା' ପାଖରେ।

ବଶିଷ୍ଟ ଭାବୁଥିଲା।

ଡ୍ରାଇଭର କେତେବେଳୁ ତା' ଗାଡ଼ିନେଇ ପଲେଇ ଗଲାଣି। ଲୋକଗୁଡ଼ା ଏଣେତେଣେ ହେଉଛନ୍ତି। କେତେବେଳେ କେମିତି ଗାଡ଼ି ସବୁ ଏପଟ ସେପଟ ଯିବା ଆସିବା କରୁଛି। କିଛି କିଛି ଲୋକ ସତ ଖବର, ମିଛ ଖବର, ଉଡ଼ା ଖବର ଯୋଗେଇ ଦେଇ ଯାଉଛନ୍ତି ଅକାଟ୍ୟ ତଥ୍ୟ ଭଲି। ଲୋକମାନେ ରାତି ପାହିବାକୁ ଅପେକ୍ଷା କରି ବସି ଗଲେଣି। କିଏ ଘୁମେଇଲାଣି ତ କିଏ ଶୋଇଗଲାଣି ଘାସ ଉପରେ। କେହି ପଲେଇଗଲେଣି ପାଖ ଛକକୁ ଖାଦ୍ୟ ଅନ୍ଵେଷଣରେ। ରାତି ଦି'ଟାରେ କିଏ ଦୋକାନ ଖୋଲି ପରଷି ଦେବ ଏମାନଙ୍କୁ?

ପ୍ରବଳ ଭୋକ ଆଉ ଶୋଷ ହେଉଥିଲେ ବି ବଶିଷ୍ଟ ଆୟଉ କରୁଥିଲା। ତା' ପାଖରେ କଣାକଉଡ଼ିଟିଏ ବି ନଥିଲା।

ଗୋଟାଏ ଦୁର୍ବିଷ କାଳରାତି ପାହିଗଲା। ପୂର୍ବ ଆକାଶରୁ ଝରିପଡ଼ିଲା ଆଶା ଆଉ ଆଶ୍ୱାସନାର ଲୋହିତ କିରଣ। ଏବେ ଫେରିବାକୁ ହେବ। ଘଟଣାଟି ଯେ ଗୁଜବ ଏହା ସ୍ପଷ୍ଟ ହେଇଯାଇଛି ଏବେ।

ସବ୍‌ଷ୍ଟେସନ ଛକରୁ ଟ୍ରେକରରୁ ଏକ ପ୍ରକାର ହୁଙ୍କା ମାରିଲାପରି ଡେଇଁପଡ଼ି ଦୌଡ଼ିଲା ବଶିଷ୍ଟ। ପଲ୍ଲବୀ ତା' ଚିନ୍ତାରେ ବିଲ୍‌କୁଲ ଭାଙ୍ଗି ପଡ଼ିଥିବ। ଏକାକୀ ସେ ନିଛାଟିଆ କ୍ୱାର୍ଟରରେ କେମିତି ରାତି କଟେଇଥିବ ଡରେଇଟା। ସେ ପଟକୁ ପୁଣି କବର ଖାନା। ସେ ନାଁ ଶୁଣିଲେ ତ ସେ ଛାତିରେ ଛେପ ପକେଇ ଦିଏ।

ପୁଣି ଦୁର୍ଭାବନାଟିଏ ପଶିଆସୁଛି ମନକୁ। କିଛି ଦୁର୍ଘଟଣା ଘଟି ଯାଇନାହିଁ ତ ତା ସହିତ? ଦୁର୍ଘଟଣା ଭିତରେ ବି ଆହୁରି ଜଘନ୍ୟ ଦୁର୍ଘଟଣା ଘଟେଇବାର ମୌକା ଖୋଜୁଥାନ୍ତି କିଛି ଲୋକ। ଅସହାୟତାକୁ ସୁଯୋଗ ବୋଲି ଧରିନେଇ ବହୁତ କିଛି କରିପାରିନ୍ତି ସେମାନେ।

ନାଁ ନାଁ ଭଗବାନ, ସେମିତି କିଛି ଘଟି ନଥାଉ।

ବଶିଷ୍ଟ ବିଶ୍ୱାସ ଗୋଟଉଥିଲା ତା ଭିତରେ ଆଉ ଧାଉଁଥିଲା।

ସେ ଚାହୁଁଥିଲା, ତାକୁକେହି ନ ଦେଖନ୍ତୁ। ଦେଖିଲେ ବି ଚିହ୍ନ ନ ପାରନ୍ତୁ। ଚିହ୍ନିଲେ ବି କିଛି ନପରରନ୍ତୁ। ସେ ଜାଣେ ନିଜେ ଭୋଗିଥିବା ଅସହାୟତାକୁ ଆଉ କା' ପାଖରେ ଦେଖିଲେ ବି ଲୋକ ନିଜକୁ ଭୁଲି ଅନ୍ୟକୁ ଉପହାସ କରିବାକୁ ଭୁଲନ୍ତି ନାହିଁ। କାଲି ରାତିରେ ଏଇ ଲୋକମାନେ ଜୀବନ ବିକଳରେ ଲଙ୍ଗଳାମୁକୁଲା ହେଇ

ଧାଉଁଥିଲେ, ସେଇମାନେ ଏବେ ବଶିଷ୍ଟକୁ ଦେଖ୍ ନାନା ପ୍ରଶ୍ନ ପଚାରିବେ, ଅନୁଭୂତି ବର୍ଖାଣିବେ ବା ଶୁଣିବାକୁ ଅଟକାଇବେ। ଏବେ ତା'ର ପ୍ରଥମେ ପଲ୍ଲବୀ ପାଖରେ ପହଞ୍ଚିବା ଦରକାର... ହଁ ପଲ୍ଲବୀ।

ଦି' ଖେପାକେ ବଶିଷ୍ଟ ପାହାଚ୍ ଅତିକ୍ରମ କରି ଦୁଆ ମୁହଁରେ ପହଞ୍ଚିଲା। ପଲ୍ଲୀ... ଡାକିବା ପୂର୍ବରୁ ହଁ ତା' ନଜର ପଡ଼ିଗଲା ଚାବିଟି ଉପରେ। ତମ ଘରକୁ ବେଶ୍ ନିରାପଦ ରଖ୍ଟି, ଏଇ ସଦେଶ ଧରି ସେ ବେଶ୍ ଦୃଢ଼ତାର ସହ ଝୁଲୁଥିଲା ଆଲଣ୍ଡ୍ରପରେ। ତା' ହେଲେ ପଲ୍ଲବ!!

ବଶିଷ୍ଟକୁ ଲାଗିଲା ସେ ଗଲିପଡ଼ୁଛି ତଳକୁ। ତା' ଉପରେ ଅଜାଡ଼ିହେଇ ପଡ଼ୁଚି ଏ କଂକ୍ରିଟ୍ ଇମାରତ୍‌ଟା। ସେ ସେଇଠି ଲଥ୍ କରି ବସି ପଡ଼ିଲା। ସେ ଭୋ ଭୋ କାଦି ପକାନ୍ତା।

କାହାର ପାଟି ଶୁଭୁଛି। ଦି' ତିନିଜଣ କଥା ହେଇ ହେଇ ଚଢ଼ି ଆସୁଛନ୍ତି ଉପରକୁ, ବଶିଷ୍ଟ ସଚେତନ ହେଇଗଲା। ପାଖ କ୍ୱାର୍ଟରରେ ରହୁଥିବା ଡମ୍ବରୁ ବାବୁ, ନିମାଇଁ ବାବୁ ଆଉ ଜଣେ କିଏ ଚହ୍ନେଁନା। ଡମ୍ବରୁବାବୁ ଗୋଟେ ଠୋ ହସରେ କହି ଉଠିଲେ, ଆରେ ବଶି ବାବୁ... ଏମିତି କ'ଣ ଫାଁ ଗାଲି ପଡ଼ିଚନ୍ତି ଏଠି ମିସେସ? କୁଆଡ଼େ ଗଲେ?

ବଶିଷ୍ଟ ଡରିଗଲା, ଏମାନେ ଏମିତି କିଛି ଜାଣି ପକେଇଛନ୍ତି କି? ସେ ନାଟକ ଆରମ୍ଭ କଲା, ହେଁ... ତାଙ୍କୁ ମୁଁ ଦି' ତିନିଦିନ ପାଇଁ ତାଙ୍କ ବାପଘରେ ଛାଡ଼ିଦେଇ ଆସିଲି। ବଡ଼ ଡରିଯାଇଥିଲା ବିଚାରୀ। ତରତରରେ ଆସୁ ଆସୁ ଚାବିକାଠିଟା ବି ଛାଡ଼ି ଆସିଚି ଯେ ଏଇ ଦଉଡ଼ା ଧାଁପଠାରେ... ଥକି ଯାଇଛି...।

ନିମାଇଁ ବାବୁ ଦି'ଥର ଚାବିଟାକୁ ଝିଙ୍କିଲେ। ଯେମିତି ସେ ଏମିତି କରି ଚାବିଟାକୁ ଛିଡ଼େଇ ଦବାର ସାମର୍ଥ୍ୟ ରଖନ୍ତି। କହିଲେ, ରୁହ, ତଳେ ଗୋଟେ ଲୁହା ରଡ଼ ପଡ଼ିଚି ମୁଁ ଆଣେ। ଧପାଧପ୍ ଚାଲିଗଲେ ସେ, ଲୁହା ରଡ଼ଟା ଆଣି ପିଟାପିଟି କରି ଚାବିଟିକୁ ଭାଙ୍ଗି ପକେଇଲେ। ଡମ୍ବରୁ ବାବୁ କହିଲେ ଠିକ୍ ଅଛି ଏବେ ଆପଣ ରେଷ୍ଟ ନିଅନ୍ତୁ। ଆମ ଘରେ ତ କେହି ନାହାନ୍ତି। ସନ୍ଧ୍ୟାବେଲକୁ ଆସିବୁ, ଗୋଟେ ଜମାଣିଆ ଫିଷ୍ କରିବା, ନାଁ କ'ଣ?

ନିମାଇଁ ବାବୁ ହୋ ହୋଇ ହସି କହିଲେ, କ'ଣ ଏ ଗ୍ୟାସ୍ ଟ୍ରାଜେଡ଼ିରୁ ବଂଚିଗଲେ ବୋଲି? ସମସ୍ତେ ଆଉଥରେ ହସି ଉଠିଲେ ଅତ୍ୟନ୍ତ ଉତ୍‌ଫୁଲ୍ଲ ହୋଇ। ବଶିଷ୍ଟ ଇଚ୍ଛା ହେଉଥିଲା, ସେଇ ଲୁହା ରଡ଼ରେ ସେମାନଙ୍କୁ ପିଟିପିଟି ତଳକୁ ପଠେଇ ଦିଅନ୍ତା। ଗୋଟେ ଶୁଖ୍‌ଲା ହସ ସେମାନଙ୍କ ଉପରକୁ ଫୋପାଡ଼ି ସେ ଘର ଭିତରକୁ ପଶିଯାଇ କବାଟ ବନ୍ଦ କରିଦେଲା।

ଏବେ ଘରସାରା ପଲ୍ଲବୀର ଅନୁପସ୍ଥିତିର ନିରବତା। ତା'ର ଅନିର୍ଦିଷ୍ଟତାର ବିକଳ ବାସ୍ତବତା। କୁଆଡ଼େ ଗଲା ପଲ୍ଲବୀ! ବଶିଷ୍ଟ ବିଛଣାରେ ପଡ଼ିଯାଇ ଅସମ୍ଭାଳ କାନ୍ଦି ଉଠିଲା।

ଏବେ କ'ଣ କରିବ ସେ? ଯାହା ସେ କରିବାକୁ ଚାହୁଁଛି ତା'ର ସମ୍ଭାବ୍ୟ ପରିଣତି ତାକୁ ଆହୁରି ତଳିତଳାନ୍ତ କରିଦେବାର ଆଶଙ୍କା ରହୁଚି। ଏବେ ତ ଏ ଘଟଣା ସାରା ଓଡ଼ିଶାକୁ ବ୍ୟାପିଛି। ଯଦି କେହି ପଳେଇ ଆସନ୍ତି ଘରୁ, ପଲ୍ଲବୀ ଘରୁ? କ'ଣ କହିବ? କେମିତି କହିବ ଯେ ସେ କରିପକେଇଚି ଏକ ଅକ୍ଷମଣୀୟ ଅପରାଧ।

ସନ୍ଧ୍ୟାବେଳକୁ ଡମ୍ରୁ ବାବୁ ଓଟେଗର କୁକୁଡ଼ା ଆଉ ସାମାନ ଧରି ଆସିଥିଲେ ଭୋଜିର ଆନନ୍ଦ ଉଠେଇବାକୁ। ବୋତଲ ବି ଆଣିଥିଲେ ସାଙ୍ଗରେ। ବଶିଷ୍ଟ ଅସୁସ୍ଥତାର ଆଳ କରି ସେମାନଙ୍କୁ ବିଦା କରିଦେଲା। ଏବେ ଏକମାତ୍ର ଉପାୟ ପ୍ରଥମେ ବୋଉକୁ ଆଉ ପଲ୍ଲବୀ ଘରକୁ ସବୁ ଠିକ୍‌ଠାକ୍‌ ଅଛି ବୋଲି ମିଛ ସମ୍ବାଦଟିଏ ପଠାଇ ଦେବା। କିଏ ଜାଣେ କାଲି ଆସି କେହି ପହଁଚି ନଯିବେ।

ବଶିଷ୍ଟ ଟେଲିଫୋନ୍‌ ବୁଥ୍‌କୁ ଯାଇ ସମ୍ବାଦଟି ଜଣାଇ ଦେଲା। ବ୍ୟସ୍ତ ହୋଇ ନ ଆସିବାକୁ ତାଗିଦ ବି କରିଦେଲା। ଏଇ ଦିନେ ଦି'ଦିନରେ ପଲ୍ଲବୀକୁ ନେଇ ପହଞ୍ଚିବ ବୋଲି ଆଶ୍ୱାସନା ବି ଦେଲା।

ଏବେ କିଂଚିତ୍‌ ଆଶ୍ୱସ୍ତ ଅନୁଭବ କଲା ବଶିଷ୍ଟ। ରାତି ପାହିଲେ ସନ୍ଧାନ ନେବ। ଆଜିକାଲି ସୁରାକ୍‌ ମିଳିବା କଷ୍ଟକର ନୁହେଁ।

ବୁଥ୍‌ରୁ ବାହାରୁଛି ତ ସାମ୍ନାରେ ତାଙ୍କ ଅଫିସର ସ୍ୱାଇଁ ବାବୁ। ତାକୁ ଏକରକମ କୋଳାଗ୍ରତ କରି କହିଲେ, କେତେବଡ଼ ଝଡ଼ ବହିଗଲା ହୋ... କି ଆତଙ୍କ! ଆପଣ ଥିଲେ ନା ପଳେଇ ଥିଲେ।

ବଶିଷ୍ଟ କିଛି କହିବା ପୂର୍ବରୁ ସ୍ୱାଇଁ ବାବୁ କହିଲେ ବୁଝିଲ ବଶିଷ୍ଟ ବାବୁ, ମୁଁ ମୋ ବାଇକ୍‌ରେ ଛୁଆପିଲା ଧରି ପଳଉଥିଲି। ମନେହେଲା ପିପିଏଲରୁ ଆସୁଥିବା ଗ୍ୟାସ ଯଦି ପାରାଦୀପରେ ଏତେ ଲୋକଙ୍କୁ ମାରିଦେବ ପିପିଏଲରେ ତ ଆଉ କେହି ନଥିବେ। ମୋର ସାଙ୍ଗ ପାଖକୁ ଫୋନ୍‌ କଲି, ସେ କହିଲେ ଯେ ଆମୋନିଆ ରିଜର୍ଭଟ୍ୟାଙ୍କର ସେଫ୍‌ଟି ଭାଲଭଟା ଟିକେ ଢିଲା ହୋଇଗଲେ ଗ୍ୟାସ ସ୍ପ୍ରେଡ୍‌ କରିଯାଏ। ଲିକ୍ୱିଡ୍‌ ଗୁଡ଼ାକୁ କଂପ୍ରେସର ଭିତରେ ଥାଏ ତ, ତା ଖୁବ୍‌ ବିଷାକ୍ତ। ଏହା ସେମିତି କିଛି ନୁହେଁ। ଏବେ ହାଇ ଟେକ୍‌ନିକ୍‌ରେ କାମ ହେଉଛି, ବିପଦର କୌଣସି ସମ୍ଭାବନା ନାହିଁ। ଅଧିକା ମାତ୍ରାରେ ଗ୍ୟାସ ଟିକେ ଲିକ୍‌ହେଇ ଯାଇଥିବାରୁ ଏମିତି ହେଇଛି। କିଏ ଜଣେ ଗ୍ୟାସ୍‌ ଟାଙ୍କି ଫାଟିବାର ହାଲ୍ଲା କରିଦେଇଛି। ଆପଣ ବ୍ୟସ୍ତ ହୁଅନ୍ତୁ ନାହିଁ,

ଆମେ ସବୁ ଏଠି ଅଛୁନା ନାହିଁ। ସାଙ୍ଗରେ ଏ କଥା ଶୁଣି ମୁଁ ସିନା ଆଶ୍ୱସ୍ତ ହେଲି, ମିସେସ୍ କ'ଣ ଏକଥା ବୁଝିବେ? କହିଲେ, ମୋ ଛୋଟ ଛୁଆକୁ ଧରି ମୁଁ ଏଠି ରହିବି ନାହିଁ... ଏଠାରୁ ପଳେଇ ଚାଲ। ମୁଁ ଏଇ ରାହାମା ଯାଏ ଯାଇ ସେଇଠି ଗୋଟେ ବନ୍ଧୁ ଘରେ ରାତି କଟେଇ ସକାଳୁ ପଳେଇ ଆସିଲି ହାୟ... ଏ ଲୋକ କ'ଣ ଶୁଣିବା ଅବସ୍ଥାରେ ଥିଲେ? ଜଣେ କିଏ ପରା ତା' ସ୍ତ୍ରୀକୁ ଛାଡ଼ିଦେଇ ପଳେଇଲା ହୋ... ଏତେ ଜୀବନ ବିକଳ...

ବଶିଷ୍ଟ ଢ୍ଲେପ ଢୋକିଲା।

ସଙ୍ଗେ ସଙ୍ଗେ କହିଲା, ସତେନା' କ'ଣ? ଭରି ଅନ୍ୟାୟ... କ'ଣ କଲା ସେ ସ୍ତ୍ରୀ ଲୋକ? ଆଉ କିଛି ତଥ୍ୟ ସଂଗ୍ରହ ମତଲବ୍‌ରେ ଯଥା ସମ୍ଭବ ଉଦ୍‌ବେଗ ଚାପିରଖ ପଚାରିଲା ବଶିଷ୍ଟ।

ହୋ ହୋ ହସି ଉଠିଲେ ସ୍ୱାଇଁବାବୁ। କହିଲେ, ବୁଝିଲି ଆଜ୍ଞା... ଅବସ୍ଥା ତ ସେଇଆ ଥିଲା... ନିଜ ରକ୍ଷଣ ଅସମ୍ଭବ, ସେ କାହୁଁ ଅନ୍ୟକୁ ରଖିବ। ତାକୁ କାଲେ କୋଉ ଟୋକା ମଟର ସାଇକେଲରେ ଉଠାଇ ନେଲା। ଲୋକେ କହିଲେ ଦେବଦୂତ। ପୁନି ହସି ଉଠିଲେ ସ୍ୱାଇଁ ବାବୁ। ଦେବଦୂତ କି ଦେହଦୂତ କିଏ ଜାଣେ ହୋ? କିଏ ନେଲା କ'ଣ କଲା ସେ ହିସାବ ରଖିବାକୁ କାହାର ବେଳ ଅଛି। ବୁଡ଼ିଗଲା ଲୋକତ କୁଟାଖ୍ତକୁ ଆଶ୍ରାକରେ। ହଉ ଆସନ୍ତୁ... ଆପଣଙ୍କ କଥା କାଲି ଅଫିସରେ କହିବେ... ମିସେସ୍‌କୁ ନେଇ ନହେଲେ ଘରକୁ ଆସନ୍ତୁ ନା... ଆଲୋଚନାଟା ମଜ୍ଜାଦାର ହେବ।

ସ୍ୱାଇଁ ବାବୁ ତାଙ୍କ ଗାଡ଼ି ଷ୍ଟାର୍ଟ କରି ଉଡ଼ିଗଲେ।

ବଶିଷ୍ଟ ସେମିତି ସ୍ଥାଣୁହେଇ ଛିଡ଼ା ହେଇଥିଲା ସେଇଠି। କିଛିଟା ଆଶ୍ୱସ୍ତ ଥିଲା, ପଲ୍ଲବୀ ଅଛି। କୋଉଠି ନା କୋଉଠି ଥାଉ ନା କାହିଁକି, ଫେରିଲା ପରେ ଯାହା।

କିନ୍ତୁ ତିନିଦିନ ବିତିଗଲାଣି। ପଲ୍ଲବୀ ଫେରୁ ନାହିଁ। ପଲ୍ଲବୀ ଆସିବ ଏଇ ଆଶାରେ ସେ ତିନିଦିନ ଡ୍ୟୁଟି ଯାଇନାହିଁ। ହେଲେ ପଲ୍ଲବୀ କାହିଁ!

ତା'ପରଦିନ ଦି' ପହରକୁ ହଠାତ୍ ଗୋଟେ ମଟସାଇକେଲ ଆୱାଜ୍ ଶୁଣି ବାଲ୍‌କୋନିକି ଦୌଡ଼ି ଆସିଲା ବଶିଷ୍ଟ। ତଳକୁ ଚାହିଁ ଦେଖିଲା ପଲ୍ଲବୀ ଓହ୍ଲାଉଚି। ସୌମ୍ୟଦର୍ଶନ ଯୁବକଟିଏ ଡ଼ିକି ଖୋଲି କ'ଣ ପ୍ୟାକେଟଟିଏ କାଢୁଚି। ପଲ୍ଲବୀ ପିନ୍ଧିଚି ନୂଆ ଶାଢ଼ୀ, ବ୍ଲାଉଜ୍, ତା' ମୁହଁରେ ଫୁଟିଉଠୁଚି ଆନନ୍ଦ ଆଉ ତୃପ୍ତିର ଝଲକ।

ଯୁବକଟି ପ୍ୟାକେଟ୍ ବଢ଼ାଇଦେଇ କହିଲା, ମୁଁ ଆସୁଚି। ପଲ୍ଲବୀ ଆକଟ କରୁଚି, ନାଇଁ ନାଇଁ... ଏମିତି କ'ଣ ଯାଆନ୍ତି। କପେ ଚା' ପିଇ ଯିବନି? ଆସନା...

ସବୁ ଶୁଣୁଚି ଦେଖୁଚି ବଶିଷ୍ଟ ଉପରୁ। ତା' ଭିତରେ କି କି ଭାବ ଭାବାନ୍ତର

ଘଟି ଘଟି ଚାଲିଟି ଠିକ୍ ଧରି ପାରୁନି । ଭାବୁଟି ପାହାଚ ଡେଇଁ ଦୌଡ଼ିଯିବ... କୁଶ୍ତେଇ ଟେକି ଆଣିବ ପଲ୍ଲବୀକୁ । ପୁଣି ଭାବୁଟି ପଲ୍ଲବୀ ମୁହଁରେ ତ ସାମାନ୍ୟ ଉଦ୍‌ବେଗ କିମ୍ବା ଦୁଶ୍ଚିନ୍ତା ନାହିଁ । ସେ କେମିତି ଯିବ ? କ'ଣ କହିବ ?

ସେମାନେ ଉପରେ ପହଁଚି ସାରିଥିଲେ । ପଲ୍ଲବୀ ତା' ମୁହଁକୁ ଟିକେ ଚାହିଁଲା, ଆବେଗହୀନ ନିର୍ଲିପ୍ତ ଚାହାଣୀ । ପଛରୁ ଆସୁଆସୁ ଯୁବକଟି ତାକୁ ନମସ୍କାର କଲା । କହିଲା, ଆପଣ ନଥିଲେ... ନ ହେଲେ ଯା'କୁ ଏତେ କଷ୍ଟ ସହିବାକୁ ପଡ଼ି ନଥାନ୍ତା ।

ବଶିଷ୍ଠ ଉତ୍‍କ୍ଷିପ୍ତ ହେଇ ସାରିଥିଲା । ମୁଁ ନଥିଲି ? ବିସ୍ମୟପୂର୍ଣ୍ଣ ପ୍ରଶ୍ନଟି ଉତ୍ତୁରି ଆସୁଥିଲା ତା ପାଟିରୁ, ଢୋକି ଦେଲା । ପଲ୍ଲବୀ ହୁଏତ ଏମିତି କହିଚି । ସେ କୃତଜ୍ଞ ହେଇପଡ଼ୁଥିଲା ପଲ୍ଲବୀ ପାଖରେ ।

ପଲ୍ଲବୀ ଅତ୍ୟନ୍ତ ଶ୍ରଦ୍ଧାର ସହ ଚା' କଲା । ମିଠା ପ୍ୟାକେଟ୍ ଖୋଲି ପ୍ଲେଟ୍‌ରେ ଥୋଇ ଆଣିଦେଲା । ବଲେଇ ବଲେଇ ଖୁଆଇଲା । ଚା' ପେଇଲା । ଯୁବକଟି ଯେମିତି ଖୁବ୍ ଆପଣାର ଆଉ ବଂଶମଦ ପଲ୍ଲବୀର । ଖାଇବା ବେଳେ ହସ ଖୁସିରେ ଟୁଂଟାଂ ଦି' ପଦ କଥା ବି ହେଲେ । ତା'ପରେ ସେ ବାହାରିଲା । ବଶିଷ୍ଠ ସେମିତି ଠିଆ ହେଇଥାଏ ବାଲକୋନିରେ । ଯୁବକଟି ହେଲମେଟ୍ ପିନ୍ଧିଲା, ଆଉ ଥରେ ତାକୁ ନମସ୍କାର କରି ତଳକୁ ଓହ୍ଲେଇଲା । ପଲ୍ଲବୀ ତା' ପଛେ ପଛେ ଗଲା । ଯୁବକଟି ଗାଡ଼ି ଷ୍ଟାର୍ଟ କଲା । ଟିକେ ପଲ୍ଲବୀକୁ ଚାହିଁ ହସିଲା । ପଲ୍ଲବୀ ହସ ଫେରଉ ଫେରଉ କହିଲା, ଆସିବେ । ସେ ହସୁ ହସୁ କହିଲା, ନିଶ୍ଚୟ ଓ ଚାଲିଗଲା ।

ପଲ୍ଲବୀ ଧୀର ପଦକ୍ଷେପରେ ପାହାଚ ଚଢ଼ୁଥିଲା । ତା' ପାଦରେ ସାମାନ୍ୟ ବ୍ୟଗ୍ରତା କି ଉଚାଟ ଭାବ ନଥିଲା ।

ବଶିଷ୍ଠ ଅନ୍ୟମନସ୍କ ହେଇଗଲା । ଘର ଭିତରର ମିଠା ପ୍ୟାକେଟ୍‌ଟା ଅଧା ଖୋଲା ପଡ଼ିଥିଲା । ତା' ଭିତରେ ମିଠା ନୁହେଁ ତା' ପାଇଁ ଯେମିତି ତିରସ୍କାର, ଭର୍ସନା ଆଉ ଅପମାନମାନେ ମିଠାରୂପ ହେଇ ସେଇଠି ବସିଥିଲେ ।

ପଲ୍ଲବୀ ଆସିଲା । କପ୍‌ପ୍ଲେଟ୍ ଉଠାଇଲା । ଘର ଓଲେଇଲା । ଶାଢ଼ୀ ବଦଲେଇଲା । ରୋଷେଇ ଘର ସଜାଡ଼ିଲା । ବାଥ୍‌ରୁମ୍ ଭିତରେ ପଶିଗଲା ।

ବଶିଷ୍ଠ କ'ଣ କରିବ କିଛି ଭାବି ପାରୁନଥିଲା । କ'ଣ କହିବ କୋଉଠୁ କଥା ଆରମ୍ଭ କରିବ ସେଇକଥା ଭାବୁଥିଲା । ତା'ର ମନେ ପଡ଼ିଗଲା ସେଇ ବ୍ୟାଗ୍ କଥା । ସେଇ ବ୍ୟାଗ୍ କାଇଁ ? ଯେଉଡ ବ୍ୟାଗରେ ପଲ୍ଲବୀ ତା'ର ସୁନାଗହଣା ଓ ଟଙ୍କା ଭ୍ୟାନିଟ୍ ସହ ରଖିଥିଲା । ସେ ଆଉଥରେ ସବୁଆଡ଼େ ନଜର ବୁଲାଇଦେଲା । ନାଇଁ ତ । ସେ ବ୍ୟାଗ୍ କ'ଣ ସେ ନିଜେ ନେଇ ଯାଇଥିଲା ।

ପଲ୍ଲବୀ ବାଥରୁମ୍‌ରୁ ବାହାରିଲା । ସଜ ହେଲା । ସିନ୍ଦୂର ପିନ୍ଧିଲା । ଧୂପ ଲଗେଇ ଥୋଇଲା ଠାକୁର ଖଟୁଲିରେ । ତା'ର ଲେଖା ଖାତା ଓ କଲମ ସଜାଡ଼ି ରଖିଲା । ରୋଷେଇ ଘରେ ରୁଟି କଲା । ସନ୍ତୁଲା କଲା । ସବୁ ଢ଼ାଙ୍କି ହଟ୍‌କେସ୍‌ରେ ରଖିଲା । ଦି' କପ୍ ଚା' କଲା । ଗୋଟେ କପ୍ ତା' ଆଗରେ ଥୋଇଦେଲା ଆଉ କପେ ନେଇ ବାଲ୍‌କୋନିରେ ବସିପଡ଼ିଲା ।

ବଶିଷ୍ଟ ଚା' କପ୍‌ଟି ଉଠେଇଲା ପୁଣି ଥୋଇଲା । ବାଲ୍‌କୋନିକୁ ଟିକେ ଉଙ୍କୁ‍ଁକି ଚାହିଁଲା । ତାକୁ ଲାଗିଲା ଏବେ ପଲ୍ଲବୀ ଅଛି କିନ୍ତୁ ତା'ର ଆଉ ସେ ପଲ୍ଲବନ ନାଇଁ, ପ୍ରଲୋଭନ ନାଇଁ । ଗୋଟେ ନିର୍ଲିପ୍ତ ନିରାସକ୍ତା ନାରୀପରି ପଲ୍ଲବୀ ଏବେ ଯେମିତି ଏକ ବିରାଟ ପ୍ରଶ୍ନଚିହ୍ନ ଭଳି ତାକୁ ଦେଖାଯାଉଛି ।

ବଶିଷ୍ଟ ଆଖି ବୁଜିଲା ପ୍ରଶ୍ନ, ଆଖି ଖୋଲିଲା ପ୍ରଶ୍ନ । ଘର ବାହାର ଆକାଶ ପୃଥିବୀ ସବୁଆଡ଼େ ଖାଲି ପ୍ରଶ୍ନ । ଅସଂଖ୍ୟ ପ୍ରଶ୍ନ । ତା' ଭିତରେ ଅନେକ ପ୍ରଶ୍ନର ଭିଡ଼ । କିନ୍ତୁ ସବୁ ପ୍ରଶ୍ନର ଗୋଟିଏ ଉତ୍ତର ସେଇ ପଲ୍ଲବୀ । ଯିଏ ଏବେ ବାଲ୍‌କୋନିରେ ବସିଚି । ଯିଏକି ତା'ର ସମସ୍ତ ପ୍ରଶ୍ନର ଉତ୍ତରକୁ ଗୋଟିଏ ପ୍ରତିପ୍ରଶ୍ନରେ ସାବାଡ଼୍ କରିଦେବାକୁ ସକ୍ଷମ ।

ଅଥଚ୍ ସେ ବସିଚି ନିମଗ୍ନ, ନିର୍ବିକାର ଓ ନିରୁଦ୍‌ବିଗ୍ନ...

ପୂର୍ବାଶାର ରଂଗ

ଗୋଟେ ଚମକ ଖେଲି ଗଲା ଦେହରେ।

ଆମେତ ସରି ସରି ଆସୁଛେ, ଏଇ କଥା ପଦକ ବନ୍ଧୁ ମହଲରେ କାହାକୁ କେମିତି ଛୁଇଁଥିବ କେଜାଣି, ସଦାପ୍ରସନ୍ନବାବୁ କିନ୍ତୁ ଅନ୍ୟମନସ୍କ ହେଇଗଲେ। ତାଙ୍କୁ ଲାଗିଲା – ତାଙ୍କ ଦେହରେ ଖେଲିଯାଉଚି ଏକ ଆକସ୍ମିକ ତଡ଼ିତ୍ ପ୍ରବାହ। କିଛି ଅଂଶ ଯେମିତି ଭୁଶୁଡ଼ି ପଡୁଚି ଦେହରୁ।

ବନ୍ଧୁମାନଙ୍କ ନଜର ଲୁଚାଇ ସେ ତାଙ୍କ ଶରୀର ଉପରେ ଟିକେ ନଜର ବୁଲେଇ ଆଣିଲେ। ସବୁଠିକ୍ ଅଛି। ତାଙ୍କ ଆର୍ଥିକ ଆଭିଜାତ୍ୟର ଯଥାସମ୍ଭବ ପ୍ରମାଣ ଦେଉଥିବା ପୋଷାକ ଅଛି ଦେହରେ। ସମ୍ଭ୍ରାନ୍ତ ବର୍ଗର ସମସ୍ତ ଲାକ୍ଷଣିକ ବିଭବ ଫୁଟି ଉଠୁଚି ଢଙ୍ଗରେ। ସବୁସେଉ ବି... କିଛି ଗୋଟେ ହଜିଯାଉଥିବାର ଅନୁଭବ କରୁଛନ୍ତି ସେ।

କିଂଚିତ ବିଲମ୍ବିତ ସଂଧ୍ୟାରେ ବନ୍ଧୁମାନଙ୍କର ଆସର ଜମିଥିଲା। ତାଙ୍କ ଫାର୍ମ ହାଉସ୍ର ସୁଶୋଭିତ ଅଗଣାରେ। ଏମିତି ମଝିରେ ମଝିରେ ସମାବେଶହୁଏ। ଆଳାପ ଆଲୋଚନା, ହସଖୁସି, ଖାନାପିନା ଭିତରେ ରାତିଟି ଉତ୍ସବ ମୁଖର ହୋଇପଡ଼େ। ଏମିତି ଆଲୋଚନା ପ୍ରସଙ୍ଗରେ ଏକଥାଟି କହିଦେଲେ ବନ୍ଧୁ ଆଦିତ୍ୟପ୍ରସାଦ। ବନ୍ଧୁମାନେ ସେ କଥାକୁ ଉଡ଼େଇଦେଲେ ଠୋଠୋ ହସରେ। କ'ଣ ଆମର ସରୁଚି ? କିଛି ସରୁନାହିଁ ବରଂ ବଢୁଚି, ପେଟ ବଢୁଚି... ପୁଞ୍ଜି ବଢୁଚି, ଆଉ... ତାଙ୍କୁ ଆଉ ଅବଶିଷ୍ଟାଂଶ କହିବାକୁ ପଡ଼ିଲା ନାହିଁ। ବନ୍ଧୁମାନେ ବୁଟିଗଲେ ଏବଂ ଉଚ୍ଚାଲ ହୋଇ ଉଠିଲେ।

ସଦାପ୍ରସନ୍ନ ଗମ୍ଭୀର ହୋଇଗଲେ କିନ୍ତୁ। ଗୋଟେ ଚରମସତ୍ୟର ଯେମିତି ସେ ସଂଧାନ ପାଇଗଲେ। କଥା ନୂଆ ନୁହେଁ... ସଚରାଚର ସ୍ୱୀକୃତ ଏହାର ମର୍ମ। କିନ୍ତୁ ବେଲେବେଲେ ଖୁବ୍ ମାମୁଲି କଥାବି ନୂଆ ଲାଗେ, ନୂଆ ଦିଗଟିଏ ଉନ୍ମୋଚନ କରିଦିଏ। ସବୁ ସାଧାରଣ ଘଟଣା ବେଲେବେଲେ ଅସାଧାରଣ ହେଇଯିବାପରି।

ପର୍ବଶେଷରେ ତାଙ୍କ ଅନ୍ୟମନସ୍କତା ଲକ୍ଷ୍ୟ କରି ପତ୍ନୀ ସୁଜାତା ପଚାରିଲେ, କ'ଣ ହୋଇଛି କି ? ମୁତଅଫ୍ ଥିଲାପରି ଲାଗୁଛି ବାବୁଙ୍କର । ସୁଜାତା ଆଖ୍ ନଚେଇଲେ । ଜୀବନରେ ବିକାଶର ଉପଯୋଗ କିପରି କରାଯାଏ, ସେକଥା ଜାଣନ୍ତି ସୁଜାତାଭା । ଯୋଉ ରାଜ୍ୟରେ ସେ ବିଚରଣ କରୁଥାନ୍ତି, ସେଠାରୁ ସେ କ୍ୱଚିତ୍ ବିଚ୍ୟୁତ ହୁଅନ୍ତି । ହେବା ବି ସ୍ୱାଭାବିକ ।

ସଦାପ୍ରସନ୍ନ ବାବୁଙ୍କ ପରି ଧନକୁବେର ସ୍ୱାମୀ, ରିଙ୍କୁ, ପିଙ୍କିପରି ସୁନ୍ଦର ଓ ପ୍ରତିଭାସଂପନ୍ନ ପୁଅଝିଅ ପାଇଥିବା ନାରୀଟିର ପ୍ରାପ୍ତିର ପୂର୍ଣ୍ଣତା ପାଇଁ ଅବଶିଷ୍ଟ କ'ଣ ଥାଏ ଯେ ସେ ଚିନ୍ତିତା ବା ବିମର୍ଷା ହେବେ !

ନିଜର ପରିସରକୁ ସର୍ବଶେଷ ମହଉର ଭାବୁଥିବା ଲୋକଟି ବାହାରେ କାହିଁକି କୁହନ୍ତା ଏହାଠାରୁ ଆଉ ଏକ ଭିନ୍ନ ପୃଥିବୀ ଅଛି ବୋଲି ! ଯେଉଁ ଚିନ୍ତନର ସଂଧାନ ଏବେ ଏବେ ପାଇଲେ ସଦାପ୍ରସନ୍ନ ବାବୁ । ସେ ସୁଜାତାଙ୍କୁ କିଛି କହିଲେ ନାହିଁ, ଜାଣନ୍ତି ସୁଜାତା ଏସବୁ ବୁଝନ୍ତେ ନାହିଁ ।

ଅଳ୍ପ ସମୟପରେ ଗହଳ ଚହଳ ଭାଙ୍ଗିଗଲା । ବାନ୍ଧୁମାନେ ବିଦାୟ ନେଲେ । କିଛି ସମୟ ପୂର୍ବରୁ ଉଜ୍ଜ୍ୱଳ ହୋଇ ଉଠିଥିବା ସ୍ଥାନଟି ଏବେ ସବୁ ନିରବତାକୁ ଜାବୁଡ଼ି ଧରିଲା ପରି ଜଣାପଡ଼ୁଥିଲା । ସୁଜାତା ତାଙ୍କୁ କେତେବେଳୁ ଡାକିଦେଇ ଗଲେଣି । ଗୋଟେ ଭୂରିଭୋଜନ ଓ ଉଲ୍ଲାସ ଉତ୍ତେଜନା ପରେ ପରେ ପହଡ଼େ ନଶୋଇଲେ ତାଙ୍କର ନ ଚଳେ । ଏବେ ସେ ଶୋଇସାରିବେଣି । ଘରର ଲାଇଟ୍ ଲିଭି ସାରିଛି । ଅଗଣାରେ ତଥାପି ଜଳୁଟି ଆସର ପାଇଁ ସଜା ହୋଇଥିବା କେତୋଟି ରଙ୍ଗ ବେରଙ୍ଗର ଲାଇଟ୍ । ସେ ନିଜେ ଉଠିଯାଇ ସବୁ ଲିଭେଇ ଦେଲେ । ତାଙ୍କ ଚାରିପାଖର ଆଲୋକିତ ପୃଥିବୀଟି ଅନ୍ଧାରରେ ବୁଡ଼ିଗଲା । ସେ ଆରାମଚୌକିଟାକୁ ବାହାରକୁ ଭିଡ଼ିଆଣି ଗୋଡ଼ଲମ୍ବେଇ ବସିଗଲେ । ଦିନ ଓ ରାତି ସନ୍ଧ୍ୟା ପର୍ଯ୍ୟନ୍ତ ଦୌଡ଼, ମାନସିକ ଉତ୍ତେଜନାକୁ ସେ ଘଉଡ଼ାଇବାକୁ ଚେହୁଁଥିଲେ ଟିକେ ନିରବରେ । କିନ୍ତୁ ନିରବତା ସହିତ ଅଁଧାର ମିଶିଲେ ଅଧିକ କ୍ରିୟାଶୀଳ ହୋଇପଡ଼େ ମନ । ସଦାପ୍ରସନ୍ନବାବୁଙ୍କୁ ସେ କଥାଟି ଏବେ ଅଧିକ ଅଧିକ ଆକ୍ରାନ୍ତ କରିବାକୁ ଲାଗିଲା । ସେ ନିଜକୁ ଅଣ୍ଟାଲୁ ଥିଲେ । ଦୀର୍ଘବର୍ଷ ହେଲା ସତରେ ସେ କେବେ ନିଜକୁ ଦେଖ୍ନାହାନ୍ତି, ଖୋଜି ନାହାନ୍ତି । ଗୋଟେ ଅସରନ୍ତି ଦୌଡ଼ ଭିତରେ ସେ ସାମିଲ ହୋଇଯାଇଛନ୍ତି । ସେ ଦୌଡ଼ର ଆରମ୍ଭ ବେଶ ଯନ୍ତ୍ରଣାଦାୟକ । ଗୋଟେ ଦୟନୀୟ ପାରିବାରିକ ସ୍ଥିତି ତାଙ୍କୁ ଏ ଦୌଡ଼ରେ ସାମିଲ ହେବାକୁ ଜିଦ୍‍ଖୋର କରିଦେଇଥିଲା । ଗୋଟେ ଛୋଟ ବ୍ୟବସାୟରୁ ଆରମ୍ଭ ତାଙ୍କର ଯାତ୍ରା ଆଜି ତାଙ୍କୁ ଏ ବିଶିଷ୍ଟ ବ୍ୟବସାୟୀରେ ପରିଣତ କରିଛି । ବିପୁଳ ଅର୍ଥ ଓ

ସଂପତ୍ତି ତାଙ୍କୁ ପ୍ରତିପତ୍ତି-ସଂପନ୍ନ କରିଛି । ଏତକ ହାସଲ କରିବା ପାଇଁ ତାଙ୍କୁ କମ୍‍ ପରିଶ୍ରମ କରିବାକୁ ପଡ଼ିନାହିଁ । ପୁଞ୍ଜିକୁ ଅଧିକ୍ତିଆର କରିବାର ଅଦମ୍ୟ ନିଶା ତାଙ୍କୁ ନୈତିକ ଅନୈତିକର ଫରକ ଭୁଲେଇ ଦେଇଛି । ଏସବୁ ଆଦର୍ଶ ଫମ୍ଫା ଓ ଗୌଣ, ଏଥିରେ ପ୍ରଗତି ନାହିଁ, ବରଂ ମାନସିକ ଦୁର୍ବଲ କରିଦେବାର ତତ୍ତ୍ୱ ଭରପୂର ହୋଇ ରହିଛି ।

ମନେ ପଡ଼ିଯାଏ ବାପାଙ୍କର ପୀଡ଼ାଦାୟକ ମୃତ୍ୟୁକଥା । ପଇସା ଅଭାବରୁ ଔଷଧ ନପାଇ କିପରି ସେ ଛଟପଟ ହୁଅନ୍ତି । ବିଛଣାରେ ଗଡ଼ନ୍ତି ପେଟକୁ ମୁଠେଇ । ବୋଉ ହାଉଲିଖାଇ ଆଉଁସି ପକାଉଥାଏ ଦେହମୁଣ୍ଡ । ୟା' ତା ପାଖକୁ ଦୌଡ଼ୁଥାଏ । ତୁଟୁକାତୁଟୁକି ଯିଏ ଯାହା ବରାଦ କରୁଥାଏ ଜୀବନ ବିକଲେ ଦେଇ ପକାଉଥାଏ । କିଛି ସମୟ ପରେ ଶାନ୍ତ ହୋଇ ଯାଆନ୍ତି ବାପା । ହୁଏତ ତୁଟୁକା କିଛି କାମ କରିଦିଏ । ବୋଉର ଜୀବନ ପଶେ । ତା'ପରେ ସେ ଘରପଛପଟ ବାଡ଼ିକୁ ଯାଏ । ତୋଲି ଆଣେ କେତେ ପ୍ରକାର ପରିବା, ଭେଣ୍ଡି, ବାଇଗଣ, କଲରା, କଖାରୁ ଓ ଅମୃତଭଣ୍ଡା । କଞ୍ଚା କଦଲୀ ଦି'ଫେଣା ତ ଦୁଇ ତିନିପ୍ରକାର ଶାଗ । ତାକୁ ସବୁଆଣି ପିଣ୍ଢାରେ ବସି ବିଡ଼ାକରେ । ସବୁକୁ ଗୋଟେ ଟେକେଇରେ ଥୋଇ ଚାଲିଯାଏ ଗାଁ ମୁଣ୍ଡ ମାର୍କେଟକୁ । ସେତେବେଲେ ତାହା ମାର୍କେଟ ନଥିଲା । ଚାରି ଛଅଟି ଦୋକାନ । ଛକଜାଗା ହୋଇଥିବାରୁ ବିଭିନ୍ନ ଆଡୁ ଲୋକ ସେଇବାଟେ ଯିବା ଆସିବା କରନ୍ତି । ଦୂରରୁ ଆସୁଥିବା ଖଣ୍ଡେ ବସ ସେଇବାଟ ଦେଇ ସହରକୁ ଯାଏ । ଠିଆ ହୋଇଥାନ୍ତି ଦି'ତିନିଖଣ୍ଡ ରିକ୍‍ସା, ଭଡ଼ା ଅପେକ୍ଷାରେ । ସେଇ ଲୋକମାନେ କିଣିନିଅନ୍ତି ପରିବା । ଅଳ୍ପସମୟ ପରେ ବୋଉ ଫେରିଆସେ । ଅଗଣାରେ ବସି ପଇସା ଗଣେ । ବାପାଙ୍କୁ କହିଦିଏ ଆଜି ଏତିକି ହେଲା ।

ବାପା କହନ୍ତି, ଆହୁରି କିଛି ପରିବା ଲଗେଇଥାନ୍ତି, ଦେହଟାତ ବାଟ ଓଗାଳୁଛି, ପ୍ରତିଦିନ ତୋଲିଲେ କେତେ ବାହାରିକ ସେତକ ଗଛରୁ !

ବୋଉ କହେ, ତମେ ଆଗ ଭଲ ହୁଅ । ବାଡ଼ିତ ପଡ଼ିଚି, ଯେବେ ଚାହିଁବ ସେବେ ଫଲେଇବ ।

ସେ ସେତେବେଲେ ହାଇସ୍କୁଲରେ ପଢ଼ୁଥାଏ । ନବମ ଶ୍ରେଣୀରେ । ତା'ର ଦାରିଦ୍ର୍ୟ ତାକୁ ଖୁବ୍‍ ଲାଞ୍ଛିତ କରୁଥାଏ । ତାକୁ ଆହୁରି ତଲିତଲାନ୍ତ କରିଦିଏ କେହି ସାଙ୍ଗ ଯେତେବେଲେ କହିଦିଏ, ଆରେ ତମ ବାଡ଼ିର ଭେଣ୍ଡିଭଜା ଆଜି ମୁଁ ଖାଇ ଆସିଚି, ବାପା ଆଣିଥିଲେ ସକାଲୁ ।

: ଆମ ବାଡ଼ିର ବୋଲି ତୁ କେମିତି ଜାଣିଲୁ ?

: ବାପା ପରା କହୁଥିଲେ, ପବନା ମାଇପ ବିକୁଥିଲା ଛକରେ, ନେଇ ଆସିଲି ।

ଏକଥା ଶୁଣି ଭାଙ୍ଗିପଡ଼େ ସଦା । ତା'ବାପା ମାଆକୁ ଲୋକେ ଏଇ ସମ୍ବୋଧନ

କରନ୍ତି ! ସେ ଘରକୁ ଫେରି ବୋଉକୁ କହେ, ତୁ ଆଉ ପରିବା ନେଇ ଛକକୁ ଯାଆନା... ମତେ ଲାଜ ମାଡୁଛି, ସାଙ୍ଗମାନେ କହୁଛନ୍ତି ।

ବୋଉ ବୋଧ ଦେଲାଭଳି କହେ, ନଗଲେ ନଚଲେରେ ବାପା... କାହା କଥାରୁ ଆମେ କ'ଣ ପାଇବା ? ତୁ ପାଠଶାଠ ପଢ଼ି ଚାକିରି ବାକିରି ଖଣ୍ଡେ କଲେ ମୁଁ କ'ଣ ଆଉ ଯିବି ଛକକୁ ? ଏବେତ ଦି'ପଇସା ଦରକାରନାଁ... ବାପାର ତ ବେମାରି... କ'ଣ କରିବା ?

ଏକଥା ଶୁଣି ତା' ମନ ଜଖମ ହେଇଯାଏ । ବିଭ୍ରାନ୍ତ ହେଇଯାଏ । ତା'ମନ ବିଦ୍ରୋହରେ ଭରିଉଠେ । ଆମେ କାହିଁକି ଗରୀବ ? ଏହାର ଉତ୍ତର କିଛି ନଥାଏ ।

ତା'ପାଁଇ ଏହାଠାରୁ ଭୟଙ୍କର ବିପର୍ଯ୍ୟୟ ଅପେକ୍ଷା କରିଥିଲା ଆଗକୁ । କିଛିଦିନ ପରେ । ହଠାତ୍ ଦିନେ ବାପା ମୂର୍ଛା ହେଇ ପଡ଼ିଲା ବାଡ଼ିରେ କାମ କରୁକରୁ । କେତେବେଳକରେ ବୋଉ ଡାକିବାକୁ ଯାଇ ଦେଖେତ ଏ ଅବସ୍ଥା । ହାଉଲି ଖାଇ ଉଠିଲା । ପାଟି ଶୁଣି ଲୋକମାନେ ଯାଇ ବାପାଙ୍କୁ ଉଠେଇ ଆଣିଲେ । ନେଇଗଲେ ପାଖ ଡାକ୍ତରଖାନାକୁ । ଡାକ୍ତର କହିଲେ ଏଠାରେ ଏ ରୋଗର ନିଦାନ ନାହିଁ । ନେଇ ଯା' ବଡ଼ମେଡ଼ିକାଲ । ରୋଗ ବଡ଼ ସାଂଘାତିକ । ଏତକ କହି ଡାକ୍ତର ମୁକ୍ତ ହେଇଗଲେ ଦାୟିତ୍ୱରୁ । କ'ଣ ଦି'ଟା ଓଷଦ ଲେଖିଦେଲେ ତତ୍କାଲ ଉପଶମ ପାଇଁ । ଯା' ହେଉ ବାପାଙ୍କ ଯନ୍ତ୍ରଣା ଟିକେ କମିଲା । ସେ ଶୋଇଲେ ନିଷ୍ଚିନ୍ତରେ ।

ସ୍କୁଲ ପାଖରେ କିଏ ହାଲ୍ଲା କଲା, ପବନ ଚାଲିଗଲା ।

ସେ ସ୍କୁଲ ଛାଡ଼ି ଦୌଡ଼ିଲା କାନ୍ଦି କାନ୍ଦି । ଘରେ ପହଞ୍ଚ ଜାଣିଲା ସବୁକଥା – ତା'ର ଜୀବନ ପଶିଲା ।

ସଞ୍ଜକୁ ବୋଉ କହିଲା । କାଲି ହିଁ ବାପାକୁ ନବାକୁ ହବ ବଡ଼ମେଡ଼ିକାଲ । ଡାକ୍ତର କହିଲା, ବଡ଼ରୋଗ, କ'ଣ କରିବି ? କେତେ ପଇସା ଖର୍ଚ ହବ କିଏ ଜାଣେ ? ବାଡ଼ିରୁ କିଛି କାହାକୁ ବିକ୍ରି କରିଦିଅନ୍ତି । କିନ୍ତୁ ଏତେ ଶୀଘ୍ର ନବ କିଏ ? କିଏବା ବଢ଼େଇ ଦବ ଟଙ୍କା । ସେ ବିକଳ ହେଇ କାନ୍ଦି ଉଠିଲା । କ'ଣ କରିପାରନ୍ତା ସଦା !

ସେମାନଙ୍କର ଅସହାୟତାକୁ ବୋଧେ ସହିପାରିଲେ ନାହିଁ ବାପା । ସେଦିନ ରାତିପୁହା ଅକସ୍ମାତ ଢଳିଗଲେ । ତା'ପାଁଇ, ବୋଉ ପାଁଇ – ଛାଡ଼ି ଦେଇଗଲେ ଗୋଟେ ଅନ୍ଧାର ପୃଥିବୀ ।

ଯ଼ା'ପରେ ଆଉ ଥାଏ କ'ଣ ? ପାଠପଢ଼ା ନା' ଭବିଷ୍ୟତର ସ୍ୱପ୍ନ ! ବୋଉ ଯେତେ ଆକଟ କଲେବି ସେ ପଢ଼ା ଛାଡ଼ିଦେଲା । ବିଲବାଡ଼ିରେ ଖଟିଲା । ଘନିପରିବାରେ ବୋଉକୁ ସାହାଯ୍ୟ କଲା । ଜୀବନର ମୋଡ଼ ବଦଳିଗଲା ପରେ, ସେ ଅମଜେଇଲା, କେତେବାଟ ଯାଇହୁଏ ଏ ରାସ୍ତାରେ ?

ତା'ପରେ ସେ ଗାଁ ମୁଣ୍ଡରେ ଆରମ୍ଭ କରେ ଗୋଟେ ଛୋଟ ଦୋକାନ ଆଉ ସେଇଠୁ ଆରମ୍ଭ ହୁଏ ଜୟଯାତ୍ରା। ତା'ର ପରିଣତି ଆଜି ସେ ଜଣେ ସମ୍ଭ୍ରାନ୍ତ ବ୍ୟବସାୟୀ। କିଛିଦିନ ପରେ ବୋଉ ଢଳିଗଲା। ଏତିକି ଅନ୍ତତଃ ସେ ନିଜକୁ ପ୍ରତ୍ୟୟଭିତରେ ରଖିଗଲା ଯେ ସଦାର ଆଉ ହାରିବାର ନାହିଁ। ସତରେ ସେଦିନଠୁ ସେ ହାରିନାହିଁ। ବ୍ୟବସାୟକୁ କିପରି କବ୍ଜା କରାଯାଏ ତା'ତରିକା ସେ ଜାଣିସାରିଛି। ଆଉ ପହଁଚିଛି ଏଇଠି।

ସଦାପ୍ରସନ୍ଦ ଗୋଟେ ଦୀର୍ଘଶ୍ୱାସ ଛାଡ଼ିଲେ। ୩୪... ଏତେଦିନ ହେଲାଣି! ସେ କେବେ ପଛକୁ ଫେରି ଚାହିଁବାକୁ ଅବସରପାଇ ନଥିଲେ। ଆଜି ଯେମିତି ସେଇ କଥାପଦକ ତାଙ୍କୁ ଫେରାଇଦେଲା ସେହିସବୁ ଅସହନୀୟ ଦିନପାଖକୁ।

ତା'ର ତାରୁଣ୍ୟକୁ ତଲିତଲାନ୍ତ କରି ଦେଇଥିବା ସେଇ ସ୍ମୃତିକୁ ସବୁଦିନେ ମନେ ପକାଇବା ପାଇଁ ସେ ଦୋକାନରେ ଟାଙ୍ଗିଥିଲେ ବାପାଙ୍କର ଗୋଟେ କଳାଧଳା ଫଟୋ। ସେ ଫଟୋକୁ ଦେଖିଲେ ସେ ଉଦ୍‌ଗ୍ର ହେଇ ପଡୁଥିଲେ। ତାଙ୍କ ଭିତରେ ଅର୍ଥକୁ ଆୟଉ କରିବାର ନିଶାକୁ ବଁଚେଇ ରଖୁଥିଲେ।

ପରବର୍ତ୍ତୀ ସମୟରେ ତାଙ୍କ ବିଜିନେସ୍ ବଢ଼ିଲା ପରେ ବି ଅଫିସରେ ଟାଙ୍ଗିଥିଲେ ସେ ଫଟୋ। ସୁଜାତା ହଟେଇ ଦେଲେ। କହିଲେ ଏବେ ଅତୀତକୁ ନୁହେଁ ବର୍ତ୍ତମାନକୁ ଆଧାର କରି ଭବିଷ୍ୟତକୁ ଗଢ଼ିବାକୁ ପଡ଼ିବ। ସେ ଫଟୋ ତମକୁ ସବୁବେଳେ ଛୋଟକରି ରଖିଥିବ। ଭାବିରଖ, ତମେ ଏବେ ଆଉ ଛୋଟ ନୁହଁ। ତା'ପରେ, ତାଙ୍କ ପରାମର୍ଶରେ ବଦଲି ଯାଇଥିଲା ତାଙ୍କ ଜୀବନଶୈଳୀ। ସେ ଯେମିତି ଖୋଲପା ମୁକ୍ତ ହୋଇଯାଇଥିଲେ।

କିନ୍ତୁ ଆଜି କାହିଁକି ବେଶୀ ମନେ ପଡୁଛି ସେଇ ସବୁଦିନ। ତା'ରି ଭଳି ଥିବେ ଅସଂଖ୍ୟ ଅସହାୟ ପିଲା। ଜୀବନର ସରାଗ ଆଭା କିପରି ମରିଯାଉଥିବ ସେମାନଙ୍କର କୀଟଦଂଷ୍ଟ ଫୁଲ ପରି!

ସଦାପ୍ରସନ୍ଦବାବୁ ଉର୍ଦ୍ଧ୍ୱ ଉଡ଼ାଣର ନିଶାରୁ ଓହରି ଆସି ମାଟିମନସ୍କ ହେଇପଡୁଥିଲେ।

ରାତିପାହି ଆସୁଥିଲା। ଫର୍ଚ୍ଚାହେଇ ଆସୁଥିବା ଗୋଟେ ଦିବ୍ୟ ପୃଥିବୀର ଦୃଶ୍ୟ ଯେମିତି ସେ ପ୍ରଥମ କରି ଦେଖୁଥିଲେ। ସକାଳର ସ୍ନିଗ୍ଧ ସ୍ପର୍ଶ ତାଙ୍କ ଚେତନା ଦିଗ୍‌ବଳୟରେ ଏକ ନୂତନ ସୂର୍ଯ୍ୟୋଦୟ ଘଟାଉଥିଲା। ସେ ଗେଟ ଡେଇଁ ବାହାରକୁ ଆସିଲେ। କାଉ, କୋଇଲି, କୁମ୍ଭାଟୁଆଙ୍କ ରାବ ଶୁଭୁଛି। ଘାସ ଉପରେ କାକରର ସଫେଦ ଆସ୍ତରଣ। ସେ ଏସବୁକୁ ଦେଖି ଦେଖି ଅନିର୍ଦ୍ଦିଷ୍ଟ ଭାବରେ ଚାଲୁଥିଲେ। ଦେଖିଲେ, ତାଙ୍କ ଫାର୍ମ ହାଉସର ପଛପଟ ବସ୍ତିର ସରୁରାସ୍ତା ଦେଇ କିଏ ଗୋଟେ

ବାଇଗରା ଲୋକ ଆସୁଚି । ସେ ଛକରେ ଠିଆହେଲେ । ଏପରି ବେଶ ଓ ଏଇଭଳି ଲୋକମାନଙ୍କ ସହ ତାଙ୍କର ଭେଟ କେବେ ମନକୁ ଆସିନାହିଁ । ଉଚ୍ଚ ଧନୀକ ସମାଜ ସହ ଆତ୍ମଜାତ ହେଉଥିବା ବ୍ୟକ୍ତି ପାଇଁ ଏସବୁ ତୁଚ୍ଛ ଓ ମାମୁଲି ଘଟଣା ।

ବାଇଗରାଟି ଆଗେଇ ଆସୁଥିଲା । ନିକଟରେ ପହଞ୍ଚିଲା ପରେ ଜାଣିଲେ ସେ ଲୋକ ନୁହେଁ, ଗୋଟେ ଦଶ।ଏଗାର ବର୍ଷର ପିଲା । ଚିରାପ୍ୟାଣ୍ଟ ଉପରେ ଫଟା ଗଂଜି । କାନ୍ଧରେ ପକେଇଟି ପଟେ ଜରିଝଖା । ପିଲାଟି ତାଙ୍କୁ ଦେଖୁଟିକେ ଶଙ୍କିଗଲା । ବାଟଭାଙ୍ଗି ଚାଲିଯାଉଥିଲା ସେ ।

ସଦାପ୍ରସନ୍ନଙ୍କ ସାମ୍ନାରେ ତାଙ୍କର ଶୈଶବ ଯେମିତି ଛିଡ଼ାହେଇଗଲା । ସେ ଡାକିଲେ, ଏ ପିଲା, କୁଆଡ଼େ ଯାଉଚୁ ? ଏତେ ସକାଳୁ ସକାଳୁ ?

ପିଲାଟି ଅଟକିଲା, କିଛି ନକହି ତଳକୁ ମୁହଁ ପୋତିଲା । ସେ ତାକୁ ନରମ କଣ୍ଠରେ ପଚାରିଲେ, କହୁନୁ, କୁଆଡ଼େ ଯାଉଚୁ ତୁ ?

: ବୋତଲ ସାଉଁଟିବାକୁ ।

: ବୋତଲ ? ସଦାପ୍ରସନ୍ନ ହଠାତ୍ ଧରିପାରିଲେ ନାହିଁ, ପିଲାଟି କ’ଣ କହିବାକୁ ଚାହେଁ, କି ବୋତଲ ? ପଚାରିଲେ ।

: ମଦ ବୋତଲ

: ତାକୁ ତୁ କ’ଣ କରିବୁ ? ବିକିବୁ ?

: ହଁ ଆବା ପିଇସାରିବା ପରେ ମୁଁ ତାକୁ ବିକିଦିଏ । ସେ ପଇସାବି ସେ ହିସାବ କରିନିଏ ।

: ଫିଙ୍ଗାଯାଇଥିବା ବୋତଲରେ କ’ଣ ମଦ ଥାଏ ?

: ଟିକେ ଟିକେ ଥାଏତ... ଆବା ସବୁ ବୋତଲରୁ ନିଗାଡ଼ି ନିଗାଡ଼ି ଯେତିକି ହୁଏ ପିଏ... ତା’ପରେ ବୋତଲ ସବୁକୁ ଶୁଂଘେ .. ନିଶା ହେଇଯାଏ ।

ସଦାପ୍ରସନ୍ନ ତାଜୁବ୍ ହେଉଥିଲେ ତା’ କଥାରେ । ପଚାରିଲେ ତୋତେ କ’ଣ ବୋତଲ ପ୍ରତିଦିନ ମିଳେ ?

: ଆଜ୍ଞା । ରାତି ପାହିଲେ ଗଦାଗଦା ମଦ ବୋତଲ ମିଳେ । ଆମ ବସ୍ତିର ବହୁତ ପିଲା ଏ କାମରେ ଥାନ୍ତି – ଯ୍ଯା’ଙ୍କ ଆବା ସବୁ ମଦୁଆ । ମୁଁ ଯାଉଚି... ଡ଼େରି ହେଲେ ଆଉ କିଏ ନେଇଯିବ । ଆବା ମାରିବ ।

ଏକ ଭିନ୍ନ ଜଗତରେ ପହଞ୍ଚିଲା ପରି ସଦାପ୍ରସନ୍ନ କହିଲେ, କୋଉଠୁ ସବୁମିଳେ ?

ପିଲାଟି ଚଟାପଟ କହିଲା, ତା’ର ସବୁ ଠାକ ଅଛି, ତେବେ ଏବେ

ଯୋଉଠିପାରେ ସେଠି ମଦବୋତଲ ମିଳୁଚି... ଏଇ ଯୋଉ ଫାରମ୍ ଘର ଦେଖୁଛଚି... ସେଠୁବି ମିଳେ, ଦିଆଲ ଏପଟେ...

ସଦାପ୍ରସନ୍ନ ଜାଣିଲେ ପିଲାଟି ଜାଣେନାହିଁ, ଯେ ଫାରମ ଘରର ମାଲିକ ସହିତ ସେ ଏବେ କଥା ହେଉଚି ବୋଲି। ସେ ଟିକେ ଶଂକୁଚିତ ହେଇପଡ଼ିଲେ। ପଚାରିଲେ, ଆଉ କିଏ କିଏ ଅଛନ୍ତି ଘରେ ? ଯା'ପରେ ତୁ କ'ଣ କରୁ ?

ଆବା ଆଉ ଅମୀ, ଛୋଟ ଭଉଣୀଟିଏ ଅଛି ଯେ, ଭାରି ରୋଗିଣୀ, ସବୁବେଲେ ଘାଣ୍ଟି ହେଉଥାଏ। ବା' ତ ମଦଖାଇ ଗଢେ, ଅମୀ ଯା ପାଇଟି କରିଆଣେ ଚଲୁ। ମୁଁ ଏବେ ଏବେ ପାଖ ବଜାର ଯାଇ ଦୋକାନ ସଫା କାମ କରୁଚି।

ସଦାପ୍ରସନ୍ନ ଅନ୍ୟମନସ୍କ ହୋଇ ପଡ଼ୁଥିଲେ। କହିଲେ, ରହ ତୁ ଆଜି ଯାଆନା, ମୋ ସଙ୍ଗରେ ଚାଲ ତମ ଘରକୁ...

ପିଲାଟି ଆତଙ୍କିତ ହେଲା। ଏ ବାବୁ ବାବୁ ଦେଖାଯାଉଥିବା ଲୋକଟି କାହିଁକି ଯା'ନ୍ତା ଆମଘରକୁ ? କୁନ୍ଦୁକୁନ୍ଦୁ ହେଇ କହିଲା, ମୁଁ ଏବେ ଗଲେ ଆବା ମତେ ଆଉ ରଖ୍ବ ? ନାଇଁ... ନାଇଁ... ସେ ଚାଲିଯାଉଥିଲା...

ଆ' ମୁଁ ତୋତେ ଟଙ୍କା ଦେବି, ମୋ ସାଙ୍ଗରେ ଆ'...

ତୋ ଆବା କଥା ମୁଁ ବୁଝିବି...

ବସ୍ତି ଭିତରକୁ ପଶୁପଶୁ କି ଏକ ବିଚିକିଟିଆ ଦୁର୍ଗନ୍ଧ ପେଲି ଆସୁଥିଲା। ଏଠିସେଠି ଅଳିଆ ଆବର୍ଜନା। କେତୋଟି କୁକୁଡ଼ା ଅଳିଆ ଆଡ଼େଇ ପୋକ ଖୁଣ୍ଟୁଥିଲେ। କୁକୁର କେତୋଟି ତର୍କ ଚାହିଁ ଭୁକି ଉଠିଲେ। କେତୋଟି ଚାଲିଆ ଭିତରୁ ଆସ୍ତେ ଆସ୍ତେ ଧୂଆଁ ଉଠୁଥିଲା।

ପିଲାଟି ଗୋଟେ ଝୁପୁଡ଼ି ଆଗରେ ଠିଆହେଲା। ଏଇ ଆମଘର। ଝୁପୁଡ଼ି ଭିତରୁ ଗୋଟେ ସ୍ତ୍ରୀଲୋକ ବାହାରି ଆସିଲା। ସଦାପ୍ରସନ୍ନ ଦେଖ୍ଲେ ଦାରିଦ୍ର୍ୟ ସ୍ତ୍ରୀଲୋକଟିର ସୌନ୍ଦର୍ଯ୍ୟ ନିଗାଡ଼ିଦେଇଚି। ଗଠନ ଦୃଷ୍ଟିରୁ ଖୁବ୍ ଆକର୍ଷଣୀୟା ନାରୀଟି ଯେମିତି ଅହଲ୍ୟା ହେଇପଡ଼ିଚି ଏ ଆବର୍ଜନାରେ। ସୁନ୍ଦର ଯୋଡ଼ିଏ ଆଖିରେ କାରୁଣ୍ୟର ଚିତ୍ରଲିପି ବାରିହେଇ ପଡୁଚି। ସଜେଇ ସାଜେଇ ଦେଲେ ଯେକୌଣସି ସ୍ୱଚ୍ଛଳ ଘରର ଗୃହବଧୂ ଠାରୁ କମ୍ ଦେଖାଯାଆନ୍ତା ନାହିଁ ସେ। ସେ ମ୍ରିୟମାଣ ହେଇପଡ଼ୁଥିଲେ।

ନାରୀଟି ମୁହଁରେ ଟିକେ ବିସ୍ମୟ ଓ ପରେ ପରେ ପୁଲକ ଭାବର ଝଲକ ଦେଖାଗଲା। ସେ ଖାଲି ଉଚ୍ଚାରଣ କଲା, ବାବୁ...

ସଦାପ୍ରସନ୍ନ ଟିକେ ସାହସ ପାଇଲାଭଳି କହିଲେ, ଏ ବସ୍ତି ଆରପଟ ଫାର୍ମ ହାଉସଟା ମୋର। ଏ ପିଲାଠୁଁ ସବୁ ଶୁଣି ଚାଲି ଆସିଲି। ଏମାନଙ୍କ ପାଇଁ କିଛି କରିବାକୁ ଚାହେଁ।

ସ୍ତ୍ରୀଲୋକଟି ମୁହଁରେ ସନ୍ଦେହର ସାମାନ୍ୟ ଝଲକ ଦେଖାଗଲା। ଛାଇଟି ଘୁରିଗଲା। ବସ୍ତିର କ'ଣ କରିବ ବୋଲି ଭୋର ଭୋରୁ ଚାଲିଆସିଚ଼ି ଏ ବାବୁଟି? ପୁଣି ଏକାକୀ!

ସେ ଟିକେ ହସିଲା। ସେ ହସ ଦେଖ଼ି ଚମକି ପଡ଼ିଲେ ସଦାପ୍ରସନ୍ନ। କହିଲେ, ତମର ଝିଅଟି ପରା ଅସୁସ୍ଥ? କହୁଥିଲା ଏ ପିଲା। ସଦାପ୍ରସନ୍ନ ତାଙ୍କ ପର୍ସରୁ କିଛି ଟଙ୍କା କାଢ଼ିଲେ। ନିଅ ଏ ଟଙ୍କା... ତାକୁ ଡାକ୍ତର ଦେଖାଅ...

ସଂକୋଚ ସଲଜ୍ଜ କଥା ପଦପାତରେ ଆଗେଇ ଆସିଲା ସ୍ତ୍ରୀଲୋକଟି। ହାତରୁ ଟଙ୍କା ନେଉନେଉ କହିଲି, ଆସିଛନ୍ତି ଯେତେବେଲେ ବାବୁ, ଝିଅକୁ ଟିକେ ଦେଖ଼ି ଯାଆନ୍ତୁ... ଗରିବ ଘରର ପିଲା ହେଉଚନ୍ତି ବୋଝ... ଆଉ ରୋଗୀଣା ହେଲେ...

ଏଇ ସମୟରେ ହଟାତ୍ ଗୋଟେ ଲୋକ ମାଡ଼ି ଆସିଲା ଝୁପୁଡ଼ି ଆରପଟୁ। ଆଖ଼ି ଲାଲ ଲାଲ... ପାଦତଲମଲ, ଦେଖାଯାଉଚି ଗୋଟେ ହତ୍ୟାକାରୀ ପରି। ଚିତ୍କାରଟିଏ ଛାଡ଼ି କହିଲା, ତମେ କିଏ ହୋ... ସକାଲୁ ସକାଲୁ ମୋ ମାଇପକୁ ଟଙ୍କା ଦଉଚ? ଆଁ? କାଲି ରାତିରେ ଥିଲ କି ୟା ପାଖରେ? ସେ ଝପଟି ଆସିଲା ଗୋଟେ ଆତତାୟୀ ପରି। ସ୍ତ୍ରୀ ଲୋକଟିକୁ ଧକ୍କାଟିଏ ପକେଇ ଛଡ଼େଇ ନେଲା ଟଙ୍କା। ତାକୁ ଅଶ୍ରାବ୍ୟ ଭାଷାରେ ଗାଲିଦେଉଦେଉ କହିଲା, ରୁହରୁହ... ତମ ଭଦ୍ରଲୋକୀ ପଣିଆ ଛଡ଼ଉଚି...ସ୍ତ୍ରୀଲୋକଟି ତା' ହାତରୁ ଟଙ୍କା ଛଡ଼ଉ ଛଡ଼ଉ କାକୁସ୍ଥ ହେଇ କହୁଥିଲା, ଦିଅ ସେ ଟଙ୍କା, ଝିଅକୁ ମୋର ଡାକ୍ତରଖାନା ନେବି... ଲୋକଟା ଆହୁରି ମତୁଆଲା ହେଲା, ଝିଅ? କେଉ ଝିଅବେ? ସେଇଟା କାଙ୍କି ମୋ ଝିଅ ହବ? ଆଁ... ଶାଲୀ...

ସ୍ତ୍ରୀଲୋକଟି ଉଠି ପଡ଼ୁଥିଲା ଗୋଟେ ଲେଲିହାନ ଶିଖାପରି। ହାତରେ ଗୋଟେଇ ଧରିଲା ପାଖରେ ପଡ଼ିଥିବା ଗୋଟେ ନଡ଼ିଆକଣ୍ଢ଼ ଖାଡ଼ୁ।

ସଦାପ୍ରସନ୍ନ କାଠ ହେଉ ଠିଆହେଇଥିଲେ ସେଇଠି। ତାଙ୍କ ମୁଣ୍ଡ ଜାମ ହେଇଯାଉଥିଲା। ତାଙ୍କର କ'ଣ କରଣୀୟ ସେ ସ୍ଥିର କରିପାରୁନଥିଲେ। ଲୋକଟା ତାଙ୍କୁ ଖୁବ୍ ଗାଲି ଦେଉଥିଲା ସ୍ତ୍ରୀଲୋକଟିକୁ ନେଇ। ସଦାପ୍ରସନ୍ନ ପିଲାଟିଠାରୁ ସବୁ ଶୁଣି ଏଠାକୁ ଆସିଚନ୍ତି, ଯୁକ୍ତି କରିବାକୁ ଚାହୁଁଥିଲେ। ସେ ପଛକୁ ଚାହିଁଲେ, ପିଲାଟି ସେଠୁ କେତେବେଲୁ ଫେରାର ହେଇଯାଇଥିଲା।

ଅଧିକ ସମୟ ଏଠାରେ ରହିବା ନିରାପଦ ନୁହେଁ। ନିଶା ଆଉ ଦାରିଦ୍ର୍ୟ ମଣିଷକୁ ଯେକୌଣସି ସ୍ତରକୁ ନେଇଯାଇପାରେ। ସେ ଫେରୁଥିଲେ ଝପଟି ଝପଟି...

ତାଙ୍କର ଏବେ ଖୁବ୍ ଶୀଘ୍ର ସେ ବସ୍ତିଟା ପାର ହେଇଯିବା ଉଚିତ। ପରେ...

ଚେନାଏ ଆକାଶ

ଗୋଟେ ନିର୍ଘାତ ଖରାବେଳ କହିଲେ ଯାହା ବୁଝାଯାଏ, ଅତନୁ ଭାବେ ତାହାହିଁ ତା' ଜୀବନ। ଜଳି ଯାଉଚି ତା' ସମସ୍ତ ପଲ୍ଲବିତ ସ୍ୱପ୍ନ। ଶୁଖ୍ ଯାଉଛି ତା' କଳ୍ପନାର ପ୍ରବହମାନ ଜଳଧାର। ଆସ୍ତେ ଆସ୍ତେ ସେ ରୂପାନ୍ତରିତ ହେଇଯାଉଛି ଗୋଟେ ମରୁଭୂମିରେ। ଶୁଷ୍କ, ନୀରସ ଆଉ ନିର୍ମମ।

ଏସବୁ ସତ୍ତ୍ୱେ ତା'ର ସର୍ବଶେଷ ଶାନ୍ତ୍ୱନା ଥିଲା ଶ୍ରୁତି। ଯାହାକୁ ସେ ପୁଲାଏ ଓ'ଏସିସ ବୋଲି ଭାବୁଥିଲା। ସବୁବେଳେ ବାସ୍ତବତା ନୁହେଁ, ବେଲେବେଲେ କିଛି କଳ୍ପନାକୁ ନେଇ ବି ବଂଚି ହୁଏ। ମଣିଷ ସେଇଭଲି ପ୍ରାଣୀ ଯେ ସମସ୍ତ ନିରାଶା ଭିତରେ ବି ଆଶାଟିକୁ ହରେଇ ନଥାଏ।

କିନ୍ତୁ ଶ୍ରୁତି ଏବେ ତା'ର ସେ ଆଶ୍ୱାସନା ଉପରେ ଆଉ ଆସ୍ଥା ରଖିପାରୁ ନାହିଁ। ନ ରଖିବା ବି ସ୍ୱାଭାବିକ। ବହୁତ ଦିନ ବି ଅପେକ୍ଷା କଲାଣି। ଗୋଟେ ଅବଲଂବନହୀନ ଭବିଷ୍ୟତର ସ୍ଥାୟୀତ୍ୱ କେତେ? ସେ ଜାଣେ ଯାର ପରିଣତି। ବାହାରି ଆସିପାରନ୍ତା ଘରୁ ଗୋଡ଼ କାଢ଼ି, ଯୁକ୍ତି ବି କରିପାରନ୍ତା ଅତନୁ ଠାରୁ ତମେ ଆଉକି ଯୋଗ୍ୟପାତ୍ର ଯୋଗାଡ଼ କରି ପାରନ୍ତ ମୋ ପାଇଁ? ବାପାବୋଉ ସହିତ। ଅଥଚ୍ ଅତନୁ ଏତକ ସାମର୍ଥ୍ୟ ଯୋଗାଇ ଦେବାକୁ ବି ଅସମର୍ଥ। ତେଣୁ କେଉଁ ଭରସାରେ ଅଟକି ପାରିବ? କେତେଦିନ? ଘରର ସବୁ ପ୍ରସ୍ତାବକୁ ସେ ଆଢ଼େଇ ଆଢ଼େଇ ଥକ୍ଲିଗଲାଣି। ସଫଳ ହେଇପାରୁନି ଏବେ। ବାପା ବିଶେଷ କିଛି ଜାଣନ୍ତି ନାହିଁ, ଏ ବାବଦରେ। ବୋଉ ଜାଣେ। ଅତନୁକୁ ସେ ଭଲପାଏ, ବୋଉ ବିରୋଧ କରେ ନାହିଁ। କିନ୍ତୁ ଭଲପାଉଚି ବୋଲି ବେକାରଥିବା ସେ ପିଲାଟାକୁ ବାହାହେଇ ପଡ଼ିବ, ଭବିଷ୍ୟତକୁ ତଳିତଳାନ୍ତ କରିବ, ଏକଥା ତା'ର ହଜମ ହୁଏ ନାହିଁ। କୋଉ ମା' ଝିଅର ଏକ ନିରାପଦଭାହୀନ ବୈବାହିକ ଜୀବନ ରୁହେଁ? ସେ'ବି ଏବେ ଶ୍ରୁତିକୁ କହିଦେଲାଣି ଯେ ବାପାଙ୍କର

ନିଷ୍ପତ୍ତିକୁ ସେ ଆଉ ନାକଚ୍ କରିପାରିବ ନାହିଁ, ଯାହା ସେ କରିଆସିଚି ବହୁତ ଦିନ ହେବ, ବାପାଙ୍କୁ ବିଭିନ୍ନ ବାହାନା ଦେଖାଇ ।

ଶ୍ରୁତି ପ୍ରତିବାଦ କରିଥିଲା, ଅତନୁର ରଖିରିବାକିରି ନହେଉ, ଅଛିତ ବେଶ୍ କିଛି ଜମି । ରଖ କଲେ କ'ଣ ମୋ ପେଟ ଅପୋଷା ରହିବ ?

ବୋଉ ଭଡ଼କି ଉଠେ । କ'ଣ କହିଲୁ ? ତୁ ବୁଦ୍ଧିବୃତ୍ତି କ'ଣ ପୋଡ଼ି ଖାଇଲୁଣି ? କେତେକେତେ ଭଲ ପ୍ରସ୍ତାବ ଆସୁଛି, ରଖିରିଆ, ବ୍ୟବସାୟୀ, ଓକିଲ । ଏସବୁକୁ ଛାଡ଼ି ତୁ ଗୋଟେ ଚ୍ୟଷାକୁ ବାହାହବୁ ? ହଉ .. ତା'ର ବହୁତ ଜମିବାଡ଼ି ଥାଇପାରେ, ସେଗୁଡ଼ାକୁ ଆଉ ଆଜିକାଲି ପରଖରେ କିଏ ?

ସରକାର ଟଙ୍କିକିଆ ରଖଉଲ ଯୋଜନା କରିବା ଠାରୁ ତ ରଖଜମି ସବୁ ପଡ଼ିଆ, ଆଉ କ'ଣ ଅତନୁ ନିଜେ ହଳକରି ରଖ କରିବ ?

ଶ୍ରୁତି ପାଖରେ ଯୁକ୍ତିର ନିଅଣ୍ଟ ପଡ଼େ । ବୋଉ ଭୁଲ କହୁନାହିଁ, ବୋଉମାନେ ଭୁଲ କହନ୍ତି ନାଇଁ କେବେ । ସେମାନେ ରହାନ୍ତି ତାଙ୍କ ଝିଅ ଯୋଉଠିକି ଯାଉ, ରାଣୀ ହେଇରହୁ । ଅତନୁର ତ ସେ ସାମର୍ଥ୍ୟ ନାଇଁ । ଉତ୍ପାଦନହୀନ ଜମିଗଡ଼ିକ ଉପାର୍ଜନ ହୀନ ଅତନୁ ଭଳିବି ମୂଲ୍ୟହୀନ ।

ସେ ଅତନୁକୁ କହିଲା ସେ କଥା । ସ୍ପଷ୍ଟଭାବରେ, ନିଃସଂକୋଚରେ । ତମ ପ୍ରେମ ପାଇଁ ଗୋଟେ ନିରାପଦ‍ଥାହୀନ ଭବିଷ୍ୟତକୁ ଆଦରି ନେବା ବୁଦ୍ଧିମାନର କାର୍ଯ୍ୟ ନୁହେଁ ବୋଲି ବୋଉ କହୁଚି ।

: ତମେ କ'ଣ କହୁଚ୍ ? ତମ ବୋଉ ପ୍ରେମ କରୁନାହିଁ, ତମେ କରୁଛ ।

ଅତନୁ ଶ୍ରୁତି କଥାରୁ ଟିକେ ଖପା ହେଇ କହିଲା ।

: ମୁଁ ଆଉ କ'ଣ କରନ୍ତି ? ତମ ସପକ୍ଷରେ ଯୁକ୍ତି କରିବାକୁ କିଛି ଆଳ ନାହିଁ ମୋ ପାଖରେ । ସଂପତ୍ତିବାଡ଼ି ଆଜିକାଲି ଆଉ କାହାର ଯୋଗ୍ୟତା ନିର୍ଦ୍ଧାରଣ କରୁନାହିଁ ।

ଅତନୁ ପ୍ରିୟମାଣ ହେଇଗଲା । ଶ୍ରୁତି ସେ ସମୟର ଝିଅ ନୁହେଁ ଯେ ପ୍ରେମ ପାଇଁ ସବୁକିଛି ତ୍ୟାଗ କରିପାରେ । ଶ୍ରୁତି ଏବେକାର ଝିଅ । କଳ୍ପନା ଠାରୁ ବାସ୍ତବତାକୁ ଅଧିକ ବୁଝେ । ଭାବପ୍ରବଣତା ମୌଲିକ ଅଭାବକୁ ମେଣ୍ଟେଇ ପାରେନା, ଏ ସମଝ ଅଛି ତା'ର । ତାକୁ ଆଉ ଅଟକାଇବା ସହଜ ନୁହେଁ । ଅବଶ୍ୟ ଶ୍ରୁତି ଏ ପ୍ରସ୍ତାବ ଦେଇଥିଲା, ରଖ ମୁଁ ତମ ସାଙ୍ଗରେ ପଳେଇବି । ତେଣିକି ଯାହାହବ, ଦେଖାଯିବ । ଘରୁ ବାହାରି ଗଲେ ଯାଏ । କିନ୍ତୁ ଏ' ଘର ଭିତରେ ରହି ମୁଁ ଆଉ ତମପାଇଁ ଲଢ଼େଇ କରିପାରିବି ନାଇଁ...

ଅତନୁ ବି ସେମିତି କିଛି କରିବାକୁ ଭାବୁଥିଲା । ପରବର୍ତ୍ତୀ ସମ୍ଭାବନା ସଂପର୍କରେ

ବି ଚିନ୍ତାକରିଥିଲା। କିନ୍ତୁ ଏ ଉତ୍ତେଜନା ଓ ଭାବନା କ୍ଷଣସ୍ଥାୟୀ। ପୁଣି ପରିଣତି ଯେ ତାଙ୍କ ପାଇଁ ଶୁଭଙ୍କର ହେବ, ଏହାର ସମ୍ଭାବନା କମ୍ ଥିବାରୁ ସେ ଶ୍ରୁତିକୁ ଅନ୍ୟ ଢଙ୍ଗରେ ବୁଝେଇ ଦେଇଥିଲା। ମୁଁ ଜାଣେ ଏହାଠାରୁ ଏବେ ଅନ୍ୟ ଭଲ ବିକଳ୍ପ ନାହିଁ ଆମ ପାଖରେ। କିନ୍ତୁ ପରିବାରକୁ କଳଙ୍କିତ କରିବାର ନିନ୍ଦା ତମ ଉପରକୁ ଆସୁ, ମୁଁ ଏହା ଚାହେଁ ନାହିଁ।

ସବୁକଥାକୁ ତ ଅମଙ୍ଗ ହେଉଚ୍, ତେବେ ମୁଁ କରିବି କ'ଣ କୁହ? କିଞ୍ଚିତ ବିରକ୍ତ ହେଇ କହିଲା ଶ୍ରୁତି।

ଅତନୁ କିଛି କହିଲା ନାହିଁ। ଯାହା ବି କହି ଦିଅନ୍ତା, ତା'ପାଟିରୁ କିଛି କଥା ବାହାରିଲା ନାହିଁ।

ଶ୍ରୁତି ତା' ନିଜ ନିଷ୍ପତ୍ତି ନିଜେ ନେଉ। ଯାହା ତା' ପାଇଁ ମଙ୍ଗଳକର।

ଶ୍ରୁତି ଆହୁରି ଦି' ଚାରିଥର ପଚାରିଥିଲା ସେଇକଥା।

ଅତନୁ କିଛି ଉତ୍ତର ଦେଇନଥିଲା।

ଶ୍ରୁତି କାନ୍ଦୁଶୁ ମାନୁଶୁ ହେଇ ରାଗିକି ଗୋଡ଼ କରଡ଼ି ଚାଲିଯାଇଥିଲା। ତା' ଚାଲି ଆଉ ମୁହଁର ରଙ୍ଗ କହୁଥିଲା ଆଉ ନୁହେଁ, ଖୁବ୍ ହେଇଗଲା ପ୍ରତୀକ୍ଷା ଆଉ ପରୀକ୍ଷା। ଏବେ ନିଷ୍ପତ୍ତି ନବାର ପାଲି। ତମର ଆଉ କୌଣସି ଅଧିକାର ନାହିଁ ମୋ' ଉପରେ।

ଶେଷଥର ପାଇଁବି ଲେଉଟି ଚାହିଁ ନଥିଲା ସେ।

ଶ୍ରୁତି ଦୃଷ୍ଟି ଆଢୁଆଲ ହେଲାଯାଏ ଅତନୁ ସେଇଠି ଠିଆ ହେଇଥିଲା ପରାସ୍ତ ସୈନିକଟେ ପରି। ଭାଙ୍ଗି ପଡୁଥିଲା ତା'ର ଦୀର୍ଘ ଦିନର ପ୍ରେମସୌଧ। ତା' ଆଖିରୁ ଝରିଯାଉଥିଲା ଝରଝର ଅସହାୟ ଲୁହ।

ଏବେ ଗାଁରେ ରହିବାର ଆକର୍ଷଣ ଆଉ କିଛି ନାହିଁ। ଅତନୁ ଗୋଟେ ଅସ୍ଥିର ମନ ଆଉ ଆକ୍ରାନ୍ତ ହୃଦୟ ନେଇ ସକାଳୁ ସକାଳୁ ଭୁବନେଶ୍ୱର ପଲାଇ ଆସିଲା।

ସେ ଆସିବା ପୂର୍ବରୁ ଯୋଗାଯୋଗ କରିଥିଲା ପ୍ରଣବ ସହିତ। ପ୍ରଣବ ମଞ୍ଜେଶ୍ୱର ଶିକ୍ଷାଞ୍ଚଳ ଭିତରେ କୋଉଠି କାମ କରେ। ରହେ ଭିଏସ୍ଏସ୍ ନଗରରେ। ସେଦିନ ଯୋଗକୁ ଛୁଟିଥିଲା। ପ୍ରଣବ ଆସି ତାକୁ ନେଇଗଲା ବାଣୀବିହାର ସ୍ୱପେଜରୁ।

ପ୍ରଣବ ଯେଉଁ ଘରେ ରହୁଥିଲା, ଗୋଟିଏ ରୁମ୍ ହୋଇଥବଲେ ବି ଥିଲା ପ୍ରଶସ୍ତ। ଦୁଇଟି ଖଟ ପଡ଼ିପାରିବ ଆରାମରେ। ଆଲଣାଟିଏ, ଟେବୁଲ–ଚେୟାର ଦି'ଟା ପକାଇବାକୁ ଜାଗାଥାଏ ବଳକା। ଛୋଟ ଗୋଟେ କିଚିନ୍ ଆଉ ଗାଧୁଆଘର ଆଟାଚ୍।

ତୁ କ'ଣ ଏକା ରହୁଚୁ? ଫାଙ୍କା ଖଟଟି ଦେଖ୍ ଅତନୁ ପଚାରିଲା। ନା... ଆଉଜଣେ ରହୁଥିଲା ଯେ, ଏବେ ଛାଡ଼ି ପଲେଇଗଲା ବଡ଼ବିଲ। ଖଟଟି ନେଇନାଇଁ।

ଭଲହେଲା, ମୋ ପାଇଁ ତୋର ଆଉ ଟେନ୍‌ସନ୍ ନାହିଁ। ଯାହା ଖର୍ଚ୍ଚବାର୍ଚ ହବ ଫିଫ୍‌ଟି ଫିଫ୍‌ଟି ସେୟାର କରିନବା। ଅତନୁ ଆଗୁଆ ସବୁ ସ୍ପଷ୍ଟ କରିଦେଲା। ସେ କାହିଁକି ବୋଝ ହୁଅନ୍ତା କା' ଉପରେ?

ପ୍ରଣବ ହସିଲା। କହିଲା, ରହମ, ଆସୁ ଆସୁ ଭାଗକଲୁଣି? କୋଉଠି କିଛି କାମ ମିଲୁ। ଏବେ ତୁ ସେ କଥା ଉଠାନା।

ପ୍ରଣବର ବଂଧୁପଣ ଅଛି, ସେ ଜାଣେ ଆଗରୁ। ହାଇସ୍କୁଲ ବେଲର ସାଙ୍ଗ। ମାଟ୍ରିକ୍ ପାଶ୍ ପରେ ଆଇଟିଆଇ କରି ଏବେ ସେ ସିନିୟର ମେକାନିକ ହେଲାଣି। ଦରମା ବି ବଢ଼ିଚି। ଆଉ ସେ ବି.ଏ ପାଶ୍ କରି ବିଲ୍‌କୁଲ୍ ବେକାର।

ଅତନୁ କହିଲା, କି କାମ ମିଲିବ ମୋତେ? ହଉ ଦେଖଥା...

ରୁକିରି ଅଭାବ ନାହିଁ କିନ୍ତୁ ସହଜରେ ମିଲେନାହିଁ। ପ୍ରଣବ ପୋଖତ ଲୋକଙ୍କ ପରି କହିଲା। କାମର ଅଭାବ ନାହିଁ ଏ ସହରରେ। ଗୁପଚୁପ୍, ରୁଟ୍ ବାଲାବି ହଜାରେ କମାଉଚି ଦିନକେ। କିନ୍ତୁ କାମ ପାଇଁ ଯୋଗ୍ୟତା ଥିବା ଦରକାର। ଇଞ୍ଜିନିୟର, ଡିପ୍ଲୋମା, ଏମ୍.ଏ ପାଶ୍ ପିଲାବି ବହୁତ ବେକାର ହେଉ ବୁଲୁଚନ୍ତି। ତୁ'ତ ଖାଲି ବି.ଏ। କଂପୁଟରଟା ଭଲା କରିଥାନ୍ତୁ! ନହେଲେ ସିଟି କି ବି.ଇଡି। କିଛି ନାହିଁ ସବୁ ପାଇଁ ଗୋଟେ ପ୍ରଫେସନାଲ କ୍ୱାଲିଫିକେଶନ ଜରୁରି। ମୁଁ କଲି। ଏବେ ପ୍ରମୋଶନରେ ଅଛି। ତୁ'ତ ଧନୀଘରର ପିଲା, ଏପାଠ ସବୁ ତୁ କାହିଁକି ପଢ଼ନ୍ତୁ। କଲେଜରେ ପଢ଼ିବୁ, ପ୍ରେମ କରିବୁ... ଯା'ରି ଭିତରେ ତୋ ସମୟ ଗଲା। ଆବେ ହେ, ସେ ଝିଅ ଖବର କ'ଣ? ଶ୍ରୋତି?

ଶ୍ରୋତି ନୁହେଁ ବେ ଶ୍ରୁତି। ସେ ବାହାହେଇ ଗଲାଣି। ଅତନୁ କଥା ଲୁଚେଇ ଦେଲା।

: ବା' ହେଇ ଗଲାଣି? କେବେ? ତୁ' ପା ତାକୁ...

: ଭଲ ପାଉଥିଲି କ'ଣ ବା' ହବାକୁ? ଭଲ ପାଇବା ସହିତ ବିବାହର ସଂପର୍କ କ'ଣ? ଆଁ?

ପ୍ରଣବ ଯେମିତି ଅତନୁ ଠାରୁ ନୂଆ ପ୍ରେମ ଦର୍ଶନ ଶୁଣୁଥିଲା। ସେମିତି ରୁହିଁଲା ଅତନୁକୁ। ଭଲ ପାଇବାର ପରିଣତି ବିବାହ ବୋଲି ସେ ଜାଣେ। ପାରିବାରିକ, ଜାତିଗୋତ୍ର ବିରୋଧ ହେଲେ ଫେରାର ହେଇଯାଆନ୍ତି ପ୍ରେମିକପ୍ରେମିକା ନହେଲେ ଆମ୍‌ହତ୍ୟା ପାଟ୍‌ହତ୍ୟା କରିଦିଅନ୍ତି, ଏମିତି ଧାରଣା ତା'ର ଅଛି। କଦବାଏ କ୍ୱଚିତ୍ ବିବାହ ବିଡମ୍ବିତ ହୋଇଥାଏ। ଆଉ ଏ ଅତନୁ କହୁଚି କ'ଣ? ଠକୁଟା।

ଅତନୁ ପ୍ରଣବର ମନକଥା ପଢ଼ିନେଲାପରି କହିଲା, ଆଶ୍ଚର୍ଯ୍ୟ ହେଉଚୁ କ'ଣ?

ମୋର କ'ଣ ଅଛି ? ରଫିରିନା ବାକିରି ? ସେଇଥ୍ପାଇଁ ଶ୍ରୁତି ଅନ୍ୟଠି ବାହାହେଇଗଲା । ମୁଁ କାହିଁକି ଅଟକେଇ ଥା'ନ୍ତି ?

ଘୋର ଅନ୍ୟାୟ ହେଲା । ପ୍ରଣବ ତା ମାନସିକତା ପ୍ରକାଶ କରେ । ତମର ଅଚୁଳାଚୁଳ ସଂପଭି । ତା'ଠାରୁ କ'ଣ ରଫିରିଆଙ୍କର ଅଧିକ ରୋଜଗାର ? ଶ୍ରୁତି ଏତକ ବୁଝିଲା ନାହିଁ ?

ଅତନୁ ଏ ପ୍ରସଙ୍ଗକୁ ଆଉ ଅଧିକ ବଢ଼େଇବାକୁ ଚାହୁଁ ନଥିଲା । ଛାତିରେ ଯନ୍ତ୍ରଣା ହେଉଥିଲା । ସେ ପ୍ରଣବର ଗମ୍ଭୀରତାକୁ ହାଲ୍‌କା କରିବାକୁ କହିଲା, ଛାଡହୋ... ଯାହାର ଯେମିତି ଚ୍ୟସ୍ ।

ପ୍ରଣବ ବିଶ୍ୱାସ କରିପାରୁନଥିବା ଢଙ୍ଗରେ କହିଲା, ତୁ ତାକୁ ଛାଡ଼ିଲୁ... କେମିତି ?

ଅତନୁ ତା'ର ଉତ୍ତର ନଦେଇ ବରଂ ଓଲଟି ପ୍ରଶ୍ନକଲା, ତୁ ପ୍ରେମ କରିଚୁ ?

ହାଃ... ହାଃ... ପ୍ରଣବ ହସିଲା । କହିଲା, ଶଃ... ମୂଲରୁ କଲକବଜା ନଟ୍‌ବୋଲ୍ଟ୍ ଭିତରେ ରହିରହି ଏବେ ତାରି ଭିତରେ ପେଶୀ ହେଇହେଇ ମୁଣ୍ଡ ଜାମ୍ ଆଉ ସେଠି ପ୍ରେମଭଲି କୋମଳତା ପଶିବ କୋଉଠୁ ? ପୁରା ଚିଣ । ବୁଝିଲୁ ।

ଭଲ । ଅତନୁ କହିଲା । ପ୍ରେମ କଲେ ମୁଣ୍ଡ କେବଳ ନୁହେଁ, ହୃଦୟର ଯନ୍ତ ବି ଅକାମୀ ହେଇଯାଏ । ତୁ ସିନା ମୁଣ୍ଡ ଜାମ୍ କରି କରି ରଫିରି କରି ରୋଜଗାର କରୁଚୁ । ମୁଁ ସେ ପ୍ରେମଫ୍ରେମ ଭିତରେ ପଡ଼ି ଟୋଟାଲ ମୋ ଲାଇଫ୍‌ଟାକୁ ଜାମ୍ କରିଦେଲି । ଏବେ ବୁଝୁଚି । ପାଇଲି କ'ଣ ? ଶେଷରେ ରଫିରି ଖଣ୍ଡେ କରିପାରିଲି ନାହିଁ ବୋଲି ଶ୍ରୁତି ଛାଡ଼ି ପଲେଇଲା ।

ପ୍ରଣବ ଆଉ କିଛି କହିଲା ନାହିଁ । ସେ ଯେ' ମାୟା ସହିତ ପରିଚିତ ନୁହେଁ । ଖଟିବ ଖାଇବ । ପ୍ରେମ ସବୁ ଧନିକ ବିଲାସ । ଅତନୁକୁ ସୁହାଏ ।

ଏହା ଭିତରେ ବେଶ କିଛି ଦିନ ବିତିଗଲାଣି । ସକାଳ ନଅଟା ସୁଧା ପ୍ରଣବ ତା' ଡିଉଟିକୁ ପଳାଏ ତା ଆକ୍ତିଭା ନେଇ । ତା' ପୁରୁଣା ସାଇକେଲଟି ଧରି ଅତନୁ ସ୍ୱପ୍ନ ସହରରେ ଘୁରିବୁଲେ । ପଳାଶୁଣିରୁ ପୋଖରୀପୁଟ, ପଟିଆରୁ ଧଉଳି ସ୍ତୁପ । ମନ୍ଦିର, ଗୁରୁଦ୍ୱାରା, ରେଲ୍‌ସ୍ଟେସନ, ଏୟାରପୋର୍ଟ ସବୁଠି ବିନ୍ଦାସ ବୁଲାବୁଲି କରେ । ପାର୍କ ଗୁଡ଼ିକୁ ଯାଏ ତ ପଳାଇଯାଏ କେବେ କେବେ ନନ୍ଦନକାନନ । କାମ ନାହିଁତ ବନ୍ଧନ ନାହିଁ । ମାସକୁ ମାସ ଘରୁ ପଇସା ଆସେ । ବେଳେବେଳେ ବୋଉ ଖବର ଦିଏ, କିଛି କାମଦାମ ପାଇଲୁଣି ନା ନାହିଁ ? କାହିଁକି ରହିଚୁ ସେଠି ? ପଲେଇ ଆ', ବାପା କହନ୍ତି, ଘରେ ଆସି ରୁଷବାସ ଦେଖ, ନହେଲେ ବିଜିନେସ୍ କିଛି କର । କେତେଦିନ ବୁଲିବୁ ଏମିତି ବାସ୍ତୁରାହେଇକି ।

କିଛି ଶୁଣେନା ଅତନୁ। ମାୟା ଲଗେଇଦେଲାଭଳି ସହର – ଭୁବନେଶ୍ୱର। ସେ ମାୟାରେ ବାନ୍ଧି ହେଇ ରହିବାକୁ ଚୁହେଁ। କିନ୍ତୁ କିଛି ଅବଲମ୍ୱନ ପାଏ ନାହିଁ। ଗାଁକୁ ଯିବାକଥା ଭାବିଲେ ଖାଇଗୋଡ଼ାଏ। ଶ୍ମୃତି କଥା ମନେପଡ଼େ। ସେ ନିଷ୍ପତ୍ତି କରେ ସେ ଯାହା କରିବ, ଏଇଟି କରିବ। ଶ୍ମୃତିହୀନ ଗାଁକୁ ଯାଇ ଆଉ ସେ ସ୍ମୃତିସବୁକୁ ଅଣ୍ଡାଳିବାକୁ ଚୁହେଁନା। ହଜିଯିବାକୁ ଚୁହେଁ ଶ୍ମୃତିର ପରିସରରୁ। ଶ୍ମୃତି ଯୋଉଠି ଥାଉ ଭଲରେ ଥାଉ।

ସେଦିନ ଅତନୁ ମାଷ୍ଟରକ୍ୟାଣ୍ଟିନ୍ ଛକ ପାଖରେ ପହଞ୍ଚିଲା ବେଳକୁ ରାସ୍ତା ଅବରୋଧ କରିଛି ପୋଲିସ। ରେଲଷ୍ଟେସନରୁ ଆରମ୍ଭ ହେଉଚି ଗୋଟେ ବିରାଟ ରାଲି। ହଜାର ହଜାର ବିକ୍ଷୋଭକାରୀଙ୍କ ସ୍ଲୋଗାନରେ କଂପୁଚି ରାଜଧାନୀ। ଗାନ୍ଧୀମାର୍ଗ ଦେଇ ବିକ୍ଷୋଭକାରୀ ମାଡ଼ିବେ ବିଧାନସଭା ଆଡ଼କୁ। ଏବେ ବିଧାନସଭା ଚୁଲିଚି। ଛକ ଏପଟରୁ ଅଟକି ରହିଛନ୍ତି କାର, ଅଟୋ, ବାଇକ ଅସଂଖ୍ୟ। କେଇଟା ଟାଉନ ବସ ବି ପେଟେଇଚି। ଲୋକ ହାଉଯାଉ।

ଅତନୁ ସାଇକେଲରୁ ଓହ୍ଲାଇ ପଡ଼ିଲା। ଫୁଟପାଥ ଉପରକୁ ଉଠେଇ ଚୁବି ପକେଇ ଦେଲା ଆଉ ଆଡ଼େଇ ଆଡ଼େଇ ଆସିଲା, ଛକଆଡ଼େ। ଦେଖିଲା ପୋଲିସ ଗୋଟେ ଲମ୍ୱା ମୋଟା ଦଉଡ଼ି ଏମୁଣ୍ଡରୁ ସେମୁଣ୍ଡ ଟାଣି ଯାତାୟାତ ରୋକିଛି। ସେପଟରୁ ରାଜମହଲ ଆଡ଼ୁ ଆସିଥିବା ରାସ୍ତାବି କର୍ଡନ।

ଅତନୁ କେବେବେବେ ଦେଖିଥିଲା ରାଲି। ଏଥର ରାଲି କିନ୍ତୁ ଥିଲା ସବୁଠୁ ବଡ଼ ଆଉ ବିପୁଲ। ବିଧାନସଭା ଚୁଲିଲେ ରାଲି, ଧାରଣା, ବିକ୍ଷୋଭର ପର୍ବ ଆରମ୍ଭ ହୁଏ। ତମ୍ୱୁ ସବୁ ପଡ଼ିଯାଏ ଗାନ୍ଧୀମାର୍ଗର ଉଭୟପଟେ, ଗୋଟେ ଦୀର୍ଘ ବଣଭୋଜିର ଆୟୋଜନ ପରି। ସମସ୍ତଙ୍କର ଧାରଣା ଏଇ ସମୟରେ ଏସବୁ ଆୟୋଜନ ଖୁବ୍ ପ୍ରଭାବଶାଳୀ ହୋଇଥାଏ। ସରକାର ଚେତିଥାନ୍ତି, ବିରୋଧଦଳ ମାତିଥାନ୍ତି, ବିଧାନସଭାରେ ଏ ସଂପର୍କିତ ପ୍ରସଙ୍ଗ ଜ୍ୱଳନ୍ତ ହୋଇଉଠେ। ଆଲୋଚନା ହୁଏ। ଠେଲାପେଲା ହୁଏ। ଚୌକି ଫୋପଡ଼ା, ମାଇକ୍ ଭଙ୍ଗା ହୁଏ। ସଭା ବାରମ୍ୱାର ମୁଲତବୀ ରହୁଥାଏ। ପୁଣି ହୋହଲ୍ଲା, ଆରୋପ ପ୍ରତ୍ୟାରୋପ ଚୁଲେ। ସରକାରଙ୍କ ନିର୍ଦ୍ଦିଷ୍ଟ ଘୋଷଣାକୁ ସମସ୍ତେ ତକେଇ ଥାନ୍ତି, ବିରୋଧଦଳ ମୌକା ସୁଯୋଗରେ ଥାଏ ତ ବିକ୍ଷୋଭକାରୀ ଦାବି ପୂରଣ ମତଲବରେ ଥାନ୍ତି।

ଅତନୁ ଏ ବାବଦରେ ଏମିତି କିଛିକିଛି ଜାଣେ। ଖବରକାଗଜରୁ ପଢ଼ିଛି ଗାଁରେ ଥାଇ। ଆଜି କିନ୍ତୁ ପ୍ରତ୍ୟକ୍ଷ କରୁଚି। କିନ୍ତୁ କେଉଁମାନେ କରୁଚନ୍ତି, କାହିଁକି କରୁଚନ୍ତି, ସେମାନଙ୍କ ଡିମାଣ୍ଡ କ'ଣ, ସେ କଥା ଜାଣେନାହିଁ। ଏ ରାସ୍ତାବନ୍ଦ ଅବସ୍ଥା ଯୋଗୁଁ ଖୁବ୍ ବିରକ୍ତ ଆଉ ଅସହିଷ୍ଣୁ ହେଇ ପଡ଼ୁଛନ୍ତି ଲୋକସବୁ। କି ବ୍ୟାପାର ଯେ!

ଅତନୁ କୌତୂହଳୀ ହେଇ ଜଣକୁ ପଚାରିଦେଲା, କେଉଁମାନେ ଯେ ରାଲି କରୁଚନ୍ତି ?

ସେ ଲୋକଟା ଅତନୁକୁ ଗାରଡ୍ୱେଇ ରୁହିଁଲା। ତା' ରୁହାଣୀ କହୁଥିଲା ମୋତେ ଏ ଅବାନ୍ତର ପ୍ରଶ୍ନ ପଚାରି ଅଧିକ ବିରକ୍ତ କରନା କହୁଚି, ମୁଁ କିଛି ଜାଣେ ନାହିଁ, ପୋଲିସ ଅଟକେଇବାରୁ ଅଟକିଛି। ମୋରତେଣେ ବହୁକାମ ମାରା ହଉଚି।

ଅତନୁ ସେଠୁ ଫେରି ଆସିଲା। କି ରାଲି ଯେ' କୋଉମାନେ କରୁଚନ୍ତି ? ସେ ଅନ୍ୟମନସ୍କ ହେଇ ଯାହାକୁ ପଚାରିଲା, ସେ ହେଲମେଟ୍ ପିନ୍ଧି ବାଇକ୍‌ରେ ଅଟକିଛି। ଏମିତି ମୁଡ୍‌ରେ ଅଛି ଯେ, ପୋଲିସ ଯା' ବୋଲି କହିଲେ ସେ ବାଇକକୁ ତତ୍‌କ୍ଷଣାତ ଉଡେଇନବ। ଅତନୁ କଥା ଶୁଣି ସେ ହେଲମେଟ ଘୋଡ଼ାଣୀ କାଚତଲୁ ତାକୁ ଆଖି ତରାଟି ରୁହିଁଲା। ଲାଗିଲା, ଆଉଥରେ ଅତନୁ କିଛି ପଚାରିଲେ, ସେ ହେଲମେଟ କାଢ଼ି ଫୋପାଡ଼ିବ ତା ମୁହଁକୁ। ସେ ପଲେଇ ଆସିଲା।

ତା'ର କୌତୂହଲ ବଢୁଥିଲା। ସେ ଦେଖୁଥିଲା। ଶୋଭାଯାତ୍ରା ଛକ କ୍ରୁସ୍ କରୁଚି। ଶୋଭାଯାତ୍ରାକାରୀମାନେ ଖୁବ୍ ଉଗ୍ର ଆଉ ଉଦ୍‌ଭ୍ରାନ୍ତ ଦାବି ହାସଲ ପାଇଁ ଯେକୌଣସି କାଣ୍ଡ ଘଟାଇ ଦେବାକୁ ସେମାନେ ତୟାର। ସ୍ଲୋଗାନ ବି ଦିଗାଯାଉଚି ଖୁବ୍ ଉତ୍ତେଜକ, ଉଗ୍ରପ୍ତ। "ଆମର ଦାବି ନ୍ୟାର୍ଯ୍ୟ ଦାବି, ସରକାର ତମେ ମାନିନିଅ।" ତା' ନହେଲେ ରାସ୍ତାଘାଟରେ ଲଢ୍‌ୱେଇ ହବ, ନିଆଁ ଜଳିବରେ ନିଆଁ ଜଳିବ। ଅତନୁ ତା' ଭିତରେ ଗୋଟାଏ ଅନିୟନ୍ତ୍ରିତ ଉତ୍ତେଜନା ଅନୁଭବ କରୁଥିଲା। ପାରିପାର୍ଶ୍ୱିକ ପ୍ରଭାବ ଖୁବ୍ ପ୍ରବଲ ହୁଏ ବେଲେବେଲେ।

ସେ ଜଣେ ପୋଲିସକୁ ପଚାରିଦେଲା, ଯିଏ ଦଉଡ଼ିଟାକୁ ଏମିତି ଧରିଥିଲା ଯେମିତି ସମୁଦ୍ରମଁଥନ ବେଲେ ବାସୁକୀ ଲାଞ୍ଜକୁ ଧରିଥିଲେ ଅସୁରମାନେ। କେଉଁମାନେ ଯେ ରାଲି କରୁଛନ୍ତି ?

ପୋଲିସ ଖାଁଉକରି ଓଲଟି ପଚାରିଲା, ତୁ କ'ଣଜଣେ ରିପୋର୍ଟର ? ଆଁ ?

ଅତନୁ ଦେଖ୍‌ଲା, ଯେ ପୋଲିସର ଢଙ୍ଗୟାହା, ଆଉ ପଦେ କିଛି ପଚାରିଲେ, ସେ ଦଉଡ଼ି ଛାଡ଼ି ତା' ଷଣ୍ଢଟାକୁ ଧରିନବ। ସେ ଚୁପ୍‌କରି ପଛପଟରୁ ଦଉଡ଼ି ଗଲି ଶୋଭାଯାତ୍ରାରେ ସାମିଲ ହେଇଗଲା। ତା'ର ଦୁଃସ୍ଥିତିକୁ ସାମାନ୍ୟ ପରିବର୍ତ୍ତନ କରିପାରୁନଥିବା ରାଜନୈତିକ ବ୍ୟବସ୍ଥାପ୍ରତି ସେ ସର୍ବଦା ବୀତସ୍ପୃହ ଓ ଉଦାସୀନ ଥିଲା, କିନ୍ତୁ ଏ ବିରାଟ ଶୋଭାଯାତ୍ରାର ଆକ୍ରାମକ ରୂପର ବାସ୍ତବ ସ୍ୱରୂପ କ'ଣ ଜାଣିବା କୌତୂହଲରେ ସେ ସେମାନଙ୍କ ସହିତ ରୁଲିବାକୁ ଲାଗିଲା।

ଅତନୁ ବିକ୍ଷୋଭକାରୀଙ୍କ ଶାରୀରିକ ଉଦଣ୍ଡତାକୁ ଦେଖୁଥିଲା ଆଉ

ଶୋଭାଯାତ୍ରାର ସମତାଳରେ ଝୁଲୁଥିଲା। ପି.ଏମ୍.ଜି ଛକ ପାଖରେ ପହଞ୍ଚିଲା ବେଳକୁ ବ୍ୟାରିକେଡ ଓ ଯେକୌଣସି ପରିସ୍ଥିତିକୁ ଦମନକରି ଦେବାର ମାନସିକତାରେ ତୟାର ସଶସ୍ତ୍ର ପୋଲିସ। ଅତନୁକୁ ଖୁବ୍ ମଜା ଲାଗିଲା ଘଟଣା କ'ଣ ଜାଣିବା ପାଇଁ। ସେ ଟିକେ ପାଖେଇ ଆସିଲା ସମ୍ମୁଖ ଭାଗକୁ। ତାକୁ ଅଜବ ଲାଗୁଥିଲା ଏଇଥ୍ ପାଇଁ ଯେ, ସେ ଜାଣେ ଶୋଭାଯାତ୍ରା, ଅନଶନ, ଏଗୁଡ଼ା ଗୋଟାଏ ଗୋଟାଏ ପ୍ରହସନ, ଯାହା କେବେବି ଭାଙ୍ଗିପାରେନା ପ୍ରଶାସନର ନିଦ। ଏମାନେ ହୋହୋ ହୋଇଯିବେ, ସରକାର କିଛି ଫମ୍ପା ପ୍ରତିଶ୍ରୁତି ଦେବେ, ଦିନେ ଦୁଇଦିନ ତୁମ୍ଭେତୋଫାନ ହବ, ତା'ପରେ ସବୁ ହଜିଯିବ ଅଦିନିଆ ଘୁର୍ଣ୍ଣିଟିଏ ପରି।

କିନ୍ତୁ ଏବେ ସେ କ'ଣ ଦେଖୁଚି ? ପୋଲିସ ସହ ଶୋଭାଯାତ୍ରାକାରୀଙ୍କ ପ୍ରବଳ ଧସ୍ତାଧସ୍ତି। କେତେକ ବି ଚଢ଼ିଗଲେଣି ବ୍ୟାରିକେଡ ଉପରକୁ। ପୋଲିସ ତରଫରୁ ବାରମ୍ବାର ପ୍ରଚାର ହେଉଚି ଆଇନକୁ ହାତକୁ ନିଅନାଁ ତୁମ୍ଭେମାନେ। ନହେଲେ ପୋଲିସ କଠିନ ପଦକ୍ଷେପ ନେବ। କିଏ ଶୁଣୁଚି କା'କଥା। ହୋହା ଘୋଗୋ ଭିତରୁ ନେତାମାନଙ୍କ ସ୍ୱର ମାଇକରୁ ଶୁଭୁଚି, ପୋଲିସକୁ ଡରନାହିଁ ଭାଇମାନେ, ଯେ' ଆମର ଗଣତାନ୍ତ୍ରିକ ଅଧିକାର। ସେଥିପାଇଁ ଲଢ଼େଇ କରିବାକୁ ହବ, ରକ୍ତ ଦବାକୁ ହବ। ଶୋଭାଯାତ୍ରାକାରୀ ଉଦ୍‌ଭ୍ରାନ୍ତ ହିଂସ୍ର ହେଇ ଉଠୁଛନ୍ତି। ବ୍ୟାରିକେଡ ଭାଙ୍ଗୁଚନ୍ତି। ପୋଲିସ ସହ ଆରମ୍ଭ ହେଇଗଲାଣି ଧସ୍ତାଧସ୍ତି। ଅତନୁ ତା' ଭିତରେ ପଶିଯାଇଚି, ଠେଲିପେଲି ହେଇଯାଉଚି।

ହଠାତ୍ ଆରମ୍ଭ ହେଇଗଲା ଲାଠିମାଡ଼। ହିଂସ୍ର ବିକ୍ଷୋଭକାରୀଙ୍କୁ ଘଉଡ଼ାଇବା ପାଇଁ ଆଉକିଛି ବିକଳ୍ପ ନଥିଲା ସେତେବେଳେ। ବ୍ୟାରିକେଡ ତଳେ ଝପି ହେଇଗଲେଣି କେତେଜଣ ପୋଲିସ। ଉପରେ ଚଢ଼ିଛନ୍ତି କେତେଜଣ ବିକ୍ଷୋଭକାରୀ। ଲାଠିମାଡ଼ ମାଡ଼ି ଆସୁଚି। ଛତ୍ରଭଂଗ ଦେଉଛନ୍ତି ଉଦ୍‌ଭ୍ରାନ୍ତ ବିକ୍ଷୋଭକାରୀ। ଅତନୁ ଜୀବନ ବିକଳେ ଦୌଡ଼ି ଆସୁଥିଲାତ ତା' ମୁଣ୍ଡରେ ବାଜିଲା ଗୋଟେ ପ୍ରଚଣ୍ଡ ପ୍ରହାର। ତାକୁ ଝରିଆଡ଼ ଅଁଧାର ଦିଶିଲା। ସେ ମୁଣ୍ଡଟାକୁ ଝପିଧରି ହାମୁଡ଼େଇ ପଡ଼ିଲାତ ପୁଣି ବାଜିଲା କିଛି ପ୍ରହାର ତା' ପିଠିରେ, ପିଣ୍ଢରେ। ତା ଚେତା ବୁଡ଼ିଗଲା ସେଇଠି। ସେ ଚଳି ପଡ଼ିଲା।

ତା' ଆଖି ଖୋଲିଲା ବେଳକୁ ସେ ମେଡିକାଲରେ। ମୁଣ୍ଡରେ ବ୍ୟାଣ୍ଡେଜ। ହାତରେ ଗୋଡ଼ରେ ପଟି। ଘେରିଚନ୍ତି ଡାକ୍ତର। ବାହାରେ ଗହଗହ ଲୋକଙ୍କର ଝଲିଛି ସ୍ଲୋଗାନ। ସରକାରର ନିନ୍ଦାଗାନ। କ୍ଷତିପୂରଣ ଦାବି – ଇତ୍ୟାଦି।

ପୋଲିସ ଆସିଲା ଷ୍ଟେଟମେଣ୍ଟ ନେବାକୁ। ତାକୁ ଘେରିଥିଲେ – ସେଇ ଶୋଭାଯାତ୍ରାକାରୀଙ୍କ ନେତୃମଣ୍ଡଳୀ। ସେମାନେ ଜାଣିବାକୁ ଝହୁଁଥିଲେ, ସେ କିଏ ?

ତା'ର ବାୟୋଡାଟା ନୋଟ୍ କଲାପରେ ପୋଲିସ ଆଶ୍ଚର୍ଯ୍ୟ ହେଇ ପଚରିଲା, ଆପଣଙ୍କର ତ କୌଣସି ସଂପୃକ୍ତି ନାଇଁ ଏ ବିକ୍ଷୋଭ ସହିତ, ତେବେ ସେ ଶୋଭାଯାତ୍ରାରେ ଆପଣ ଯାଉଥିଲେ କାହିଁକି ? ଶୋଭାଯାତ୍ରା ଭିତରେ ବହୁ ଅପରାଧୀ ପଶିଯାଇ ମାରାତ୍ମକ କାର୍ଯ୍ୟ ସୃଷ୍ଟି କରିଦିଅନ୍ତି । ସେଇ ସନ୍ଦେହ ଭିତରେ ରଖୁଥିଲେ ଅତନୁକୁ ପୋଲିସମାନେ । କିନ୍ତୁ ତା'ର ବାୟୋଡାଟାତ ତାହା କହୁନାଇଁ । ପୁଣି ପୋଲିସର ସେଇ ପ୍ରଶ୍ନ । ସେ ଏରିଆଲୋକ ଆପଣ ନୁହନ୍ତି, କୌଣସି ସଂଗଠନର ସଦସ୍ୟ ବି ନୁହଁ, ତେବେ ପ୍ରଶ୍ନକୁ ଯାଇଥିଲେ କାହିଁକି ? ଆନ୍ଦୋଳନରେ ସାମିଲ ଥିଲେ କାହିଁକି/

ଅତନୁ ବୁଦ୍ଧିଟିଏ ଖଞ୍ଜିଦେଲା । ଏଇଠି । ଥଙ୍ଗେଇ ଥଙ୍ଗେଇ କହିଲା, ଏରିଆମାନେ ? ସଂଗଠନ ଅର୍ଥ ? ଆପଣ କ'ଣ କହୁଚନ୍ତି ? ସେମାନଙ୍କ ଦାବିତ ସାର୍ବଜନୀନ । ଯଥାର୍ଥ । ସରକାରର ଅବହେଳା, ଉଦାସୀନତା ନିନ୍ଦନୀୟ । ଏକଥା ମୁଁ ଜାଣିଲି । ଆଉ ସତ୍ ଆଉ ନ୍ୟାୟର ପକ୍ଷନେଇ ମୁଁ ଆନ୍ଦୋଳନରେ ସାମିଲ ହେଲି । ଏଥିରେ ଆଞ୍ଚଳିକତା ଆଦି ସଂକୀର୍ଣ୍ଣତାର ପ୍ରଶ୍ନ ଉଠୁଚି କୋଉଠି ? ଯୋଉଠି ଅନ୍ୟାୟ, ସେଠି ସଂଗ୍ରାମ । ଯୋଉଠି ହେଲେ ବି ମଣିଷ ପାଇଁ ତ ସଂଗ୍ରାମ ହେଉଚି । ତା'ର ବଂଚିବାର ଦାବି ନେଇ ସଂଗ୍ରାମ । ଅନ୍ୟାୟ ଅବିଚାରର ପ୍ରତିବାଦ କରିବାରେ କ'ଣ ମଣିଷକୁ ନିହାତି ଗୋଷ୍ଠୀଭୁକ୍ତ ହବାକୁ ପଡ଼ିବ ? ମଣିଷଟେ ଆଉ ଗୋଟେ ମଣିଷର ଦୁଃଖ ପାଇଁ ହାତ ବଢ଼େଇ ପାରିବ ନାହିଁ ? ନୀତି, ନୈତିକତା, ଆଦର୍ଶର ପଦକ୍ଷେପ କ'ଣ ଭୁଲ ?

ଅତନୁର ଏ ପ୍ରଶ୍ନାବଳୀ ପାଇଁ ପୋଲିସ ପାଖରେ ଉତ୍ତର ନଥିଲା । ସେମାନେ ସିନା ଚୁପ୍ ହେଇଗଲେ, କିନ୍ତୁ ବିକ୍ଷୋଭକାରୀମାନେ ଆହୁରି ଉଚ୍ଛନ୍ନ ହେଇଗଲେ । ଏହାହିଁ ବାସ୍ତବ ନେତୃତ୍ୱ । ଯେମିତି ନେଇଥିଲେ ଗାନ୍ଧୀ, ଦକ୍ଷିଣ ଆଫ୍ରିକାରେ । ସେମାନେ ତା'ର ଜୟଜୟକାର ଆରମ୍ଭ କରିଦେଲେ । ଖବରକାଗଜ, ଟି.ଭି. ଆଦିର ସାମ୍ୟାଦିକମାନଙ୍କ ଭିଡ଼ ବଢ଼ି ଗଲା ତା... ଚତୁଃପାର୍ଶ୍ୱରେ । ତା'ର ଇଷ୍ଟରଭ୍ୟୁ ଛପାଗଲା କ୍ୟାପସନରେ । କିଛି କିଛି ସମ୍ୟାଦପତ୍ରର ସଂପାଦକୀୟ ଲେଖାଗଲା ତା' ଉପରେ ଟିଭିର ବିଭିନ୍ନ ଚ୍ୟାନେଲରେ ଟେଲିକାଷ୍ଟ ହେଲା ତା'ର ସମସ୍ତ ବୃତ୍ତାନ୍ତ । ତା'ଉପରେ ବର୍ବର ଅମାନୁଷିକ ଆକ୍ରମଣ ପାଇଁ ସରକାର ବିରୋଧରେ ରାଜ୍ୟର ସମସ୍ତ ବିରୋଧୀଦଳ, ଶ୍ରମିକ କର୍ମଚାରୀ ସଂଗଠନ ନିନ୍ଦା ପ୍ରସ୍ତାବ ଆଗତ କଲେ ।

ଡାକ୍ତରମାନେ ପ୍ରସ୍ତାବ ଦେଲେ ସେ ରହିବେ ହେପାଜତରେ ପ୍ରାୟ ପନ୍ଦରଦିନ । ମୁଣ୍ଡର ଆଘାତ ଗଭୀର । ତାଙ୍କର ସୁରକ୍ଷା ଓ ସ୍ୱାସ୍ଥ୍ୟ ପାଇଁ ସରକାର ଯୋଗାଇ ଦେଲେ ସମସ୍ତ ବ୍ୟବସ୍ଥା ।

ଅତନୁ ପାଇଁ ସ୍ଵତନ୍ତ୍ର କେବିନର ବ୍ୟବସ୍ଥା କରାଗଲା। ପ୍ରତିଦିନର ସ୍ଵାସ୍ଥ୍ୟ ବୁଲେଟିନ ସକାଳେ ଓ ସନ୍ଧ୍ୟାରେ ସାମ୍ବାଦିକମାନଙ୍କୁ ଯୋଗାଇ ଦିଆଗଲା। ତା'କେବିନ ପାଖରେ ପୋଲିସ ମୁତୟନ କରାଗଲା।

ଏବେ ଆସ୍ତେ ଆସ୍ତେ ସୁସ୍ଥ ହେଉଛି ଅତନୁ। ମୁଣ୍ଡର କ୍ଷତ ଭରୁଛି। ହାତଗୋଡ଼ର ବ୍ୟାଣ୍ଡେଜ ଖୋଲା ଯାଉଛି। ସେ ଏବେ ସଂପୂର୍ଣ୍ଣ ଆରାମ ଆଉ ବିଶ୍ରାମ ଭିତରେ ରହିବେ। ସାକ୍ଷାତ ପାଇଁ କଟକଣା କରାଯାଇଛି। ସଂଗଠନର କର୍ମକର୍ତ୍ତା, ବିରୋଧୀଦଳର ନେତାମାନେ ତାକୁ ସମୟ କ୍ରମେ ଭେଟୁଛନ୍ତି। ସେ ସୁସ୍ଥ ହେଲା ପରେ ତାଙ୍କର ପରବର୍ତ୍ତୀ ନିଷ୍ପତ୍ତିକୁ ଅପେକ୍ଷା କରିଛନ୍ତି ସମସ୍ତେ।

ସେଦିନ ଅପରାହ୍ନ ଗଡ଼ୁଛି। ଅତନୁ ଟିକେ ଘୁମେଇ ପଡ଼ିଛି ଆରାମ ଚେୟାରରେ। ଆଟେଣ୍ଡାଟ ଆସି ଅତି ସଂତର୍ପଣରେ କହିଲା, ସାର୍, ଆପଣଙ୍କୁ ଜଣେ ଭେଟିବାକୁ ଆସିଛନ୍ତି। ଅତନୁର ଦୁର୍ବଳତା କଟୁଥିଲା। ବାପାବୋଉ ତ ଆସି ଦି'ଦିଥର ଦେଖିକରି ଗଲେଣି। ପ୍ରଣବ ତା' ଡିୟୁଟି ସାରି ରୋଜ ଆସି ତାକୁ ଭେଟୁଛି। ଆଉ ଅନ୍ୟମାନେ। ସମସ୍ତଙ୍କୁ ଜାଣେ ଏ ଆଟେଣ୍ଡାଟ। କାହାର କେତେବେଳେ ଭେଟିବା ସେ ନିର୍ଦ୍ଧାରଣ କରେ। ଏବେ କିଏ ସେ ଅଚିହ୍ନା ? ଯାହାର ଭେଟ ପାଇଁ ସେ ଅନୁମତି ଲୋଡୁଛି ?

ମନାକଲା ଅତନୁ। ଯେ ଯିଏ ହେଉ କାଲି ଆସନ୍ତୁ। ଆଜି ନୁହେଁ କି ଏବେ ନୁହେଁ। ଅତନୁ ଜଣେ ପୋଖତ ନେତା ଢାଞ୍ଚାରେ କହିଲା। ଆଟେଣ୍ଡାଣ୍ଟି ବିନମ୍ର ଭାବେ ଖସିଗଲା।

ଆଖି ବୁଜିଲା ଅତନୁ। ଗୋଟେ ଅକଳ୍ପନୀୟ ଘଟଣା ପ୍ରବାହ ତାକୁ ଆଣି ଏଠି ଛାଡ଼ିଛି। ଅପୂର୍ବ ସୁଯୋଗ। ଏହାର ସୁବିନିଯୋଗ ଜରୁରି। ଆକସ୍ମିକତା ବେଲେବେଲେ ବଦଲେଇ ଦିଏ ସବୁକିଛି। ବାପାବୋଉ ଡାକ୍ତରଙ୍କ ସହ ପରାମର୍ଶ କରି ଫେରିଯାଇଛନ୍ତି ଗାଁକୁ। ସେ ମେଡିକାଲରୁ ବାହାରିଲେ ଆସି ନେଇଯିବେ ଘରକୁ। ସେମାନଙ୍କର ଏକାଜିଦ୍, ସେ ଆଉ ରହିବ ନାଇଁ ଏ ସହରରେ। ଏଠାକାର କୌଣସି ପ୍ରଲୋଭନ ତାଙ୍କ ପାଇଁ ଗୁରୁତ୍ୱପୂର୍ଣ୍ଣ ନୁହେଁ। ଅତନୁ ଓଠରେ ଧାରେ ହସ ଉକୁଟି ଉଠିଲା। ସେ ଆଖି ଖୋଲିଲା। ଝର୍କା ଦେଇ ଦେଖାଯାଉଛି ଟ୍ରେନ୍ୱ ଆକାଶ। ବେଶ୍ ଫର୍ଦ୍ଦା ଆଉ ସ୍ୱପ୍ନିଲ। ଜୀବନପରି। ସେଠି କିଛି ରଂଗ ରହିବା ଆବଶ୍ୟକ। ସେ ଅନ୍ୟମନସ୍କ ହେଇ ପଡୁଥିଲା।

ପୁଣି ଆଟେଣ୍ଡାଟ। ସାର୍, ମନାକଲି। ସେ ଫେରିଗଲେ। ଏଇ କାଗଜଟା ଆପଣଙ୍କୁ ଦବାକୁ କହିଲେ।

ବିରକ୍ତି ଓ ଅନାଗ୍ରହରେ ସେଇ ଟ୍ୱଉଟେ କାଗଜର ଭାଙ୍ଗ ଖୋଲିଲା ଅତନୁ। ଖାଲି ଗୋଟିଏ ଶବ୍ଦ, ସ୍ମୃତି।

ଅତନୁ ଦେହରେ ଗୋଟେ ଚ୍ମକ ଖେଳିଗଲା ହଠାତ୍‌। ସେ ଚେୟାରରୁ ଡେଉଁଳାଭଳି ଉଠିପଡ଼ି ଦୌଡ଼ିଗଲା ବାହାରକୁ।

ଆକାଶର ସେଇ ଚେନାକ ଅଂଶରେ ବୁଡ଼ନ୍ତ ସୂର୍ଯ୍ୟର ଲୋହିତ ଆଭା ଉକୁଟି ଉଠୁଥିଲା ସେତେବେଳେ।

ଦେବୀ

ତୃଷା ଜାଣେ ସୌରଭ ମୋତେ ଶୋଇନଥିବେ। ବିଛଣାକୁ ଆସୁ ଆସୁ ଖୁଜୁବୁଜୁ ଆରମ୍ଭ କରି ତା'ଠାରୁ ମଧୁର ଭର୍ତ୍ସନା ନ ଶୁଣିଲା ପର୍ଯ୍ୟନ୍ତ ତାଙ୍କୁ ନିଦ ହୁଏନା। ଟିକେ ରୁକ୍ଷ ହେଇ କହିଦେଲେ ଅଭିମାନିଆ ହେଇ ଚୁପ୍‌ଚାପ୍ କରମାଡ଼ି ଶୋଇଯିବେ ଓ ଅଳ୍ପ ସମୟରେ ଆରମ୍ଭ ହେଇଯିବ ମୃଦୁ ଘୁଙ୍ଗୁଡ଼ି। ସକାଳୁ ସକାଳୁ ସେ ଯେତେବେଳେ ବିଛଣା ଛାଡ଼ୁଥିବେ ଛକି ବସିଲା ଭଳିଆ ପଛପଟୁ ଝାଂପି ପଡ଼ିବେ ଆଉ ବିଛଣା ସାରା ହତ୍ତାଳି ପକେଇବେ। କହିବେ, ତୃଷା, ତମଠାରୁ ପଦେ ସେମିତି ଗାଳି ନଶୁଣିଲେ ମୋତେ ମୋତେ ସୁନିଦ୍ରା ହୁଏ ନାହିଁ।

ତୃଷା ଭାରୁଥିବ କାଲେ ରାଗିଥିବେ ସୌରଭ; କିନ୍ତୁ ଏକଥା ଶୁଣିଲା ପରେ କହିବ, ହଉ ଥାଉ ଥାଉ, ସକାଳ ହେଲାଣି। ଆଜି ରାତିକି ଆଉ ଗାଳିଦେବି ନାଇଁ। ସୌରଭଙ୍କ ନାକ ଅଗକୁ ଟିପି ଦେଇ ଲୁଗା ସଜାଡ଼ି ଉଠୁ ଉଠୁ କହିବ, ମୁହଁ ଧୁଅ, ମୁଁ ଚା' ଆଣୁଚି।

କିନ୍ତୁ ଆଜି କିଛି ଖୁଜୁବୁଜୁ ହେଲେନାଇଁ, ଘୁଙ୍ଗୁଡ଼ି ବି ଶୁଭୁ ନାଇଁ। ନିଶ୍ଚେ ଶୋଇନାହାନ୍ତି ସୌରଭ।

ଅଥଚ ଡାକିପାରୁନାଇଁ ତୃଷା। କି ଗୋଟିଏ ପାପବୋଧ, ଆଶଙ୍କା ଉଦ୍‌ବେଗ ତା'ର ସମଗ୍ର ସତ୍ତାକୁ ଆବୋରି ବସିଚି। ସେ ଭରସିକି ଡାକିପାରୁନାଇଁ କି ବୁଝେଇବାକୁ ସାହସ ସଂଗ୍ରହ କରିପାରୁନାଇଁ। ସେ ବି ଶୋଇପାରୁ ନାଇଁ। ସୌରଭ ନିଶ୍ଚେ ଶୋଇ ନଥିବେ, ସେ ଜାଣିପାରୁଚି।

ଏମିତି ଘଟଣାଟିଏ ତାଙ୍କ ଆଖିରୁ ନିଦ ହ୍‌ଜେଇ ଦେବ, ତା' ପ୍ରତି ସଂଦେହର ଝାପ୍‌ସା କୁହୁଡ଼ିଟିଏ ଭରିଦେବ ମନରେ, ସେ କ'ଣ ଜାଣିଥିଲା? କେଉଁ ଶିଳ୍ପୀ ସେ ଦେବୀଙ୍କ ମୁହଁରେ ଫୁଟେଇ ଦେଇଚି ମୋର ସଂପୂର୍ଣ୍ଣ ପ୍ରତିଛବି! ଏତେ ନିଖୁଣ ଯେ

ମୋତେ ଯେମିତି ମଡେଲଟିଏ କରି ଥୋଇ ଦେଇଚି! ଦେବୀ ମଣ୍ଡପ ଆଗରେ ଠିଆ ହେଇ ସୌରଭ ସେମିତି ଚାହିଁ ରହିଥିଲେ ଦେବୀମୂର୍ତ୍ତି ଆଡ଼େ । ଭକ୍ତି ନୁହେଁ ସଦେହରେ । ମୋ ମୁହଁକୁ ଚାହୁଁଥିଲେ ବାରଂବାର । ଏତେ ଭିଡ଼ ଭିତରେ ଯେମିତି ମୁଁ ଭାଙ୍ଗି ପଡ଼ୁଥିଲି ସରମରେ । ଏତେ ବାଜା, ତେଲିଙ୍ଗୀ ରୋଷଣୀ ସ୍ବ‍ ହେଇଯାଇଥିଲା ଯେମିତି । ମୁଁ ବି ହତଚକିତ ହେଇ ଦେଖୁଥିଲି ଦେବୀଙ୍କର ପୂର୍ଣ୍ଣାବୟବରେ ମୋରି ପ୍ରତିଚ୍ଛବି ।

ସୌରଭ ଏ ଘଟଣାପରେ କାହିଁକି ହେଇଗଲେ ଖୁବ୍ ଗମ୍ଭୀର । ଚୁପ୍‍ଚାପ । ଫେରିଲାବେଳେ ଅନ୍ୟମନସ୍କ ହେଇ ଗାଡ଼ି ଚଲାଉଥିଲେ । କିଛି ସମୟ ପରେ କହିଲେ, ତୃଷା, କେଉଁ ଶିଳ୍ପୀ ସେ ? ଯେମିତି ମଡେଲ କରି ଗଢ଼ିଦେଇଚି ତମକୁ ମୃତ୍ତିକାର ମୂର୍ତ୍ତିଟିଏ କରି !

ମୁଁ ମୋର ସମସ୍ତ ଉଦ୍‍ବେଗକୁ ଚାପିଦେଇ ହାଲ୍‍କା ଭାବରେ କହିଲି, ଶିଳ୍ପୀ ଗଢ଼େ କେତେ ମୂର୍ତ୍ତି । କେଉଁ ମୂର୍ତ୍ତିର ଆକୃତି ଭିତରେ ଏମିତି ହୁଏତ ସାମଂଜସ୍ୟ ଆସିଯିବ କାହାର ନାଁ କାହାର । ଏଥିରେ ବିଚିତ୍ରତା କ'ଣ ଅଛି ?

ସୌରଭ କହିଲେ ମନସ୍ତତ୍ତ୍ୱର କଥା । କୌଣସି ଶିଳ୍ପୀର ଅବଚେତନରେ ଯେଉଁ ରୂପଟି ସଦାସର୍ବଦା ରହିଥାଏ ତାହା ପ୍ରକାଶ ପାଇଯାଏ ଚିତ୍ରରେ କି ମୂର୍ତ୍ତିରେ । ତମର କ'ଣ କୌଣସି ଶିଳ୍ପୀ ସହ ପୂର୍ବରୁ ପରିଚୟ ଥିଲା ?

ତୃଷା ଭିତରେ ଭିତରେ ପୁରା ଝାଲେଇ ଯାଉଥିଲା । ଅତୀତର ଯେଉଁ ଚରିତ୍ରଟି ଏବେ ଏବେ ବି ଧସେଇ ପଶୁଥିଲା ତା'ଜୀବନ ପରିଧିକୁ, ତାକୁ ଆକ୍ରାମାକ୍ତ କରିଦେଉଥିଲା... ସେ ତ ଥିଲା ଚିତ୍ର ଶିଳ୍ପୀ... ସେ' ପୁଣି କିଏ ସେ ମଡ଼େଲିଷ୍ଟ ??

ତୃଷାର ନୀରବତା ଦେଖ ସୌରଭ ଟିକେ ହସିଲେ । ଯେଉଁ ଶଢରେ ସେ ଅନୁଭବ କଲା ଯେମିତି ତା' ଦେହରେ ହଜାରେ ବିଚ୍ଛା ଲାହୁଡ଼ ମରିଦେଲେ । ସୌରଭ କହିଲେ, ତମର ନୀରବତା ପ୍ରମାଣ କରୁଛି ଯେ ତମର କୌଣସି ଶିଳ୍ପୀ ସହ ନିଶ୍ଚୟ ସଂପର୍କ ଥିଲା । ତେବେ ସଂପର୍କ ନହେଲେ ହୁଏତ ପରିଚୟ ଥାଇପାରେ । କିନ୍ତୁ ସାମାନ୍ୟ ପରିଚୟରୁ କ'ଣ ସେ ତମକୁ ଏତେ ନିରେଖ ଗଲା ଯେ ଏବେ ସୁଦ୍ଧା ମୂର୍ତ୍ତିରେ ଫୁଟେଇ ଦେଇଚି ଏକୁରେଟ । ଅବଶ୍ୟ ତମଭଳି ସୁନ୍ଦରୀ କୌଣସି ଶିଳ୍ପୀ ପ୍ରେମରେ ପଡ଼ିବା ମୋତେ ଅସ୍ବାଭାବିକ ନୁହେଁ । ଆଉ ଶିଳ୍ପୀମାନେ ତ ସହଜେ ସୌନ୍ଦର୍ଯ୍ୟ ପିପାସୁ...

ଚୁପ୍‍କର । ତୁଷା ମୃଦୁ ଧମକ ଦେଇ କହିଲା । ତମର ସବୁ କଥାରେ ଗୋଟେ

ସନ୍ଦେହ। ତମର ଗୋଟିଏ ଅଜବ ଧାରଣା କାହିଁକି ଏମିତି ଯେ ସବୁ ସୁନ୍ଦରୀ ମାନେ ନିଶ୍ଚୟ ପ୍ରେମ କରିଥିବେ। ତାଙ୍କର କାହାରି ନା କାହାରି ସହିତ ଆଫେୟାର୍ସ୍ ଥିବ।

ସୌରଭ ମୁରୁକି ହସି କହିଲେ ଏଇଟା ବିଲକୁଲ ସ୍ୱାଭାବିକ। ନାରୀ ସାଧାରଣତଃ ପ୍ରଶଂସା ପ୍ରିୟ। ବିଶେଷତଃ ନିଜ ସୌନ୍ଦର୍ୟ୍ୟ ସଂପର୍କିତ। ଆଉ ଯଦି ଜଣେ କିଏ ଉଗ୍ରସ୍ତାବକ ଜୁଟିଗଲା ସେଇଟା ପ୍ରେମରେ ପରିଣତ ହେବା ଅସମ୍ଭବ ନୁହେଁ। ଆଉ ପ୍ରେମିକଟି ଯଦି ଶିଳ୍ପୀ ହୋଇଥାଏ... ଛାଡ଼। ଶିଳ୍ପୀର ଆଖିରେ ତ ଥାଏ ଏକ ଶକ୍ତିଶାଳୀ କ୍ୟାମେରାର ଲେନ୍ସ।

ତୃଷ୍ଣା ବିରକ୍ତ ହୋଇ କହିଲା, ମାଟିର ଦେବୀମୂର୍ତ୍ତି ଭିତରେ ମୋ ମୁହଁର ଆକୃତି ଦେଖି ତମେ ଯେଭଳି ଅଭିଯୋଗ କଲଣି, କେଉଁଠି ଯଦି ମୋ ଚେହେରାର ନ୍ୟୁଡ଼ ଫଟୋଟିଏ ଦେଖିବ ତମେ କ'ଣ ହବ ମୁଁ ଭାବୁଚି...

ସେଥିରେ ବି କେଉଁ ବିଚିତ୍ରତା ? ହୁଏତ କେଉଁ ସହରର ଫୁଟପାଥରେ ବିକ୍ରି ହେଉଥିବା ସେକ୍ସ ଆଲ୍‌ବମ୍‌ରେ ତମର ନ୍ୟୁଡ଼ ପୋଷ୍ଟର ନଥିବ, ଏଥିରେ କି ଗ୍ୟାରେଣ୍ଟି ଅଛି ?

ତୃଷ୍ଣା କାନ୍ଦ କାନ୍ଦ ହେଇଗଲା। କହିଲା, ଏଭଳି ଅଶାଳୀନ କଥା ନିଜ ସ୍ତ୍ରୀ ସଂପର୍କରେ କହିବାକୁ ତମକୁ ଖରାପ ଲାଗୁନାଁ ? ଛି, ତମର ଚିନ୍ତାଧାରା ଏତେ ଇତର...!

ସୌରଭ ଆଉ ଟିକେ ଚିଡ଼େଇବାକୁ ଯାଇ କହିଲେ... ଏଇ... ତମେ ମୋତେ ବିବାହ କରିସାରିଲା ପରେ ହିଁ ମୋର ସ୍ତ୍ରୀ ହେଇଚ। ସେବେଠାରୁ ଏଯାବତ୍ ତମ ଜୀବନର ଇତିହାସ ମୋ ସହିତ ଜଡ଼ିତ। ସେ ଇତିହାସର ପୃଷ୍ଠାରେ ଅବଶ୍ୟ କିଛି ସଂଶୟ ନାଁ। କିନ୍ତୁ ତା'ର ପ୍ରାକ୍‌କାଳ ତ ମୋର ଅଜ୍ଞାତ। ସେ ଅଜ୍ଞାତକାଳର ଇତିହାସ ସଂପର୍କରେ ଯାହା ତମେ ସୂଚନା ଦେଇଛ ସେଥିରେ ମୁଁ ସନ୍ତୁଷ୍ଟ ଥିଲି। କିନ୍ତୁ ଏ ଯେଉଁ ଶିଳାଲେଖର ସଂଧାନ ମିଳିଲା ସେଥିରୁ ତମ ଇତିହାସ ଯେ ଖୁବ୍ ସନ୍ଦେହାଚ୍ଛନ୍ନ ତାହା କ'ଣ ତମେ ଅସ୍ୱୀକାର କରିବ ?

ତୃଷ୍ଣା ଜାଣିଲା ସୌରଭ ମନରେ ଯେଉଁ ସନ୍ଦେହ ଉଙ୍କି ମାରିଲାଣି ତାଙ୍କୁ ବୁଝେଇ ହବନି। ସେ ଜୋର୍‌ରେ କାନ୍ଦି ଉଠିଲା। କହିଲା ଦେଖ, ଏମିତି ମୋତେ ସନ୍ଦେହ କରି ଆକ୍ଷେପ କଲେ ମୁଁ ଆତ୍ମହତ୍ୟା କରିଦେବି। କହୁଚି...।

ସୌରଭ ଟିକେ ଗାଡ଼ି ଧୀର କରିଦେଲେ। ବାଁ ହାତରେ ତୃଷ୍ଣାର ବାହୁକୁ ପୁଲେ ଚିମୁଟି ଦେଇ କହିଲେ – ଏଇ... ତୃଷ୍ଣା... ଦେଖ, ମୋର ସନ୍ଦେହ ଅମୂଳକ ହେଇପାରେ। କିନ୍ତୁ ମୂର୍ତ୍ତିକୁ ତମେ ତ ଦେଖିଚ। ପ୍ରକୃତରେ ଧନ୍ୟ ସେ ଶିଳ୍ପୀକୁ ଯେ କି ମାନବୀକୁ ଦେବୀ କରି ଠିଆକରି ଦେଇପାରେ। ଏପରିକି ତମ ବାଁ ଗାଲରେ ଥିବା

କଳାଜାଇଟିକୁ ବି ସେ ଛାଡ଼ିନି । ଯଦି ମୁକୁଟ ଓ ଫୁଲମାଳର ଆବରଣକୁ ହଟେଇ ଦିଆଯାଇଥାନ୍ତା ତେବେ ତମ ମୁହଁଟା ତ ସ୍ୱଷ୍ଟ ହୋଇଯାଇଥାନ୍ତା । ଏଇ ସବୁ ସାମଞ୍ଜସ୍ୟକୁ ନେଇ ମୁଁ ଏକଥା କହୁଚି । ଆଉ ସେଇଥିପାଇଁ ତମେ ଆତ୍ମହତ୍ୟା କରିବ ? ଆମ ଯୁଗ୍ମ ଜୀବନର ବର୍ତ୍ତମାନର ବିଶ୍ୱସନୀୟତା ହିଁ ଯଥେଷ୍ଟ । ଛାଡ଼ । ବି ରିଲାକ୍... ମୁଁ ଆଉ କିଛି କହିବିନି । ଏସବୁକୁ ଗୋଟିଏ ଜୋକ୍ ବୋଲି ଧରିନିଅ ।

ସୌରଭ ବିବାକ ଚୁପ୍ ହୋଇଗଲେ । ତୃଷ୍ଣା ଜାଣେ ସୌରଭ ତାକୁ କେତେ ଭଲପାଆନ୍ତି । ସମସ୍ତ କାର୍ଯ୍ୟବ୍ୟସ୍ତତା ଓ ଟେନ୍‌ସନ ସତ୍ତ୍ୱେ ତାକୁ କେବେ ଅବହେଳା କରିନାହାଁନ୍ତି । ବିବାହିତ ଜୀବନର ଦୀର୍ଘ ପନ୍ଦର ବର୍ଷ ଭିତରେ ତାଙ୍କ ଭିତରେ କୌଣସି ଅପ୍ରୀତିକର ପରିସ୍ଥିତି ସୃଷ୍ଟି ହେଇନାଇଁ । ଆଉ ଆଜି ଦେବୀଙ୍କ ମୁହଁ ସହିତ ତା’ମୁହଁରୁ ଅଦ୍ଭୁତ ମେଳ ଦେଖି ତାଙ୍କର ପ୍ରତିକ୍ରିୟା ହେବା ସ୍ୱାଭାବିକ । ସ୍ୱଭାବତଃ ପୁରୁଷର ମନ ସନ୍ଦେହ ପ୍ରବଣ । ପୁଣି ସ୍ୱାମୀଟିର ତ ଆହୁରି... ।

ସେଇ ଖଟ୍‌କା ଟିକିଏ ହୁଏତ ତାଙ୍କୁ ଶୁଖାଇ ଦେଉନଥିବ । ସେ ସୌରଭଙ୍କ ପିଠିରେ ହାତ ବୁଲେଇଲା । ସୌରଭ ନିଦ୍ରାବିଜଡ଼ିତ କଣ୍ଠରେ କହିଲେ, କ’ଣ ଶୋଇନ ? ତୃଷ୍ଣା କହିଲା, ତମେ ବି ତ ଶୋଇନ ? ସୌରଭ କହିଲେ ; ମୁଁ ଯେଉଁଥିପାଇଁ ଶୋଇନାହିଁ, ତମେ କ’ଣ ସେଇଥିପାଇଁ ଶୋଇନ ?

ତୃଷ୍ଣା କହିଲା, ତମେ ଯେଉଁଥିପାଇଁ ଶୋଇନ ମୁଁ ଜାଣେ । କାହିଁକି ମଣିଷ ଗଲା କେଜାଣି ଦେବୀ ଦେଖି । ପୂଜାଟା ମାଟି ହେଇଗଲା । ସୌରଭ ତୃଷ୍ଣା ଆଡ଼କୁ ଲେଉଟିପଡ଼ି ତାକୁ ଭିଡ଼ିନେଲେ ନିଜ ଆଡ଼କୁ । କହିଲେ, ହୁଃ... ମାଟି ହୋଇଗଲା । ମାଟି ହେଇଗଲା ନୁହେଁ, ମାଟି ଭିତରୁ ମଣିଷ ଆବିଷ୍କାର କରାଗଲା, ସେ ମଣିଷ ଜଣେ ନାରୀ । ସେ ନାରୀ ଭିତରେ ଜଣେ ଦେବୀ ଆଉ ସେ ଦେବୀ ତ ତମେ । ତମକୁ ଆଜିଠୁ ଦେବୀ ବୋଲି ଡାକିବି । ସୌରଭ ଖୁବ୍ ରସିକତା କରି କହିଲେ ଏକଥା ।

ତୃଷ୍ଣା ସୌରଭଙ୍କ ଦେହ ସହିତ ଆହୁରି ଘନିଷ୍ଟ ହେଉ ହେଉ କହିଲା, ମୋତେ ଦେବୀ ଡାକ ବା ଦାନବୀ । ମୋର ଆପତ୍ତି ନାଇଁ କିନ୍ତୁ ଦେବୀ ମୂର୍ତ୍ତି ଭିତରେ ମୋର ଆକୃତିକୁ ଦେଖି ଆଉ ଜଳାଅ ନାହିଁ – ପ୍ଲିଜ୍...

ସୌରଭ ତୃଷ୍ଣାକୁ ରୁମ୍ବନଟିଏ ଦେଉ ଦେଉ କହିଲେ, ହେଇ... ଛାଡ଼ ସେ ବାଜେକଥା । ବର୍ତ୍ତମାନ ତମେ ମୋ ବାହୁବନ୍ଧନରେ, ତାହା ହିଁ ସତ୍ୟ । ଅତୀତକୁ ଅଯଥା ଘାଣ୍ଟି ବର୍ତ୍ତମାନକୁ ନଷ୍ଟ କରିଦେବା କାହିଁକି ?

ତୃଷ୍ଣା ସୌରଭଙ୍କ ପିଠିକୁ ପୁଲେ ଚିମୁଟି ପକେଇ କହିଲା, ସେ କଥା କହୁଥିଲା କିଏ କି ? ତମେ ତ...

ସେ ଆଉ କ'ଣ କହି ଆସୁଥିଲା ତ ତା' ପାଟିକୁ ବନ୍ଦ କରିଦେଇ ସୌରଭ ତାଙ୍କ ଓଠକୁ ଚାପିଦେଲା।

ସକାଳ ଥିଲା ବେଶ୍ ନିର୍ମଳ। ସ୍ୱାଭାବିକ ଭାବେ ସୌରଭ ତାଙ୍କ ନିତ୍ୟକର୍ମ ସାରି ଅଫିସ୍ ବାହାରିଗଲେ। ଏବେ ତୃଷ୍ଣା ଏକାକୀ। ଆଉ ସେଇ ଏକାକୀପଣର ସୁଯୋଗରେ ଗତକାଲିଠାରୁ ଖଟ୍ ଖଟ୍ ହେଉଥିବା ତା ମନର ଉଦ୍‌ବେଗ ପୁଣି ସ୍ୱଷ୍ଟ ହୋଇଉଠିଲା। ସତରେ ତା ଆକୃତିର ଦେବୀମୂର୍ତ୍ତିଟି ଗଢ଼ିଲା କିଏ ? ଅବିନାଶ କ'ଣ ଏଇ ସହରରେ ??

ଅବିନାଶ ତା ଜୀବନର ଏକ ସ୍ମୃତି ସଜଳ ଅତୀତ।

ତା କୁମାରୀ ଜୀବନର ପ୍ରଥମ ରୋମାଞ୍ଚ।

ଅଥଚ ଆଜୀବନ ଘୃଣାର ଏକ ନୀରବଚ୍ଛିନ୍ନ ସ୍ରୋତ...।

କିନ୍ତୁ ସିଏ ତ ଥିଲା ଚିତ୍ରଶିଳ୍ପୀ। ମୃଣ୍ମୟ ଶିଳ୍ପୀ ହେଲା କେବେଠୁଁ ?

ସେଦିନ ଏକ ଆର୍ଟ ଗ୍ୟାଲେରୀରେ ଭେଟ ହୋଇଥିଲା ଅବିନାଶ ସହ। ଏକକ ଚିତ୍ରକଳା ପ୍ରଦର୍ଶନୀର ଆୟୋଜନ କରିଥିଲେ ସେ। ଦର୍ଶକମାନଙ୍କ ଭିଡ଼ ଲାଗି ରହିଥିଲା। ପ୍ରଶଂସାରେ ଶତମୁଖୀ ହେଇ ଉଠୁଥିଲେ ସମସ୍ତେ। ଜଣାଉଥିଲେ ଅଭିନନ୍ଦନ। ଏତେ ତରୁଣ ବୟସରୁ ଏତେ ଖ୍ୟାତି, ଯଶର ଅଧିକାରୀ ହେଇ ପଡ଼ିଥିଲା ଅବିନାଶ ?

ଚିତ୍ର କରୁନଥିଲେ ବି ଚିତ୍ରକଳା ପ୍ରତି ଆକର୍ଷଣ ଥିଲା ତୃଷ୍ଣାର। ତା' ମନକୁ ବେଶ୍ ପ୍ରଭାବିତ କରିଥିଲା ଲିଓ ନାର୍ଡ-ଡା-ଭିନ୍‌ସଙ୍କ ମୋନାଲିସା, ମାଇକେଲ୍ ଏଞ୍ଜେଲୋଙ୍କ ଆର୍ଟ, ମାଲ୍‌ଭାଦ୍ର ଡାଲି, ଅମ୍ରିତ୍ ସେରଗିଲ, ଏମ୍.ଏଫ୍, ହୁସେନ୍, ରବିବର୍ମା। ଆଦି ଶିଳ୍ପୀଙ୍କ କଳାକୃତି। ସ୍ୱତଃ ସେ ଟାଣି ହେଇଯାଇଥିଲା ସେ ପ୍ରଦର୍ଶନୀକୁ ନିରୂପମା ସହିତ। ନିରୂପମା ତା'ର କଲେଜମେଟ୍। ନିରୂପମା କହିଲା - ହେଇ, ତୃଷ୍ଣା... ଦେଖୁ ତ ପେଣ୍ଟିଂଗୁଡ଼ାକ କେଡ଼େ ଆଇଡିଆଲ୍... କେଡ଼େ ସିମ୍ବୋଲିକ୍। ମଡର୍ଣ୍ଣ ସିମ୍ବୋଲିକ୍ ଆର୍ଟରେ ଅବିନାଶ ଏକଦମ ଫାଟାଷ୍ଟିକ୍...

ତୃଷ୍ଣା ମନ୍ତ୍ରମୁଗ୍ଧ ହେଇ ଦେଖି ଚାଲିଥିଲା ଗୋଟିକ ପରେ ଗୋଟିଏ ଆର୍ଟ। ନିରୁ ତାକୁ ମୃଦୁ ଧକ୍କାଟିଏ ପକେଇ କହିଲା - କ'ଣ ଏମିତି ପିଇ ଯାଉଚୁ ମ। ଚିତ୍ରକୁ ଦେଖି ତ ଏତେ ବିଭୋର... ଶିଳ୍ପୀକୁ ଦେଖିଲେ...

ତୃଷ୍ଣା କହିଲା, ତୁ ତାଙ୍କୁ ଚିହ୍ନୁ ନା କ'ଣ ? ନିରୁ କହିଲା, ଖାଲି ଚିହ୍ନେ ନାଇଁ ତାଙ୍କ ସହ ପରିଚୟ ବି ଅଛି।

ତୃଷ୍ଣା କଟାକ୍ଷ କରି କହିଲା, ପରିଚୟ ? କେତେବାଟ ? ଉଁ...

ନିରୁ କହିଲା, ମାମୁଁ ଥରେ ତାଙ୍କୁ ଡକେଇଥିଲେ ଅଜା ଆଇଙ୍କ ପୋଟ୍ରେଟ୍ ଆଙ୍କିବାକୁ ତ। ସେଇଠୁ ପରିଚୟ... ଆଜି ଭେଟିବା ?

ତୃଷ୍ଣା ମନରେ ମଧ ଶିଳ୍ପୀଙ୍କୁ ଦେଖିବାର ଇଚ୍ଛାଟିଏ ଜାଗୁଥିଲା। ପ୍ରତ୍ୟେକ କ୍ଷେତ୍ରରେ ସୃଷ୍ଟି ମୁଗ୍ଧ ଦର୍ଶକଟିଏ, ଶ୍ରୋତାଟିଏ ବା ପାଠକଟିଏ ତା'ର ସ୍ରଷ୍ଟାକୁ ଦେଖିବାକୁ ଆଗ୍ରହାନ୍ବିତ ହେଇପଡ଼େ। ତୃଷ୍ଣା କହିଲା ; ଚାଲ... ।

ତୃଷ୍ଣା ଚାଲିଲା ନିରୁ ପଛେ ପଛେ। ପ୍ରସ୍ଥାନ ଦ୍ୱାରର ଏକ ପାଖରେ ଠିଆ ହୋଇଥିଲେ ଅବିନାଶ ତାଙ୍କ ଫ୍ୟାନ୍‌ମାନଙ୍କ ଗହଣରେ। ନିରୁକୁ ଦେଖି ସେ ଚାଲିଆସିଲେ ପାଖକୁ। ନିରୁ ଚିହ୍ନେଇଦେଲା, ମୋର ବାନ୍ଧବୀ, ତୃଷ୍ଣା। ଆପଣଙ୍କ କଳାକୃତିର ଆଉ ଜଣେ ପ୍ରଶଂସିକା।

ଅବିନାଶ ସ୍ମିତ ହସିଲେ। ସମ୍ମୋହନର ହସ। କହିଲେ, ତୃଷ୍ଣା ! ଆଃ ଚମ‍କ୍‌ରା ନାଁ ଟିଏ। ଖୁବ୍‌ ଆର୍ଟିଷ୍ଟିକ୍‌। ନୁହେଁ ନିରୁ ?

ତୃଷ୍ଣା ମୁହଁରେ ଲଜ୍ଜାର ଅରୁଣିମା। ମନେ ମନେ ଭାବିଲା ଶିଳ୍ପୀଟି ଦେଖିବାକୁ ତ କମ୍‌ ରୋମାଂଟିକ୍‌ ନୁହନ୍ତି ! କଣ୍ଠରେ ପୁଣି କବିତାର କୋମଳତା...

ତୃଷ୍ଣା ପ୍ରଥମ ଦର୍ଶନରୁ ହିଁ ଛନ୍ଦି ହୋଇ ପଡ଼ିଥିଲା।

ତା'ପରେ କ୍ରମଶଃ ପରିଚୟ। ପରିଚୟର ନିବିଡ଼ତାରୁ ଆକର୍ଷଣ। ଆକର୍ଷଣରୁ ପ୍ରେମ।

ସେଦିନ ଷ୍ଟୁଡ଼ିଓ ଭିତରେ ବେଶ୍‌ ପାଖାପାଖି ବସିଥିଲେ ସେ ଓ ଅବିନାଶ। ଅବିନାଶ କହିଲେ, ତୃଷ୍ଣା... ଗୋଟିଏ ଅନୁଚିତ ଇଚ୍ଛା ପ୍ରକାଶ କରିବି ?

ତୃଷ୍ଣା ଖିଲି ଖିଲି ହସି ଉଠି କହିଲା, ଇଚ୍ଛା ତ ଇଚ୍ଛା । ପୁଣି ଅନୁଚିତ ଇଚ୍ଛା କାହିଁକି ?

ଅବିନାଶ କହିଲେ, ତୃଷ୍ଣା ! ଅନୁଚିତ ଏଇଥିପାଇଁ କହୁଚି ଯେ ହୁଏତ ତମେ ସେ ଇଚ୍ଛାଟାକୁ ଉଚିତ ନଭାବିପାର...।

ତମକୁ ଭଲ ପାଇବା ଭଳି ଅନୁଚିତ କାର୍ଯ୍ୟଟି କରିସାରିଚି ଯେତେବେଳେ ଆଉ ଉଚିତ ଅନୁଚିତର ପ୍ରଶ୍ନ ଉଠୁଚି କେଉଁଠୁ? ଥଟ୍ଟାଳିଆ ସ୍ୱରରେ କହିଲା ତୃଷ୍ଣା।

ଆହତ ହେଲେ ଅବିନାଶ। କ'ଣ କହିଲ? ମୋତେ ଭଲ ପାଇବା ତମର ଉଚିତ ନଥିଲା ?

ତୃଷ୍ଣା ସେଇମିତି ହାଲ୍‌କା ଭାବରେ କହିଲା : ତା' ନୁହେଁ ଆଉ କ'ଣ? ଗୋଟିଏ ଝିଅ ତା'ର ବିବାହ ପୂର୍ବରୁ କେଉଁ ପୁରୁଷର ଏତେ ଘନିଷ୍ଠ ହେବା ଅନୁଚିତ କାର୍ଯ୍ୟଟିଏ ନୁହେଁ କି ?

ଅବିନାଶ ଦ୍ୱନ୍ଦ୍ୱାଗ୍ରସ୍ତ କଣ୍ଠରେ କହିଲେ, ସେ ଦୃଷ୍ଟିରୁ ଅବଶ୍ୟ କଥାଟି ସତ୍ୟ। କିନ୍ତୁ ପୁରୁଷଟି ଯଦି ବିବାହର ଦୃଢ଼ ପ୍ରତିଶ୍ରୁତି ଦିଏ ଉଚିତ ଅନୁଚିତର ସୀମା ଅତିକ୍ରମ ହେବ ନା ନାଇଁ ??

ତୃଷା କିନ୍ତୁ ଏବେ କଥାଟାର ଗୁରୁତ୍ୱ ଅନୁଭବ କରୁଥିଲା। ଦୃଢ଼ କଣ୍ଠରେ କହିଲା, କଦାପି ନୁହେଁ। ମୁଁ ସେମିତି ସେ ପ୍ରତିଶ୍ରୁତିରେ ବିଶ୍ୱାସ କରେ ନାହିଁ ଆଦୌ। ଚାଲ ବିବାହ କରିନେବା – ତା'ପରେ ମୋ ପାଇଁ ତମ ପାଖରେ ଆଉ କୌଣସି କାର୍ଯ୍ୟ ଅନୁଚିତ ହେଇ ରହିବ ନାହିଁ।

ଅବିନାଶ ଅସହାୟ କଣ୍ଠରେ କହିଲେ, ଦେଖ ତୃଷା ! ତମେ ଜଣେ ଧନୀଘରର କନ୍ୟା। ମୁଁ ନିଃସ୍ୱ ଶିଳ୍ପୀ। ଖାଲି ଗୁଡ଼ାଏ ପ୍ରଶଂସା ଓ ପ୍ରତିଷ୍ଠା ସମ୍ମାନ ଓ ଆକର୍ଷଣ ବ୍ୟତୀତ କ'ଣ ଅଛି ମୋ ପାଖରେ ? ତମର ଉପଯୁକ୍ତ ହେବାକୁ ହେଲେ ମୋତେ ତ ଆହୁରି ସାଧନା କରିବାକୁ ପଡ଼ିବ, ଅନ୍ତତଃ ଆର୍ଥିକ ପ୍ରତିଷ୍ଠା ପାଇଁ। କଳା ଏବେ ମୋ ପାଇଁ ସୌଖୀନ ସାଧନା। ଜୀବନ ପାଇଁ ତ ତାକୁ ପେଷା କରିବାକୁ ହେବ।

ତୃଷା କହିଲା, ଆର୍ଥିକ ଦୃଷ୍ଟିକୋଣରୁ ମୁଁ ତମକୁ ବିଚାର କରେନାହିଁ କି ସେଥିପାଇଁ ମୁଁ ବିବ୍ରତ ନୁହେଁ। ଜଣେ ସ୍ୱନାମଧନ୍ୟ ଶିଳ୍ପୀର ପତ୍ନୀ ହେବାର ଗୌରବ ହୁଏତ ଖୁବ୍ ଧନୀ ଲୋକର ସ୍ତ୍ରୀ ହେବାରେ ନଥାଏ। ତେବେ ଆହୁରି ପ୍ରତିଷ୍ଠା ପାଇଲା ପରେ ଯଦି ମୋତେ ବିବାହ କରିବାକୁ ଚାହୁଁଥାଅ, ତେବେ ମୁଁ ଅପେକ୍ଷା କରିବି। ଧନୀ ହେବାକୁ ନୁହେଁ।

ଅବିନାଶ କହିଲେ, ତମର ସାହଚର୍ଯ୍ୟ ନପାଇଲେ ହୁଏତ ମୁଁ ପ୍ରତିଷ୍ଠା ପାଇପାରିବି ନାଁ ତୃଷା। ତମେ ହିଁ ତ ମୋର ସବୁ ଯଶ, ପ୍ରତିଷ୍ଠାର ମୂଳଧାର। ତମର ସ୍ୱୀକୃତି ହିଁ ମୋତେ ଆର୍ଥିକ ଓ ସାମାଜିକ ସ୍ତରରେ ପ୍ରତିଷ୍ଠିତ କରିପାରିବ।

ତୃଷା ଆଶ୍ଚର୍ଯ୍ୟ ହେଇ ପଚାରିଲା, କିପରି ?

ତମକୁ ନେଇ ମଡ଼େଲ୍ କରିବାକୁ ଚାହେଁ। ତମ ସୌନ୍ଦର୍ଯ୍ୟମୟୀ ଅଙ୍ଗ ବଲ୍ଲୋରୀର ଚିତ୍ରପଟ ହିଁ ମୋତେ ମୋ ଲକ୍ଷ୍ୟସ୍ଥଳରେ ପହଞ୍ଚାଇ ପାରିବ।

ତୃଷା ଚମକି ପଡ଼ିଲା। କ'ଣ କହିବାକୁ ଚାହାନ୍ତି ଅବିନାଶ ? ତାକୁ ମଡ଼େଲକରି ତା'ର ସୌନ୍ଦର୍ଯ୍ୟକୁ ପଣ୍ୟକରି ସେ ପ୍ରତିଷ୍ଠା ପାଇବାକୁ ଚାହାନ୍ତି ? ତଥାପି ସେ ନିଜର ମନୋଭାବ ଗୋପନ ରଖି କହିଲା – ଠିକ୍ ଅଛି, ମୋତେ ବିବାହ କରିନିଅ। ତା'ପରେ ଯେକୌଣସି ପ୍ରକାରପୋଜ୍‌ର ମଡ଼େଲ୍ ଭାବେ ଗ୍ରହଣ କଲେ ବି ମୋର ଆପତ୍ତିର ଅବକାଶ ନଥିବ।

ଅବିନାଶ କହିଲେ : କୌଣସି ଶିଳ୍ପୀ ତା' ପତ୍ନୀକୁ ମଡ଼େଲ କରି ବିଜ୍ଞାପିତ କରିବାକୁ ଚାହିଁବ କି ତୃଷା ?

ତୃଷା ଦେହରେ ନିଆଁ ଚରିଗଲା। କେଡ଼େ ହିପୋକ୍ରେଟ୍ ଏ ଲୋକଟା ? ପ୍ରେମିକାର ମଡ଼େଲ୍‌କୁ ପଣ୍ୟ କରିବାକୁ ଚାହେଁ ଅଥଚ ଦିଏ ପତ୍ନୀତ୍ୱର ପ୍ରତିଶ୍ରୁତି। ବଡ଼

ଅଜବ ଚିନ୍ତାଧାରା । ପ୍ରେମିକାର ସୀମାରେଖା ଠାରୁ କେତେଦୂରରେ ପତ୍ନୀ ! ଲୋକଟାର ଉଦ୍ଦେଶ୍ୟ ମୋତେ ଶୁଭଙ୍କର ନୁହେଁ । ଏଇଟା ଗୋଟେ ବ୍ଲାକ୍‌ମେଲର...

ତୃଷ୍ଣାର ମୋହଭଙ୍ଗ ଘଟିଗଲା ।

ସେ ଆଉ କିଛି ନକହି ଦୁମ୍‌ଦୁମ୍‌ ଚାଲି ଆସିଥିଲା ସେଠାରୁ ।

ସେଇଦିନଠୁଁ ସେ ଏକ ବିସ୍ମୃତ ଅତୀତ ।

କିନ୍ତୁ ଏବେ ସେ ଦେବୀ ଭାବରେ ମୂର୍ତ୍ତିମନ୍ତା । ଏହା ହୁଏତ ସେଇ ଅବିନାଶର କଳାକୃତି । ଆଜିକୁ ପ୍ରାୟ କୋଡ଼ିଏ ବର୍ଷ ହେଇଗଲାଣି । ତାକୁ କ’ଣ ସେମିତି ମନେରଖିଛି ଅବିନାଶ ? ତାକୁ କ’ଣ ଆଙ୍କି ନେଇଥିଲା ତା’ର ଅଜାଣତରେ ? ନ ହେଲେ ତା’ ମୁହଁଟା ଏତେ ସ୍ପଷ୍ଟ ଫୁଟେଇଚି କିପରି ଦେବୀଙ୍କ ମୂର୍ତ୍ତିରେ ?

ସେ ଏହାର ପତ୍ତା ଲଗେଇବ । ତୃଷ୍ଣା ବାହାରି ପଡ଼ିଲା । ସୌରଭ ଫେରିବାକୁ ଆହୁରି ବିଳମ୍ବ ଅଛି ।

ଗତକାଲି ରାତ୍ରିର ଉଜ୍ଜ୍ୱଳ ଆଲୋକ ଭିତରେ ସେ ଦେଖିଥିଲା ଦେବୀଙ୍କୁ । ଆଜି ସ୍ପଷ୍ଟ ଦିବା ଲୋକରେ ଦେଖୁଚି । କେଡ଼େ ନିଖୁଣ ଭାବରେ ଗଢ଼ିଚି ଶିଳ୍ପୀଟି । ସତରେ ଯେମିତି ତାକୁ ସାମ୍ନାରେ ବସେଇ ନିରେଖ୍‌ ନିରେଖ୍‌ ଗଢ଼ିଚି । ତା’ର ଅବିକଳ ମଡ଼େଲ୍‌ ହିଁ ଦେବୀମୂର୍ତ୍ତି ।

କାଲେ କିଏ ବାରିଦେବ ତୃଷ୍ଣା ପିନ୍ଧିଥିଲା ଗାଢ଼ କଳାରଂଗର ଚଷମା । ମୁଣ୍ଡରେ ଦେଇଥିଲା ଅନ୍ଧ ଓଢ଼ଣା । ଯଥା ସମ୍ଭବ ନିଜକୁ ଲୁଚେଇ ସେ ସଂଗ୍ରହ କରିନେଲା ଶିଳ୍ପୀର ଠିକଣା । ଫେରିଆସିଲା ଘରକୁ ।

ତା’ମନରେ ଏବେ ବିଭିନ୍ନ ପ୍ରକାର ପ୍ରତିକ୍ରିୟା । ବିଭିନ୍ନ ପ୍ରକାର ଭାବ । ଖୁବ୍‌ ଅସ୍ଥିର ଲାଗୁଚି । ଉଦ୍‌ଭ୍ରାଟତା ଗ୍ରାସ କରି ପକାଉଚି ତାର ସମଗ୍ର ସତ୍ତା ।

ପ୍ରଥମତଃ ଭାବଚେତନାରେ ତା’ର ରୋମାଞ୍ଚ ଓ ବିସ୍ମୟ । ଅବିନାଶ ତାକୁ ମନେରଖିଚି ଦୀର୍ଘ କୋଡ଼ିଏ ବର୍ଷଧରି । ଯାହାକୁ ସେ ଘୃଣା କରି ଆସୁଥିଲା ଏଯାବତ୍‌ ।

ଦ୍ୱିତୀୟତଃ ଆକଣ୍ଠ ଭୟ । ଦୈବାତ ଯଦି ସୌରଭ ଭେଟ ହେଇଯାଆନ୍ତି କେବେ ତା’ ସହିତ, ତେବେ ବିଶ୍ୱସନୀୟତାର ଭିତ୍ତିଭୂମି ଉପରେ ଠିଆ ହେଇଥିବା ତାଙ୍କ ଯୁଗ୍ମ ଜୀବନର ଇମାରତଟା ଭୁଶୁଡ଼ି ପଡ଼ିବ ଅକସ୍ମାତ...।

ସେ ଭାବୁଥିଲା ସେ ଭେଟିବ ଅବିନାଶଙ୍କୁ । ତାକୁ ତା’ ପ୍ରେମର ସଜୀବତା ପାଇଁ କୃତଜ୍ଞତା ଜଣାଇବ । ଅନୁତାପର ଅଶ୍ରୁ ଢାଳିବ । ତା’ ପ୍ରିୟ ପୁରୁଷକୁ କ୍ଷମା ମାଗିବ ।

ପୁଣି ଭାବୁଥିଲା, ତାକୁ ଅନୁରୋଧ କରିବ, ଅବିନାଶ ! ମୋର ନିଷ୍ତରଙ୍ଗ

ଯୁବକ ଜୀବନରେ ଆଉ ଝଡ଼ ସୃଷ୍ଟି କରନି । ମୋ କୁମାରୀ ଜୀବନର ଏ ନିଷିଦ୍ଧ କଥାକୁ ଆଉ ପ୍ରଚାରିତ କରନି । ମୋର ଗୋଟିଏ ପରିବାର ଅଛି । ସ୍ୱାମୀ ସଂତାନ ଅଛନ୍ତି । ସେମାନଙ୍କ ଆଗରେ ମୋତେ ନିରାଭରଣା କରିଦିଅନି ଆଉ । ମୋର ସବୁ ପ୍ରତିପତ୍ତି ଭୂଲୁଣ୍ଠିତ ହେଇଯିବ ।

ପୁରି ଭାବୁଥିଲା, ଅବିନାଶ ଯଦି ଏବେ ବି ଏକାକୀ ଥିବେ । ମୋ ପ୍ରେମର ସ୍ମୃତିରେ ଦିହୁଡ଼ି ଜାଳୁଥିବେ ତେବେ ସେ ଅନୁରୋଧ କରିବ, ପ୍ରିୟ ଅବିନାଶ ! ମୋତେ ତ ମଡେଲ କରିସାରିଚ ଦେବୀମୂର୍ତ୍ତିରେ । ଆହୁରି ଯଦି ମଡେଲ କରିବାକୁ ଚାହଁ ମୁଁ ରାଜି । ଏପରିକି ନ୍ୟୁଡମଡେଲ । କିନ୍ତୁ ତାକୁ ସାଇତିରଖ ନିଜ ପାଖରେ । ନିଭୃତରେ । ସେତିକିରେ ସଂତୁଷ୍ଟ ରୁହ । ଆଉ କଷ୍ଟ ପାଅନି ।

ଆଉ ଯଦି ସ୍ତ୍ରୀ ସଂତାନର ଭରପୂର ସଂସାରରେ ଥିବେ ତେବେ ସେ ଜଣେ କଳାପ୍ରେମୀ ଶୁଭେଚ୍ଛୁ ଭାବରେ ଭେଟି ଆସିବ । ଚୁପ୍ ଚୁପ୍ କହି ଆସିବ, ଅବିନାଶ ! ତମପାଇଁ ଏବେ ବି ମୋ ହୃଦୟରେ ରକ୍ତ କ୍ଷରଣ ହେଉଚି । ମୁଁ ତାକୁ ସମାହିତ କରିଚି ଭିତରେ । ତମେ କାହିଁକି ଏପରି ବିଜ୍ଞାପିତ କରୁଚ ମତେ ? ପ୍ରେମକୁ ବିଜ୍ଞାପିତ କଲେ ତାହା ପଣ୍ୟ ହେଇଯାଏ । ସେଦିନ କହିଥିବା କଥା କ'ଣ ଭୁଲିଗଲ ?

ଅବା ଯଦି ଅବିନାଶ ଥିବେ ଦୁଃସ୍ଥ, ନିଃସ୍ୱ, ନିଃସଙ୍ଗ, ତେବେ ଧରେଇଦେବ ପୁଲେଟଙ୍କା । କହିବ, ଅବିନାଶ ! ଗୋଟିଏ ଶିଳ୍ପୀର ଦାରିଦ୍ର୍ୟ ହିଁ ତା'ର ଗୌରବ । ତା'ର ନିଃସ୍ୱତାହିଁ ତା'ର ସର୍ବସ୍ୱ । କାରଣ ତଥାକଥିତ ବସ୍ତୁବାଦୀ ଚିନ୍ତାଧାରା ଠାରୁ ସେ ଉର୍ଦ୍ଧ୍ୱରେ । ଖୁବ୍ ଉର୍ଦ୍ଧ୍ୱରେ । ତଥାପି ବଁଚିବାକୁ ତ କିଛି ପାଥେୟ ଦରକାର । ଶିଳ୍ପୀ ମନ ହୁଏତ ପ୍ରଶଂସାରେ, ସମ୍ମାନରେ ପୂରିଯାଏ, ପେଟ ତ ପୂରେ ନାଇଁ । ପୂରେ ଅର୍ଥରେ । ତମ ଶ୍ରମର ଗୌରବ କେହି ନ ବୁଝିଲେ ନାଇ. ମୁଁ ତ ବୁଝିଚି । ତମର ସମସ୍ତ ସାଧନା ପାଇଁ ଏତକ ରଖ, ଅନ୍ତତଃ ଭେଟି ଭାବରେ । ଅବଶିଷ୍ଟ ଜୀବନ ଅନ୍ତତଃ ସୁଖରେ କଟାଅ ...

ଏମିତି ଏମିତି ଅନେକ ଆମ୍ କଥନରେ ନିମଜ୍ଜିତା ତୃଷା ଖୁବ୍ ଉତ୍ତେଜିତ ହେଇ ପଡ଼ୁଥିଲା ।

ଚମକି ପଡ଼ିଲା ସେ । ବାହାରେ ଗାଡ଼ିର ହର୍ଷ । ସୌରଭ ଫେରିଲେ ବୋଧହୁଏ । ଚଟାପଟ ତୃଷା ମୁହଁ ଓ ଚେହେରାର ରଂଗ ବଦଳେଇଦେଲା । ଯେମିତି ବହୁରୂପୀ ଏଣ୍ଡୁଅ ।

କବାଟ ଖୋଲୁ ଖୋଲୁ ସୌରଭ ହସି ହସି କହିଉଠିଲେ, ଦେବୀ, ନମସ୍ତୁତେ... ।

ତୃଷା ଛାତିରେ ରୁକ୍କରି କଂଟାଟେ ଫୋଡ଼ି ହେଇଗଲା । କୃତ୍ରିମ କ୍ରୋଧ

ପ୍ରକାଶ କରି ସେ କହି ଉଠିଲା, ମରିଯାଉ ସେ ଶିଳ୍ପୀ। କି ମୂର୍ତ୍ତି ଗଢ଼ିଲା ଯେ, ଯେ' ମତେ ଆଉ ରଖେଇ ଦେବେ ନାହିଁ...। ଭିତରେ ଭିତରେ କିନ୍ତୁ କହୁଥିଲା, ହେ ଭଗବାନ... ଶିଳ୍ପୀ ଦୀର୍ଘଜିବୀ ହେଉ। ମୋତେ ସତରେ କି ସଂକଟରେ ପକାଇଦେଲ ଅବିନାଶ...

ଦୁମଦୁମ ହେଇ ଚାଲିଯାଉଥିଲା ତୃଷା। ସୌରଭ ଭିଡ଼ିଧରି ତା ମୁହଁକୁ ତୋଲି ନେଇ ହସୁ ହସୁ କହିଲେ, ବାପ୍‌ରେ, ସତରେ ରାଗିଲେ ତମେ ସେ ମହିଷାମର୍ଦ୍ଦିନୀ ଭଳି ବିଲ୍‌କୁଲ ଦେଖାଯାଉଚ।

ତୃଷା ରାଗି ଉଠି କହିଲା, ହଁ ହଁ ମୁଁ ମହିଷାମର୍ଦ୍ଦିନୀ ଦୁର୍ଗା... ହେଲା ?

ତା' ପରଦିନ।

ସହରତଳି ଅଞ୍ଚଳର ସେଇ ବସ୍ତିଟିର ବହୁ ଗଲି ଉପଗଲି ଦେଇ ଯେତେବେଳେ ଗୋଟିଏ ପୁରୁଣା ଚୁନଛଡ଼ା ଟାଇଲ ଘର ଆଗରେ ଠିଆ ହେଲା, ତୃଷା ଜାଣିଲା ସେଇଟା ସେଇ ଶିଳ୍ପୀର ଘର। ଇସ୍‌, କି କଦର୍ଯ୍ୟ ଅପରିଚ୍ଛନ୍ନ ପରିବେଶ ! ଇଆରି ଭିତରେ ରହୁଛନ୍ତି ଜଣେ ପ୍ରସିଦ୍ଧ ଶିଳ୍ପୀ ? ହେ ଭଗବାନ...।

ଆଶଙ୍କିତ ହେଇପଡ଼ିଲା ତୃଷା। ଯେ' ଶିଳ୍ପୀ ଅବିନାଶ ତ ! ଯଦି ହେଇନଥାନ୍ତି ?

ଦରଆଉଜା କବାଟର ଜଂଜିର ଖଡ଼ଖଡ଼ କଲା ତୃଷା।

ଭିତରୁ ଖୁଁ ଖୁଁ କାଶ ଶୁଭୁଥିଲା। କିଛି ସମୟ ପରେ ବିଧ୍ୱସ୍ତ ସ୍ୱରଟିଏ ଭାସି ଆସିଲା, କହିଲା... କବାଟ ଖୋଲା ଅଛି... ଆସ...

ତୃଷା କାଉଲି ବାଉଲି ହେଇଗଲା। ଦୀର୍ଘ କୋଡ଼ିଏ ବର୍ଷ ତଳରୁ ଯେମିତି ସ୍ୱରଟି ଲମ୍ବି ଆସୁଛି...। ଏ ସ୍ୱର ତ ଅବିନାଶର। ତା' ସାରା ଦେହ ଝାଲ ଗମଗମ ହେଇଗଲା। ଛାତି ଦମ୍‌ଦମ୍ ହେଲା। ତଣ୍ଟି ହେଲା ଅଠା ଅଠା। ଆଖି ହେଇଗଲା କାନ୍ଦ କାନ୍ଦ...। ପାଦ ହେଇଗଲା ସ୍ଥିର।

: ଆରେ କିଏ ଆସିଛ ? ଆସ... ଭିତରକୁ ଆସ।

କି ଦୂରନ୍ତ ଆହ୍ୱାନ !! ବନ୍ଦ ଏପଟରେ ତୃଷା, ଗୋଟିଏ ସମ୍ଭ୍ରାନ୍ତ ମହିଳା। ବନ୍ଦ ସେପଟରେ ଗୋଟିଏ ଦୀର୍ଘଦିନର ଅଭିପ୍‌ସା। ଗୋଟିଏ ଅବସୋସର ପରିଭାଷା ...।

ମନକୁ ଦୃଢ଼ କଲା ତୃଷା। କବାଟ ଠେଲି ଭିତରକୁ ପଶିଲା। ଇସ୍... ଘରସାରା ଖେଳେଇ ହେଇପଡ଼ିଚି କାନ୍‌ଭାସ, କାର୍ଡ ବୋର୍ଡ, ଇଜେଲ – ଷ୍ଟାଣ୍ଡ... ରଙ୍ଗ, ତୂଳୀ, ମାଟି, କାଦୁଅ, ସିଗାରେଟ ଖୋଲ, ପୋଡ଼ା ଟୁକୁରା, ଖଣ୍ଡିଆ ବିଡ଼ି, ଅଖ, କୁଟା, ମଦବୋତଲ, କ୍ରେୟନ, ପୋଷ୍ଟର ଅଫ ପାରିସ, ଭଙ୍ଗା ଗଢ଼ା ସ୍କାର୍ଚ୍ୟୁ... ରୀତିମତ ଅରଣ୍ୟ।

ଭିତର ଦ୍ୱାରରେ ଝୁଲୁଛି ମଇଳା କୋଟଟା, ରଂଗ ଅଠା ପୋଛା ପୋଛି ହେଇ ଗୋଟିଏ ଚିରାଢୋର ସ୍କ୍ରିନ୍ । ଭିତରୁ ପୁଣି ସେଇ ଖୁଁ ଖୁଁ କଣ୍ଠସ୍ୱର... ଭିତରକୁ ଆସ... ।

ତୃଷ୍ଣା ପର୍ଦ୍ଦାଟେକି ଭିତରକୁ ଗଲା ।

ଯେ' କିଏ ଶୋଇଚି ସେ ଦଉଡ଼ିଆ ଖଟିଆରେ ? ଗୋଟାଏ ପ୍ରେତ ! ଗୋଟାଏ କଙ୍କାଳ !! କିଏ ? ମୁହଁ ସାରା ଦାଢ଼ି ସାଲୁ ସାଲୁ । ଆଖି କୋଟରାଗତ । ବୀଭତ୍ସ ହନୁହାଡ଼ । କଙ୍କାଳସାର ଲୋକଟି ପିନ୍ଧିଚି ଗୋଟିଏ ହାଫ୍‌ଗଞ୍ଜି । ଗୋଟାଏ ରଂଗ ନେସା ନେସା ଟ୍ରାଉଜର । ଖଟିଆରେ ପଡ଼ିଚି ଗୋଟିଏ ଚିରାଫଟା ବେଡ୍‌ସିଟ୍, ଢକିଆ ହେଇଚି କାଗଜ ପୁଟୁଲେ । ମୁଣ୍ଡ ପାଖରେ ଗୋଟାଏ ଟୁଲ୍ । ଟୁଲ୍ ଉପରେ ମଦ ବୋତଲ, ଗ୍ଲାସ, ଢାଳେ ପାଣି, ସିଗାରେଟ୍, ଦିଆସିଲି, ବିଡ଼ି... ।

ରିତିମତ ଭୟ ପାଇଯାଇଥିଲା ତୃଷ୍ଣା । ତାକୁ ଲାଗୁଥିଲା ସେ ପହଂଚି ଯାଇଚି ଗୋଟିଏ ଗୁମ୍ଫାରେ... ସାମ୍ନା କରୁଚି ଗୋଟିଏ ପ୍ରେତ... ।

ସେ ଉଠିଲା । ହାତ ବଢ଼େଇ ନେଲା ଚଷମା । ଦରଉଠା ହେଇ ଖୁବ୍ ମର୍ମନ୍ତୁଦ କଣ୍ଠରେ କହିଲା, ଏତେ ଦିନପରେ ଆସିଲ ... ତୃଷ୍ଣା... ! ବହୁତ ଡେରି କରିଦେଲ । ମୁଁ ଜାଣିଥିଲି ତମେ ଆସିବ । ନିଶ୍ଚୟ ଆସିବ । ହୃଦୟର ଆକର୍ଷଣ ବଡ଼ ନିବିଡ଼ ତୃଷ୍ଣା, ଖୁବ୍ କଷ୍ଟ ପୁରୁଣା ସଂପର୍କକୁ ଭୁଲିବା । ଦୀର୍ଘ କୋଡ଼ିଏ ବର୍ଷ ! ଆଃ... କାନ୍ଦି ଉଠିଲା ଲୋକଟା... କାଶୁ କାଶୁ ଭୋ ଭୋ... ।

ତୃଷ୍ଣାର ମୁଣ୍ଡ ଘୁରେଇ ଦେଲା । ଯେ' ତାଙ୍କୁ ଚିହ୍ନି ପାରୁନି, ସେ କିନ୍ତୁ ଚିହ୍ନି ପକେଇଲେ ଦେଖୁ ଦେଖୁ । ଯେ' କି ଅବସ୍ଥା !! ଛାତି ଫାଟି ଯାଉଥିଲା ତୃଷ୍ଣାର । ଭାଙ୍ଗି ଯାଉଥିଲା ଧୈର୍ଯ୍ୟର ବନ୍ଧ । ସେ ଦୌଡ଼ିଯାଇ ଆଉଁସି ପକାଇଲା । ଲୁହ ପୋଛି ଦେଲା କାନିରେ । ଅବିନାଶ... ତମର ଯେ' କ'ଣ ହେଲା ? ତମେ ଜୀବନଟାକୁ କ'ଣ କଲ ??

ଅବିନାଶ ନିରେଖେଇ ଦେଖୁଥିଲା ତୃଷ୍ଣାକୁ । ତୃଷ୍ଣା ଦେଖୁଥିଲା ସେଇ କୋଟରାଗତ ଆଖି ଭିତରେ ଯେମିତି ଦୀର୍ଘଦିନର ଗୋଟିଏ ସୁପ୍ତ ଆଗ୍ନେୟଗିରି ଲାଭା ଉଦ୍‌ଗୀରଣ କରିବାକୁ ଉଦ୍ୟତ ହେଉଚି ।

ଅବିନାଶ କହିଲେ, ଗୋଟିଏ ସ୍ୱୀକାରୋକ୍ତି ପାଇଁ ମୁଁ ବଂଚିଛି ଏ ଯାବତ, ତୃଷ୍ଣା... । ଦୀର୍ଘ କୋଡ଼ିଏ ବର୍ଷ ଧରି ବହୁ ସହର ବୁଲିଚି । ତମକୁ ଖୋଜିଚି ତୃଷ୍ଣା... । ଖାଲି ପଦେ କଥା କହିବି ବୋଲି । ତମେ ଯେଉଁ ଭୁଲ୍ ବୁଝି ମୋତେ ଘୃଣା କରି ଚାଲିଗଲ ସେତିକି ଖାଲି ସ୍ପଷ୍ଟ କରିଦେବାକୁ ।

ଅବିନାଶ କାଶି ଉଠୁଥିଲେ । କଣ୍ଠ ହେଇଯାଉଥିଲା କୋହପୂର୍ଣ୍ଣ ।

ତମକୁ ମଡ଼େଲ କରିବାକୁ ମୋତେ ପ୍ରବର୍ଭାଇ ଥିଲା ନିରୂପମା ।

ତମର ମୋ ସହିତ ଘନିଷ୍ଟତାକୁ ସେ ବରଦାସ୍ତ କରିପାରୁନଥିଲା । ମନେ ମନେ କୁଆଡ଼େ ସେ ମୋତେ ଭଲ ପାଉଥିଲା । କିନ୍ତୁ ତମ ପ୍ରତି ମୋର ଆକର୍ଷଣ ହିଁ ତା' ମାନରେ ସୃଷ୍ଟି କଲା ପ୍ରତିହିଂସା । ସେ ଜାଣିଥିଲା ତମେ ଖୁବ୍ ସ୍ୱାଭିମାନୀ ଝିଅ । ତମେ ମୋତେ ଭଲ ପାଅ ହେଲେ ମୋର ନ୍ୟୁଡ଼୍ ମଡ଼େଲ ହେବାକୁ ମୋଟେ ରାଜିହେବ ନାଇଁ । କିନ୍ତୁ ମୋତେ ସେ କହିଲା - ଅବିନାଶ, ତୃଷ୍ଣାର ଯେଉଁ ଆଟ୍ରାକ୍ଟିଭ ବଡ଼ି କନ୍ସ୍ଟ୍ରକ୍ସନ, ତା'ର ଯେଉଁ ଆପିଲିଂ ଆପିଏରେନ୍ସ, ମଡ଼େଲ ହେଲେ ହାଇରେଟ୍‌ରେ ବିକ୍ରି ହୁଅନ୍ତା ତା'ର ପୋଷ୍ଟର ବାହାରେ । ତମେ ମଡ଼େଲ କରିନିଅ । ଦେଖ୍‌ବ ତମେ ତାଙ୍କ କେମିତି ସବୁ ଦୃଷ୍ଟିରୁ ସ୍ୱଚ୍ଛଳ ହେଇଉଠିବ । ତୃଷ୍ଣା ତମକୁ ଭଲପାଏ । ତମ କଥାରେ ମୋଟେ ଅରାଜି ହବ ନାଇଁ ସେ ।

ମୁଁ ଠଉରାଇ ପାରିଲିନାଇଁ ତା'ର ମାନସିକତା । ଏହାଦ୍ୱାରା ତମ ମନରେ ମୋ ପ୍ରତି ଘୃଣା ସୃଷ୍ଟି କରି ମୋ ଠାରୁ ତୁମକୁ ଦୂରେଇ ଦେବାର ଗୋଟାଏ ଦୁରଭିସନ୍ଧି ଅଛି ବୋଲି ମୁଁ ମୋତେ ଜାଣିପାରିଲି ନାଇଁ... ।

ତୃଷ୍ଣା ଆଗରେ କୋଡ଼ିଏ ବର୍ଷ ତଳର ସେ ଆଚ୍ଛାଦିତ ପର୍ଦ୍ଦା ହଟିଯାଉଥିଲା । ତା'ର ମନେପଡ଼ି ଯାଉଥିଲା ନିରୂପମା ଦିନେ ତାକୁ କହିଲା, ତୃଷ୍ଣା ତୁ ତ ଏକଦମ୍ ପାଗଳୀ ହେଇଗଲୁଣି ଅବିନାଶ ପାଇଁ । କିନ୍ତୁ ହୁସିଆର, ସେଇଟା ଗୋଟିଏ ସୈତାନ । ଏମିତି ଝିଅମାନଙ୍କୁ ପ୍ରେମ ଜାଲରେ ଫସେଇ ସେ ନ୍ୟୁଡ଼ପୋଜ୍‌ର ମଡ଼େଲ କରେ, ଆଉ ତାକୁ ହଜାର ହଜାର ଟଙ୍କାରେ ବିକ୍ରି କରେ ବାହାରେ । ଲୋକଟା ଯେତେ ସରଳ ଦେଖାଯାଉଚି ସେତେ ସରଳ ନୁହେଁ । ସେଇଟା ଗୋଟିଏ ହିପୋକ୍ରେଟ୍ । ତୁ ସାବଧାନ ଥିବୁ । କେବେ ବି ମଡ଼େଲ ହେବାକୁ ରାଜି ହେବୁନି । ନହେଲେ ତୋ'ଲାଇଫ ବରବାଦ ହେଇଯିବ... ।

ଅବିନାଶ କହୁଥିଲେ, ତମେ ସେଦିନ ମୋ ଉପରେ କ୍ଷୁବ୍ଧ ହେଇ ଚାଲିଗଲା ପରେ ପରେ ଆସି ପହଞ୍ଚିଲା ନିରୂପମା । ମୋର ବିଷଣ୍ଣତାର କାରଣ ପଚାରି କହିଲା, ଯେକୌଣସି ନାରୀର ନ୍ୟୁଡପୋଷ୍ଟର ହିଁ ଖୁବ୍ ଉତ୍ତେଜକ । ତା'ର ଗ୍ରାହକ ସମସ୍ତେ । ସେ ତୃଷ୍ଣାର ହେଉ ବା ହେଉ ମୋର । ମୁଁ କ'ଣ ମଡ଼େଲ ହେବାକୁ ଯୋଗ୍ୟ ନୁହେଁ ? ଦେଖ୍‌ଲ... ଆଉ ତା'ପରେ ସେ କ'ଣ କଲା ଜାଣ ତୃଷ୍ଣା ? ଛିସ୍... ନିର୍ବିକାର ନିଃସଙ୍କୋଚ ଭାବରେ ସେ ତା'ର ସମସ୍ତ ବସ୍ତ୍ର ଗୋଟିକ ପରେ ଗୋଟିଏ ଓହ୍ଲେଇ ଦେଇ ଠିଆ ହେଇଗଲା ମୋ ସାମ୍ନାରେ । ଓଃ, କି ବିଭସ୍ ସେ ଦୃଶ୍ୟ ! ମୁଁ ଆଖି ବୁଜି ପକେଇଲି ।

ପ୍ରିୟ ନାରୀର ଦେହଠାରୁ ଭିନ୍ନ ନାରୀର ଉଲଗ୍ନତା କି ବୀଭସ୍ସ ! କି କୁସ୍ରିତ !! ମୁଁ ତାକୁ ସେଇମିତି ଆଖି ବୁଜି କହିଲି, ତମେ ଚାଲିଯାଅ ନିରୂପମା... ଏତେ ଅଶ୍ଳୀଳତା ମୁଁ ବରଦାସ୍ତ କରିପାରିବି ନାଇଁ... ତମେ ଶୀଘ୍ର ଯାଅ। ତମର ଏ ଉକ୍ଟ ନଗ୍ନତା ମୋର ମଡ଼େଲ ହେବାକୁ ସଂପୂର୍ଣ୍ଣ ଅନୁପଯୁକ୍ତ... ତମେ ଚାଲିଯାଅ... ଗେଟ୍‌ଆଉଟ୍...।

ଖୁବ୍‍ ଉତ୍କ୍ଷିପ୍ତ ହେଇଉଠିଲା ସେ। ଖୁବ୍‍ ଉପ୍ପାତ ଆରମ୍ଭ କରିଦେଲା ମୋ ଷ୍ଟୁଡ଼ିଓ ଭିତରେ। ମୋର ସମସ୍ତ ପେଣ୍ଟିଂ ଚିରି ଟୁକୁରା ଟୁକୁରା କରି ଫୋପାଡ଼ିଲା ମୋ ଉପରକୁ। ଉଲଗ୍ନ ହେଇ ସେ ଯେମିତି ତାଣ୍ଡବନୃତ୍ୟ କରୁଥିଲା ମୋ ଷ୍ଟୁଡ଼ିଓ ଭିତରେ। ନିମିଷକ ମଧରେ ମୋର ସମସ୍ତ ସାଧନାକୁ ନଷ୍ଟ କରିଦେଇ ମୋ ମୁହଁ ଉପରେ ମେଞ୍ଚାଏ ରଂଗ ଛାଟି ଦେଇ ନିଷ୍ଠ୍ରାନ୍ତ ହେଇ ଯାଉ ଯାଉ କହିଲା, ଗୋଟାଏ ଅପହଞ୍ଚ ସ୍ୱପ୍ନକୁ ହାତ ବଢ଼େଇ ହାତପାହାନ୍ତାରେ ଥିବା ବାସ୍ତବତାକୁ ତମେ ଏମିତି ଆଡ଼େଇ ଦେଇପାର ? ଏତେ ଅହଂକାର... ଛି...

ମୁଁ ସେଇଦିନ ହିଁ ସେ ସହର ଛାଡ଼ିଦେଲି। ଆଉ ଛାଡ଼ିଦେଲି ମଧ ପେଣ୍ଟିଂ।

ତୃଷ୍ଣା ସ୍ତବ୍ଧ ହେଇଯାଉଥିଲା। ଈର୍ଷ୍ୟା, ଅସୂୟା ପ୍ରଣୋଦିତ ପ୍ରତିହିଂସା ପରାୟଣା ନାରୀ ଚରିତ୍ରର ଆଉ ଗୋଟିଏ ଦିଗ ତା' ସାମ୍ନାରେ ଉନ୍ମୋଚିତ ହେଇଯାଉଥିଲା।

ସେ ଖୁବ୍‍ ଭଗ୍ନ ସ୍ୱରରେ କହିଲା, ହେଲା ତ... ପେଣ୍ଟିଂ ଛାଡ଼ିଦେଲ। ଅନ୍ୟ କୌଣସି ମାର୍ଗରେ ଜୀବନ ଗଢ଼ିପାରିଥାନ୍ତ ହେଲେ...।

ଚେଷ୍ଟା କରିଥିଲି ତୃଷ୍ଣା, ଚେଷ୍ଟା କରିଥିଲି। ପାରିଲି ନାହିଁ। ଗୋଟାଏ ଅପରାଧବୋଧ ମୋତେ ସଦାସର୍ବଦା ବିବ୍ରତ କରି ରଖୁଥିଲା। ତମକୁ ସାମ୍ନା କରିବାର ସାହସ ମ୍ ସଂଚୟ ପରିପାରୁନଥିଲି। ଗୋଟିଏ ଡାହାଣୀକୁ ମଡ଼େଲ ନକରି ମୋ ଜୀବନର ଶିଳ୍ପୀହେବାର ସ୍ୱପ୍ନକୁ ମୁଁ ଉଜେଇଦେଲି ଅଥଚ ମୋ ମନର ପ୍ରତିମା, ମୋ ହୃଦୟେଶ୍ୱରୀ, ମୋ ପ୍ରିୟତମା ତୃଷ୍ଣାର ଅଭିଲଷିତ ଶିଳ୍ପୀଟିଏ ହେଇ ପାରିଲି ନାଇଁ !! ତା'ର ଗୋଟିଏ ହେଲେ ରୂପ ଆଙ୍କିପାରିଲି ନାଇଁ ! ମୋତେ ଲାଗିଲା ତମକୁ ନଆଙ୍କିଲେ ଯେମିତି ମୋ ଲିଷ୍ଟ‌ଜୀବନ ବ୍ୟର୍ଥ ହେଇଯିବ। ଜୀବନବ୍ୟାପୀ ଅବସୋସିତ ଆତ୍ମା ନେଇ ମୁଁ ଘୁରିବୁଲିବି। କିନ୍ତୁ ମୁଁ ତ ପେଣ୍ଟିଂ ଛାଡ଼ିଦେଇଚି, ଆଙ୍କିବି କେମିତି ? ନିଷ୍ଠଟି କଲି ହେବି ମୃଣ୍ମୟ ଶିଳ୍ପୀ – କ୍ଲେ ମଡ଼େଲିଷ୍ଟ। ଗଢ଼ିବି ମୋ ପ୍ରିୟତମାର ଛବି ନୁହେଁ, ମୂର୍ତ୍ତି। ଜୀବନ୍ତ ମୂର୍ତ୍ତି। ସମସ୍ତ ନିଷ୍ଠାନେଇ ମୁଁ ସେ ସାଧନା ତୃଷ୍ଣାରେ ନିମଗ୍ନ ହେଇଗଲି। ଆଉ ଯେଉଁଦିନ ମାଟି ଭିତର ଦେଇ ମୋ କଳ୍ପନାକୁ ସାକାର କରିବାର ଦକ୍ଷତା ହାସଲ କଲି, ସେଦିନ ମୋ ଭିତରେ ଆଉ ଗୋଟିଏ ଇଚ୍ଛା ଜାଗ୍ରତ ହେଲା। ସେଇ ଅନୁଚିତ ଇଚ୍ଛା।

ଅନୁଚିତ ଇଚ୍ଛା... ଓଃ ଖୁବ୍‍ ଉତ୍ପାଡ଼କ ଏଇ ବାକ୍ୟଟି। ଏଇଥ ପାଇଁ ଦୀର୍ଘ

କୋଡ଼ିଏ ବର୍ଷ ଧରି ଜଳୁଚି ଦିକ୍‌ଦିକ୍ ହୋଇ। ପୋଡ଼ି ଦେଇଚି ଜଣକ ଜୀବନ - ଆଉ ଜଣକ ମନ...। ତୃଷ୍ଣା ଭାବୁଥିଲା।

ହଁ, ଅନୁଚିତ ଇଚ୍ଛା କ'ଣ ଜାଣ ତୃଷ୍ଣା ! ତମକୁ ଆଗରେ ଥୋଇ ତ ଚିତ୍ରଟିଏ ଆଙ୍କି ପାରିଲି ନାଇଁ। କଳ୍ପନାରେ କିନ୍ତୁ ଗଢ଼ିଲି ମୂର୍ତ୍ତିଟିଏ। କେତେ ବିନିଦ୍ର ରଜନୀ କଟିଚି। କେତେ ମଦ ପିଇଚି। ଜୀବନକୁ ତିଳ ତିଳ କରି ଜାଳିଚି। ବର୍ଷ ବର୍ଷ ଧରି ତମକୁ କଳ୍ପନାରେ ଆଣି ଆଣି ଗଢ଼ି ଶିଖିଛି ତମର ମୂର୍ତ୍ତି। ଆଖି ବୁଜିଲେ ତ ତମେ ମୋ ହୃଦୟରେ। ଆତ୍ମାରେ। ଆଉ ଆଖି ଖୋଲିଲେ ଚତୁର୍ଦ୍ଦିଗରେ। ସବୁଆଡ଼େ ତୃଷ୍ଣାମୟ। ତୃଷ୍ଣା... ତମେ ମୋ ମନରେ ଯେଉଁ ତୃଷ୍ଣା ଜଗାଇ ଦେଇଥିଲ, ମନରେ ମୋର ଭରି ଦେଇଥିଲ ଯେଉଁ କାମନାର ନିଶା, ତାହା ତ ପୂର୍ଣ୍ଣ ହେଲାନାଇଁ। ତୃଷ୍ଣା ! ତମେ ରହିଗଲ ସବୁଦିନ ତୃଷ୍ଣାଟିଏ ହୋଇ ମୋତେ ତୃଷିତ କରିଦେଇ ଆଜୀବନ। କିନ୍ତୁ ତମର ପ୍ରତିରୂପ ମୋ ତୃଷ୍ଣା ମେଂଟାଇ ଆସିଚି, କେବେ ପ୍ରତାରିତ କରିନାଇଁ। ଅନ୍ତତଃ ଏତିକି ଖୁସି ଯେ ମୋ ହାତଗଢ଼ା ତୃଷ୍ଣା ହିଁ ମୋ ତୃଷିତ ଜୀବନର ସର୍ବଶେଷ ଆଶ୍ୱାସନା... ଦେଖିବ ତାକୁ ? ଆସ... ଅବିନାଶ ଉଠିଲେ। ଗୋଡ଼ ଠିକ୍ ପଡୁନାଇଁ। ହଉଚି ଟଳମଳ। ଆଖିକୁ ଠିକ୍ ଦିଶୁନି, ହେଉଉଠୁଚି ଛଳଛଳ ।

ତୃଷ୍ଣା ଧରି ପକାଇଲା । କୁଆଡ଼େ ଯିବ ?

ସେଇ ମୋର କୋଠରୀକୁ। ମୋତେ ଧର। ଆସ ।

ପର୍ଦ୍ଦା ଆଡ଼େଇ ଆଉ ଗୋଟିଏ ଛୋଟ କୋଠରୀକୁ ପଶିଲେ ଅବିନାଶ। ପଛେ ପଛେ ତୃଷ୍ଣା। ଅବିନାଶ ସୁଇଚ୍ ଦେଲେ । ଉଜ୍ଜ୍ୱଳ ଆଲୋକ ଖେଳିଗଲା କୋଠରୀସାରା। ତୃଷ୍ଣାକୁ ସବୁ ରହସ୍ୟମୟ ଜଣାଯାଉଚି। ତା' ମୁଣ୍ଡ ଗୋଳମାଳ ହେଇଯାଉଚି।

ଅବିନାଶ କହିଲେ , ବସ ତୃଷ୍ଣା। ଏହା ମୋର ନିଷିଦ୍ଧ କୋଠରୀ। ଏଠାକୁ କେହି କେବେ ଆସିନାହାନ୍ତି ଆଗରୁ। ତମକୁ ବାରଣ ନାଇଁ । କାରଣ ତମେ ତ ଖୋଦ୍ ଏ କୋଠରୀର ସାମ୍ରାଜ୍ଞୀ। ଅବିନାଶ ବସିପଡ଼ିଲେ ଚେୟାରରେ। ପାଖ ଟି' ପୟ ଉପରେ ମଦ। ମଦ ଦି' ଗ୍ଲାସ ଢ଼କ ଢ଼କ ପିଇ ଦେଲେ ଅବିନାଶ। ତୃଷ୍ଣା ଦେଖୁଚି ସବୁ ଆବାକାବା ହୋଇ। ନିର୍ବାକ୍ ନିଷ୍ପନ୍ଦ ତା'ର ଚେତନା, ତା'ର ଚିନ୍ତାଶକ୍ତି ।

ଅବିନାଶ ସେଇମିତି ଭଂଗା ଭଂଗା ସ୍ୱରରେ କହିଲେ, ମୋତେ କ୍ଷମା କରିବ। ମୋର ଅନୁଚିତ ଇଚ୍ଛାଟାକୁ ତମେ ସାକାର କରିନଥିଲ ସ୍ୱଦେହରେ। ମୁଁ ତାକୁ କିନ୍ତୁ ସାକାର କରିଚି କଳ୍ପନାରୁ।

ତୃଷ୍ଣା କିଛି ବୁଝିପାରୁନଥିଲା। କହିଲା, ଅବିନାଶ ! ମୋର ସେଇ ଅନାଗ୍ରହ ପାଇଁ ତମେ ଜୀବନଟାକୁ ଏଇମିତି ନଷ୍ଟକରିଦେଲ... ପୁଣି ସାକାର କଲ କିପରି ?

ଅବିନାଶ ମ୍ଲାନ ହସିଲେ । କହିଲେ, ସେଇ ସାକାର ରୂପକୁ ତ ତମକୁ ଦେଖେଇବାକୁ ବଂଚିଛି ଏଯାବତ୍ । ନହେଲେ ମୋର ଆଉ ଅଛି କ’ଣ ? ମଦ ଆଉ ଧୂଆଁ ତ ମୋ ମାଂସକୁ ସବୁ ପୋଡ଼ି ସାରିଚନ୍ତି କେଉଁ ଦିନରୁ । ଖାଲି ପ୍ରାଣଟା ଛଟପଟ ହେଉଥିଲା ତମକୁ ଭେଟିବା ପାଇଁ । ସେଇଥିପାଇଁ ସବୁ ସହରରେ ତମ ରୂପକୁ ଫୁଟେଇଚି ବିଭିନ୍ନ ମୂର୍ତ୍ତିରେ । କାଳେ ତମେ ସେ ସହରରେ ଥିଲେ ମୋ ପାଖକୁ ଧାଇଁ ଆସିବ ସେ ମୂର୍ତ୍ତି ସବୁକୁ ଦେଖ୍ୱା ପରେ । କିନ୍ତୁ ସେ ପ୍ରତୀକ୍ଷା ସରେ ନାଇଁ । ଆଉ ଏ ସହରରେ ତମେ ଅଛ, ଆଉ ଚାନ୍ଦିନୀଚୌକର ସେ ଦେବୀମୂର୍ତ୍ତି ଦେଖ୍ ମୋର ସଂଧାନ ନେଇ ଏଠିକି ଛୁଟି ଆସିଚ... ଏତେ ଦିନକରେ ସାର୍ଥକ ହେଲା ମୋର ପ୍ରତୀକ୍ଷା । ମୁଁ ଜାଣିଥିଲି ତମେ ଯେଉଁଠି ଥାଅ ନିଶ୍ଚୟ ଭେଟହେବ ମୋର ମୃତ୍ୟୁ ପୂର୍ବରୁ । ଆଜି ସେ ମହାର୍ଘ ସମୟ ଆସିଚି ତୃଷା । ଖୁବ୍ ଡେରିରେ ହେଲେ ବି ମୋ ପ୍ରତୀକ୍ଷାର ଶେଷ ହୋଇଚି... ।

ଅବିନାଶ କାନ୍ଦୁଥିଲେ । କହିଲେ, ତୃଷା ! ମହିଷାସୁରକୁ ବଧ କଲାବେଲେ ଦେବୀ ଉଲଗ୍ନ ହୋଇଥିଲେ । ଏହା ପୁରାଣ ବର୍ଣ୍ଣିତ । ତାଙ୍କର ସେ ଉଲଗ୍ନ ଯୌବନ ଦର୍ଶନ ମାତ୍ରକେ ମୋହାଚ୍ଛନ୍ନ ହେଇ ପଡ଼ିଥିଲା ସେ ଦୁଷ୍ଟ ରାକ୍ଷସ । ହେଇପଡ଼ିଥିଲା ବିବଶ । ତାହାହିଁ ଥିଲା ବିଧିନିର୍ଦ୍ଧିଷ୍ଟ । ଆଉ ମା’ ତାକୁ କରିଥିଲେ ହତ୍ୟା । ସେଇ ଦେବୀମୂର୍ତ୍ତିଙ୍କୁ ଆମେ ପୂଜା କଲାବେଲେ କରୁଚନ୍ତି ବସ୍ତ୍ରାବୃତ । କାରଣ ଏଇଟା ସାମାଜିକତା । ଦେବୀଙ୍କ ମୂର୍ତ୍ତି ଗଢ଼ିଲାବେଲେ ମୁଁ ତମକୁ ହିଁ ଗଢ଼ୁଥିଲି । ମୋ କଳ୍ପନାରେ ଗଢ଼ି ଥିବା ତମର ଅଙ୍ଗ ବଲ୍ଲରୀ କୁ ମୁଁ ଫୁଟେଉଥିଲି ମୂର୍ତ୍ତିର ପ୍ରତ୍ୟେକ ଅଂଶରେ । କିନ୍ତୁ କରିଥିଲି ବସ୍ତ୍ରାବୃତା । ତମକୁ ସମସ୍ତଙ୍କ ସାମ୍ନାରେ ଉଲଗ୍ନ କରି ତମର ମର୍ଯ୍ୟାଦା କ୍ଷୁର୍ଣ୍ଣ କରିପାରି ନଥାନ୍ତି କେବେ । ତମେ ଦିନେ ସେହି ମର୍ଯ୍ୟାଦା ପ୍ରଶ୍ନରେ ହିଁ ମୋଠାରୁ ଦୂରେଇ ଯାଇଥିଲ । ସେଦିନ ମୁଁ ମୋ ମୋର ଭୁଲ୍ ବୁଝିଥିଲି । ନାରୀର ନଗ୍ନତାକୁ ବିଜ୍ଞାପିତ କଲେ ତା’ର ସୌନ୍ଦର୍ଯ୍ୟ ନଷ୍ଟ ହୁଏ । ତାହା ହୋଇଯାଏ ପଣ୍ୟ । ପଣ୍ୟବସ୍ତୁରେ ଉତ୍ତେଜନା ଅଧିକ ଥାଇପାରେ କିନ୍ତୁ ଆନ୍ତରିକତା ଥାଏ କମ୍ । ଭୋଗ କରିବାର ପ୍ରାବଲ୍ୟ ଥାଇପାରେ, କିନ୍ତୁ ଥାଏ ଦାୟିତ୍ୱହୀନତା । ସେଥିରେ ଅଶ୍ଳୀଳ ଆମୋଦ ଥାଇପାରେ, ନଥାଏ କିନ୍ତୁ ହାର୍ଦ୍ଦିକ ନିବିଡ଼ତା । ତେଣୁ ସେଦିନର ସେଇ ଅନୁଚିତ ଇଚ୍ଛା ପାଇଁ ଖୁବ୍ ଅନୁତପ୍ତ ହେଇ ପଡ଼ିଥିଲି । କଳାକୁ କଳଙ୍କିତ କରିନଥିଲି । କିନ୍ତୁ ତମକୁ ନିଜର ଭାବିସାରିବା ପରେ ମୋର ଅବଚେତନରେ ମଧ ତମେ ମୋର ଭୋଗ୍ୟା ହୋଇ ସାରିଥିଲ । ତମର ଉଲ୍ଲଂଘତା ହେଇ ପଡ଼ିଥିଲା ମୋର ନିଜସ୍ୱ । ସେଠି ଆଉ କାହାରି ଭୂମିକା ନଥିଲା । ପ୍ରିୟ ପୁରୁଷ ପାଖରେ ନାରୀର ଉଲ୍ଲଂଘତା ମୋତେ ଅଶ୍ଳୀଳ ନୁହେଁ ବରଂ ଶ୍ଳୀଳ, ଆନନ୍ଦ ।

କିନ୍ତୁ ବହୁ ଆଖ୍ ସାମ୍ନାରେ ସାମାନ୍ୟ ବକ୍ଷଦେଶ ପ୍ରଦର୍ଶନ ହିଁ ଖୁବ୍ ଅଶ୍ଲୀଳ ଓ ଅସାମାଜିକ । ତେଣୁ ସିନେମା ଓ ଟି.ଭି. ପର୍ଦ୍ଦାରେ ଦେଖା ଯାଉଥିବା ନାରୀମାନଙ୍କ ଯୌବନର ଅଶ୍ଲୀଳ ପଣ୍ୟତା ପ୍ରତି ଆମର ରୁଚିପୂର୍ଣ୍ଣ ଚିନ୍ତାଧାରାଟିଏ ଥାଏ କି ?

ତୃଷ୍ଣା ଖୁବ୍ ବିବଶ ହେଇପଡ଼ୁଥିଲା । ଅବିନାଶଙ୍କର ଯୌନଦର୍ଶନର ବ୍ୟାଖ୍ୟାରେ ସେ ହେଇ ପଡ଼ୁଥିଲା ଅନିଶ୍ୱାସୀ । ତାଙ୍କ ମନରେ ଦୟା ଆସୁଥିଲା । ବହୁଦିନର ଉଦ୍‌ଗତ ଭାବଟାକୁ ତ ସେ ଚାପି ରଖିଥିଲେ ଏପର୍ଯ୍ୟନ୍ତ । ଏବେ ଖୁବ୍ ପ୍ରଗଲ୍‌ଭ ହେବା ସ୍ୱାଭାବିକ । କାରଣ ତାଙ୍କ ଜୀବନର ଚନ୍ଦନବନ ତ ତାରି ପାଇଁ ଭସ୍ମସାତ । ସୁତରାଂ ତୃଷ୍ଣା ବିରକ୍ତ ହେଉନଥିଲା ବରଂ ସାମ୍ନାରେ ଆଉ ଜଣେ ଦେବଦାସକୁ ଭେଟୁଥିଲା । ପ୍ରେମର ଅଥଳତାକୁ ହୃଦବୋଧ କରୁଥିଲା ।

ଅବିନାଶ ପୁଣି କହିଲେ, ତୃଷ୍ଣା ମୋ ଜୀବନରେ ଗୋଟିଏ ଅପୂର୍ଣ୍ଣ ଇଚ୍ଛା ରହିଯାଇଛି । ତାକୁ କଳ୍ପନାରେ ପୂଟ ଦେଇ ଯାହା ସାକାର କରିଚି ଚିତ୍ରରେ, ମୂର୍ତ୍ତିରେ । ମୋ ଜୀବନରେ ବହୁ ନାରୀଙ୍କର ଚିତ୍ରପଟ ମୁଁ ଆଙ୍କିଚି । ସେମାନଙ୍କର ଉଚ୍ଛଳ ନଗ୍ନତାକୁ ପ୍ରକାଶ କରିଚି । କିନ୍ତୁ ସେ ନାରୀମାନେ ସବୁ ନିଷ୍ଛକ କଳ୍ପନାର । ତମକୁ ଯେଉଁ ରୂପ ଦେଇଚି ତାହା ସଂପୂର୍ଣ୍ଣ ବାସ୍ତବ । ତାହା କେତେଦୂର ବାସ୍ତବ ତମେ ତା'ର ପରୀକ୍ଷା କରିବ । ଆଉ ମୋର ଶେଷ ଅନୁରୋଧ ଟିକକ ରଖିବ ତୃଷ୍ଣା ! ଜୀବନର ଶେଷ ଦର୍ଶନରେ ଅନ୍ତତଃ...

ପ୍ରଗଲ୍‌ଭା ହେଇପଡ଼ୁଚି ତୃଷ୍ଣା । ଖୁବ୍ ଉତ୍ତ୍ୟକ୍ତ ହେଇ କହିଲା : ଅବିନାଶ ! ଗୋଟିଏ ଇଚ୍ଛାକୁ ସାକାର କରିବା ପାଇଁ ତମେ ତମ ଜୀବନଟାକୁ ଧୂପ କରିଦେଲ । ପ୍ରେମ କ'ଣ ତମକୁ ଦେଖ୍‌ଲା ପରେ ଆଉ ଅବଶିଷ୍ଟ କିଛି ନାଇଁ ବୂଝିବାକୁ । ମୋର ଟିକିଏ ସ୍ମୃତିପାଇଁ ତମେ ଏଡ଼େବଡ଼ ତ୍ୟାଗ କରିସାରିଲା ପରେ ତା'ର ସାମାନ୍ୟ ପ୍ରତିଦାନ ପାଇଁ ମୁଁ ତମର ଯେକୌଣସି ଅନୁଚିତ ଇଚ୍ଛା ପୂରଣ କରିବାକୁ ପ୍ରସ୍ତୁତ ଅଛି । ନହେଲେ ନାରୀର ହୃଦୟ ବୋଲି କିଛି ଗୋଟାଏ ଯେ ଥାଏ ତାହା ଅପ୍ରମାଣିତ ହେଇଯିବ ସବୁଦିନ । ପ୍ରେମ ହେଇ ରହିଯିବ କଳଙ୍କିତ ।

ଅବିନାଶ ଯେମିତି ଆମୃତୃପ୍ତିରେ ଉବୁଟୁବୁ ହେଇଗଲେ । ଥର ଥର ପାଦ ଓ କଂପିତ ହାତରେ ସେ ଉଠିଲେ, ଆଉ ସାମ୍ନାରେ ଥିବା ସ୍ତାଚ୍ୟୁ ଉପରୁ ଗାଢ଼ ଲାଲ୍ ରଂଗର ଭେଲଭେଟ ଆବରଣଟି କାଢ଼ି ଫୋପାଡ଼ି ଦେଲେ ।

ଚମକି ପଡ଼ିଲା ତୃଷ୍ଣା । ତା' ପାଦ ତଳୁ ମାଟି ସବୁ ଧସ୍‌କି ପଡ଼ିଲା । କେଉଁଠି ଯେମିତି ଗୋଟାଏ ପ୍ରଚଣ୍ଡ ବିସ୍ଫୋରଣର ଆଉ୍‌ଜ । ସେ ଦେଖୁଥିଲା ତା ସାମ୍ନାରେ ତାର ସଂପୂର୍ଣ୍ଣ ଉଲଗ୍ନ ପ୍ରତିମୂର୍ତ୍ତି । ଅର୍ଦ୍ଧ ଶାୟିତା ଅବସ୍ଥାରେ କାମନାର ଜ୍ୱଳନରେ... । ସେ

ବିଶ୍ୱାସ କରିପାରୁନଥିଲା, କିଏ ସତ ? ସେ ନିଜେ ନା ସେ ମୂର୍ତ୍ତି ! ତା’ ଅଙ୍ଗ ପ୍ରତ୍ୟେକର ସମସ୍ତ କୋଣ ଅନୁକୋଣ ଯେମିତି ଚିତ୍ରିତ ହେଇଯାଇଚି ମୂର୍ତ୍ତିରେ । ଏପରିକି ତା ବାମସ୍ତନର, ନାଭିତଳର, ଜାନୁଦେଶର ତଥା ଦକ୍ଷିଣ ନିତମ୍ବରେ ଥିବା ତିଳଚିହ୍ନମାନେ ବି ବାଦ ଯାଇନାହାଁନ୍ତି । ତୃଷ୍ଣା ରୀତିମତ ହତବମ୍ବ ହେଇ ଯାଉଥିଲା । ତା ଦେହର ଗୋପନୀୟ ଅଙ୍ଗ ପ୍ରତ୍ୟଙ୍ଗର ନିଭୃତ ଭଳାକା ସବୁକୁ କେମିତି ଫୁଟେଇଲେ ଅବିନାଶ ? ସେ ତ କେବେ ଉଲଗ୍ନ ହେଇନାହିଁ ତାଙ୍କ ସାମ୍ନାରେ । ଶିଳ୍ପୀ କ’ଣ ଦିବ୍ୟଦ୍ରଷ୍ଟା ! ଲଜ୍ଜାର ଆରୁଣିମା ତା’ ଦେହସାରା ଫୁଟି ଉଠୁଥିଲେ ବି କି ଏକ ସମ୍ମୋହନରେ ଦେଖୁଥିଲା ସେ ତା’ର ଉଲଗ୍ନ ପ୍ରତିମୂର୍ତ୍ତିକୁ...।

ଅବିନାଶ ମୁହଁରେ ଅନେକ ତୃପ୍ତିର ଝଲକ । ଆମ୍ଭସଂତୋଷର ପରିପୂର୍ଣ୍ଣତା । ମୁହଁରେ ସୃଷ୍ଟି ସାର୍ଥକତାର ସ୍ନିତ ହସ । କହିଲେ : ତୃଷ୍ଣା, ସେଦିନ ଲିଓ ନାର୍ଡୋ–ଡା– ଭିନିସ୍ ମୋନାଲିସା ମୁହଁରେ ସେ ବିଲୋଳହସ ଫୁଟାଇ ସାରିଲା ପରେ ଯେଉଁ ଅଧୀରତା, ଯେଉଁ ଆମ୍ଭତୃପ୍ତି, ଯେଉଁ ସାର୍ଥକତା ଉପଲବ୍ଧି କରିଥିବେ ତାହା ମୁଁ ଉପଲବ୍ଧି କରୁଚି ଏବେ । ସ୍ରଷ୍ଟା ଯେତେବେଳେ ସୃଷ୍ଟି ପାଖରେ ହାର୍ ମାନିଯାଏ, ଆମ୍ଭଦ୍ୱନ୍ଦ୍ୱରେ ବାରଂବାର ନିଜକୁ ପଚାରୁଥାଏ ମୁଁ ନିଜେ କ’ଣ ସୃଷ୍ଟି କରିଚି ଯା’କୁ ! ସତରେ ମୁଁ ଏହାର ସ୍ରଷ୍ଟା ! ସେତେବେଳେ ତା’ର ସାଧନାରେ ଆସେ ସାର୍ଥକତା । ପାଏ ଜୀବନର ପୂର୍ଣ୍ଣତା । ତୃଷ୍ଣା, ଯେଉଁଦିନ ଏ ମୂର୍ତ୍ତି ଗଢ଼ାସରିଲା, ସେଇଦିନଠୁଁ ପ୍ରତିଦିନ ଢେର ରାତିଯାଏ, ଯା’ରି ଆଗରେ ବସେ । ମଦପିଏ । ଆଉ ବିଭୋର ହେଇ ସେଇ ପ୍ରଶ୍ନ ପଚାରୁଥାଏ । ତୃଷ୍ଣା ! ସତରେ କ’ଣ ମୁଁ ଠିକ୍ ଭାବରେ ଗଢ଼ିପାରିଚି ତମକୁ? ଠିକ୍ ଭାବରେ ଫୁଟେଇ ପାରିଚି ତମ ଅଙ୍ଗସୌଷ୍ଠବ ? ମୋହାଚ୍ଛନ୍ନ ଭାବେ ହାମୁଡ଼େଇ ପଡ଼ିଥାଏ ଏଇ ଟୂଲ୍ ଉପରେ ଦିନ ପର୍ଯ୍ୟନ୍ତ । ଆଜି ତମେ ସାମ୍ନାରେ । କୁହ ତୃଷ୍ଣା, ତମକୁ ଠିକ୍ ଗଢ଼ିଚି ତ ! ନା ରହିଯାଇଚି କେଉଁଠି କିଚ୍ଛି ବିକୃତି ? ତମରି ଉତ୍ତର ହଁ ମୋର ଚରମ ସଫଳତା । କୁହ ତୃଷ୍ଣା, କୁହ । ମୋର କଳ୍ପନା ଠାରୁ ବାସ୍ତବତାର ସୀମାରେଖା କେତେଦୂର ? ନା କିଚ୍ଛି ହଁ ପ୍ରଭେଦ ନାଇଁ? କୁହ ତୃଷ୍ଣା...

ଏକ ଅଧୀର ଆବେଗର ଆକୁଳିତ ପ୍ରଶ୍ନ । ଶୈଳ୍ପିକ ନିଷ୍ଠାର ପ୍ରଶ୍ନ । ପ୍ରେମ ସାଧନାର ପ୍ରଶ୍ନ । ସୃଷ୍ଟି ସର୍ଜନା ଠାରୁ ପ୍ରଲମ୍ବିତ ଏଯାବତ ପଚାରି ଆସୁଚି ସ୍ରଷ୍ଟା ଏକ ସର୍ବକାଳୀନ ପ୍ରଶ୍ନ । ଏପରିକି ବିଶ୍ୱସ୍ରଷ୍ଟା ଈଶ୍ୱର ଯେମିତି ଏଇ ପ୍ରଶ୍ନ ପଚାରି ପଚାରି ହୁଏତ କୌଣସି ତ୍ରୁଟି ସୁଧାରିବାକୁ ସଜଉଛନ୍ତି ପୃଥିବୀକୁ ପ୍ରତିଦିନ ନୂଆରୂପରେ, ପ୍ରକୃତିକୁ ନୂଆ ଛନ୍ଦରେ...। ସେ ବି ଯେମିତି ସଂତୁଷ୍ଟ ନୁହନ୍ତି ତଥାପି ତାଙ୍କ ସୃଷ୍ଟିରେ... ।

ତୃଷ୍ଣାର ଭାବଜଗତରେ ଖୁବ୍ ଆଲୋଡ଼ନ । ଖୁବ୍ ହଇଚଇ । ସିଏ ବାସ୍ତବରେ

ଯେତେ ନିରିଖେଇ ନାହିଁ ନିଜ ଦେହକୁ, ଅବିନାଶ ନିରେଖୁଛନ୍ତି ସେତେ ତାଙ୍କ ଅର୍ଦ୍ଧଚକ୍ଷୁରେ। ଏହାଠାରୁ ପ୍ରେମର ଆଉ କେଉଁ ଅନୁଭବ ବଡ଼ ହୋଇପାରେ? ଗୋଟିଏ ଲୋକ ନିଜ ଜୀବନକୁ ଜାଳିଦେଇଛି ଗୋଟିଏ ମୂର୍ତ୍ତି ପାଇଁ। ସମସ୍ତ କଳାସାଧନାକୁ ନିଃଶେଷ କରିଦେଇଚି ମୂର୍ତ୍ତିକୁ ଜୀବନ୍ତ କରିଦେପାଇଁ...।

ତୃଷ୍ଣା ଚାହିଁଲା। ଅବିନାଶ ଚାହିଁଛନ୍ତି ତା'ଆଡ଼େ ଏକ ସାର୍ଥକ ପରିପୂର୍ଣ୍ଣତାର ଚାହାଣୀରେ। ପଚାରିଲା : ଅବିନାଶ, କଳ୍ପନାରୁ ମୋତେ ସାକାର କରିଦେଲ ତନ୍ମତନ୍ମ କରି, ମୂର୍ତ୍ତିରେ। ହେଲେ ମୋ ନିଭୃତ ଛାଲାକା ସବୁର କଳାଜାଇ ମାନଙ୍କୁ କେମିତି ଜାଣିଲ ଯେ' ଚିତ୍ରିତ କଲ ମୂର୍ତ୍ତିରେ ?

ଅବିନାଶ ହସିଉଠିଲେ   ହୋ ହୋ ହେଇ। କହିଲେ, ତୃଷ୍ଣା, ତମ ଅଙ୍ଗର ଯେଉଁ ଯେଉଁ ସ୍ଥାନରେ ତିଳଚିହ୍ନଟିଏ ଆଙ୍କିଲେ ସୁନ୍ଦର ଲାଗନ୍ତା, ମୁଁ ଆଙ୍କିଲି। ଆଉ ମୁଁ ଜାଣିଚି ଭଗବାନଙ୍କର ମୋଠାରୁ ସୌନ୍ଦର୍ଯ୍ୟଜ୍ଞାନ ଯଥେଷ୍ଟ ହୋଇଥିବ। ତାହା ସେ ନିଶ୍ଚୟ ଆଙ୍କିଥିବେ ତମ ଦେହରେ। ଶିଳ୍ପୀ ସିନା ସୌନ୍ଦର୍ଯ୍ୟ ଫୁଟାଏ ମୂର୍ତ୍ତିରେ, ଈଶ୍ୱର ତ ଫୁଟାନ୍ତି ସ୍ୱୟଂ ମଣିଷ ଦେହରେ। ତାକୁ ଏତେ ସୁନ୍ଦର କରି ଗଢ଼ିଲାବେଲେ ସେ କ'ଣ ଭୁଲିଯାଇଥିବେ ଏକଥା ? ଆଉ ଶିଳ୍ପୀଟି କଳ୍ପନାରେ ସେ ସୌନ୍ଦର୍ଯ୍ୟକୁ ଆଙ୍କିଦିଏ ବୋଲି ତ ସେ ଦ୍ୱିତୀୟ ଈଶ୍ୱର...।

ତୃଷ୍ଣାର ଆଉ କହିବାର ଥିଲା କ'ଣ ? ସିଏ ଯେମିତି ନିଜେ ସାମ୍ନା କରୁଚି ତା'ର ସ୍ରଷ୍ଟାଙ୍କୁ। ନିଜର ଈଶ୍ୱରଙ୍କୁ। ତା' ଆଖିରୁ ଆନନ୍ଦର ଲୁହ ଝରି ପଡ଼ୁଥିଲା।

ଅବିନାଶ କୋହ ସମ୍ୱରଣ କରୁଥିଲେ। ତାଙ୍କର ଶୀର୍ଷ ଶିରାଳ ହାତରେ ତୃଷ୍ଣା ଆଖିରୁ ଲୁହ ପୋଛି ଦେଉ ଦେଉ କହିଲେ, କାନ୍ଦନି ତୃଷ୍ଣା, କାନ୍ଦନି। ତମ ଆଖିରେ ଲୁହ ଦେବିନି ବୋଲି ତ ମୋ ଲୁହକୁ ରଙ୍ଗକରି ଆଙ୍କୁଥିଲି ଚିତ୍ର ଆଉ ଲହୁ ଲୁହ ହାଡ଼ ମାଂସ ହୃଦୟ ଆତ୍ମା ପ୍ରେମ ସାଧନା ସବୁକୁ ଏକାକାର କରି ତମର ମୂର୍ତ୍ତି ଗଢ଼ି କରୁଚି ନିତ୍ୟ ଆରାଧନା ଦୀର୍ଘ କୋଡ଼ିଏ ବର୍ଷଧରି, ଏବେ ତା' ଆଖିରେ ଲୁହ ଦେଖନ୍ତି କିପରି ?

ତୃଷ୍ଣା ଏକ ଆବେଗରେ କୁଣ୍ଢେଇ ପକାଇଲା ଅବିନାଶକୁ। ସୃଷ୍ଟି ଯେମିତି ସ୍ରଷ୍ଟା ସହିତ ଏକାକାର ହେଇଯିବାକୁ ଚାହେଁ। ତା'ର ନିମଜ୍ଜତା ଭିତରେ ତା'ର ସାର୍ଥକତାକୁ ଯେମିତି ପ୍ରତିଦାନ ଦେବାକୁ ଚାହେଁ। ଅବିନାଶ କି ଏକ ଆକଣ୍ଠ ଉତ୍ତେଜନାରେ ଥରୁଥିଲେ। ତୃଷ୍ଣାର ବାହୁବନ୍ଧନ ଭିତରେ ଥର ଥର କଣ୍ଠରେ କହିଲେ, ତୃଷ୍ଣା ! ମୋ ମନରେ ଆଦ୍ୟରୁ ଉଜ୍ଜୀବିତ ସେଇ ଅନୁଚିତ ଛଲାଟାକୁ ମୁଁ ସାକାର କରିଚି ମୂର୍ତ୍ତିରେ, କଳ୍ପନା ଚକ୍ଷୁରେ। ଏବେ କିନ୍ତୁ ସ୍ୱଚକ୍ଷୁରେ ଥରେ ଦେଖିବାକୁ ଚାହେଁ ତମର ସେଇ

ଉଲ୍ଲଙ୍ଘ ତନୁବଲ୍ଲରୀ। ପ୍ରମାଣ କରିବାକୁ ଚାହେଁ ଶିଳ୍ପୀର ଦିବ୍ୟଦୃଷ୍ଟି କେବେ ଭୁଲ ହେଇପାରେନା। ତମ ନଗ୍ନଦେହର ମାଂସଳ ସୌଦର୍ଯ୍ୟକୁ ମୁଁ ଥରେ ମାତ୍ର ଆଖିପୁରେଇ ଦେଖିବାକୁ ଚାହେଁ ତୃଷ୍ଣା – ଜୀବନବ୍ୟାପୀ ଏଇ ଅନୁଚିତ ଇଚ୍ଛାଟିକୁ ଆଜି ପୂରଣ କର। ପ୍ଲିଜ୍। ସେତିକିରେ ହିଁ ମୋ ଅବସୋସର ନିର୍ବାଣ। ଆଉ କିଛି ଚାହେଁନା...

ତୃଷ୍ଣା ଅବିନାଶଙ୍କର କରୁଣ ଯାଚଞ୍ଚାରେ ଦ୍ରବୀଭୂତ ହୋଇ ଯାଉଥିଲା। ତା'ର ପ୍ରେମିକା ହୃଦୟଟି ରକ୍ତାକ୍ତ ହେଇ ପଡୁଥିଲା ପ୍ରିୟ ପୁରୁଷର ବୈକଲ୍ୟରେ। ତୃଷିତ ଆମ୍ଭାର ନିବିଡ଼ ଆହ୍ୱାନ ପାଖରେ ଏ ଦୈହିକ ନଗ୍ନତା କେତେ ଗୌଣ ସତରେ!

ସେ ଉଠିଆସିଲା ଅବିନାଶଙ୍କ ପାଖରୁ। ତା' ସାମ୍ନାରେ ଠିଆହେଲା। ଆଜି ପୂର୍ଣ୍ଣତା ପାଇଯାଉ ଅବିନାଶଙ୍କ ଦୀର୍ଘ ଅଭିଳାଷ। ମେଣ୍ଟିଯାଉ ତା' ପ୍ରିୟ ପୁରୁଷର ପ୍ରତୀକ୍ଷିତ ଅବସୋସ।

ସେ ଶାଢ଼ୀ ଖୋଲି ପକେଇଲା ଗୋଟାଏ ହୋସରେ।

ଅବିନାଶଙ୍କ ଉଦ୍‌ଗ୍ରୀବ ଚକ୍ଷୁରେ ଜଳିଆସୁଛି ଲେଲୀହାନ ଶିଖା। ସେ ତାଙ୍କର ସମସ୍ତ ଇନ୍ଦ୍ରୀୟକୁ ଏକୀଭୂତ କରିଦେଉଚନ୍ତି ତାଙ୍କର ଦର୍ଶନେନ୍ଦ୍ରୀୟରେ। ଶରୀରରେ ସଂଚରି ଆସୁଚି ବେପଥୁ।

ତୃଷ୍ଣା ବ୍ଲାଉଜ୍ ଖୋଲିଲା। ବ୍ରା'ର ସ୍ଲିପ୍ ଖୋଲୁଚି ତ ହଠାତ୍ ସଚେତନ ହେଇଗଲା ସେ। କ'ଣ କରୁଚି ସେ? ସେ କ'ଣ ଏବେ କୋଡ଼ିଏ ବର୍ଷ ତଳର ତୃଷ୍ଣା? ସେ ଏବେ ଜଣେ ପତ୍ନୀ। ଜଣେ ମାଆ...। ଅବିନାଶ ପ୍ରିୟ ପୁରୁଷ ହେଇପାରେ କିନ୍ତୁ ପରପୁରୁଷ। ଯେତେ ନିଭୃତରେ ଯେତେ ଏକାନ୍ତରେ ଭାବପ୍ରଣୋଦିତ ହେଇ ସେ ଉଲଗ୍ନ ହେଲେ ବି ହେଉଚି କା' ଆଗରେ? ଛି, ଛି। ସୌରଭଙ୍କ ବ୍ୟତୀତ ତାଙ୍କ ସ୍ତ୍ରୀ ର ଉଲ୍ଲଙ୍ଘ ଅବୟବକୁ ଯେ ସେ ଆଉଜଣେ ପୁରୁଷକୁ ଦେଖାଉଚି ଅତ୍ୟନ୍ତ ନିର୍ଲଜ ଭାବରେ ଏ ଗ୍ଲାନୀ ନେଇ ସେ ବାଂଚି ପାରିବ ତ? ଆତ୍ମ ଦଂଶନର ଜ୍ୱାଳାକୁ ସେ ସହି ପାରିବତ ଜୀବନସାରା !! ପୁଣି ଏ ମୂର୍ତ୍ତି କେବେ ଯଦି ଆବିଷ୍କାର କରନ୍ତି ସୌରଭ... ତେବେ? ଏ ଦେହଟା ଏବେ ସଂପୂର୍ଣ୍ଣ ସୌରଭଙ୍କର। ତାଙ୍କ ଅଗୋଚରରେ ସେ ଜଣେ ପରପୁରୁଷକୁ ଏ ଦେହକୁ ଦେଖାଉଚି କିମିତି ଅବିଶ୍ୱସ୍ତ ଭାବରେ? ସେ କ'ଣ ଭ୍ରଷ୍ଟା... ସେ କ'ଣ...

ତା'ର ତା' ଅବିବେକୀ ମାନସିକତା ପ୍ରତି ଗୋଟିଏ ତୀବ୍ର ଘୃଣା ମାଡ଼ିଆସିଲା। ଅବିନାଶର କୁତ୍ସିତ ଇଚ୍ଛା ଉପରେ ବି। ଆଉ ଆକସ୍ମିକ ଭାବେ ସେ ପାଖରେ ଥିବା କଳାରଂଗର ଡବାଟାକୁ ଉଠେଇ ନେଇ ଢାଳି ଦେଲା ସେ ମୂର୍ତ୍ତି ଉପରେ, ଉଦ୍‌ଭ୍ରାନ୍ତ ଭାବରେ ବୋଳି ପକେଇଲା ତା' ମୁହଁ ସାରା, ଦେହ ସାରା... ।

ଅବିନାଶ ଚିତ୍କାର କରି ଉଠିଲେ, ଆରେ ଆରେ ଯେ' କ'ଣ କରୁଚ ତୃଷ୍ଣା । ୟ୫... ଉଠିପଡ଼ିଲେ । ଉଠୁ ଉଠୁ ପଡ଼ିଗଲେ । ଚଷମା ଖସି ପଡ଼ିଲା । ଭୋ ଭୋ କାନ୍ଦି ଅଣ୍ଟାଳି ଅଣ୍ଟାଳି ଦଉଡ଼ୁଥିଲେ ସେ । ଅଣ୍ଟାଳି ଅଣ୍ଟାଳି ପୋଛି ପକାଉଥିଲେ ରଙ୍ଗ ସେ ମୂର୍ତ୍ତିର ସର୍ବାଙ୍ଗରୁ... ମୂର୍ତ୍ତି ହେଇସାରିଥିଲା ବୀଭତ୍ସ... କଦାକାର...

ସେଦିନ ରାତିରେ ସୌରଭଙ୍କ ସହ ଘନିଷ୍ଟ ହେଉ ହେଉ ତୃଷ୍ଣା ପଚାରିଲା, ସୌରଭ ! ତମେ ମତେ ସତରେ ଭଲପାଅନା ?

ସୌରଭ ଆଉଟିକେ ଜୋରରେ ତୃଷ୍ଣାକୁ ଛାତିଉପରେ ଭିଡ଼ି ଧରୁ ଧରୁ ହସି ଉଠିଲେ । କହିଲେ : ଏତେ ଦିନର ଦାମ୍ପତ୍ୟ ଜୀବନ ଭିତରେ କ'ଣ ତଥାପି ଏ ପ୍ରଶ୍ନର ଉଭର ପାଇନାହଁ, ତୃଷ୍ଣା ?

ତୃଷ୍ଣା ଓଠ ଚାପି କହିଲା, ଉହୁଁ... ଯଦି ଭଲପାଅ, କହିଲ ମୋ' ଦେହରେ କେଉଁଠି କେଉଁଠି ସବୁ ତିଳଚିହ୍ନ ଅଛି ?

ତୃଷ୍ଣାର ଏଭଳି ଆକସ୍ମିକ ପ୍ରଶ୍ନରେ ଥତମତ ହେଇଗଲେ ସୌରଭ । ତାଙ୍କ ଚାପ ହୁଗୁଳିଗଲା ତୃଷ୍ଣା ଦେହରୁ । ସେ ନୀରବ ହେଇଗଲେ । ହୁଏତ ମନେ ପକାଉଥିଲେ ତୃଷ୍ଣା ଦେହର କେଉଁ କେଉଁ ସ୍ଥାନରେ ସବୁ ତିଳଚିହ୍ନ ଅଛି...

କିଛି ସମୟ ପରେ ଖିଲି ଖିଲି ହେଇ ହସି ଉଠି ତୃଷ୍ଣା କହିଲା, କ'ଣ ଭାବୁଚ ସେଟିକିବେଳୁ ? ଏତେଦିନ ଧରି ମୋ ଦେହକୁ... ଆଉ କିଛି ନକହି ଚୁପ୍ ହେଇଗଲା ତୃଷ୍ଣା । କାରଣ ସେତେବେଳକୁ ସୌରଭଙ୍କ ମୃଦୁ ଘୁଙ୍ଗୁଡ଼ି ଆରମ୍ଭ ହେଇସାରିଥିଲା ।

ସେ ବି କଡ଼ ଲେଉଟାଇଲା । ତାକୁ ବି ମାଡ଼ି ଆସୁଚି ନିଦ । ଖୁବ୍ ନିଶ୍ଚିନ୍ତ ନିଦ ଏବେ ।

ଆଗ୍ନେୟ ଅଭିସାର

ଆଗରେ ଜଙ୍ଗଲ ପଛରେ ଜନପଦ । ମଝିରେ ଠିଆହେଇଚି ଜସମନୀ ଗୋଟିଏ ପ୍ରଶ୍ନବାଚୀ ପରି । ଜଙ୍ଗଲ ତାକୁ ଆତଙ୍କର କଳାଛାଇ ପରି ଦେଖାଯାଉଥିଲା ବେଳେ ଜନପଦ ତାକୁ ହତାଶାର ମରୁଭୂଇଁ ପରି ଲାଗୁଛି ।

ସେ ଆକାଶକୁ ଚାହିଁଲା । ସକାଳ ଓହ୍ଲେଇ ଆସିବାକୁ ଆହୁରି ବିଳମ୍ବ ଅଛି । ସେ ଲଥକରି ବସିପଡ଼ିଲା ତଳେ । ଦେହ ଖଣ୍ଡ ଖଣ୍ଡ ହୋଇ ଭାଙ୍ଗିପଡ଼ୁଚି । ଗୋଡ଼ ଦି'ଟା ଯେମିତି ବିଚ୍ଛିନ୍ନ ହେଇଯାଇଚି ଦେହରୁ । ସେ ନିଜ ପ୍ରତି ନିଗା ରଖିନଥିଲା ଏପର୍ଯ୍ୟନ୍ତ । କୋଉଠି ଝୁଣ୍ଟିଥିଲା, କୋଉଠି ପାଦରେ ଫୁଟୁଥିଲା କଣ୍ଟା କି ଛନ୍ଦି ହେଉଥିଲା ଲତା ତାକୁ କିଛି ଭ୍ରୂକ୍ଷେପ ନଥିଲା । ଲକ୍ଷ୍ୟ ଥିଲା କେମିତି ଫିଟି ଆସିବ ସେ ପୈଶାଚିକ ବଳୟରୁ, କେମିତି ପାରି ହେଇଯିବ ଜଙ୍ଗଲ, ରାତି ପାହିବା ପୂର୍ବରୁ । ଛାତିର ସ୍ପନ୍ଦନ ତଥାପି ସ୍ଥିର ହୋଇ ନାହିଁ, ତଳିପେଟ ଭିତରେ ଧୂଦାଲି ହେଉଥିବା ସେ ପ୍ରାଣଛଡ଼ା ଯନ୍ତ୍ରଣା ଏବେ ବି ଚଲେଇ ରଖିଚି ତାର ଆକ୍ରମଣ । ଗୋଟେ ଯନ୍ତ୍ରଣା ଜର୍ଜରିତ ଦେହକୁ ଗୋଟେଇ ଧରି ଅନ୍ଧାର ଗହ୍ୱର ଭିତରୁ ବାହାରି ଆସି ପାରିବ, ଏକଥା ଆସିଲାବେଳେ ସେ ଭାବିନଥିଲା । ଭାବିଥିଲେ ହୁଏତ ଭୟ ଓ ଆଶଙ୍କା ତାକୁ ସେଇଠି ବସେଇ ଦେଇଥାନ୍ତେ ସ୍ଥବିର କରିଦେଇ । ସେ ଧାଉଁଥିଲା ଅନ୍ଧାର ଭିତରୁ, ଘଞ୍ଚ ଜଙ୍ଗଲ ଭିତରେ । ରାସ୍ତା ଜାଣିନଥିଲା, କିନ୍ତୁ ପ୍ରତ୍ୟେକଟି ପାଦପାତକୁ ସେ ମୁକ୍ତିର ମାର୍ଗ ବୋଲି ଧରିନେଇ ଧାଉଁଥିଲା । ଆଉ ଏବେ ସେ ଦୁର୍ଦ୍ଦମ ବଳୟକୁ ଡେଇଁ ଆସିଚି ।

ସେ ପଛକୁ ବୁଲି ଚାହିଁଲା । ଦୂରକୁ ଧାନସ୍ତୁ ଯୋଗାଟି ପରି ଦେଖାଯାଉଚି ଆକୁରୁପାହାଡ଼ । ଜୁହାର ହୋଇପଡ଼ିଲା ସେ । ବୁଆ ତାକୁ ଛୁଆବେଲୁ ଚିହ୍ନେଇ ଦେଇଛି, ଏ ପଥରର ଗଦାଟେ ନୁହେଁ, ସେ ସରୁପେଣ୍ଟୁ ପର୍ବତ ଦେବତା । ତାକୁ ଆଶ୍ରିଥିବୁ ।

ଏବେ ପାଣିଟୋପେ ଦରକାର । ତୃଷ୍ଣାରେ ଛେପ ଗଲୁନାହିଁ । ଜିଭ ପାଟି

ଅଠାଅଠା । ସେ ପଛକୁ ପାଦ ଫେରଉଥିଲା । ହଁ, ଏଇ ତାର ଘର । ଯୋଉଠିକି ସେ ଧାଇଁ ଆସିଥିଲା ଆଶ୍ରାଟିକେ ପାଇଁ । ଯୋଉଟି ନିରାପଦଭାଟିଏ ତାକୁ ଅପେକ୍ଷା କରିଥିବ ବୋଲି ଭାବୁଥିଲା ହେଲେ ଯେତେବେଲେ ରାତ୍ରିର ଖୁବ୍ ବିଲମ୍ବିତ ପ୍ରହରରେ ପହଞ୍ଚିଲା, ବାଉଁଶ ତାଟି କବାଟଟାକୁ ଥରିଥରି ବାଡ଼େଇ ଡାକିଥିଲା ମାଆ, ବୁଆ । ଜୋର ଶବ୍ଦ ହେଲେ ଉଠିପଡ଼ିବେ ପଡ଼ାର ସବୁଲୋକେ । ରାତି ହେଲେ ଭୟଟିଏ ଯେମିତି ଘୋଡ଼ାଇ ପକାଏ ପଡ଼ାଟିକି, ପଡ଼ିଯାଏ ତାଟିକବାଟ । ତେଣୁ ଚୁପି ଚୁପି ଡାକୁଥିଲା । ଭିତରୁ କିଛି ସୋରଶବ୍ଦ ଶୁଭୁନଥିଲା । ନାହାନ୍ତି କି କେହି ! ଟିକେ ତ ଅନ୍ତତଃ ଶୁଣାଯାଆନ୍ତା ବୁଆର ଘୁଙ୍ଗୁଡ଼ି କି ମାଆର ଅଁଟାବିନ୍ଦ୍ରା କୁନ୍ଦ୍ରାଣ । ନା ଭିତରର ନିରବତା ଜଣେଇ ଦଉଚି ଘରେ କେହି ନାହାନ୍ତି । ଜୀସମନୀ କବାଟ ବନ୍ଦସାରା ଅଞ୍ଜାଲି ପକେଇଲା । ବନ୍ଦରେ କବାଟକୁ ଛନ୍ଦିଚି ଗୋଟେ ଜଞ୍ଜିର ଆଉ ସେଥିରେ ତାଲା । ତା ହେଲେ କୁଆଡ଼େ ଗଲେ ଏମାନେ ? ତା ଛାତି ଦାଉଁକିନା ହେଇଗଲା ।

ପୁଣି ଘନେଇ ଆସିଲା ଶୋଷ । ଏବେ ପାଣି । ତା ପରେ ଯୋଉ ଭାବନା । ସେ ମନେପକେଇଲା ପିଣ୍ଡାକଣକୁ ଗୋଟେ ମାଠିଆରେ ମା' ରଖେ ପାଣି । ସେ ଅଞ୍ଜାଲି ଅଞ୍ଜାଲି ଗଲା ପିଣ୍ଡା ସାରା । ଘାସ ବାଲୁ ବାଲୁ । କଣରେ ବହଲ ଘାସର ବେହରଣ ଭିତରେ ମାଠିଆ । ଏତେ ପରିତ୍ୟକ୍ତ ହେଇ ପଡ଼ିଥିବା ମାଠିଆ ଭିତରେ ଥାଏ କି ପାଣି ! ସେ ଓଟାରି ଆନି ଓଜାଡ଼ି ପକାଇଲା ମୁହଁ ଉପରେ । କିଛି ପଚା ପାଣି ନିଗିଡ଼ି ପଡ଼ିଲା ତା ତୃଷାର୍ତ ଓଠ ଉପରେ । କିଛି ପୋକ ବି ଚାଲିବା ଆରମ୍ଭ କରିଦେଲେ ତା ମୁହଁ ଉପରେ । ସେ ଚଟାପଟ ପୋଛି ପକେଇଲା ହାତରେ । ଥୁଃ ଥୁଃ କରି ଦି ଚାରିଟା ପୋକ ବି ଫୋପାଡ଼ି ଦେଲା ପାଟିରୁ । ତାକୁ ବାନ୍ତି ଉଠେଇ ଆସୁଥିଲା । ସେ କାନିରେ ମୁହଁଟାକୁ ଚାପି ଧରିବାକୁ ହାତ ବୁଲେଇ ଆଣିବା ବେଲକୁ ଜାଣିଲା ତା ଦେହରେ ଶାଢ଼ୀ ନାଇଁ, ଅଛି ଚାଆଁସିଆ କେରୁପାଲ ପୋଷାକ । କ'ଣ କେମିତି ସେ ଚଟାପଟ ପିନ୍ଧି ପକେଇ ଆସିଚି । ସେ ଘୃଣାରେ ସେଗୁଡ଼ାକୁ ଟାଣି ଭିଡ଼ି ଫୋପାଡ଼ି ଦେବାକୁ ଯାଉଥିଲା, ହେଲେ ସେତକ ବିନା ଯେ ସେ ବିଲକୁଲ୍ ଲଙ୍ଗଲା । ଜୀସମନୀ ଭିତରୁ ଗୋଟେ ବିକଳକାନ୍ଦ ଉବୁକି ଆସିଲା । ସେ ମୁହଁକୁ ଚାପିଧରି ବସିପଡ଼ିଲା ସେଇଠି ।

କ୍ଲାନ୍ତି ଆଉ ଅବସାଦର ଛାୟାଛନ୍ନତା ଭିତରେ ସେ ଦେଖୁଥିଲା ଅଗଣାସାରା ବିଛେଇ ହେଇ ପଡ଼ିଚି ଚୋରାଜହ୍ନର ମଲିନ ଆଲୁଅ । ବୁଆ ବାଜରା କ୍ଷେତରୁ ଆସି ପିଣ୍ଡାରେ ବସି ଥକା ମେଣ୍ଟଉଥିଲା । ମା' ରାତି ରୋଷେଇରେ ଲାଗିଥିଲା ଭିତରେ କହିଲା, ଜୀସୁ କୁକୁଡ଼ାଗୁଡ଼ା ଆଡ଼େଇ ଭାଡ଼ିରେ ପୁରେଇ ଦେ'ତ । ଜୀସମନୀ କୁକୁଡ଼ା

ଅଡ଼ଉଥିଲା । ସେଗୁଡ଼ା ଏପଟେ ପଶି ସେପଟେ ବାହାରି ଯାଉଥିଲେ । ଜସମନୀ ଯ଼ା ପଛରେ ତା' ପଛରେ ଧାଉଁଥିଲା । ବୁଆ ମା'କୁ ପାଟିକଲା । କାହିଁକି ଛୁଆଟାକୁ ମୋର ଏତେ ନିପଟାଉଚୁ କାମରେ ? ପୁଷ୍ପୁନେଇ ପରେ ତ ତା'ବାଘର । ସିଏ କରୁଚି କାମ ? ଆଁ ? ଝିଅଟା ମୋର ଥକିପଡ଼ିଲାଣି ।

ମା' ଘର ଭିତରୁ ଆସୁ ଆସୁ କହିଲା, ପନ୍ଦରବର୍ଷ ହେଲାଣି । କୁକୁଡ଼ା ଦି'ଟା ବି ପୁରେଇ ପାରୁନି ଭାଡ଼ିରେ ? ଏଣେ ବାପର ସରାଗ ବାହାରି ପଡ଼ୁଚି । ବା' ହବ ବୋଲି କ'ଣ ଏବେଠୁ କାମ ବନ୍ଦ କରିବ ?

ବୁଆ ହସିଲା, କହିଲୁ, ନାଁ ସେ କିଛି କରିବ ନାଇଁ, ତୁଇ ସବୁ କର । ତୁ ଆସିଲୁ ମା' ତେଲଟିକେ ଘଷି ଦେଲୁ ପାଦରେ । ଭାରି ପରାସ ହେଇଚି ।

ଜସମନୀ ତା ବା'ଘର କଥାଶୁଣି ଲାଜରେ ନଇଁ ଯାଉଥିଲା । ତେଲ ଆଣି ବୁଆ ଗୋଡ଼ରେ ଘଷୁଚି ତ ତା' ମନ ଭିତରକୁ ପଶି ଆସିଲା ସିରିଷ୍ତୁ । କେଡ଼େ ତାଗଡ଼ା ଭେଣ୍ଠିଆ ! ବେକରେ ତାବିଜ । ବାହୁରେ ଭିଡ଼ି କରି ବାନ୍ଧିଥିବ ତମ୍ବା ଡେଉଁରିଆ । ଆଙ୍ଗୁଠିରେ ଦି ଦି'ଟା ରୂପାମୁଦି, ପଥରବସା । ଚଉଡ଼ା ଛାତିକୁ ବି ଚାପି ଧରିଥିବ ନାଲିଆ ଗଞ୍ଜି । ଚୁଲ ପୁଣି କାନ୍ଧଯାଏ । ଧୁମ୍ସା ବଜେଇବାରେ ଓସ୍ତାଦ ଯେମିତି, ସେମିତି ବି ନାଚିପାରେ ଡେମ୍ସା । ସେଦିନ ଚଇତି ପରବ ନାଚକଥା ତା'ର ମନେପଡ଼ିଲା । ଟିଙ୍ଗୁରୀ ଧାଇଁ ଯାଉଥିଲା ତା' ଅଣ୍ଠାରେ ହାତ ଛନ୍ଦିବାକୁ । ତାକୁ ବାରେଇ ଦେଇ ତା' ପାଖକୁ ଆସିଲା ସିରିଷ୍ତୁ, ହାତ ବଢେଇ କହିଲ, ଆ ନାଚିବା । ଜସମନୀ କେମିତି କେଜାଣି ତାକୁ ଦେଖିବା ପରଠୁ ତା' ପ୍ରତି ଢଳିଚି । ସେ ତା' ହାତ ଧରିନେଲା । ସିରିଷ୍ତୁ ହାତଛନ୍ଦି ଦେଲା ତା' ଅଣ୍ଠାରେ । କହିଲା ତୁ ଛନ୍ଦି ଦେ ତୋ ହାତ । ବାଜା ବାଜୁଥିଲା । କଳରୋଳ ଭିତରେ ସମସ୍ତେ ନାଚୁଥିଲେ ମସଗୁଲ ହେଇ । ଧାଙ୍ଗିଡ଼ି ଗାଉଥିଲେ

ହାଣ୍ଡିର ଚାଉଲ, ମୁଣ୍ଠାର ମାଛ

ବାଡ଼ିର ବାଇଗନ ଗିନି

ଭାତ୍ ଶାଗ ରାନ୍ଧି ଜାଗିଲି ଆର୍ଚେ

ଆ' ମୋର ପ୍ରାଣ ଜାନି ।

ଆ ବାପା ଆ ଧନୀ, କୋଳେ ଧରି ମୁଇଁ ଜନ୍ ଦେଖେଇବି

ଚୁମା ଦେବି ଗନି ଗନି

ତଳେ ମାଛଭାତ ଉପରେ ଦହି

ତୁଇ ଯିବୁ ଧନ ଆନନ୍ଦ ହେଇ ।

ସେପଟରୁ ଧାଙ୍ଗଡ଼ା ପଦ ଫେରଉଥିଲେ,

ଜନିଲୋ ଜନି, ଜଡ଼ାଖାଇ ଜନି

ଡାଣ୍ଡେ ଡାଣ୍ଡେ ବୁଲୁଚେ ଚୁଡ଼ା ଖାଇ

ସୁନ୍ଦରୀ ନୁନୀ ।

ସେଇ ଗୀତନାଚ ଭିତରେ ବି ତା ଅଣ୍ଟାକୁ ଚାପ ଦେଇ ଦେଉଚି ସିରୟ୍ଣୁ। ଗାଲରେ ଗାଲ ଘଷି ଦେଉଚି। ଫିସ୍ ଫିସ୍ କହୁଚି, ଦଉନୁ ରୁମା। ରୁମା ଦଉନୁ... ଜସମନୀ ଲାଜରେ ସରି ଯାଉଚି। ତାକୁ ପୁଲେ ଚିମୁଟି ଦେଇ କହୁଚି, ସାଦି ଯାକେ ଟକ୍ଳି ରହିଥା'ରେ ବେହିଆଟା...।

ସେଇଠୁ ତାଙ୍କର ଯୋଡ଼ି। ମନ ଘେନାଘେନି

ଉଭୟ ପରିବାର ରାଜି। ପୁଷ ପୁନେଇ ପରେ ସାଦି।

ହେଲେ ଢେର ଦିନ ହବତ ସିରୟ୍ଣୁର ଦେଖାନାହିଁ। ଯାଇଚି କୁଆଡ଼େ ?

ତାଙ୍କ ପଡ଼ାର ସେଦିନ କିଏ କହୁଥିଲା ଯାଇଚି ରାୟଗଡ଼ା ଚାକିରି କରିବ। ହସିପକେଇଲା ଜସମନୀ। ନିଲଠାଟା ପାଇଁ କିଏ ଚାକିରି ଧରି ବସିଚି ସେଠି ? କି' ପାଠ ପଢ଼ିଚି ଯେ ଚାକିରି କରିବ ? ସେଦିନ କହୁଥିଲା ସାତ ଶ୍ରେଣୀଯାଏ ପଢ଼ିଚି। ଆମ ଏଇ ଗାଁ ଇସ୍କୁଲୁରେ। ଇସ୍କୁଲ ତ ନାଁକୁ ଖାଲି। ଲମ୍ବାଘର ଖଣ୍ଡେ କରି ଛାଡ଼ି ଦେଇଚି ସର୍କାର। ମାସ୍ଟର ତିନିଚାରି ମାସରେ ଥରେ ଆସେ, ପାଂଚ ଛଅ ଦିନ ଖୋଲେ ତା'ପରେ ବନ୍ଦ କରିଦେଇ ପଲାଏ। ସେ ତ ସେଠି ପଞ୍ଚମଯାଏ ପଢ଼ିଚି, ଆହୁରି ପଢ଼ିଥାନ୍ତା। କିଏ ପଢ଼େଇବ ? ବୁଆ କହିଲା ଉଠିଆ। ସେ ଉଠି ଆସିଲା। ଆଉ ସିରୟ୍ଣୁ କ'ଣ ପଢ଼ି ପକେଇଚି ଯେ ଯାଇଚି ସହର। ଚାକିରି କରିବ।

ସେ ହସିପକେଇଲା। ବୁଆ ଘୁମଉ ଘୁମଉ ପଚାରିଲା, କାଇଁ ହସିଲୁ କିଲୋ ଜସି ? ଜସମନୀ ମିଛଟେ କହିଦେଲା, ତରାଟେ ଖସିଲା ତ ଆକାଶରୁ।

ବୁଆ କହିଲା, ଭଲ ନୁହେଁ। ପୃଥ୍ୱୀକୁ ଭାରି ବିପଦ।

ମା' ଡାକିଲା ଖାଇବନି କି ବାପଞ୍ଚିଅ ? ଉଠିଆସ। ଦିହେଁ ଉଠିଲେ।

ରାତିରେ ଭାରି ଛଟପଟ ଲାଗୁଥିଲା ଜସମନୀକୁ। ନିଦ ଆସୁ ନଥିଲା ଆଖିରେ। ସେ ସେମିତି ପଡ଼ିଥିଲା ବିଛଣାରେ। ମା ପଚାରୁଥିଲା ବୁଆକୁ ଝିଅ ବାହା ପାଇଁ ତ ଗୋଡ଼ ନମ୍ୟଉଚ, ଟଙ୍କା ପଇସା ଠାକ କଲଣି ? ମୁଁ କହୁଚି ଏସନଟା ଯାଉ। ଏଥର ତ ପାଲକ ଦେଖୁଚ। ଭଲ ଫସଲ ନାଇଁ। କ'ଣ କେମିତି କରିବ ?

ତମେ ତିର୍ଲାଗୁଡ଼ା ଖାଲି ପଛକୁ ଟାଣିବ। କାମ ସରିଗଲେ ଯାଏ। ବୁଢ଼ିଲୁ ମହାଜନ ସହିତ କଥାହେଇଚି। ବାଜରାଗଣ୍ଠାକ ଉଠିଆସିଲା ପରେ ଦେଇଦେବି ବନ୍ଧକ।

ଯା ଟଙ୍କା ହବ ସେତିକିରେ ବା ଯଉତୁକ, ଭୋଜିଭାତ ଝମେଲା ଚଳିଯିବ। ତେଣିକି ଦେଖିବା।

ତେଣିକି ଦେଖିବ କ'ଣ? ତମର କ'ଣ ବଳବଅସ ଆସୁଚି। ଆଁ? ମୁକୁଲେଇ ପାରିବ ତ ସେ ଜମି ସେ ଢାହୁକ ମୁହଁରୁ? ସେ'ତ ଏପଟସେପଟ କରି ସୁଧ ବଢେଇ ଚାଲିବ।

ବୁଆ ଖ୍ଙ୍କାରୁଚି। ନେଇଯିବ ଯଦି ନେଇଯିବ ଆଉ କ'ଣ? ତା' ପରେ ଦେଖିବା। ତା ବୋଲି ଝିଅକୁ କ'ଣ ବୁଢ଼ୀ କରିବି ଘରେ ରଖି?

ମା' କିଛି କହୁନାହିଁ। ବୁଆ ନିଷ୍ଠୁରି ତାକୁ ଅଡ଼ୁଆ ଲାଗିଲେ ବି ଆଉ କିଛି ଉପାୟ ଦିଶୁନାହିଁ ଆଖିକୁ। ଜସ୍ମନୀ ମନ ଭିତରୁ ସବୁ ସୁଖ କଥାମାନ କୁଆଡ଼େ ଉଭାନ ହୋଇଗଲେ ଏକଥା ଶୁଣି। ବୁଆ ମହାଜନ ପାଖରେ ବନ୍ଧକ ରଖି ତା' ସାଦି କରିବ? ତା' ପରେ କ'ଣ କରିବ ବୁଆ? କିମିତି ଚଳିବେ ଏମାନେ? ଜମି ବୋଲି କେଇଖଣ୍ଡ। ସେ ପୁଣି ପାହାଡ଼ତଳ ଟାଙ୍ଗର ହେଲେ ବି ବୁଆ ତାକୁ ଉତ୍ପାଦନକ୍ଷମ କରିଚି ରକ୍ତକୁ ପାଣିକରି। ବର୍ଷା ଆଉ ଝର ପାଣିରେ ଫସଲ ଉଧେଇଯାଏ। ଅଧିକ ଅମଲ ନହେଲେ ବି ମେଣ୍ଟିଯାଏ ଅଭାବ। ବାଜରା ମାଣ୍ଡିଆ ଗଣ୍ଠେ ବି ଅମଲ ହେଇଥାଏ ସେଥରୁ। ସେଇ ଦି' ଖଣ୍ଡ ଜମି ଚାଲିଗଲେ ବୁଆ ଏକଦମ ନିର୍ଭୂମି ହୋଇଯିବ। ଜସ୍ମନୀ ଆଖିରୁ ଲୁହ ନିଗିଡ଼ି ପଡ଼ିଲା।

ସେ ଉଠିବସିଲା। ଲୁହକୁ କାନିରେ ପୋଛିଦେଇ ମନକୁ ମନ କହିଲା, ନାଃ, କେବେ ନୁହେଁ, ତା' ବା' ଘର ପାଇଁ ବାପାକୁ କାଙ୍ଗାଲ କରିଦେଇ ଯିବନାହିଁ। ସିରସ୍ତୁ ଆସୁ ତାକୁ କହିବ ବିନାଖର୍ଚରେ ସେ ବା' ହବ ଯଦି ହଉ। ନହେଲେ କନିଆସୁନା ଦେଇ ତାକୁ ତ ନେଇଯିବାକୁ କେତେ ଲୋକ ଆସିଲେଣି ବୁଆ ପାଖକୁ। ସେ 'ତ ସୁନ୍ଦରୀ, ସ୍ୱାସ୍ଥ୍ୟବତୀ। ତା' ପାଇଁ ତିରିଶ ଚାଳିଶ ହଜାର ଟଙ୍କାରୁ କମ୍ ହେବ ନାହିଁ ବୋଲି କହୁଥିଲା ସେଦିନ ଦାସୁରୁ ଚାଉଳିଆ। ନହେଲେ ତାକୁ ଯିବାକୁ ହବ ରାଜ୍ୟ ବାହାରକୁ। ଗଲେ ଯିବ। କିନ୍ତୁ ବୁଆକୁ ସେ ଦୁଃଖ ଦେବ ନାଇଁ। ତାକୁ ଛାଡ଼ି ଦେଲେ ତା'ର ଆଉ ଅଛି କିଏ?

ଦି' ଦିନ ପରେ ତିନିଦିନ ସଂଜକୁ ଗୋଟେ କଳା ମୋଟରସାଇକେଲରେ ପହଞ୍ଚିଲା ସିରସ୍ତୁ। ପିନ୍ଧିଚି ପ୍ୟାଣ୍ଟ ସାର୍ଟ। ମୁଣ୍ଡରେ ଟୋପି। ପାଦରେ ପୁରା ଜୋତା, ତା'ର ଏ ଥାଟ ଦେଖି ତର୍କିଲା ଜସ୍ମନୀ। କହିଲା, କି ଚାକିରି ପାଇଲୁ କି ରାୟଗଡ଼ାରେ? ତୁଇତ ଚୋଖା ବଦଳିଯାଇଛୁ। ପୁଣି ଫଟଫଟିଆ ଚଢ଼ିଆଇଚୁ। ଜସମନୀ ମନ ଭିତରେ ଉବୁଟୁବୁ ହେଉଥିବା ଦୁଃଖଟା ଆଶ୍ରା ପାଇଲା ପରି ଲାଗିଲା। କ'ଣ ଚମକିଗଲୁ କି? ଗୋଟେ ଦମ୍ଭିଲା ହସ ହସି କହିଲା ସିରସ୍ତୁ।

ଜସମନୀ ଅଭିମାନିଆ ସ୍ୱରରେ କହିଲା, ତୁ ତୋର ଯାଇ କୁଆଡ଼େ ଅଛୁ, ମୁଁ ମୋର ଏଠି ଝୁରି ମାରୁଚି। ସିରୁଷୁ ଜସମନୀର ହାତ ଧରିପକେଇ କହିଲା, ଆଉ ଚିନ୍ତା କଣ ?

: ଚିନ୍ତା କ'ଣ ? ମାନେ ? ଘୋର ଚିନ୍ତା।

: କହିଲୁ କି ଚିନ୍ତା ?

: ମତେ ସେଇମିତି ବା' ହବୁ ? କିଛି ନବୁନି ତ ? କହ...

: କାଇଁ କ'ଣ ହେଲାକି ? ସିରୁଷୁ ଠଗା କଲାପରି ପଚାରିଲା।

: ମୋ ବା' ଘର ପାଇଁ ବୁଆ ଜମି ବନ୍ଧକ ରଖ୍ବ ମହାଜନ ପାଖରେ କହୁଚି। ନହେଲେ ଟଙ୍କା କୋଉଠୁ ଆଣିବ ?

ମହାଜନ କଥା ଶୁଣୁଶୁଣୁ ଯେମିତି ତାତିଗଲା ସିରୁଷୁ। ହାତ ମୁଠା ମୁଠା କରି କହିଲା, ସେଇଟା ଟାର୍ଗେଟରେ ଅଛି।

କ'ଣ କହିଲୁ ? ଇଂରାଜୀ ଭଳିଆ ଶୁଭିଲା। ଆରେ ବାଃ, ନାଗର ମୋର କେଇଟା ଦିନରେ ଇଂରାଜୀ କହିଲାଣି ତ। ଠଠାଲିଆ ହସ ହସିଲା ଜସମନୀ।

ସିରୁଷୁ ଟିକେ ସତର୍କ ହୋଇଗଲା। ବହଲେଇଲା ଭଳି କହିଲା, ବ୍ୟସ୍ତ ହ'ନା। ସେସବୁ କରିବାକୁ ପଡ଼ିବନି। ଆଚ୍ଛା ଜସୁ, କହିଲୁ ତୁ କିମିତିକା ଜୀବନଟେ ଚାହୁଁ ?

ଜସମନୀ ମନରେ ପ୍ରଜାପତି ଉଡ଼େଇ ଦେଲା। ମୁର୍କିହସି କହିଲା, ମହୁଲଫୁଲ ପରି ମତୁଆଲା, ସଲପ ପରି ମିଠା, ଜହ୍ନରାତି ପରି ତୋଫା ଆଉ ଆମ ଏ ବଣ ଜଙ୍ଗଲ ପରି ନିବିଡ଼ ଜୀବନ। ଦବୁ ? ତା ମୁହଁରେ ଗୋଟେ ମୋହିନୀ ହସ ବୁଲୁଥିଲା।

ଖୁସି ହୋଇଗଲା ସିରୁଷୁ। କହିଲା, ଗୀତ ଭଳିଆ କଥାଗୁଡ଼େ ତ ସବୁ କହିଲୁ। ମିଳିବ ସବୁ ମିଳିବ।

ବଡ଼ ଉସୁକ ହୋଇପଡ଼ିଲା ଜସମନୀ, ମିଳିବ ? କେବେ ?

ସିରୁଷୁ ଫୁସୁଲେଇଲା ଭଳି କହିଲା, ତୁ ତ ଭଲ ଗୀତ ବୋଲି ଜାଣୁ ?

: ଜାଣେ

: ତା ହେଲେ ତୋତେ ବି ଟଙ୍କା ମିଳିବ...

: ଟଙ୍କା ! ପୁଣି ମତେ ?

ସିରୁଷୁର କଥାକୁ ଅବିଶ୍ୱାସରେ ଉଡ଼େଇ ଦେଉଥିଲା ଜସମନୀ।

ହଁ ଲୋ, ମୁଁ ସେଇଥିପାଇଁ ଧାଇଁ ଆସିବି। ମୁଁ ଚାକିରି କରିଚି। ତୁ ବି ଗୀତ ଗାଇ ଟଙ୍କା ପାଇବୁ। ତୋର ଟଙ୍କା ପଇସା ହବ ଆମର। ତା' ପରେ ବା' ଘର।

ଏତେ ସପନକୁ ରାତି କାହିଁରେ ନାଗର। ପୁଷ୍ପପୁନେଇ ପରକୁ ତ ଟାକିଚନ୍ତି ଆମ ପରିବାର।

ସିରିଷୁ ବୁଝେଇଲା, ଆମ ଜୀବନକୁ ତ ଆମେ ଗଢ଼ିବା। ପରିବାର ସଙ୍ଗରେ କ'ଣ ଅଛି ? ଆଁ ? ତୁ ଯଦି ମୋ କଥାରେ ଅରାଜି, ତୁ ଥା ମୁଁ ଚାଲିଲି।

ସିରିଷୁର ଏ ଧମକରେ ଧସକି ପଡ଼ିଲା ଜସ୍ମନୀ। ସିରିଷୁ ତ ତା କଲିଜା ଭିତରେ ଘର କରି ରହିଚି, ତାକୁ ଛାଡ଼ି କଣ ସେ ରହିପାରିବ ?

ଖୁବ୍ ବ୍ୟସ୍ତ ହୋଇ ପଚାରିଲା, କ'ଣ କରିବା ତେବେ ?

: ପଳେଇବା।

: ପଳେଇବା ? କାହାକୁ କିଛି ନକହି ?

: ତୁ କହ। ତୋ ବୁଆମା' ଛାଡ଼ିଲେ ଭଲ, ନହେଲେ ମତେ ଛାଡ଼ିବୁ।

ପୁଣି ଛାତି ଫାଟିଗଲା ଜସ୍ମନୀର। ସେ କାନ୍ଦି ପକେଇଲା। ସିରିଷୁ ତା ଲୁହ ପୋଛି ଦେଇ କହିଲା, ଯେତେବେଳେ ଟଙ୍କାପଇସା ପୁଲେ ଧରି ଆସି ପହଞ୍ଚିବା, ବା'ଘର ହବ। ତୋ ବୁଆମା' ଖୁସି ହେବେ ନା ନାଇଁ ? ଆଉ ଏବେ ମହାଜନ ଘରେ ଜମିବନ୍ଧା ଦେଇ ତୋ ବା'ଘର କରିବେ। ଜମି ପାଇବେ ତ ? ଶୁଝିପାରିବେ ତ ସବୁ ଟଙ୍କା ? କହ ? ତୁ ତୋ' ବୁଆର ଖୁସି ଚାହୁଁନା ଦୁଃଖ ?

ଖୁସି ଚାହେଁ ଢେର ଖୁସି। ଜସ୍ମାନୀ ପ୍ରଗଲ୍ଭା ହେଇଯାଉଥିଲା।

ତେବେ ଆ, ସିରିଷୁ କହିଲା, ମାସକୁ ମାସ ତୋ ଦରମା ଟଙ୍କା ପହଞ୍ଚିବ ତା ପାଖରେ।

ମାସକୁ ମାସ ଦରମା ? ଆଶ୍ଚର୍ଯ୍ୟ ହେଉଥିଲା ଜସ୍ମନୀ। କେତେ ଟଙ୍କା ?

ଯେତେ ଗୀତ ଗାଇବୁ ସେତେ ଟଙ୍କା। ସିରିଷୁ ପ୍ରଲୁବ୍ଧ କଲାଭଳି କହିଲା।

ଜସ୍ମନୀ ଗୋଟେ ଅକଳ୍ପନୀୟ ସୁଯୋଗକୁ ହାତଛଡ଼ା କରିବାକୁ ଚାହୁଁ ନଥିଲା। ତା' ଆଶାର ବଳୟ କ୍ରମଶଃ ପ୍ରସରି ପ୍ରସରି ଯାଉଥିଲା। ସେ ସିରିଷୁ ପାଖେ ପାଖେ ରହିବ। ମାସକୁ ମାସ ଦରମା ପାଇବ, ପୁଣି ସେ ଟଙ୍କା ତା ବୁଆକୁ ଦେଇପାରିବ। ବାଃ... ସେ କୃତଜ୍ଞତାରେ ସିରିଷୁ ହାତକୁ ମୁଠେଇ ପକେଇଲା। ଆକୁରୁ ପାହାଡ଼କୁ ମୁଣ୍ଡିଆ ମାରୁଥିଲା।

: ସିରିଷୁ ଏଥର କହିଲା, ଯିବା ?

: ଏବେ ?

: ହଁ

: ମୋ ବୁଆ, ମା...

ସେମାନେ ଥା'ନ୍ତି। ଥରେ ଲକ୍ଷ୍ୟ ସ୍ଥିର କରିନେଲେ ସମସ୍ତଙ୍କୁ ଛାଡ଼ିବାକୁ ହୁଏ ପଛରେ। ଆ ଚାଲିଆ...

ଢେର୍ କିଛି ସମୟ ପରେ ଗାଡ଼ି ମୁଖ୍ୟ ରାସ୍ତା ଛାଡ଼ି ନିଘଞ୍ଚ ଜଙ୍ଗଲ ଭିତରେ ଚାଲୁଥିବା ଜାଣି ଜସ୍ମିନୀ ଭୟ ଆଉ ବିସ୍ମୟରେ ପଚାରିଲା, ଏ ଜଙ୍ଗଲ ଭିତରେ କୁଆଡ଼େ ପୁରେଇ ଦଉଚ୍ ?

ସିରସ୍ତୁ କିଛି ଜବାବ ଦେଲାନାହିଁ। ପୁଣି ପଚାରିଲା ଜସ୍ମିନୀ। ତୁ ଚୁପ୍‌ଚାପ୍ ବସ। ମୋ ଅଁଟାକୁ ଧରିଥା। ଦେଖୁଚୁ ତ ଏ ଘାଟି ରାସ୍ତା। ଟିକିଏ ଏପଟସେପଟ ହେଲେ ସଫା।

ଜସ୍ମିନୀ ଆହୁରି ଡରିଗଲା। ତାର ଭାଗ୍ୟ ଓ ଭବିଷ୍ୟତ ତା ଉପରେ ସଅଁପିଦେଇ ଘର ଛାଡ଼ିଲା ପରେ ତାର ଚୁପ୍‌ଚାପ୍ ବସିବା ଛଡ଼ା ଆଉ କି ଉପାୟ ଥିଲା ?

ହଠାତ୍ ଗାଡ଼ି ଅଟକେଇଲା ସିରସ୍ତୁ। କହିଲା, ଓହ୍ଲା। ଜସ୍ମିନୀ ଗାଡ଼ିରୁ ଡେଇଁପଡ଼ିଲା। ଢେର୍ ସମୟ ବସି ବସି ତା ଅଣ୍ଟାପିଟ କିଟ୍ କିଟ୍ ଡାକୁଥିଲା। ସେ ଚାରିଆଡ଼କୁ ଥରେ ଆଖି ବୁଲେଇ ଦେଇ କହିଲା, ଆଉ କେତେ ବାଟ ?

ସିରସ୍ତୁ କିଛି ଜବାବ ନଦେଇ ତା କାମରେ ଲାଗିଥିଲା। ଗାଡ଼ିର ଡିକି ଖୋଲି ପ୍ୟାଣ୍ଡସାର୍ଟ ଆଉ ଟୋପି କାଢ଼ି ତା ପୋଷାକ ବଦଲେଇ ପିନ୍ଧିଲା। ଏ ପୋଷାକ ଦେଖି ଖୁବ୍ ଡରିଗଲା ଜସ୍ମିନୀ। ଯୁଦ୍ଧ ପୋଷାକ ଭଳି ଲାଗୁଛି। ପଚାରିଲା, ଇଏ କି ଜାମାପେଣ୍ଟ ?

: ଯେ, ଆମ ଦୁ୍ୟଟି ପୋଷାକ, ଏମିତି ପିନ୍ଧିବାକୁ ହୁଏ।

: ମୁଁ କ'ଣ ଏଇଭଳି ପିନ୍ଧିବି ?

: ହଁ ସମସ୍ତଙ୍କର ଏକା ପୋଷାକ, ରଂଗ ଅଲଗା ହୋଇପାରେ।

ସିରସ୍ତୁ ଗାଡ଼ି ସ୍ଟାର୍ଟ କଲା ଓ ସେମାନେ ପୁଣି ଚାଲିଲେ।

ଜସ୍ମିନୀ ତା ଅଁଟାରେ ହାତ ଗୁଡ଼େଇ ତା ପିଠିରେ ନଦି ହେଇ ଆଖି ବୁଜିଦେଲା।

ଏହା ଭିତରେ କେତେ ସମୟ ଯାଇଚି ଗୋଟେ ଝଟକାରେ ତା' ନିଦ ଭାଙ୍ଗିଗଲା। ଚମକିପଡ଼ି ଚାହିଁ ଦେବାରୁ ଦେଖିଲା ସିରସ୍ତୁ ଗାଡ଼ି ଅଟକେଇଚି। ସେ ଓହ୍ଲେଇପଡ଼ିଲା। ସିରସ୍ତୁ ଗାଡ଼ି ରଖି ତା ହାତ ଧରିଲା। ଜସ୍ମିନୀ ତା ପଛେ ପଛେ ଚାଲୁଥିଲା। କିଛି ଦୂର ଗଲାପରେ ଚାରିପଟ ଘଞ୍ଚ ଗଛ ମଝିରେ ଗୋଟେ ଖୋଲା ଜାଗା। ପଡ଼ିଚି କେଇଟି ତମ୍ବୁ। ଚାରି ପଟରେ ଠିଆ ହେଇଛନ୍ତି ବନ୍ଧୁକଧାରୀ ମଣିଷମାନେ। ଜସ୍ମିନୀଙ୍କୁ ଲାଗିଲା ସିରସ୍ତୁ ତାକୁ ଭୁଲେଇ ଗୋଟେ ଯୁଦ୍ଧକ୍ଷେତ୍ରକୁ ନେଇ ଆସିଚି। ସେ ହାଉଲି ଖାଇ

ଉଠିଲା। ସିରସ୍ତୁ ତା ପାଟିରେ ହାତ ଦେଇ ବନ୍ଦ କଲା। ଏଠି ବଡ଼ ପାଟି କରିବା ମନା। ଚିଲ୍ଲାନା। ଏମାନେ ଆମ ଲୋକ। ଜସ୍ମିନୀ ଦେହହାତ ସବୁ ଥରୁଥିଲା। ଛାତି ଦୋଉଁ ଦୋଉଁ ହେଉଥିଲା। ସେ ସିରସ୍ତୁକୁ ଏକରକମ କୁଣ୍ଢେଇ ଧରିଥିଲା। ସିରସ୍ତୁ ଜଣକୁ କ'ଣ କହିଲା। ସେ ଗଲିଗଲା ତମ୍ବୁ ଭିତରକୁ। କିଛି ସମୟ ପରେ ଆସି କହିଲା। ଚିଫ୍ କହିଲେ ତାକୁ ଜନାମ (ଜନ ନାଟ୍ୟମଣ୍ଡଳୀ) କ୍ୟାମ୍ପରେ ଛାଡ଼ିଦେଇ ଆସ। କାଲି କଥାବାର୍ତା।

ସିରସ୍ତୁ ତାକୁ ସେଇ ଅନ୍ଧାର ଭିତରେ ଆଉ ଗୋଟେ ଜାଗାକୁ ନେଇଗଲା। ସେଠି ବି ସେଇ ଅବସ୍ଥା। ବନ୍ଦୁକଧାରୀ ମଣିଷ ଆଉ ତମ୍ବୁ। ତମ୍ବୁ ଭିତରୁ ଜଣେ ଆସି ଜସମନୀ ହାତ ଧଇଲା, ଆସ।

ହାତ ଛିଞ୍ଚାଡ଼ି ଆସିଲା ଜସମନୀ। ମୁଁ ଯିବି ନାଇଁ, ମୁଁ ୟାକୁ ଛାଡ଼ି କୁଆଡ଼େ ଯିବି ନାଇଁ।

ସିରସ୍ତୁ ବୁଝେଇଲା। ଏମାନେ ତୋରି ପରି ସବୁ ଝିଅ। ତୁ ରାତିରେ ତାଙ୍କରି ପାଖରେ ରହିବୁ। ତା' କାନ ପାଖକୁ ପାଟି ନେଇ କହିଲା, ଆମର ଶାଦୀ ନ ହେଲାଯାଏ କ'ଣ ଏକାଠି ରହିପାରିବା ରାତିରେ? ଆଁ??

: ନା ତ...।

: ସେଇଥିପାଇଁ କହୁଚି. ତୁ ଏଠି ଥା। ଖାଇପିଇ ଶୋଇପଡ଼, କାଲି ସକାଳେ ଦେଖା।

ତାକୁ ଆତଙ୍କ ଓ ଅସହାୟତାର ବଳୟ ଭିତରେ ଛାଡ଼ି ସିରସ୍ତୁ ଚାଲିଗଲା। କ'ଣ ଘଟୁଚି, କେଉଁଠିକି ଆସିଚି, କିଛି ବୁଝିପାରୁନଥିଲା ସେ। ତାକୁ ସବୁ ରହସ୍ୟମୟ ଲାଗୁଥିଲା।

ଝିଅଟି ତାକୁ ତମ୍ବୁ ଭିତରକୁ ନେଇଗଲା। ତା' ଭିତରେ କେତେଗୁଡ଼ିଏ ଝିଅ ବସିଥିଲେ। ସେମାନଙ୍କୁ ଦେଖି ଜସମନୀ ଟିକେ ସାହସ ପାଇଲା। ତାଙ୍କ ଲିଡ଼ର କହିଲା, ଆସ ଜସମନୀ, ତମେ ଆଜିଠାରୁ ଆମର ସଦସ୍ୟା। ଜସମନୀ ଆଶ୍ଚର୍ଯ୍ୟ ହେଲା। ଏମାନେ ତା ନାଁ ଜାଣିଛନ୍ତି। ତାକୁ ଖାଇବାକୁ ଦିଆଗଲା। ତାକୁ ଭୀଷଣ ଭୋକ ହେଉଥିଲା। ସେ ଚଟାପଟ ଖାଇଦେଲା ଓ ଶୋଇପଡ଼ିଲା ସେଇଠି।

ସକାଳ ହେଲାକ୍ଷଣି ତାକୁ ଉଠେଇ ଦିଆଗଲା। ନିତ୍ୟକର୍ମ ସାରିଲାପରେ ସେମାନେ ଧାଡ଼ିହୋଇ ତମ୍ବୁରୁ ବାହାରିଲେ। ଜସମନୀ ବାହାରକୁ ଆସି ଚାରିଆଡ଼େ ଆଖି ବୁଲେଇନେଲା। ଚାରିଆଡ଼େ ନିଘଞ୍ଚ ଜଙ୍ଗଲ ଆଉ ଉଚ୍ଚା ଉଚ୍ଚା ପାହାଡ଼। ପାଖରେ ବହିଯାଉଛି ସରୁ ନଈ। ଏ କେଉଁ ଜାଗା? ସେ ବିସ୍ମିତ ହେଉଥିଲା। ଏଇଠିକି ନେଇ

ଆସିଚି ସିରଷ୍ଟୁ ତାକୁ ଗୀତ ଗାଇବା ପାଇଁ, ଏଠି ଗୀତ ଶୁଣିବ କିଏ ? ସିରଷ୍ଟୁ ତାକୁ ଠକେଇ ଦେଲା କି ? ତା ଛାତିରେ ଛନକା ପଶିଗଲା ।

ସେମାନେ ସେ ରାତିରେ ଦେଖିଥିବା ତମ୍ବୁ ପାଖରେ ପହଞ୍ଚିଲେ । ଗୋଟେ ପଥର ଉପରେ ପୁରା ଯୁଦ୍ଧ ପୋଷାକ, ମୁହଁରେ ଗାମୁଛା ଓ ମୁଣ୍ଡରେ ଡାଙ୍କି ହେଉଥିବା ଭଳି ଟୋପିଟେ ପିନ୍ଧି ମାତବର ଲୋକଟେ ବସିଥିଲା । ପାଖରେ ଡେରାହୋଇଥିଲା ଗୋଟେ ବନ୍ଧୁକ । ତାକୁ ଘେରି ରହିଥିଲେ ସେଇଭଳି ପୋଷାକ ପିନ୍ଧା –ବନ୍ଧୁକଧାରୀ କେତେଜଣ । କେତେ ଜଣ ମହିଲା ବି ସେଇଭଳି ପୋଷାକରେ ଥିଲେ । ଜସମନୀ ଭିତରେ ଭିତରେ ଛାନିଆ ହେଉଥିଲା, ଏମାନେ କ’ଣ ଡାକୁ ଦଳ । ନହେଲେ ମୁହଁ ଲୁଟେଇଛନ୍ତି କାହିଁକି ?

ଜସମନୀକୁ ନେଇ ସେ ପଥର ଉପରେ ବସିଥିବା ଲୋକଟି ଆଗରେ ଠିଆକଲୋ ଲୋକଟି ତାକୁ ଚାହିଁଲା । ଜସମନୀ ଦେଖିଲା ଲୋକଟାର କଟାସ ଭଳିଆ ଆଖି ଦି’ଟା ତାକୁ ଗୋଡ଼ରୁ ମୁଣ୍ଡଯାଏ ଚାହୁଁଛି । ଗର୍ଜିଲା ଭଳି କହିଲା ବିକ୍ରମ କାହିଁ ? ଗୋଟେ ଲୋକ ଧାଡ଼ିରୁ ବାହାରି ଆସି ସାଲୁଟ ମାରି ଠିଆହୋଇ ତା ଆଗରେ ।

: ଲୋକଟା ପଚାରିଲା, ଯା’ ନାଁ

: ଜସମନୀ

: ବାପା

: ଦାସୁରୁ ମାଡ଼କାମୀ

: ମାଆ

: ମାଲା ମାଡ଼କାମୀ

: ଗାଁ

: ଗୁଲଧା

: ବୟସ

: ପନ୍ଦର ।

ଜସମନୀ ଭୟ ଜଡ଼ସଡ଼ ଭିତରେ ବି ଲୋକଟାକୁ କଣେଇ କଣେଇ ଚାହିଁଲା । ଏ ଲୋକଟା ତା ସମ୍ପର୍କରେ ଏତେ କଥା ଜାଣିଲା କିପରି ? ସିରଷ୍ଟୁ ପାଟି ଭଳି ଶୁଭୁଚି, ହେଲେ ଯେ’ ତ ବିକ୍ରମ । ତା ମୁଣ୍ଡ କାମ କରୁ ନଥିଲା ।

ସେ ସେଇଠି କାଠ ଭଳିଆ ଠିଆହୋଇଥିଲା ।

ଗର୍ଜନ କରୁଥିବା ସେ ଲୋକଟା ଠିଆହେଲା । ତାକୁ ପଚାରିଲା,

: ତୁ ଗୀତ ଗାଇ ଜାଣିଚୁ ?

: ହଁ, ସଂକୋଚରେ କହିଲା ଜସମନୀ।

: କି ଗୀତ ?

: ଚଡ଼େୟା ଚଡ଼େୟାଣୀ, ଚଇତ ପରବ, ସାଇଁଲଡ଼ି ଗୀତ... ଡାଲଖାଇ...

: ଥାଉ, ଯୁଦ୍ଧ ଗୀତ ଶିଖନ୍ତୁ ? ଦେଶଗୀତ ?

ଜସମନୀ ଛେପ ଢୋକିଲା, ଯୁଦ୍ଧଗୀତ... ତାକୁ ଯୁଦ୍ଧକୁ ପଠେଇବ ନା କ'ଣ ?

ହଉ ଠିକ୍ ଅଛି ଶିଖେଇ ଦିଆଯିବ। ଏବେ କୁହ ଏ ଜଙ୍ଗଲ କାହାର ? ଜସମନୀ ଚାରିଆଡ଼କୁ ଚାହିଁଲା। ଏ ଜଙ୍ଗଲ କାହାର ? ଲୋକଟା ହସିଲା, ତା ମୁଁହରୁ ନିଶ ପୁଲାକ ଓ ଦାନ୍ତଛଡ଼ା ଆଉ କିଛି ଦେଖାଯାଉ ନଥିଲା। ଆଦେଶ ଦେଲା, ସମସ୍ତେ ସ୍ଲୋଗାନ ଦିଅ। କୁହ, ଏ ଜଙ୍ଗଲ କାହାର ?

ସମସ୍ତେ ଡାହାଣ ହାତମୁଠା କରି ଉପରକୁ ଉଠେଇଲେ। ଆମର... ଆମର... ଏ ପାହାଡ଼ ? ଆମର... ଆମର... ଏ ନଦୀ ? ଆମର... ଆମର....। ଏ ମାଟି ? ଆମର... ଆମର... ସେଇ ମିଳିତ ସ୍ୱର ସହିତ ସ୍ୱର ମିଳଉଥିଲା ଜସମନୀ। ହାତ ବି ଟେକୁଥିଲା ମୁଠା କରି। ସେ ଲୋକଟା ଜସମନୀର କାନ୍ଧକୁ ଟିକେ ହଲେଇଦେଇ କହିଲା, ସାବାସ୍...।

ତା'ପରେ ଲୋକଟା ତାକୁ ପଚାରିଲା, ଆମର ଶତ୍ରୁ କିଏ ? ଜସମନୀ ପୁଣି ଘାଇରେ ପଡ଼ିଲା। ତାର ଶତ୍ରୁ କିଏ ? ସେ ତ ଚିହ୍ନିନି

କୁହ ସମସ୍ତେ। ପୁଣି ଆଦେଶ ଦେଲା ଲୋକଟା।

: ଆମର ଶତ୍ରୁ କିଏ ?

: ମହାଜନ

: ଆଉ ?

: ଠିକାଦାର

: ଆଉ ?

: ପୋଲିସ।

: ଆଉ ?

: ସର୍କାର

: ସାବାସ୍ – ଏବେ କୁହ

: ମାରିବା କାହାକୁ ?

: ମହାଜନକୁ

: କାଟିବା କାହାକୁ ?

: ଠିକାଦାରକୁ

: ଉଡେଇବା କାହାକୁ ?

: ଥାନାକୁ, ସ୍କୁଲକୁ, ସର୍କାରୀ ଅଫିସକୁ ।

: ପୋଡ଼ିବା କାହାକୁ ?

: ଥାନାକୁ, କମ୍ପାନୀ କ୍ୟାମ୍ପକୁ...

: ହଟେଇବା କାହାକୁ ?

: ସର୍କାରକୁ ।

: ସାବାସ...।

ଲୋକଟା ଖୁବ୍‌ ଆଶ୍ୱସ୍ତ ହେଲାପରି ବସିପଡ଼ିଲା ପଥର ଉପରେ । ବୋତଲରୁ ପାଣି ପିଇଲା । କହିଲା, ଜସମନୀ । ତୋ ନାଁ ଆଜିଠାରୁ ସମରୀ । ସମର ଅର୍ଥ ଯୁଦ୍ଧ । ତୁ ଯୁଦ୍ଧ କରିବାକୁ ତୟାର ତ... ତେଣୁ ଯେ ତୋ ନୂଆ ନାଁ... ସମରୀ... ତୁ ଆଜିଠାରୁ ଜନନାଟ୍ୟମଣ୍ଡଳୀର ସଦସ୍ୟା । ଗୀତ ଆଉ ନାଚ ମାଧ୍ୟମରେ ଲୋକଙ୍କ ଭିତରେ ବିପ୍ଳବ ସୃଷ୍ଟିକରିବା ଆଜିଠାରୁ ତୋ କାମ । ସେମାନଙ୍କ ସହଯୋଗରେ । ହଁ ମନେରଖିବୁ । ଆଜିଠାରୁ ତୁ ସମରୀ । ତୋର ମୂଳ ପରିଚୟ ଯେମିତି ପ୍ରକାଶ ନପାଏ କୋଉଠି । ବୁଝିଲୁ ? ତା' ପରେ ବିକ୍ରମକୁ କହିଲା, ଯା ଘରକୁ ପାଞ୍ଚ ହଜାର ଟଙ୍କା ପଠେଇ ଦିଅ । କେହି ଯେମିତି ସୁରାକ ନ ପାଆନ୍ତି ।

ତା'ପରେ ଲୋକଟା ତମ୍ବୁ ଭିତରକୁ ଗଲିଗଲା । ବିକ୍ରମ ତା ମୁଣ୍ଡରୁ ଟୋପି ମୁହଁରୁ ଗାମୁଛା ଫିଟେଇଦେଲା । ଏ'ମା... ଯେ' ଯେ ସିରସ୍ତୁ ।

ଜସମନୀ ଆଶ୍ଚର୍ଯ୍ୟ ହେଲା । ସିରସ୍ତୁ କହିଲା, ଏଠାକୁ ଆସିଲେ ନୂଆ ନାଁ ଦିଆଯାଏ । ଯେମିତି ତୋ ନାଁ ସମରୀ ଦିଆଗଲା । କିଛି ଡରନା । ସବୁ ଆସ୍ତେ ଆସ୍ତେ ଶିଖ୍‌ଯିବୁ । ଦେଖୁଛୁ ତୁ ଗୀତ ଗାଇବା ଆରମ୍ଭ ନକରୁଣୁ ପାଞ୍ଚ ହଜାର ଟଙ୍କା ପାଇଲୁଣି । ଜସମନୀ ଆଶ୍ଚର୍ଯ୍ୟ ହେଉଥିଲା, ଏକାଥରେ ପାଞ୍ଚ ହଜାର ଟଙ୍କା ? ବୁଆ ନିଶ୍ଚେ ଖୁସି ହେବ । ତୁ ନେଇଯିବୁ ? ନା ଅନ୍ୟଜଣେ ନେଇଯିବ । ମୁଁ ତାକୁ ତମ ଘର ଦେଖେଇଦେବି । ମୁଁ କେବେ ଯିବି ? ଜସମନୀ ପଚାରିଲା । ସିରସ୍ତୁ କହିଲା, ଚାରି ଛଅମାସ ଯାଉ, ଟଙ୍କା କିଛି ଅଧିକ ହେଉ, ଯିବା । ଜସମନୀ କାନ୍ଦି ପକେଇଲା । ଖୁସିରେ କି ଦୁଃଖରେ, ଜାଣି ପାରିଲାନି ।

ତିନିମାସ ଭିତରେ ଜସମନୀର ବହୁତ ଅନୁଭୂତି ହୋଇଗଲାଣି । ହେଇଗଲାଣି ବି ସହଜ । ତାର ବଡ଼ ଚିନ୍ତା ଥିଲା ତା' ପରିବାରର ଦାରିଦ୍ର୍ୟ । ଏବେ ବୁଆ ତ ପାଉଚି ମାସକୁ ମାସ ଟଙ୍କା । ଆଉ ସେ ତ ଡଙ୍ଗର ତଳ ଚାଆଁସ ମାଟିକୁ ଚଷିବ ନାଇଁ ରକ୍ତକୁ

ପାଣିକରି କି ମହାଜନ ଦୁଆରେ ଗୁହାରି କରିବ ନାଇଁ। ମା' ବି ଛେଲି କୁକୁଡ଼ା ପଛରେ ଧହିହେବ ନାଇଁ। ଖୁବ୍ ଆଶ୍ୱସ୍ତ ହେଉଥିଲା ଜସମନୀ। ଏଠି ତା'ର ସିରଷ୍ଟୁ ଅଛି। ତା' ଛଡ଼ା ଏଠି ରହିବା ଭିତରେ ବିଭିନ୍ନ କାର୍ଯ୍ୟକ୍ରମ ମାଧମରେ ସେ ଜାଣିଗଲା ଯେ ତାଙ୍କ ଭଳି ଆଦିବାସୀମାନଙ୍କର ବାସ୍ତବ ସ୍ଥିତି। ସେମାନଙ୍କୁ ଶୋଷଣ କରାଯାଉଛି। ତାଙ୍କ ଜଙ୍ଗଲ ପାହାଡ଼ ଲୁଟ୍ କରାଯାଉଛି। ତାଙ୍କୁ ଗଛ କାଟିବା ମନା, ଫଳ ତୋଳିବା ମନା, ଚାଷ କରିବା ମନା। ତାଙ୍କ ପାଇଁ କୌଣସି ସୁବିଧା ନାହି, ସବୁ ସୁବିଧା ଲୁଟୁଛନ୍ତି ବଡ଼ବଡ଼ିଆମାନେ। ଏତେ ଗୁମର କଥା ଜାଣି ନଥିଲା ଜସମନୀ। ଆଉ ଜାଣିଲା ପରେ ସେ ନିଜକୁ ବି କହୁଚି ବିଦ୍ରୋହିଣୀ। ତାର ଏ ପରିବର୍ତ୍ତନ ଓ କାର୍ଯ୍ୟଦକ୍ଷତାକୁ ବି ଥେର ପସନ୍ଦ କରୁଛନ୍ତି କ୍ୟାଡ଼ରର ସିନିୟରମାନେ। ଚିଫ୍‌ମାନେ। କେଡ଼େ ଦୁଃଖକଷ୍ଟ ସହି ଜୀବନକୁ ବାଜି ଲଗେଇ ସେଇମାନଙ୍କ ମୁକ୍ତି ପାଇଁ ଏ ଲଢ଼େଇ ଏମାନେ କରୁଛନ୍ତି। ସେଥିରେ ସାମିଲ ହେଇଛି। ଏ ତ ଖୁସିର କଥା। ସିରଷ୍ଟୁ ବି ଏକଥା କରେ। ସିରଷ୍ଟୁ ତାର ପ୍ରାଣ। ସେ ଯେଉଁଥିରେ ଯିବ, ସେଇ ବାଟରେ ଯିବା ତାର ଧର୍ମ। ସମାଜର ଅବହେଳିତ ଲାଞ୍ଛିତ ନାରୀମାନଙ୍କ ଉଦ୍ଧାର ପାଇଁ ସମାଜକୁ ବଦଲେଇବା ପାଇଁ ଏମାନଙ୍କର ଏ ସଂଗ୍ରାମ। ଏ ମହାନ କାର୍ଯ୍ୟକ୍ରମରେ ଜସମନୀର ସହାୟତା ପାଉଛି, ସେଥିପାଇଁ ସେ ଖୁବ୍ ଗର୍ବିତ ବୋଲି କହେ ସିରଷ୍ଟୁ। ଜସମନୀକୁ ଭଲ ଲାଗେ।

କିଛି ଦିନ ପରେ କ୍ୟାମ୍ପରେ ମିଟିଂ। ରାତିରେ। ସମସ୍ତଙ୍କ ଉପସ୍ଥିତିରେ ଗୁରୁତ୍ୱପୂର୍ଣ୍ଣ ନିଷ୍ପତ୍ତି ନିଆଯାଏ ଓ ବିଭିନ୍ନ କାର୍ଯ୍ୟକ୍ରମର ସମୀକ୍ଷା କରାଯାଏ ଏହିଭଳି ମିଟିଂମାନଙ୍କରେ। ସେଦିନ ସ୍ଥିର ହେଲା ଜସମନୀ ଜନନାଟମଣ୍ଡଳୀ ଛାଡ଼ି ଅପରେସନ ସେକ୍ଟରରେ କାମ କରିବ। ସେ ମିଲଟାରୀ ଟ୍ରେନିଂ ନେଇ ସାରିଛି କ୍ୟାମ୍ପରୁ। ଶିଖ୍ୟ ସାରିଚି ଅସ୍ତ୍ରଶସ୍ତ ଚାଲନା। ଜସମନୀ ଆତଙ୍କିତ ହେଲା। ସେ ଅସ୍ତ ଚଲେଇ ଶିଖ୍ୟଗଲେ କ'ଣ ହତ୍ୟା କରିବ କାହାକୁ? ନା ସେ ଯିବ ନାଇଁ। ସେ ବରଂ ଏମିତି ଗୀତନାଚ କରି ଲୋକମାନଙ୍କୁ ବିପ୍ଲବମନସ୍କ କରାଇବ।

ତା କଥା ଶୁଣାଗଲା ନାହିଁ। ଏରିଆ ଚିଫ୍‌ଙ୍କ ନିଷ୍ପତ୍ତି ହିଁ ଫାଇନାଲ। ନୋ ଅବଜେକସନ।

ସେ କରୁଣ ଦୃଷ୍ଟିରେ ଚାହିଁଲା ସିରଷ୍ଟୁକୁ।

ତା ମନକଥା ବୋଧେ ପଢ଼ିନେଲେ ଚିଫ୍। କହିଲେ ବିକ୍ରମ ବି ଯିବ ତମ ସହିତ। ଆଶ୍ୱସ୍ତ ହେଲା ଜସମନୀ। ସିରଷ୍ଟୁ ତା ପାଖରେ ଥିଲେ ତ ସାତଖୁଣ ବି କରିପାରିବ।

ମିଟିଂ ସରିଲାପରେ ସିରଷ୍ଟୁ କହିଲା, ସେ କ୍ୟାମ୍ପଟା ଆମ ଗାଁ ପାଖାପାଖି।

ଅପରେସନ ସବୁ ଘଞ୍ଚ ଜଙ୍ଗଲରେ କଣ ହୁଏ ? ଏଠି ନିଷ୍ପତ୍ତି ହୁଏ ଆଉ କାର୍ଯ୍ୟକାରୀ କରାଯାଏ ଜନବସତି ଅଞ୍ଚଲରେ । ବୁଝିଲୁ ।

ଘର ପାଖ କଥା ଶୁଣି ଖୁସି ହେଇଗଲା ଜସମନୀ । ବେଲେବେଲେ ଘରକୁ ତ ଯାଇହବ ? କେତେଦିନ ହେଲା ଦେଖ୍ନାହାଁ, ବୁଆ, ମା'କୁ ।

ସେଇଦିନ ରାତିରେ ହିଁ ସିରସୁ ଆଉ କେତେଜଣ କମ୍ରେଡଙ୍କ ସହିତ ଜସମନୀ, ଅପରେସନ କ୍ୟାମ୍ପ ଆଡ଼କୁ ଚାଲିଲା । ଜସମନୀ ପଚାରିଲା, ସେ କ୍ୟାମ୍ପଟା ଏଠୁ କେତେ କିଲୋମିଟର ?

ସିରସୁ କହିଲା ଜଙ୍ଗଲ ଭିତରେ ଦୂରତାକୁ କିଲୋମିଟରରେ ମପାଯାଏନା । ମପାଯାଏ ସମୟ ବା ଘଣ୍ଟା ହିସାବରେ । ଆମେ ବାହାରିଲେ କେବେ ଆଉ ପହଞ୍ଚିବା କେବେ, ସେଇଟି ହିଁ ଜଣାଯିବ ଏଠାରୁ ସେ ସ୍ଥାନ କେତେବାଟ ।

ଜସମନୀ ହସିଦେଲା । ସବୁ ବିଚିତ୍ର ଏଠାକାର ହିସାବକିତାବ ।

ସିରସୁ କହିଲା, ସେଇଟା ହିଁ ଏ ସଂଗଠନର ଭିନ୍ନତା ।

ରାତିପୁହା ସେମାନେ ପହଞ୍ଚିଲେ ସେ କ୍ୟାମ୍ପରେ । ଜଙ୍ଗଲ ରାସ୍ତାରେ ସେମାନେ ଖୁବ୍ ସତର୍କତାର ସହ ଚାଲୁଥିଲେ । ଜନପଦ ନିକଟବର୍ତ୍ତୀ ଅଞ୍ଚଲ ସେମାନଙ୍କ ପାଇଁ ଅଧିକ ସତର୍କତାର ଅପେକ୍ଷା ରଖେ । ଥାଏ କମ୍ୟିଂ ଅପରେସନର ଭୟ ।

ଏ ଅପରେସନ୍ କ୍ୟାମ୍ପକୁ ଛତିଶଗଡ଼ ଡିଭିଜନରୁ ଚିଫ୍ ହୋଇ ଆସିଥିବା ଲୋକଟା ବାଘଭଲି ହିଂସ୍ର ଆଉ ନିର୍ଦ୍ଦୟ । ଏ କଥା ଶୁଣିଥିଲା ସିରସୁ । ତା ନିଷ୍ପତ୍ତି ଅକାଟ୍ୟ ଓ ଯୋଜନା ମଧ୍ୟ ଶତପ୍ରତିଶତ ସଫଲ । ସେଥିପାଇଁ ତାଙ୍କୁ ସମସ୍ତଙ୍କ ଡର ଓ ସମାନ । ସିରସୁ, ଜସମନୀ ଓ ଅନ୍ୟମାନେ ରିପୋର୍ଟ କଲେ । ଆଗକୁ ଗୋଟେ ଗୁରୁତ୍ୱପୂର୍ଣ୍ଣ ଯୋଜନାକୁ କାର୍ଯ୍ୟକାରୀ କରାଯିବାର ପ୍ରସ୍ତୁତି ଚାଲିଛି । ସେଇଥିପାଇଁ କ୍ୟାଡରମାନଙ୍କର ଘନ ଘନ ମିଟିଂ ଓ ଗୁପ୍ତ ରିହରସଲ ବି ଚାଲିଚି । ଏ ଅପରେସନ ସବୁଠାରୁ ଅଧିକ ଶକ୍ତିଶାଲୀ । ଏହା ସଫଲ ହେଲେ ଦୋହଲିଯିବ ସରକାର, ବିପର୍ଯ୍ୟସ୍ତ ହୋଇଯିବ ପ୍ରଶାସନ, ଆତଙ୍କିତ ହୋଇଯିବ ପୋଲିସ ଓ ଯବାନ ବାହିନୀ । ଗଡ଼ିଯିବ ହଜାର ହଜାର ମୁଣ୍ଡ । ଲାଲ୍ ରକ୍ତରେ ହୋଲି ଖେଲିବ ଲାଲ୍ବାହିନୀ । ପ୍ରସ୍ତୁତି ଚାଲିଛି । ଖାଲି ସମୟ ଓ ସୁଯୋଗକୁ ଅପେକ୍ଷା । ଏଠାରେ ବେଶୀ ଟେଣ୍ସର ସୁବିଧା ନାହିଁ । ଗୋଟେ ମାତ୍ର ତମ୍ବୁ ଲାଗିଚି ଏରିଆ ଚିଫ୍ ପାଇଁ । ତା ଚାରିପଟରେ ଆଧୁନିକ ଅସ୍ତ୍ରଶସ୍ତ୍ର ସଜ୍ଜିତ କ୍ୟାଡରମାନେ ଅନବରତ ପହରାରତ । ଅନ୍ୟମାନେ ନିରାପଦ ଜାଗା ଦେଖି ଶୋଇବେ ଖୁବ୍ ସତର୍କତାର ସହ । ଖୋଲା ଆକାଶତଲେ । ଗଛମୂଲେ କି ଘଞ୍ଚ ବୁଦା ଆଢୁଆଲରେ । ମହିଲା ଓ ପୁରୁଷ କ୍ୟାଡରମାନଙ୍କର ସ୍ଥାନ ଅଲଗା ଅଲଗା ।

ସେଦିନ ରାତି । ଆକାଶରେ ଫିଙ୍କା ଫିଙ୍କା ଜହ୍ନ । ବହୁଛି ଉଲ୍ଲୁସିଆ ପବନ । ତାରା ଭର୍ତ୍ତି ଆକାଶକୁ ଚାହିଁ ଚାହିଁ ଭାବୁଥିଲା ଜସମିନୀ କେମିତି ବଦଳିଯାଇଛି ତା ଜୀବନର ମୋଡ଼ । ଜସମିନୀରୁ ସମାରୀ ହୋଇ କେମିତି ଦୂରେଇ ଯାଇଟି ତା ଜୀବନ ସବୁ ସରସତା, ସବୁ ଭାବପ୍ରବଣତା । କୁଆଡ଼େ ଗଲା ତାର ମହୁଲଫୁଲ ପରି ବାସ୍ନାମୟ, ସଲପ ରସ ପରି ମିଠା ଜୀବନର ସ୍ୱପ୍ନ । କାହିଁକି ଆବୋରି ନେଲା ଏ ନିଷ୍ଠୁର ଜୀବନ ଯିଏ ଛଡ଼େଇ ନେଲା ତାର ସବୁ ସାଇତା ସପନ । ତାର ସିରସ୍ତୁ କଥା ମନେପଡ଼ିଲା । ଆସନ୍ତା ନାଇଁ ସିରସ୍ତୁ । ଅଳ୍ପ ସମୟ ହେଲେ ବି ସେମାନେ ଖୋଜନ୍ତେ ଅତୀତକୁ । ଭାବନ୍ତେ ଭବିଷ୍ୟତ ସମ୍ପର୍କରେ, ବର୍ତ୍ତମାନକୁ କରିଦିଅନ୍ତେ ଆନନ୍ଦମୟ । ସେ ଆସ୍ତେ ଆସ୍ତେ ଉଠିଲା । ସମସ୍ତେ ଶୋଇଛନ୍ତି । ସେ ଧୀରେ ଧୀରେ ଚାଲିଲା । ସିରସ୍ତୁ ଶୋଇଥିବା ଜାଗା ଆଡ଼େ । ତା ଭିତରେ ଘୁମେଇ ପଡ଼ିଥିବା ରୋମାଞ୍ଚ ଓ ଉତ୍ତେଜନା ତାକୁ ବିଚଳିତ କରିପକଉଥିଲା । ସେ ଗଛପତ୍ର ଗହଳରୁ ଦେଖିଲା ସମସ୍ତେ ଶୋଇଛନ୍ତି ବନ୍ଧୁକଟିମାନ ଛାତିରେ ଧରି । ଆହା ତିଲ୍ଲୋଟି ମାନ ଧରି ପରମ ସୁଖରେ ଶୋଇବା ଭେଣ୍ଡିଆମାନେ କେମିତି ମୃତ୍ୟୁକୁ ଛାତିରେ ଧରି ଶୋଇଯାଇଛନ୍ତି ଘାସ ଉପରେ । ସତରେ ଯେ କି ଜୀବନ ? କଣ ଥାଏ ସମ୍ଭାବନା ? ସେ ଖୋଜୁଥିଲା ସିରସ୍ତୁ କିଏ । ଏକା ପୋଷାକ ଭିତରୁ କିପରି ବାରିବ ସେ ତା' ରସିକ ନାଗରକୁ ?

ସେ ଗଛମୂଳେ କିଏ ବସିଚି ? ଝାପ୍ସା ଦେଖାଯାଉଚି ଗୋଟେ ପଥର ମୂର୍ତ୍ତିପରି । ସେଇ କି ସିରସ୍ତୁ ? ସେଇଠି ବସି ଭାବୁଚି କି ତା' କଥା । ସେ ଟୁପି ଟୁପି ଆଗେଇଗଲା ଆଉଟିକେ । ଆଉଆଳରେ ନିରିଖେଇ ଦେଖିଲା । ତାକୁ ଲାଗିଲା ତା' ପରି ମଧ ଉଚାଟ ହେଉଥିବ ସିରସ୍ତୁର ମନ, ସେ ମୋଟେ ଶୋଇ ନଥିବ । ପୁଣି ଆଗେଇଗଲା ଜସମିନୀ, ହଁ'ତ ସେଇ ସିରସ୍ତୁ । ସେ ତା ସାମ୍ନାକୁ ଚାଲିଗଲା । ସିରସ୍ତୁ ଧଡ଼କରି ଉଠିପଡ଼ିଲା, ଜସୁ ! !

ହଁ, ଫିସ୍ ଫିସ୍ କହିଲା ଜସମିନୀ ।

ହଠାତ୍ ସିରସ୍ତୁ ତାକୁ ଭିଡ଼ିନେଇଗଲା ଗୋଟେ ବୁଦା ମୂଳକୁ । ବ୍ୟସ୍ତହୋଇ ପଚାରିଲା, ତୁ କାହିଁକି ଆସିଲୁ ? ଏଇଟା ନିୟମ ଭଙ୍ଗ । କିଏ ଯଦି ଜାଣିଯିବ, କ'ଣ ହବ ଆମ ଅବସ୍ଥା ! ଜସମିନୀ କିଛି ଶୁଣିବା ଅବସ୍ଥାରେ ନଥିଲା । ସେ ସିରସ୍ତୁ କାନ ପାଖକୁ ମୁହଁ ନେଇ ତା କାନକୁ ଟିକେ କାମୁଡ଼ି ଦେଲା । କହିଲା ଆବେଗ ଓ ଉଚାଟପଣକୁ କୋଉ ନିୟମ ଅଟକେଇ ପାରିବ ? ମୁଁ ଜାଣିଥିଲି, ତୁ ମୋଟେ ଶୋଇନଥିବୁ । ସିରସ୍ତୁ ତାକୁ ଗୋଟେ ପ୍ରଚଣ୍ଡ ଆବେଗରେ କୁଣ୍ଢେଇ ପକେଇଲା । ତା ମୁହଁସାରା ମୁହଁ ଘଷି ତାର ସମସ୍ତ ଅବରୁଦ୍ଧ ଭଲପାଇବାକୁ ଯେମିତି ଉଗାରି ଦବାକୁ ଚାହୁଁଥିଲା ।

ଜସମନୀ ଉତ୍ତେଜନାରେ ଭାଙ୍ଗିପଡ଼ୁଥିଲା । ସେ ସିରସ୍କୁ ଆହୁରି ଜୋରରେ ଚାପି ଧରିଲା ଛାତିରେ । କହିଲା, କେତେଦିନ ଆମେ ଏମିତି ଆଉ ରହିବା ? ଚାଲ୍ ପଳେଇବା । ସିରସ୍ କାନ୍ଦିଲା । ମୁଁ ତତେ ଏ ନର୍କକୁ ଆଣି ବଡ଼ ଭୁଲ୍ କରିଚିଲୋ ଜସ୍ । ମତେ କ୍ଷମା କରିଦେ । ଜସମନୀ ତାକୁ ବୁଝେଇଲା, ତୁ କାହିଁକି ନିଜକୁ ଦୋଷ ଦଉଚୁ ? ତୋତେ ଛାଡ଼ିବି ନାଇଁ ବୋଲି ତ ମୁଁ ନିଜେ ପଳେଇ ଆସିଚି । ମୁଁ ତ ସେମିତି କେବେ ଭାବିନାଇଁ । ତୁ ସତରେ ମତେ ଏତେ ଭଲପାଉ ! ସିରସ୍ ବିହ୍ୱଳ ହେଇ ପଡ଼ୁଥିଲା ।

ଜସମନୀ ତା ମୁହଁକୁ ଆଉଁସି ଦେଇ କହିଲା, ଆହୁରି ପ୍ରମାଣ ଖୋଜୁଚୁ ? ସିରସ୍ ପୁଣି କାନ୍ଦି ଉଠିଲା ଅପରାଧୀଟେ ପରି । ଜସମନୀ ତା ଲୁହ ପୋଛିଦେଇ କହିଲା, ହାତରେ ବନ୍ଦୁକ ଧରି କୋଉ ଯୁଆନଟା କାନ୍ଦେ ? ଚାଲ୍‌ନୁ ପଳେଇବା ? ଅଟକେଇବ ଯିଏ ତାକୁ ନାଇଁଦେବା...

ସିରସ୍ ହସିଲା, ଗୋଟେ ବିଷଣ୍ଣ ହସ । କହିଲା, ଜସ୍ ଥରେ ଯେ ଏଠି ପାଦ ଦିଏ, ସେ ଆଉ ଏଠୁ ଫେରି ପାରେନା । ଏଠୁ ବାହାରିଲେ ଏମାନେ ମାରିଦେବେ ଆଉ ସେଠି ପହଞ୍ଚିଲେ ପୋଲିସ୍ ମାରିବ । ମୋ ମୁଣ୍ଡରେ ପୁଣି ମର୍ଡର କେସ୍ ।

ମର୍ଡର କେସ୍ ! ଜସମନୀ ଆକାଶରୁ ପଡ଼ିଲା ।

: ହଁ ମୁଁ ମହାଜନକୁ ହତ୍ୟା କରିଚି ।

ହେ, ପିଦରପେନୁ ! କୋହାହଳ ହୋଇଗଲା ଜସମନୀ । ଏକଥା ତୁ କେବେ କଲୁ ? ମତେ ତ କହିନୁ ?

: ତତେ ଆଉ କହନ୍ତି କେତେବେଳେ ? ପୁଣି ଏକଥା ସବୁ ସିକ୍ରେଟ୍ ରଖାଯାଏ । ସେ ମହାଜନ ବହୁ ଆଦିବାସୀଙ୍କୁ ଶୋଷଣ କରୁଥିଲା । ତୋତେ ସେଦିନ କହୁନଥିଲି । ସେ ଟାର୍ଗେଟ୍‌ରେ ଅଛି ବୋଲି । ତୁ ଏଠିକି ଆସିବାର ପନ୍ଦର ଦିନ ପରେ ତାକୁ ହତ୍ୟା କରାଗଲା ତା' ଘରେ ।

ତେବେ କ'ଣ କରିବା ? ଜସମନୀର ଆତଙ୍କିତ ପ୍ରଶ୍ନ ।
ସେୟା' ତ ଭାବୁଚି । ଗୋଟେ ଦୀର୍ଘଶ୍ୱାସ ଛାଡ଼ି କହିଲା ସିରସ୍ ।

ଜସମନୀ କହିଲା, ଯା' ହବାର ହଉ । ମୋର କିଛି ଦରକାର ନାଇଁ, ତୁ ଖାଲି ମୋ ପାଖେ ପାଖେ ଥା । ସେ ସିରସ୍ ଛାତିରେ ନିବିଡ଼ ହୋଇଯାଉଥିଲା । ତାକୁ ଆଉ କିଛି ଭାବନା ଆସୁନଥିଲା । ତା ଦେହସାରା ଖାଲି ଭିଡ଼ି ମୋଡ଼ି ହେଉଥିଲା ଗୋଟେ ଲମ୍ବା ସାପ ।

କୌନ ହେ ? ଗୋଟେ ପ୍ରଶ୍ନ ନୁହେଁ, ଆତଙ୍କର ବିସ୍ଫୋରଣଟିଏ ଅଚାନକ ଘଟିଲା ସେଠାରେ ।

ଜସମନୀ ଆଉ ସିରସ୍ତୁ ପରସ୍ପରଠୁ ଅଲଗା ହୋଇ ଠିଆଆହୋଇପଡ଼ିଲେ ।
କିଏ ? ପୁଣି ପ୍ରଶ୍ନ ଛିଟିକି ଆସୁଥିଲା ସେଇ ବନ୍ଧୁକଧାରୀ ଛାୟାମୂର୍ତ୍ତିଠାରୁ ।

: ମୁଁ ବିକ୍ରମ

: ଆଉ ସିଏ ?

: ସମରୀ

: ମାନେ ନାରୀ ?

ଛେପ ଢୋକିଲା ସିରସ୍ତୁ । ଜସମନୀ ଥରୁଥିଲା ପତ୍ରଟେ ପରି ।
ଖପାକ୍ କରି ହାତ ନୁହେଁ ତ ପଞ୍ଝାଟାଏ ଯେମିତି ପଡ଼ିଲା ସିରସ୍ତୁର ବେକ ଶଙ୍ଖା ଉପରେ
ଚାଲ, କ୍ୟାମ୍ପକୁ... ତୁ ରୁଲ୍ ଭାଙ୍ଗିଲୁ । ଚାଲ... ତାକୁ ଓଟାରି ଓଟାରି ଭିଡ଼ି ନେଉଥିଲା
ଲୋକଟା । ସିରସ୍ତୁ ଯେମିତି ପ୍ରତିରୋଧର ସମସ୍ତ ସାମର୍ଥ୍ୟ ହରେଇସାରିଥିଲା । ଜସମନୀ
ମଧ୍ୟ ତା' ପଛେପଛେ ବିକଳ ହୋଇ ଧାଉଁଥିଲା ।

ପଥର ଉପରେ ବସିଥିଲା ଏରିଆ ଚିଫ୍ କମାଣ୍ଡର । ବାଘଟେ ପରି ।

: କ୍ୟା ହୁଆ ? ଆଁ

: ୟେ ଛୋକରୀ କେ ସାଥ...

: ଛୋକରୀ କେ ସାଥ । କ୍ୟା କର୍ ରହାଥା ? ଆଁ...

ସିରସ୍ତୁ ବଡ଼ ବିକଳ ହୋଇ କହିଲା, ସେ ମୋ ସ୍ତ୍ରୀ ଆଜ୍ଞା... ଆମେ ଏକା
ଗାଁରୁ ଆସିଛ. ଏ ସଂଗଠନରେ ଅଛ... ବର୍ଷେ ହେଲା.... ସିନିୟର କ୍ୟାଡ଼ର ସାର...।

: ତୋ କ୍ୟା ହୁଆ ? ପହିଲେ ବତାଓ, ୟେ' କୈସେତେରା ସ୍ତ୍ରୀ ? ୟେ ତୋ
ୟାହାଁକା କାନୁନ ନେହିଁ ହୈ ।

ସ୍ତ୍ରୀ ନୁହେଁ ସାର୍... ସାଦି ନହିଁ ହୁଆ... ହୋଗା... ହବହବ ସାର୍, କଥା
ହେଇସାରିଚ୍ତି...

ଓହୋ ହୋ... ସାଦି ନହିଁ ହୁଆ... ତୋ ଅନ୍ଧେରେ ମୈଁ କ୍ୟା କର୍ ରହାଥା ଆଃ ରୋମାନ୍ସ...
ହାଃ ହାଃ... ଠିକ୍ ହୈ, ହମସବ ସିପାହୀ ହୈ,... ଦେଶକେ ଲିୟେ ମରନା ସୀଖୋ... ଔରତ
କେ ଲିୟେ ନହିଁ...। ସମଝେ ? ଠିକ୍ ହୈ... ଛୋଡ଼ଦିଆ... ମାଫ୍ କିୟା... ଚଲୋ ।

ସିରସ୍ତୁ ଯାହା ଶୁଣିଥିଲା ଏ କମାଣ୍ଡର ସଂପର୍କରେ । ଏବେ ଜାଣିଲା, ଏଟା
ଛତିଶଗଡ଼ ବାଘ । ସେ ଦୌଡ଼ି ପଳେଇ ଆସୁଥିଲା, ତା' ପଛରେ ଜସମନୀ । ପୁଣି ସେ
ଗର୍ଜନ କଲା, ରୁକୋ... ତୁ ନହିଁ ଜାଏଗୀ । ଜସମନୀ ଅଟକିଗଲା । ସିରସ୍ତୁ ଫେରି
ଆସୁଥିଲା । ସେ ତାକୁ ତୁମ ଯାଓ... ତୁମ ଯାଓ... ସବେରେ ମିଲନା, ଜରୁରୀ ବାତ୍
ହୈ । ସିରସ୍ତୁ ପଛକୁ ଅନେଇ ଅନେଇ ଅସହାୟ ଭାବେ ଅନ୍ଧାର ଭିତରକୁ ପଶିଗଲା ।

ଜ୍ସମ୍ନୀ ସେଇଠି ଠିଆ ହୋଇଥିଲା। କମାଣ୍ଡର କହିଲା, ଯାହାଁ ବୈଠୋ। ସବେରେ ଡକ୍ ଓ ତମ୍ବୁ ଭିତରକୁ ପଶିଗଲା।

ଜ୍ସମ୍ନୀ ନିଜକୁ ଖୁବ୍ ଅସହାୟ ଓ ନିରାପଭାହୀନ ଭାବୁଥିଲା। ଯେଉଁ ସଂଗଠନ ପାଇଁ ସେମାନେ କାମ କରୁଛନ୍ତି ସେମାନଙ୍କ ପ୍ରତି ଏ ଲିଡରମାନଙ୍କର ଯେ କି ଅନ୍ୟାୟ ବ୍ୟବହାର? ସକାଳେ ସିରଷ୍ତୁ ଆସୁ, ସେମାନେ ଏ କ୍ୟାମ୍ପ ଛାଡ଼ି ଅରଗାନାଇଜେସନ କ୍ୟାମ୍ପକୁ ପଳାଇବେ, ଏଠି ଏ ଅପରେସନ କ୍ୟାମ୍ପର ନିଷ୍ଠୁର ଲିଡରଟା ପାଖରେ ଚଳିବା ସମ୍ଭବ ନୁହେଁ।

ସକାଳେ ହାଜର ହେଲା ସିରଷ୍ତୁ। ମୁହଁଟି ଶୁଖିଯାଇଛି। ଖୁବ୍ ହତାଶମୟ ଜଣାପଡୁଚି ତାର ହାବଭାବ। ଏରିଆ କମାଣ୍ଡର ତାକୁ ତମ୍ବୁ ଭିତରକୁ ଡାକିଲା। ଗୋଟେ ବିକଳ ଚାହାଁଣୀରେ ସେ ଜସମନୀକୁ ଚାହିଁ ତମ୍ବୁ ଭିତରକୁ ପଶିଲା। ଜସମନୀ ବାହାରେ ଗୋଟେ ଅପରାଧ୍ନୀ ପରି ଠିଆ ହୋଇଥିଲା। ବେଶ୍ କିଛି ସମୟ ପରେ ବାହାରିଲା ସିରଷ୍ତୁ। କାନ୍ଧରେ ଗୋଟେ ବଡ଼ ବ୍ୟାଗ୍। ସେ ନିମିଷେ ଠିଆହେଲା ଜସମନୀକୁ ଚାହିଁ। ତା ମୁହଁରେ ଆତଙ୍କ ଓ ଆଖିରେ ଲୁହ ଟଳମଳ ହେଉଥିଲା। ଜସମନୀ ବି କାନ୍ଦି ପକଉଥିଲା ଝରଝର। ସେ ୫ପଟି ଯାଉଥିଲା ତା ପାଖକୁ। ଗର୍ଜନଟେ ଶୁଣାଗଲା ତମ୍ବୁ ଫାଙ୍କରୁ ରୁକୋ!... ଜସମନୀ ଥମକିଗଲା। ସିରଷ୍ତୁ ତାକୁ ଆଉଥରେ ଲୁହଭର୍ତ୍ତି ଆଖିରେ ଚାହିଁଲା। ତା' ପରେ ପଲେଇଲା।

କୁଆଡ଼େ ଯାଉଛି ସିଏ? କ'ଣ ସେ ବ୍ୟାଗରେ ଭର୍ତ୍ତିକରି ତାକୁ ପଠେଇ ଦେଉଚି କମାଣ୍ଡର? କୁଆଡ଼େ? ବଡ଼ ବିକଳ ସ୍ୱରରେ ପଚାରି ଉଠିଲା ଜସମନୀ।

ଇଟ୍ ଇଜ୍ ସିକ୍ରେଟ୍, ନୋ କୋଶ୍ଚିନ୍...

ଏତିକି ଖାଲି ଶୁଣାଗଲା ତମ୍ବୁ ଭିତରୁ।

ଜସମନୀ ଭୁଶୁଡ଼ି ପଡ଼ିଲା ସେଇଠି।ଯ

ରାତି ହେଲେ ବଦଳିଯାଉଥିଲା ଚିତ୍ର।

ପୁରୁଷ ସୁରକ୍ଷାକର୍ମୀମାନେ ଚାଲିଯାଉଥିଲେ ଦୂରକୁ। ତମ୍ବୁକୁ ଘେରି ରହୁଥିଲେ ମହିଳା ଅଙ୍ଗରକ୍ଷୀମାନେ ଜସମନୀକୁ କୁହାଗଲା ଆଜି ରାତି ଠାରୁ ସେ ଚିଫ୍ଙ୍କ ଅଙ୍ଗରକ୍ଷୀ। ଅପରେସନକୁ ଯିବା ଦରକାର ନାହିଁ। ନିର୍ଦ୍ଧେଶ ଜାରି ହୋଇସାରିଛି। ତାକୁ ଏ ସୂଚନା ଦେଲା ଜାମ୍ ଓରଫ ସୁମତି, ଯେ ଦିନେ ଜନନାଚ ମଣ୍ଡଳୀରେ ଥିଲା। ତାକୁ ଜସମନୀ ପଚାରିଲା, ଆଉ କିଏ ସବୁ ଅଛନ୍ତି? ଜାମ୍ ଯୋଉ ଛଅ ସାତ ଜଣଙ୍କ ନାଁ କହିଲା, ତାଙ୍କୁ ଚିହ୍ନେ ଜସମନୀ। ସେମାନେ ଜଣ ଜଣ ହୋଇ କିଛି ଦିନ ବ୍ୟବଧାନରେ

ଜନନାଚମଣ୍ଡଳୀ ଛାଡ଼ୁଥିଲେ। ନୂଆ ଆସୁଥିଲେ। ସେମାନେ ସେଠାଛାଡ଼ି କୁଆଡ଼େ ଆସୁଥିଲେ ଏବେ ଜାଣିଗଲା ଜସମନୀ। ସେମାନଙ୍କୁ ଏରିଆ ଚିଫ୍‌ର ଅଙ୍ଗରକ୍ଷୀ କରାଯାଉଥିଲା। ଅନ୍ୟ କ୍ୟାମ୍ପକୁ ମଧ ପଠାଯାଉଥିଲା।

ଜସମନୀ ବଡ଼ କରୁଣ ସ୍ୱରରେ ପଚାରିଲା, ଜିମ୍‌... ବିକ୍ରମ ଗଲା କୁଆଡ଼େ ? ସ୍‌ ସ୍‌ ସ୍‌... କିଛି ପଚାରନା। ପ୍ରଶ୍ନ କରିବା ମନା ଏଠାରେ। ସବୁ ନିଷ୍ପଭି ଚିଫ୍‌ର। ଆମେ ଖାଲି ନିର୍ଦ୍ଧେଶ ମାନିବା କଥା। ଖୁବ୍‌ ଚାପା ସ୍ୱରରେ ସତର୍କ କରିଦେଲା ଜିମ୍‌ ଓରଫ ସୁମତୀ।

ପୁଣି ଭାଙ୍ଗିପଡ଼ିଲା ଜସମନୀ। ଯେଉଁ ସଂଗଠନ ଭିତରେ ଗୋଟେ ସଦସ୍ୟର ସ୍ୱାଧୀନତା ନାଇଁ, କିଛି କହିବାର କି ଶୁଣିବାର ନାଇଁ। ସେଠାରେ ସେ ଆଉ କୋଉ ସ୍ୱାଧୀନତା ପାଇଁ ଲଢ଼େଇ କରୁଚି ? ଛି...

ଜିମ୍‌ କହିଲା, ଭିତରକୁ ଯା...

: ଭିତରକୁ ?

: ଚିଫ୍‌ଙ୍କ ହୁକୁମ୍‌... ନୋ କୋଶ୍ଚିନ...

ସନ୍ଧ୍ୟା ସାତଟା ସୁଦ୍ଧା ସବୁ ଆଲୁଅ ଲିଭେଇ ଦିଆଯାଏ। ସମସ୍ତଙ୍କ ପାଖରେ ଥାଏ ଛୋଟ ଛୋଟ ପେନ୍‌ସିଲ୍‌ ଟର୍ଚ୍ଚ। ଚାରିଆଡ଼ କିଟିକିଟି ଅନ୍ଧାର। ଖାଲି ଦୂରରୁ ଶୁଭୁଚି ବନ୍ୟଜନ୍ତୁଜୁନ୍ତାଙ୍କ କିଛି କିଛି ଆଓ୍ୱାଜ୍‌। ବିଲକୁଲ ଭୌତିକ ପରିବେଶ। ଏ ଅସମୟରେ କାହିଁକି ଡାକୁଚି ଚିଫ୍‌ ତାକୁ ତମ୍ବୁ ଭିତରକୁ। ସେ କୁଣ୍ଠିତ ପାଦପାତରେ ତମ୍ବୁ ଭିତରକୁ ପଶିଲା।

: ୟହାଁ ଆଓ...

ଜସମନୀ ଦେଖିଲା। ତମ୍ବୁ ଭିତରେ ଗୋଟେ ପାଲ, ତା ଉପରେ ବେଡ଼ସିଟ୍‌। ତକିଆକୁ ଭରାଦେଇ ବସିଚି ଚିଫ୍‌। ପାଖରେ ମଦ ବୋତଲ। କିଛି ଖାଦ୍ୟ। କଣକୁ ଜଲୁଚି କ୍ୟାଣ୍ଡେଲ। ଆଉ କଣରେ ଗଦାହୋଇଛି ବନ୍ଦୁକ, ଗୁଲି ଖୋକା, ବୋମା ଓ ଅନ୍ୟ ଯୁଦ୍ଧ ସରଞ୍ଜାମ।

ଚିଫ୍‌ ହଲେ ଡ୍ରେସ ତା ଉପରକୁ ଫୋପାଡ଼ି ଦେଲା ୟେ' ଡ୍ରେସ ଆଜ ସେ ତୁମ୍ବାରୀ ପହନୋ... ସେ ଡ୍ରେସ ଧରି ବାହାରକୁ ପଲେଇ ଆସୁଥିଲା। ହସିଲା ଚିଫ୍‌... ୟହାଁ ଉତାରୋ ଔର ୟହାଁ ପେହନୋ... ଜଲ୍‌ଦି... ଆଦେଶ ଦେବା ଭଙ୍ଗୀରେ କହିଲା ଲୋକଟା।

କ'ଣ କରିବ ଜସମନୀ। କିମିତି ଏ ପୁରୁଷଟା ଆଗରେ ତା' ପ୍ୟାଣ୍ଟସାର୍ଟ ଖୋଲି ଆର ହଲକ ପିନ୍ଧିବ। ସେ କଣ୍ଠାଗ୍ରତ ହେଇପଡ଼ୁଥିଲା। ପୁଣି ଗୋଟେ ଗର୍ଜନ

ଛାଡ଼ିଲା ସେ। ଜସମନୀ ନିରୁପାୟ ଭାବରେ ଯଥାସମ୍ଭବ ଲାଜରଖୀ ପ୍ୟାଣ୍ଟୀ ଖୋଲି ଦେଇ ସାର୍ଟିକୁ ଅଧା ଖୋଲିବା ପୂର୍ବରୁ ହିଁ ତା ଉପରକୁ ଝାମ୍ପି ପଡ଼ି ଘୋଷାରି ନେଲା ବିଛଣା ଉପରକୁ ଚିଫ୍। ତାର ଏ ଆକସ୍ମିକ ଆକ୍ରମଣରେ ସେ ଚିତ୍କାର କରିଉଠିଲା, ୟେ କଣ କରୁଛନ୍ତି ? ୟେ କଣ ରୁଲ୍ ?

ରୁଲ୍‌ଟା କ୍ୟାଡରମାନଙ୍କ ପାଇଁ ଲିଡରମାନଙ୍କ ପାଇଁ ନୁହେଁ। ଚୁପ୍ ପାଟି ବନ୍ଦକର, ନହେଲେ ସୁଟ୍ କରିଦେବି। ଅଧାହିନ୍ଦୀ ଅଧା ଓଡ଼ିଆରେ ଗାଉଁ ଗାଉଁ ହେଇ କହୁଥିଲା ଲୋକଟା। ଭକ ଭକ ମଦ ଗନ୍ଧ ଭାସି ଆସୁଥିଲା ତା ପାଟିରୁ। ଲଜ୍ଜା ଅପମାନ ଅବିଶ୍ୱାସରେ ତଳିତଳାନ୍ତ ହୋଇ ଯାଉଥିବା ଜସମନୀ ତଥାପି ତା'ର ପ୍ରତିରୋଧ ଜାରି ରଖିଥିଲା। ଗୋଟେ ନିର୍ଘାତ ଚାପୁଡ଼ା ବାଜିଲା ତା ଗାଲରେ। ତା ମୁଣ୍ଡ ଝାଇଁ ଝାଇଁ କରି ଉଠିଲା। ଆଖିରେ ଘୋଟି ଆସୁଥିଲା ଅନ୍ଧାର। ସେ ଖାଲି ଏତିକି ଜାଣୁଥିଲା ତା ଦେହଟାକୁ ଖିନ୍ ଭିନ୍ କରି ବିଦାରି ଚାଲିଚ୍ଛି ଗୋଟେ ଅସୁର।

ତା'ର ହୋସ୍ ଆସିଲା ବେଳକୁ ସବୁ ସରିଯାଇଥିଲା। ତା'ର ସ୍ୱପ୍ନ, ସଂଘର୍ଷ, ସ୍ୱାଧୀନତା, ଆଦର୍ଶ ବିଶ୍ୱାସ କିଛି ନଥିଲା ଜସମନୀ ମନରେ। ସେ ଖୁବ୍ ଜୋରରେ କାନ୍ଦି ଉଠୁଥିଲା। ନାଃ ଏଠି କାନ୍ଦିବା ବି ମନା। ସେ ପୋଷାକ ଅଣ୍ଟାଳି ବାହାରକୁ ପଳେଇ ଆସିଲା। ମହିଲା ଅଂଗରକ୍ଷୀମାନେ ଘୁମେଇ ପଡ଼ିଥିଲେ। ସେ ଭକ୍ ଭକ୍ ବାନ୍ତି କରି ପକେଇଲା ଓ ନିସ୍ତେଜ ହୋଇ ପଡ଼ିଗଲା ସେଇଠି।

ଏବେ ତାର ଦିନରେ ଖାଇପିଇ ଶୋଇବା ଓ ରାତିରେ ଚିଫ୍‌ର ଇଚ୍ଛା ପୂରଣ କରିବା ତା'ର ଡ୍ୟୁଟି। ସେ ତା ଭିତରର କ୍ରୋଧ ଓ ବିଦ୍ରୋହକୁ ଚାପି ରଖିଛି ସିରଷ୍ଟ ଆସିବାଯାଏ। ଆସିଲେ ଯାହା ନିସ୍ପତ୍ତି। ସେ ଜାମକୁ ପଚାରିଲା, ଏମିତି କେତେଦିନ ଚାଲିବ ? ଜାମ ବଡ଼ ବିମର୍ଷ ଉତ୍ତର ଦେଲା। ଆଉ ଜଣେ ଆମଭଳି ଆସିବା ପର୍ଯ୍ୟନ୍ତ। ହେ ଦାନିପେନୁ... ୟେ ତ ରିତିମତ ଆଦର୍ଶର ହତ୍ୟା, ପ୍ରତାରଣା... ଜାମ ବି କାନ୍ଦି ପକେଇଲା। ହିଂସା ଅବିଶ୍ୱାସ ଆଉ ନାରୀକୁ ନେଇ ଖେଳୁଥିବା ସଂଗଠନ କେତେଦିନ ଟିକ୍ଷିପାରିବ ? ତୁ ଦେଖୁ।

ତିନିଚାରି ଦିନ ପରେ ସେଇ ଭୟଙ୍କର ଯୋଜନାର ଚୂଡ଼ାନ୍ତ ନିସ୍ପତ୍ତି ପାଇଁ ସେଇଠି ଆୟୋଜିତ ହେଲା ଛଅଟି ଏରିଆ କମାଣ୍ଡରଙ୍କ ଗୁପ୍ତ ବୈଠକ। ସଂଜସୁଦ୍ଧା ସରିଗଲା ଭୋଜି। ଏଭଳି ଗୁରୁଦ୍ୱଭପୂର୍ଣ୍ଣ ଦିନରେ ସାମୂହିକ ଭୋଜି ହୁଏ। ସମସ୍ତଙ୍କୁ ମଦମାଂସ ଦିଆଯାଏ। ସମସ୍ତେ ଖାଇପିଇ ମସଗୁଲ ହୁଅନ୍ତି ଆଉ ଅପରେସନ ପାଇଁ ଉସ୍ଥାହ ସଂଗ୍ରହ କରନ୍ତି। ଢେର ରାତିଯାଏ ଚାଲେ ଚିଫ୍‌ମାନଙ୍କର ବୈଠକ ଓ ଅପରେସନ ପ୍ଲାନ୍। ଆଜି ତମ୍ଭ ଭିତରେ ଚାଲିଚ୍ଛି ଯୋଜନା ପ୍ରସ୍ତୁତି। ଏଇଟା ହେବ ଅପରେସନର

ସେଣ୍ଟ୍ରାଲ ଜୋନ୍ । ଏଇଠୁ କଣ୍ଟ୍ରୋଲ କରାଯିବ ଅପରେସନ । ସେଥିପାଇଁ ପହଞ୍ଚି ଯାଇଚି ବିଭିନ୍ନ ପ୍ରକାର ଅସ୍ତ୍ରଶସ୍ତ୍ର, ବିସ୍ଫୋରକ ପଦାର୍ଥ, ଲ୍ୟାଣ୍ଡମାଇନ ଆହୁରି ଅନେକ ଅତ୍ୟାଧୁନିକ ସରଞ୍ଜାମ ।

ଖୁଆପିଆ ସରିଲା ପରେ ସମସ୍ତଙ୍କୁ ନିଜ ନିଜ ଜାଗାକୁ ପଠାଇ ଦିଆଗଲା । ଅଂଗରକ୍ଷୀମାନଙ୍କୁ କୁହାଗଲା ସେମାନେ ତମ୍ବୁଠାରୁ ଖୁବ୍ ଦୂରରେ ଜଗି ରହିବେ । ଗୁପ୍ତ ବୈଠକର ଗୋଟିଏ ବି ଶବ୍ଦ ଯେମିତି ତାଙ୍କ କାନ ପାଖକୁ ନଯାଏ ।

ସେୟା ହେଲା । ତମ୍ବୁଠାରୁ ଦୂରକୁ ନିଜ ନିଜ ପୋଜିସନ୍ ନେବାକୁ ଚାଲିଗଲେ ଜାମ୍, ଡାଲି ସୁଜାତାମାନେ । ଜସମନୀ ଚାଲିଯାଉଥିଲା । ଭାବିଲା ଏ ଗୁପ୍ତ ବୈଠକରୁ କିଛି ସୁରାକ ମିଳିବ କି ସିରସ୍ତୁର ? ଆଜିକି ଆଠଦିନ ହେଲା ଫେରୁନାହିଁ । କୁଆଡ଼େ ପଠେଇ ଦେଲା ତାକୁ ଏ ଅସୁର ? ତାକୁ.. ନାଇଁ ନାଇଁ । ସେ ଜିଭ କାମୁଡ଼ି ପକେଇଲା । ଏତେ ବଡ଼ କାଳକଥା ତା' ମୁଣ୍ଡକୁ ଆସୁଚି କେମିତି ? ସେ ଦୁନିଆ ସାରା ଦେବତାଙ୍କୁ ଜୁହାର ହୋଇପଡ଼ିଲା ସିରସ୍ତୁ ଭଲରେ ଥାଉ... ।

ତା'ପରେ ସେ ଅତି ସତର୍କତାର ସହ ତମ୍ବୁ ପାଖକୁ ଆସିଲା । ଢେର ରାତି ହେଲାଣି । ଚାରିଆଡ଼ ଖାଁ ଖାଁ । ତମ୍ବୁ ଭିତରେ ଏରିଆ କମାଣ୍ଡର ଯୋଜନା ପ୍ରସ୍ତୁତିରେ ବ୍ୟସ୍ତ । ଜସମନୀ ନିଶ୍ୱାସ ଚାପି ଗୋଟେ କଣାରେ ଭିତରକୁ ଚାହିଁଲା । ମଦପିଆ ଚାଲିଚି । ସିଗାରେଟ୍ ବି ସମସ୍ତଙ୍କ ହାତରେ । ଗୋଟେ କାଗଜରେ ଗ୍ରାଫ୍ ଚାଲିଚି କେମିତି କେଉଁପଟରୁ ଆରମ୍ଭ ହେବ ଅପରେସନ୍ । ନୋଟ୍ ବି କରାଯାଉଚି କେଉଁମାନଙ୍କୁ ସାମିଲ କରାଯିବ ଏଥିରେ । କେଉଁଠି ଲ୍ୟାଣ୍ଡ ମାଇନ ବିଛାଯିବ । କେଉଁ କେଉଁ ମାରଣାସ୍ତ୍ର ବ୍ୟବହୃତ ହେବ ସବୁର ପ୍ଲାନ ପ୍ରୋଗ୍ରାମ ନୋଟିଂ ହେଉଛି । ଜଣେ କିଏ କହିଲା, ବିକ୍ରମ ? ସେ ତ ଏକ୍ସ୍ପର୍ଟ । ଦି ଚାରିଟା କେସ୍‌ରେ ହ୍ୟାଣ୍ଡେଲ କରିଚି ଦକ୍ଷତାର ସହ । ତାକୁ କଣ ସାମିଲ କରୁନ ?

ଏଠିକାର ଚିଫ୍ ହସିଉଠିଲା ଗୋଟେ ବକ୍ର ହସ । ବିକ୍ରମ ଫିନିସ, ଶଳା ରୋମାନ୍ସ କରୁଥିଲା । ଏମିତି ପ୍ଲାନ୍ କଲି ଯେ ପୋଲିସ ଏନକାଉଣ୍ଟର ହୋଇଗଲା । ସେତୁ ବର୍ତ୍ତିଥିଲେ ମୁଁ ତାକୁ ଏଠି ସୁଟ୍ କରିଦେଇଥାନ୍ତି ଅବଶ୍ୟ । ପ୍ଲାନ କରିସାରିଥିଲି । ହେଲେ ପୋଲିସ୍ ସେ କାମଟି କରିଦେଲା । ପୁଣି ହସି ଉଠିଲା ସେ ଗୋଟେ ବିଜୟର ହସ ।

ସମସ୍ତେ ତାରିଫ କରି ଉଠିଲେ । ଆପଣଙ୍କ ବ୍ରେନକୁ ମାନିବାକୁ ପଡ଼ିବ । ଭେରି ସାର୍ପ ବ୍ରେନ । ନହେଲେ କାହିଁକି ଆପଣଙ୍କୁ କୁହାଯାଇଛ ଚିଫ୍ ଅଫ୍ ଦି ଚିଫ୍‌ସ ପୁଣି ଝଲକାଏ ହସ ଉଛୁଳିପଡ଼ିଲା ସମସ୍ତଙ୍କର ।

ଏକଥା ଶୁଣୁଶୁଣୁ ଜସମିନୀର ପାଦତଳର ମାଟି ଦୋହଲି ଉଠୁଥିଲା। ଆକାଶ ଯେମିତି ଭାଙ୍ଗିପଡୁଥିଲା ତା ଉପରେ। ତା'ର ଇଚ୍ଛା ହେଉଥିଲା ସାରା ଜଙ୍ଗଲକୁ ସେ ଭସେଇ ଦିଅନ୍ତା ଭୋ ଭୋ କାନ୍ଦିଉଠି ତା ଲୁହରେ। ଚିତ୍କାର କରି କହନ୍ତା, ସିରଷୁ... ମୋତେ କ୍ଷମା କରିଦେ, ମୁଁ ହିଁ ତୋତେ ହତ୍ୟା କରିଛି। ମୁଁ ହିଁ ହତ୍ୟାକାରୀ। କିନ୍ତୁ କିଛି ବି କିଛି କରିପାରୁନଥିଲା। ସେ ସ୍ତବ୍ଧ ହୋଇ ଠିଆ ହେଇଥିଲା ସେଠି। ତା କାନରେ ପଡୁଥିଲା, କିଏ ଜଣେ ପଚାରୁଛି... ବିକ୍ରମ ତ ଗଲା ଆଉ ତା ଗାର୍ଲ୍‌ଫ୍ରେଣ୍ଡ।

: ସେ ଏବେ ମୋ ନାଇଟ୍ ପାର୍ଟନର। ଡୁ ୟୁ ଥ୍ୟାଙ୍କ୍‌ ?

ସିଓର- ସିଓର। ସମସ୍ତେ ଯେମିତି ହେଣ୍ଡାଲି ଉଠିଲେ।

ଚିଫ୍ ଗୋଟେ ସିଟି ବଜେଇଲା। ଏହା ଜଣେଇଦିଏ ଚିଫ୍ କାହାକୁ ଡାକୁଛନ୍ତି। ଜସମିନୀ ଚଟାପଟ କ୍ଷିପ୍ରତାର ସହ ତା ସ୍ଥାନରୁ ଚାଲିଆସିଲା। ଜାଣେ ଏହାର ପରବର୍ତ୍ତୀ ଅବସ୍ଥା କଣ।

କିଛି ସମୟ ପରେ ଜାମ୍ୟ ଆସି ସୂଚନା ଦେଲା, ତମ୍ବୁ ଭିତରକୁ ଡାକରା। ଜସମିନୀ ବଶୀଭୂତା ଭଳି ହାଜର ହେଲା ସେଇଠି।

ସମସ୍ତେ ତାକୁ ଦେଖିଲେ। ଆଃ ବିୟୁଟିଫୁଲ୍ ସାଇଜ୍...

ଚିଫ୍ ହୁକୁମ ଦେଲା ଡ୍ରେସ୍ ଉଠାରୋ।

ଜସମିନୀ ଚଟାପଟ ସବୁ ଖୋଲି ଫିଙ୍ଗିଦେଲା।

ତା ପରେ ସେ ବଡ଼ ଧୈର୍ଯ୍ୟ ଓ ସ୍ଥିରତାର ସହ ସହ୍ୟ କରୁଥିଲା ସେଇ ଛଅଜଣ ଅସୁରଙ୍କ କ୍ରମାଗତ ଯନ୍ତ୍ରଣାଦାୟକ ନୀପୀଡ଼ନ।

ବିଲକୁଲ ଅସାଡ଼ ହୋଇ ସାରିଥିଲା ଜସମିନୀ। ଜହ୍ଲାଦମାନେ ଖୁବ୍ ତୃପ୍ତିରେ ଶୋଇପଡ଼ିଛନ୍ତି ଏଠିସେଠି। ମଦନିଶା ସାଙ୍ଗକୁ ଶାରୀରିକ କ୍ଲାନ୍ତି ସେମାନଙ୍କୁ ଦେଇଚି ନିରୁପଦ୍ରବ ନିଦ୍ରାର ସୁଷୁପ୍ତି। ସମସ୍ତେ ପ୍ରାୟ ଉଲଗ୍ନ। ଜସମିନୀ ତା ଆତ୍ମାଠାରୁ ବିଚ୍ଛିନ୍ନ ହୋଇପଡ଼ିଥିବା ଶରୀରଟାକୁ ଗୋଟେ ପୋଟେଇ ଉଠେଇଲା। କାହା ପୋଷାକ ଗୋଟେ ଟାଣିଆଣି ପିନ୍ଧି ପକେଇଲା ଚଟାପଟ୍। ଆଉ ଲିଭି ଲିଭି ଆସୁଥିବା ମହମବତୀରୁ ଆଉ ଦି ଚାରିଟି ମହମବତୀ ଜଳେଇ ତମ୍ବୁର ଗୋଟେ କୋଣକୁ ଗଦା ହୋଇଥିବା ବିସ୍ଫୋରକ ପେଟିଗୁଡ଼ିକ ଦେହରେ ଗେଞ୍ଜି ଦେଇ ଧାଇଁଲା। ସେଇ ଘୋର ଅନ୍ଧକାର ଭିତରେ ବି ତାକୁ ମୁକ୍ତିର ଆଲୋକିତ ସରୁମାର୍ଗଟିଏ ଆଗକୁ ଆଗକୁ ଦେଖାଯାଉଥିଲା। ପଛରୁ ଶୁଭୁଥିଲା ପୃଥିବୀକୁ ବିଦୀର୍ଣ୍ଣ କରିଦେଲାପରି ଭୟଙ୍କର ବିସ୍ଫୋରଣ ଆଉ ସାରା ଜଙ୍ଗଲକୁ ଭସ୍ମୀଭୂତ କରି ଦେବାକୁ ଖେଳେଇ ଯାଉଥିବା ବିଭସ୍ତ ନିଆଁ...

ଜସ୍... ଜସମିନୀ...

କିଏ ଡାକୁଛି ? ସିରସ୍କୁ ? ବୁଆ... ମା ?

ଧୀରେ ଧୀରେ ଆଖି ଖୋଲିଲା ଜସମନୀ । ଦିନ ଫିଟିଗଲାଣି ।

ସେ ଏବେ କୋଉଠି ?

ସେ ଚମକିପଡ଼ି ଠିଆ ହୋଇଗଲା ।

ତା ଆଗରେ ବିସ୍ମୟ ବିସ୍ଫାରିତ ଆଖି ନେଇ ଠିଆ ହୋଇଛି ଟିଙ୍ଗୁରୀ । ସେ କୋହ ସମ୍ଭାଳି ନପାରି ଟିଙ୍ଗୁରୀକୁ କୁଣ୍ଢେଇ କାନ୍ଦିବାକୁ ଲାଗିଲା । ପଚାରିଲା ମୋ ବୁଆ... ମା ?

ଟେଙ୍ଗୁରୀ ତା ଲୁହ ପୋଛି ଦେଉ ଦେଉ କହିଲା, ତୁ ତ କୁଆଡ଼େ ପଳେଇଲୁ । ତା ପରେ ପୁଲିସ ଆସି ବାନ୍ଧିନେଲା ସେମାନଙ୍କୁ । ସେମାନେ ସେଇ ଥାନାରେ ଥିବେ । ତାଙ୍କ ଖୋଜଖବର ନେବାକୁ ଅଛି କିଏ ?

ଜସମନୀ ଟିଙ୍ଗୁରୀକୁ ଛାଡ଼ିଦେଲା । ନିଜ ଲୁହ ପୋଛିଲା । ତା ମୁହଁରେ ଦୃଢତା ଫୁଟି ଉଠୁଥିଲା । ସେ ତା ପକେଟରେ ହାତ ମାରିଲା । ସୁରକ୍ଷିତ ଅଛି ସମସ୍ତ ଦସ୍ତାବିଜ । ସେ ଚାଲିବାକୁ ଆରମ୍ଭ କଲା । ଟିଙ୍ଗୁରୀ ପଚାରିଲା, ତୁ' ତ ଆଇଲୁ ସିରସ୍କୁ କାଇଁ ?

ଜସମନୀ ଟିକେ ଅଟକିଗଲା । ସେ ଜଙ୍ଗଲ ଆଡ଼କୁ ଚାହିଁଲା । ଜଙ୍ଗଲ ସେଠି ନଥିଲା, ଖାଲି ଧୂଆଁ ଆଉ ନିଆଁ...

ତା' ଆଖିରୁ ପୁଣି ଦି' ଟୋପା ଲୁହ ଗଡ଼ିପଡ଼ିଲା ।

ପଛରୁ ଟିଙ୍ଗୁରୀ ଡାକୁଥିଲା । ତାକୁ କିଛି ଶୁଭୁନଥିଲା । ସେ ଦୌଡ଼ିବା ଆରମ୍ଭ କରି ଦେଇଥିଲା । ଟିଙ୍ଗୁରୀ ଜସମନୀର ଏ ଅଭୂତ ଆଚରଣରେ କାଠହେଇ ଠିଆ ହୋଇଥିଲା ସେଇଠି ।

BLACK EAGLE BOOKS

www.blackeaglebooks.org
info@blackeaglebooks.org

Black Eagle Books, an independent publisher, was founded as
a nonprofit organization in April, 2019. It is our mission to
connect and engage the Indian diaspora and the world at large
with the best of works of world literature published on a
collaborative platform, with special emphasis on
foregrounding Contemporary Classics and New Writing.